T0294696

El
ALMA
de la
ESPADA

GRANTRAVESÍA

JULIE KAGAWA

El
ALMA
de la
ESPADA

GRANTRAVESÍA

EL ALMA DE LA ESPADA

Título original: *Soul of the Sword*

© 2019, Julie Kagawa

Publicado según acuerdo con Harlequin Books S.A.

Traducción: Marcelo Andrés Manuel Bellon

Portada: © 2019, Harlequin Books S.A.
Según acuerdo con Harlequin Books S.A. ® y ™ son marcas propiedad de Harlequin Books S.A. o sus compañías afiliadas, usadas bajo licencia.

Ilustraciones de portada: Jenue (espada), Shutterstock (fondo)
Diseño de portada: Mary Luna

D.R. © 2019, Editorial Océano de México, S.A. de C.V.
Homero 1500 - 402, Col. Polanco
Miguel Hidalgo, 11560, Ciudad de México
www.oceano.mx
www.grantravesia.com

Primera edición: 2019

ISBN: 978-607-557-037-2

IMPRESO EN MÉXICO / *PRINTED IN MEXICO*

Para Misa-sensei, por su ayuda.
Y para Tashya, por todo lo demás

1

EL NACIMIENTO DE UNA ASESINA DE DIOSES

Hace mil años

Su garganta estaba en carne viva por gritar plegarias al viento. La tormenta arrasaba todo a su alrededor, golpeaba los acantilados y azotaba el agua del océano contra las rocas. La noche era una total oscuridad, sus ropas empapadas estaban heladas, y su voz apenas se escuchaba por encima del aullido del viento y el rugido del mar. Aun así, él se mantenía cantando, con el pergamino apretado con firmeza entre sus manos temblorosas y la linterna titilando salvajemente a sus pies. Su visión estaba borrosa por el rocío salado y las lágrimas, pero su voz no vacilaba mientras gritaba cada palabra del arrugado pergamino como si fuera un desafío para los mismos dioses.

Clamando la oración final, dejando que el viento la arrancara de sus labios y la arrojara sobre el océano, cayó de rodillas sobre las piedras. Jadeante, inclinó la cabeza, sus brazos cayeron a sus costados, el pergamino abierto revoloteó en sus manos.

Durante varios latidos desesperados e intensos, se quedó allí arrodillado, solo. La tormenta bramaba, cortando y arañando con garras de espuma. Sus heridas, sufridas en la lucha contra una horda de demonios camino a este lugar, pulsaban. La sangre iba impregnando su pecho, sus brazos, el pergamino. Manchaba el rollo de color rosado.

A muchos metros mar adentro, el océano se batió. Las olas surgieron y se agitaron, y la superficie del agua comenzó a elevarse como si algo monstruoso estuviera moviéndose justo por debajo.

Con una explosión de rocío y el aullido de un dios, una enorme forma oscura emergió de las profundidades y ascendió en espirales a la noche. Relucientes relámpagos iluminaron los enormes cuernos, los colmillos, las escamas brillantes del color de la marea. Una ondulante crin corría a lo largo del lomo de la criatura, y un par de bigotes tan largos como un navío se retorcía y revoloteaba en el viento mientras el Gran Dragón se enrollaba en el cielo, perforando y anidando entre las nubes. Un par de ojos como lunas brillantes observó la diminuta figura allá abajo, y una perfecta perla iridiscente resplandeció como una estrella en el centro de su frente. Con el estruendo de un tsunami cercano, el *kami*[1] habló.

—¿Quién me convoca?

Apretando la mandíbula, el hombre levantó la cabeza. Su corazón se estremeció al saber que no debía mirar tan audazmente a un dios, al Heraldo del Cambio de frente, pero la desesperación y la enfermedad del odio en lo profundo de su alma ahogaban cualquier otra emoción. Tragó el dolor de una garganta herida por la potencia de sus gritos y elevó la voz.

---

[1] Muchos nombres y términos usuales del japonés se encontrarán marcados en cursivas a lo largo del libro. No olvides consultar el glosario al final de este volumen.

—Yo, Kage Hirotaka,[2] hijo de Kage Shigetomo, soy el mortal que ha invocado el poder de la plegaria del Dragón —su voz fina y áspera se desvaneció en el viento, pero la enorme criatura inclinó la cabeza, escuchando. Su mirada inhumana, que contenía la sabiduría de la eternidad, se encontró con la del hombre, y éste de pronto sintió como si estuviera cayendo en un pozo insondable.

El guerrero colocó sus manos en el suelo delante de él, se inclinó y tocó la áspera piedra con su frente, mientras sentía la mirada del Dragón sobre su espalda.

—Gran *Kami* —susurró—, según mi derecho como portador del pergamino, esta noche, en el milésimo año después de que Kage Hanako elevara su deseo sobre el pergamino, le pido humildemente que conceda el anhelo de mi corazón.

—Una vez más, un Kage me llama —la voz profunda y atronadora no sonaba ni divertida ni sorprendida—. Una vez más, el Clan de la Sombra juega con la oscuridad y tiene el destino del reino en sus manos. Que así sea, entonces —los relámpagos destellaron y el estallido de los truenos sacudió las nubes, pero la voz del Gran Dragón se elevó por encima de todo—. Kage Hirotaka, hijo de Kage Shigetomo, portador del pergamino del Dragón, ¿cuál es el anhelo de tu corazón? ¿Qué buscas se haga realidad?

—Venganza.

La palabra fue apenas audible, pero el aire pareció detenerse mientras la pronunciaba.

—Mi familia fue asesinada por un demonio —prosiguió el guerrero, mientras se sentaba lentamente—. Mató a todos.

---

[2] En Japón, por norma de uso suele anteponerse el nombre de la familia, el apellido, al nombre de pila.

Mis hombres y mis sirvientes estaban esparcidos de un extremo al otro de la casa. Mi esposa... mis hijos... no dejó siquiera algo para enterrar —cerró los ojos, temblando de aflicción y de rabia—. No pude salvarlos —susurró—. Llegué a casa para encontrar una masacre.

El observador frío e indiferente que esperaba en las nubes nada dijo. La mano del guerrero se dirigió a la espada en su cinto, y sus dedos se curvaron alrededor de la vaina.

—No lo quiero muerto —dijo con voz áspera, ahogada por el odio—, no por un simple deseo. Yo mismo mataré al monstruo, meteré mi espada en su negro corazón para vengar a mi clan, a mi familia, a mi esposa... —su voz tembló, y los nudillos que rodeaban su espada se pusieron blancos—. Pero cuando él muera, no quiero que su espíritu regrese a *Jigoku*. Quiero atraparlo aquí, en este reino mortal. Que conozca el dolor y la rabia, y la impotencia. Que comprenda que no hay alivio ni manera de que regrese como el demonio que era —el guerrero mostró los dientes—. Quiero que sufra. Toda la eternidad. Ése es mi deseo.

En lo alto, el Gran *Kami* miró a través de la tormenta. Los relámpagos destellaron en sus escamas azul oscuro.

—Sellado el deseo —retumbó, con una voz tan impasible como era posible—, no se puede volver atrás —inclinó la cabeza y sus bigotes interminablemente largos revolotearon en el viento—. ¿Estás seguro de que éste es el deseo de tu corazón, mortal?

—Sí.

El trueno bramó y el viento se intensificó, aullando mientras azotaba contra el guerrero y la roca. El Gran Dragón pareció desvanecerse en la tormenta hasta que sólo sus ojos y una gema resplandeciente brillaron en la oscuridad. Luego, desaparecieron también en las tinieblas, mientras las nubes se arremolinaban con violencia hasta parecer un gran remolino en el cielo.

Un cegador rayo blanco descendió desde lo alto y golpeó el centro de la roca, a sólo unos metros de donde el guerrero se encontraba arrodillado. El samurái se estremeció y cubrió su cara mientras fragmentos de piedra volaban por todas partes y cortaban su piel. Cuando el brillo se desvaneció, levantó la mirada, pero entrecerró los ojos por el dolor mientras la sangre y el agua corrían por su rostro. Por un instante, sólo pudo distinguir un sutil resplandor contra la oscuridad. Luego, sus ojos se abrieron de par en par, y observó con asombro lo que el relámpago había dejado tras de sí.

Una espada se levantaba en el centro de un cráter humeante, con la punta perforando la piedra. Su hoja brillaba contra la oscuridad. Un poder casi hambriento latía en su hoja, era casi como si estuviera viva.

Olvidando sus heridas, el samurái Kage se levantó y caminó sobre piernas temblorosas hacia el sable, que brillaba débilmente contra el negro, como alimentada por su propia luz interior.

—Está hecho —la estruendosa declaración sostuvo la irrevocabilidad de la muerte, de una espada que arrancaría la vida de un cuerpo. Aunque la majestuosa serpiente estaba a punto de desvanecerse una vez más en su leyenda, su voz resonó a través de la tormenta—. Que sea por todos conocido, el deseo de esta era ha sido pronunciado y los vientos de cambio han modificado su rumbo. Que ningún mortal invoque el poder del pergamino por otros mil años. Si este reino sobrevive a lo que está por venir.

—¡Espere! Gran *Kami*, ¿cómo debería llamarla? —el guerrero tendió la mano, tocó la empuñadura de la espada y sintió un temblor correr por su brazo—. ¿Acaso tiene ya un nombre? El guerrero sintió al Gran Dragón deslizarse del mundo como una anguila a través de una red, para volver a su reino en las profundidades de las olas. Un último retumbar de trueno salió al mar y, en el eco del viento, escuchó la última palabra del *kami*.

—Kamigoroshi.

Kage Hirotaka se encontró solo en la plataforma sombría de la roca, mientras el viento y el rocío todavía azotaban a su alrededor, y una sonrisa salvaje cruzó su rostro. Kamigoroshi. *Asesina de Dioses.*

2

EL DEMONIO DE LOS KAGE

Yumeko

E l silencio cayó cuando Maestro Jiro terminó su relato.
—Ese demonio —dije, mientras el sacerdote tomaba una
pipa de madera que descansaba al lado del fuego—, el que
mató a la familia de Hiṛotaka, ¿era...?

Maestro Jiro asintió y metió el extremo de la pipa en su
boca.

—Hakaimono.

Me estremecí. Alrededor de la fogata, el resto del grupo
tenía un aspecto solemne. Nos habíamos refugiado junto a un
arroyo de poca afluencia, rodeados de enmarañados pinos e
imponentes secuoyas, y el aire estaba impregnado de savia y
un ligero toque de escarcha, dado que todavía nos encontrábamos muy cerca de las montañas que bordeaban el territorio
del Clan del Cielo. El verano estaba llegando a su fin y los días
se iban haciendo más fríos conforme el otoño tomaba su lugar.

Okame-san³ se sentó contra una secuoya cubierta de
musgo. Miraba fijamente a las sombras con la espalda apo-

---

³ El sufijo -san expresa cortesía y respeto, es el honorífico más común, y se
utiliza tanto en hombres como en mujeres.

yada en el tronco y un pie plantado en una raíz. La luz del fuego lo bañaba, acentuando su figura delgada y desgarbada, el cabello de color marrón rojizo amarrado en una cola de caballo y el estrecho rostro, extrañamente sombrío. El *ronin*, por lo general alegre y franco, permanecía en silencio mientras miraba por encima del lecho del río, con ojos oscuros.

—Entonces, Kamigoroshi fue creada por los poderes del Dragón —musitó Daisuke-san. El noble del Clan del Sol estaba sentado con las piernas cruzadas sobre un tronco y mostraba una expresión de serenidad estoica. Al otro lado de la fogata, Reika *ojou-san* le lanzó una mirada exasperada. Los brazos del noble estaban envueltos en vendas, y las tiras de tela ensangrentada asomaban por debajo de su túnica, recuerdos de nuestra última y terrible batalla. Esa misma tarde, Reika *ojou-san* lo había reprendido: no debería estar levantado. Tendría que estar recostado, descansando, a fin de no abrir las heridas que ella había pasado la noche cosiendo. Pero Daisuke-san insistió en que estaba bien. Incluso con su alguna vez hermoso *kimono* ahora desgarrado y sucio, su piel pálida y su largo cabello plateado y blanco que colgaba a sus espaldas, emanaba equilibrio y elegancia.

—Sí —confirmó Maestro Jiro—. Porque Hirotaka quería vengarse del *oni* que había matado a su familia y a la mujer que amaba. Una forma no sólo de destruir al demonio sino de hacerlo sufrir, de que conociera el dolor y la rabia, y la impotencia. Él consiguió cumplir su deseo. Poco después de invocar al Gran Dragón, Kage Hirotaka se enfrentó a Hakaimono en el campo de batalla y, después de una terrible lucha que casi destruyó una aldea, logró vencer al demonio. Pero en lugar de desterrar al *oni* de regreso a *Jigoku*, Kamigoroshi selló el alma del *oni* dentro de la espada, donde quedó atrapado por toda la eternidad.

"Desafortunadamente —continuó—, ése fue el comienzo de la caída de los Kage. El demonio llevó a Hirotaka a la locura. No lo poseyó, tal vez su influencia era aún demasiado débil o tal vez no sabía todavía que podía hacerse algo así. Pero, poco a poco, doblegó la voluntad de Hirotaka, y utilizó su rabia y su aflicción para abrumarlo. Hasta que, una noche, Hirotaka finalmente se perdió y cambió el curso de los Kage para siempre.

Daisuke-san se agitó, mientras la comprensión cruzaba su rostro.

—La masacre en el castillo de Hakumei —dijo, mirando al sacerdote—. El pacto inconcluso entre los Hino y los Kage.

—Ilustrado en historia... —Maestro Jiro asintió con aprobación—. Sí, Taiyo-san, tiene razón. La primavera siguiente, hubo una reunión entre los líderes del Clan Hino, del Fuego, y el Clan Kage, de la Sombra, a fin de discutir un matrimonio que uniera a las dos familias. La rivalidad entre los Hino y los Kage estaba fuera de control, y la guerra era inminente si no se llegaba a un acuerdo. El tratado nunca tuvo lugar. En una sala llena de diplomáticos y cortesanos desarmados, con un tifón aullando afuera, Kage Hirotaka apareció y asesinó a todos los miembros del Clan del Fuego. Ni uno solo de los Hino sobrevivió esa noche.

—Ése fue el comienzo de la segunda Gran Guerra —declaró Daisuke-san—. Después de la masacre en el castillo de Hakumei, los Hino juraron borrar a los Kage de la existencia, y reunieron al Clan Tsuchi, de la Tierra, y al Clan Kaze, del Viento, para apoyar su causa. Los Kage acudieron a los clanes Mizu, Sora y Tsuki, del Agua, del Cielo y de la Luna respectivamente, en busca de ayuda, y la guerra resultante se extendió durante casi doscientos años.

—Y estuvieron a punto de destruir a los Kage en el proceso —Maestro Jiro asintió de nuevo—. Todo porque un hombre formuló un deseo al pergamino del Gran Dragón con odio en su corazón y, sin saberlo, invitó a un demonio a su alma.

"Ésa es la historia de Kamigoroshi y la plegaria del Dragón —Maestro Jiro soltó una larga voluta de humo que se retorció sobre mi cabeza—. Ahora saben cómo se creó la espada y cómo el deseo del Dragón, tan bien intencionado como pueda ser, podría traer ruina y desastre al Imperio.

—Ésa es la razón por la que el pergamino se dividió en trozos —agregó Reika *ojou-san*. La doncella del santuario también estaba sentada en el suelo con las piernas dobladas bajo su cuerpo, con las ondulantes mangas blancas de su *haori* dobladas contra su pecho. Chu y Ko, un par de pequeños perros que en realidad eran los guardianes *komainu* del santuario, yacían acurrucados en su regazo, dormitando sobre su *hakama* rojo—. Nadie conoce los detalles exactos, pero se dice que a medida que la guerra se prolongaba, un consejo de *kami, yokai* y una orden de monjes se reunieron para discutir qué debería suceder con la plegaria del Dragón. Tomaron la decisión de separar el pergamino y ocultar los trozos a lo largo y ancho de Iwagoto, a fin de que algo como el último deseo nunca pudiera repetirse —apretó los labios—. Fue la elección correcta. El pergamino tiene demasiado poder para que se le pueda confiar a una sola persona. Miren el caos y la destrucción que ya causó en esta era, y el Dragón ni siquiera ha sido convocado todavía.

Al otro lado del fuego, Okame-san resopló.

—Entonces, si el pergamino es tan peligroso, ¿por qué no lo destruimos? —preguntó encogiéndose de hombros—. Suena como una solución fácil para mí. Lancemos esa cosa en el fuego ahora mismo y habremos terminado con el asunto.

—*No* es así de fácil —dijo Reika *ojou-san*—. Ya se ha intentado antes. Pero el pergamino del Dragón es un artefacto sagrado, un regalo, o una maldición, si quieres verlo de esa manera, del Heraldo del Cambio. De la misma manera que con Kamigoroshi, si destruyes el receptáculo de la plegaria del Dragón, éste simplemente volverá a aparecer en el mundo. Siempre en un lugar donde no sólo se descubrirá, sino frente a una persona que invocará indefectiblemente al Dragón y pedirá un deseo —los ojos de la *miko* se estrecharon—. El pergamino *quiere* ser encontrado, Okame-san. Por eso es tan peligroso. Si lo destruyéramos ahora, podría reaparecer justo en las manos de las personas de las que estamos intentando mantenerlo alejado.

Okame gruñó.

—Por eso no confío en la magia —murmuró, recostándose contra el árbol—. Los objetos inanimados como espadas y pergaminos no *quieren* ser encontrados. No deberían *querer* nada. ¿Qué tan molesto sería que mis sandalias decidieran que ya no quieren llevarme más y vagaran libres por el bosque? —sus agudos ojos negros se dirigieron a mí—. No hablo en serio, Yumeko-chan.[4]

Solté una risita ante la imagen, pero recuperé la seriedad rápidamente.

---

[4] El sufijo -chan es diminutivo y suele emplearse para referirse a chicas adolescentes o a niños pequeños, pero también para expresar cariño o una cercanía especial.

—¿Qué le pasó a Kage Hirotaka? —pregunté, mirando a Maestro Jiro—. ¿Alguna vez recuperó el control de Hakaimono? El sacerdote negó con la cabeza.

—Kage Hirotaka fue capturado y ejecutado por su clan, mucho antes de que la guerra llegara a su final —replicó—. Para entonces, él ya estaba muy mal, y sus crímenes eran demasiado graves para que hubiera alguna esperanza de redención. Kamigoroshi, o la espada maldita de los Kage, como sería conocida, fue sellada y desapareció de la historia durante seis siglos. Pero tales artefactos del mal no pueden permanecer ocultos para siempre. Hace cuatrocientos años resurgió junto con la llegada de Genno, Maestro de los Demonios, cuando Hakaimono escapó de la espada para poseer a su portador. No está claro si Genno orquestó la liberación del demonio o si Hakaimono simplemente aprovechó el caos que acompañó al levantamiento pero, una vez más, Kamigoroshi abrió un camino sangriento a través de la historia hasta que el mago de sangre y su rebelión fueron derrotados.

"Después de la muerte de Genno —continuó Maestro Jiro—, su ejército de demonios y *yokai* se dispersaron al viento, y la Tierra quedó sumida en el caos. Kamigoroshi volvió a desaparecer por un tiempo, pero luego emergió el primer asesino de demonios de los Kage, capaz de empuñar la espada maldita sin ser víctima inmediata de Hakaimono —sacudió la cabeza y lanzó una nube de humo blanco—. Se ignora cómo ha entrenado el Clan de la Sombra a sus cazadores para proteger sus almas contra la influencia del demonio, pero los Kage siempre han caminado en el filo de la oscuridad, sabiendo que están cortejando al desastre. Y ahora han vuelto a caer en ello. Hakaimono ha sido liberado, y la Tierra no estará a salvo hasta que Kage Tatsumi sea asesinado y el demonio regrese a la espada.

Me enderecé, con el estómago retorcido mientras lo miraba por encima del fuego.

—¿Asesinado? —repetí, cuando la triste mirada del sacerdote se encontró con la mía—. Pero... ¿qué hay de Tatsumi? Sé que debe estar luchando contra esto. ¿No hay manera de salvarlo, de traerlo de regreso?

Me sentí enferma, como si una piedra de molino estuviera presionando mis entrañas. Me había encontrado con el frío y despiadado asesino de demonios cuando una horda liderada por el terrible *oni* Yaburama había atacado mi casa, el Templo de los Vientos Silenciosos, y me había visto obligada a escapar mientras masacraban a todos. Convencí a Tatsumi de que me acompañara a la ciudad capital para encontrar a Maestro Jiro, la única persona que conocía la ubicación del oculto Templo de la Pluma de Acero, porque ahí se guardaba un trozo del objeto que todos buscaban.

El pergamino del Dragón. Lo que podría convocar al Gran *Kami* al mundo para conceder el deseo del corazón del portador. El artefacto que todos buscaban con desesperación y por el que estaban dispuestos a matar. Incluyendo a Tatsumi. La líder de su clan lo había enviado a buscar el pergamino, y él no se habría detenido ante nada para adquirirlo.

Cuando nos conocimos, le conté a Tatsumi una pequeña mentira blanca: dije que no tenía el pergamino, pero que podría llevarlo adonde se había enviado un trozo: el Templo de la Pluma de Acero. Lo que él no sabía era que yo tenía otro trozo del pergamino escondido en la tela del *furoshiki* que estaba atado alrededor de mis hombros. Y tal vez eso había sido terriblemente deshonesto, pero si Tatsumi hubiera sabido que poseía un trozo del pergamino en aquel entonces, me habría matado y se lo habría llevado a su *daimyo*. Y yo había prometido a Maestro Isao que protegería esa parte de la oración a toda costa. Ése fue mi mayor secreto, bueno... además de ser mitad *kitsune*.

Pero Tatsumi también tenía sus secretos. El más grande era Hakaimono, el *oni* que vivía en su espada y luchaba constantemente por su control. Durante la batalla final con Yaburama, el demonio en la espada finalmente había superado al asesino de demonios, y Tatsumi ya no era el callado y melancólico guerrero que había llegado a conocer durante nuestros viajes. Se había ido el chico intrépido y pragmático, que no tenía sentido de sí mismo porque su vida estaba dedicada a servir a su clan. El que era frío, hostil y distante, hasta que te enterabas de que era su deber como portador de Kamigoroshi mantenerse alejado de las personas. Hasta que conocías que debía mantener el control en todo momento, o un demonio lo poseería.

Y ahora, había sucedido. Tatsumi había sido poseído por el terrorífico y absolutamente malvado Hakaimono, y no tenía idea de cómo lo traeríamos de regreso.

—Debe haber otra manera —insistí—. Un ritual, un exorcismo. Usted es un sacerdote, ¿no es así? ¿No puede exorcizar a Hakaimono de Tatsumi?

Maestro Jiro negó con la cabeza.

—Lo siento, Yumeko-chan —dijo—. Si fuera un demonio normal, un fantasma *yurei*, o incluso el espíritu de un *tanuki*, sería posible. Pero Hakaimono no es un demonio normal. Es uno de los cuatro grandes generales de *Jigoku*, uno de los *oni* más fuertes de los que se tenga memoria. Si se pudiera liberar al portador de la espada, los Kage ya habrían encontrado la manera… además, yo sólo soy un sacerdote —hizo un pequeño gesto desesperado con su arrugada mano—. En el pasado, se necesitaron ejércitos enteros para derribar a Hakaimono, y aún así, el gran *oni* dejó un rastro de cuerpos y destrucción antes de que su violencia fuera controlada.

—No podemos preocuparnos por el asesino de demonios —dijo Reika *ojou-san* con voz firme—. Debemos entregar tu trozo del pergamino al Templo de la Pluma de Acero. Deja que la gente de Kage-san se ocupe de lo que se ha convertido —sus ojos se suavizaron al sentir mi mirada horrorizada, pero su voz siguió siendo dura—. Lo siento, Yumeko. Sé que se encariñaron mientras viajaban juntos, pero no podemos perder el tiempo persiguiendo a un general *oni*. Proteger el pergamino es lo más importante —apuntó un dedo a mi *furoshiki*—. Todo lo que estamos enfrentando ahora, Hakaimono, Kamigoroshi, los demonios, la bruja de sangre, el asesino de demonios poseído, todo se debe a ese maldito trozo de papel. Porque la humanidad ha demostrado que no se le puede confiar un objeto de poder supremo que cambia el mundo. Debemos entregar el pergamino al Templo de la Pluma de Acero y asegurarnos de que el Dragón no pueda ser convocado en esta era. Eso es lo único que importa.

—Espera —Okame-san se sentó, con el ceño fruncido—. Lo admito, el asesino de demonios es bastante aterrador en ocasiones, y varias veces ha amenazado con matarme, *y* tiene la personalidad de una desdeñosa roca… —Reika *ojou-san* lo fulminó con la mirada, así que abrevió—. Pero eso no significa que debamos abandonar a alguien que luchó con nosotros contra una bruja de sangre y un ejército de demonios. ¿Cómo sabemos que no puede ser salvado?

—¿Cuál es tu solución, *ronin*? —replicó Reika—. ¿Seguir a Hakaimono a través del Imperio? Ni siquiera sabemos adónde ha ido, y todavía hay cosas por ahí buscando el pergamino del Dragón. Incluso si lo encontráramos, ¿entonces qué? ¿Intentaríamos un exorcismo? Ningún mortal ha sido lo suficientemente poderoso para expulsar a Hakaimono una vez que toma el control.

—Oh, ya veo —respondió Okame-san—. Por lo tanto, su solución es ignorar al increíblemente poderoso general *oni* y esperar que se convierta en el problema de alguien más.

—No, Okame-san. Reika… Reika *ojou-san* tiene razón —mi voz salió ahogada y mis ojos se empañaron con lágrimas. Se sentía como si un espejo se hubiera roto adentro de mí, y los fragmentos me estuvieran cortando desde mi interior. Tragué saliva y continué, aunque lo odiaba—: Llevar el pergamino al templo… es más importante —susurré—. La plegaria del Dragón me fue confiada, y todos en mi templo murieron para protegerla. Debo terminar lo que empecé, lo que prometí a Maestro Isao.

"Pero —agregué, mientras caía un silencio sombrío—, eso no significa que estoy abandonando a Tatsumi. Cuando termine con esto, después de que lleguemos al Templo de la Pluma de Acero y entreguemos el pergamino, buscaré a Hakaimono y lo obligaré a regresar a la espada.

—¿*Nani*? —la doncella del santuario sonó incrédula—. ¿Sola? No eres rival para Hakaimono, Yumeko.

—Lo sé —dije temblando al recordar la aterradora forma de Hakaimono que se cernía sobre mí. Mirando a sus ojos carmesí y sin ver ningún indicio de Tatsumi en ellos—. Pero Tatsumi es fuerte —agregué, mientras la doncella del santuario fruncía el ceño—. Él ha estado luchando contra el demonio durante casi toda su vida. No voy a abandonarlo. Debo intentar salvarlo.

—Perdóname, Yumeko-san —se escuchó la voz de Daisuke-san—. Pero hay algo que todavía debo entender —se movió a una nueva posición, y su mirada aguda e inteligente se fijó en mí—. Eres una *kitsune* —dijo, y aunque no escuché ninguna malicia en su voz, sentí una lanza fría clavándose en mi vientre—. ¿Por qué te importa tanto el asesino de demonios?

Tragué saliva. En la batalla contra los demonios de la dama Satomi, mi verdadera naturaleza había sido expuesta y mi sangre mitad *yokai* se había revelado a todos. Reika *ojou-san* ya lo sabía, pero había sido una conmoción para Okame-san y Daisuke-san cuando aparecí de pronto con orejas de zorro y una cola. Considerando que mis parientes de sangre plena eran notables y problemáticos embaucadores, y que la mayoría de los humanos no miraban de la mejor manera a los *yokai*, habían tomado la revelación con sorprendente amabilidad. Aun así, yo era una *kitsune* y aunque podrían aceptar que no era peligrosa, seguía siendo *yokai*, algo que ellos no entendían. No culpé al noble Taiyo por cuestionar mis motivos. Tendría que esforzarme más para demostrarles que seguía siendo la Yumeko que siempre habían conocido, con cola de zorro y todo.

—Tatsumi me salvó la vida —le expliqué a Daisuke-san—. Ambos hicimos una promesa. No lo entiendes, porque no escuchaste a Hakaimono… —mi voz se ahogó, recordando las burlas del demonio, su sádica diversión cuando me informó que Tatsumi podía ver y escuchar todo lo que estaba sucediendo—. Él está sufriendo —susurré—. No puedo permitir que Hakaimono prevalezca. Después de llevar el pergamino al templo, iré por Tatsumi y el *oni*. Ninguno de ustedes tiene que venir —agregué, mirando alrededor de la fogata—. Sé que salvar a Tatsumi no estuvo nunca en el plan. Después de que lleguemos al templo y el pergamino esté a salvo, podremos tomar caminos separados, si eso es lo que desean.

Al otro lado del fuego, Okame-san dejó escapar un largo suspiro y pasó una mano por su cabello.

—Sí, eso no va a funcionar —afirmó—. Si vas a perseguir alegremente al asesino de demonios, Yumeko-chan, ya deberías saber que iré también. No es que me agrade mucho el chico, pero es bueno cortando por la mitad las cosas que nos quieren comer —se encogió de hombros y ofreció una sonrisa irónica—. Además, si él no está cerca, ¿a quién voy a molestar? Taiyo-san no tiene esa misma apariencia de "Te voy a matar".

Sonreí mientras el alivio calentaba mis entrañas como el té en una noche fría.

—*Arigatou*, Okame-san.

Daisuke-san frunció el ceño mientras miraba la espada en su regazo.

—No pude proteger a Kage-san mientras se enfrentaba a Yaburama —dijo, tocando la funda de su espada lacada—. Prometí mantenerlo vivo para poder batirme a duelo con el portador de Kamigoroshi cuando Yumeko-san terminara su tarea. Fallé, y si matan a Kage Tatsumi, nuestro duelo se habrá perdido —entrecerró los ojos y me miró—. Tienes mi espada, Yumeko-san. Redimiré mi fracaso anterior, y cuando el demonio haya sido expulsado de regreso a la espada, Kage-san será libre para enfrentarse en un duelo como prometió.

—*Baka* —resopló Reika *ojou-san* y, en su regazo, los dos perros levantaron sus cabezas—. Cada uno de ustedes. Todos hablan de salvar al asesino de demonios como si enfrentar a un general *oni* fuera sencillo. ¿Recuerdan a Yaburama? ¿Recuerdan cómo estuvo a punto de matarlos a todos? Hakaimono es mucho peor. Pero más importante que eso... —me miró, con sus ojos oscuros relampagueando—. Incluso si lograras encontrar a Hakaimono sin ser destrozada en el instante mismo en que te descubra, ¿cómo pretendes salvar a tu asesino de demonios, *kitsune*? ¿Eres una sacerdotisa? ¿Puedes llevar a cabo un exorcismo? ¿Posees magia espiritual lo suficientemente poderosa para no sólo expulsar a Hakaimono, sino para atarlo en el lugar el tiempo necesario para realizar el exorcismo? Porque si no es así, si no eres capaz de controlarlo, acabará contigo mucho antes de que puedas acercarte lo suficiente para hacer cualquier cosa. ¿Has pensado en *algo* de esto? —su mirada se entrecerró sombríamente—. ¿Sabes siquiera lo que implica exorcizar a un demonio? ¿O crees que tus trucos e ilusiones de *kitsune* funcionarán en un *oni* tan antiguo como Hakaimono?

Mis orejas se aplanaron ante el asalto verbal y la ira que irradiaba la *miko*.

—¿Por qué me gritas, Reika *ojou-san*? —pregunté—. No iré tras de Tatsumi hasta que haya entregado el pergamino al Templo de la Pluma de Acero. Eso es lo que querías, ¿cierto?

—¡Por supuesto! Es sólo que... —Reika *ojou-san* exhaló con brusquedad—. No puedes simplemente perseguir a Hakaimono y esperar lo mejor, *kitsune* —dijo—. Sobre todo, cuando no tienes manera de enfrentarte a él. Lo único que harás es desperdiciar tu vida, ¡y eso es muy frustrante para aquellos de nosotros que hemos estado tratando de protegerla con tanto esfuerzo!

—Reika-chan —la voz de Maestro Jiro sonó suave, en tono de gentil reprimenda, y la doncella del santuario se hun-

31

dió otra vez en su lugar, aunque sus ojos todavía brillaban con fuego oscuro mientras me miraba.

Con un suspiro, el viejo sacerdote dejó su pipa y volvió su mirada hacia la mía.

—Yumeko-chan —comenzó, con esa misma voz serena e imperturbable—. Debes saber que lo que estás proponiendo no sólo es muy peligroso, sino que nunca antes se ha hecho. Expulsar a un *oni*, uno como Hakaimono en particular, no es como exorcizar a un *tanuki* malicioso o un espíritu *kitsune*. No es lo mismo que liberar a una persona de *kitsune-tsuki*. Asumo que sabes de lo que estoy hablando.

Asentí. *Kitsune-tsuki* era una posesión de zorro, algo en lo que los más malvados de mis parientes, los *nogitsune*, se deleitaban. Sus espíritus podrían deslizarse dentro de una persona y apoderarse de su cuerpo, de manera que la controlaran desde su interior. Qué llevaban a hacer a sus anfitriones dependía de los *nogitsune*, pero en su mayoría eran actos depravados y retorcidos para el placer y entretenimiento del *yokai*. Durante mi entrenamiento en el Templo de los Vientos Silenciosos, pasé una noche con Denga aprendiendo sobre el *kitsune-tsuki*, y había alternado entre estar aterrorizada y sentirme bastante enferma el resto de la noche.

Lo cual, sospechaba ahora, había sido la intención.

Maestro Jiro golpeó el extremo de su pipa contra una roca y las cenizas se derramaron sobre la superficie.

—Hakaimono no es un espíritu *kitsune*, Yumeko-chan —afirmó—. No es un *yurei*, ni un *tanuki* o algo que puede ser exorcizado con palabras o dolor o la aplicación de la voluntad de uno. Él es un *oni*, quizás el más fuerte que *Jigoku* haya engendrado jamás. Lo que haya quedado del alma del asesino de demonios está encerrada profundamente en Hakaimono, y ningún sacerdote o mago de sangre en la historia de Iwagoto ha podido vencer la voluntad del general *oni*. Si decides enfrentar a Hakaimono, es probable que tú y todos a tu alrededor mueran en el intento.

Tragué saliva, mientras un peso pétreo se asentaba en la boca de mi estómago.

—Entiendo, Maestro Jiro —dije al sacerdote—. Usted y Reika *ojou-san* no tienen que venir.

—No es eso lo que te estoy diciendo, Yumeko-chan —Maestro Jiro suspiró y volvió a meter su pipa en su *obi*—. Expulsar un espíritu de un cuerpo poseído es difícil y peligroso —dijo—, tanto para quienes realizan el exorcismo como para quien se pretende ayudar. Para tener una oportunidad contra un *oni* con este poder, debemos ver las cosas con amplitud. Estoy dispuesto a aceptar el riesgo...

—Maestro Jiro... —interrumpió Reika *ojou-san* con voz horrorizada, pero el sacerdote levantó una mano, silenciándola.

—Estoy dispuesto —continuó el sacerdote—, pero para intentar un exorcismo, primero debemos atar al demonio a fin de que no pueda escapar y asesinar a los que realizan el ritual. No puede haber dudas, ninguna disensión entre nosotros —miró alrededor del fuego, a mí, a Reika *ojou-san*, a Daisuke-san y a Okame-san, con expresión solemne—. El Primer *Oni* no debe ser subestimado. Si fallamos, que no quepa duda de que Hakaimono nos matará a todos. Por eso debemos estar de acuerdo. ¿Es éste realmente el camino que queremos tomar?

Todos los ojos estaban fijos en mí ahora, como si mi respuesta fuera a dar forma a las decisiones de todos. Y por un instante titubeé, mientras la magnitud de la situación se apoderaba de mí como un pesado edredón invernal. ¿Estaba haciendo lo correcto? Todos mis compañeros estaban dispuestos a ayudarme, pero ¿a qué costo? De acuerdo con Maestro Jiro, exorcizar al demonio podría no ser posible. Si íbamos detrás de Tatsumi, pondría en peligro las vidas de todos a mi alrededor. Podríamos morir enfrentando a Hakaimono.

Pero recordé la noche en que actué para el emperador de Iwagoto, cómo los ojos de Tatsumi habían revelado preocupación y desesperación, porque temía que fuera desenmascarada como una charlatana y decidieran ejecutarme. Recordé la forma en que estuvo a punto de tocarme, su mano a un suspiro de mi rostro, cuando antes habría retrocedido ante cualquier contacto físico para evitar ser herido. Y supe que no podía dejarlo atrapado dentro del monstruo en el que se había convertido, sobre todo cuando Hakaimono se había regodeado de que Tatsumi presenciara todo lo que sucedía a su alrededor sin que pudiera detenerlo.

—Estoy segura —dije con firmeza, ignorando el suspiro frustrado de la doncella del santuario—. Incluso si es imposible, incluso si Hakaimono toma mi vida… debo intentarlo. Lo siento, Reika *ojou-san*, sé que es peligroso, pero no puedo dejarlo sufrir. Si hay la menor posibilidad de salvar a Tatsumi, tengo que tomarla. Pero, lo juro, llevaré primero el pergamino al templo. No tienes que preocuparte por eso.

La *miko* se frotó la frente con resignación y exasperación.

—Como si entregar el pergamino ya fuera en sí una tarea simple —suspiró.

—Bueno, eso lo resuelve, entonces —Okame-san se puso en pie y estiró sus largos brazos, como si se hubiera cansado del debate y necesitara moverse—. Mañana por la mañana, llevaremos el pergamino del Dragón al Templo de la Pluma de Acero para salvar al Imperio de una plaga de maldad y oscuridad. Y después de eso, perseguiremos a Hakaimono para rescatar al asesino de demonios y también salvar al Imperio de una plaga de maldad y oscuridad —resopló y sacudió la cabeza—. Eso quiere decir que tendremos que enfrentar mucha maldad y oscuridad. Apuesto a que la vida parecerá bastante aburrida después de esto.

—Eso es poco probable —murmuró Reika *ojou-san*—. Tal vez estaremos todos muertos.

Okame-san la ignoró.

—Tomaré la primera guardia —anunció, saltando con gracia sobre una rama sobresaliente—. Ustedes pueden descansar tranquilos y sin preocupación. Si veo algún bandido, estará muerto antes de que se entere de qué lo golpeó.

—No seas egoísta, Okame-san —reclamó Daisuke-san, haciendo que el *ronin* hiciera una pausa con su mano en la siguiente rama—. Si ves algún infame perro sarnoso intentando lanzarse sigilosamente sobre nosotros, te ruego que me hagas una señal para que pueda darle la bienvenida en pie. Y si ves al propio Hakaimono, recuerda que tengo una promesa de duelo con Kage-san. Te pediría que no me niegues esa gloriosa batalla.

—Oh, no te preocupes, Taiyo-san. Si veo a un general *oni* tratando de lanzarse sigilosamente sobre nosotros, el bosque completo escuchará mis gritos.

Nos dirigió una sonrisa final y desapareció entre las ramas. Cuando el Daisuke-san se apoyó contra el tronco y Reika *ojou-san* metió las manos en sus ondulantes mangas *haori*, busqué un buen lugar para recostarme. Carecía de manta y almohada, y aunque nos encontrábamos a finales del verano, la noche era muy fría, tan cerca como estábamos de las montañas del Clan del Cielo. Pero mi túnica roja y blanca era pesada y su tela, cálida. Me acurruqué sobre un montón de hojas secas, escuché el canto de una lechuza y el susurro de las pequeñas criaturas que me rodeaban, e intenté no pensar demasiado en Hakaimono. En lo poderoso que era. En que no tenía idea de lo que nosotros cinco podríamos hacer para derrotar a un antiguo general *oni*, y mucho menos de cómo expulsarlo de Tatsumi. Y en cómo una gran parte de mí estaba absolutamente aterrorizada de enfrentarlo.

—Hola, pequeña soñadora.

La desconocida voz sonaba profunda y efusiva, y acarició mis oídos como una canción. Parpadeando, levanté la cabeza para descubrir que me encontraba en un bosquecillo de bambú. Luciérnagas verdes y amarillas vagaban entre los tallos como estrellas flotantes. La tierra debajo de mis patas se sentía fresca y suave, y un pequeño estanque brillaba a la luz de la luna, a pocos metros de distancia. Cuando me asomé al agua, los ojos dorados de una cara peluda me miraron, con las orejas de puntas negras erguidas contra la noche.

Una risita enigmática hizo vibrar los tallos alrededor de mí.

—No estoy en el estanque, pequeña.

Me volví, y un escalofrío corrió desde la base de mi cola hasta la columna, haciendo que el pelaje a lo largo de mi lomo se erizara.

Un magnífico zorro estaba sentado donde la luz de luna se había congregado, entre el bambú, y me miraba con ojos como velas titilantes. Su pelaje era blanco brillante, grueso y ondulado, y parecía resplandecer en la oscuridad, arrojando un halo de luz a su alrededor. Su cola espesa era un penacho de color blanco platinado que se agitaba y se balanceaba como si tuviera vida propia.

—No es de buena educación mirar de esa manera a tus mayores, pequeña cachorra.

Me sacudí y alrededor la arboleda pareció agitarse y cambiar sutilmente de apariencia. O tal vez fue sólo un efecto de la luz de la luna.

—¿Quién es usted? —pregunté—. ¿Qué es este lugar?

—Quién soy yo no es relevante —el zorro blanco se levantó. Su elegante cola ondeó en la brisa—. Soy un pariente, aunque mucho mayor que tú. En cuanto a dónde estás... ¿no consigues adivinarlo? Eres una *kitsune*, no debería resultarte difícil.

Miré alrededor y supe que el bosque de bambú había cambiado. Ahora estábamos en un bosque de árboles de *sakura* en flor. Sus rosados pétalos caían al suelo como copos de nieve.

—Estoy... soñando —adiviné y me volví otra vez hacia el zorro blanco—. Esto es un sueño.

—Puedes llamarlo así —asintió el zorro blanco—. Ciertamente, está más cerca de la verdad que de cualquier otra cosa.

Fruncí el ceño, tratando de rastrear un recuerdo enterrado hace mucho tiempo en mi mente. De un día en el bosque, mientras me escondía de los monjes, y esa repentina impresión de que estaba siendo vigilada. De un par de brillantes ojos dorados, una espesa cola blanca y la sensación de añoranza que surgió cuando nuestras miradas se encontraron.

—Yo... lo he visto antes —susurré—. ¿No es así? Hace mucho tiempo.

Él no respondió, y yo ladeé la cabeza.

—¿Por qué aparece en mi sueño ahora?

—Tu plan de exorcizar a Hakaimono fracasará.

El suelo bajo mis patas pareció desmoronarse, dejándome flotando en el espacio vacío.

—¿Qué?

—Hakaimono es demasiado poderoso —continuó el zorro, tranquilo—. En el pasado, los Kage ya intentaron hacer lo que tú estás planeando, obligar al *oni* a regresar a Kamigoroshi. Aquello terminó en muerte y destrucción. Hakaimono no es un demonio común, y la relación del asesino de demonios con la espada maldita es única. Incluso si logras capturar y atar al Primer *Oni*, el sacerdote y la doncella del santuario fracasarán en el exorcismo, y Hakaimono los matará a todos.

Temblé y me forcé a encontrarme con esos penetrantes ojos amarillos. *¿Cómo puede saberlo?*, quería decir, pero las palabras se congelaron en mi garganta cuando me encontré con una mirada que había visto reinos prosperar y montañas desgastarse al viento. Esos ojos eran ancestrales, lo abarcaban todo, y mirarlos era como observar la cara de la luna. Bajé la mirada a mis patas.

—No puedo rendirme —susurré—. Debo intentarlo. Le prometí que no lo dejaría con Hakaimono.

—Si quieres salvar al asesino de demonios —dijo el zorro blanco—, confiar en los humanos no es la respuesta. Si en verdad deseas liberar a Kage Tatsumi, debes hacerlo tú misma. Desde el interior.

¿Desde el interior? Desconcertada, lo miré.

—No entiendo.

—Sí —fue la fría respuesta—. Estuvieron hablando de eso esta noche, de hecho. Los *oni* no son las únicas criaturas que pueden poseer un alma humana.

El entendimiento se abrió paso, y aplané mis orejas, horrorizada.

—¿Se refiere al... *kitsune-tsuki*?

—Los rituales sagrados y el exorcismo no funcionarán en Hakaimono —continuó el zorro blanco, como si no se hubiera percatado de mi consternación—. Son sólo palabras. Palabras con poder, sí, pero la voluntad de Hakaimono es más fuerte que la de cualquier humano, y no se someterá. Para tener una oportunidad de salvar al asesino de demonios, otro espíritu debe confrontar al *oni* dentro del cuerpo de Kage Tatsumi, y expulsarlo por la fuerza.

—Pero… eso significaría que yo tendría que poseer a Tatsumi.

—Sí.

Aplanando las orejas aún más, retrocedí.

—No puedo hacer eso —susurré, mientras los ojos del otro *kitsune* se reducían a hendiduras doradas—. ¡Poseer un cuerpo humano es… malvado!

—¿Quién dijo eso? —preguntó el zorro blanco—. ¿Los monjes en el templo? ¿Los que intentaron limitar tu magia *kitsune*? ¿Los que insistieron en que siguieras siendo mayormente humana? —su hocico esbelto se curvó—. El *kitsune-tsuki* es sólo una herramienta, pequeña cachorra. De la misma manera que las ilusiones y el fuego fatuo, la magia en sí misma no puede ser malvada. Es cómo utilizas tus poderes lo que determina la intención.

Aunque sus palabras tenían un timbre inquietantemente sincero, se sentían… extrañas. Si no era peligroso, ¿por qué los monjes en el Templo de los Vientos Silenciosos habían prohibido tan estrictamente el *kitsune-tsuki*, hasta el punto que ni siquiera se me permitía hablar de eso, por temor a que sintiera curiosidad al respecto?

—Nunca he hecho un *kitsune-tsuki* —dije—. De hecho, ni siquiera estoy segura de poder hacerlo. Sólo soy en parte un zorro, después de todo.

—Eso no importa —el zorro blanco negó con la cabeza—. El *kitsune-tsuki* es algo natural en nosotros. Como creo que tu Maestro Isao dijo una vez, "está en tu sangre". Cuando llegue el momento, tu mitad *yokai* sabrá qué hacer.

—Pero... se siente... incorrecto.

Su magnífica cola se contrajo, irritada.

—Ya veo. Entonces quizá deberíamos ver el problema desde una perspectiva diferente.

El bosque que nos rodeaba desapareció. Los pétalos se arremolinaron en el aire como si estuvieran atrapados en un tifón, deslumbrante y sofocante. Cuando estornudé y levanté otra vez la mirada, los suaves pétalos se habían convertido en copos de nieve. Estaba parada entre las nubes, en la cima de una montaña, mirando hacia el Imperio de los humanos, muy por debajo de nosotros.

El mundo estaba ardiendo. Adondequiera que llevara la mirada, lo único que podía ver eran las llamas que consumían la tierra y se extendían por todas partes. Podía oler la ceniza y el humo, y el hedor de carne quemada obstruía mi garganta y me hacía toser. Parecía que estaba mirando el *Jigoku* mismo.

—Ése será el estado del Imperio —dijo el zorro blanco detrás de mí, sentado sobre una roca cubierta de nieve—, si no consigues detener a Hakaimono.

Mis piernas temblaron. El viento aullante pareció hundir sus garras de hielo bajo mi pelaje y arrastrarlas por mi espalda. Me quedé mirando la destrucción, mientras las lenguas de llamas rojas y anaranjadas se entremezclaban y llenaban mi visión hasta que lo único que podía ver era el fuego.

—Piénsalo bien, pequeña soñadora —la voz del zorro blanco ahora parecía venir de muy lejos—. Antes de que las llamas de la guerra consuman al mundo, considera cómo tus decisiones afectarán a todos. Tú eres la única que puede derrotar al Primer *Oni* y salvar el alma del asesino de demonios. Yo puedo mostrarte cómo y brindarte una mayor oportunidad de alcanzar la victoria cuando te encuentres cara a cara con el más poderoso *oni* de *Jigoku*. Pero sólo si estás dispuesta.

"Desafortunadamente —continuó, mientras me encontraba allí parada, luchando por respirar—, nuestro momento aquí está a punto de llegar a su final. Te necesitan de regreso en tu mundo, pequeña soñadora. Sólo recuerda mi oferta, ya te encontraré de nuevo cuando sea el momento adecuado. Por ahora, las sombras se acercan y debes...

Despertar.

Abrí los ojos e inmediatamente supe que algo iba mal. El bosque estaba demasiado callado. El susurro de los pequeños animales había desaparecido, y los insectos se habían sumido en el silencio. Me senté con cautela y vi a Daisuke-san y a Maestro Jiro dormitando con sus barbillas recargadas contra sus pechos. Reika *ojou-san* estaba acurrucada junto al fuego con los dos *komainu*.

Un hombre estaba parado al borde de la luz del fuego y su larga sombra se proyectaba por el suelo.

Con mi sobresalto, los ojos de Daisuke-san se abrieron de golpe y Reika *ojou-san* se irguió, tirando a los *komainu* de su regazo. Al ver al extraño, los espíritus rompieron en una cacofonía de gruñidos y ladridos agudos, con los pelos erizados y mostrando unos dientes diminutos al intruso, que los observaba con fría diversión.

—Silencio, ahora —su voz era alta y ronca, y levantó su delgada mano antes de que el resto de nosotros pudiera decir

algo—. No he venido aquí buscando pelea. No hagan algo...
precipitado.

El movimiento onduló a nuestro alrededor. Las sombras
se fundieron en la oscuridad para formar una docena de figuras vestidas por completo de negro; sólo sus ojos se mostraban a través de las rendijas en sus máscaras y capuchas. Sus
sables brillaron plateados a la luz de la luna: una docena de
navajas de muerte que nos rodeaban en un ceñido anillo. *Shinobi*, pensé con un escalofrío. Sus uniformes no tenían marcas. Sólo el extraño llevaba en su ondulante túnica negra el
emblema familiar que hacía que mi corazón latiera con más
fuerza: una luna siendo devorada por un eclipse. El símbolo
de los Kage.

El Clan de la Sombra se hacía presente.

3

LAS SOMBRAS SE ACERCAN

Yumeko

El hombre de la túnica se adentró más en la luz del fuego, y su resplandor naranja lo bañó. Era muy delgado, tenía el rostro enjuto y estrecho, y sus huesos se mostraban a través de la fina piel de sus manos, como si alguna fuerza hubiera absorbido su vitalidad. Su cara estaba teñida de blanco, sus labios y sus ojos delineados en negro, y se elevaba sobre nosotros como un terrible espectro de muerte. Por un momento, me pregunté... ¿si muriera de pronto pero su fantasma permaneciera, alguien lo notaría siquiera?

—Por favor, disculpen la intrusión —dijo el hombre con voz ronca. Su dura mirada, fría e impasible, se deslizó hacia mí, y me hizo estremecer—. Espero que no hayamos interrumpido algo importante.

—¿Dónde está Okame-san? —pregunté, y el hombre arqueó una ceja delgada como una tinta—. Si hubiera podido, nos habría advertido que ustedes se acercaban. ¿Qué le ha hecho?

El hombre alto hizo un gesto hacia un árbol. Levanté la mirada y vi a Okame-san en las ramas, atado de pies y manos al tronco, con una mordaza en la boca. Un *shinobi* se agachó en la rama cercana, con el arco del *ronin* sobre sus rodillas.

—Me temo que no podíamos permitir que su amigo los alertara —dijo el hombre, mientras Okame-san luchaba contra las cuerdas y lo fulminaba con la mirada—. No queríamos que se hicieran una idea equivocada y creyeran que éramos simples bandidos en medio de la noche. No se preocupen, eso fue una solución temporal.

Levantó una mano, y el *shinobi* que había estado agachado en la rama se giró de inmediato y cortó las cuerdas que ataban al *ronin* al árbol. Cuando Okame-san comenzó a liberarse, gruñendo maldiciones mientras se arrancaba la mordaza, el guerrero de la sombra se fundió en la oscuridad, dejando el arco del *ronin* colgado de una rama cercana.

El nudo en mi estómago se relajó, pero sólo un poco. Todavía había una docena de *shinobi* rodeándonos, además del extraño hombre al borde de la luz del fuego. El olor de la magia se aferraba a él, anquilosado pero poderoso, como un hongo sumamente emponzoñado.

—¿Qué significa todo esto, Kage? —preguntó Daisuke-san con voz gélida. El noble no se había movido de su lugar contra el tronco, pero ambas manos permanecían sobre su espada—. Éste es el territorio del Clan del Cielo, y estamos a pocas horas de la frontera de los Taiyo. Usted no tiene autoridad aquí, y tampoco derecho a someternos como si fuéramos bandidos comunes. Si no puede presentar la documentación necesaria, humildemente debo solicitar que se retire.

El hombre alto le dirigió una sonrisa horrorosa.

—Me temo que no puedo hacer eso, Taiyo-san —sonaba complacido y ofendido al mismo tiempo—. Permítanme presentarme. Mi nombre es Kage Naganori, y estoy aquí a instancias de la dama Hanshou, *daimyo* del Clan de la Sombra.

Reika *ojou-san* se enderezó.

—¿Naganori? —repitió.

—En efecto —el hombre volvió su sonrisa depredadora hacia ella, haciendo que Chu y Ko, ahora sentados a su lado, gruñeran y mostraran sus dientes—. Esta pequeña quizá sea la más informada del grupo —musitó—. ¿Será que el resto de ustedes también ha oído hablar de mí?

—No —dijo Okame-san. El *ronin* entró al círculo, erizado como un perro enojado, listo para disparar a cualquier cosa que se acercara demasiado—. Todavía espero averiguar por qué debería sentirme impresionado.

—Okame-san —Reika *ojou-san* le dirigió al *ronin* una mirada de advertencia—. Kage Naganori es el archimago del Clan de la Sombra, la cabeza *majutsushi* de la familia Kage.

—Sí —concedió Kage Naganori, con los ojos completamente negros ahora mirando a Okame-san—. Pero si deseas una muestra de talento, *ronin*, me encantaría satisfacer tu petición. ¿Quizá te impresionaría si hiciera bailar tu sombra? ¿O si le ordenara al *kami* de la noche que te cegara por el resto de tu vida? —levantó una mano abierta. Una pequeña lengua de negrura palpitante flotó sobre su palma, girando en el aire como tinta—. Tal vez una maldición de oscuridad que hiciera que toda luz se apagara para siempre adondequiera que fueras, ¿eso sería suficiente para impresionarte?

—No es propio de alguien de su posición amenazar, Naganori-san —se escuchó la voz suave y tranquilizadora de Maestro Jiro desde el otro lado de la fogata—. Y tampoco nos buscó para maldecir a un *ronin* cualquiera. ¿Por qué ha venido?

Kage Naganori resopló, dejó caer su brazo y la lengua de sombra con él.

—Como dije antes —continuó—, estamos en una misión para la dama Hanshou. Pido disculpas por esta intrusión, pero era imperativo que los contactáramos antes de que llegasen a la frontera de los Taiyo —el *majutsushi* se giró y clavó en mí su penetrante mirada—. Hemos venido por la *onmyoji*. La dama Hanshou ha solicitado su presencia.

—¿Por mí? —mi sangre se enfrió. Todavía llevaba encima la ondulante túnica de color rojo y blanco de la noche que había actuado frente al emperador. Había sido parte de una estratagema para llevarnos a todos al palacio imperial en busca de Maestro Jiro, dado que las jóvenes campesinas, los *ronin* y las doncellas del santuario no podían simplemente atravesar por sus puertas sin anunciarse. Ciertamente, no era una *onmyoji*, una adivina mística del futuro, pero esa noche me había encontrado frente a la corte imperial y al hombre más poderoso del lugar, y si no hubiera logrado convencerlo de que era lo que afirmaba ser, todos habríamos sido ejecutados.

Había usado magia *kitsune* y más que un poco de suerte, pero no sólo el emperador había creído mi actuación, sino que también me había ofrecido el honorable cargo de *onmyoji* imperial. Había declinado respetuosamente su oferta, pero parecía que la historia de la joven *onmyoji* y la fortuna del emperador se había extendido más de lo que habría esperado. De pronto sentí el pergamino bajo mi túnica, presionado contra mis costillas, y torcí mis dedos en mi regazo para evitar que se desviaran hacia él.

—¿Por qué? —pregunté a Kage Naganori—. ¿Qué desea la dama Hanshou de mí?

—No corresponde a mi posición saberlo. Se lo podrá preguntar cuando esté ante su presencia.

Mi corazón latía con fuerza por una razón completamente diferente. La dama Hanshou era la mujer que había enviado a Tatsumi al Templo de los Vientos Silenciosos en busca del pergamino del Dragón. ¿Se había dado cuenta de que yo poseía un fragmento? No. Si ella lo supiera, no habría enviado a un *majutsushi* para hablar conmigo; ya tendría metido un cuchillo en la garganta.

Aun así, aventurarse en el territorio de los Kage cuando su *daimyo* estaba buscando activamente el pergamino, parecía muy mala idea.

—Si no le importa, en verdad preferiría no acudir.

—Me temo que debo insistir —el *majutsushi* levantó una mano, y los guerreros de la sombra que rondaban en la oscuridad dieron un amenazador paso al frente. Daisuke-san se tensó, y Okame-san levantó su arco, mientras el gruñido de los dos *komainu* se elevaba bruscamente en el aire—. No deseo que esto termine de manera violenta —dijo Kage Naganori, juntando las manos frente a sí—. Pero *vamos* a llevar a esta joven ante la dama Hanshou. Aquéllos que se opongan serán abatidos por interferir en los asuntos del Clan de la Sombra.

—Yo sería más cauteloso al levantar amenazas, Kage-san —dijo Daisuke-san, con lo que se ganó el ceño fruncido del *majutsushi*—. La dama Yumeko se encuentra bajo mi protección, y dañar a un Taiyo se considera un crimen contra la Familia Imperial. Estoy seguro de que la dama Hanshou no querrá comenzar una guerra con el Clan del Sol.

—Daisuke-san... —miré al noble con sorpresa.

—Ella también se encuentra bajo la protección del santuario de Hayate —intervino Reika *ojou-san*, y levantó su brazo con una tira de papel *ofuda* sostenida entre dos dedos. Chu y Ko dieron un paso adelante y levantaron una pequeña barrera frente a la doncella del santuario. Sus ojos brillaban dorados y verdes en la oscuridad—. Me temo que no podemos acceder a su petición, incluso si debemos desafiar la voluntad de la *daimyo* de los Kage.

—Sí —agregó Okame-san, con una sonrisa maliciosa mientras tensaba una flecha en la cuerda de su arco—. Básicamente, si quiere a Yumeko-chan, tendrá que pasar por encima de todos nosotros.

—¡Qué insolencia! —Kage Naganori se erizó, y alrededor de nosotros, los *shinobi* esgrimieron sus espadas—. No me detendré a discutir con *ronin* y plebeyos —el mago de la Sombra levantó las manos, y el aire a su alrededor se oscureció mientras incluso la luz del fuego se alejaba de él—. Nuestra dama nos envió por la chica, y si ustedes se interponen en nuestra misión, no tendremos más remedio que eliminarlos.

—¡Espere! —me puse rápidamente en pie y miré al *majutsushi*, y el círculo de cuchillas giró en dirección a mí—. Iré con ustedes —dije. Mi estómago se retorció al pronunciar las palabras, pero si la otra opción era un baño de sangre con los *shinobi* y un mago de la sombra, elegiría la opción menos desastrosa. A pesar de que un encuentro con la dama Hanshou tal vez sería muy malo para mí, no quería arrastrar al resto a una pelea con el clan de Tatsumi. Había muchos *shinobi* rodeándonos, listos para atacar, y ésos eran sólo los que podíamos ver. Y el *majutsushi* era un enigma todavía mayor. No creía que la magia de la Sombra de Naganori diera lugar a flores y mariposas, a menos que se tratara de polillas negras que devoraran tu alma, lo cual no parecía en absoluto recomendable.

Y tal vez, cuando me encontrara frente a la dama Hanshou, la líder del Clan de la Sombra, aprendería más sobre Tatsumi y cómo salvar su alma del monstruo que ahora la mantenía cautiva.

Di un paso adelante, me enfrenté a Kage Naganori y levanté la barbilla.

—Iré con ustedes —dije de nuevo—. Si la dama Hanshou me solicita, acudiré a su llamado.

Tatsumi, lo lamento. Espero que puedas soportar hasta que encuentre una salida a todo esto.

—Yumeko —Reika *ojou-san* dio un paso al frente, haciendo que sus espíritus guardianes se escabulleran a un lado—. Es *poco recomendable* que vayas ahora mismo —dijo, levantando las cejas hacia mí. Sin duda, se estaba refiriendo al precioso secreto oculto bajo mis vestiduras de *onmyoji*—. Pero si vas, entonces insistiré en ir contigo.

—No es necesario que vayas, Reika *ojou-san*... —la doncella del santuario me dirigió una mirada que me recordó la expresión que Denga solía hacer cuando me atrapaba en medio de una travesura, así que quedé en silencio.

Daisuke-san se puso en pie lentamente y con gran dignidad, atrayendo la atención de todos.

—Yo también debo insistir en acompañar a Yumeko-sama⁵ —dijo—. Hice un voto para protegerla, y no sufriré la deshonra de faltar a mi palabra. Adonde vaya, mi señora, la seguiré. Hasta el momento de mi muerte, o cuando no necesite más de mí.

—Y yo soy su *yojimbo* —agregó Okame-san—. El guardaespaldas va adonde su cliente está. Así que también iré —sonrió a Kage Naganori, como si lo desafiara a intentar oponerse—. No importa lo que digan los demás.

_____

5 El sufijo -sama es más formal que -san. Se utiliza para personas de una posición muy superior (como un monarca o un gran maestro) o alguien a quien se admira mucho.

49

Miré al *majutsushi*, esperando que protestara, pero Kage Naganori sólo sonrió.

—Vaya grupo tan leal —musitó, con una voz casi burlona, incluso recelosa. Su mirada se deslizó hacia mí, plana y fría como la de una serpiente—. Una doncella del santuario, un perro *ronin* sin honor y un noble Taiyo, todos dispuestos a acompañarle a lo desconocido. Me pregunto qué esconden los *onmyoji* para merecer semejante lealtad.

—Tal vez no soy una *onmyoji* —sugerí—. Quizá sea una princesa *kami* en realidad.

Resopló una risa.

—Estoy seguro de que no lo es —dijo, antes de dejar escapar un largo suspiro y agitar una mano. Detrás de él, los *shinobi* se enderezaron y enfundaron sus aceros en un coro rasposo—. Muy bien —dijo Kage Naganori, sorprendiéndome—. Si sus compañeros están decididos, pueden acompañarnos hacia el castillo de Hakumei. Que nadie diga que el Clan de la Sombra carece de hospitalidad. Todos serán invitados de honor de los Kage —sonrió otra vez, pero no era una sonrisa muy agradable, sino sagaz y maliciosa—. Estoy seguro de que la dama Hanshou estará encantada de recibirlos.

—De regreso a las tierras de los Kage —Reika *ojou-san* frunció el ceño—. Espero que hayan traído caballos. El territorio del Clan de la Sombra se encuentra en el extremo sur de Iwagoto, más allá de los dominios de Taiyo y de Tsuchi. Literalmente, en el otro extremo del Imperio. Nos tomará semanas llegar allí.

—Para los no iniciados, así es —la voz del *majutsushi* sonó petulante ahora—. ¿Por qué cree que la dama Hanshou me envió, y no a un escuadrón de soldados *ashigaru*? Si viajáramos a pie, sin duda nos tomaría demasiado tiempo. Pero nosotros no avanzamos por medios ordinarios —levantó una manga ondulante que proyectó una larga sombra sobre el suelo—. Para aquellos que conocen el Sendero de las Sombras, ninguna distancia es demasiado lejana, si uno no se pierde en la oscuridad durante el camino.

—Ah —dijo Okame-san, ofreciendo a Daisuke-san una sonrisa cómplice—. Ahí está el balbuceo críptico de los Kage que estaba esperando.

Kage Naganori apretó los labios y dejó caer su brazo.

—Vamos —ordenó, y dio media vuelta—. La noche está menguando, e incluso en los senderos que debemos tomar, todavía queda un largo camino hacia el castillo de Hakumei. La dama Hanshou está esperando.

4

UN TALENTO OCULTO

Suki

Desde la sombra de un sauce en el jardín, Suki observó a Seigetsu-sama meditando junto al estanque, con las manos ahuecadas en su regazo y los ojos cerrados, y admiró en silencio su físico perfecto. Su largo cabello platinado brillaba a la luz de la luna como metal líquido, su espalda estaba recta y su rostro sereno. Incluso su impecable túnica blanca se había acomodado perfectamente a su alrededor. Una pequeña esfera pálida se posaba en la punta de sus pulgares, brillaba con suavidad y parecía flotar allí por voluntad propia. A sus pies, una carpa roja y blanca giraba perezosamente en el agua cristalina, produciendo apenas ondas en la superficie iluminada por la luna y, en lo alto, un árbol de *sakura* en flor abrigaba la figura de abajo con sus brillantes rosas. Ni un solo pétalo cayó revoloteando para turbar el momento.

—¿No es increíble Seigetsu-sama? —dijo Taka a su lado. El pequeño *yokai* se sentó contra el tronco del árbol, con su único ojo inmenso clavado en la figura al borde del estanque. Una sonrisa melancólica estiró su boca llena de colmillos, y su barbilla descansó en las palmas de sus manos con garras mientras miraba a su maestro—. Todo lo que hace es perfecto —declaró el *yokai*—. Me gustaría tener su aplomo, su gracia, su... perfección —suspiró—. Tristemente, tendré que contentarme con "pequeño" y "espantoso" y "apenas útil". ¡No es que me queje! —agregó con rapidez—. O que Seigetsu-sama me haya llamado alguna vez de esa manera. Yo sólo... he aceptado la verdad sobre ciertas cosas. Algunos entre nosotros están destinados a ser altos señores y líderes —hizo un gesto con la mano hacia la figura que estaba al lado del estanque—. Y otros nacemos para ser sirvientes, ¿no es así, Suki-san? Oh, *gomen* —llevó ambas manos con garras a la boca, tal vez recordando que la joven con la que hablaba ya no pertenecía al mundo de los vivos—. No quise insinuar... sólo quería...

Suki se volvió para sonreírle, sacudiendo la cabeza, y el pequeño *yokai* se relajó. Taka no era malicioso, ella lo sabía. Él no tenía un ápice de crueldad en su cuerpo. Ella creía que él estaba un poco solo y no podía hablar mucho con Seigetsu-sama, sobre todo cuando el tema era sobre su mutuo benefactor misterioso.

—Seigetsu-sama me salvó —continuó Taka, volviendo su mirada a la figura junto al estanque—. Me acogió cuando nadie más me quería, y desde entonces me ha permitido viajar con él. A veces, me pregunto por qué. Él no tolera que nadie más lo siga —parpadeó su enorme y único ojo—. Bueno, excepto tú, Suki-san, y eres un fantasma, por lo que no puede en realidad amenazarte.

Suki ladeó la cabeza con el ceño fruncido, pero Taka no pareció darse cuenta. El *yokai* se apoyó contra el árbol con un enorme bostezo dentudo.

—Trabajabas en el Palacio Imperial, ¿verdad, Suki-san? —preguntó, sorprendiéndola con la aleatoriedad de la pregunta. Su mente funcionaba de esa manera, ella lo había notado, saltando de un pensamiento a otro como un grillo agitado, nunca se conformaba con una sola cosa por mucho tiempo. Ella asintió, esperando que el *yokai* no mencionara a su antigua señora, la dama Satomi. Por fortuna, los recuerdos de su muerte, de su antigua vida, se estaban volviendo cada vez más dispersos y confusos. Ella había sido doncella de la concubina del emperador, pero la dama Satomi resultó ser una maga de sangre, una que practicaba la magia prohibida de *Jigoku*, y había matado a su humilde doncella para convocar a un demonio al reino de los vivos. ¿Por qué la dama Satomi había convocado al *oni*? Suki no estaba segura de la respuesta, algo sobre un pergamino antiguo, pero el momento de su muerte había sido violento y aterrador, y algo en lo que no le interesaba pensar.

No estaba completamente segura de por qué su alma continuaba existiendo en el reino mortal. Según los relatos de fantasmas que su madre solía contarle, las almas podían demorarse porque algo las ataba a sus vidas anteriores. La venganza era la razón más común, el deseo de castigar a quienes les habían hecho daño en vida. Pero la dama Satomi ya estaba muerta, asesinada por quien Suki seguía ahora. Si ella hubiera deseado sólo venganza, ¿no habría trascendido ya?

Suki se estremeció. Sabía que estaba muerta y que ahora nada podía lastimarla en realidad, pero la idea de vagar sin rumbo por el mundo como un espíritu era aterradora. No podía ir a casa. Ciertamente, su padre, Mura Akihito, no necesitaba que el fantasma de su única hija rondara su negocio. Taka era amigable, y Seigetsu-sama había asesinado a la horrible dama Satomi… seguirlos parecía una idea mejor que vagar sin rumbo. Al menos no estaría sola.

Cerca del borde del estanque, Seigetsu-sama se levantó, tan grácil como la luz del sol sobre las hojas. Su esfera se desvaneció en sus ondulantes ropas tan rápidamente que Suki podría haber imaginado que estaba allí.

—Taka, ven. Te necesito.

—¡*Hai*, Seigetsu-sama! —el pequeño *yokai* acudió con emoción. Suki vaciló un instante, pero enseguida flotó tras él.

—Sí, Seigetsu-sama —Taka se detuvo a los pies de su maestro. Su único y enorme ojo miró al hombre con abierta adoración—. Estoy a sus órdenes.

El hombre de cabello platinado señaló el suelo.

—Aquí, Taka-chan —ordenó—. Siéntate en la almohada, si así lo deseas —Taka hizo lo que se le pedía de inmediato: se dejó caer sobre el cojín rojo y levantó la vista con gesto expectante. Seigetsu-sama se sentó de nuevo y cruzó las piernas mientras miraba al pequeño *yokai*. La luz de la antorcha titilaba sobre su cabello y el cráneo calvo de Taka—. Ahora, cierra tu ojo —ordenó—. Y guarda silencio.

El *yokai* obedeció, cerró el ojo y apretó los labios. Seigetsu-sama se enderezó, y la esfera blanca apareció de pronto en una mano, equilibrada sobre tres dedos. Mientras Suki observaba, fascinada y recelosa, él extendió la otra mano y tocó con dos elegantes dedos la frente de Taka.

Por un momento, nada pasó. La carpa giraba perezosamente en el estanque, la luz de las antorchas titilaba y el viento agitaba las ramas de los árboles de *sakura*, aunque ni un solo pétalo bañaba las figuras inmóviles debajo del tronco.

Entonces, el pequeño cuerpo de Taka se convulsionó, lo que hizo que Suki saltara. Se sacudió de nuevo, los violentos estremecimientos se extendieron con rapidez por la delicada figura del *yokai*, y su cabeza cayó hacia atrás, con la boca colmilluda abierta. Mientras Suki temblaba de miedo y compasión, su ojo se abrió, completamente negro y tan desierto como el vacío, y ella se habría quedado sin aliento por el horror, de haber podido todavía aspirar aire.

Seigetsu-sama se limitó a sonreír. La esfera en su mano titiló con suavidad, pulsando con su propia luz interior, en lo que parecía ser un eco del latido del corazón del *yokai* frente a ella. El hombre mantuvo sus dedos presionados en la frente de Taka, con el rostro sereno, incluso cuando Taka se movió y se estremeció debajo de él.

—Cuéntame de la chica zorro —murmuró—. ¿Adónde se dirige? ¿Está en peligro? ¿Qué le pasará en tierras de los Kage?

La boca de Taka se abrió y una voz delgada y áspera emergió, tan diferente al alegre y animado *yokai* que Suki se había acostumbrado a escuchar.

—El sendero es traicionero —susurró—. Manos se extienden, tiran de ellos en la niebla. Sombras en las paredes, bajo el suelo. Susurros acechan en las calles, ojos brillantes queman la oscuridad. Una mujer, muerta viviente, tiene una petición.

Suki no encontraba sentido a lo que estaba escuchando, pero el hombre de cabello platinado asintió.

—Nada terrible hasta ahora —murmuró—. ¿Y qué hay de Hakaimono?

Taka se estremeció violentamente y sus pequeñas manos temblaron a sus costados.

—Muerte —dijo con voz ronca, y para los oídos de Suki, incluso el áspero susurro sonó horrorizado—. Muerte, caos, destrucción. Montañas de cadáveres. Valles de fuego. Garras y dientes desgarrando la carne, la piel. ¡Huesos caminando, sangre, dolor, miedo!

—Predecible —Seigetsu-sama suspiró, aunque la voz de Taka se estaba volviendo cada vez más frenética mientras continuaba con la letanía de descripciones espeluznantes, como si los eventos estuvieran sucediendo frente a él. Un fino hilo de sangre corrió desde su nariz hasta su barbilla y salpicó sus manos—. Suficiente —ordenó Seigetsu-sama, tirando su brazo hacia atrás. Su profunda voz ondeó en el aire e hizo el suelo temblar—. Detente, Taka.

El pequeño *yokai* se desplomó y su cabeza cayó sobre su pecho, mientras el torrente de palabras llegaba a su fin. Suki todavía estaba temblando, pero Seigetsu-sama simplemente metió la esfera en su túnica y sacudió sus mangas, antes de volver a centrar su atención en el *yokai*. En la almohada, Taka gimió, se agitó y abrió lentamente el ojo, parpadeando al hombre que estaba encima de él.

Seigetsu-sama sonrió.

—¿De vuelta con nosotros, Taka-chan? —preguntó.

La frente del *yokai* se arrugó.

—¿Yo… tuve otra visión, Maestro?

—Así es —el hombre asintió y le lanzó un pañuelo de seda—. Bastante terrible, según parecía. Tuve que traerte de vuelta antes de que te hicieras daño.

Taka atrapó el pañuelo con el ceño fruncido y lo presionó contra su nariz con un suspiro lastimero.

—Me gustaría poder recordar.

—No, Taka-chan —le aseguró Seigetsu-sama—. No entenderías las visiones incluso si pudieras. Arráncalo de tu mente. Ya he discernido lo que necesitaba saber.

—*Hai*, Seigetsu-sama —el pequeño *yokai* se animó un poco y le brindó a su maestro una sonrisa dentada—. Mientras pueda serle útil, eso es lo único que deseo.

Mirándolos, de pronto Suki se llenó de aprehensión. ¿Podría Taka-chan ver el futuro, o al menos una parte de él? Y si así era, ¿estaba Seigetsu-sama usando al pequeño *yokai* para sus propios fines? El pensamiento la hizo sentir incómoda. Seigetsu-sama era obviamente muy poderoso y podía controlar algún tipo de magia, al igual que la dama Satomi. ¿Qué quería él con la chica *kitsune* y el *oni*?

El hombre dio un paso atrás y agitó una mano, como si estuviera arrancando algo del aire. Con una onda silenciosa, el tranquilo estanque y los jardines que lo rodeaban se dispersaron en el viento como zarcillos de humo de colores, revelando un bosque oscuro y tenebroso. Las antorchas desaparecieron, llevándose la luz con ellas, e incluso los diminutos destellos de luciérnagas se desvanecieron como si nunca hubieran estado ahí. En la repentina penumbra, los ojos de Seigetsu-sama brillaron como luz de velas mientras miraba las sombras.

—Todo va según lo planeado —musitó, mientras Taka se ponía en pie y la almohada debajo de él se disolvía en una neblina—. El juego está empezando a tomar forma, pero no debemos permitir que se alejen demasiado del camino equivocado. Parece que la pequeña zorro estará ocupada por un tiempo, así que tal vez deberíamos vigilar a Hakaimono, asegurarnos de que su parte en la historia no esté perdida. Ven, Taka —dio media vuelta, una figura brillante de blanco cabello platinado y túnica brillante en las sombras—. Es un largo viaje a las tierras de Mizu, incluso si montamos los vientos. Deberíamos darnos prisa.

—¿Puede Suki-san venir con nosotros, Maestro?

Seigetsu-sama miró hacia atrás. Sus ojos se elevaron hacia Suki, quien todavía flotaba junto a los árboles, y la comisura de sus labios se curvó hacia arriba.

—Lo daba por hecho —su voz era como un manantial frío de montaña, profundo y poderoso, y Suki sintió un escalofrío desde los dedos de los pies hasta la parte superior de su cabeza—. Ella también es, por supuesto, importante en esta historia.

5

LA PRESA MÁS PELIGROSA

HAKAIMONO

Los Kage me habían encontrado.

—Hakaimono —uno de los hombres dio un paso adelante y dirigió una mirada fulminante hacia donde me encontraba parado, en la parte superior de la escalera del templo. Un *majutsushi* del Clan de la Sombra, vestido de negro con el rostro teñido de blanco, aunque podía ver el sudor en su frente y oler el miedo que irradiaba. Sus hombres, una docena de samuráis de los Kage, se agruparon detrás de él, con las manos en las empuñaduras de sus espadas. Sentí una sonrisa torcida en mi boca. Después de todo este tiempo, después de todas nuestras batallas, el Clan de la Sombra no había aprendido. ¿Un *majutsushi*? ¿Una docena de samuráis? La última vez que había enfrentado a los Kage, me había abierto paso a través de un centenar de sus mejores guerreros antes de que ellos consiguieran rasguñarme siquiera.

Sonreí a la docena de humanos que estaban parados entre las piedras y la crecida maleza del patio. Éste era un pequeño templo apartado, al pie de las Montañas Tokan Kiba, en las fronteras del territorio del Clan del Cielo. El templo era antiguo y se estaba cayendo en pedazos. Sus techos estaban repletos de agujeros y al menos tres centímetros de polvo cubrían sus chirriantes pisos de madera. Una estatua del Profeta de Jade, venerado por los humanos, reposaba infelizmente sola en el salón principal, rematada con unas pocas mechas blancas del nido que los gorriones habían construido sobre su cabeza. Esto me había parecido gracioso, y había reído al pie de la estatua durante un buen minuto antes de continuar mi recorrido. Por lo que podía discernir, ya fuera por enfermedad o ataque, o porque los monjes simplemente habían envejecido y muerto, como solían hacer los humanos, el templo había sido abandonado hacía mucho tiempo, por lo que había elegido detenerme aquí.

Había estado atrapado en Kamigoroshi durante un largo tiempo; el mundo había cambiado desde que lo había visto por última vez, y necesitaba tiempo para volver a acostumbrarme antes de empezar a arrasar ciudades y empapar la tierra de sangre. Hacer una matanza en un templo lleno de piadosos hombres calvos habría sido divertido, pero tales masacres eran una forma de llamar la atención y eso era algo que intentaba evitar en este momento.

Lamentablemente, parecía que mi llegada ya había sido notada. Apenas tenía tres días fuera, y los Kage ya estaban siguiendo mis pasos. Bastardos testarudos. Sabía que los vería tarde o temprano. Tenían todo un escuadrón de *shinobi* y *majutsushi* vigilando al portador de Kamigoroshi, que en ese momento había sido Kage Tatsumi, para asegurarse de que el asesino de demonios permaneciera cuerdo y bajo control. En cuanto me liberé, tal vez alguno de ellos había corrido a casa para hacerle saber al Clan de la Sombra que yo era una amenaza de nuevo. Esta pequeña visita no era inesperada, pero significaba que los Kage ya se estaban moviendo en mi contra.

Por otra parte, un baño de sangre era justo lo que necesitaba para aliviar un poco el estrés y la frustración acumulada. Que se tratara de los Kage, la dinastía que había jurado eliminar de la existencia por su insolencia de mantenerme atrapado en Kamigoroshi, hacía que esto fuera todavía mejor.

—Felicidades, Kage —dije, sonriendo desde la parte superior de la escalera que llevaba hasta la sala principal—. Me encontraron —mi sonrisa se ensanchó, mostrando mis colmillos, y varios de ellos se estremecieron.

Quizá nunca antes habían visto a un *oni*, ni siquiera uno que tuviera el tamaño de un humano. Éste era, técnicamente, el cuerpo de Kage Tatsumi, pero ahora que estaba libre, algunas de mis características demoniacas se habían acentuado. No era tan grande como mi verdadero yo, pero los cuernos, las garras y la piel de tinta negra eran reveladores. Como fuera, me veía como un *oni*, lo que podía hacer que incluso los humanos más valientes palidecieran de miedo.

—Ahora, ¿qué proponen que hagamos al respecto?

En el fondo, un destello del subconsciente, no mío, se agitó. Kage Tatsumi, el propietario original de este cuerpo, desesperadamente intentaba expulsarme, a fin de impedir lo que sabía que estaba a punto de suceder. Sentí su presencia luchando en mi interior, como un pez enredado en una red, y reí de sus débiles intentos de detener lo inevitable.

Sigue observando, asesino de demonios. Mira mientras destrozo a los miembros de tu clan hasta convertirlos en pequeños pedazos ensangrentados y los disperso al viento, y entiende que no hay absolutamente nada que puedas hacer para detenerme. Pero sigue intentando. Lucha y pelea todo el tiempo que puedas. Me encanta cómo se siente tu desesperación. Hubo un pulso de rabia dirigido hacia mí, y solté una risita. *Sólo recuerda la última vez que estuve atra-*

pado en Kamigoroshi, durante casi cuatrocientos años. Tú has estado
allí tres días. Ya se siente como una eternidad, ¿no es así?

El *majutsushi* dio un paso adelante.

—Hakaimono —dijo otra vez, y tuve que darle crédito: su voz no temblaba, aunque los puños de sus mangas se sacudían levemente—. Por orden de la dama Hanshou, liberarás al asesino de demonios, Kage Tatsumi, y regresarás a Kamigoroshi.

Reí. El sonido resonó en las paredes del patio y se elevó en la noche, y entonces los guerreros se agruparon, alzando sus espadas.

—Oh, esto es nuevo —me burlé, todavía riendo mientras los miraba—. ¿Que libere al asesino de demonios, dices? ¿Que lo deje ir y regrese voluntariamente a Kamigoroshi por unos cuantos siglos más? —incliné la cabeza en una imitación burlona—. Y sólo por curiosidad, ¿qué obtengo si estoy de acuerdo con estas demandas? ¿Otros cuatrocientos años de aburrimiento, desesperación y locura? —negué con la cabeza—. No es un buen trato, Kage. Tus habilidades de negociación podrían requerir un poco de esmero.

Toda pretensión de civilidad se desvaneció cuando el *majutsushi* señaló con un dedo delgado a lo alto de la escalera, con sus rasgos retorcidos por el odio y el miedo.

—No te burles de mí, demonio —escupió—. Libera a Kage Tatsumi y regresa a la espada, o enfrenta la ira de todo el Clan de la Sombra.

—¿La ira de todo el Clan de la Sombra, dices? —repetí—. Mortal, tu clan me declaró la guerra cuando me encerraron en esta miserable espada hace mil años —levanté a Kamigoroshi por la vaina y la puse frente a mí. El *majutsushi* retrocedió en la escalera como si estuviera blandiendo una cabeza cortada—.

Recuerdo a Kage Hirotaka —continué—. Recuerdo el deseo que pidió al Dragón: mantenerme atrapado en este triste reino. Sufrir tormento sin fin. Bueno, él obtuvo su deseo —desenvainé a Kamigoroshi, dejando que siglos de odio y rabia salieran a la superficie—. Mortales débiles, patéticos, de tan corta vida. Hablas de declararme la guerra, pero has llegado demasiado tarde. Yo ya declaré la guerra a todo el Clan de la Sombra, y no descansaré hasta que todos sus miembros sean eliminados, hasta que cada uno de sus hombres, mujeres y niños yazcan muertos sobre su propia sangre, y el nombre de los Kage sea borrado del curso de la historia para toda la eternidad.

—Monstruo —el rostro del *majutsushi* se había puesto pálido, el horror brillaba en sus ojos mientras me miraba—. Perdemos nuestro tiempo y nuestras palabras. No hay salvación para el asesino de demonios.

Agitó una mano hacia la parte superior de la escalera. Una oleada de poder surgió en el aire y cadenas negras brotaron de las piedras y se enroscaron alrededor de mí. Se deslizaron sobre mis brazos y mi pecho, frías y constreñidas, ataron mis extremidades y me anclaron en su lugar. El *majutsushi* sonrió con petulancia y se volvió hacia sus guerreros.

—Mátenlo —ordenó, apuntando a la escalera—. Destruyan esa abominación. Tomen su cabeza y lleven al demonio de vuelta a Kamigoroshi. ¡Por el honor de los Kage!

Los guerreros lanzaron un unificado grito de batalla y arremetieron por la escalera, con sus espadas levantadas. Entrecerré los ojos y agarré la empuñadura de la espada cuando los primeros guerreros llegaron arriba, mientras una pequeña voz en mi interior gritaba una fútil advertencia al guerrero que se acercaba. Él sabía que la magia de la Sombra del *majutsushi* sería inútil contra alguien que florecía en la oscuridad.

Sigue mirando, Tatsumi. Tu clan está a punto de reducirse un poco más.

Con un gruñido, me liberé de las cadenas, y los dos primeros guerreros explotaron en una nube de sangre cuando Kamigoroshi los atravesó y los cortó en dos. Las mitades cayeron, con las expresiones congeladas en la conmoción, mientras decapitaba a uno más y daba un paso adelante para encontrarme con el resto. Lanzaron gritos de miedo y de sorpresa, y me atacaron. Demasiado lento. La sangre formó arcos en el aire y se esparció sobre las piedras, mientras Kamigoroshi destellaba como un torbellino y los guerreros caían en pedazos.

Bajando la espada, aspiré la neblina sangrienta y miré al humano que quedaba, el *majutsushi* que había clamado por mi cabeza. Se encontraba parado al pie de la escalera, con los ojos muy abiertos mientras miraba fijamente las extremidades y los cuerpos de sus hombres, ahora dispersos a mi alrededor y goteando por la escalera.

—Bien —miré alrededor con falsa curiosidad, luego me volví hacia el humano—. Parece que ahora sólo quedamos tú y yo.

—Demonio —susurró el hombre mientras yo comenzaba a bajar los escalones.

Agitó una mano y envió un trío de dardos negros contra mi rostro. Los ahuyenté como si fueran moscas y se desvanecieron en tenues zarcillos de humo. Con los ojos desorbitados, el *majutsushi* retrocedió por el patio y avancé. Era fácil seguir el ritmo de sus pasos frenéticos y tambaleantes.

—¡Los Kage no caerán ante ti! —ondeó un brazo, y un par de sombras negras con formas de perros emergieron de la oscuridad y se abalanzaron sobre mí. Partí uno con Kamigoroshi y aplasté la garganta del segundo bajo mi puño mientras me embestía, y las bestias de sombra se retorcieron en la nada.

El hombre siguió arañando hacia atrás.

—No puedes ganar —insistió, jadeando. El sudor corría por su rostro, goteando sobre las piedras, mientras levantaba ambas manos en un gesto protector—. No importa lo que hagas, tu tiempo en este reino es limitado.

Una red de oscuridad voló de sus dedos y formó un arco sobre mí. La arranqué del aire y la arrojé a un lado, cuando el humano finalmente llegó a la pared del patio. Jadeante, incapaz de seguir escapando, se presionó contra las piedras, temblando, mientras yo me detenía a un paso de distancia. La pintura de su rostro estaba manchada de sudor, las marcas negras, borradas y corridas, y el blanco de sus ojos se mostró cuando me miró. Desafiante frente a la muerte.

—Mi clan me vengará —susurró—. La dama Hanshou sabe que has sido liberado, Hakaimono. Mientras camines por este reino, el Clan de la Sombra no descansará. ¡Te expulsaremos de la Tierra, aunque tengamos que sacrificar mil guerreros, *shinobi* y *majutsushi* para hacerlo!

—¿La dama Hanshou? —reí entre dientes—. La dama Hanshou te envió como cebo, mortal. Ella nunca esperó que vencieras —la frente del humano se frunció, y resoplé—. Hanshou me conoce... Somos viejos amigos tu daimyo y yo. Ella es muy consciente de que una docena de guerreros y un majutsushi no son suficientes para desafiarme. Tú y tus hombres fueron un sacrificio para frenarme o para probar qué tan fuerte me encuentro. Probablemente hay un shinobi cerca, mirándonos. Está bien. Puede transmitir este mensaje.

Levanté a Kamigoroshi y la dejé caer sobre la parte superior del cráneo del hombre, partiéndolo en dos hasta la ingle.

El *majutsushi* se colapsó sobre sus rodillas, los trozos de la parte superior de su cuerpo cayeron a ambos lados, antes de que se derrumbara empapado por completo de sangre en el suelo.

—El Clan de la Sombra morirá —dije al aire, a los *shinobi* ocultos que sin duda escuchaban cada una de mis palabras, y al alma atrapada dentro de mí, furiosa por su propia impotencia—. Por cada día que estuve encarcelado en esta espada, mataré a un miembro de los Kage, hombres, mujeres y niños, hasta que nadie quede en pie. Demoleré sus castillos y ciudades y empaparé sus tierras con tanta sangre que nada volverá a crecer allí. Y cuando llegue ante la dama Hanshou, veremos si una inmortal puede seguir existiendo después de que haya arrancado el corazón marchito de su pecho y me lo haya comido delante de ella —guardé a Kamigoroshi en su funda, di media vuelta y comencé a caminar por el patio, hacia la escalera del templo—. Lleven ese mensaje a su *daimyo* —dije al aire vacío—. Díganle que no necesita enviar por mí. La veré pronto.

Por el rabillo del ojo percibí un sutil movimiento en el techo del templo, una sombra sin rasgos deslizándose a través de la oscuridad. A medida que desaparecía en la noche, sonreí y sacudí la cabeza. Justo como lo había sospechado. El Clan de la Sombra, a pesar de todos sus secretos, misterios y pretensiones de bailar con la oscuridad, era bastante predecible.

Sin embargo, me habían encontrado antes de lo que había calculado. Incluso si este grupo era sólo una prueba, un experimento realizado por su despiadada *daimyo* para ver qué era aún capaz de hacer, le seguirían otros más. Tras siglos de vivir con los Kage, aprendiendo sus costumbres y sus secretos, con cada asesino de demonios que tomaba a Kamigoroshi, sabía más sobre el Clan de la Sombra. Quizá más que todos, a excepción de su *daimyo* inmortal.

El problema era que el Clan de la Sombra también *me* conocía. Una docena de guerreros era algo que podría enfrentar. Unos pocos cientos se volverían problemáticos, sobre todo si enviaban *majutsushi* con ellos. Su nuevo archimago, un flaco humano llamado Kage Naganori, era un imbécil arrogante e insoportable pero, por lo que había visto, poderoso. Y por mucho que odiara admitirlo, Kage Tatsumi era un simple mortal. Su cuerpo, aunque yo le brindaba un poco de la resistencia y la rápida curación por las que era famosa mi raza, no era tan duradero como el de un *oni*. Todo lo que necesitaría era una espada en su garganta, una flecha en el corazón, y estaría atrapado en Kamigoroshi durante unos cuantos siglos más.

En lo más profundo de mí, sentí el destello de un anhelo que no era mío, el alma de Kage Tatsumi esperando desesperadamente que alguien lo matara.

¿Tan ansioso estás por morir, Tatsumi? No te preocupes, pronto alcanzarás tu deseo. Pero esta vez, no voy a regresar a esa espada maldita. Esta vez, cuando mueras, finalmente seré libre.

Levanté la cabeza y miré a la luna que escalaba lentamente el techo del templo. El Clan de la Sombra se extinguiría. Por haberme atrapado en Kamigoroshi, por haber asumido con tanta arrogancia que podían usar mi poder para lograr sus propios designios, ejecutaría mi venganza sobre toda la estirpe de los Kage. Ellos experimentarían el horror y el sufrimiento como nunca los habían conocido y, al final, cuando me encontrara rodeado por los despojos de su clan masacrado, yo personalmente arrancaría la cabeza del cuello marchito de la dama Hanshou y terminaría con su linaje para siempre. Pero había una cosa que tenía que lograr primero.

Di media vuelta y caminé por el patio, con los guijarros crujiendo bajo mis pies, hacia la puerta podrida que marcaba la entrada del templo. Tendría que apresurarme. Era un largo viaje hasta mi destino, dejando el territorio del Clan del Cielo, a través de las tierras de Taiyo nuevamente, y de las traicioneras Montañas Lomodragón que dividían a Iwagoto por la mitad. Viajar a través de esa sierra era arriesgado incluso con buen tiempo; todo tipo de monstruos y *yokai* vagaban por esos picos solitarios, y aunque la idea de encontrarme con una *tsuchigumo* o una bruja de montaña no me molestaba, se decía que los *kami* de las Montañas Lomodragón eran caprichosos y que en ocasiones exigían sacrificios. Se sabía que los humanos que viajaban por esos estrechos senderos no volvían. No disfrutaba ante la idea de caminar por montañas infestadas de *yokai* y *kami*, pero también dificultaría las cosas para quienes me estuvieran persiguiendo. Si alguno del Clan de la Sombra me siguiera hasta esos picos dentados e implacables, me aseguraría de que no saliera de ellos.

Detrás de la puerta, los alguna vez fieros guardianes de piedra yacían ahora agrietados y rotos en el suelo, me detuve y observé la matanza en el patio. Los guerreros Kage estaban dispersos en pedazos por la escalera del templo, y el cuerpo partido del *majutsushi* yacía tirado en tierra. *Tan fácil.* Aspiré el olor de la muerte. *Los humanos mueren tan pronto. Como el fuego en una vela.*

Tatsumi se agitó, su ira rozó contra mi mente, y sonreí.

No te preocupes, asesino de demonios. No tendrás que ver la destrucción completa de los Kage. Una vez que sea libre, te liberaré de tu miseria y enviaré tu alma a Jigoku. Esto es sólo el comienzo.

6

EL SENDERO DE LAS SOMBRAS

Yumeko

Seguimos a Kage Naganori hasta un pequeño y al parecer olvidado cementerio en lo profundo del bosque.

—Bueno, esto se pone cada vez mejor —murmuró Okame-san, mientras pasábamos por debajo de un arco *torii* de piedra desmoronada en el borde del cementerio. Las lápidas sobresalían del suelo del bosque, tan desgastadas y cubiertas de musgo que resultaba imposible leerlas. Dispersas entre las tumbas, erosionadas por el tiempo, divisé algunas estatuas de Jinkei, *kami* de la misericordia y de los perdidos. Un silencio antiguo y sombrío flotaba en el aire, la sensación de un lugar olvidado por el mundo, inalterado durante siglos. Esperaba que todas las almas enterradas aquí hubieran podido trascender.

—Dejen que el Clan de la Sombra haga las cosas lo más incómodas posible —continuó Okame-san, bajando la voz para no molestar a los muertos, supuse—. Y aquí estaba yo, esperando un *kago* para viajar a través del Imperio con todo lujo y comodidad.

Los *kago* eran una especie de literas utilizadas para transportar personas. Había visto uno en la ciudad imperial, una caja lacada con adornos dorados que se abría camino por una concurrida calle, con una escolta de samuráis montados a su lado. La luz del sol destellaba en la madera pulida y los adornos dorados, pero en lo único que podía pensar era en lo cansados y acalorados que se veían los cuatro portadores en sus esquinas.

—Pero las tierras Kage están en el extremo meridional del Imperio, Okame-san —susurré—. ¿No llevaría eso un tiempo terriblemente largo?

—Semanas —dijo Daisuke-san en voz baja. Su rostro era sereno, pero su mirada se movía de un lado a otro, como si esperara que algún fantasma saltara hacia nosotros en cualquier momento—. Quizá más tiempo. Esperaba caballos, una especie de escolta a las tierras de los Kage. Así que, ¿por qué nos condujeron hasta aquí? ¿Por qué a un cementerio en medio de la noche?

—Porque el Clan de la Sombra conoce la oscuridad mejor que la mayoría —respondió Kage Naganori, volviéndose para sonreír ante nuestra incomodidad. Se detuvo en el centro del estrecho sendero y levantó ambos brazos como si abrazara la escena que nos rodeaba—. Para los otros clanes, la noche debe ser temida, algo que debe mantenerse a raya con luz y calor. Pero la oscuridad siempre ha favorecido a los Kage, y hemos aprendido que viajar a través de las sombras es mucho más rápido que viajar bajo la luz.

—Críptico —comentó Okame-san—. Entonces, ¿cómo es que llegaremos allí?

El *majutsushi* dejó caer sus brazos y lo fulminó con la mirada.

—Es un ritual complejo y llevaría demasiado tiempo explicarlo a los no iniciados —dijo—. Lo simplificaré para ti.

71

Llevaremos a cabo una técnica llamada *Kage no michi*, el Sendero de las Sombras. En su forma más simple, dejaremos este reino, entraremos en las sombras y emergeremos en el otro extremo del Imperio. Llegaremos a nuestro destino mucho más rápido que si hubiéramos caminado, montado o nos hubieran transportado en un lujoso *kago* sobre tierra.

—Entonces, las historias son ciertas —dijo Daisuke-san—. Lo que se cuenta de los *shinobi* de los Kage sobre atravesar paredes y entrar en espacios en los que debería ser imposible irrumpir, porque pueden fundirse en las sombras y emerger del otro lado.

El *majutsushi* resopló.

—Ésos son rumores, Taiyo-san, pero como muchos rumores, contienen un núcleo de verdad. La realidad de la caminata sombra es mucho más sombría. Verá, en ciertas áreas y en ciertos días, la cortina entre el reino mortal y el reino de los muertos es muy delgada. Los cementerios, obviamente... —hizo un gesto hacia nuestros alrededores—, los templos y los campos de batalla son lugares donde los muertos y los vivos a veces se mezclan. El *Tama Matsuri*, que se celebra cada año en la noche más larga, es un momento en el que nuestros antepasados pueden cruzar el velo y adentrarse en el reino mortal para visitar a sus parientes vivos, hasta que sale el sol y desaparecen, de regreso al mundo de los muertos.

"El Sendero de las Sombras —continuó Kage Naganori mientras me estremecía—, une el espacio entre *Ningenkai*, el reino de los humanos, y *Meido*, el reino de los muertos. En ciertas noches, la cortina se levanta, pero nosotros, los Kage, hemos aprendido a abrirla a voluntad, sólo el ancho suficiente para deslizarse a través de ella. Usando esta técnica, podemos viajar cientos de kilómetros en pocas horas, aunque debe haber un mago de la sombra presente para abrir la cortina una vez más. El ritual en sí mismo es agotador, pero llegaremos al castillo de Hakumei en días, en lugar de semanas.

—Increíble —reflexionó Daisuke-san, pero sonaba preocupado mientras hablaba—. No sabía que los Kage podían moverse tan rápido y con fluidez a través de las fronteras del clan. Es en verdad sorprendente, si pueden mover un ejército completo de un territorio a otro sin ser vistos.

El *majutsushi* soltó una risa burlona y ronca.

—Sé lo que está pensando, Taiyo-san. Pero no necesita preocuparse. Los Kage no emplean esta técnica a menudo, y nunca para movilizar ejércitos. Intentar recorrer el Sendero con ustedes cinco ya será un riesgo.

—¿Por qué? —pregunté.

Kage Naganori me miró con desdén.

—Porque, niña —respondió—, caminar por el Sendero de las Sombras es peligroso, como verá en un momento. *Meido* estará a sólo un respiro, y los espíritus de los muertos se muestran muy celosos de los vivos. Es posible que escuche una voz familiar llamándole. Es posible que vea a un pariente amado saludándole a lo lejos. Pero debe tener cuidado, la llamada de los muertos la llevará a su perdición. Si da un paso equivocado, si se desvía del Sendero, tropezará en su mundo. Y una vez en el reino de los muertos, no podrá salir.

El hielo en mi estómago se extendió a todo mi cuerpo, mientras Kage Naganori nos observaba con mirada penetrante.

—Así que preste atención a esta advertencia —dijo con voz firme— e ignore las súplicas de los muertos, no importa a quién vea, no importa lo que escuche. Será difícil. Cada pocos años, perdemos a un *majutsushi* o a un *shinobi* en el Sendero. Conocen los peligros, son conscientes del llamado de *Meido* y, sin embargo, se adentran en las sombras y nunca vuelven —sus ojos negros se entrecerraron, y apuntó un dedo delgado en dirección a nosotros—. Les sucederá a ustedes si no están atentos y no hacen exactamente lo que les digo. E incluso así... —resopló otra vez y sacudió la cabeza con resignación, como si su predicción ya se hubiera cumplido—. La llamada de *Meido* es intensa, más fuerte para los débiles de voluntad y los faltos de disciplina —su mirada parpadeó entre Okame-san y yo antes de apartarse—. No me sorprendería perder al menos a uno de ustedes antes de que lleguemos a las tierras de los Kage.

Dio media vuelta y Okame-san hizo una mueca desagradable tras sus espaldas antes de inclinarse hacia nosotros.

—No me gusta esta persona —murmuró, ganándose un resoplido de aprobación de Chu—. ¿Viste la forma en que nos miró, Yumeko-chan? Creo que todos deberíamos llegar sanos y salvos a las tierras de los Kage, sólo para molestarlo.

Maestro Jiro, casi olvidado detrás de nosotros, dio un paso adelante con expresión sombría.

—Si en verdad vamos a caminar junto al reino de los muertos, debemos tener cuidado —nos advirtió—. El *majutsushi* habla en serio, los espíritus de los muertos son muy celosos de los vivos. Cuídense unos a otros. No se permitan salir del Sendero. Temo lo que podamos ver o escuchar mientras estamos en el mundo de las Sombras.

—Y ese mago ciertamente no va a ayudar —murmuró Reika *ojou-san*, mirando a Kage Naganori—. No me sorprendería que alguno de nosotros "tropezara" accidentalmente y saliera del Sendero mientras lo seguimos.

Incliné la cabeza hacia la *miko*.

—¿Eso significa que el Sendero será muy escarpado, o que Naganori-san no ayudará si tropezamos?

Suspiró.

—No, Yumeko. Sólo... ten cuidado del *majutsushi*. No confío en él en absoluto.

La cabeza del *majutsushi* del Clan de la Sombra comenzó a cantar. Parado en la base de una gran piedra, Naganori se llevó dos dedos a los labios y comenzó un murmullo bajo y monótono que erizó los cabellos de mi nuca. Mientras observábamos, la sombra proyectada por la estrecha lápida pareció oscurecerse, absorbiendo la luz, hasta lucir como una tira del vacío mismo, yaciendo a la luz de las antorchas.

Naganori se volvió hacia nosotros, gesticulando con una pálida mano blanca.

—Apresúrense, ahora —instó—. El camino no permanecerá abierto por mucho tiempo. Síganme, cierren sus oídos a las voces y no permitan que sus ojos se desvíen del Sendero. Con un poco de suerte, estaremos al otro lado de las tierras de Taiyo antes de que termine la noche.

Subió a la estrecha franja de sombra proyectada por la lápida y pareció desaparecer a medida que la oscuridad se lo tragaba.

Okame-san pronunció una maldición en voz baja.

Casi invisibles en las sombras, los *shinobi* de los Kage nos vigilaban, como si temieran que intentáramos huir ahora que Naganori se había marchado. No diría que la idea no había pasado por mi cabeza, pero dudaba que los cinco pudiéramos llegar muy lejos incluso si lo intentáramos.

Respiré hondo, alejando el miedo que se aferraba a mi corazón. *Esto es por Tatsumi*, me recordé. *No lo abandonaré en Hakaimono. De alguna manera, encontraré la manera de traerlo de regreso.*

Con la mandíbula apretada, entré en la estrecha franja de sombra, y el mundo a mi alrededor se desvaneció en la oscuridad.

Me estremecí y froté mis brazos mientras miraba alrededor. Hacía frío, pero no el aire fresco de un bosque en invierno, o el frío helado de un lago de montaña. Éste era un frío muerto y rígido, como estar enterrada bajo la tierra oscura y silenciosa, con gusanos, escarabajos y huesos. A mi alrededor, no había brisa, ni sonido, ni olor, ningún indicio de vida. Era como si estuviera parada en el centro de un pasillo estrecho e interminable, una franja de completa oscuridad, un sendero de vacío que se adentraba en la oscuridad. A mi derecha, podía ver el cementerio y a mis seis compañeros, incluyendo a los dos *komainu*, pero sus figuras estaban borrosas y se desvanecían en sus bordes. Okame-san estaba diciendo algo mientras apuntaba en mi dirección, pero su voz sonaba como si estuviera bajo el agua, y su mirada pasó justo a través de mí.

A mi izquierda se levantaba un visible muro de bruma y niebla. Zarcillos irregulares se deslizaban por el camino y se enrollaban alrededor de mis tobillos como dedos helados. Ese frío muerto parecía emanar de la niebla y lo que sea que hubiera más allá. Mientras miraba, una sección de niebla se separó y, por sólo un instante, pude ver un rostro pálido, con los ojos huecos, que me observaba desde el vacío.

El pánico aumentó, haciendo que mi corazón revoloteara alrededor de mi pecho como un pájaro aterrorizado. Mi pulso se convirtió en un tambor ahogado en mis oídos y parecía hacer eco por kilómetros de vacío, el único punto de vida en la oscuridad.

—Cuidado —una voz resonó detrás de mí, y la forma alta y esquelética de Kage Naganori pareció materializarse como un espectro. Sus labios se apretaron en una línea sombría mientras me miraba—. No se aleje del Sendero, o los espíritus de los muertos le atacarán en un instante. Pueden oírlo —señaló mi pecho—. Su miedo la delatará. Si no puede controlar sus emociones, ellos la perseguirán durante todo el camino —suspiró—. Aunque supongo que podría ser demasiado pedir, incluso para una *onmyoji*. Tal vez un hechizo sería ventajoso. Siempre está la posibilidad de ponerla a dormir durante el viaje.

Mi piel se erizó.

—No —dije al *majutsushi*, y di un paso atrás con precaución—. Eso no será necesario.

Su labio se curvó.

—Muy bien. Pero mis órdenes son llevarla ante la dama Hanshou, viva e ilesa. No me importan los demás, y tampoco nadie más de los Kage —se acercó a mí y bajó la voz—. Su bienestar depende de su cooperación, niña. Asegúrese de esforzarse por llegar a salvo a las tierras de los Kage, o sus amigos podrían sufrir las consecuencias.

Me ericé, mientras otro revuelo de miedo surcaba mi estómago. Por un momento, la necesidad de usar la magia de zorro de una manera no muy agradable fue muy tentadora. Tuve visiones de manos fantasmales que lo alcanzaban a través de la niebla, o de su túnica estallando de pronto en llamas azules carentes de calor. Pero Naganori podría reconocer otra forma de magia; incluso podría descubrir que era parte *kitsune*, y no quería que este hombre conociera mi verdadera naturaleza. Tampoco quería poner a los demás en peligro, ahora que el *majutsushi* acababa de lanzar una amenaza tan poco sutil.

—Bueno, éste no es un lugar encantado —el alivio floreció a través de mí cuando la familiar y ácida voz de Okame-san resonó a través del silencio opresivo. Cuando el *ronin* se acercó, sentí su fuerte presencia a mis espaldas y pude imaginar su sonrisa desafiante apuntando por encima de mi cabeza hacia Naganori-san—. ¿Es aquí donde pasa la mayor parte de su tiempo, mago? Ahora veo de dónde viene su exquisita personalidad.

La barbilla del *majutsushi* se levantó.

—Perro insolente.

—Eso es lo que todos dicen —sonrió Okame-san, mientras con ondas de color y calidez el resto de nuestra compañía emergía a través de la penumbra. Reika *ojou-san* susurró una oración a los *kami*, mientras Chu y Ko gruñían y se asomaban por detrás de sus piernas, mirando fijamente a la niebla.

Kage Naganori se echó hacia atrás. Casi pareció flotar mientras se alejaba.

—Síganme —dijo—. Una vez más, ofreceré esta advertencia: manténgase en el Sendero, no se alejen de él y no miren demasiado a la niebla. Si lo hacen, podrían encontrarse separados del Sendero y de sus compañeros. La niebla puede engañar su mente para que piensen que están solos con los espíritus de aquellos que han muerto. Si no pueden ignorarlos y centrarse en el camino, se convertirá en una realidad. Ahora, dense prisa. Los muertos ya nos han percibido, y tengo curiosidad por ver cuántos de ustedes llegan al otro lado.

—Permanezcan juntos, todos —murmuró Reika *ojou-san*, y comenzamos a caminar por el Sendero, siguiendo al *majutsushi* a través del pasillo de niebla y oscuridad.

—Yumeko-chan —susurró una voz.

Mi corazón se detuvo por un instante. Era imposible decir cuánto tiempo habíamos pasado en el Sendero, horas o días, pero empezaba a sentir que teníamos toda una vida en él. Como si esta lobreguez gris y muerta fuera lo único que conociera, y resultara difícil recordar otra cosa.

Volví la cabeza, muy ligeramente, para ver una figura parada en el borde del camino justo delante, sonriéndome. Tenía el rostro arrugado y desgastado, llevaba calzado *geta* de madera y un familiar sombrero de paja en su cabeza calva. Cuando mi garganta se cerró y mi corazón recibió una violenta oleada de reconocimiento, la figura soltó una suave risita y levantó una mano seca.

—Hola, Yumeko-chan —dijo Maestro Isao.

Mis pasos vacilaron. Las lágrimas brotaron de mis ojos, pero aparté la mirada y me apresuré. Ninguno de los otros parecía haber notado al monje en el borde del camino; cuando los miré, sus propios ojos estaban vidriosos y distantes, sus rostros pálidos. La mandíbula de Reika *ojou-san* se apretaba con fuerza, y los ojos de Okame-san se veían sospechosamente brillantes. Eché un vistazo detrás de mí y vi a Maestro Jiro marchando rígidamente, con la mirada fija al frente. Daisuke-san caminaba detrás, su expresión convertida en una máscara en blanco. Nadie parecía ver o escuchar a las figuras en la niebla. Parecían atrapados en sus propios pensamientos, o quizá también estaban viendo rostros que reconocían en la bruma.

—Niña zorro —dijo una voz, y ahora apareció Denga, caminando a mi lado por el Sendero—. ¿Huyendo de nuevo? —dijo, con su familiar voz exasperada—. ¿Adónde crees que vas, exactamente? Sabes que huir de tus responsabilidades no hará que desaparezcan.

—Váyanse —susurré, clavando mis orejas en mi cráneo—. No estoy escuchando. No quiero verlo, así que déjeme en paz

—ni Reika *ojou-san* ni Daisuke-san me miraron, aunque el fantasma de Denga resopló.

—Típico —suspiró, acoplándose a mi paso mientras caminaba—. Despreocupada e inmoral, como una sucia *yokai*. Como un zorro sin alma —su voz se endureció, volviéndose amarga e iracunda—. Sabía que era un error recibirte. Desde el momento en que llegaste al templo, nunca quise que estuvieras ahí. Y tampoco Maestro Isao.

Me quedé sin aliento y mis ojos se llenaron de lágrimas. Intenté silenciar sus palabras, pero hicieron eco en mi alma, cortantes y dolorosas.

—Eso no es cierto —susurré.

—¿No? —se burló, con una expresión tajante y cruel que le había visto hacer sólo una o dos veces, pero resultaba dolorosamente familiar—. Maestro Isao te despreciaba, niña zorro. Sabía lo que podía hacer una *yokai*, incluso una medio *yokai*. Te enseñó disciplina y control porque temía la travesura y la miseria que traerías si se te permitía campar a tus anchas. Porque sabía que no se puede confiar en un *yokai*.

—No —protesté, y me volví para enfrentar no a Denga, sino a Maestro Isao, parado a unos metros de distancia en la niebla. Sus ojos estaban ocultos en la sombra de su sombrero de ala ancha, y ya no estaba sonriendo.

—Niña zorro —susurró la figura familiar, sacudiendo la cabeza. Su voz triste y acusadora me cortó como el azote de un látigo. Levantando la barbilla, se encontró con mi mirada y unos ojos negros impasibles me apuñalaron el corazón—. Decepcionante —susurró con voz de piedra—. Había esperado mucho más. Te criamos, te enseñamos nuestro camino, te dimos todo, y nos pagaste con el olvido y la muerte.

Era como si me hubiera golpeado. Yo podía con el desprecio y la ira de Denga; sus dichos eran crueles, pero no inesperados. Pero escuchar esas palabras de Maestro Isao... era como si él hubiera visto mi miedo más grande y secreto, y lo hubiera arrastrado para restregarlo en mi cara. Me hundí de rodillas, un agujero se abrió en mi estómago y mis ojos se empañaron por las lágrimas. Denga apareció detrás de su superior, mientras Maestro Jin y Nitoru se acercaban del otro lado. Sus miradas de reproche me perforaban, pesadas y acusadoras, aunque ninguna era tan terrible como la implacable observancia de Maestro Isao.

—Lo siento —susurré, mientras los recuerdos de esa noche se arremolinaban en mi cabeza. Llamas y demonios y sangre, y los cuerpos sin vida de los monjes esparcidos por el suelo del templo. Las lágrimas se deslizaron por mis mejillas y mancharon mi túnica–. Yo quería salvarlos...

—Tú nos dejaste morir —repitió Maestro Isao—. Dimos nuestras vidas para proteger el pergamino y los demonios nos destrozaron, pero tú nada hiciste. Mereces estar aquí, con nosotros. ¿Por qué debíamos morir nosotros y tú seguir viva? Ven, Yumeko-chan —levantó una mano, con la palma hacia afuera, indicándome que avanzara—. Ven con nosotros —instó—, y todo estará perdonado. Puedes empezar de nuevo. Puede ser como era antes, sin miedo, sin dolor. Sé que debes estar sola, una medio *kitsune* completamente solitaria en el mundo. Olvida tus problemas y tu deber. Olvida el pergamino, Yumeko-chan. Tú perteneces aquí, con nosotros.

¿Olvida el pergamino?

Parpadeando, levanté la mirada. Maestro Isao estaba allí parado, con la mano extendida y una sonrisa suave y complaciente en su rostro. Denga, Maestro Jin y Nitoru estaban detrás de él, pero ahora sus expresiones eran ansiosas, esperanzadas.

Casi hambrientas.

Un escalofrío me recorrió y retrocedí, observando cómo la sonrisa del monje se convertía en un ceño fruncido.

—Maestro Isao… —sentía como si mi mente estuviera enredada en telarañas y apenas comenzara a despejarse— nunca me diría que olvidara el pergamino. Su deber era protegerlo, y murió para asegurarse de que no cayera en las manos equivocadas. Él y los demás dieron sus vidas para asegurarse de que yo pudiera escapar, porque su responsabilidad con el pergamino lo era todo.

Maestro Isao frunció aún más el ceño.

—Yo morí para que tú pudieras vivir —siseó y dio un paso adelante que me hizo retroceder. Su rostro cambió. Ahora se veía como una anciana enjuta, con los labios alejados de sus dientes amarillos mientras me miraba—. Niña ingrata —escupió la mujer—. Tú perteneces a este lugar, conmigo. Renuncié a todo por ti: mi amor, mi salud, mi felicidad. Y escapaste para vivir con ese insignificante comerciante. ¡Vergonzoso! Después de todo lo que hice por ti.

Parpadeé hacia ella, sacudiendo la cabeza. La mujer continuó injuriándome, su voz sonaba como un zumbido en mis oídos. Detrás de ella, podía ver otras formas en la niebla, pero las figuras que había creído que eran Denga, Nitoru y Maestro Jin eran ahora personas que no reconocía. Me di cuenta de que la mujer había dicho algo diferente, y que no había cambiado su imagen para parecerse a Maestro Isao. Pero, de alguna manera, yo había visto y escuchado exactamente lo que temía, la culpa secreta enterrada en el fondo de mi interior había salido a la superficie.

82

Solté un suspiro de incredulidad. *No eran reales,* me dije. *Maestro Isao, Denga, Nitoru, Maestro Jin... no están aquí. Acabo de ver lo que más temía... lo que siempre he temido.*

La mujer siguió agraviándome, acusándome de ser una hija horrible y de haberla olvidado, de no visitar su tumba con la frecuencia que debería. Ella ciertamente no me reconocía como una extraña, ni como una *kitsune*; parecía que también los muertos veían sólo lo que querían. *No son malos,* me di cuenta. *Sólo son infelices. Tal vez se sientan muy solos en* Meido *mientras esperan para trascender. Ven a los espíritus de los vivos como personas que conocían, y les recuerda cuando estaban vivos.* Arrugué la nariz. *Aunque creo que Naganori-san podría haber mencionado esto.*

Con cuidado, me levanté y me incliné ante los espíritus angustiados, sollozando más allá de la pared de niebla.

—Tengan buen camino —murmuré—. Que encuentren lo que están buscando, para que puedan trascender —entonces, respiré hondo y di la espalda a los espíritus de los muertos. Ellos aullaron y lloraron, rogándome que no me alejara, pero lo hice y sus voces suplicantes, sollozantes y maldicientes se convirtieron en ruido de fondo. Cerrando mis oídos a su clamor, me sacudí y busqué a mis amigos.

Estaba sola en el oscuro Sendero. No podía ver a mis compañeros... incluso Naganori-san había desaparecido. Mi corazón dio un violento vuelco cuando el pánico se apoderó de mí, y miré salvajemente alrededor en busca de algún indicio familiar.

—¿Yasuo?

El susurro salió de la oscuridad, causando un alivio en mis venas. Di unos pasos hacia la voz y vi una figura familiar materializarse en la distancia.

Okame-san. Estuve a punto de llamarlo, pero me detuve al ver las caras de los muertos que me observaban a través de la niebla. Sin querer atraer su atención, comencé a caminar hacia Okame-san, moviéndome tan rápido como podía sin hacer ruido.

—Okame-san —dije, pero el *ronin* me ignoró. Se encontraba parado al borde del Sendero, mirando algo en la bruma. A pocos metros de distancia, vi de pronto la figura pálida de un anciano que apuntaba con un dedo acusador a Okame-san desde el borde de la niebla y gruñía algo que no alcanzaba a escuchar. Los hombros de mi amigo estaban encorvados, su cabeza inclinada, y un silencioso sollozo llegó a mí por encima de los susurros de los muertos.

—Lo siento, Yasuo —la voz de Okame-san sonaba conmocionada—. Perdóname.

No, Okame-san. ¡No escuches! El miedo me apuñaló de nuevo, y comencé a correr hacia él, pero era como correr en un sueño. No importaba cuánto lo intentara, no conseguía acortar la distancia, a pesar de que podía escuchar claramente su voz, temblorosa, atormentada, que se deslizaba hacia mí a través de las sombras.

—Fue un error, hermano. Yo no... no vi lo que sucedería. Sé que nunca podré compensarte, pero... —una pausa, mientras el espíritu del otro lado decía algo, y la voz de Okame-san volvió, resignada y cargada de culpa—. Yasuo, si unirme a ti es la única manera de que tu espíritu descanse...

—¡Okame-san, no! —corrí aún más, pero todavía estaba demasiado lejos para alcanzarlo—. ¡Ése no es tu hermano, Okame-san! —grité desesperada—. Tu hermano no te está hablando, ¡es sólo un espíritu enojado y solitario que anhela tu alma! ¡No dejes que te engañe para que te unas a él en *Meido*!

Los espíritus de los muertos me sisearon, abarrotando el borde del Sendero, y sus voces se elevaron en el aire. Okame-san finalmente volvió la cabeza, y su mirada sombría y hueca se encontró con la mía en la oscuridad.

—Yumeko-chan —murmuró, mientras el espíritu frente a él rechinaba los dientes—. Lo siento —dijo Okame-san. Fruncí el ceño, confundida. Sus ojos eran sombríos, pero aun así me ofreció esa sonrisa irónica y torcida, desafiante—. Parece que no podré ir contigo al Templo de la Pluma de Acero —dijo—. Mi hermano, Yasuo, me ha exigido que me quede con él. Debo conseguir que su espíritu descanse.

—No, Okame-san. Escúchame —me apresuré hacia delante, suplicando—. Ése no es tu hermano. No es Yasuo-san. ¿Tu hermano exigiría que te quedaras aquí, en el reino de los muertos? Míralo en verdad y dime lo que ves.

El *ronin* negó con la cabeza.

—No importa, Yumeko-chan —dijo con dulzura—. La verdad es que traicioné a mi hermano, y él murió a causa de ello. Yasuo tiene razón —Okame-san volvió a enfrentar al espíritu y dio un paso adelante. Un paso más lo sacaría del Sendero hacia la niebla—. Yo debería estar aquí, con mi hermano y con todos los hombres que traicioné. Era mi deber, y lo abandoné. Lo abandoné a él —respiró hondo, como si estuviera armándose de valor, y levantó la barbilla—. Yo debería estar aquí, no ellos.

Grité y me estiré hacia él, sabiendo que era demasiado tarde, que estaba demasiado lejos. Las manos fantasmales se alargaron entre la bruma y se aferraron a la parte delantera de su vestimenta. Él nada hizo para detenerlos, y lo arrastraron fuera del Sendero, hacia más allá de la niebla.

—¡Okame-san!

Vi un borrón de azul y blanco, y Daisuke-san apareció en ese momento, lanzándose hacia el frente y agarrando al *ronin* por el cuello justo cuando éste era arrastrado hacia la bruma. Con los pies plantados en el Sendero, el noble dio un tirón hacia atrás, afianzándose, provocando furibundos gritos de la niebla del otro lado. Me apresuré para llegar con ellos. Mi corazón latía con fuerza, mientras observaba cómo Daisuke-san sacaba a Okame-san a medio camino de la bruma. Manos y brazos pálidos se aferraban al *ronin*, tratando de arrastrarlo a la tierra de los muertos.

—Espíritus —escuché decir a Daisuke-san con los dientes apretados cuando los alcancé y agarré a Okame-san de la manga, uniéndome al letal forcejeo—. Sé que están enojados, que están afligidos, que sienten celos de los que aún viven. Siento su dolor, pero no puedo permitir que se lleven a mi amigo todavía. Perdónenme, ¡pero él es necesario aquí!

Dio un fuerte tirón, y las manos que se aferraban a Okame-san se soltaron. Los tres nos tambaleamos hacia atrás y nos derrumbamos en el Sendero. Jadeando, me esforcé por levantarme y miré al *ronin*, que yacía en el suelo, inmóvil. Sus ojos estaban abiertos y vidriosos, y se veían tan blancos como un pergamino.

—¡Okame-san! —sacudí el brazo de mi amigo, pero se hundió bajo mis dedos, haciendo que mi estómago se retorciera—. Okame-san, despierta. ¿Puedes escucharme?

No había respuesta. Estaba respirando —su pecho subía y bajaba en aspiraciones superficiales—, pero su expresión era vaga y miraba ausente. Parpadeando rápidamente, miré a Daisuke-san.

—No está respondiendo, ¿qué podemos hacer?

El noble Taiyo se sentó, haciendo una mueca de dolor, y miró la forma inmóvil del *ronin* entre nosotros.

—Mi maestro solía decir que en ocasiones un susurro es todo lo que se necesita para amainar una tormenta, pero cuando las palabras fallan, a veces es necesario acudir al trueno.

Fruncí el ceño.

—¿Qué?

Se volvió hacia Okame-san e hizo una rápida reverencia.

—Mis disculpas —murmuró, y lo golpeó con fuerza en la cara. El chasquido de la palma de su mano contra la mejilla del *ronin* hizo mucho ruido en la oscuridad.

—¡Ay! —Okame-san se incorporó, se llevó una mano al rostro y miró a Daisuke-san. Al percatarse de dónde estaba, se recostó de nuevo con un gemido—. *Kuso*. ¿Esto es *Meido*? ¿Estamos muertos?

Daisuke-san sonrió. Su largo cabello blanco había caído sobre sus ojos, y su túnica, ya desgarrada, había sufrido aún más abusos. Se veía bastante desaliñado sentado allí en el suelo, pero de alguna manera lograba mantener su noble dignidad.

—Todavía no, me temo —murmuró—. Aunque hiciste tu mejor esfuerzo hace unos segundos.

—Maldición —Okame-san frotó su rostro con una mano—. Fantasmas bastardos. En verdad pensé que había visto allí a Yasuo por unos segundos —miró a Daisuke-san, con el ceño fruncido y confundido—. ¿Por qué me salvaste, Taiyo? —preguntó con voz áspera—. No es que yo sea un samurái. Soy un sucio perro *ronin* sin ningún honor por rescatar. No hay vergüenza en dejar que un *ronin* sin valor sea arrastrado al reino de los muertos por su propia estupidez.

Un surco arrugó la frente del noble.

—Debes tener una opinión muy pobre sobre mí, Okame-san —Daisuke-san sonaba más dolido que ofendido—. Hemos sangrado juntos, luchado juntos, enfrentado monstruos y demonios *oni* uno al lado del otro. He jurado proteger a Yumeko-san, pero hay otro juramento tácito que también sigo. Mientras yo pueda, mi espada defenderá a aquellos a quienes aprecio: mi familia, mis amigos, mis compañeros guerreros —miró al *ronin* a los ojos—. No importa quiénes son o lo que hayan hecho en el pasado.

El silencio cayó sobre el Sendero. Los dos hombres parecían haber olvidado que yo estaba allí. Daisuke-san continuó sosteniendo la mirada de Okame-san, inquebrantable pero sin acusar o desafiar, y fue el *ronin* quien parpadeó y miró hacia otro lado primero.

—*Kuso* —murmuró de nuevo—. Este lugar está torciendo mi mente y haciendo que todos hagan cosas extrañas. Mi hermano bastardo murió hace casi cinco años y nunca nos llevamos bien. Pero cuando lo vi esta noche… —sacudió la cabeza—. Sentí que morir era la única forma de que él encontrara descanso, la única manera de arreglar las cosas —resopló con una risa amarga, sacudiendo la cabeza—. Suena ridículo ahora.

—No lo es —dije, y ambos hombres me miraron sorprendidos, como si recordaran apenas que yo estaba allí—. Sentí algo similar —continué—. Vi… a Maestro Isao y a los demás… me llamaban. Me decían que pertenecía aquí, con ellos.

Daisuke-san asintió con gravedad.

—Yo tuve una experiencia similar —admitió, dejando que Okame-san lo ayudara a levantarse—. Este lugar… —miró a la bruma, donde los rostros fantasmales se arremolinaban a través de la niebla y sus voces sollozaban iracundas—. No son los espíritus los que nos llaman —murmuró—. Lo que vemos son nuestros propios fracasos y lamentos. Las cosas que nos gustaría haber podido cambiar, los recuerdos que nos atormentan.

—Ése es el atractivo de *Meido* —dijo una voz jadeante. Maestro Jiro se acercó a nosotros en el camino. Ko caminaba a su lado y su pelaje blanco brillaba suavemente contra la oscuridad constante—. Sólo unas pocas almas son lo suficientemente puras para ir a *Tengoku*, los Cielos Divinos, cuando mueren —continuó, su bastón golpeaba suavemente mientras avanzaba—. Aquéllos que han vivido honestamente, que no han sufrido incertidumbre ni vacilación. En el otro extremo del espectro, están las almas corruptas, que se complacen en la farsa sin arrepentimiento. Ellas encontrarán que *Jigoku* las espera al final de sus vidas. Pero el resto, las almas que no son lo suficientemente inmaculadas para el cielo, pero tampoco tan malvadas para *Jigoku*, se encuentran en *Meido*, esperando el momento para renacer. Por eso también es conocido como el Reino de la Espera, de la reflexión. Es un lugar para ponderar tu vida pasada, para recordar cada arrepentimiento, cada fracaso, todas las cosas que habrías hecho de manera diferente. Según las enseñanzas, sólo cuando hayas llegado a un acuerdo con tu pasado, cuando hayas abandonado tu vida anterior, podrás renacer —su mirada se deslizó hacia las figuras fantasmales en la niebla, y su frente se arrugó con lo que parecía lástima—. Para algunos, sin embargo, puede llevar siglos, si no son capaces de abandonar sus vidas anteriores.

—¡Daisuke-san! ¡Yumeko-chan!

Con Chu dando vueltas a su lado, Reika *ojou-san* se apresuró para unirse a nosotros y se deslizó junto a Maestro Jiro para mirarnos.

—¿Todos están bien? —jadeó. Parecía tan preocupada como impaciente—. En un momento están justo detrás de mí y al siguiente no están en ninguna parte. Parpadeé y ya se habían ido. ¿Qué pasó?

La miré asombrada.

—¿No escuchaste a los espíritus llamándote, Reika *ojou-san*? —pregunté—. ¿No había nadie de tu pasado, instándote a unirte a ellos en *Meido*?

Ella hizo una mueca.

—Por supuesto que había. Mi madre rencorosa, que nunca quiso que me convirtiera en una doncella del santuario. Estaba planeando casarme con un samurái rico para aprovechar los beneficios de mi matrimonio. Tuve que escuchar cómo me decía cosas terribles durante toda mi vida, ¿por qué sería diferente ahora que está muerta?

Eso hizo reír a Okame-san.

—Me gustaría haberlo visto —soltó una risita, mientras Reika *ojou-san* le fruncía el ceño—. Desearía haber estado allí para ver a los espíritus de los muertos siendo regañados por nuestra doncella del santuario.

—Bueno, veo que todos están tomando esto tan en serio como esperaba —Naganori-san se materializó a pocos metros por el Sendero y nos observó con una expresión bastante amarga—. Y todos ustedes sobrevivieron a las tentaciones del camino, qué… inspirador.

Fruncí el ceño.

—Podría habernos advertido sobre lo que pasaría.

Una esquina de su boca se curvó.

—¿No lo hice? —preguntó con una calma exasperante—. Bueno, no importa. Vengan —dio la espalda a nuestras miradas y levantó una mano marchita—. La noche está menguando, y ya hemos perdido suficiente tiempo persiguiendo sombras. Estaremos en el Sendero por un tiempo, todavía. Esta vez, si sienten la inclinación a alejarse, háganlo rápido para que el resto de nosotros no tenga que buscarlos. Me gustaría alcanzar la frontera de la Tierra antes del amanecer.

Okame-san le lanzó una mirada fulminante cuando el *majutsushi* se alejó.

—Supongo que no sería muy honorable empujarlo *accidentalmente* fuera del Sendero —murmuró cuando retomamos el camino detrás de Kage Naganori.

Reika *ojou-san* resopló.

—Recomendaría no hacerlo —dijo—, pero sólo porque estoy bastante segura de que ya se ha intentado antes.

—Supongo que tienes razón —suspiró Okame-san—. Quizás un tipo así sea bastante paranoico. Demasiado. Hey, Taiyo-san —miró a Daisuke-san, que caminaba tranquilamente a su lado—. Siento curiosidad. Entonces, Yumeko-chan vio a su viejo maestro, yo vi a mi hermano y Reika-chan fue hostigada por el fantasma de su madre. ¿A quién viste tú, allá, en la niebla? Con todas tus victorias como Oni no Mikoto,[6] apuesto a que la lista debe ser bastante larga. ¿Fue a un rival de la corte? ¿Al espíritu de un guerrero derrotado en el puente?

—No —los ojos de Daisuke-san parecieron atormentados—. Vi el fantasma de una doncella que alguna vez sirvió a la dama Satomi.

Respiré hondo. Cuando habíamos seguido a la dama Satomi hasta un castillo abandonado en busca de Maestro Jiro,

---

[6] "Príncipe de los Demonios." Véase capítulo "La leyenda de Oni no Mikoto" en el primer volumen de esta serie: *La sombra del zorro*.

91

encontramos ahí a una *hitodama*, un alma errante, que nos guio a Reika *ojou-san* y a mí a través del castillo para llegar al sacerdote. Y luego, después de la batalla con Yaburama y los *amanjaku*, recordé haber encontrado a Daisuke-san herido, sangrando y casi inconsciente tras su lucha con los demonios de Satomi. El fantasma de una niña estaba a su lado, pálido y luminiscente en las sombras. Sonreía al noble, y aunque parecía que él no podía sentirla, ella había acariciado con suavidad su mejilla, antes de convertirse otra vez en una lengua de fuego y escabullirse por la pared. Me había preguntado quién habría sido ella, y si había encontrado la paz para trascender.

—¿Una doncella? —Okame-san sonó sorprendido—. ¿Me estás diciendo que, tras todos tus duelos y años en la corte, la muerte de la que más te arrepientes es la de una doncella?

—La corte es la corte —dijo Daisuke-san—. El juego es despiadado, pero los jugadores entienden las reglas. Se destruyen reputaciones. El favor se gana, el honor y los medios de vida se pierden. Así es como es, como siempre ha sido. Lo mismo es cierto para los duelos que enfrenté como Oni no Mikoto. El desafío y las reglas que lo rodeaban siempre estuvieron claros. Siempre existió la opción de rechazarlo sin perder el prestigio o el honor. Los guerreros que murieron en esos puentes lucharon contra Oni no Mikoto con valentía y convicción... lamentar su derrota traería deshonra a sus recuerdos. Pero esa pequeña doncella... —Daisuke vaciló, mirando a la niebla—. Mura Suki, la hija del célebre fabricante de flautas. Ella no era una noble ni una guerrera, pero conocía la belleza cuando la veía. Nos encontramos sólo una vez en el Palacio Imperial, y no la volví a ver desde entonces —suspiró, parecía afligido—. Ella era la doncella de la dama

Satomi. Estaba casi seguro de que aquella vil mujer la había matado, pero ahora no tengo duda alguna. Suki apareció aquí porque no la salvé de la dama Satomi. Porque murió y yo nada hice para evitarlo.

—Ésa no era Suki-chan, Daisuke-san —dije. Estaba a punto de añadir que la verdadera Suki-chan era un fantasma que rondaba el castillo de la dama Satomi, pero me contuve. No sabía si el alma de aquella doncella aún permanecía en el mundo o si había trascendido. Y parecía cruel decirle a Daisuke-san que Suki-chan era un espectro, en especial cuando, de todos sus tratos con la corte y los duelos como Oni no Mikoto, la muerte de una doncella era la que más lo había afectado.

—Lo sé, Yumeko-san —contestó Daisuke-san, sonriéndome—. Cuando estábamos en el castillo de la dama Satomi y estaba casi delirando por mis heridas... vi algo. Por un momento... creí oír su voz —frunció el ceño—. Espero estar equivocado. Espero que el alma de Suki-san haya trascendido, que no permanezca en este reino. Pero si esa noche era ella en verdad, no era el mismo espíritu que el sollozante y odioso espectro que me llamó hace unos minutos. Se parecía a ella y era como si hablara directamente con mi culpa, pero ésa no era la chica que conocí. Suki-san podría haber sido una doncella, pero tenía alma de poetisa. Ella no se quedaría aquí por mucho tiempo.

—Eh —exclamó Okame-san. Tenía una mirada extraña en el rostro, como si quisiera ser desdeñoso y burlón, pero no se atreviera—. Eres un noble terrible, Taiyo-san —dijo al fin—. ¿Hablando con la servidumbre? ¿Tratándola como si fueran personas reales? ¿Cómo has sobrevivido a la corte todos estos años sin cometer *seppuku*?

Daisuke-san sonrió.

—Soy un amante del arte y la belleza, Okame-san —se encogió de hombros—. He aprendido que puede encontrarse en cualquier lugar, independientemente de la posición o circunstancia. La belleza verdadera es poco común, huidiza y muchas veces ignorada por la mayoría. Y puede aparecer en los momentos más extraños. Intento apreciarla cuando la veo.

—Creo que es un sentimiento encantador, Daisuke-san —dije—. Suena como algo que diría Maestro Isao.

—Sí —convino Okame-san con voz apagada—. Excepto que no me dice absolutamente nada.

—Ustedes tres —Reika *ojou-san* se volvió para mirarnos. A sus pies, incluso Chu parecía molesto—. Éste es el Sendero a través del reino de los muertos, no un festival de primavera —nos regañó en un susurro—. Su constante parloteo está llamando la atención. ¿Pueden intentar permanecer en silencio hasta que no nos encontremos rodeados de espíritus furibundos que buscan arrastrarnos a *Meido*?

—Lo lamento, Reika *ojou-san* —susurré, mientras los otros dos hacían ruidos de apaciguamiento, aunque Okame-san no pudo resistirse a dedicarle una mueca a la *miko* cuando ésta se dio media vuelta.

Los espíritus de los muertos siguieron gimiendo y llorando, sus lastimeras acusaciones resonaban en mis oídos, pero sus voces parecían distantes ahora, irrelevantes. Entre mis amigos, yo sabía lo que era real. Los muertos ya no podían tentarme; tenía demasiadas cosas importantes por realizar.

Sólo espera, Tatsumi. Iré por ti. Te veré pronto de nuevo, lo juro.

Continuamos atravesando el Sendero en silencio.

7

LA TUMBA MALDITA

HAKAIMONO

Subir a las montañas me estaba tomando una buena parte de la semana, y no estaba de buen humor. Ya había matado a dos *tsuchigumo*, gigantescas arañas de montaña que emboscarían a los desprevenidos viajeros cuando pasaran cerca de sus cuevas, y ahora mis pasos estaban siendo perseguidos por un *okuri inu*, un monstruoso perro *yokai*, negro como la noche y más grande que un lobo. Acechaba detrás de mí en el sendero, manteniéndose justo fuera de mi alcance, esperando a que tropezara y cayera para poder desgarrarme la garganta. Si yo no hubiera tenido tanta prisa, me habría detenido para lidiar con el fastidioso *yokai*, pero el viento nevado arreciaba y el *okuri inu* tenía la extraña habilidad de saber cuándo estabas fingiendo una caída, así que no podía ser atraído por un engaño, de manera que continué caminando. Mis pies con garras crujían sobre la nieve y la roca, y el granizo punzaba en mi piel expuesta.

Tatsumi se había retirado en lo profundo de sí; apenas había sentido su presencia en los últimos días. Sólo un destello de emoción de vez en cuando, recordándome que seguía allí, adentro. Honestamente, era un poco molesto. Esperaba que el asesino de demonios sufriera durante meses, o años incluso, la desesperación y la rabia impotente al verme eliminar a su clan antes de que finalmente se rindiera. Sin embargo, su retirada no era del todo inesperada. Tatsumi había sido entrenado como un arma, para no sentir emoción o apego algunos. Era muy bueno en suprimir sus sentimientos.

El viento por fin amainó, y un débil resplandor naranja se arrastró sobre los picos cubiertos, alejando las estrellas y al molesto *okuri inu* a mis espaldas. Mientras el sol se elevaba en el cielo, dotando a la nieve de color rosa, llegué a la cima de las Montañas Lomodragón y observé la tierra que se extendía ante mí.

Muy por debajo, el valle todavía estaba cubierto por la oscuridad, y diminutos racimos de luz indicaban las aldeas, pueblos y ciudades de la familia Mizu, el Clan del Agua. Tres enormes lagos dormían a la sombra de las montañas, y decenas de ríos, arroyos y estanques más pequeños surcaban los fértiles valles y tierras de cultivo. El enorme río del Oro se derramaba entre las Montañas Lomodragón, serpenteando a través del territorio de los Mizu, y continuaba al oeste, hacia la costa, donde eventualmente desembocaría en la Bahía Bocadragón, en la ciudad de Seiryu, capital del Clan del Agua.

Por fortuna, yo no iba tan lejos. Mientras miraba el valle, mi vista se posó en mi próximo destino. Las aguas de Seijun Muzumi, el más grande de los tres magnos lagos y de todo Iwagoto, estaban oscuras, bajo la sombra de las montañas. Luces dispersas rodeaban el gran cuerpo de agua: las granjas y los pueblos concentrados a lo largo de la costa, con llanuras y bosques enteros entre los asentamientos. El lago era tan grande, que cruzarlo tomaba un día o dos de viaje.

Con el Sol a mis espaldas, empecé a bajar por la montaña. Aunque mi objetivo estaba a la vista, el sendero era empinado y sinuoso, y el descenso me tomó el resto del día.

Ya estaba cayendo la noche cuando finalmente alcancé el denso bosque y las colinas al pie de las montañas, contento de estar fuera de la nieve y en medio de la sofocante calidez de finales del verano. Un *oni* no podía congelarse hasta morir, pero éramos criaturas de fuego y nuestra sangre podía incluso quemar la carne humana. No me gustaba el frío.

La luna estaba saliendo cuando por fin llegué al borde de los árboles y me encontré cerca de un camino polvoriento que serpenteaba hacia una pequeña y solitaria aldea a orillas del lago. Las chozas con techo de paja estaban construidas sobre pilotes cerca del agua, y una serie de muelles de madera bordeaban la orilla del lago, donde decenas de botes flotaban. Desde aquí, el lago Seijun parecía un pequeño mar, y se extendía tan lejos en la oscuridad que era imposible vislumbrar el otro lado.

Una brisa ondeó en el aire, trayendo el olor a pescado y agua de lago, y el débil sonido de un canturreo llegó a mis oídos sobre el batir de las olas. Al mirar la orilla, vi un solitario barco de pesca cerca de la costa, con la luz de una linterna flotando en un madero en la parte posterior. Un enjuto humano tarareaba mientras arrastraba por un costado una red llena de huidizos peces, y sonreí.

Surgí en silencio de entre los árboles y comencé a caminar hacia el lago.

Ocupado en su pesca y canturreo, el viejo humano ni siquiera me vio hasta que salté en silencio a su bote.

—Disculpa —dije mientras el hombre dejaba caer su captura sobre la cubierta y se giraba. Su ceño se convirtió en una expresión de terror y abrió la boca para gritar, pero puse una garra sobre su cuello marchito y lo apreté, aplastando el sonido—, pero necesito el bote.

El humano se sacudió. Sus manos volaron a mi muñeca y arañaron frenéticamente, mientras su boca se abría, tratando de emitir sonido. Lo levanté del suelo y esperé hasta que la lucha cesó y aquel pescador colgó lánguidamente de mi agarre, casi desmayado, antes de aflojar mi prensa sólo lo suficiente para dejarlo aspirar un poco de aire.

—Ahora —añadí amablemente—, como dije antes, necesito el bote. Y tú, mortal, me llevarás a la isla en medio del lago. Sabes cuál, estoy seguro —jadeó, y apreté mi agarre de nuevo, conteniendo el aliento en su tráquea antes de que pudiera protestar—. Puedes llevarme a la isla —continué—, o puedo esparcir tus entrañas en el lago como alimento para los peces, tú eliges.

El humano estaba tan blanco como un pergamino y ahora sus labios parecían teñidos de azul y mantenía los ojos muy abiertos. Se removió entre las garras que apretaban su garganta, luego señaló frenéticamente hacia los remos, que yacían en la parte inferior de la lancha. Mostré mis colmillos en una sonrisa.

—Sabia elección.

Lo dejé caer al suelo del bote, donde aterrizó gimiendo como un perro. Esperé a ver si intentaba lanzarse por la borda. Si lo hacía, se encontraría con el estómago desgarrado y sus entrañas flotando en el agua. Después de esforzarse por acomodarse de rodillas, extendió las manos y presionó su frente contra la madera, ignorando el agua y los peces que se sacudían entre coletazos y jadeos sobre las tablas.

—Por favor —susurró—. ¡Por favor, gran señor, le ruego que tenga piedad! Está prohibido poner un pie en la isla. La maldición…

—Soy muy consciente de la maldición, mortal —interrumpí y di un paso adelante para que mi sombra cubriera su rastrera forma—. Si no puedes llevarme, entonces no te necesito. Saluda a los peces en el fondo del lago…

—¡No! —el hombrecillo retrocedió. Enderezándose, recogió los remos que estaban en el suelo del bote y subió lentamente al asiento—. Kami, perdónenme —susurró. Sin mirarme, apuntó la nariz del barco hacia el noroeste y comenzó a remar en la oscuridad.

Transcurrieron varios minutos, y la costa desapareció, seguida por las luces. Pronto, sólo había aguas abiertas, la luz de la luna reflejada sobre las olas y las estrellas en lo alto. Mientras el pescador trabajaba con los remos, mantuve la mirada en el horizonte, donde el agua se encontraba con el cielo.

Después de unas horas de remo constante, por fin vi algo nuevo en la superficie del agua. Un muro irregular de bruma rodaba hacia nosotros, grueso y opaco, y se extendió como garras de niebla. Al ver un zarcillo enrollarse alrededor del bote, el humano soltó un gemido y el ritmo de los remos vaciló.

—Misericordioso Jinkei —el humano temblaba, con los ojos abiertos de par en par mientras miraba la niebla que se arrastraba hacia el bote—. La isla ya viene por nosotros. La maldición nos tragará enteros. Yo… no puedo…

Le sonreí, mostrándole los colmillos.

—¿Te importaría probar suerte en el agua, entonces?

—¡Kami, no! —el color restante de su rostro se desvaneció, y tomó los remos nuevamente y comenzó a trabajar con renovado vigor—. Heichimon, protégeme —susurró, haciéndome fruncir el labio con disgusto. Heichimon era la deidad de la fuerza y el coraje. Despreciaba a los demonios, a los muertos vivientes y cualquier cosa "contaminada", y a menudo era representado como un orgulloso guerrero humano aplastando a un *oni* bajo su pie. Su nombre era una maldición entre los demonios, y si no hubiera sido por el hecho de que el humano me era de utilidad, podría haberle arrancado la lengua por invocarlo.

El bote se abalanzó al frente y continuamos, atravesando el muro blanco.

La niebla se cerró alrededor de nosotros como las fauces de una gran bestia, ahogando todo sonido. Apenas podía ver el frente de la embarcación mientras atravesaba el agua. Cerca de mis pies, el humano estaba susurrando un canto continuo de protección, invocando a Heichimon, a Jinkei y al resto de los *kami* para que cuidaran de él.

—Estás malgastando el aliento —dije al tembloroso mortal, y él se estremeció—. ¿No sientes ya la mancha de *Jigoku*, infundiendo este lugar? No hay aquí *kami* alguno que pueda escucharte. Lo único que estás haciendo es atraer la atención de lo que sea que aún persista en la isla.

El humano me ignoró y continuó murmurando oraciones en voz baja. Contemplé romperle una pierna; eso sin duda le daría otra cosa en que pensar, pero él tal vez gritaría y alertaría a todo lo que acechaba entre la niebla, lo cual no me acercaría más a mi destino.

Había un enojo revolviéndose en mi mente que me recordó que Tatsumi todavía estaba allí, observando lo que estaba sucediendo. Había estado tan callado últimamente que casi lo había olvidado.

Sonreí con satisfacción. *Sabes adónde vamos, ¿cierto, Tatsumi? Bueno, sigue mirando, porque nada hay que puedas hacer al respecto. Y tengo la sensación de que la isla no va a dejarnos flotar simplemente. No con la cantidad de corrupción en la...*

Una pálida mano blanca se enganchó al borde del bote, meciéndolo hacia los lados, fue entonces que vi surgir una figura del lago. Había sido humana una vez, pero ahora no era más que carne contraída y huesos brillantes envueltos en harapos. Un cráneo desnudo, destilando algas, volvió sus ojos vacíos al pescador, que gritó aterrorizado cuando una garra huesuda se estiró y enganchó el cuello de su camisa. Antes de que yo pudiera hacer algo, lo tiró por la borda. El grito del hombre fue interrumpido cuando éste golpeó el agua y desapareció bajo la superficie.

Levanté una ceja.

—Bueno, intenté advertirte —bromeé, mientras las burbujas en el lugar donde el humano había desaparecido en el agua estallaban.

Las voces resonaron en la niebla: murmullos confusos y débiles susurros. Era imposible precisar de qué dirección venían. Con un suspiro, desenvainé a Kamigoroshi y bañé la niebla a mi alrededor con su titilante luz púrpura. Con la mancha del mal que infundía el área, no era sorprendente que los cuerpos de humanos que murieron en el lago se levantaran para cazar a los vivos, pero a mí me parecía que masacrar restos era bastante inútil. No resultaba divertido matar algo que ya estaba muerto.

El bote no tripulado vagaba perezosamente por el agua, pero yo no estaba dispuesto a sentarme y hacer de remero. Sobre todo cuando, a través de la niebla, podía escuchar un chapoteo silencioso acercándose.

Otro brazo pálido surgió del agua, y un espectro ahogado se levantó por el costado. Apestaba a muerte y a pescado putrefacto, y sus ropas estaban casi podridas. Un gemido torturado escapó del cráneo desnudo cuando sus dedos huesudos me alcanzaron, intentando empujarme hacia las profundidades. Sonreí ante su imprudencia.

Kamigoroshi destelló mientras desprendía el delgado cuello. El cráneo giró al agua enseguida y el cuerpo sin cabeza se sacudió y cayó para unirse a él. El agua a mi alrededor comenzó a hervir.

Más cadáveres emergieron del agua, meciendo el bote mientras se arrastraban por el borde. Giré a Kamigoroshi, separé cabezas, corté brazos, partí cuerpos por la mitad mientras se tambaleaban frenéticos hacia mí. El bote era pequeño, y había una cantidad al parecer interminable de cuerpos elevándose desde las profundidades, llenando el aire con gemidos torturados y el hedor de la podredumbre. Kamigoroshi destelló e inumerables miembros otrora humanos volaron en todas direcciones, salpicando el lago o aterrizando en el bote.

—Vamos —gruñí, destruyendo un par de cadáveres de un sólo golpe—. Esto es demasiado fácil. Al menos intenten presentar desafío.

Como si respondieran, más cuerpos escalaron al bote. Cuando levanté mi espada para lidiar con el enjambre que tenía al frente, una mano fría y pegajosa agarró mi tobillo por detrás. Di media vuelta y pateé el cadáver en la cara, sentí su mandíbula chasquear bajo mi bota antes de que el espectro se deslizara por debajo de la superficie del lago otra vez.

Algo aterrizó en mi espalda, y unas uñas afiladas se clavaron en mi piel y empaparon mi *haori* con el agua helada del lago. El olor a pescado podrido hizo que mis ojos ardieran cuando la criatura siseó en mi oído y se inclinó para morderme el cuello. Me estiré hacia atrás, sujeté el fétido cráneo viscoso y lo aplasté entre mis dedos, luego arranqué el cadáver de mi espalda y lo arrojé a los espectros que todavía estaban en el bote, de manera que todos se desplomaron dando vueltas de nuevo al lago.

El silencio se hizo presente, el único sonido era el callado chapoteo del agua contra los costados de la embarcación. Esperé, Kamigoroshi palpitaba en mi mano, pero no hubo más cuerpos saliendo del lago, tratando de arrastrarme hasta el fondo. Después de patear las partes de cuerpos que habían quedado esparcidas en la cubierta del bote, levanté los remos y seguí adelante.

Unos minutos más tarde, se escuchó un fuerte sonido de algo raspando cuando la quilla del barco golpeó una costa rocosa, imposible de ver en la niebla. Me metí en el agua que llegaba hasta mis rodillas y arrastré el bote a tierra, antes de enderezarme y mirar el entorno.

La niebla seguía flotando alrededor, aunque no tan espesa como en el lago, y a través de la penumbra pude distinguir algunos árboles irregulares, estériles de follaje, que sobresalían torcidos hacia el cielo. El suelo era una mezcla de roca y barro, no había hierba, y sólo unos cuantos arbustos marchitos se acurrucaban bajo los troncos de los árboles. La mancha de *Jigoku* era fuerte aquí, cortesía de lo que estaba enterrado en esta isla. La misma tierra estaba saturada de infecciones, y los zarcillos de la corrupción se filtraban en todo. Éste era un lugar maldito, en efecto, y me hizo sentir un poco de nostalgia. *Jigoku* no era sólo fuego y azufre. Más allá de las ciudades demoniacas, lejos de los gritos, la tortura y la lucha constantes, había lugares como éste, áridos, brumosos y siniestros, con sólo unas cuantas almas atormentadas colgando de sus árboles.

Me pregunté si el reino habría cambiado durante el tiempo que me había ausentado. Si los demonios, *oni* y O-Hakumon, el gobernante de *Jigoku*, se acordarían de mí.

Con un resoplido, me sacudí, disolviendo los repentinos pensamientos de mi hogar y los recuerdos de varios miles de años atrás. Había pasado demasiado tiempo en las cabezas de estos humanos de frágil voluntad. Rememorar el pasado era una actividad fútil. Si O-Hakumon y el resto de mis parientes me hubieran olvidado durante los largos milenios en que había estado atrapado en el reino mortal, entonces les recordaría por qué yo era el más grandioso demonio de *Jigoku*.

Resuelto, empecé a internarme en la isla.

No era grande, e incluso en la bruma, pronto encontré lo que había estado buscando. Era imposible fallar, en realidad. Unos cuantos no-muertos vagaban alrededor de la base de una colina escarpada y rocosa, gimiendo y deambulando sin rumbo a través de los árboles. Después de derribarlos, rodeé el afloramiento de obsidiana hasta que llegué a la estrecha boca de una cueva: apenas una fractura en la pared de roca, casi oculta por arbustos y enredaderas. La tierra alrededor de la entrada de la cueva estaba repleta de huesos, y uno de los arbustos marchitos se retorció y me arañó con sus ramas espinosas cuando pasaba. Ignoré la planta corrompida y me agaché dentro de la estrecha hendidura, girándome hacia un lado para entrar en la cueva.

Mis ojos se ajustaron de inmediato a la oscuridad absoluta, lo que me alegró. Podía verme obligado a compartir este débil cuerpo mortal con el asesino de demonios, pero él era también una criatura de sombra, más cómoda en la oscuridad que en la luz, y su forma física lo reflejaba. La cueva era pequeña, apenas más grande que un agujero en las rocas, pero en la pared opuesta, el tramo de una escalera de piedra conducía a la oscuridad.

Cuando llegué al peldaño más alto, una voz susurró desde la oscuridad, reptando por la escalera.

—*Intruso. Caminas sobre terreno maldito. Abandona este lugar, o sufre la ira de* Jigoku.

Sonreí.

—¿La ira de *Jigoku*? —dije en respuesta. Mi voz resonó por los escalones—. Aquí Hakaimono, primer general de O-Haku-mon y líder de los oni. Así que confía en mí cuando digo que sé más sobre la ira de *Jigoku* de lo que alguna vez tú conocerás.

—¿*Hakaimono*? —susurró la voz—. *Imposible. Hakaimono ha estado atrapado dentro de la espada maldita durante los últimos cuatro siglos. No puedes ser el Primer* Oni. *Lo diré una vez más, abandona este lugar o enviaré tu alma a Jigoku para que sea destrozada por los verdaderos demonios.*

Con un suspiro, empecé a bajar la escalera. La voz siseó, advirtiéndome otra vez que volviera sobre mis pasos, que nada tenía que hacer aquí. La ignoré y seguí bajando hasta que el último peldaño terminó en un pasillo corto, más allá del cual había una caverna enorme. Una luz naranja titilante se derramó a través de la abertura cuando entré en la cámara, buscando la fuente.

Al principio la cámara parecía vacía. Cuatro antorchas titilaban alrededor de un pequeño santuario en el centro del suelo. Algunas velas habían sido encendidas en el altar y sus llamas púrpuras parecían absorber la oscuridad en lugar de hacerla retroceder. El pedestal de piedra en el centro estaba vacío, como si algo hubiera estado allí alguna vez, pero hubiera sido robado o se encontrara perdido. Cuando me acerqué al santuario, las antorchas chisporrotearon y se apagaron, sumergiendo la estancia en la oscuridad iluminada sólo por la tenue luz violeta de las velas.

—*Se te advirtió que no siguieras.*

Me giré, justo cuando tres figuras surgieron de las sombras. Eran mujeres o, para ser más preciso, hembras. Su piel estaba moteada de rojo, azul y verde, un color diferente para cada vieja bruja. Sus largos cabellos blancos estaban enmarañados, y sus afiladas uñas amarillas, cada una de treinta centímetros de largo, se curvaban desde sus dedos huesudos. Pequeños cuernos sobresalían del cabello enredado, y sus ojos brillaban amarillos en la oscuridad mientras me rodeaban, con los labios delgados tensados hacia atrás para revelar sus irregulares colmillos.

Sonreí.

—Bueno, bueno, miren a quién tenemos aquí. Buenas tardes, damas. No sabía que ustedes tres todavía estaban merodeando por el reino mortal.

—¿Ha-Hakaimono-sama? —el rostro de la vieja bruja verde se puso blanco por la conmoción—. *Sí* es usted —retrocediendo, se dejó caer de bruces sobre las piedras, mientras las otras dos hacían lo mismo—. Perdónenos, señor, no reconocimos su voz. Lo último que escuchamos fue que había sido encerrado en Kamigoroshi.

—Escapé hace poco tiempo. Aunque, debo decirlo, no esperaba encontrarme con las hermanas Yama aquí —ignorando las formas bocabajo del trío de brujas, miré el santuario, todavía iluminado por las fantasmales llamas de color púrpura, y suspiré—. ¿Debo asumir, dado que las tres están aquí, que el Maestro de los Demonios ya no se encuentra en esta tumba?

Las hermanas brujas se miraron entre sí.

—No, Hakaimono-sama —dijo la ogresa roja, levantándose del suelo—. Al igual que usted, el gran Genno escapó de su prisión muy recientemente, hace no más de seis meses. Estuvimos entre quienes ayudaron a elevar su alma de *Jigoku* para unirla a una forma mortal para que pudiera caminar por este reino una vez más —parpadeó con sus ojos amarillos—. ¿Es... es por eso que vino, Hakaimono-sama? ¿Porque escuchó que el Maestro de los Demonios ha sido liberado, y desea unirse a su ejército?

—En realidad, yo sólo esperaba charlar —dije—. Había planeado convocar a su sombra y hablar con él en *Jigoku*, pero si ya está fuera y camina por el reino mortal otra vez, creo que eso me ahorrará la molestia de tener que encontrar un sacrificio adecuado —fruncí el ceño y miré a la bruja roja, cuyo nombre se me había escapado otra vez, Uragiri o Usamono, nunca conseguía recordar qué hermana era cuál—. Entonces, ¿dices que Genno escapó de *Jigoku* hace seis meses?

—Así fue, Hakaimono-sama.

—¿Y por qué no ha reunido un nuevo ejército y declarado la guerra a los humanos? Creo recordarlo jurando venganza antes de morir.

Las hermanas intercambiaron miradas de nuevo.

—Bueno, verá, Hakaimono-sama... —respondió la bruja azul—. El regreso del gran Genno se ha mantenido en secreto durante los últimos seis meses. Y ésa es la razón por la que estamos aquí... —hizo un gesto a sus hermanas—. Si alguien viniera a buscar la tumba de Genno-sama, nos encargaríamos de silenciarlo antes de que revelara que nuestro amo ha escapado de *Jigoku*. Pero, como su cuerpo fue destruido por completo, sólo teníamos el cráneo para sacarlo de la fosa.

—Ah —exclamé. Convocar a un alma de *Jigoku* y vincularla de manera permanente al reino mortal de nuevo era un ritual mágico de sangre complejo y peligroso, uno que debía realizarse correctamente para evitar una catástrofe. Debías tener un cuerpo físico para atar al alma, y era mejor si se trataba de los restos originales del alma, o podrían ocurrir todo tipo de contratiempos—. Algo salió mal, supongo —dije a las brujas y se estremecieron.

—Pudimos recuperar el alma de Genno-sama —dijo la bruja azul—. Pero…

—Su forma física no se materializó —concluyó la hermana verde—. Los miserables mortales deben haber purificado sus restos antes de destruirlo. Genno-sama está aquí, en el reino mortal, pero su alma está atada a su cráneo —hizo una pausa—. Sólo a su cráneo.

Mi risa rebotó en las paredes de la caverna, mientras las hermanas brujas me miraban.

—Entonces, me están diciendo que el mago de sangre humano más poderoso que jamás haya caminado en el reino mortal, que comandó hordas de *yokai*, demonios y muertos vivientes, y lideró, solo, una revolución demoníaca que casi puso a la Tierra completa de rodillas... ¿es ahora una simple y furiosa cabeza flotante?

La bruja roja gimió.

—Ni siquiera eso. Su espíritu puede materializarse, y es capaz de surcar el reino como un espectro, pero no puede alejarse demasiado de su reliquia. Genno-sama ejerce sólo una fracción del poder que alguna vez tuvo, porque carece de un cuerpo.

—Ya veo —la comprensión se abrió paso, y gruñí. Las circunstancias impedían una mera casualidad—. Así que Genno esperaba aprovechar el pergamino del Dragón. Por eso lo trajeron de regreso en esta era, cuando la noche del Deseo está casi sobre nosotros.

—Sí, gran Hakaimono —confirmó la bruja verde—. Su intención original era usar el Deseo para hacerse emperador y matar a todos los *daimyo*. Sin embargo, con el... imprevisto accidente, necesita el pergamino para otro propósito.

—Para recuperar su poder por completo.

—Y así reanudar su plan para conquistar Iwagoto —la bruja azul terminó, asintiendo—. Debido a su condición, carece del ejército que alguna vez comandó, pero sus filas están aumentando constantemente. Magos de sangre, *yokai* y demonios se unen a su causa día tras día. El solo hecho de saber que el Maestro de los Demonios ha regresado al reino de los mortales es suficiente para atraer simpatizantes de todos los rincones de la Tierra.

—¿Ha venido a unirse a nosotros, Hakaimono-sama? —preguntó la bruja roja—. ¿Como lo hizo en la primera rebelión del Maestro? Con usted de nuestro lado, los humanos caerán como vainas de arroz ante la hoz.

Sonreí con superioridad. Yo no me había unido al último pequeño levantamiento de Genno, sólo había aprovechado el caos para propagar mi humilde participación en el alboroto y la masacre. Hace cuatrocientos años, con un ejército de muertos vivientes y demonios causando estragos en la Tierra, un samurái de nombre Kage Saburo intentó evitar la destrucción del castillo del Clan de la Sombra, por medio de una poderosa espada maldita sellada en una tumba bajo la fortaleza. Era un estúpido, estaba desesperado y pensó que Kamigoroshi le concedería el poder de matar a los monstruos que invadían su hogar.

Estaba en lo correcto, pero no de la manera que él esperaba. En aquel entonces, debo admitir que yo estaba un poco desquiciado tras los largos siglos de encarcelamiento en la espada. Kage Saburo era el primer ser humano que poseía, pero en lugar de conspirar y planear mi siguiente movimiento, esa primera prueba de libertad en siglos causó que algo en mi interior se rompiera, y me entregué a una matanza de la que aún ahora los Kage todavía hablan en voz baja. En la locura de la batalla final, Kage Saburo fue asesinado no mucho antes de que Genno fuera abatido y también asesinado por los campeones del clan, por lo que muchos habían imaginado que el Maestro de los Demonios había llegado a un acuerdo con el Primer *Oni*, y que ambos trabajamos juntos para derrocar al Imperio.

Eso no era del todo cierto. Nunca hice un trato con Genno, sólo coincidimos en que nuestros objetivos eran similares. Mataría felizmente a los humanos junto con el ejército del mago de sangre, siempre y cuando él entendiera que yo no estaba bajo su mando y nunca lo estaría. Hakaimono no se inclinaba ante un mortal, ni siquiera ante el autoproclamado Maestro de los Demonios.

La primera vez que Genno marchó sobre el Imperio, yo había sido una frenética y furiosa criatura en busca de venganza, que existió sólo para matar a todos los que pudiera antes de que fuera enviada de regreso a la espada. Ahora, había tenido un poco de tiempo para pensar, planear y reflexionar sobre lo que haría si la oportunidad se presentaba de nuevo. Esta vez, estaba listo.

—En realidad, esperaba unirme —dije a las brujas, cuyos ojos amarillos se iluminaron como las llamas de una vela—. Escuché rumores sobre el regreso de Genno y vine para comprobar que fueran ciertos. Lástima que él no esté aquí. Me habría gustado hablar con él, saber cuál es su estrategia para derrocar al Imperio. Pero si dicen que es sólo un espectro...

—Lo llevaremos ante nuestro señor —afirmó la bruja azul—. Estoy segura de que el Maestro estará encantado de hablar con Hakaimono-sama. Simplemente estábamos vigilando su tumba en caso de que algún mortal deambulara por aquí, pero los rumores sobre la isla los mantienen alejados, y los muertos vivientes se encargan del resto. En realidad no somos muy necesarias en este lugar.

—Sí —asintió la hermana roja—. Ahora que Hakaimono-sama es libre nuevamente, esta oportunidad es demasiado valiosa para ignorarla. ¿Vendrá con nosotras para hablar con Maestro Genno, Hakaimono-sama? Es un largo viaje, pero podemos emprenderlo de inmediato.

Oculté una sonrisa astuta.

—¿Dónde se esconde Genno en estos días?

—En el castillo maldito de Onikage, en el Bosque de los Mil Ojos.

Resoplé. El Bosque de los Mil Ojos era el oscuro tramo enmarañado que se extendía entre el territorio del Clan del Agua y el del Clan del Fuego. Su nombre original era Angetsu Mori, aunque sólo los eruditos de la historia y los que vivían cientos de años podrían recordarlo. Hacía mucho tiempo, cuando el Imperio aún era nuevo, el Angetsu Mori se encontraba en el centro de una guerra salvaje entre las familias Hino y Mizu, dado que cada clan intentaba reclamar la propiedad del bosque y sus vastos recursos. Después de algunas décadas de lucha y derramamiento de sangre, el emperador intervino y reclamó para sí el bosque, poniendo fin a la guerra y la enemistad entre las dos familias. Se erigió un santuario en

111

la frontera de los territorios del Agua y el Fuego, se declaró ilegal la caza en Angetsu Mori y se limitó la explotación de sus recursos madereros a una cierta cantidad cada mes.

Pero hace cuatrocientos años el Maestro de los Demonios comenzó su levantamiento contra el Imperio allí. Usando magia de sangre y una horda de demonios y muertos vivientes, construyó un castillo en las profundidades del bosque. A medida que Genno creció en poder, y su ejército de demonios, *yokai*, magos de sangre y espíritus malignos creció en número, el Angetsu Mori cambió. Se hizo más oscuro, más enmarañado, y comenzó a adquirir vida propia. Para cuando el Maestro de los Demonios dirigió sus fuerzas contra Iwagoto, el bosque se había convertido en algo oscuro y retorcido, poseído por una consciencia maliciosa y odio hacia todos los seres vivos. Aquellos que se aventuraban en sus profundidades nunca regresaban o salían con pasos tambaleantes, completamente enloquecidos. Y cuando Genno fue asesinado en el valle sangriento de Tani Hitokage, el bosque ya no era conocido como Angetsu Mori. Se había convertido en el Bosque de los Mil Ojos, un lugar maldito donde ningún humano sensato se aventuraba a entrar por temor a ser atormentado, poseído, devorado o simplemente desaparecer en la oscuridad para nunca más ser visto.

—Un lugar bastante obvio para que Genno se establezca —dije a las hermanas brujas—. Pero supongo que nadie se atrevería a molestarlo allí —encogiéndome de hombros, levanté una garra y señalé la salida a mis espaldas—. Muy bien. Llévenme con el Maestro de los Demonios. Veamos si no podemos encontrar una manera de evitar los errores del pasado.

Pude sentir el horror del asesino de demonios mientras las hermanas brujas me conducían fuera de la tumba. *¿Qué pasa,*

Tatsumi?, me burlé. *¿La reunión con el Maestro de los Demonios, cuyo ejército estuvo a punto de destruir el Imperio hace cuatrocientos años, te incomoda?* Sonreí ante el destello de rabia que pulsó en mi cabeza. *No te preocupes, no tengo la intención de someterme a un mortal, ni siquiera ante el autoproclamado Maestro de los Demonios. Su pequeño levantamiento nada significa para mí. Pero si él puede darme lo que quiero, jugaré de su lado por un tiempo.* Sentí que la aprehensión de Tatsumi se unía al remolino de ira y disgusto, y reí entre dientes. *Habría pensado que estarías feliz, asesino de demonios. Si todo va según lo planeado, por fin seremos libres el uno del otro. Eso es lo que siempre has querido, ¿no es así? La posibilidad de* sentir *realmente sin... bueno, esto está por suceder.*

Trató de ocultarlo, pero la pequeña oleada de esperanza que el asesino de demonios sintió era casi ridícula. Su cansancio se filtraba en mí, un veneno que pesaba en el alma. Cansado de pelear, de luchar constantemente por mantener el control. Toda su existencia había sido oscuridad y dolor a fin de convertirse en un arma asesina a las órdenes de los Kage, eso era lo único que sabía hacer. Él no había esperado algo más... hasta que conoció a esa pequeña *Kitsune.*

Me animé. Aun cuando el asesino de demonios intentaba alejar sus pensamientos de mí, ya era demasiado tarde y sonreí con alegría. *¿Ella?* Me regocijé, sintiendo la furia del asesino de demonios en su propia debilidad. *Te refieres a la chica, ¿cierto? La mestiza* kitsune. *Oh, Tatsumi, qué vergonzoso, qué* deshonroso. *¿Qué dirían en tu clan si supieran que sientes algo por una* yokai?

No hubo respuesta de su alma en mi interior, ni un destello de emoción o sentimiento: se había cerrado. Pero el eco de su anhelo aún persistía, y reí en silencio. Esta información sería muy útil: estaba seguro de que nos volveríamos a encontrar con la pequeña zorro y sus compañeros.

—¿Dijo algo, Hakaimono-sama? —preguntó la vieja bruja azul cuando salimos de la tumba. Un viento frío soplaba sobre mi rostro y olía a pescado, agua de lago y descomposición. Unas cuantas espirales de manchas rojas y negras nos siguieron desde la entrada de la cueva y se retorcieron en la brisa. Aspiré la familiar y sofocante corrupción del reino de mi hogar y suspiré.

—No, pero es un largo camino hasta el castillo maldito de Onikage, y ya he perdido bastante tiempo aquí —me volví hacia el trío de brujas y mostré mis colmillos en una sonrisa—. Vayamos a hablar con el Maestro de los Demonios. Estoy muy interesado en escuchar sus planes para el futuro.

8

INVITADOS DE LA SOMBRA

Yumeko

Caminamos por el Sendero de las Sombras dos tramos más, escuchando a los espíritus de *Meido* gemir y vociferar contra nosotros a través de la niebla, y soportando las miradas y los sutiles insultos de Naganori-san, antes de que finalmente llegáramos a las tierras de los Kage.

—Por fin —suspiró el *majutsushi*, mientras salíamos de las sombras y regresábamos al mundo real. Me estremecí cuando la brisa golpeó mi piel y percibí el olor a madera y humo del reino de los vivos. El Sendero de las Sombras olía a aflicción, desaliento y desesperación, cosas que ni siquiera sabía que tenían olor, hasta ahora.

Miré alrededor y me percaté de que nos encontrábamos en una habitación oscura y desnuda, sin ventanas que permitieran entrar la luz exterior. Las paredes y los pisos eran de piedra, pero el techo estaba atravesado por enormes vigas de madera. Las antorchas en las esquinas titilaban erráticamente, y el aroma de la magia de la Sombra impregnaba todo el lugar. Se había dibujado un círculo en el suelo con lo que parecía pintura blanca brillante: runas, *kanji* y sellos mágicos. Mientras observaba, el círculo destelló una vez, luego se desvaneció y pareció fundirse en el suelo. Miré a Kage Naganori.

—¿Dónde estamos? —la última vez que habíamos dejado el Sendero de las Sombras, habíamos terminado en un pequeño templo oculto en una cueva, en algún lugar del territorio del Clan de la Tierra. Esto no lucía como una cueva, pero ya estaba cansada de la oscuridad, las sombras y todo lo que acechaba en ellas, y me sentía ansiosa por sentir nuevamente el calor del sol.

Naganori-san resopló.

—Hemos arribado a Hakumei-jo —declaró con grandilocuencia—. Gran castillo de la familia Kage y hogar de la dama Hanshou —nos dirigió una mirada crítica, y sus labios se curvaron en un gesto que parecía ser de repugnancia apenas reprimida cuando reparó en nuestra ropa, desgarrada y sucia tras los largos días de viaje—. Por supuesto, querrán estar presentables antes de entrevistarse con la *daimyo*. Los mozos atenderán todas sus necesidades. Síganlos y no intenten vagar por su cuenta. El castillo de Hakumei puede ser muy… desconcertante para los no iniciados. Yo tengo asuntos que debo atender. Por favor, discúlpenme.

Entonces el *majutsushi* principal del Clan de la Sombra dio media vuelta y se deslizó para desaparecer en el círculo de luz tenue, dejándonos solos en la oscura habitación.

—De acuerdo —murmuró Okame-san cuando una puerta de madera se cerró de golpe y el silencio acudió, aunque sólo fuera por un instante. Sus ojos parecían atormentados desde la primera vez que habíamos salido del Sendero de las Sombras—. No se preocupe por nosotros, entonces. Acabamos de pasar tres días en el reino de los muertos, estaremos bien.

—Invitados de honor.

Salté cuando una mujer pareció surgir de las sombras a mi lado. Era pequeña y delgada, tenía el cabello negro azabache con mechones platinados y finas líneas que se desprendían de sus ojos y labios. Llevaba una sencilla túnica en los colores de los Kage: negro y púrpura. Si no hubiera hablado, no me habría percatado de su presencia. *¿Es un talento que todos los Kage tienen?*, me pregunté, cuando la mujer hizo una reverencia y nos indicó que la siguiéramos, para mostrarnos nuestras habitaciones. *¿O los adiestran para acercarse a la gente como lo harían los fantasmas* yurei?

La seguimos a lo largo de varios pasillos, iluminados por linternas oscilantes y vacilantes antorchas. Supuse que estábamos bajo tierra, tal vez en la parte baja del castillo de Hakumei, dado que los pisos y algunas de las paredes estaban hechos de piedra húmeda. Me pregunté cómo alguien podría encontrar su camino, cuando todos los pasillos parecían iguales y no había señalizaciones ni manera de orientarse.

—Este lugar es como un laberinto —susurré a Reika *ojousan*, que caminaba a mi lado con Chu y Ko pisándole los talones—. ¿Crees que los Kage se pierdan aquí?

Reika *ojou-san* resolló por lo bajo.

—Por lo que sé de los Kage —susurró en respuesta—, y no es mucho, estoy bastante segura de que el castillo fue construido de esta manera con un propósito. Se dice que sería una pesadilla atacar Hakumei-jo, porque está diseñado para ser lo más desconcertante posible.

—De hecho —escuchamos la voz de Daisuke-san detrás de nosotros—. Cada constructor e ingeniero en el Imperio ha estudiado las obras de Kage Narumi, el arquitecto del castillo de Hakumei. Era brillante y, de acuerdo con los rumores, estaba un poco demente. Su diseño para el gran castillo del

Clan de la Sombra es como los Kage han mantenido su territorio durante tanto tiempo, aunque es el más pequeño de los clanes y los Hino han hecho todo lo posible por expulsarlos. Se dice que ni siquiera los mismos Kage conocen todos los secretos de Hakumei-jo, y aquellos que desean atacar al clan deben derrotar al castillo, lo cual no es poca cosa. En el pasado, los ejércitos que han invadido Hakumei-jo han resultado diezmados. Los supervivientes hablan de puertas ocultas, paredes falsas, haber sido atrapados en pasillos que escupen fuego o lanzas o flechas. Hubo un famoso incidente de un general Hino que sitió el castillo con la intención de matar de hambre a los Kage en lugar de arriesgarse a atacar Hakumei-jo. Durante tres meses, él y su ejército rodearon el castillo, sin permitir que nadie entrara o saliera. Todas las demandas de rendición fueron rechazadas por los Kage, aunque era obvio que ya no había suministros en el castillo y que ya no tenían forma de alimentar a su gente. El general Hino tenía un ejército más numeroso que el que se parapetaba detrás de los muros del castillo... era sólo asunto de tiempo hasta que el Clan de la Sombra se rindiera o pereciera por falta de suministros. Él sólo tenía que esperarlos.

"Hasta que un día el comandante despertó y encontró a la mitad de su ejército enfermo o moribundo. Sus almacenes de alimentos habían sido envenenados, aunque nadie podía explicar cómo había sucedido. Furioso, el comandante Hino reunió a sus guerreros restantes, los que aún podían luchar, y atacaron el castillo, con la intención de dominar a los debilitados Kage y destruirlos. Pero cuando su ejército alcanzó los muros interiores de Hakumei-jo, encontraron una enorme fuerza de los Kage esperándolos. No sólo el Clan de la Sombra había prosperado durante el asedio, sino que habían traído refuerzos, aunque nadie había visto a un solo Kage entrar o salir de Hakumei-jo. El general Hino y su ejército fueron aniquilados casi por completo, y nadie ha intentado sitiar este castillo desde entonces.

—¿Y la moraleja de esa larga historia es…? —interrumpió Okame-san, con una sonrisa cruzando su rostro mientras se unía a nosotros—. Nunca intentes superar la fanfarronería de un Kage. Terminarás con una espada clavada en la espalda antes de que te des cuenta siquiera de que se movió.

Su voz era más dura de lo normal, su tono cortante. Sentí una coraza invisible de armadura espinosa rodeando al *ronin*, como si estuviera usando palabras y lenguaje ásperos para mantenernos a raya. Reika *ojou-san* puso los ojos en blanco y Daisuke-san le dirigió al *ronin* una mirada circunspecta. Miré hacia el frente, a la mujer que caminaba tranquilamente por el pasillo, guiando nuestro camino sin dudarlo. No fue difícil imaginarme perdida en este lugar oscuro y sinuoso, dar un solo paso equivocado y terminar caminando en círculos para siempre.

—Pero, ¿cómo es que los Kage no se pierden aquí? —pregunté.

—Eso no te lo podría decir —dijo Daisuke-san—. Y tampoco creo que los Kage revelen sus secretos a los forasteros, así que me temo que tendremos que quedarnos con la duda.

—Tal vez todos ellos llevan un rollo de cuerda, por si acaso —sentencié.

Finalmente, llegamos a una escalera de madera que conducía a la planta superior. La mujer no se detuvo, sino que continuó subiendo los peldaños hasta que llegamos al interior del castillo, dejando atrás la humedad subterránea. Los pisos estaban hechos de madera pulida, gruesas vigas se entrecruzaban en lo alto y paneles *shoji* se extendían a lo largo de una pared, separando habitaciones individuales. Un par de samuráis Kage que vigilaban la entrada a la escalera nos ignoraron mientras caminábamos detrás de nuestra guía hacia el pasillo.

Aún en silencio, nuestra escolta nos condujo a través de otra serie de corredores, esta vez hechos de madera oscura, pantallas *shoji* y paneles *fusuma* decorados. Las imágenes representadas en estas pantallas eran hermosas: bosques de bambú a la luz de la luna, solitarios acantilados con rompientes olas oceánicas, un pinar que escondía un tigre al acecho; sin embargo se sentían ligeramente siniestras, como si estuvieran diseñadas para incomodar a quien las viera. Tal vez era porque sentía que también nos miraban. A medida que nos internábamos en el castillo, vi a más samuráis Kage montando guardia o caminando por los pasillos, y mozos que correteaban como silenciosos y eficientes ratones. Un aire sombrío lo rodeaba y me hacía anhelar estar afuera, lejos de la oscuridad. Aunque el castillo estaba cubierto de linternas colgantes y velas, se sentía silencioso y sombrío, con negrura en cada esquina y ojos ocultos en las paredes. Echaba de menos la luz del sol.

Cuando dimos vuelta en otra esquina, un hombre salió de pronto de una habitación contigua y se cruzó con la doncella, seguido por un par de samuráis. La mujer se inclinó al instante y se hizo a un lado, manteniendo su mirada en el suelo mientras retrocedía contra la pared. El hombre no le dedicó una segunda mirada. Estaba vestido con una túnica negra y púrpura con dibujos de lunas doradas, y cargaba un abanico dorado brillante en una mano. Su rostro era pálido, con gruesas líneas negras teñidas bajo sus ojos, que acentuaban su noble agudeza. Al detenerse en el centro del pasillo, el hombre levantó una delgada ceja teñida hacia nosotros.

—Ah. Así que éstos son los "invitados de honor" de la dama Hanshou —su voz era suave y aceitosa, y de alguna manera me recordó a una anguila—. No sabía que ella estaba recibiendo plebeyos. Nuestra *daimyo* es un alma en verdad amable y benevolente. Me pregunto si tendremos habitaciones apropiadas para ellos —golpeó su abanico dorado contra su barbilla pálida, en un gesto reflexivo—. Queremos que nuestros huéspedes estén cómodos, después de todo. Me preocupa que no tengamos un suministro adecuado de paja infestada de pulgas.

No sabía mucho sobre la forma elegante en que interactuaban los nobles de la corte, pero me sentía *bastante* segura de que estaba siendo insultada. Y por la mirada oscura de Reika *ojou-san* y la peligrosa burla arrastrándose por el rostro de Okame-san, podía darme cuenta de que a ellos tampoco les había caído en gracia.

—Disculpe —dije, haciendo que el noble me mirara como si fuera un insecto en el suelo—, ¿pero quién es usted?

—¡Qué insolencia! —uno de los samuráis dio un paso adelante, amenazante—. ¿Cómo te atreves a hablar sin ser solicitada? Si dependiera de mí, te pondría en tu lugar en este momento por semejante osadía —se volvió hacia el noble con una reverencia—. Iesada-sama, permítame retirar este insecto de su presencia.

—Estoy seguro de que el gran Iesada-sama no querría eso —intervino la voz de Daisuke-san, tranquila y desenvuelta, detrás de nosotros. El noble Taiyo dio un paso al frente, sonriendo, aunque sus ojos estaban afilados y fríos mientras miraba al otro noble—. Estoy seguro de que Iesada-sama sabe que la *onmyoji* Yumeko es una invitada de honor de la dama Hanshou —dijo, con una sonrisa que nunca vaciló—. Que la dama la está esperando y que envió a Kage Naganori a las tierras del Clan del Cielo para escoltar a Yumeko-sama al castillo de Hakumei. Un hombre informado como Iesada-sama seguramente sabrá que Yumeko-sama también se encuentra bajo la protección de la familia Taiyo y el santuario de Hayate, y que ellos se sentirían profundamente ofendidos si mi señora sufriera algún daño —su voz era como una tela de seda sobre el filo de una espada—. Pero me siento tonto incluso al mencionar esto, porque el Clan de la Sombra ciertamente no desea insultar a los Taiyo y arriesgarse a la ira de la Familia Imperial. Perdóneme incluso por expresar tal pensamiento. Estoy seguro de que volveré a mi tierra sin nada más que cumplidos para los Kage.

El samurái, que había estado mirando a Daisuke-san durante el intercambio, se puso ligeramente pálido cuando entendió quién estaba hablando con él. La expresión de Kage Iesada no cambió, pero levantó una mano para hacer retroceder a su guardaespaldas.

—Por supuesto que son bienvenidos aquí —ronroneó, mientras el samurái nos hacía una rápida reverencia y se movía a un lado—. Todos son bienvenidos en el castillo de Hakumei, que nadie diga lo contrario. Perdonen a mis hombres y mi desconsideración, no era consciente de que la *onmyoji* era digna de la protección de los Taiyo —su mirada aceitosa se deslizó hacia mí—. Aunque, si la dama Hanshou la llamó aquí, sus poderes deben ser notables.

"Bueno —el noble dio un paso atrás con un movimiento de su abanico, despidiéndonos—. Disculpen esta interrupción. Continúen y sean bienvenidos a las tierras de los Kage —sus ojos brillaron cuando me sonrió de nuevo—. Estoy seguro de que encontrarán su estancia muy agradable.

Caminó a paso lento por el pasillo, con su guardia marchando a su lado, y desapareció tras una esquina, dejando una sensación de zarcillos grasientos en mi piel.

Okame-san se estremeció de manera exagerada.

—Sí. Ésta es la razón por la que nunca estuve en una corte. Simplemente no era bueno en este juego de *insulta a alguien haciéndole un cumplido*. Si eres demasiado directo serás desafiado a un duelo, pero si das a entender que alguien es un cerdo en un bonito verso o en el giro de una frase, los nobles reirán ante tu ingenio.

Daisuke-san soltó una risita.

—No es tan difícil, Okame-san —dijo con voz ligera—. ¿Quieres que te enseñe?

El *ronin* resopló.

—No puedes enseñarle trucos nuevos a un perro viejo, Taiyo-san —dijo con una sonrisa dura—. Puedes bañarlo, peinarlo y tratar de embellecerlo cuanto quieras, pero aun así rodará en el barro y orinará dentro de casa a la primera oportunidad que tenga.

Chu bajó las orejas y gruñó al *ronin*, que le dedicó una mueca.

—Oh, como si tú nunca hubieras rodado en el barro.

—¿Quién era ése? —preguntó Reika *ojou-san* a la doncella, quien había resurgido de la pared una vez que los samuráis estuvieron fuera de la vista. Ella vaciló, con la mirada fija hacia el final del pasillo, como si le preocupara que aquella guardia todavía estuviera merodeando, escuchándonos.

—Iesada-sama controla la parte oriental de las tierras de los Kage y es quizás el noble más poderoso dentro de la corte de la Sombra, junto con la dama Hanshou —respondió la mujer—. No es alguien a quien ustedes quisieran tener como enemigo, ni de quien deberíamos estar hablando abiertamente donde cualquiera puede escuchar. Por favor, síganme.

—Aquí estamos —la doncella se detuvo en un conjunto de puertas de paneles que mostraban la imagen de hermosas ramas de arce y una tela de araña entre sus extremidades, que se extendía por la cara de la puerta. La bulbosa tejedora, dorada y negra, se podía ver colocada prominentemente en el centro, y se veía tan real que creí que se alejaría de la mano de la mujer cuando abrió el panel. Otro par de doncellas esperaban al otro lado mientras la puerta se deslizaba hacia atrás. Una tenía un *kimono* envuelto en sus brazos, la otra llevaba una serie de artículos en una bandeja: peines y pinzas de marfil. Ambas se inclinaron cuando el panel se desplegó.

—Por favor —dijo la primera mujer, mirándome—, póngase cómoda, mi señora. Mari y Akane la atenderán.

—¿Qué pasará con mis amigos?

—Tendrán sus propias habitaciones, no lejos de aquí —fue la respuesta—. Estarán bien atendidos, mi señora, se lo aseguro. Como invitados de honor de los Kage, su seguridad y comodidad es nuestra única preocupación.

Parpadeé y miré a las dos doncellas que esperaban expectantes más allá de las puertas. Ellas sonrieron y desviaron sus ojos con cortesía, pero sentí que me miraban a pesar de que su vista estaba en otra parte. Mi corazón latió con fuerza, y de pronto pude sentir el pergamino, todavía oculto en el *furoshiki*, bajo mis ropas raídas.

—Gracias —dije vacilante—, pero en realidad no necesito...

—No es un problema, mi señora —dijo la mujer mayor—. La dama Hanshou la está esperando, así que debemos asegurarnos de que esté presentable para la *daimyo*. Por favor —hizo un gesto hacia la habitación, implacablemente educada, pero haciéndome saber que la negativa no era una opción.

Capté la mirada de Reika *ojou-san* cuando vacilé, y la doncella del santuario hizo una ligera inclinación de cabeza, aunque sus ojos estaban oscuros por la advertencia. Estábamos siendo observados. Sin duda, había ojos ocultos sobre nosotros en cada parte del castillo, *shinobi* tomando nota de cada uno de nuestros movimientos. Cualquier comportamiento que pudiera generar preocupación o despertar sospechas sería informado directamente a su *daimyo*. No podía permitir que pensaran que yo era una simple campesina y no una *onmyoji*, y ciertamente no podía dejar que Hanshou descubriera que tenía un trozo del pergamino. Si la *daimyo* del Clan de la Sombra se enteraba de que yo poseía justo aquello por lo que ella había enviado a Tatsumi, no sobreviviríamos a la noche.

—Estaremos bien, Yumeko-chan —intervino Okame-san, mientras la doncella del santuario le dirigía una mirada de disgusto—. Sólo grita si un *shinobi* sale de la pared y vendremos corriendo.

Los ojos de la joven doncella se abrieron muy grandes al oírlo, pero la mujer mayor se mantuvo ferozmente imperturbable mientras señalaba a la habitación de nuevo. De mala gana crucé el umbral y el panel se cerró detrás de mí con un chasquido, dejándome sola con aquellas dos chicas.

—Mmm, hola —ofrecí, sin saber qué hacer y sintiéndome incómoda. Nunca antes había sido atendida por doncellas—. Tendrán que disculparme, en verdad no sé qué es lo que tengo que hacer.

Una de ellas sonrió, aunque era una sonrisa bastante forzada, de trabajo.

—Estamos aquí, mi señora, para que esté presentable ante la dama Hanshou —me dijo—. Es un gran honor comparecer ante la dama de la Sombra, pocos son convocados a su presencia. La dama le ha dado el más excepcional de los regalos. Debemos asegurarnos de que esté lista para recibirlo.

—Oh —exclamé—. Eso es... muy agradable.

—Sí —asintió la segunda chica—. Así que, si lo permite, mi señora —hizo un gesto en mi dirección. Parpadeé hacia ella, confundida, y sus ojos se volvieron rígidos—. Por favor, retírese sus ropas.

—¿*Nani?* —eché mis orejas hacia atrás. Las doncellas esperaban expectantes, con rostros tranquilos. Obviamente, esto era algo que hacían a menudo. Yo, sin embargo, nunca me había desnudado frente a extrañas... frente a nadie, en realidad—. ¿Ahora mismo?

—Por favor, mi señora —la doncella hizo un gesto de nuevo con una sonrisa fija—. Debemos prepararla para su encuentro con la dama Hanshou. Lamentablemente, no hay tiempo para un baño. Sus... ropas... serán lavadas y la estarán esperando a su regreso.

Miré el *kimono* que colgaba de los brazos de la doncella. Era muy hermoso, negro con hojas rojas y doradas arremolinándose desde el fondo como si estuvieran atrapadas en un torbellino. Las mangas eran largas y ondulantes, y casi tocaban el suelo. Una amplia, roja y dorada cinta *obi* completaba el conjunto.

—Vamos —la otra doncella dejó su bandeja y dio un paso adelante, todavía sonriendo—. Por favor, mi señora, desvístase. Ambas tenemos experiencia en ayudar a las damas de la corte en todas las formas posibles. No será desagradable, se lo aseguro.

Por un momento, me tambaleé al borde del pánico. ¿Qué debía hacer? Negarme sería insultar a los Kage y, lo que era peor, despertar las sospechas de la dama Hanshou. No podía encontrarme con la líder del Clan de la Sombra con mis túnicas desgarradas y sucias, incluso si eran las de una *onmyoji*, pero lo que ella quería más que nada se encontraba en mi *furoshiki*. Si lo entregaba a las doncellas, seguramente lo encontrarían.

¡Vamos, Yumeko! Eres una kitsune. *Si no hay puertas o ventanas fuera de la habitación, ve debajo de las tablas del piso.*

Sonreí tímidamente a la joven doncella, mientras recurría en secreto a mi magia.

—*Sumimasen* —dije—. No quiero ser difícil. Es sólo que nunca me han asistido, y esto me resulta muy extraño. Fui criada en un templo, y los monjes eran muy estrictos. Nunca... me he desvestido frente a nadie, y es...

Me detuve, como si estuviera demasiado avergonzada para continuar. Las doncellas se relajaron, aunque pude sentir que una ocultaba un suspiro.

—Es comprensible, mi señora —me dijo—. Las costumbres de los nobles deben ser extrañas para usted. Le daremos la espalda mientras se desviste. ¿Eso lo hará más fácil?

Incliné la cabeza.

—*Arigatou gozaimasu.*

Asintieron y me dieron la espalda. A sabiendas de que otros ojos podrían estar mirando, rápidamente deslicé mis dedos dentro de mi *obi* y palmeé una de las pequeñas hojas que había clavado en la faja antes de llegar al castillo. Y agradecí en silencio a Reika *ojou-san* por haberme advertido que debía venir preparada.

Dibujé el *furoshiki* sobre mi cabeza, sintiendo la estrecha longitud de la caja bajo mis dedos, a través de la tela. Tan suave y rápido como pude, deslicé la hoja entre los pliegues, cepillándola contra el estuche lacado escondido dentro.

Un leve golpe se escuchó en la puerta y consiguió sobresaltarnos a las tres.

—¿Mari-san? ¿Akane-san? ¿Ya comenzaron? —se escuchó la voz de una mujer a través del *shoji*—. La dama Hanshou pronto estará lista.

Se giraron, haciendo una mueca.

—¡*Hai*, Harumi-san! —respondió una, mientras la otra se volvía hacia mí.

—Mi señora, trabajaremos lo más rápido que podamos.

La segunda doncella frunció el ceño con ansiedad mientras se acercaba.

—Lo siento, mi señora, pero debemos hacer esto rápidamente, se lo agradecemos.

Alcanzó el *furoshiki* y lo tomó de mis manos. Mientras lo hacía, la tela se abrió y algo largo y delgado cayó de los pliegues, tintineando contra el suelo de madera.

Ambas doncellas miraron hacia abajo, mientras una larga flauta de bambú rodaba lentamente sobre los tablones para detenerse cuando alcanzó el pie de una de ellas.

—¿Qué es esto? —preguntó, inclinándose para recogerla—. ¿Una flauta?

Suspiré furtivamente mientras sus dedos se cerraban alrededor del instrumento y me obligué a hablar con calma.

—Perteneció a mi primer maestro. Me la entregó el día que dejé el templo y me dijo que debía practicar hasta que pudiera volver y tocar una melodía perfecta para él. He estado practicando cada vez que puedo, pero todavía no soy muy buena. ¿Les gustaría escuchar?

—Estoy segura de que mi señora es mejor de lo que cree —la doncella me dirigió una sonrisa tensa—. Tal vez en otro momento. Pondré esto con sus ropas.

—Si no les importa —dije mientras se daba media vuelta—. Me gustaría conservarla conmigo. Es lo único que me queda de mi maestro. Una especie de talismán de buena fortuna. Si la llevo, él siempre estará conmigo.

Sus labios comenzaron a fruncirse, antes de recular con la experiencia de su cargo.

—Como lo desee, mi señora —dijo, ocultando dificultosamente su impaciencia—. Pero debe permitirnos que la atendamos ahora. No podemos perder más tiempo.

—Entiendo —dije, y la doncella me regresó la flauta con mirada firme.

Expulsé un suspiro de alivio cuando mis dedos se cerraron alrededor del pergamino, sintiendo la magia de zorro pinchando en mi piel, y lo mantuve en un fuerte agarre mientras las doncellas me desnudaban. Cuando el aire frío golpeó mi cuerpo expuesto, aplané mis orejas y apreté mi cola contra mis piernas para que las humanas no la pisaran mientras me rodeaban como lobas al acecho. No podían ver mi yo *kitsune* a menos que tuvieran un espejo u otra superficie reflectante, o que fueran expertas en el mundo de los espíritus, como Reika *ojou-san*, pero no quería que tropezaran y cayeran sin "razón aparente". Sin mencionar que un pisotón en la cola me dolería. Por fortuna, después de rociar mi piel con un perfume intenso con aroma a ciruela, que hizo que mis ojos lagrimearan, cubrieron mi cuerpo con una túnica blanca antes de finalmente envolver el elegante *kimono* alrededor de mi cuerpo. El *obi* era ancho y rígido, y se extendía desde mi cintura hasta justo debajo de mis senos. Con cuidado, metí el pergamino entre la tela mientras las doncellas estaban ocupadas ajustando el moño a mis espaldas.

Una de las doncellas había conseguido pasar una peineta por mi cabello unas cuantas veces, desenredando la maraña y sin evitarme alguna molestia, cuando se escuchó otro golpe en la puerta.

—¿Está lista, mi señora? —preguntó la voz femenina, mientras yo reprimía las lágrimas de dolor y esperaba a que mi cuero cabelludo dejara de punzar.

—¡*Hai*, Harumi-ṣan! —respondió la doncella, mientras la otra rápidamente se apresuraba hacia la puerta y la deslizaba. La mujer mayor de antes se asomó, me vio y asintió.

—Sí, bien. Se ve presentable. Mi señora —la mujer levantó una mano huesuda y me hizo señas para que avanzara—. Por favor, venga conmigo. La dama Hanshou la espera.

Seguí a la mujer a lo largo de varios pasillos y subí un número imposible de peldaños que parecían ascender hasta la parte más alta del castillo. Mirando a través de una hendidura de flecha en la parte superior de una escalera, conseguí vislumbrar el cielo nocturno, lleno de estrellas, y por debajo de nosotras, las copas de los árboles que se extendían hasta el horizonte distante. Parecía que un gran bosque, vasto y retorcido, se extendía más allá de los muros del castillo de Hakumei. Me pregunté qué tipos de criaturas vagarían entre sus árboles y si se parecía en algo al que se encontraba fuera del Templo de los Vientos Silenciosos. Un agudo sentimiento de añoranza me inundó, y casi me hizo llorar. Habían pasado tantas cosas desde la noche en que los demonios habían incendiado el templo y Maestro Isao me había confiado el pergamino. Lo mantenía a salvo, pero muy dificultosamente. Adonde sea que me volviera parecía haber alguien más que quería el pergamino, ya fuera un demonio, un emperador, un mago de sangre o una *daimyo*. No sabía cuánto tiempo más podría mantenerlo oculto, y un error o accidente podría costar la vida a todos. Pero seguiría intentando. Había prometido que entregaría este pergamino al Templo de la Pluma de Acero, y mantendría esa promesa aun si el esfuerzo me llevaba a la muerte.

Dos samuráis armados y cubiertos por completo por su armadura custodiaban un par de puertas teñidas al final de un pasillo. La imagen en los paneles *fusuma* mostraba un bosque de aspecto tranquilo, pero las siluetas entre sus árboles y las sombras eran extrañas y de alguna manera amenazadoras.

También un hombre esperaba a unos pasos de las puertas y nos observaba mientras nos acercábamos. No lo vi de inmediato: había estado parado calladamente a un lado y parecía tener el talento de los Kage para mezclarse con las sombras. Pero cuando llegamos a las puertas dio un paso al frente, como un fantasma que entrara cruzando las paredes, y me sonrió.

Me tensé. Era un noble como Kage Iesada, sereno y elegante, con rasgos gráciles y una magnífica túnica púrpura crepuscular salpicada por pétalos dorados. A diferencia de Kage Iesada, la sonrisa que me dedicó parecía genuina. O, al menos, no burlona y cruel. También era bastante apuesto, se podía decir que era hermoso, y casi rivalizaba con Daisuke-san por lo encantador que resultaba mirarlo. Por un breve instante me pregunté qué pasaría si ambos estuvieran juntos en una habitación.

—Gracias, Harumi —dijo a la doncella, quien de inmediato se inclinó con la mirada fija en el suelo—. Te puedes retirar. Yo me encargaré a partir de aquí.

—Por supuesto, Masao-sama —casi susurró la mujer. Retrocedió y se fundió silenciosamente en la oscuridad, de manera que me encontré sola con el desconocido.

Miré fijamente al noble, quien continuaba observándome con discreta diversión.

—Hola —dije, haciendo que una de sus delgadas cejas se arqueara. Tal vez se suponía que debía esperar a que él se dirigiera a mí, pero estaba cansada, nerviosa y frustrada por el hecho de que me miraran como si fuera un insecto muy interesante—. Supongo que está aquí para advertirme de todas las cosas que no debo hacer mientras hablo con la dama Hanshou.

Soltó una risita.

—La manera en que la dama considere conveniente tratar con los visitantes es su asunto —dijo con tranquilidad—. Si alguien ignora que debe ser educado en presencia de la *daimyo* de la región, entonces hay poca esperanza para esa persona, de cualquier forma —me miró con agudos ojos negros que parecían perforar la tela de mi *kimono*, su sonrisa nunca vaciló—. Pero sospecho que no es el caso —continuó en voz baja—. Después de todo, convenciste al asesino de demonios de los Kage para que te acompañara al Templo de la Pluma de Acero. ¿Cómo puede una simple campesina lograr tal hazaña, me pregunto? Si se hubiera tratado de alguien más, Tatsumi podría haberlo matado.

La mención de Tatsumi hizo un nudo en mi garganta. Al mismo tiempo, un espasmo de alarma me atravesó. ¿Cuánto sabía Masao-san? Si él sabía que yo era una simple campesina y no una *onmyoji*, ¿por qué estaba aquí? Sentí que estaba buscando a tientas en la oscuridad, y ese paso en falso me enviaría a un agujero por el que nunca podría salir.

Pase lo que pase, protege el pergamino, Yumeko. No les permitas saber que tú lo tienes.

—Yo necesitaba llegar al templo —dije al noble—, y Tatsumi también. Le prometí que lo llevaría allí, a cambio él lucharía contra los demonios en el camino. Fue un acuerdo simple.

—Nada alrededor de Tatsumi es simple —dijo Masao-san en voz baja—. Y estás dejando de lado una parte muy importante de la historia. ¿Por qué Tatsumi fue enviado al Templo de los Vientos Silenciosos? ¿Por qué éste fue destruido? ¿Por qué hay demonios persiguiéndote? Porque los demonios no aparecen de la nada para causar estragos. Por favor, no me insultes pretendiendo ignorancia… ambos sabemos por qué la dama Hanshou te ha mandado llamar —su sonrisa se ensanchó—. Pero eso ya lo sabías, ¿cierto?

Mi corazón latía con fuerza. Podía sentir el pergamino debajo de mi *obi*, presionando mis costillas, y deliberadamente pensé en las flores y en la música y en los ríos y en las mariposas, todo menos el pergamino. No creía que este hombre pudiera leer la mente, pero había visto a Tatsumi crear gemelos fantasmales de sí mismo, y Naganori-san había amenazado con arrancar la sombra de Okame-san, así que nunca podrías ser demasiado cauteloso.

—Oh, pero te he hecho sentir incómoda, ¿no es así? —la suave frente de Masao-san se frunció, y pareció en verdad preocupado, antes de que me ofreciera una leve reverencia—. Mis disculpas. Eres una invitada de honor en el castillo de Hakumei. Perdona mi rudeza, no podemos permitir que nadie piense que los Kage no son educados, ni siquiera con las campesinas que son más *astutas* de lo que parecen.

Su sonrisa parecía tan sincera y cordial que casi compensaba el tono ominoso de su declaración anterior.

—Me temo que no sé a qué se refiere, Masao-san —dije—. Sólo soy una campesina, una humilde doncella en un templo de monjes. Todo lo que conozco, todas las habilidades que poseo, lo aprendí de ellos.

—No debes preocuparte, Yumeko-san —dijo el hombre haciendo que me sobresaltara: no recordaba haber mencionado mi nombre. Él sonrió de nuevo, irónico y divertido—. No tengo grandes aspiraciones de convocar a un *kami*. Sólo quiero lo que mi *daimyo* quiere. Sus deseos son mis deseos. Yo existo para servir a los Kage, y a la dama Hanshou, lo mejor que pueda.

Otra vez sonaba completamente genuino, pero mis sospechas aumentaron aún más. Pensé en Tatsumi, recordé su afirmación llana, carente de emociones, de que él era sólo un arma de los Kage, y mi corazón se retorció un poco. Tatsumi se habría lanzado por un precipicio si su clan lo hubiera ordenado: en verdad creía que su vida no le pertenecía. Masao-san parecía más un noble que se movía a través de la corte como una anguila a través del agua.

—Entonces, ¿por qué me dice todo esto?

Sus ojos brillaron, pero su tono siguió siendo el mismo.

—Porque, Yumeko-san, quería recordarte que estás en territorio del Clan de la Sombra. Los secretos no existen aquí. La oscuridad es nuestra aliada, y nada puede ocultarse de nosotros por mucho tiempo. Recuerda eso cuando hables con la dama Hanshou. Ella ha estado viva por mucho tiempo. Sabe cosas sobre los clanes que harían que el propio Emperador nunca volviera a conciliar el sueño. Por lo tanto, considera esto como una advertencia amistosa. Lo que sea que pregunte la dama Hanshou, es mejor responderlo con sinceridad. Ella sabe todo de ti.

Tragué saliva, resistiendo las ganas de aplanar mis orejas. *No todo.*

Aquel hombre me sonrió, como si supiera lo que estaba pensando y fuera demasiado educado para decirme que estaba equivocada. Con un "Por favor, sígueme" en voz baja dio media vuelta, pasó junto a los samuráis y abrió la puerta teñida entre ellos. Atravesé el marco y el panel se deslizó detrás de mí.

Al instante, fui golpeada por el calor. La habitación era oscura, estaba llena de humo y se sentía sofocantemente caliente. El incienso colgaba espeso en el aire, me quemaba la nariz y obstruía mi garganta, pero bajo el olor sobrecogedor de la madera de sándalo y clavo, el aire apestaba a alcohol. Cuando mis ojos se adaptaron a la penumbra pude ver que las paredes estaban teñidas con paneles *fusuma* que mostraban más imágenes hermosas —un par de grullas al borde de un estanque, un tigre en un bosque de bambú—, pero al mirarlas mi cola se erizó. Parecía como si las pinturas me estuvieran mirando también, o esas presencias sombrías que se escondían detrás de ellas y me observaban mientras me adentraba en la cámara. La habitación carecía de ventanas y su única iluminación provenía de un par de braseros de hierro fundido, que brillaban de color rojo, y una única linterna en lo alto, que proyectaba un círculo de luz naranja en el centro de las esteras de *tatami*.

Más allá de esa luz, flanqueada por los dos braseros, una figura me esperaba, sentada en un grueso cojín rojo. Al principio era un bulto indistinguible envuelto en capas de túnicas y oculto en la sombra. Pensé que podía distinguir la silueta de una cabeza, y un solo brazo que sostenía una pipa de mango largo, con el extremo arrastrando rizos de humo en el aire. Pero la luz era brumosa, y la figura parecía casi encorvada, por lo que era imposible verla claramente.

—¿Ésta es? —escuché una voz baja, femenina, desde el bulto en el centro de la habitación. La suavidad de la voz me asustó; por alguna razón no coincidía con la silueta a la que estaba unida. Masao-san dio un paso al frente y se inclinó.

—Hanshou-sama, según lo solicitado, he aquí la dama Yumeko, del Templo de los Vientos Silenciosos. La que acompañó al asesino de demonios hasta su... desafortunado incidente.

—Adelante, niña —ronroneó la voz—. No aceches desde el borde de las sombras, acércate a la luz.

A mi lado Masao-san hizo un gesto hacia el círculo de la luz de la linterna, y me acerqué hasta que me encontré en el centro de su suave brillo naranja. Cuando él hizo un gesto de asentimiento, me arrodillé e hice una reverencia ante la forma aún sombría de la dama Hanshou, tocando las esteras con mi frente, como se hacía cuando uno se encontraba frente a la *daimyo* de un clan poderoso.

Una oleada de energía me inundó, el mismo toque suave y fresco de la magia de la Sombra de Tatsumi, proveniente de la figura en el centro del piso. Me levanté y entrecerré los ojos ante la neblina y el humo, buscando a la *daimyo* de la familia Kage, y casi me quedé sin aliento por la sorpresa.

Una mujer hermosa se encontró con mi mirada, y sus carnosos labios rojos se curvaron hacia arriba en la más leve de las sonrisas. Su piel era del color de la luna, casi resplandecía con su propia luz interior, y su cabello negro como la medianoche era tan largo que se enroscaba alrededor del dobladillo de su túnica como una cola de seda. Una pálida y elegante mano sostenía una pipa, zarcillos de tenue humo se enrollaban alrededor de un brazo delgado, y de alguna manera eso la hacía ver aún más bella y misteriosa. Unos ojos oscuros y luminiscentes destellaban en las sombras y me observaban sobre los pliegues de un magnífico *kimono* de múltiples capas, mucho más elaborado y elegante que el mío. Por primera vez, me sentí extremadamente consciente de mi posición: una insignificante campesina con túnicas prestadas, frente a quien debía ser la mujer más bella de todo el Imperio.

Entonces volví a sentir el frío cosquilleo de la magia de la Sombra, como el aleteo de una polilla contra mi oreja, y sacudí la cabeza para despejarla. La imagen de la bella mujer se onduló como el reflejo en un estanque y, por un momento vi el rostro de una horrible bruja arrugada como un kaki podrido, sin dientes y medio ciega, con sólo unas pocas hebras de cabello unidas a su cuero cabelludo seco. Sólo por un instante, y luego el rostro de la bella mujer volvió a solidificarse, pero aunque mis sentimientos de asombro se habían disuelto con la ilusión, mi cola se erizó y mi corazón comenzó a latir con fuerza contra mi pecho. Esta versión de la dama Hanshou era la que mostraba al mundo exterior, como la piel de un bello melocotón que por dentro ya estaba infestado de gusanos y en descomposición. *¿Qué edad tenía? ¿Cómo podía mantenerse viva?*

La ilusión de la hermosa *daimyo* Kage me sonrió, fría y divertida, y sentí cómo me tensaba. La magia de la Sombra y la magia de zorro parecían compartir muchos rasgos: cubrían la verdad haciendo que la gente viera cosas que no estaban allí. Debía ser cautelosa. Si la dama Hanshou descubría que su magia no me engañaba, podría alterarse, tanto como yo me había alterado las pocas veces que Denga había descubierto alguna de mis bromas. No sabía lo que ella podría hacer si se enojaba, pero tal vez no sería agradable.

Dejé caer mi mirada hacia el suelo. Si ella no podía ver mis ojos, no podía ver la verdad en ellos. Eso esperaba. Hubo una risa suave, y luego la voz de la *daimyo* surgió de las sombras.

—Bienvenida, Yumeko del Templo de los Vientos Silenciosos —dijo la dama Hanshou, el tono bajo y suave no era capaz de enmascarar el áspero carraspeo que escuchaba por debajo—. Bienvenida al castillo de Hakumei. Espero que el viaje hasta aquí haya sido placentero.

—Gracias, Hanshou-sama —dije, recordando las lecciones de Reika *ojou-san* sobre cómo dirigirse a los *daimyo*. Decir sólo lo que querían escuchar; comunicar lo que en verdad uno pensaba o sentía podría ser inconveniente, descortés y podría causarte la muerte—. Fue bastante placentero, sin contratiempos —*bueno, salvo por la parte que implicaba viajar a través del reino de los muertos*—. Su hospitalidad ha sido de lo más generosa.

—¿Lo fue? —la dama parecía divertida—. Estás en las tierras de los Kage ahora, niña —dijo en su ronroneo áspero—. No hay secretos que puedan esconderse de nosotros, no de quienes vivimos en las sombras y conocemos la oscuridad mejor que nadie en el Imperio. Puede que no lo parezca, pero he vivido unos cuantos años más que tú, y he llegado a encontrar tedioso este educado regateo de la corte. Di lo que quieras decir en mi presencia, o no hables en absoluto. Ordené a Naganori que te encontrara y te trajera aquí. Sé que te condujo a través del Sendero de las Sombras, que corre junto al reino de los muertos. No puedo imaginar que fuera "placentero", de ninguna manera. Así que, por favor... —sonrió, y por medio segundo vi de nuevo el rostro de la anciana bruja, sonriendo amenazadoramente en la oscuridad— habla con la verdad cuando te dirijas a mí en mi propio castillo. Sabré si estás mintiendo, y no me sentiré complacida por ello.

Una punzada de miedo me atravesó y por un instante estuve segura de que ella lo sabía todo antes de detenerme a pensar. *No, eso no puede ser. Si eso fuera cierto, ella ya sabría que tengo sangre* kitsune. *Y que en mi poder se encuentra un trozo de pergamino. ¿Por qué ella diría algo así?* Lo medité por una fracción de segundo, antes de que la verdad acudiera a mí. *Ella está tratando de hacerme perder el equilibrio, dejarme pensar que ya lo sabe todo sobre mí, de manera que yo podría terminar diciéndole la verdad. Pero no es así. Ella no me conoce y no puedo dejar que descubra más.*

—Está bien —dije, enfrentando a la antigua *daimyo* de nuevo—. Si quiere la verdad, entonces el Sendero de las Sombras era sombrío y espeluznante, casi todos estuvimos a punto de ser arrastrados a *Meido* por espíritus recelosos y Naganori-san fue un ogro grosero y hostil al que quería empujar a un acantilado. Además, huele a setas rancias.

La dama Hanshou rio. En la superficie sonaba como delicadas campanitas de viento que se sacudían con una suave brisa, pero por debajo podía escuchar los fuertes y sibilantes jadeos de su verdadero yo. Se prolongó durante un buen rato, tanto que Masao-san se adelantó y se arrodilló a su lado, preocupado. Ella lo desestimó con un movimiento desdeñoso de su mano y continuó riendo.

—Ah —finalmente jadeó, sentándose—. Había pasado mucho tiempo desde la última vez que alguien habló tan libremente en mi presencia, incluso cuando les pido que lo hagan. Sonríen de manera afectada y continúan con frases bonitas y palabras floridas, y me hacen creer que nada los disturba, que soy la más amable de las anfitrionas y que mi belleza es superada sólo por mi generosidad —resopló—. El mismo poema, no importa cuán hermoso, se vuelve rancio a medida que lo escuchas brotar de tantos labios. Masao se desespera cada vez que debo interactuar con los nobles y su corte —rio delicadamente o, más precisamente, la ilusión rio. La vieja bruja soltó una carcajada. Masao hizo una mueca.

—Pero tú no tienes miedo de hablar con la verdad —continuó la dama Hanshou, mirándome fijamente—. Incluso ante una *daimyo*. Y sí, Naganori *huele* a hongos en ocasiones. Creo que pasa demasiado tiempo en su estudio y el moho comienza a crecer bajo su túnica —soltó otra risita, y el noble a su lado exhaló un suspiro frustrado—. ¿Lo ves? —dijo la dama Hanshou, haciendo un gesto hacia su asesor—. Me dice que haré que su cabello se vuelva blanco prematuramente. Eso sólo te hará más distinguido, Masao-san. *Iba* a amenazarte con encarcelamiento y tortura si no me decías lo que necesitaba —continuó, haciendo que me sobresaltara mientras se enfocaba en mí de nuevo— pero hoy has hecho reír a una *daimyo* cansada, y ésa no es una empresa fácil. Hablémonos llanamente, de mujer a mujer. Masao-san... —agitó una mano hacia el cortesano, todavía a su lado— déjanos solas.

—Por supuesto, Hanshou-sama —el apuesto noble se levantó, se inclinó ante su dama y se alejó, con sus ropas rozando suavemente las esteras. Llegó a la puerta, se deslizó a través del marco y la cerró con un chasquido, dejándome sola con la *daimyo* del Clan de la Sombra.

La dama Hanshou me miró con sus brillantes ojos negros.

—No eres tan simple como pareces, ¿cierto? —musitó—. Cuando pregunté a mis informantes sobre la chica que viajaba con el asesino de demonios de los Kage, todos dijeron lo mismo. Es una mera campesina, una plebeya, ordinaria e insignificante. Pero eso no es del todo cierto, ¿me equivoco? —su mirada se agudizó, como si intentara pelar las capas de fantasía para ver la verdad debajo. Mi corazón latía con fuerza, aunque me parecía irónico que una ilusión intentara ver más allá de otra—. Kage Tatsumi no tolera a los tontos —prosiguió la dama Hanshou—. Lo entrenamos muy bien para eso. ¿Quién eres, que el asesino de demonios de los Kage no sólo consintió viajar contigo, sino que te protegió con su vida a lo largo del camino?

—Sólo soy una campesina —dije—. Nadie especial. Tatsumi sólo estuvo de acuerdo en venir conmigo porque...

Me detuve y vi un arco en la frente de la dama Hanshou.

—Porque pensó que podrías llevarlo al pergamino —terminó.

Contuve la respiración. La dama Hanshou sonrió, mostrando un conjunto de perfectos dientes blancos, y un destello de una fracción de segundo de una enorme boca desdentada.

—No te pediré que me lleves al pergamino, niña —dijo, para mi inmensa sorpresa—. Podría hacerlo, por supuesto. Podría ordenarte que me trajeras el trozo de la plegaria del Dragón de los monjes en el Templo de la Pluma de Acero. Oh, sí —agregó cuando me enderecé alarmada—. Conozco el nombre del templo que protege parte del pergamino. Tatsumi les contó todo a mis magos de la Sombra mientras viajaba contigo. Ellos lo vigilaban constantemente, verás, para asegurarse de que cumpliera las órdenes y que el demonio en Kamigoroshi no lograra abrumarlo. No hay una sola conversación que hayas mantenido con Tatsumi que no llegara directamente hasta mí.

Pensé en los momentos en que Tatsumi desaparecía, sin dar indicio alguno de adónde iba o qué estaba haciendo. No lo había presionado al respecto, porque sabía que no me respondería de cualquier manera, pero mi corazón se hundió al entenderlo. Había estado informando al Clan de la Sombra todo el tiempo.

—De manera que sí, sé del Templo de la Pluma de Acero y que ahí se resguardan dos trozos del pergamino del Dragón —prosiguió la dama Hanshou—. Ya he enviado a mis *shinobi* para encontrarlo. Pero ése no es asunto tuyo, ni la razón por la que te llamé aquí. Hablemos de Kage Tatsumi, el asesino de demonios.

Tragué saliva para aliviar la resequedad de mi garganta.

—¿Qué hay de Tatsumi? —susurré.

—Tú viajaste con él —dijo Hanshou—. Desde el Templo de los Vientos Silenciosos en las montañas del Clan de la Tierra, a través de las llanuras del Sol, hasta la capital de Kin Heigen Toshi. Cómo te las arreglaste para reclutar a un *ronin*, a un noble de los Taiyo, a una doncella de santuario y a un monje en el camino sin que Tatsumi haya matado a ninguno, es todo un misterio, pero tampoco es el problema en cuestión. Te vimos entrar en la ciudad con el asesino de demonios. Te observamos atentamente en la fiesta de la Contemplación de la Luna del Emperador. Un buen trabajo con ese truco. Muy bien hecho —la ilusión dio una amplia sonrisa de complicidad—. Algún día, tendrás que contarme el secreto del conejo y la fortuna del Emperador, porque ciertamente no eres una *onmyoji*.

Me mordí la lengua, con el corazón acelerado, y traté de parecer inocente. La dama Hanshou rio ante mi silencio, luego se puso seria de golpe y su rostro se volvió oscuro.

—Y después —continuó—, siguieron a la concubina del Emperador hasta un almacén a la orilla del lago, y simplemente... desaparecieron —abrió sus delgados dedos blancos para revelar una palma vacía—. Sin dejar rastro alguno. Y no sólo del Palacio Imperial, desaparecieron de la ciudad por completo.

"Debes entender que esto causó cierta preocupación al Clan de la Sombra —dobló las manos sobre su regazo y me miró atentamente—. Cuando Tatsumi desapareció envié a todos los *shinobi* en la ciudad capital para buscarlos a ti y al asesino de demonios, pero lo único que recibí fueron informes de espejos extraños y posible magia de sangre. Y entonces, días más tarde, recibo un informe de que alguien ha visto a Tatsumi muy al norte, en el territorio de Sora —su rostro se oscureció todavía más, y debajo de la apariencia de la bella mujer, el ojo lechoso de la dama Hanshou ardió con una intensidad desgarradora cuando se encontró con mi mirada—. Sólo que él viaja ahora solo, y ya no es Kage Tatsumi.

Me estremecí y cerré los ojos, recordando la terrible voz de Hakaimono, sus oscuras promesas de que iba a matarme, y a todos los que me importaban también. El horror cuando me di cuenta de que el *oni* había poseído a Tatsumi, y de que su yo verdadero, su alma o espíritu o lo que fuera, podía escuchar cada palabra que el demonio decía y ver lo que estaba sucediendo, pero sin poder actuar:

Él en verdad estaba empezando a confiar en ti, pequeña kitsune. *Tatsumi nunca había confiado en alguien: su clan castigaba cual-*

quier apego o debilidad. Pero estaba empezando a confiar en ti, una kitsune *que le mintió, que lo ha estado engañando desde el principio. Y ahora, él ve exactamente lo que eres y cómo lo traicionaste.*

La voz de la dama Hanshou ardía con el calor abrasador de un ascua.

—Lo que sucedió para que Tatsumi perdiera el control es irrelevante —dijo—. Podría aventurar algunas conjeturas sobre las causas que llevaron a la aparición de Hakaimono, sobre todo basándonos en los rumores de los *oni* y los magos de sangre que se escuchan por ahí, pero eso no es importante. Lo preocupante ahora es que Hakaimono se encuentra libre, y que Tatsumi ya no tiene el control de Kamigoroshi. En este momento, sólo unos pocos saben que el demonio está suelto, pero esto no seguirá siendo un secreto por mucho tiempo. El curso de acción es claro —sus labios se adelgazaron cuando apretó la mandíbula—. Debido a la enorme amenaza que Hakaimono representa, tanto para los Kage como para el resto del Imperio, debo ordenar la ejecución de Kage Tatsumi de inmediato.

—¡No! —vi su delgado ceño arquearse y me di cuenta de que tal vez la *daimyo* del Clan de la Sombra nunca había escuchado un *no* por respuesta—. Por favor —supliqué, inclinándome hacia delante—, no lo mate todavía. Permítanos encontrar a Tatsumi.

—¿Por qué habría de hacer eso? Sólo estaría arrojando más vidas a la terrible sed de sangre de Hakaimono. No creas que te perdonará, niña —la dama Hanshou negó con la cabeza—. Hakaimono es tan sádico y cruel como poderoso. Te hará pensar que tienes una oportunidad, que estás ganando, antes de que te destroce y se ría de tu ingenuidad.

—Lo sé —recordé la voz burlona del demonio—. Me doy cuenta de ello, pero por favor, escúcheme. Pensamos... que podría haber una manera de detener a Hakaimono y obligarlo a regresar a la espada.

Pensé que la *daimyo* de los Sombra se sorprendería y que ambas cejas podrían elevarse con asombro e incredulidad. No estaba preparada para lo que sucedió, sin embargo. La dama Hanshou sonrió, esta vez con una lenta y sabia mueca que me situó en su red de astucia.

—¿Eso es verdad? —ronroneó, entrelazando sus dedos—. Continúa, por favor. Sabes que ni los sacerdotes ni los *majutsushi* más poderosos han podido exorcizar a Hakaimono una vez que toma el control de un cuerpo, ¿no es así? La única ocasión que se intentó, Hakaimono se liberó y mató a todas las almas presentes en un espectacular baño de sangre. Después de eso, se decretó que si un asesino de demonios volvía a caer en su influencia, sería asesinado de inmediato, sin intentar un exorcismo —los ojos de la dama Hanshou se estrecharon en un gesto sagaz—. Hakaimono es demasiado peligroso y astuto para tomar una vida. Estoy ansiosa por escuchar tus planes para tratar con el Primer *Oni*.

—Mmm —tragué saliva. La dama Hanshou levantó una ceja extremadamente escéptica, e hice una mueca. Los nebulosos remanentes de un sueño volvieron a mí, las palabras de un zorro blanco diciéndome lo que debía hacer para salvar al asesino de demonios. Todavía me revolvía el estómago—. Aún estamos trabajando en los detalles.

—Ya veo —ahora la voz de la *daimyo* era más plana que el papel de arroz—. Y digamos que, contra todas las probabilidades, consigues capturar al Primer *Oni*, que ha sido conocido por masacrar ejércitos enteros en una noche. ¿Entonces qué?

Entonces intentaré usar el kitsune-tsuki *para adentrarme en Tatsumi y traerlo de regreso —pensé—. E intentaré que mi espíritu no sea destruido por Hakaimono en el proceso.* Pero no podía decirle eso.

—Maestro Jiro y Reika *ojou-san* provienen del santuario de Hayate —respondí—. Han realizado exorcismos antes. Conducirán a Hakaimono de regreso a la espada.

—Un sacerdote y una doncella de santuario —dijo la dama Hanshou, y ahora sonaba incrédula—. Contra el *oni* más poderoso que este reino haya conocido —golpeteó sus dedos contra su brazo—. ¿Y qué pasará si no tienen éxito? ¿Si Hakaimono comprueba ser demasiado fuerte para todos ustedes?

Entonces, estaré muerta. Y Tatsumi quedará atrapado para siempre. O hasta que alguien finalmente mate a Hakaimono. Pero no voy a permitir que eso suceda. Salvaré a Tatsumi, incluso si tengo que ser malvada para destruir el mal.

—Entonces, es muy probable que Hakaimono nos coma —dije a la *daimyo* de la Sombra—. Pero usted nada pierde. Salvo tiempo. Nadie en su clan estará en peligro. Si Hakaimono mata a un sacerdote, a una doncella de santuario, a un *ronin* y a una campesina, ¿qué pierde el mundo? Pero si tenemos éxito… si podemos recuperar a Tatsumi…

Un escalofrío surcó mi espalda. Mis pensamientos se habían limitado a llegar hasta donde estuviera Tatsumi, aceptar el uso del *kitsune-tsuki* para poseerlo, enfrentar a Hakaimono y, de alguna manera, expulsar al demonio. No había pensado en lo que sucedería si rescatábamos a Tatsumi, pero incluso tras lograrlo… quizás él tendría que regresar con su clan. ¿Y entonces qué? ¿Lo castigarían por haber perdido el control? ¿Sería capturado y ejecutado de cualquier manera, como una amenaza para el Clan de la Sombra?

¿O la dama Hanshou le ordenaría que continuara su misión: que nos matara a todos y le trajera el pergamino del Dragón?

—Si puedes recuperar a Tatsumi —repitió la dama Hanshou—, habrás conseguido lo que nadie ha podido. Pero ¿qué tan posible es que resultes victoriosa al enfrentar a Hakaimono el Destructor? Incluso en un cuerpo humano, es un rival terrible.

—Debemos intentarlo —dije—. Por favor. Permita que encontremos a Tatsumi. Al menos, permita que intentemos expulsar a Hakaimono. Si el demonio nos mata a todos, eso no significará una pérdida para usted.

—No puedo ofrecer ayuda —advirtió la dama Hanshou—. Mis manos están atadas en este asunto. La ley es clara: si Hakaimono es liberado, los Kage deben hacer todo lo que esté a su alcance para matar al portador de Kamigoroshi y enviar al demonio de regreso a la espada. Ya hay murmullos de enojo y descontento, los distintos señores Kage gimotean alrededor de mi oreja como mosquitos, exigiendo mi intervención. Claman que el honor del Clan de la Sombra está en juego. Si Hakaimono ataca alguno de los otros territorios, los Kage serán responsables y no puedo arriesgarme a una guerra con los otros clanes. Debo hacer todo lo que esté a mi alcance para destruir a Hakaimono antes de que cause un daño irreparable.

"Pero —añadió antes de que yo pudiera protestar—. Si por casualidad un grupo de forasteros que no tienen relación con los Kage *lograran* exorcizar a Hakaimono y recuperar al asesino de demonios, bueno, no podría hacer algo al respecto, ¿cierto? —su tono hizo que los vellos de mi brazo se erizaran—. Y si ellos se enteraran de que el demonio fue visto por última vez en dirección al Bosque de los Mil Ojos, entre las tierras de los Hino y los Mizu, ciertamente no lo informarían al Clan de la Sombra, por temor a arriesgar la vida de Kage Tatsumi, o la suya misma.

Parpadeé. ¿La *daimyo* del Clan de la Sombra me estaba impulsando a salvar a Tatsumi? ¿E informándome sobre el último destino conocido de Hakaimono?

—¿El Bosque de los Mil Ojos? —repetí—. Eso suena… ominoso.

Hanshou asintió.

—Es ahí donde Genno, el Maestro de los Demonios, llegó al poder la primera vez —dijo la *daimyo*, bajando la voz—. Es un lugar maldito, de monstruos y *kami* corrompidos, un lugar donde ningún mortal se atreve a aventurarse, de manera que si Hakaimono logra llegar al castillo en el corazón del bosque, será casi imposible alcanzarlo —entornó los ojos y me miró fijamente, mientras su voz se reducía a casi un susurro—. Entonces, si quieres salvar al demonio y traer a Tatsumi de regreso, más vale que te apresures.

Detrás de nosotros, la puerta se abrió, y se escuchó el suave roce de tela sobre el *tatami*. Volví ligeramente la cabeza y observé a Kage Masao atravesar la habitación y hacer una reverencia ante su *daimyo*.

—Perdone esta interrupción, Hanshou-sama —dijo el cortesano en voz baja y suave—. Iesada-sama desea una audiencia con mi señora.

—Jinkei Misericordioso —la dama Hanshou puso los ojos en blanco—. Ésta es la tercera vez en los correspondientes días. Envía a Iesada-san mis disculpas. Dile que no me encuentro bien y que no puedo recibirlo en este momento.

—Por favor, perdóneme, Hanshou-sama —retomó Kage Masao, sin levantar la cabeza—. Pero Iesada-sama ha insistido. Dijo que se sentirá muy insultado si a una forastera se le permite una audiencia que a un noble se le niega.

La *daimyo* de los Kage suspiró. Me miró sobre las esteras y sus labios marchitos se curvaron en una sonrisa.

—Agradece que seas una campesina —me dijo—, y que no tengas que lidiar con los juegos, las maquinaciones y las luchas constantes de los nobles dentro de la corte. A veces me gustaría poder simplemente dejarlos fuera y terminar con todos ellos pero, tristemente, incluso una *daimyo* debe seguir el juego de vez en cuando —soltó un resoplido poco elegante, giró su único ojo sano y luego volvió a la formalidad—. Esta noche se alojarán en el castillo como invitados de honor de los Kage. Mañana, haré que Naganori los conduzca a través del Sendero de las Sombras una vez más, hasta un pueblo llamado Jujiro, en el borde del territorio del Clan del Fuego. Es el asentamiento más cercano al Bosque de los Mil Ojos, y lo más lejos que cualquiera estará dispuesto a viajar en esa dirección. Tú, por supuesto, no hablarás de esto con nadie. Lo que pasó entre nosotras aquí nunca tuvo lugar. ¿Fui clara?

—*Hai* —asentí—. Gracias, Hanshou-sama.

Una ceja esbelta se levantó.

—Recuerda que caminas entre las sombras, niña —me dijo—. Somos los guardianes de los secretos, pero también somos expertos en descubrirlos. Si lo que hablamos hoy llega al oído equivocado, las sombras también ocultan espadas silenciosas que te arrebatarán la vida mientras duermes. Así que extiendo esta advertencia con mis disculpas: en nadie confíes. Incluso aquéllos con un rostro familiar podrían traicionarte, porque una vez que te enredas con las sombras, nunca te dejarán ir.

—Masao-san… —la dama Hanshou se volvió hacia el cortesano, quien se mantenía inclinado en una reverencia sobre las esteras de *tatami*— me gustaría que te quedaras por un momento. Yumeko-san, esto ha sido… esclarecedor, pero temo que mi atención sea requerida en otros lugares. Puedes irte, se llamará a una doncella para que te acompañe a tu habitación.

Y sin más, fui despedida. Hice una reverencia ante la antigua *daimyo* y dejé su presencia deslizándome por la puerta hacia el pasillo sombrío.

—Ah. Si se trata nada menos que de la invitada de honor de Hanshou-sama.

Me quedé helada. El noble Iesada estaba allí, flanqueado por sus dos guardias. Cuando nuestras miradas se encontraron, el hombre avanzó y me dedicó una mirada depredadora que hizo que mi cola se erizara.

—Qué curioso —musitó, acercándose con la mitad de su rostro oculto detrás de su abanico—. Esta joven es capaz de recibir la atención de nuestra buena *daimyo*, mientras que sus mejores hombres son rechazados y deben esperar parados en el frío. Déjame adivinar de qué estuvieron hablando. Será un juego divertido para pasar el tiempo, *¿ne?*

Me mordí la lengua. Podía pensar en varios juegos que incluían magia de zorro, una hoja y al noble Iesada tratando de evitar a una rata ilusoria escurriéndose por su *hakama*, pero eso podría causar problemas. El noble cerró su abanico con un chasquido y lo golpeó contra su brazo en un fingido recogimiento meditativo mientras me miraba.

—¿Qué querría Hanshou-sama con una *onmyoji*? —musitó—. ¿Y, en particular, con una que no está obligada por las leyes de los Kage? Ella tiene magos, adivinos y hombres santos a su entera disposición. ¿Por qué este repentino interés en una forastera?

—Tal vez Hanshou-sama simplemente esté siendo amable —hablé por fin, y su labio se curvó.

—Tal vez —repitió, con un brillo sutil en su mirada que me dijo que de alguna manera había sido insultado—. O tal vez ella quiera discutir asuntos de una naturaleza más... demoniaca.

Mis entrañas se helaron, pero antes de que pudiera decir algo, la puerta se abrió y unos pasos ligeros nos hicieron callar mientras se dirigían hacia nosotros.

—Iesada-sama —se oyó la alegre voz de Kage Masao, mientras el consejero se deslizaba entre nosotros. Sus ondulantes mangas se agitaron mientras señalaba con grandilocuencia hacia la habitación de la *daimyo*, sirviéndome de escudo frente al otro noble—. Por favor, perdone el retraso. Hanshou-sama está lista para recibirlo.

El noble Iesada le dirigió una sonrisa tensa y se alejó, aunque sus guardias permanecieron donde estaban. Kage Masao se inclinó cuando el noble entró por las puertas de la cámara de la dama Hanshou, pero en cuanto se cerraron detrás de sí, se enderezó y se volvió hacia mí.

—Ven, Yumeko-san —dijo serenamente—. Harumi está esperando para llevarte de regreso a tu habitación.

—¿Por qué Iesada-sama está tan interesado en Tatsumi? —pregunté mientras el cortesano me acompañaba fuera del área de espera.

Kage Masao no respondió de inmediato. Sólo cuando habíamos entrado en otra sala y nos encontramos lejos de los dos samuráis del noble Iesada, se detuvo y se volvió hacia mí.

151

—Iesada-sama es una persona poderosa dentro del Clan de la Sombra —contestó el cortesano, con voz calmada pero muy baja—. Él tiene la atención de muchos de los nobles y, últimamente, ha estado expresando su preocupación de que nuestra buena *daimyo* esté… algo distraída. Incluso ha llegado al extremo de sugerir que Hanshou-sama ha gobernado el Clan de la Sombra el tiempo suficiente, que es el momento de que se retire y permita que alguien más lidere. Por el bien de los Kage, por supuesto.

El tono de Masao-san permaneció perfectamente neutral mientras hablaba, aunque sus ojos oscuros brillaban, dando a entender que sus pensamientos con respecto al noble Iesada no eran muy neutrales.

—Cuando Hakaimono se liberó del control de Tatsumi, Iesada-sama fue el primero en sugerir que había sido decisión de la dama Hanshou continuar entrenando a los asesinos de demonios que habían traído esta vergüenza al Clan de la Sombra —continuó—. Hakaimono ya había vencido a sus anfitriones antes, pero siempre mientras se encontraban todavía en entrenamiento, de manera que los Kage podían enfrentar el problema de manera rápida y discrecional. Pero Iesada-sama ha insistido durante mucho tiempo en que Kamigoroshi es demasiado peligrosa para estar en manos de cualquiera, y que la confianza de Hanshou-sama en los asesinos de demonios más tarde que temprano traería un desastre para los Kage —Masao-san me dirigió una mirada solemne y su boca se extendió en una línea sombría—. Durante años, ha susurrado a los nobles Kage que el asesino de demonios debería ser asesinado y Kamigoroshi regresada a su aislamiento. Si se llegara a conocer algo sobre la actual liberación de Hakaimono, ciertamente muchos de esos nobles estarían de acuerdo con Iesada-sama.

La comprensión se abrió paso en mí.

—Ésa es la razón por la que la dama Hanshou necesita que salvemos a Tatsumi —supuse—. Porque si Tatsumi fuera asesinado, ella tendría que admitir que Iesada-sama tenía razón, que el asesino de demonios era demasiado peligroso para dejarlo con vida. Pero si conseguimos rescatarlo y apresar de nuevo a Hakaimono... —tuve que detenerme y pensar un momento, ya que todos estos juegos políticos hacían que me doliera la cabeza— entonces, Tatsumi ya no será un peligro, e Iesada-sama simplemente tendría que recular en sus pretensiones políticas.

Los labios de Kage Masao se contrajeron en una leve sonrisa.

—Eres lista, para ser una simple campesina —dijo, aunque no de manera amenazante—. Utilízalo a tu favor. La mayoría de los nobles piensan que los plebeyos son nada. Ten cuidado, sin embargo. Hay muchos que no aceptarán con amabilidad a una intrusa ajena a los asuntos del Clan de la Sombra. Si ciertas personas se enteraran de tu búsqueda, podrían intentar detenerte —los ojos oscuros de Masao-san se entrecerraron, y él movió dos dedos pálidos a través de su garganta—. A la manera de los Kage.

Tragué saliva.

—Entiendo.

—¡Excelente! —Masao-san se tornó alegre en un instante—. Bien, buena suerte y gracias por venir, Yumeko-san. Harumi te conducirá de regreso a tu habitación.

Di media vuelta y vi que la doncella mayor me estaba esperando al final del pasillo. Cuando miré hacia atrás, Masao-san ya estaba alejándose; sus mangas revoloteaban detrás mientras caminaba. No miró hacia atrás, pareció olvidar que yo estaba allí, y se deslizó por la puerta sin siquiera detenerse.

Seguí a Harumi-san hasta mi habitación en silencio. No podía estar segura, pero casi podía afirmar que habíamos tomado una ruta diferente a la que habíamos seguido un rato antes. Sin embargo, era difícil concentrarme en algo con la mente preocupada por Tatsumi, Hakaimono y mi reunión con la *daimyo* de los Kage.

Ahora *tenía* que recuperar a Tatsumi, y pronto. No era que antes no hubiera estado determinada a lograrlo, pero el encontrarme con la dama Hanshou y su asesor me había mostrado lo grave que era la situación. Si no rescataba a Tatsumi, los Kage ordenarían su ejecución.

Aun así, el pensamiento de lo que tendría que hacer provocaba que mi piel se erizara y mi estómago se revolviera. *Kitsune-tsuki*. Nunca antes había intentado la posesión de zorro, y con todo lo que había sucedido con los Kage, no había tiempo para averiguar siquiera si podría hacerlo. No me atrevía a preguntar si podía "practicar" con alguno de mis amigos. El *kitsune-tsuki* era peligroso y extremadamente invasivo según Maestro Isao, y yo no tenía idea de lo que estaba haciendo. No quería deslizarme dentro de Okame-san o Daisuke-san sólo para encontrarme atrapada en alguno de ellos.

Pero si nos las arreglábamos para capturar al asesino de demonios sin ser asesinados por los Kage, o por el mismo *oni*, y me las arreglaba para poseer a Tatsumi… tendría que enfrentarme a Hakaimono. Sola. El mero pensamiento convirtió mi interior en hielo y ocasionó que mi corazón se acelerara. Dudaba que el espíritu *oni*, que había aterrorizado al Imperio y tenía a todo el Clan de la Sombra temeroso, simplemente se marchara si se lo pedía amablemente.

Pero la alternativa era dejar que Hakaimono causara estragos a su antojo hasta que los Kage lo alcanzaran y finalmente derribaran al demonio. Ninguno de ellos se preocuparía por Tatsumi: él era tan sólo un arma para ellos, una cosa que tendría que ser eliminada ahora que se había vuelto problemática. Incluso la dama Hanshou estaba tratando de salvar las apariencias y proteger su posición. Yo era la única a quien le importaba si Tatsumi vivía o moría.

Estaba tan distraída con mis pensamientos que no me percaté de que Harumi-san se había detenido. Parpadeando, me volví para verla en pie contra la pared con la cabeza inclinada y las manos cruzadas al frente. Confundida, levanté la mirada y vi que nos encontrábamos en lo que parecía ser una parte desierta del castillo. Los salones estaban sumidos en la oscuridad y sólo un par de linternas titilaban débilmente en el corredor.

Una figura estaba en medio de la sala, donde nada había un momento antes.

Mis orejas punzaron ante una persona más que se materializaba por arte de magia. No era un noble, o no se veía como tal. Era más bajo que la mayoría, llevaba un simple *haori* negro, *hakama* gris y un moño de guerrero. Era imposible imaginar su edad exacta: su rostro estaba arrugado, pero su cuerpo era delgado y musculoso. Se acercó a nosotras con tranquilidad, sin producir sonido en el corredor sombrío, y aunque su rostro permaneció impasible, de pronto sentí como si estuviera siendo acechada por un enorme felino letal.

—Buen trabajo, Harumi —dijo a la doncella, su voz no era más alta que un susurro—. Déjanos solos —Harumi-san se inclinó y retrocedió de inmediato, para desaparecer por otro pasillo, fuera de la vista.

El hombre me observó por un momento. Sus agudos ojos negros lo vieron todo en una sola mirada.

—¿Sabes quién soy? —preguntó con esa voz extrañamente baja, como el murmullo del viento entre los árboles. Sabías que estaba allí, pero apenas lo notabas.

—No —admití.

Asintió.

—Bien. Si lo supieras, sería señal de que Tatsumi habría compartido contigo mucho más de lo que debía. No es que importe ahora, pero quería ver a la chica que cautivó al asesino de demonios hasta llevarlo a ignorar casi todas mis enseñanzas —sus ojos se entrecerraron, pero no podía decir si estaba enojado, triste, irritado o indiferente—. Soy Kage Ichiro —continuó el hombre—. Tatsumi es, o quiero decir fue, mi alumno.

El *sensei* de Tatsumi. El hombre que lo había entrenado para ser un asesino de demonios, para luchar como un monstruo, y para proteger su mente y su alma contra Hakaimono. Probablemente no estaba contento de que su estudiante se hubiera perdido en la mente de un demonio.

—¿Por qué me trajo aquí? —pregunté.

—Porque Hakumei-jo está lleno de ojos y quería hablar contigo en privado. Donde las únicas sombras que miran son las que yo controlo —levantó una mano, indicando el pasillo a mis espaldas—. Éste es mi territorio, mi laberinto, pero no te preocupes, si quisiera matarte, no me habría molestado en hacer que Harumi te trajera. Simplemente hubieras desaparecido por un pasillo o quizás habrías caído por una trampilla, y nadie te habría vuelto a encontrar.

Tomé una respiración furtiva para calmar mi corazón.

—¿Qué quiere de mí, entonces?

—Nada quiero de ti, niña —la voz de *sensei* era tajante—. Más allá de extender esta advertencia. Sé lo que Hanshou-sama te pidió que hicieras. En Hakumei-jo nada pasa sin que los ecos fluyan hasta mí. Pero tú y sus compañeros no están a salvo aquí: hay personas en el Clan de la Sombra que no desean que la dama Hanshou haga regresar a su asesino de demonios, y harán lo que sea necesario para evitar que tengas éxito.

—Iesada-sama —adiviné, pero el *sensei* de Tatsumi no mostró reacción alguna—. Pero ¿por qué? ¿Por qué se opone tanto a que salvemos a Tatsumi? ¿Por qué no quiere que Hakaimono sea obligado a retroceder?

—Los asesinos de demonios de los Kage están entrenados para una obediencia absoluta —respondió Ichiro-san—. Yo mismo enseñé a Tatsumi, quité todas las debilidades de su cuerpo y su mente, lo forjé en fuego y sangre, hasta que sólo quedó un arma. No teme a la muerte, al dolor o al deshonor. Su lealtad a los Kage es incondicional pero, más allá de eso, es también la espada que la dama Hanshou blande contra sus enemigos. Hace mucho tiempo, después de la rebelión de Genno, Hanshou-sama tomó la decisión de comenzar a entrenar a los *shinobi* para que usaran la Asesina de Dioses, en lugar de sellar su poder. Ella creía que el riesgo sería superado por la utilidad de tener la fuerza de Hakaimono bajo su control. A lo largo de los años, he entrenado a varios asesinos de demonios de acuerdo con las expectativas de la dama Hanshou. No pueden dejarse llevar por sobornos, amenazas, poder o manipulaciones. Son sus guerreros perfectos, la espada en la oscuridad que incluso los Kage temen.

—Ellos le temen. Iesada-sama y los otros nobles Kage no sólo quieren muerto a Tatsumi, sino que Kamigoroshi sea sellada para siempre. De esa manera, Hanshou-sama no podría utilizar al asesino de demonios para amenazar a los nobles del Clan de la Sombra.

O a quien le plazca.

—Tienen razón al temerle —continuó Ichiro-san con voz grave—. He visto a Hakaimono, he hablado con el demonio a través de mis alumnos. Sé de lo que es capaz —sus agudos ojos negros se entrecerraron—. Pensé que había entrenado bien a Tatsumi, que él sería lo suficientemente fuerte para controlar al demonio. Pero este fracaso es mi culpa. A Tatsumi se le ha enseñado a resistir el dolor, la manipulación, la seducción, incluso el control mental y la magia de sangre. Pero olvidé advertirle sobre la emoción más peligrosa de todas —una sonrisa amarga se curvó en una comisura de su boca—. Después de todo por lo que lo hicimos pasar, honestamente pensé que el chico sería incapaz de sentirla. Al parecer todavía puedo sorprenderme, después de todos estos años.

La emoción más peligrosa de todas. Me pregunté a qué se refería Ichiro. Había observado a Tatsumi, sabía que él no sentía enojo, pesadumbre o miedo como el resto de nosotros. ¿A qué "emoción peligrosa" podría referirse su maestro?

Pero, aunque tenía curiosidad, también estaba segura de que el *sensei* de los *shinobi* de los Kage no hablaría abiertamente, así que no pregunté.

—Lo encontraré, Ichiro-san —prometí—. Encontraré a Tatsumi y lo salvaré de Hakaimono.

Resopló.

—Tú no eres rival para Hakaimono —dijo sin rodeos—. No espero que una niña sola pueda derrotar a quien ha ma-

sacrado ejércitos y arrasado ciudades. Pero, ante la pequeña posibilidad de que logres lo imposible, te diré algo sobre
Tatsumi que ni siquiera Hanshou-sama o su astuto consejero
conocen.

"Los que sobreviven para convertirse en asesinos de demonios —continuó Maestro Ichiro—, no son los más fuertes, ni los más inteligentes, ni siquiera los más hábiles. Son
los que tienen las almas más puras. Porque sólo alguien
cuya alma es pura puede resistir la influencia de Hakaimono. Recuerda eso y entiende que, incluso ahora, Tatsumi
está luchando.

Kage Ichiro se alejó, con la máscara sin expresión que
había visto a menudo en Tatsumi.

—Ahora ve —ordenó—. Salva al asesino de demonios,
si puedes. Pero recuerda, hay quienes intentarán destruirte
antes de que comiences tu viaje. En nadie confíes, y tal vez
logres sobrevivir.

—*Arigatou* —susurré, pero el *sensei* de Tatsumi dio un paso
atrás y tiró algo al piso entre nosotros. Una nube de humo
brotó de sus pies y oscureció mi visión; cuando se despejó, el
hombre se había ido.

Una risita suave resonó detrás de mí. Me giré para ver a
otro *shinobi*, apoyado contra la pared con los brazos cruzados
y sus rasgos ocultos en la sombra. Aunque un momento antes
el pasillo había estado vacío, tuve la repentina impresión de
que había estado allí todo el tiempo.

—Se preocupa por él, ya sabes.

Paré mis orejas tanto por la declaración como por darme
cuenta de que había venido de una mujer. La *shinobi* levantó
la cabeza y se reveló una esbelta silueta negra, con el largo
cabello oscuro atado a sus espaldas.

—Por Tatsumi-kun[7] —explicó—. El entrenamiento de Maestro Ichiro tiene que ser duro, y él no puede mostrar emoción alguna cuando se trata del asesino de demonios, pero le importa lo que le suceda. Más que a cualquiera de nosotros —sacudió la cabeza—. Tatsumi siempre ha sido su favorito.

—¿Lo... lamento?

Su boca se torció en una sonrisa amarga.

—Yo podría haber sido la asesina de demonios —dijo, empujándose a sí misma fuera de la pared—. Yo era más rápida, más hábil que Tatsumi. Pero lo eligieron a él. Y ahora ha caído ante Hakaimono —la sonrisa se hizo más amplia mientras un *kunai* negro, una daga para lanzar, apareció en su mano, balanceada en dos dedos—. Ellos tendrían que haberme elegido —dijo—. Yo podría haberles dicho que él tenía un corazón demasiado blando para empuñar a Kamigoroshi. Pensaron que podrían entrenarlo, pero al parecer no fue así.

—¿Qué quieres decir?

La *shinobi* me dirigió una breve mirada cargada de odio.

—Te dejó vivir, ¿cierto?

Me lanzó el *kunai*. Me encogí y levanté las manos, pero el cuchillo negro pasó a sólo centímetros de mi cabeza y golpeó en la pared del fondo. Con el corazón acelerado levanté la mirada. La magia de zorro estaba subiendo a mis dedos. Pero la *shinobi*, quienquiera que fuese, ya había desaparecido.

---

[7] El sufijo -kun es un honorífico utilizado generalmente en hombres, y se refiere a una persona de menor edad o posición. También lo utilizan los jóvenes entre sí como una expresión de cercanía y afecto.

Harumi-san me encontró momentos más tarde y me guio en silencio de regreso a través de innumerables pasillos retorcidos hasta que llegamos a las habitaciones de huéspedes. Le agradecí y me deslicé dentro, preguntándome si podría dormir en un castillo lleno de *shinobi*. Sobre todo, después de la inesperada reunión con el *sensei* de Tatsumi y aquella *shinobi* que parecía odiarme.

Al pasar bajo el marco me di cuenta de que no estaba sola.

Reika *ojou-san* me estaba esperando, con Chu a su lado y una expresión oscura.

—Cierra la puerta —ordenó en voz baja—. Y acércate. No quiero que me escuchen.

Desconcertada, deslicé la puerta y crucé la habitación hacia donde esperaba la doncella del santuario.

—¿Qué pasa, Reika *ojou-san*? —susurré. Ella frunció el ceño, y me apresuré—. No tienes que preocuparte. Está a salvo. La dama Hanshou nada sabe al respecto…

—Eso es un alivio —interrumpió Reika *ojou-san*—, pero ésa no es la razón por la que estoy aquí —miró a las esquinas y al techo, como si pudiera haber algún *shinobi* cerca, escuchando, incluso ahora, y bajó aún más la voz—. Tenemos un problema. El *ronin* y el noble Taiyo han desaparecido.

9

EL BOSQUE DE LOS MIL OJOS

HAKAIMONO

—Llegamos —dijo la bruja azul, levantando su mirada hacia los árboles—. Ahora sólo debemos atravesar el bosque hasta el castillo, en el centro. Ya no debe faltar tanto.

Con los brazos cruzados, miré al bosque en cuestión. Cuatrocientos años y el Bosque de los Mil Ojos no había cambiado, salvo para volverse más grande e incluso más sombrío. Los troncos de los árboles estaban torcidos, distorsionados en formas no naturales, como criaturas retorciéndose en su agonía. Las ramas se jactaban de sus garras corruptas arañando el cielo o, a veces, seres vivos. La vegetación era espesa y enmarañada, a pesar de que cada hoja, fronda y brizna de hierba parecían marchitas y enfermas. Una neblina pálida se cernía sobre todo, se enroscaba desde los árboles y se arrastraba por el suelo, y el aire tenía un hedor enfermizo y dulce que me recordaba al de las flores podridas.

—Ah, es bueno estar en casa —suspiró la bruja roja—. Envié un mensaje al castillo, así que deben estar esperándonos. Genno-sama estará muy interesado en reunirse con Hakaimono-sama.

—Estoy seguro de que así será —dije.

La pregunta es: ¿me verá como un compañero en igualdad de condiciones, o tan sólo como otro demonio al que puede someter? Eso sería desafortunado. Nunca he sido bueno siendo subyugado.

—Bueno —dije a las brujas, gesticulando hacia el bosque—. ¿Podemos seguir, entonces? Si el Maestro de los Demonios aguarda por nosotros, no deberíamos hacerlo esperar —estaba ansioso por llegar al castillo tanto por hablar con el mortal que lo comandaba, y por deshacerme de mis compañeras de viaje.

Había sido un camino frustrantemente lento al Bosque de los Mil Ojos. Las hermanas brujas viajaban sólo de noche: eran criaturas nocturnas que se sentían incómodas bajo el sol y querían evitar que los humanos nos vieran. Podía entender la segunda razón: un trío de ogresas y un *oni* deambulando a plena luz del día haría que cualquier humano que nos viera entrara en pánico. Y aun cuando la idea de una masacre sin restricciones parecía muy divertida, estaba intentando evitar febriles turbas y ejércitos de samuráis de rostro sombrío. Era irritante esconderse de los mortales, pero si había aprendido algo a lo largo de los siglos, era que si masacras una ciudad, asentamiento o ejército, cada vez más humanos te seguirán, enojados y empeñosos, decididos a derribarte. Al menos, ningún mortal no corrompido se aventuraría a acercarse al Bosque de los Mil Ojos, y la luz del sol nunca atravesaba la nube de oscuridad bajo el follaje. Podríamos viajar al castillo sin temor a encontrarnos con humanos aunque, dada la naturaleza del bosque, dudaba que el resto del viaje transcurriera sin incidentes.

Impaciente por librarme de las ogresas comencé a avanzar y adelanté a las hermanas brujas, quienes parpadearon y me miraron boquiabiertas.

—Espere, gran Hakaimono —llamó una—. No hay un sendero que conduzca al castillo de Onikage. Si espera sólo un momento, podríamos convocar a un *kami* corrupto para que nos guíe.

—No hay necesidad —les dirigí una mirada aplastante—. Conozco el camino.

Entramos en el bosque, y la niebla y las sombras se cerraron alrededor de nosotros al instante, proyectando todo en tonos grises y negros. Podía sentir el latido del corazón corrompido de este lugar, como el centro de una diana, pulsando con poder oscuro. No había una senda, pero mientras avanzaba en medio de los árboles, abriéndome camino a través de la maleza, vi el brillo de los huesos debajo de algunas de sus ramas, acompañado por el leve hedor de la sangre vieja y la carne podrida. Los *jubokko* abundaban aquí: árboles corruptos y malévolos que se alimentaban de sangre. Acechaban en viejos campos de batalla y áreas fuertemente corrompidas, lugares de oscuridad y muerte; sin embargo, a lo lejos parecían árboles comunes. Muchos viajeros se habrían acercado al tronco de un *jubokko* sólo para ser arrebatados por sus ramas llenas de garras, empalados con sus espinas hundidas y drenados de toda la sangre y los fluidos corporales. Las aves, el tiempo y los insectos devoraban el desafortunado cadáver que aún estaba atrapado en el árbol, hasta que sólo restaban los huesos y éstos caían a la base del tronco. Eso y el ligero hedor de podredumbre eran los únicos indicadores de la naturaleza mortífera del árbol.

Huesos, decolorados y blanquecinos, brillaban en las raíces de docenas de árboles mientras caminábamos. Levanté la vista y noté el esqueleto de un desafortunado caballo atrapado entre las ramas de un *jubokko* particularmente grande, y esto seguía siendo sólo la periferia del bosque. Observé con atención las ramas cuando pasamos por debajo de ellas, preparado para desenfundar a Kamigoroshi en cualquier momento. Pero los árboles *jubokko* estaban torcidos y corrompían las cosas, palpitaban con el poder de *Jigoku* y ansiaban la sangre de las criaturas terrestres. Los *oni* y los demonios no estaban en su lista de presas deseables, por lo que las brujas y yo no fuimos molestados en nuestro paso por las secciones más densas de las arboledas *jubokko*.

—Genno-sama estará encantado de verlo, Hakaimono-sama —dijo otra vez la bruja verde, mientras se agachaba para pasar por debajo una rama cubierta de espinas. Un cúmulo de plumas ensangrentadas repleto de moscas se había quedado atrapado en una cuna de pequeñas ramas. En ocasiones, ni siquiera las aves se encontraban a salvo de los *jubokko* chupasangre—. Muchos de sus demonios más fuertes y de sus *yokai* fueron asesinados en batalla hace cuatrocientos años, y todo su grupo de magos de sangre fue perseguido y ejecutado. El ejército no es tan fuerte como lo era en aquel entonces, pero estamos creciendo. Tenerlo a usted de nuestro lado esta vez aumentará miles de veces nuestras probabilidades de victoria.

Asentí.

—¿El plan de Genno sigue siendo el mismo? —pregunté—. ¿Marchar contra la ciudad capital, matar al Emperador y reclamar el trono para sí? Una vez que formule su deseo al Dragón y sea menos incorpóreo, quiero decir.

—No estamos seguras —admitió la ogresa roja—. Genno-sama no ha hablado de sus planes para el Imperio, pero ha dicho que no cometerá los mismos errores. Estoy segura de que discutirá todo con Hakaimono-sama, una vez que llegue allí.

Eso me pareció muy poco probable. No si Genno seguía siendo el mismo arrogante y furibundo mortal que había conocido cuatrocientos años atrás. Aunque no siempre había sido todopoderoso. El Imperio conocía a Genno como un mago de sangre talentoso y terriblemente malvado, y los pergaminos históricos estaban llenos de las atrocidades que había cometido como Maestro de los Demonios. En cambio, no había mucha información sobre la vida de un cierto granjero, jefe de una aldea en algún lugar al borde del territorio del Clan de la Tierra. En ese momento, todos los clanes estaban en guerra, destruyéndose entre sí y, como es el caso en la mayoría de las guerras, los plebeyos sufrían atrapados en el fuego cruzado. Según una pequeña parte de un pergamino de historia, el jefe de una aldea del Clan de la Tierra se dio cuenta de que se acercaba un ejército invasor de los Hino y envió un mensaje al señor samurái local, implorándole ayuda. Pero en lugar de atender la petición de Genno, el señor de la Tierra sacó a todos sus guerreros de la zona para fortificar su propio castillo, abandonando la aldea a merced del ataque enemigo. El ejército de los Hino arrasó la indefensa aldea y la destruyó por completo, masacrando a casi todos sus habitantes, incluida la familia de Genno.

Lo que sucedió después no era difícil de imaginar. El enfurecido jefe juró vengarse de la casta samurái y del Imperio que le habían dado la espalda a su gente, y recurrió a la magia de sangre para ello. A diferencia de la voluble magia de los ungidos por los *kami*, *Jigoku* siempre estaba feliz de otorgar su oscuro poder a los mortales dispuestos, a cambio del alma del practicante. El furioso y afligido jefe de la aldea Tsuchi se convirtió en un mago de sangre extremadamente poderoso, y el resto de su historia ya es leyenda.

Hace cuatrocientos años, pensé, aplastando a un mosquito del tamaño de mi mano que se había mantenido zumbando alrededor de mi rostro. Genno ha tenido mucho tiempo para conspirar y tramar su venganza mientras se encontraba en Jigoku; me pregunto si sus planes para conquistar el Imperio son los mismos, o si intentará algo dife...

Mis reflexiones fueron interrumpidas por un grito en algún lugar por encima de mi cabeza, mientras algo grande y negro caía de las ramas de un almez. Salté hacia atrás y desenfundé a Kamigoroshi en un instante, mientras el trío de brujas se escabullía y giraba alrededor, con las garras levantadas y amenazadores siseos.

La mórbida cabeza sin cuerpo de un caballo negro colgaba bocabajo de la rama del árbol, con el hocico abierto para mostrar sus dientes amarillos y podridos. No había cuerpo, una fibrosa espiral de músculo en la base de su cuello era lo único que lo mantenía unido al árbol. Saltones ojos blancos se giraron para mirarnos, mientras la criatura abría sus mandíbulas y gritaba de nuevo: el agudo lamento de un animal moribundo.

—¡Miserable *sagari*! —la bruja azul se enderezó, dirigiéndole a la cabeza del caballo que se balanceaba una mirada de disgusto—. Una maldición para todos los de tu clase, porque no puedo pensar en una criatura más inútil que tú en el reino mortal.

Puse los ojos en blanco. Los *sagari* eran retorcidas criaturas que venían del espíritu de un caballo cuyo cuerpo era abandonado para que se pudriera en el lugar donde había muerto. Eran grotescos pero inofensivos, lo más que podían hacer era caer de las ramas de los árboles y gritar, aunque se sabía que algunos humanos morían de miedo cuando se encontraban con uno. La mayor preocupación no era el *sagari* en sí mismo, sino el espeluznante alarido que producía y que podía ser escuchado a kilómetros de distancia. En un camino solitario era nada más que una molestia, pero aquí, en el Bosque de los Mil Ojos, acababa de anunciar nuestra presencia al bosque entero, y a todos los demonios, fantasmas y *yokai* que lo habitaban.

Con un destello de acero, corté el cuello de la patética bestia. La cabeza se estrelló contra el suelo con un golpe sordo y otro gemido desgarrador, antes de que pareciera fundirse en la tierra y desaparecer.

El silencio descendió y en ese instante sentí que todo el bosque concentraba su atención en nosotros y nos encontraba entre las sombras. Le devolví la sonrisa. Ven aquí entonces, he pasado casi una semana sin una pelea, y Kamigoroshi está sedienta de sangre. Cualquiera que sea la horda asesina, el vengativo *yurei* o el monstruo imponente que escondas en este bosque, envíamelo. Muero por una pequeña masacre.

Me volví hacia las hermanas brujas, que miraban cautelosamente a los árboles: también sabían que algo estaba por venir.

—Espero que estén listas para una pelea —dije—. Todo aquí sabe dónde estamos ahora, y las cosas se pondrán interesantes.

Las brujas parecían nerviosas. Cierto, ellas también eran demonios y bastante poderosos, e incluso aparecían en algunas leyendas a lo largo del mundo mortal. Pero dentro del Bosque de los Mil Ojos había cosas que incluso los demonios temían. Cosas viejas, doloridas, enloquecidas por la corrupción, a las que no les importaban las leyendas, y que desafiarían incluso a un *oni*. Mil años atrás, yo había sido el general demonio más fuerte de todo *Jigoku* y nada se habría atrevido a enfrentarme, pero en este momento tenía el tamaño de un mortal y un aspecto bastante apetecible.

Continuamos adentrándonos en el bosque, cada vez más oscuro y enmarañado. Las hojas mismas empezaron a gotear con malevolencia, la niebla se enroscó alrededor de nuestras piernas y el suelo se volvió esponjoso e inquietantemente cálido, como si la sangre de miles todavía estuviera impregnada en tierra. Enrosqué mis garras alrededor de Kamigoroshi, consciente de que algo estaba por suceder.

Hubo un destello de movimiento en las ramas, cuando algo grande y bulboso voló tras las espaldas de la ogresa azul. Una cabeza humana, pálida, sin cuerpo y resplandeciendo con una luz roja enfermiza, se abalanzó entre los árboles. Su boca abierta mostró unos dientes serrados, como de tiburón. Aulló mientras se acercaba y la bruja se giró, levantando su brazo para cortarla en el aire. Pero la cabeza apretó sus mandíbulas alrededor de su antebrazo, y un segundo después se escuchó un sonido húmedo y desgarrador, con olor a sangre, y la bruja gritó. Fascinado, observé cómo la cabeza se elevaba en el aire con el delgado brazo de la bruja apretado entre sus mandíbulas dentadas, dejando la sangre derramada detrás. Sus maxilares trabajaron, machacaron con avidez, y la extremidad de la ogresa se desvaneció en el interior de su garganta entre crujidos de huesos y carne fresca. Lanzando una mirada feroz hacia abajo, a su víctima, los labios descoloridos de la cabeza se curvaron en una amplia y sangrienta sonrisa mientras relamía sus dientes y la bruja chillaba de rabia.

Hubo más destellos en los árboles, y casi una docena de cabezas brotaron como un enjambre de entre las ramas. Con las mandíbulas abiertas, descendieron sobre nosotros, con los dientes como puntas de acero apuntando a cualquier carne que pudieran alcanzar. La cabeza de una mujer, arrastrando una desaliñada cortina de cabello, se abalanzó sobre mí con un aullido, y partí su cráneo por la mitad. La cabeza estalló en una neblina de color negro rojizo y desapareció.

Al momento de la primera aparición de la muerte, el resto del enjambre se detuvo y me miró con una sorpresa aturdida primero, y enseguida, con una funesta furia. Levanté a Kamigoroshi y di un paso adelante.

—¿Cuál es el problema? —me burlé, blandiendo la espada ensangrentada—. ¿Mordieron más de lo que podían masticar? —las cabezas no respondieron, pero la forma en que sus labios se retiraron para mostrar sus colmillos dentados hacía evidente que habían entendido cada una de mis palabras.

Con gritos ensordecedores, el enjambre se precipitó sobre mí, lanzando una descarga de adrenalina por mis venas. Lancé un grito de batalla y salté para encontrarme con ellas. El primer monstruo se abalanzó sobre mi rostro, con las mandíbulas abiertas a todo lo ancho, como una serpiente, para morderme la cabeza. Pasé a Kamigoroshi entre sus dientes, partiendo la cabeza en dos, y de inmediato me volví para atacar a otra de las cabezas que venía como un dardo desde la izquierda. La espada cortó una franja ensangrentada desde su frente hasta su barbilla, y la aparición se alejó tambaleando con un grito. Girándome, lancé mi garra vacía cuando otra cabeza se abalanzó, golpeé mi palma contra la pálida frente y encrespé mis zarpas en la piel suave y podrida. Arrastrándola en el aire mientras gruñía, aullaba y gritaba a mi brazo, levanté la espada y clavé la hoja entre sus ojos para después encajar la cabeza en tierra.

Mientras la cabeza gemía y desaparecía, el resto del enjambre vaciló otra vez y se echó atrás flotando para mirarme. Por el rabillo del ojo pude ver al trío de brujas, la roja y la verde paradas al frente en gesto protector sobre el cuerpo de su hermana herida. Sus garras estaban levantadas, y parecían estar cantando.

Eché un vistazo al enjambre, que se había arrastrado en un grupo de rostros flotantes, mirándome todavía con sombría hambre y rabia. Parecían reacias a acercarse a Kamigoroshi ahora y, por un momento, pensé que darían media vuelta y escaparían.

Pero con frenéticos siseos y gruñidos, el enjambre se elevó aún más y comenzó a aglutinarse. Una cabeza giró y se aferró a un lado del cráneo de otra, mordiendo como haría una sanguijuela, mientras su víctima hacía lo mismo con una tercera. Mientras miraba con fascinación desconcertada, dentro del turbulento conjunto cada rostro se volvió y sujetó al vecino, y cuando estuvo hecho, sus rasgos empezaron a desdibujarse y fundirse. Los ojos se movieron y chocaron entre sí, las bocas empezaron a deslizarse juntas como anguilas, los rostros individuales se disolvieron como tinta en el agua, se movieron y se convirtieron en uno solo. Dos enormes ojos se abrieron y me miraron con la malicia de una docena de almas, y una sola boca enorme se abrió como un pozo, brillando con cientos de dientes.

—Buen truco —sonreí, viendo mi reflejo en su mirada maligna cuando la cabeza gigantesca se elevó sobre mí—. Ahora las cosas comienzan a ponerse interesantes.

La cabeza rugió y se lanzó hacia mí como una roca. La esquivé y se estrelló contra la tierra, con la boca mordiendo y masticando mientras se retorcía, convirtiendo rocas, tierra y ramas de árboles en mantillo. Me puse en pie y corrí hacia el frente, clavé la punta de Kamigoroshi en su enorme oreja y hundí la hoja hasta su empuñadura. La cabeza gritó y se alejó bruscamente, liberándose de Kamigoroshi. Hubo un sonido de rasgadura y succión cuando se elevó en el aire, dejando una cabeza de tamaño normal empalada en el extremo de mi espada.

Solté un resoplido y arrojé la cabeza lánguida al suelo, donde se fundió con la tierra.

—Y los trucos siguen apareciendo —dije a la cabeza gigante, que se giró para mirarme. Con una sonrisa, levanté a Kamigoroshi y me preparé para el siguiente ataque—. ¿Tienes más sorpresas o es la última?

Se lanzó con otro rugido. Planté mis pies, levanté a Kamigoroshi sobre mi cabeza y la agité hacia abajo frente a mí, de manera que la cabeza se partió por mitad. La sangre se esparció por todas partes, mientras el rostro se rasgaba en dos y sobrevolaba a mis lados.

Un par de cabezas más pequeñas cayeron al suelo cerca de mis pies, con ojos ciegos, antes de disolverse en una plasta etérea. Pero las mitades cortadas de la cabeza grande se volvieron hacia mí y se convirtieron en dos rostros separados en el aire. Tuve alrededor de un segundo para sorprenderme, antes de que ambas salieran disparadas hacia mí y apretaran sus mandíbulas alrededor de mis brazos, hundiendo sus dentados colmillos en mi carne.

El dolor apuñaló mis brazos. Con un gruñido, me eché hacia atrás, tratando de liberar mis extremidades. Pero los dientes estaban enganchados como las mandíbulas de un tiburón y se hundían cada vez más profundamente. Una cabeza tenía sus mandíbulas cerradas alrededor de mi antebrazo, lo que me impedía usar mi espada. Se alzaron en el aire, me llevaron con ellas y comenzaron a tirar como un par de perros peleando por un hueso. Los colmillos chocaron contra el hueso y enviaron llamas de agonía subiendo por mis brazos. A través del cegador dolor y la furia pude sentir la repentina y sombría esperanza de Tatsumi de que esto fuera el final: las cabezas me destrozarían, nos separarían a los dos, obligarían a mi espíritu a regresar a Kamigoroshi y enviarían su alma a la próxima vida que le estuviera esperando.

Eso te gustaría, ¿cierto, Tatsumi? Entre los tirones de las cabezas flotantes, vislumbré a las hermanas brujas en el suelo, por debajo de nosotros. Las dos ilesas tenían sus brazos levantados hacia nosotros y una lengua de turbulentas llamas púrpuras se estaba formando entre ellas. *No te emociones demasiado, que esto está lejos de terminar.*

Con un gruñido, llevé mi frente con cuernos hacia la cabeza que sostenía mi brazo derecho y la golpeé entre los ojos tan fuerte como pude. Se escuchó un chasquido resonante cuando nuestras frentes se encontraron, y las mandíbulas alrededor de mi brazo se aflojaron. Liberé la extremidad, justo cuando una bola de fuego se estrelló contra la cabeza aturdida y la envolvió con un rugido. La cabeza gritó, esta vez presa de dolor y terror. Se dividió y media docena de cabezas se dispersaron en diferentes direcciones, pero ninguna consiguió escapar de las llamas. Una por una cayeron a la tierra todas, chillando y ardiendo, y se disolvieron en cenizas al viento.

El brazo de mi espada estaba libre, pero la cabeza que mordía mi otra muñeca se negaba a soltarme, aunque habíamos regresado a tierra. Me di la vuelta, levanté a Kamigoroshi y la hundí repetidamente en la cabeza que aún se aferraba a mi brazo, apuñalándola en varios ángulos diferentes, hasta que las mandíbulas se aflojaron por fin. Herida y sangrando, la cabeza intentó escupirme y escapar volando, pero empujé mi mano más profundamente en su boca, sujeté la parte posterior de su garganta y hundí mis garras en la viscosa y asquerosa lengua.

—¿Adónde creen que van? —gruñí, y hundí a Kamigoroshi en uno de los enormes ojos, mirándolo fijamente, rasgándolo de lado a través de su cráneo. La sangre me roció, y una cabeza se despegó y cayó a tierra con un ruido sordo—. Ustedes comenzaron esta pelea —continué, hundiendo la hoja en el otro ojo, y luego tirando hacia abajo a través de la barbilla. La cabeza lanzó un gorgoteo ahogado, se sacudió y luchó salvajemente, pero mantuve mi agarre—. Deberían haber sabido que comenzar una pelea conmigo significa terminarla. Así que, ¡terminemos!

Levanté a Kamigoroshi y la deslicé por el centro del rostro ensangrentado, de manera que el cráneo quedó partido en dos. Con un grito final, la cabeza gigante cayó en cuatro cabezas más pequeñas, ensangrentadas y destrozadas, que se dispersaron alrededor de mí. En el momento en que tocaron el suelo, no fueron más que manchas de fango etéreo, que se fundieron con la hojarasca.

Pateé una cabeza supurante y apreté mi mandíbula cuando el dolor apuñaló mis músculos lacerados. En ambos brazos, la piel desde la muñeca hasta el codo se sentía como si hubiera sido masticada por una jauría de frenéticos *amanjaku*. Gruñí en voz baja y maldije las patéticas capacidades de curación de este cuerpo. En mi forma real, heridas como ésta desaparecerían en unos cuantos segundos; incluso las extremidades cortadas volverían a crecer en una o dos horas. Aun así, esto era la mitad de mi cuerpo: ahora que estaba completamente libre, mi espíritu inundaba cada parte de esta forma mortal y le otorgaba la mitad de mi considerable poder en lugar de la fracción que el asesino de demonios había usado cuando me encontraba atrapado en la espada. Incluso si el cuerpo de Tatsumi era pequeño y frágil, las heridas serían cicatrices desvaneciéndose al final del día. No eran una amenaza para la vida, sólo resultaban molestas y una razón más por la cual extrañaba desesperadamente mi verdadera forma. Los humanos eran tan frágiles y era tan ridículo lo lento que sanaban, que resultaba sorprendente que algunos sobrevivieran hasta la edad adulta.

La ogresa azul se puso en pie tambaleante, sosteniendo la protuberancia blanca e irregular que había sido su otro brazo. La sangre rezumaba entre sus garras y su piel se había puesto bastante pálida, pero sus ojos amarillos buscaron los míos mientras se lanzaba hacia delante con un grito ahogado.

—¡Hakaimono-sama, está lastimado! ¿Sus heridas son graves?

—Estoy bien —le dije, mientras las otras dos ogresas se reunían alrededor también, apenas dedicándole a su hermana una segunda mirada. Para ellas, las extremidades perdidas no eran motivo de preocupación: eventualmente volverían a crecer, dado que eran demonios—. Unos rasguños apenas. Habrán desaparecido para el final del día.

—Oh, eso es un alivio —suspiró la bruja roja—. Con lo débil que ese cuerpo es ahora, temíamos que una lesión como ésa pudiera incapacitar a Hakaimono-sama.

—¿En serio? —canturreé.

El rostro de la bruja palideció.

—No quise decir… —explicó, pero ya era demasiado tarde. Avancé, extendí la mano, golpeé mi palma contra su cara y hundí mis garras en su cráneo. Flexionando mis dedos, apreté hasta que sentí que el hueso bajo mis garras comenzaba a ceder, entonces me detuve. La ogresa chilló, revolviéndose y agitando las manos, mientras las otras dos miraban con temerosa expectativa.

—¿Sientes lo débil que es este cuerpo? —pregunté animadamente—. ¿Te sientes a salvo ahora, sabiendo que un simple humano no puede aplastar tu cráneo como una ciruela madura y dejar que tu cerebro se escurra por tus orejas?

—Disculpe... Hakaimono-sama —chirrió la bruja, mientras una corriente de sangre corría desde su nariz hasta su barbilla—. Quise decir... no quise faltarle al respeto. Simplemente me preocupaba que...

—¿Creías que estaba en peligro de ser devorado? —continué, permitiendo que el desdén se filtrara en mis palabras—. ¿O que no estaba consciente de lo que acabamos de enfrentar? He vivido entre el Clan de la Sombra durante siglos, escuchando sus historias de fantasmas y sus cuentos de los horrores que vagan por esta tierra. He escuchado muchas historias de la familia que fue asesinada en este bosque, cómo los bandidos les cortaron las cabezas y dejaron que se pudrieran en la tierra. ¿No pensaste que reconocería al más infame espectro que atormenta estos bosques? —flexioné mis garras. La ogresa se quedó sin aliento y cayó de rodillas frente a mí—. Soy Hakaimono, Primer Oni de Jigoku —gruñí—, y ya era temido mucho antes de que la leyenda de la Cabeza Devoradora de Hombres se conociera en todo el Imperio. He matado a miles de hombres contra sus docenas. Recuerda esto, porque la próxima vez tal vez podría estar en verdad molesto.

Liberé a la bruja y la arrojé hacia atrás. Ella y sus hermanas se arrodillaron de inmediato y presionaron sus rostros contra la tierra.

—Perdónenos, Hakaimono-sama —suplicó la ogresa azul, mientras la sangre de su irregular muñón seguía goteando al suelo—. Ha pasado tanto tiempo desde que usted había caminado en *Ningenkai* que olvidamos que es realmente el más grande de todos los demonios. Perdone nuestra insolencia. Esto no volverá a suceder.

—Sólo por esta ocasión —les dije, y di media vuelta, sintiéndome extrañamente irritado conmigo. No por haber tenido que recordarles quién era yo o por ponerlas en su lugar. Entre los demonios, si no eras el fuerte, eras la presa. Incluso las hermanas brujas, aunque me llamaban Hakaimono-sama y reconocían mi superioridad, se volverían contra mí en un instante si pensaran que era débil. Si una de ellas me hubiera hablado de esa manera cuando tenía mi forma real, habría ido más allá de una simple amenaza. Habría partido a la infractora en pequeños pedazos y habría obligado a las otras dos a observarlo.

Pero *no* lo había hecho, y ése era el problema. Había tres ogresas, matar a una para probar un punto era lo que debería haber ocurrido. Debería haber aplastado el cráneo de la bruja entre mis dedos y dejado que su cerebro se derramara sobre el suelo, como había amenazado. Debería haberme asegurado de que las supervivientes supieran que Hakaimono era alguien a quien se debía obedecer, temer y nunca cuestionar. Y sin embargo, le había permitido vivir.

Había mostrado misericordia.

La irritación estalló en disgusto y apreté con fuerza el puño, apenas capaz de impedirme dar media vuelta y clavar mis garras a través de la parte posterior del cráneo de la bruja, a fin de cuentas. No era yo mismo, me daba cuenta. Había pasado muchos años en la espada, en las mentes de los seres humanos de voluntad débil con sus estúpidas emociones contaminándome como la corrupción de *Jigoku* envenena las almas de los hombres viles. Alguna vez había sido el señor de los *oni* más temido e implacable, sin ningún concepto de los sentimientos humanos, pero durante los últimos cuatrocientos años, había estado continuamente expuesto a sentimientos repulsivos como el honor, la misericordia, la bondad y el amor. Y ahora esa fragilidad se estaba filtrando en mi consciencia.

La resolución se asentó sobre mí como una capa sombría. No podría haber ningún indicio de debilidad en la corte de Genno, la mínima duda o vacilación. Si iba a hacer que el autoproclamado Maestro de los Demonios hiciera lo que yo quería, tendría que ser igual de despiadado que él, si no es que más.

Continuamos por el bosque, que se había quedado inquietamente callado después de la batalla con las Cabezas Devoradoras de Hombres, como si el resto de sus habitantes estuvieran escondidos. Tal vez habían decidido que a cualquier criatura que hubiera podido matar al espectro más peligroso que acechaba el Bosque de los Mil Ojos era mejor dejarlo en paz. Pero a medida que caía la noche y el bosque se hacía más oscuro y aún más enmarañado, comencé a ver movimiento en los árboles, pálidas figuras que se deslizaban a través de la maleza. Una mujer con un vestido blanco ensangrentado que me miraba entre los troncos de los árboles, un samurái caminando detrás de nosotros por el estrecho sendero cuya parte delantera de la armadura se abrió de golpe para revelar un enorme agujero sangriento. Flotaba o se asomaba a nuestro alrededor una gran cantidad de *yurei* y espíritus inquietos: los mortales que habían caído en el bosque corrupto y ahora se encontraban atrapados aquí, incapaces de encontrar su camino hacia *Meido*, o dondequiera que las almas humanas terminaran. La mayoría de ellos parecían confundidos, afligidos por la pena, pero un fantasma, la mujer vestida de blanco, nos acechaba a través de los árboles, destellando dentro y fuera de la existencia, hasta que finalmente desenvainé a Kamigoroshi con molestia. La *yurei* huyó cuando la fría luz púrpura de la espada bañó los árboles y no volvió a molestarnos.

Por fin, a cerca de una hora del amanecer, llegamos a un vasto abismo que atravesaba el bosque como una vieja herida. Un puente de madera podrida atravesaba la brecha y, en el otro lado, se alzaba un castillo esquelético, con techos de pagoda escalonados que apuñalaban el cielo nocturno. Una pálida niebla se aferraba a sus paredes como harapientas cortinas, y pálidos zarcillos se retorcían desde el abismo y se arrastraban sobre el suelo. La estructura misma se estaba desmoronando, medio cubierta por asfixiantes enredaderas y raíces que hacían parecer que el bosque no había tomado con amabilidad al intruso dentro de sus límites y estaba tratando de despedazarlo. Pero las luces titilaban dentro de sus ventanas y había una antorcha encendida en el otro extremo del puente, indicando que la ruina ya no estaba abandonada.

—Aquí estamos —suspiró la bruja azul mientras nos acercábamos al puente. De su hombro izquierdo ya había brotado un marchito brazo azul con dedos nudosos que pronto se convertirían en garras—. Vayamos con presteza. Estoy ansiosa por ver a Genno-sama, y ciertamente mi señor deseará hablar con Hakaimono-sama de inmediato.

El puente gimió bajo mi peso, crujiendo y protestando a cada paso, pero los podridos tablones se sostuvieron. Un viento helado se elevó desde el brumoso abismo que olía a polvo de tumba y huesos viejos. Miré a través del desfiladero hacia el castillo, tomando nota del portón y de las enormes puertas con bandas de hierro que impedían que se cerrara.

—No hay guardias —musité cuando llegamos al centro del puente—. Su Maestro de los Demonios parece estar muy seguro de que nadie va a atacar su castillo, pues ni siquiera ha apostado centinelas. Aunque no estoy seguro de si eso es confianza o arrogancia. ¿Qué detendría a un ejército en su marcha a través del puente e impediría que atravesara su por...?

Un gemido vibrante surgió del abismo, y la niebla debajo de nosotros comenzó a retorcerse. Las brujas se tensaron y se aferraron a las barandillas del puente mirando nerviosamente a la oscuridad, mientras el viento gemía a nuestro alrededor y los tablones empezaban a temblar.

Un enorme cráneo pálido surgió del mar de niebla. Incluso más grande que la Cabeza Devoradora de Hombres, se elevó en el aire con enormes cuencas oculares del tamaño de las ruedas de una carreta. El cráneo fue seguido por un cuerpo esquelético igualmente gigante. Sus viejos huesos amarillos brillaron a la luz de la luna mientras se alzaba sobre nosotros, una mano huesuda lo suficientemente grande para romper el puente y enviarnos al vacío.

—Ah —exclamé, mientras el *gashadokuro* nos miraba. Puntos rojos de luz brillaron en sus cuencas huecas. Sumamente poderosos, los *gashadokuro* eran relativamente raros, se formaban en sitios de muerte y destrucción, como los campos de batalla o una ciudad asolada por las plagas, o eran convocados por poderosa magia de sangre. Genno era un mago de sangre tan fuerte, que no resultaba sorprendente que hubiera convocado a un infame *gashadokuro* para proteger las puertas de su castillo—. Supongo que eso responde mi pregunta.

—Genno-sama nos está esperando —gritó la bruja roja, estirando el cuello para mirar al monstruoso esqueleto, que crujía como un antiguo barco en el viento—. Tenemos permiso para estar aquí, somos parte de su círculo íntimo. Nos dejarás pasar.

El *gashadokuro* no respondió. No estaba seguro de que pudiera hablar, pero sus enormes mandíbulas se abrieron y se sacudieron amenazadoramente. Su brazo comenzó a levantarse, como para aplastarnos a nosotros y al puente sobre el que nos encontrábamos parados, y dejé caer mi mano sobre Kamigoroshi.

—Parece que su centinela no las reconoce —comenté, tensándome para saltar fuera del camino una vez que la garra gigante se derrumbara—. No me gustaría tener que destruir a un perro guardián tan impresionante, pero si no se retira, haré muy felices a muchos carroñeros.

—¡La contraseña! —la bruja azul espetó, girando hacia su hermana—. ¿La recuerdas? Tienes que decir la contraseña, es lo único que lo hará entender.

El brazo del *gashadokuro* había alcanzado su punto más elevado. Empuñé a Kamigoroshi y comencé a desenvainarla, cuando los ojos de la bruja verde se abrieron ampliamente, mirando al enorme esqueleto.

—¡Muerte al Imperio! —gritó, y su voz resonó sobre el abismo—. Todos saluden al gran y terrible Maestro de los Demonios. ¡Que todos los hombres se estremezcan ante el magnífico regreso del gran Genno!

El miembro del *gashadokuro* tembló y se detuvo. Con un lento crujido, bajó el brazo y se quedó inmóvil. Resoplé y empujé a Kamigoroshi de nuevo en su funda.

—¿Es necesario gritar eso cada vez que uno quiere cruzar el puente? Casi alcanzo a escuchar al ego de Genno inflamándose.

Las brujas fingieron no escucharme. Pasamos más allá del ahora indiferente *gashadokuro*, continuamos hasta el final del puente y nos detuvimos ante las puertas del castillo.

O donde deberían haber estado las puertas. El arco se alzaba al final del puente, su marco de madera, alguna vez ornamentado, se estaba pudriendo y derrumbando, pero en lugar de un par de puertas de madera que dieran paso al patio, había un muro continuo de piedra y roca.

Miré a las ogresas, que suspiraron a la vez, como si no pudieran creer que tuvieran que soportar esto. Con el ceño fruncido, la bruja roja marchó hacia el muro de piedra, levantó un pie con garras y le dio una resonante patada.

—¡Nurikabe! ¡Tú, estúpido pedazo de roca, sé que nos estás viendo! Déjanos entrar.

—¿Quién desea entrar en el dominio del gran Genno?

La voz era profunda y grave. Un solo ojo rojo se abrió de pronto entre parpadeos en el centro de la pared y giró para ver a la bruja. Sacudí la cabeza. Un *nurikabe* era un tipo de muro viviente, un *yokai* que parecía existir simplemente para desconcertar y enfurecer a los viajeros. Se plantaban frente a una abertura, ya fuera una puerta, la entrada de una cueva o incluso una montaña o un sendero en el bosque, se camuflaban para fundirse por completo con su entorno y se negaban obstinadamente a moverse. No podían ser derribados, y tratar de pasar por encima o a través del *nurikabe* causaría que éste reaccionara y matara al desafortunado viajero. Por fortuna, ya no había muchos de ellos en el mundo. Un *nurikabe* era lento y estúpido, pero extremadamente difícil de eliminar. A veces se les podía engañar para que se fueran o se movieran

182

a un lado, pero una vez que tomaban una decisión, la única forma de pasar más allá de él era destruirlo.

La bruja roja hizo un ruido impaciente.

—Puedes ver que somos nosotros —siseó—. Muévete. Tenemos asuntos importantes con Genno-sama.

Otro gran ojo carmesí se abrió, éste cerca de la esquina inferior de la pared, y giró para observarnos.

—Te conozco —dijo el *yokai* a la bruja, con voz lenta y grave—. Te conozco, y las conozco a ellas —ambos ojos se aquietaron un instante y luego se sacudieron con rapidez más allá de las ogresas para mirarme de manera amenazante—. Pero a él no lo conozco —retumbó—. Y Genno-sama insistió en que no abra esta puerta a nadie que no reconozca.

—¿Que no lo *reconoces*? —exclamó la bruja verde—. Tú, ciego estúpido, ¿no sabes quién es? Hete aquí a Hakaimono el Destructor, comandante de los Cuatro Grandes Demonios Generales y el Primer *Oni* de *Jigoku*.

—¿Hakaimono? —los ojos parpadearon lentamente, y el *yokai* pareció asentarse aún más en el suelo—. A nadie conozco con ese nombre.

Exhalé. Esto era divertido… y ridículo. Pensé que podía evadir al *nurikabe* y atravesar el muro, pero no me colaría en el castillo de Genno como un *shinobi* en medio de la noche. El Maestro de los Demonios sabía que venía… tendría que haber sabido también que no debía poner este absurdo obstáculo en mi camino.

—¿No vas a dejar que pase? —pregunté, y el *nurikabe* me fulminó con la mirada. Sus ojos eran de un rojo sombrío en su cuerpo de piedra. Desenvainé a Kamigoroshi, y la espada encendió de un púrpura brillante la cara del monstruo. Las tres brujas se deslizaron a un lado: ya sabían que lo mejor era no interponerse en mi camino. Tres ojos más se abrieron en el muro sin rasgos del *nurikabe* y, con un estruendo de piedra y tierra, un par de gruesos brazos de piedra emergieron del cuerpo del monstruo, con enormes puños apretados frente a él. Sonreí, blandí a Kamigoroshi y me hundí en una postura baja—. ¡Entonces, supongo que tendré que abrir un camino justo a través de ti!

—¡Suficiente! —resonó una voz.

Una figura resplandeció a la vida por encima de nosotros, pálida y translúcida a la luz de la luna: un humano de hombros anchos con una túnica blanca y pura, y mangas anchas ondeando a su alrededor. Su cabello era largo, los lados formaban un moño en la parte superior, y dos mechones como zarcillos se extendían desde su labio superior hasta casi el cinturón, flotando sobre su pecho como bigotes de dragón. Sus ojos eran agudos, sus cejas lo eran todavía más y su barbilla era la más afilada de todo su rostro: un rostro como cuchilla de afeitar que terminaba en un sombrío ceño fruncido.

—Genno-sama —dijo la bruja azul, y las tres se inclinaron. Me quedé en pie, mirando cómo el espectro se acercaba flotando. Ignoró a las tres ogresas y dio vueltas alrededor de mí como un pálido tiburón, dejando rastros de una tenue luz a su paso. No me moví, ni siquiera cuando el *yurei* estuvo detrás de mí, con sus fríos ojos muertos sobre mi espalda, antes de seguir flotando alrededor otra vez.

—Hakaimono —dijo la figura, mirándome—. Entonces, realmente has venido, después de todo.

—Genno —saludé, con una sonrisa de superioridad y un leve asentimiento—. Te ves exactamente igual que hace cuatrocientos años. Bueno, salvo por la falta de un cuerpo.

La exangüe boca del espectro se estrechó.

—Y tú eres el mismo demonio irreverente que se interpuso en el camino de mi ejército hace cuatro siglos —dijo con irritación, y me señaló con un dedo largo y elegante—. Déjame recordarte, Hakaimono, que podrás ser el más grande de los señores *oni*, pero aún estás atrapado dentro del cuerpo de un simple mortal. Éste es mi dominio y ahora eres mucho más fácil de matar.

—No hay necesidad de amenazas —sonreí, mostrando los colmillos—. No vine aquí buscando pelea, mortal. Escuché que estabas teniendo algunos problemas con tu nuevo cuerpo, así que pensé que podría ofrecer mi ayuda.

El espectro del Maestro de los Demonios levantó una pálida ceja.

—Intrigante —musitó—. El Primer *Oni* viene a mí con una oferta de ayuda. No desinteresada, por supuesto.

—Por supuesto que no —resoplé—. Reclutar el servicio de un gran *oni* nunca es barato, tú tendrías que saberlo mejor que nadie, Maestro de los Demonios —extendí los brazos y sonreí—. Si quieres mi ayuda, estoy dispuesto a unirme a tu pequeña campaña para acabar con el Imperio, y tal vez lo pasaré muy bien haciéndolo. Pero tengo un precio y creo que estarás dispuesto a pagarlo.

—¿Y qué te hace pensar que necesito ayuda?

—Que no eres tonto. Porque sabes que soy muy poderoso como aliado y demasiado peligroso como enemigo, para que rechaces esta oferta. Además... —mi sonrisa se ensanchó— creo que estarás muy interesado en escucharme, sobre todo considerando los tiempos que corren.

Las cejas de Genno se alzaron. Muy ligeramente, pero lo percibí. El espectro retrocedió y su trémula forma se volvió todavía más pálida.

—Ven a mi torre —dijo, ocultando las manos dentro de sus mangas ondulantes—. Me siento incómodo hablando a la intemperie. *Nurikabe* —dijo sin mirar al monstruo de la pared—. Permíteles pasar. Te veré muy pronto, gran Hakaimono —continuó, mientras su forma se desvanecía lentamente en la nada—. Las hermanas Yama te mostrarán el camino.

El Maestro de los Demonios desapareció en el viento, dejándonos solos frente a las puertas del castillo. El *nurikabe* me miró con furia con sus múltiples ojos rojos, pero con un rechinamiento de piedra contra piedra, la pesada losa de pared se arrastró lejos de la entrada, lo suficiente para que un cuerpo pudiera pasar sin tener que encogerse.

Me dirigí a las hermanas brujas.

—¿Seguimos?

Sin esperar respuesta, di un paso adelante y me deslicé a través del espacio que permitía el *nurikabe*, en el dominio del Maestro de los Demonios.

10

LA *NEKO* Y LA RANA DE LA SUERTE

Yumeko

Parpadeé mirando a Reika *ojou-san*.

—¿Qué quieres decir con que no puedes encontrarlos?

La doncella del santuario me fulminó con la mirada y bajó la voz todavía más, indicando que debía hacer lo mismo.

—Quiero decir que se han ido —dijo de nuevo—. Después de que nos mostraron nuestros aposentos, seguía teniendo la extraña sensación de que me estaban observando, sobre todo porque Chu seguía gruñendo a las paredes y al techo. Así que decidí que debía localizar a los demás y discutir este pequeño problema en el que nos encontramos. Cuando nos llevaron té pregunté a la doncella dónde se alojaban los demás, y cuando se fue salí a buscarlos.

—¿Nadie te detuvo, Reika *ojou-san*? —pregunté en un susurro.

—Nadie. Pero no te equivoques, estoy segura de que me estaban vigilando. Como sea, cuando llegué a sus habitaciones, ambas se encontraban vacías. Taiyo-san y el *baka ronin* habían desaparecido, y no tengo idea de dónde están —la doncella del santuario hizo un gesto frustrado y exasperado—. Es la mitad de la noche, quién sabe en qué problemas se esté metiendo el *ronin*. No tendríamos que separarnos ahora, no cuando tenemos algo tan importante que cumplir. Y, por supuesto, ninguno de los sirvientes fue de mucha ayuda. Nadie los había visto salir y tampoco sabían adónde se habían ido —Reika *ojou-san* hizo una mueca—. Y esperaban que yo pudiera creer algo así, cuando en este castillo las paredes tienen ojos y los pisos parecen estar escuchando cada una de nuestras palabras —me dirigió una mirada de cansancio—. Así que pensé que lo mejor sería encontrarte y asegurarme de que no te hubieras escapado también sin dejar rastro. Sobre todo, después de hablar con la *daimyo*. Por cierto, ¿qué sucedió en el encuentro con la dama Hanshou? ¿Podemos estar seguras de que ella nada sabe respecto a *eso*?

¿*Eso*? Oh, el pergamino.

—Sí, Reika *ojou-san* —dije, y la doncella del santuario se relajó un poco—. Ella no sabe acerca de… mmm… *la cosa*. Pero conocí al *sensei* de Tatsumi, quien me advirtió que el noble Iesada podría intentar hacer que nos maten.

—¿Que nos maten? —las cejas de Reika *ojou-san* se alzaron—. ¿Por qué?

—Porque… yo… mmm, le prometí a la dama Hanshou que encontraríamos a Tatsumi y lo salvaríamos de Hakaimono.

—¿Tú hiciste *qué*? —los ojos de la *miko* se abultaron, olvidando por un momento que debíamos hablar en voz baja—. Jinkei Misericordioso, ¿por qué, en nombre de todos los *kami* sagrados, tú prometerías algo así? —tomé una respiración profunda para explicárselo, pero ella levantó la mano—. No, no quiero escuchar nada al respecto por ahora —dijo en un susurro—. Esto es algo para lo que debemos estar todos presentes, sobre todo Maestro Jiro. Y entonces podrás explicarnos por qué tomaste la decisión de ir tras el asesino en lugar de llevar *eso* al templo —me miró con exasperación y luego dejó escapar un suspiro—. Esto está mal. Si dices que el noble Iesada está trabajando en contra de los deseos de Hanshou-sama… Necesito encontrar a Okame y a Taiyo-san, antes de que desaparezcan por un pasillo oscuro y nunca los volvamos a ver.

—¿Por dónde deberíamos empezar, Reika *ojou-san*? —pregunté.

Me dirigió una mirada severa.

—*Tú* no vas a ninguna parte. Te vas a quedar en esta habitación donde no tengo que preocuparme por dónde estás o en qué problemas te has metido. Será más seguro que tenerte deambulando por este laberinto de castillo. Y no aplanes las orejas —me devolvió el ceño fruncido—. Si nos perdiéramos o nos separáramos, no quiero pasar más tiempo tratando de encontrarte a *ti*, además de a Taiyo-san y al *baka ronin*. Estarás más segura aquí. Un invitado atacado por los *shinobi* en sus propios aposentos traería vergüenza eterna y deshonra al clan que lo alberga. Si te mantienes a salvo en tu habitación, no levantarás ninguna sospecha.

—¿Qué pasará con Iesada-san? —pregunté—. Él podría tener sus propios *shinobi*. Podría haber asesinos ocultos debajo de los pisos o en las pinturas de las paredes, esperando para emboscarte.

—Con mayor razón debo ir sola. Sólo soy una humilde doncella de santuario. Nada cargo importante conmigo. A nadie le importará si desaparezco.

—A *mí* me importaría, Reika *ojou-san*.

Me dirigió una mirada incisiva, como si con eso terminara la discusión.

—No vas a venir conmigo, Yumeko. Fin de la historia.

Ella no cambiaría de opinión, así que asentí y suspiré.

—Bien —dije—, pero ¿cómo encontrarás a los demás? Este castillo es como un laberinto. Oh, ¿necesitas una cuerda? Tal vez podría hacerte una.

—No. Haré que Chu siga sus rastros. Debería poder rastrearlos por el olor, con lo maloliente que es el *ronin* —la doncella del santuario arrugó la nariz—. Y también podrá encontrar su camino de regreso. Lo que no quiero es vagar por el castillo de Hakumei sin saber dónde estás tú —señaló con el dedo hacia el suelo—. Así que te vas a quedar aquí, en esta habitación, y no irás a ningún lado, ¿entiendes? Si sucede algo extraño, recuerda que Maestro Jiro y Ko están al otro lado del pasillo, y ninguno de ellos está indefenso —sus labios se apretaron—. Aun así, necesito apresurarme. No me gusta la idea de dejarlo solo en este lugar. Hombres *baka* —caminó hacia la puerta, sacudiendo la cabeza, mientras Chu la seguía—. ¿Qué podría haber sucedido con esos dos, que simplemente se levantaron y se fueron sin decir una palabra a nadie?

—Okame-san no ha sido él mismo desde el Sendero de las Sombras —dije mientras Reika *ojou-san* deslizaba el *shoji* y miraba hacia el pasillo. Un piso oscuro y pulido, trémulas linternas y paredes de paneles *fusuma* la saludaron cuando se asomó fuera de la habitación—. Espero que esté bien.

Reika *ojou-san* resopló.

—Probablemente se alejó para emborracharse y arrastró a Taiyo-san con él —murmuró, mirando hacia un lado y otro del pasillo—. Parece que está despejado —dijo, y miró hacia atrás, a la habitación—. Me voy. Recuerda lo que dije, Yumeko. Quédate aquí y no te metas en problemas. Prométemelo.

Asentí.

—Ten cuidado, Reika *ojou-san*.

—Chu —dijo la *miko*, mirando al *komainu*—. Vámonos. Encuentra al *ronin* y a Taiyo-san. De inmediato, el pequeño perro naranja puso su nariz en el suelo y trotó hacia el pasillo. Sus garras tintinearon sobre la madera. Con una última mirada severa hacia mí, la doncella del santuario cerró la puerta entre nosotras, y escuché cómo sus pasos se alejaban por el pasillo.

En cuanto el sonido se desvaneció hasta quedar todo en silencio, me levanté y caminé hacia la puerta. Confiaba en Reika y sabía que sólo estaba tratando de proteger el pergamino, pero si Daisuke-san y Okame-san estaban en problemas, ciertamente no estaba dispuesta a quedarme sentada. Reika *ojou-san* se enojaría, pero en realidad en ningún momento había *aceptado* que me quedaría en mi habitación. Como una vez señalé a Maestro Jin, cuando me hizo prometer que no comería los pasteles de arroz que había dejado en el mostrador, yo no había pronunciado las palabras en voz alta, por lo que no podía ser obligada a ello.

Sin embargo, cuando abrí la puerta, me encontré cara a cara con mi doncella. Aun cuando cargaba una bandeja de té, no la había oído acercarse; era como si se hubiera materializado de la nada o hubiera aprendido a flotar sobre el suelo como un fantasma *yurei* cuando caminaba.

—Oh —exclamó, dando un rápido paso atrás, sorprendida—. Lo siento, no sabía que iba a salir. Por favor, discúlpeme, mi señora —agitó la cabeza, pasó junto a mí hacia la habitación, apartando los ojos mientras lo hacía, y puso el té en la mesa baja. La observé con recelo, buscando alguna señal de que pudiera haber estado espiándonos, pero actuó de manera perfectamente casual.

—¿Hay algo más que necesite? —preguntó, manteniendo la mirada malhumorada en el suelo mientras se enderezaba—. Si puedo buscar algo mi señora, no tiene más que pedirlo.

—*Ano* —dije tras un momento de vacilación. La doncella, que había estado lista para irse, me miró con curiosidad—. Lo siento, pero nunca antes había estado dentro de un castillo —continué, mirando hacia otro lado como si estuviera avergonzada—. No estoy segura… quiero decir, ¿podrías mostrarme… dónde están las letrinas?

—Oh —la doncella sonrió y se relajó—. Por supuesto, mi señora. Por favor, sígame.

—Gracias.

Salimos de la habitación y la seguí por los estrechos pasillos, más allá de unos cuantos samuráis y sirvientes vestidos de negro. A pesar de que era bastante tarde, todavía había mucha más gente de lo que hubiera pensado. Tal vez no les gustaba la luz del sol. Tal vez el Clan de la Sombra prefería hacer la mayor parte de sus negocios en la oscuridad, como búhos o murciélagos. En cualquier caso, ninguno nos prestó atención, aunque podía sentir los ojos fijos en mí mientras avanzábamos por el pasillo y bajábamos la escalera hasta el piso inferior. La doncella me llevó a una habitación con suelo de piedra y varios puestos de madera. En el centro de cada uno, un estrecho foso rectangular descendía a la oscuridad total.

—¿Necesita que le muestre el camino de regreso, mi señora? —preguntó la doncella. Sonaba reacia, pero estaba intentando no hacerlo evidente.

—No creo que sea necesario —dije, y observé cómo el alivio se iluminaba en su rostro—. Debería ser fácil el regreso desde aquí. Gracias.

La doncella se alejó rápidamente, y sonreí, abriéndome paso hasta una de las letrinas. Aquí, al menos, estaba bastante segura de que nadie me estaría espiando.

Acurrucada contra la pared con el agujero a mis pies, busqué en mi *furoshiki* y saqué otras dos de las pequeñas hojas, ligeramente aplastadas, que había recogido antes de llegar al castillo.

A veces eres muy gruñona, Reika ojou-san, pensé, colocando una hoja en mi cabeza. *Pero supongo que tengo que agradecerte por esto.*

Una bocanada de humo blanco llenó la letrina. Cuando se aclaró, sacudí los zarcillos y me eché un vistazo rápido: una túnica simple y un par de manos delgadas que sujetaban una bandeja de té. Asentí, satisfecha, y salí.

Muy bien, pensé, mirando alrededor. Un samurái corrió a mi lado con un gruñido seco y entró para usar la letrina. Me alejé rápidamente antes de que pudiera escuchar sonidos que preferiría no atestiguar. Y, también, antes de que él pudiera preguntarse por qué sostenía una bandeja de té mientras salía del servicio. *¿Adónde podrían haberse ido Daisuke-san y "baka Okame"? Tal vez tendría que revisar primero sus habitaciones, en caso de que hayan dejado algo atrás.*

Sosteniendo la bandeja, regresé a nuestros aposentos, con cuidado de no perderme en el enredado laberinto de corredores y pasillos. Más sirvientes y algunos samuráis pasaron a mi lado, pero ninguno me dedicó una segunda mirada.

Abrí la puerta de una de nuestras habitaciones, estaba segura de ello, aunque no podía aseverar de quién, y miré alrededor. Estaba vacía, y me di la vuelta para irme.

Sin embargo, cuando salí por la puerta, sentí un firme agarre en la parte superior de mi brazo. Con un grito, giré y me encontré cara a cara con la doncella mayor, que me miró con sus duros ojos negros.

—¿Qué estás haciendo? —preguntó, sin rastro de la buena educación que me había mostrado antes—. No deberías estar aquí en este momento. Te envié a las cocinas para el té de Hanari-san. ¿Por qué no estás en tu estación?

—Yo… eh… la señora extranjera me pidió que le mostrara el camino a la letrina —balbuceé, ganándome un resoplido molesto de parte de la otra mujer. Antes de que pudiera decir nada, agregué—: Mi señora también quería saber dónde están sus dos compañeros desaparecidos y cuándo volverían. ¿Qué debo decirle si vuelve a preguntar?

La mujer suspiró.

—Lo último que escuché fue que el Taiyo y el *yojimbo* habían abandonado el castillo y se dirigían al salón de apuestas La Rana de la Suerte, al este de la ciudad. Nuestros *shinobi* los están rastreando mientras hablamos, pero ellos no son importantes.

—Oh —alejé el desconcertado ceño fruncido de mi rostro. *Pero Reika ojou-san dijo que nadie había visto a Daisuke-san u Okame-san salir del castillo. ¿Están tratando deliberadamente de engañarnos?*

—No dejes que la chica se vaya —me advirtió la mujer—. Los otros pueden ir y venir como deseen, pero Masao-sama fue muy específico en cuanto a que no se le permita a la pequeña campesina abandonar el castillo hasta que Iesada-sama regrese a sus tierras. Podría ser peligroso si ella va a la ciudad, o a cualquier otro lugar donde nuestros *shinobi* no puedan vigilarla. Si te pregunta otra vez dónde están los hombres, dile que fueron a visitar la casa *geisha* Sonrisa Teñida por la noche. Eso deberá ser suficiente para evitar que se aventure tras ellos. Ahora vete —señaló con firmeza al pasillo—, vuelve a tus deberes. Estás perdiendo el tiempo merodeando por aquí.

Hice una rápida reverencia y me apresuré hacia la dirección que señalaba, con mi mente girando con esta nueva información.

Bueno, eso confirmaba lo que había sospechado desde que llegué aquí. Las paredes *tenían* ojos y oídos. Tal vez había un *shinobi* al acecho en las letrinas en este momento, esperando a que yo saliera. Ese pensamiento me hizo reír, pero presentaba un problema: necesitaba salir a buscar a Daisuke-san y Okame-san, y los Kage no querían que abandonara el castillo. Quizá me detendrían si lo intentaba.

Si me veían.

Deslizándome en una habitación vacía, me aseguré de estar sola antes de sacar la tercera y última hoja de mi *obi* y colocarla sobre mi cabeza. Entonces dejé que la magia de zorro me envolviera de nuevo. Cuando el humo se despejó, hice una revisión rápida de mi *haori* blanco y mi *hakama* rojo, asegurándome de que todo estuviera en su lugar. Ahora, si alguien me descubría, verían a una sensata y decidida doncella del santuario, y con suerte no se interpondrían en su camino. Lo único que faltaba era Chu, y esperaba que los Kage no se dieran cuenta o no les importara que la *miko* paseara sin su *komainu*.

Sólo debía preocuparme de no encontrarme con Reika *ojou-san*.

Me estremecí. Abandoné rápido la habitación y comencé a caminar por el pasillo, en busca de una salida, mientras mantenía una oreja abierta para escuchar el golpeteo de garras de perro sobre los pisos de dura madera.

Después de un par de indagaciones usando mi mejor Voz Firme de Reika *ojou-san*, por fin encontré la entrada principal del castillo, más allá de un vasto salón de madera pulida y estatuas de ónix, donde un par de enormes puertas dobles permanecían medio abiertas. Dos samuráis custodiaban ambos lados del gran marco. La vacilante luz de la lámpara destellaba sobre su armadura negra y sus altas lanzas *yari*. Me miraron con interés estoico cuando me acerqué, pero no se movieron para bloquear mi camino, aunque uno me lanzó una mirada severa mientras caminaba hacia ellos.

—¿Mi señora irá a la ciudad? —preguntó.

Asentí.

—Adelante —dijo el samurái—, siempre y cuando no cause problemas dentro de Ogi Owari Toshi. Está informada de que se encuentra en territorio de los Kage, y cualquiera que rompa las reglas del Clan de la Sombra será juzgado bajo sus leyes —asintió solemnemente con la cabeza—. Que tenga una agradable velada, mi señora, y, por favor, cuídese mientras esté en la ciudad.

Sonreí y escapé al aire fresco del exterior.

Mis sandalias crujieron sobre la grava mientras avanzaba por el patio, en dirección a las puertas delanteras del alto muro de piedra que rodeaba el castillo. Salvo por mis pasos, la noche estaba callada y tranquila. Por la posición de la luna en lo alto del cielo, supuse que sería muy temprano en la madrugada, tal vez faltaban todavía algunas horas para el amanecer. Miré por encima de mi hombro una única vez para ver el castillo de Hakumei que se alzaba detrás de mí. Su edificio principal se elevaba rígido contra el cielo azul marino, con sus techos de pagoda de baldosas onduladas con elegancia hacia lo alto. Al igual que su gente, el castillo, hogar del Clan de la Sombra, era distinguido y ominoso, hermoso y amenazador en partes iguales. Me pregunté si era deliberado, para recordar al resto del mundo que, aunque los Kage eran tan orgullosos y cultos como el resto de los clanes, no se les podía engañar.

Me sacudí las mórbidas reflexiones de encima y continué caminando. Mientras me alejaba, la sombra de Hakumei-jo parecía tragarme. Más allá del patio estéril pero meticulosamente dispuesto, llegué a las grandes puertas delanteras, que estaban abiertas y vigiladas por más samuráis, pero ninguno me dirigió la palabra. Después de pasar por debajo del enorme marco de madera, me detuve justo afuera de la puerta y miré a la calle con asombro.

El castillo de Hakumei se encontraba en una colina que dominaba lo que supuse que sería la ciudad de Ogi Owari. Bajando por el sinuoso camino desde las puertas delanteras y cruzando un arco de piedra sobre un río ancho y somnoliento, la capital de los Kage brillaba con antorchas y linternas. Se extendía en todas direcciones: hileras de casas se asentaban con delicadeza a lo largo de las calles y las orillas de los canales que atravesaban la ciudad. Grandes árboles se intercalaban entre los edificios y sus ramas se tendían sobre los tejados y colgaban en las calles, como si la ciudad compartiera a regañadientes el espacio con un bosque, y ninguno estuviera dispuesto a retroceder.

Con una sonrisa ansiosa, corrí por el camino, crucé el puente y entré en la ciudad. A pesar de la hora tardía, estaba lejos de estar vacía. La gente vagaba por las calles, las puertas de las tiendas permanecían abiertas contra la noche y los comerciantes acechaban en sus puertas o en los puestos de madera, a la espera de clientes. Al principio, me recordó a otro pueblo más pequeño, Chochin Machi, que también cobraba vida y prosperaba al momento en que se ponía el sol. Pero a medida que continuaba por las calles, comencé a ver las diferencias. Chochin Machi tenía un aspecto brillante, casi festivo, que alentaba a los visitantes a bailar, a sonreír y a dejar atrás sus problemas. Aunque estaba iluminada y repleta, Ogi Owari Toshi definitivamente no era festiva. Nadie en las calles sonreía o reía. A menudo, un individuo, o algún pequeño grupo, avanzaba tambaleante por el camino, como si no tuviera control de sus extremidades. En ocasiones, las personas cantaban o discutían entre ellas, y sus voces sonaban pastosas y tan inestables como sus piernas. Un hombre grande, que llevaba una calabaza de *sake* como la de Okame-san, me llamó con una voz distorsionada y luego soltó una carcajada que hizo que mi cola se erizara. No era una risa muy agradable. Al igual que la ciudad, la risa contenía el filo de algo siniestro bajo la apariencia de frivolidad, una ilusión sonriente sobre un depredador que esperaba pacientemente.

Hice una pausa en una encrucijada marcada por un arce grande y retorcido, y miré a la luna a través de las ramas. Me di cuenta por su posición de que la noche se estaba alejando rápidamente. *Está bien, estoy aquí. Ahora, debo encontrar este salón de apuestas, La Rana Danzante o La Rana de la Suerte o algo así. Así que, ¿dónde estoy?* Un letrero, pegado al tronco debajo de la gran cuerda que marcaba el árbol como sagrado, decía: "Cuidado con la mala suerte", lo cual nada me decía en absoluto.

—¿Qué estás haciendo cerca de mi árbol, zorro?

Con un sobresalto, levanté la mirada y descubrí un par de ojos verdes observándome desde una rama. Por un segundo, parecieron flotar en el aire, pero luego vi que estaban unidos al cuerpo delgado y peludo de una *neko*, una gata común, que yacía recostada en una rama del árbol. Su pelaje negro brillante se fundía a la perfección con las sombras. Una cola extremadamente larga y ceñida azotó sus cuartos traseros cuando su mirada se encontró con la mía. Mientras la observaba, una segunda cola se elevó desde detrás de la *neko* para enroscarse con la primera, haciendo que mis ojos se abrieran sorprendidos. No sabía mucho acerca de los gatos, pero en la tradición *kitsune*, entre más colas tenía un zorro, más viejo y poderoso era. Los *kitsune* más fuertes que existían se llamaban *kyūbi*, de "nueve colas", porque en las historias, cuando a un zorro le crecía su novena cola, su pelaje se volvía plateado u dorado, y su magia rivalizaba con la de los dioses.

Por supuesto, un *kyūbi no kitsune*, un zorro de nueve colas, era una criatura legendaria, tan rara como un gran dragón o el sagrado *kirin*. Conocer a un *kitsune* con incluso dos colas ya era un gran honor, pero no estaba segura de que la misma costumbre se extendiera al mundo felino. Aun así, quizá lo más sabio era ser educada. Los gatos nunca me habían hablado. El viejo felino blanco y negro en el Templo de los Vientos Silenciosos simplemente había tolerado mi presencia y, después de todas las veces que lo había utilizado para jugar alguna broma, si hubiera podido hablar, seguro me habría regañado muchas veces. Pero los *neko* eran criaturas extrañas y volubles, y nunca se podía saber en qué estaban pensando. Si un día ese viejo gato hubiera empezado a hablarme, no me habría sorprendido en absoluto.

La gata en el árbol enroscó sus bigotes y arrugó la nariz.

—Uff, puedo oler tu hedor desde aquí —remarcó—. Abandona este lugar, *kitsune*. Tú perteneces a los campos, con los conejos, los osos y el resto de los habitantes comunes de los bosques. Regresa a molestar a los granjeros y los pescadores que están más allá de las murallas de la ciudad, y deja los lugares civilizados para nosotros —al ver que no me movía ni respondía, aplanó las orejas—. ¿Eres tan simple como repulsiva? —preguntó—. Hablaré lentamente para que tu cerebro silvestre y salvaje pueda comprender. No tienes sitio aquí, zorro. Éste es mi territorio, y tú lo estás haciendo insoportable. Vete.

—No hay necesidad de ser grosera —fruncí el ceño—. Sólo estoy de visita en las tierras de los Kage y me iré lo suficientemente pronto. Además, estás equivocada. No crecí en el campo, crecí en un templo. Puedo leer y escribir, e incluso comer con palillos. ¿Tú puedes hacer algo de eso?

La *neko* olfateó, moviendo la cola.

—Darle a un mono palillos y vestirlo con un elegante *kimono* no lo hace civilizado —dijo con voz aburrida—. Así que has aprendido algunos trucos. Felicidades. Pero sigues siendo un zorro. Tus antepasados persiguieron a los conejos y defecaron en el suelo de sus guaridas, como todas las criaturas salvajes.

—¿Y qué hay de ti? —pregunté—. Tus ancestros tal vez persiguieron ratones y se aparearon bajo la luna llena. No eres más civilizada que yo.

—¿Ah, sí? —la gata entrecerró los ojos, me miró con pereza y giró su cabeza—. ¿Ves al vendedor de pescado que está allá? —preguntó ella, señalando con un movimiento de una de sus colas—. Puedo entrar caminando en su tienda, torcer mis orejas y él me arrojará las tripas de pescado sobrantes. Si tú eres tan civilizada, *kitsune*, ¿por qué no cambias de forma y haces lo mismo? Conviértete en un zorro, y déjanos ver cómo reacciona.

Por un momento de locura consideré hacerlo, pero enseguida negué con la cabeza.

—No, esto es ridículo. No tengo tiempo para estar parada bajo un árbol discutiendo con una gata. Tengo que encontrar La Rana de la Suerte.

—¿El salón de apuestas? —la *neko* inclinó su cabeza—. ¿Por qué querrías ir allí, *kitsune*? Nada hay en ese lugar además de los gritos de hombres que apestan a *sake*. Aunque, sin duda, encontrarán tu compañía más placentera que yo.

La miré de nuevo y eché las orejas hacia atrás.

—¿Sabes dónde está?

—Éste es mi territorio —agitó sus colas de manera arrogante—. Sé dónde está todo.

—¿Me llevarías?

La *neko* estornudó varias veces. Después de un momento, me di cuenta de que estaba riéndose de mí.

—¿Por qué, en el nombre del Merodeador de la Cola Dividida, haría yo algo así? —preguntó finalmente—. ¿Me veo como un perro servil y baboso que hace todo lo que dicen los humanos?

—No, te ves como una gata —dije, confundida—. ¿Por qué te confundiría con un perro? Dijiste que sabías dónde está todo en tu territorio. Pensé que podrías enseñarme el camino.

—*Podría* —dijo la gata, y se instaló más cómodamente en la rama del árbol—. Pero no lo haré.

—¿*Nani*? ¿Por qué no? —fruncí el ceño y me quedé en silencio mientras un hombre que caminaba cerca del árbol me dirigía una mirada curiosa—. ¿Estás haciendo algo? —susurré después de que se alejó—. ¿Algo importante?

—Muy importante —la *neko* ondeó lánguidamente una de sus colas—. Estoy sentada en este árbol observando todo lo que sucede en mi territorio. Es una parte esencial de mi noche, algo que un común zorro silvestre no entendería

—bostezó, mostrando un destello de largos dientes amarillos, antes de cerrar los ojos—. Ahora vete y déjame en paz. Encuentro ofensivo todo acerca de ti.

Clavé mis orejas ante la arrogante criatura. *Estúpida* neko. *¿Cómo manejarían esto Okame-san o Reika ojou-san?*

Lo pensé un momento y entonces retrocedí.

—Ya veo. Bueno, gracias por tu tiempo, *neko-san*. Está bien si no sabes dónde está. Puedo encontrar el camino por mi cuenta.

—¿No me escuchaste, zorro silvestre? —la *neko* abrió los ojos y me miró—. Dije que *sé* dónde está, simplemente no tengo interés en llevarte allí —no respondí, y su mirada se estrechó—. Sé lo que estás haciendo —advirtió, mientras sus colas comenzaban a agitarse y golpear contra la rama—. Tus miserables trucos *kitsune* no funcionarán en mí. No tengo interés en jugar a la guía de un ordinario zorro silvestre, así que ahora retírate.

Me encogí de hombros.

—Como tú digas, *neko-san*. Estoy segura de que podré encontrar a alguien que conozca el camino. Que tengas una buena tarde.

Me aparté del tronco y la gata siseó.

—Detente, criatura silvestre —me ordenó, haciendo que me detuviera y mirara hacia atrás. Ondulando sus colas, la *neko* se levantó y saltó de la rama. Aterrizó sin hacer un sonido en la base del árbol—. No me hables —dijo, acechando delante de mí con ambas colas en alto—. No te estoy ayudando, sólo voy a demostrarte que conozco cada centímetro de mi territorio y que eres una criatura silvestre y salvaje que no pertenece a este lugar. Sígueme si es necesario, pero no te acerques demasiado, e intenta mantenerte en dirección al viento. No deseo olerte todo el camino hasta el salón de apuestas.

Oculté una sonrisa astuta y seguí a mi malhumorada guía por los callejones sombríos de Ogi Owari.

El salón de apuestas La Rana de la Suerte se encontraba en una calle estrecha, junto a un almacén de textiles y un restaurante en ruinas. Era un edificio grande de dos pisos, con techos de tejas azules, tablones de madera cruzando las ventanas y un par de hombres de aspecto corpulento custodiando la entrada. Un descolorido letrero que representaba a una rana sonriente sosteniendo una moneda de oro colgaba torcido sobre la puerta.

La *neko* olfateó.

—Ahí —dijo con tono de abuela aburrida—. El salón de apuestas La Rana de la Suerte, justo donde dije que estaría. ¿No te sientes como una tonta ahora por haber dudado de la palabra de una gata, zorro silvestre?

—¿Ésta es La Rana de la Suerte? —murmuré, mirando hacia los tejados, buscando sombras extrañas o destellos de movimientos que no deberían estar allí—. Espero que Daisuke-san y Okame-san estén bien —mirando a la gata, le ofrecí una sonrisa y una rápida reverencia—. Gracias por acompañarme hasta aquí, *neko-san*. Estoy en deuda contigo.

La gata enroscó sus bigotes.

—Como si necesitara el favor de una criatura silvestre —dijo con desdén. Con un resoplido, levantó la barbilla y se dio media vuelta—. Ahora estoy aburrida. Haz lo que quieras, *kitsune*. Ojalá no te vuelva a ver en el futuro. Oh, pero he aquí una advertencia amistosa. En caso de que tu patético instinto humano pudiera no haberlo percibido, nos estuvieron siguiendo.

Miré alrededor, en alerta, aunque las sombras en lo alto estaban vacías.

—¿Nos estaban siguiendo? ¿Quién?

—Un humano —la gata bostezó y agitó sus colas—. Un tonto humano vestido de negro, que piensa que está siendo silencioso e invisible mientras se arrastra a través de la oscuridad. Veo a gente de su clase a menudo merodeando por la ciudad. Fingiendo que son gatos. Patético —torció sus bigotes—. Adiós, criatura silvestre. Deja mi territorio en cuanto puedas.

Con las dos colas al aire, la *neko* se alejó trotando, se deslizó en un callejón entre dos edificios y desapareció.

Manteniéndome atenta a la presencia del *shinobi* acechador, corrí a través de la calle y me acerqué a la entrada de La Rana de la Suerte. Los dos hombres parados en la entrada eran muy altos. Sus chaquetas *haori* colgaban abiertas por el frente, en un alarde de sus enormes vientres de piel teñida. Vi a un tigre en un combate letal con una serpiente blanca grabada en el cuerpo de uno, mientras su amigo estaba tan cubierto de tinta colorida que parecía que llevaba otra camisa. Vieron que me acercaba y se enderezaron, mientras una mirada desconcertada cruzaba sus rostros, pero antes de que yo pudiera hacer o decir algo, la puerta detrás de ellos se abrió y un cuerpo fue arrojado fuera. El hombre golpeó el borde de la calle y rodó hasta detenerse en una nube de polvo, y entonces la luz de la linterna destelló sobre una familiar coleta de cabello marrón rojizo. Jadeé y corrí mientras el cuerpo gemía y se sacudía en la tierra.

—¡Okame-san!

—*Kuso* —gruñó el *ronin*, luchando por enderezarse. Levantó la cabeza y miró a la puerta, donde otro hombre grande se sacudió las manos y enseguida dio media vuelta—. ¡No tenía nada en mis mangas, bastardos! —gritó—. Y si tú crees que yo era el único con los dados cargados ahí, ¡eres más idiota que los monos tatuados en tu trasero!

—¿Estás bien, Okame-san? —pregunté, mientras el *ronin* se ponía en pie, tambaleándose inestable. Me di cuenta de que sus ropas eran diferentes: su *hakama* marrón y su *haori* rojo sin marcas estaban libres de sangre y suciedad, y él estaba casi limpio—. ¿Qué pasó? —el *ronin* me brindó una mirada oscura, un poco amarga, dio media vuelta y sacudió sus pantalones.

—¿Qué estás haciendo aquí, *miko*? —gruñó, lo que hizo que parpadeara confundida, hasta que recordé que no era yo en este momento, sino Reika *ojou-san*—. ¿Viniste hasta acá para sermonearme sobre los males de beber en salones de apuestas?

—No, Okame-san —negué con la cabeza—. Desapareciste del castillo, tú y Daisuke-san, ambos. Nosotras… mmm… Yumeko y yo estábamos preocupadas por ti.

—Necesitaba aclarar mi cabeza —gruñó Okame-san—. Mantenerme holgazaneando en ese castillo me estaba poniendo nervioso. Emborracharme y perder mucho dinero siempre me ha funcionado en el pasado —frunció el ceño hacia las puertas—. Salvo por las noches en que te encuentras en medio de una racha extremadamente afortunada y los brutos que dirigen la sala te acusan de hacer trampa. ¡Estaba usando los dados de la casa, bastardos tacaños! —gruñó a los dos hombres grandes, quienes lo miraron con frialdad. El *ronin* resopló y estuvo a punto de caer otra vez. El olor rancio y dulce del *sake* flotaba a su alrededor, más intensamente de lo habitual—. *Kuso*. Todavía estoy algo sobrio. Ahora voy a tener que encontrar otro lugar para beber.

—¿Dónde está Daisuke-san?

El noble de pronto salió del salón de apuestas. Parecía avergonzado y se disculpaba mientras avanzaba. Parpadeé. Al igual que Okame-san, Daisuke-san llevaba un *haori* limpio, pero sin marcas, azul oscuro con cuatro diamantes blancos estampados en el hombro. Su largo cabello había sido atado hacia atrás, pero incluso con un sombrero de paja de ala ancha sobre su cabeza, no había duda de su noble porte.

—Mis disculpas, Okame-san —dijo Daisuke-san mientras se unía a nosotros—. Lo estabas haciendo muy bien. No sabía que habías sido... escoltado —su mirada se deslizó hacia mí, con las cejas levantadas—. Reika-san, ¿qué estás haciendo aquí? Éste no es un lugar para doncellas respetables.

—O samuráis respetables —murmuró Okame-san.

—Rei... mmm... *Yumeko* y yo estábamos preocupadas por ustedes —dije—. No pudimos encontrarlos en el castillo, y pensamos que algo podría haber sucedido.

Daisuke frunció un poco el ceño.

—Qué extraño. Le dije específicamente a una chica de la servidumbre que vendríamos a la ciudad, para que nuestros compañeros supieran que regresaríamos a la hora de la rata.[8] ¿Nadie te dio ese mensaje, Reika-san?

Estaba por responder cuando un escalofrío recorrió mi espalda y mi cola se erizó. Mis instintos *kitsune* me decían que algo no estaba bien.

---

[8] Antiguamente, en Japón el horario se dividía en doce periodos en lugar de las veinticuatro horas actuales, y cada uno de sus doce periodos era representado por uno de los doce signos del zodiaco chino; por lo tanto, cada "hora" del horario antiguo corresponde a dos horas del nuestro. La hora de la rata abarca el periodo entre las 23:00 de un día y la 1:00 del siguiente, que es cuando se cree que estos animales son más activos.

—¡Encima de ti, zorro! —siseó una voz aguda desde las sombras—. ¡En el tejado!

Mi sangre se enfrió. Levanté la vista y vi una figura vestida de negro posada en el techo al otro lado de la calle, con el brazo levantado como si fuera a lanzar algo.

—¡Daisuke-san, detrás de ti! —grité, y el noble se giró, desenvainó su espada en un instante y cortó el aire frente a él. Se escuchó un sonido metálico y algo brilló cuando fue desviado y cayó sobre la calle. Al mismo tiempo, un destello de frío y oscuro metal pasó más allá de mi cabeza, me sacudió unos cuantos mechones de cabello y se clavó en el poste detrás de mí.

Con el corazón acelerado, levanté la mirada para observar cómo la figura del techo se lanzaba de nuevo hacia las sombras, y de inmediato corrí a través de la calle mientras escuchaba que Daisuke-san y Okame-san me llamaban. Me metí en el callejón entre los edificios, busqué en las tejas del techo la figura de negro, mientras el fuego fatuo cosquilleaba en mis dedos inútilmente. El misterioso asaltante había desaparecido en la noche.

—¡Reika-san!

Unas pisadas resonaron detrás de mí, y el noble y el *ronin* entraron en el callejón.

—Reika-san —repitió Daisuke-san, mientras Okame-san se tambaleaba hacia delante y miraba alrededor con ojos nublados—. ¿Viste quién nos atacó? ¿O adónde se fue?

—No —admití, y el *ronin* exhaló.

—Como lo temía —se enderezó y miró también a los tejados. Continuó con voz reflexiva—: Parece que alguien entre los Kage se siente ofendido por nuestra presencia.

—Eso no tomó mucho tiempo —murmuró Okame-san—. Aunque me pregunto si éste fue un ataque planeado por parte de algún pomposo noble que no podría molestarse en hacerlo él mismo, o si algún *shinobi* se sintió ofendido por mi cara y decidió usarla para practicar un poco.

—Ése fue el noble Iesada —dije, y las pálidas cejas de Daisuke-san se arquearon—. Ha estado en desacuerdo con la dama Hanshou... y no quería que nosotros interfiriéramos.

—Iesada-sama —Daisuke-san no parecía sorprendido, aunque sí un poco cansado—. Incluso en el otro lado del Imperio —suspiró—, el juego de la corte nunca cambia. Todos somos peones en una interminable trama de intrigas y favores, hasta que la fortuna se agota y abandonamos el tablero —sus cejas bajaron, su voz adoptó un tenue filo—. Aunque parece que el método de los Kage para eliminar piezas problemáticas del juego es muy diferente al de los Taiyo. El Clan del Sol no se rebajaría para cometer un ataque tan cobarde en la oscuridad —Daisuke-san resopló, luego me dirigió una mirada reflexiva e inclinó su cabeza—. ¿Y cómo lo descubriste, Reika-san? —preguntó.

—Es una larga historia.

—De hecho —apretó la mandíbula, con expresión sombría—. Una mejor opción ahora sería alejarnos de los callejones oscuros donde algo acaba de intentar asesinarnos. Deberíamos regresar al castillo de Hakumei de inmediato.

—Una excelente idea —dijo una voz familiar desde la boca del callejón, una que hizo que el alma cayera a mis pies.

Las cejas de Okame-san se dispararon hacia arriba.

—¿Re-Reika-san? —balbuceó, mientras la doncella del santuario se materializaba en la oscuridad, con los brazos cruzados, bloqueando la salida del callejón. Chu estaba parado junto a ella y nos miraba a todos con una expresión aburrida en su rostro canino—. Pero... tú estás aquí... ¿Cómo...?

¿Ésta es tu gemela perdida hace mucho tiempo que no conocíamos?

Reika *ojou-san* soltó un suspiro muy fuerte y desesperado, y se volvió hacia mí.

—¿Lo estás disfrutando? —preguntó—. ¿Te importaría mostrar a estos tontos incautos lo que está sucediendo, o tengo que pararme aquí y explicar lo obvio?

—Yumeko-san —suspiró Daisuke-san, justo mientras levantaba la mano y quitaba la hoja de mi cabeza, disipando la ilusión en una nube de humo. Los ojos de Okame-san se desorbitaron.

—¡Yumeko-chan! Entonces, ¿eras tú todo el tiempo y no Reiko-chan? —miró de un lado a otro, entre Reika *ojou-san* y yo—. ¿Por qué?

—Para poder dejar el castillo —expliqué, sintiendo todas las miradas puestas en mí—. No podía simplemente salir por sus puertas, no sin llamar la atención de todo el Clan de la Sombra. Me estaban vigilando después de mi reunión con la dama Hanshou. Ustedes no se encontraban en sus habitaciones, y nadie los había visto en el castillo, así que pensamos que podrían estar en problemas. Estuvimos de acuerdo en buscarlos.

—No, *no* fue así —dijo Reika *ojou-san* con brusquedad—. Estuvimos de acuerdo en que *yo* los buscaría y *tú* permanecerías en tu habitación en el castillo. ¿Qué parte de eso no entendiste? —bajó la voz hasta casi un susurro, mientras seguía mirándome—. Tú eres la portadora del Ya-Sabes-Qué. No podemos arriesgarnos a que el Clan de la Sombra descubra la verdad.

Okame-san dejó escapar una risita.

—Ah, aquí *está* la rigidez normal de la doncella del santuario que nos faltaba. Por un minuto, temí que estuvieras muriendo.

—Y tú —Reika *ojou-san* volvió su ira contra el *ronin*—. ¿Qué te hizo pensar que era una buena idea abandonar el castillo y deambular por la ciudad en medio de la noche en el territorio del Clan de la Sombra? Conoces la importancia de nuestra misión. ¿Por qué arriesgarías todo sólo por una noche de mujerzuelas, juegos de azar y alcohol?

—No es así, Reika-san —intervino Daisuke-san antes de que el *ronin* pudiera responder—. Perdóname, pero me temo que he causado un malentendido. Verás, fui yo quien sugirió que viniéramos a la ciudad.

—Taiyo-san —Reika *ojou-san* parpadeó hacia él—. ¿Fue usted? ¿Por qué?

—Deseaba discutir algunos asuntos relacionados con lo que vimos en el Sendero de las Sombras —dijo Daisuke-san—, y Okame-san tuvo la amabilidad de escuchar. No queríamos que nos oyeran en el castillo, así que decidimos venir aquí.

—No cargues con la culpa por mí, pavorreal —gruñó Okame-san—, no necesito tu compasión. También podrías decir la verdad, que mi objetivo de esta noche era embriagarme y temías que terminara bocabajo en alguna alcantarilla —su tono se volvió hosco—. Francamente, ni siquiera sé por qué te molestaste en venir.

Daisuke-san parpadeó.

—En ningún momento fue por lástima, Okame-san —respondió en voz baja—. Vine contigo porque disfruto de tu compañía, nada más. Independientemente... —se volvió hacia la *miko*— ¿tal vez podamos discutir nuestros planes de regreso en el castillo? Parece que nos hemos ganado un enemigo poderoso entre el Clan de la Sombra, y permanecer en un callejón oscuro cuando hay asesinos acechantes no es el curso de acción más sabio.

—Con eso puedo estar de acuerdo —Reika *ojou-san* asintió con una última mirada hacia mí—. Vámonos rápido, antes de que suceda algo más. Esperemos que cuando regresemos, el Clan de la Sombra no cuestione *cómo* escapó Yumeko del castillo sin ser vista, pero nada hay que podamos hacer al respecto ahora.

Cuando nos movimos para salir del callejón, algo me hizo detenerme. Me giré para echar un vistazo por encima del hombro y descubrí a la gata negra sentada encima de la cerca, observándonos partir con brillantes ojos verdes, con sus dos colas gemelas detrás de ella. Sonreí y le ofrecí una pequeña reverencia. Cuando miré de nuevo, la *neko* ya no estaba.

11

EL CASTILLO DE LOS DEMONIOS

HAKAIMONO

Docenas de ojos me observaron mientras avanzaba por el patio del castillo de Onikage y los susurros me siguieron a través de las piedras.

—¿Genno-sama ha convocado a un nuevo demonio?

—¿Quién es? No se parece a ningún *oni* que haya visto antes.

—Espera. ¿Ése es... Hakaimono-sama?

Los *yokai* y unos pocos demonios menores me miraban fijamente desde los rincones y las sombras del patio. Los *amanjaku*, que ocupaban el nivel más bajo en la jerarquía demoniaca, se escurrían entre las grietas y los recovecos, mientras sus enormes ojos amarillos se asomaban. De todas las criaturas aquí, ellos al menos sabían quién era yo. El resto, o los que yo alcanzaba a ver, eran todos monstruosos *yokai*, desde la abultada *jorogumo* que se encontraba agachada sobre el techo del castillo, con sus ocho largas patas dobladas contra su tórax, hasta el *kappa* que me miraba desde el estanque rancio y el trío de *nezumi* que estaban acurrucadas entre los restos de una carreta destrozada y me miraban con ojos de roedor. Eran cautelosos, curiosos u hostiles, pero sólo unos pocos se mostraban abiertamente temerosos. Sonreí sombríamente. Eso cambiaría después de que hablara con Genno. Cuando terminara con el mago de sangre, regresaría y le recordaría a cualquiera que lo hubiera olvidado quién era el Primer *Oni* y por qué se le temía.

También podía sentir a Tatsumi en mi interior, observando a los demonios y a los *yokai* con cautela. Ciertamente, pasear con aire despreocupado por un castillo lleno de criaturas que querían matarlo hacía que hasta el asesino de demonios se pusiera nervioso. Sin mencionar al Maestro de los Demonios, quien todavía nos esperaba en la cima de la fortaleza.

Las brujas me llevaron al otro lado del patio y luego por un tramo de la escalera de piedra hasta la entrada del castillo. Una humana se encontraba parada frente a las puertas dobles, esperándonos. Su arrogante postura hizo que me erizara. Las túnicas de la humana eran elegantes: negras con hilos carmesí adornando las mangas como seda de araña, aunque la mujer apenas las llenaba. Era alta y delgada, casi escuálida, con extremidades alargadas y un rostro demacrado y estrecho. La piel pálida se aferraba fuertemente a sus huesos, lo que le daba un aspecto esquelético, y sus ojos se habían vuelto de un amarillo sutil. Una maga de sangre, tanto Tatsumi como yo nos dimos cuenta; una que había estado practicando su arte largo tiempo, cuya alma y energía habían sido sustraídas por *Jigoku* hasta convertirla en algo no por completo humano. Calculé otro año, dos a lo sumo, antes de que la mancha que cubría su cuerpo la consumiera, y se convirtiera en un demonio más.

—El Maestro está esperando al *oni* —dijo la maga de sangre con aspereza y me miró con sus ojos amarillos—. Debo llevarlo ante Genno-sama, una vez que la atadura se lleve a cabo.

Arqueé una ceja. Una atadura era el intento de un humano de controlar a la criatura que había convocado, un demonio por lo general, de manera que ésta obedeciera sus órdenes. También impedía que el demonio se revelara y dañara al taumaturgo, lo cual constituía una preocupación juiciosa al trabajar con los habitantes de *Jigoku*. Sin embargo, Genno era lo suficientemente inteligente para darse cuenta de que los señores *oni* eran demasiado poderosos para ser atados y que incluso el sólo hecho de sugerirlo podría ser tomado como un insulto.

O él me estaba probando, o esta patética excusa de humana no tenía idea de con qué estaba lidiando.

Las brujas, al menos, parecían tan enfurecidas como aterrorizadas.

—¿Una... una atadura? —exclamó la verde—. ¡No seas ridícula, mortal! ¿Sabes quién es con quien hablas?

—No —respondió la maga de sangre—. Yo veo a un *oni*. Uno muy pequeño, uno que de alguna manera se ha reducido al tamaño del hombre. O es eso, o es un mestizo humano. Aun así, las reglas son claras. Los demonios que entran en el castillo deben ser atados, independientemente de quiénes o qué sean. Si no lo aprueban, presenten su queja. Pero esta criatura se someterá a la atadura antes de que se le permita estar en presencia del Maestro. No es necesario que se molesten en ayudarme —dijo a las brujas—. Mi aquelarre de sangre supervisará el ritual.

—¿En serio? —sonreí, mostrando todos mis colmillos—. ¿Y quién podrías ser tú, humana?

—Soy la dama Sunako, la bruja mayor del aquelarre de sangre del gran Genno, Maestro de todos los Demonios, y quien te atará a su voluntad, engendro. Es por el Maestro que estoy yo aquí, y es por su voluntad que se te ha permitido verlo —la bruja levantó su mano con un *tanto* apretado entre sus dedos huesudos, y apuntó el cuchillo hacia mí—. Te someterás a la atadura o no pondrás un pie más allá de esta sala. Si te resistes, mi aquelarre te hará desear haber permanecido en *Jigoku*. ¿Está claro?

Las brujas se hincharon de furia, erizándose y abriendo la boca para discutir, pero yo levanté una garra.

—Perfectamente claro —dije, todavía sonriendo—. Realiza entonces el ritual, humana. Ustedes tres —dije a las hermanas—, asegúrense de que no seamos interrumpidos. Monten guardia en la escalera y no interfieran.

Las brujas miraron a la bruja de sangre como si estuvieran considerando hundir sus garras en su pálida carne y arrancarla de sus huesos. Pero inclinaron sus cabezas hacia mí y se alejaron, rondando en la parte superior de la escalera.

Me volví hacia la bruja y levanté los brazos.

—Bueno, estoy a tu merced, supongo. Terminemos con esto.

Ella asintió enérgicamente y me indicó que entrara. Atravesé las puertas hacia una sala vasta y sombría, con columnas de piedra negra que avanzaban por el centro y cubrían las paredes. A diferencia de la mayoría de los castillos humanos, el interior de Onikage era austero, carecía de ornamentación y, después de varias décadas de abandono, lucía bastante sucio. El piso de madera se había deformado y estaba en franca descomposición, la vegetación crecía a través de las paredes y las telarañas colgaban de todos los rincones. A pesar de la inmundicia y la horda de monstruos que vagaban por el exterior, casi una docena de humanas, todas hembras en diversas etapas de corrupción, formaban un semicírculo suelto en el centro de la sala. Sus ojos vacíos, en demacrados y amarillos rostros, me observaron mientras avanzaba hacia el centro de la sala.

—No hay círculo de invocación —señalé, lanzando una mirada al piso desnudo a mis pies.

La bruja mayor me miró. La desconfianza y el desagrado eran evidentes en su rostro estrecho.

—Veo que no eres ajeno a las ataduras, *oni* —dijo con aspereza—. Es verdad, no hay un círculo de invocación, ni conjuros tallados para retenerte aquí. Tal vez eso sería vital para una novata que invoca a su primer *amanjaku*, pero mi aquelarre no es ajeno a los demonios, y yo he estado danzando en *Jigoku* durante décadas. Mi magia de sangre sólo es superada por la del Maestro.

—Ah, mi error. Continúa.

Frunciendo los labios, la dama Sunako levantó un brazo y su manga cayó hacia atrás, revelando una extremidad quebradiza que parecía un palo y estaba cubierta de cicatrices.

—No intentes algo tonto, demonio —advirtió, colocando el filo del cuchillo contra su antebrazo—. No soy una dama frágil que languidezca y se desmaye ante la sola mención de monstruos. Llevo medio siglo guiando el aquelarre de sangre de Genno-sama. No soy alguien que pueda ser engañada, y harías bien en recordar eso.

—Ni siquiera lo pensaría —dije, y levanté ambos brazos—. No hay engaño de mi parte, mortales. Tienes mi palabra. No me moveré hasta que hayas terminado.

Entrecerró los ojos, pero pasó la hoja por su antebrazo y se hizo una herida en su carne de papel. La sangre rezumó y corrió por su piel, aunque mucho más lentamente que un corte normal, como si la bruja ya hubiera usado la mayor parte de la sangre de su cuerpo. Cuando comenzó a gotear, la bruja bajó la daga y atrapó el fino hilo en la hoja de su cuchillo. A medida que más sangre iba cubriendo el acero, volviéndolo rojo y brillante, ella y las otras brujas comenzaron a cantar en voz baja y grave, palabras de poder oscuro, alimentadas por la energía de *Jigoku*.

Sin dejar de cantar, Sunako levantó el cuchillo y arrojó la sangre hacia mí. El fluido formó un arco en el aire, ardió en rojo y se convirtió en brillantes cadenas que se envolvieron alrededor de mis brazos y mi pecho. Por un momento, ardieron como metal fundido, chisporroteando contra mi piel, aunque no desprendieron humo ni olor a carne quemada. Luego los enlaces parecieron fundirse en mi cuerpo, se desvanecieron en la piel y el músculo, y el canto llegó a su fin.

Respiré hondo, probando la fuerza del hechizo de la bruja, y sonreí placenteramente.

—¿Terminamos? —pregunté—. ¿Ahora cuento con permiso para moverme por el castillo?

Sunako resopló y dio un paso atrás.

—Eres libre de entrar —dijo con voz áspera—. Aunque debo advertirte que, mientras estés dentro de estos muros, esa atadura evitará que hagas daño a cualquier mortal, ya sea bruja de sangre, sirviente o esclavo. Así que compórtate mientras te encuentres aquí, demonio. No nos gustaría tener que enviarte de regreso a *Jigoku*.

Reí entre dientes y di un paso adelante.

—En verdad no tienes idea de quién soy, ¿cierto? —pregunté, y sujeté a la bruja por la garganta.

Las cadenas se encendieron al instante y abrasaron mi carne como antes, con un dolor exasperante mientras intentaban arrastrarme al suelo, para obligarme a arrodillarme o postrarme a los pies de la bruja.

Levanté a la mortal del suelo y observé sus ojos abultados y su boca jadeando por aire mientras arañaba mis dedos.

—¿Qué falló, mortal? —pregunté, mientras el resto de las mujeres del aquelarre se quedaban boquiabiertas y me miraban fijamente—. Pensé que tu atadura evitaría estas inconveniencias.

—¡Suéltala! —gritó una de las brujas, levantando una mano ensangrentada. Sonreí y moví mi brazo hacia ella, poniendo el cuerpo de la bruja entre nosotros.

—Adelante, lanza uno de tus hechizos —la desafié—. Pero asegúrate de matarme en el primer intento porque, de lo contrario, arrastraré a esta mortal a Jigoku conmigo.

—¿Quién... eres? —preguntó la bruja mayor con voz ahogada. Su otra mano, la que no estaba alrededor de la mía, se movió rápidamente y sus dedos sangrantes se torcieron mientras intentaba lanzar otro hechizo.

Sonreí.

—Bueno, eso es algo que deberías haber preguntado antes de comenzar con todo esto —dije—. Si lo hubieras hecho, habrías sabido que atar a Hakaimono el Destructor es un esfuerzo inútil. Muchos antes que tú lo han intentado y han fracasado. Yo no me inclino ante nadie.

Las cadenas que apretaban mis brazos, mi pecho, mis piernas y mi cuello se estaban volviendo intolerables. Sentía como si todo mi cuerpo estuviera en llamas, pero a pesar de que la sensación era desagradable dado que la carne humana no reacciona a las quemaduras tan bien como la de un *oni*, la presión de las cadenas era lo más molesto. Continuaron apretando y tirando, tratando de obligarme a caer, y mi furia se encendió.

—Si hubieras preguntado quién era —continué, lanzando una mirada al círculo que nos rodeaba—. Habrías descubierto que, si bien ningún humano puede atarme a su voluntad, encuentro cada intento extremadamente irritante, y cada mortal que lo ha intentado ha vivido lo suficiente para arrepentirse de lo que ha hecho, antes de que le arranque la cabeza del cuello y esparza sus entrañas sobre su propio círculo de invocación.

La bruja mayor levantó un brazo y sus dedos brillaron rojos de poder, antes de que se alargaran en garras negras de obsidiana. Con un grito desesperado, apuñaló mi rostro.

Detuve su muñeca antes de que las puntiagudas garras negras se hundieran en mis ojos. Con un gruñido, arranqué el brazo de su cuerpo y un chorro de sangre nos bañó en medio de tendones desgarrados. La bruja gritó, un lamento enloquecido, agonizante. Su voz resonó en las vigas e hizo eco a través del vestíbulo de entrada. Dejé caer la extremidad al suelo de madera, pasé mis garras a través de su cintura para sostener su columna y entonces partí en dos a la insolente mortal.

La sangre voló en todas direcciones, salpicó mi rostro y formó charcos en el piso. El grito de la bruja se detuvo en un gorgoteo, y las cadenas brillantes que rodeaban mi cuerpo se encendieron una vez más y se desvanecieron enseguida, llevándose el dolor en mi carne con ellas.

Detrás de mí, algo cacareaba de júbilo. Me volví, todavía sosteniendo las dos mitades de la humana, para encontrarme con una docena de rostros que me miraban a través de las puertas abiertas de la cámara. Las hermanas brujas estaban paradas en el marco de madera, con sonrisas dentudas que se extendían de oreja a oreja. Una multitud de *yokai* se había congregado detrás de ellas, obviamente atraídos por los sonidos de la violencia, los gritos y el olor a sangre. Sus ojos eran enormes y temerosos mientras me observaban por encima de las brujas, y sus miradas se deslizaban hacia la desmembrada bruja de sangre en mis garras. El resto de las brujas del aquelarre parecían estar congeladas por el horror aturdido. Dejé caer las mitades ensangrentadas a mis pies —cayeron con un golpe húmedo sobre los tablones— y sonreí a mi audiencia sobre el cuerpo destrozado de la dama Sunako.

—Mi nombre es Hakaimono —dije, levantando una garra cubierta de sangre hasta el codo—. Si alguien quisiera desafiarme, por favor, dé un paso al frente ahora mismo. Si alguien quisiera intentar otra atadura —continué, mirando a las brujas del aquelarre, quienes se estremecieron horrorizadas—, las invito a que lo intenten de nuevo. Pero debo hacer una advertencia justa: esta vez no me quedaré quieto. Cualquiera que quiera mi cabeza es bienvenido a intentar reclamarla. No me importa si viene uno solo o varios a la vez. Pero deben saber que si lo hacen, teñiré las paredes con su sangre y romperé los huesos de todas las criaturas vivientes en este castillo antes de que haya terminado. Ésta es su única oportunidad de decidir si son aliados o enemigos —entrecerré los ojos y miré alrededor del salón—. Elijan sabiamente.

Al principio, nadie se movió. Los *yokai* se quedaron inmóviles. Las brujas del aquelarre ni siquiera parecían respirar, paradas como estatuas congeladas en un círculo.

Las hermanas brujas fueron las primeras en dar un paso al frente.

—Hakaimono-sama —la hermana roja se arrodilló y tocó el suelo con su frente. Las otras dos siguieron su ejemplo.

Uno por uno, el resto de los *yokai* las imitaron, cayendo de rodillas o inclinando sus cabezas en un gesto de silencioso respeto. La *jorogumo*, los *nezumi* e incluso el *kappa* solitario, quien se inclinó lo mejor que pudo sin derramar el agua del recipiente en su cabeza. Las humanas, por supuesto, fueron las últimas en moverse, paradas inmóviles en su círculo, quizá demasiado arrogantes para inclinar sus cabezas ante un demonio, una criatura que estaban acostumbradas a controlar. Me volví hacia ellas y descubrí mis colmillos en una sonrisa.

—Ya saben lo que se dice —dije, encontrándome con sus miradas llanas y pétreas—. La relación entre un demonio y un mortal sólo puede ser de amo y sirviente. No hay lugar para la conciliación. Si ustedes desean ser las amas, será mejor que me pongan una atadura en este momento, de lo contrario nuestra relación podría parecerme confusa, y no me gusta estar confundido. Entonces, ¿cuál es, de amas o de doncellas? Tienen cinco segundos para decidir. Cuatro. Tres. Dos...

Las humanas palidecieron. Moviéndose rígidamente, inclinaron sus torsos y, como una sola, bajaron sus cabezas en silencio. Sonreí triunfante y levanté la voz.

—Que sea conocido por todos —dije en el silencio que había caído sobre la cámara—. Hakaimono el Destructor ha regresado. Todos los que estén con él vivirán para ver la gloria, pero cualquiera que se interponga en su camino será purgado tan completamente de la existencia que nadie recordará su nombre siquiera.

—¡Hakaimono!

Un trueno atravesó la cámara, causando que el suelo temblara y las luces de la sala echaran chispas y se apagaran enseguida.

Una fantasmal luz azul llenó la sala, y la forma espectral de Genno apareció, flotando sobre la multitud. Su cabello y sus ropas se hinchaban detrás de él, y no parecía complacido.

Los *yokai* se encogieron aún más, tratando de presionarse contra el suelo, y el círculo de humanas se postró al instante en el suelo. El espectral Maestro de los Demonios fulminó con la mirada a la multitud que se encogía de miedo, luego me miró con sus ojos negros y ardientes.

—*Gran Hakaimono* —dijo el fantasma con una voz de furia controlada. Sentí que estaba más enojado por la reacción de su ejército ante mi presencia que por la muerte de la bruja humana—. *Mis disculpas por hacerte esperar. Por favor, ven a mis aposentos. Creo que tenemos mucho que discutir.*

No hubo más interrupciones en el camino a la torre de Genno. Seguí a un trío de alegres hermanas brujas a través de los oscuros y sombríos pasillos de un castillo casi vacío, hasta que llegamos a la luz de una escalera de madera que subía en espiral hasta la torre más alta.

—Nosotras no podemos llegar más lejos a menos que seamos llamadas —explicó la bruja verde—. Los aposentos personales de Genno-sama están en la parte superior de esta escalera.

Se inclinaron una vez más y desaparecieron, dejándome solo para mi encuentro con el Maestro de los Demonios.

Mientras avanzaba hacia la torre más alta, mis instintos se erizaron. Un par de figuras descansaban en los peldaños a la mitad de la escalera, bloqueando el camino. Eran jóvenes, bonitas y casi idénticas: hermanas gemelas con piel pálida y brillante cabello oscuro trenzado. Llevaban ropa negra ajustada que recordaba los uniformes preferidos de los *shinobi* de los Kage, y sus ojos eran brillantes orbes negros en sus caras pálidas. Una cadena de púas, letal y perversamente afilada, se envolvía alrededor de cada una de sus cinturas, pero sus armas más perversas yacían a sus espaldas, al final de sus largas trenzas oscilantes, donde una cola de escorpión de púas yacía enroscada y oculta entre los mechones.

Las gemelas Sasori, un par de infames escorpiones *yokai*, sonrieron y me saludaron desde su lugar en la escalera. En el pasado, las hermanas habían ofrecido sus servicios a los magos de sangre, a los monstruosos *yokai* e incluso a humanos despiadados, actuando como guardaespaldas y asesinas para quienes pudieran pagarles. En ocasiones, sus caminos se habían cruzado con los asesinos de demonios de los Kage, pero las hermanas eran duras, hábiles y extremadamente protectoras entre sí. Las había visto matar a un asesino de demonios, sólo para casi ser eliminadas por otro unas décadas más tarde. El mago de sangre al que habían estado sirviendo en ese momento había sido destruido, pero las gemelas escaparon y desaparecieron por un tiempo. Como era de esperar, habían encontrado su camino hasta aquí, el castillo de Genno. Las gemelas Sasori vivían para la matanza y el derramamiento de sangre, y el Maestro de los Demonios se los proporcionaría a manos llenas.

—¡Hakaimono-sama! —dijo una de las hermanas con voz brillante y aguda—. ¿En verdad es usted? ¿Ha venido para unirse al divertido levantamiento del Maestro?

Sonreí.

—Quizá. Depende de lo que su maestro y yo podamos acordar.

—Oh, espero que Hakaimono-sama pueda unirse a nosotros —añadió la otra gemela, con voz melancólica—. Me encantaría verlo en el campo de batalla. Hemos escuchado sus historias de masacre, de ejércitos enteros. Sería un honor pelear y matar al lado del Primer *Oni* de *Jigoku*.

—Sí, bueno, para eso, primero tendré que reunirme con Genno. Y el camino a sus cámaras parece estar bloqueado.

Las gemelas soltaron una risita. Como si fueran una, brincaron, las trenzas de escorpión se balancearon detrás de ellas, e hicieron una rápida reverencia.

—Bienvenido al castillo de Onikage, Hakaimono-sama —recitaron, como si hubieran practicado para este momento—. Estamos ansiosas por trabajar con usted.

Saltaron de la escalera y se oyó un golpe seco cuando aterrizaron en el suelo, luego echaron a correr, entre risas, mientras las mortales trenzas se mecían rítmicamente a sus espaldas. Sus voces agudas resonaron en el pasillo, luego se desvanecieron en el silencio.

Sacudí la cabeza. Con el camino finalmente despejado, subí la escalera hasta la parte superior de la torre y entré sin esperar llamado.

Estaba vacía. O eso parecía. La habitación era pequeña y cuadrada, con ventanas estrechas y una abertura que conducía a un balcón exterior. A través de las puertas abiertas del balcón, una enfermiza luna anaranjada se asomaba a través de las nubes como un abultado ojo malévolo.

En el centro de la habitación se elevaba un pedestal de piedra negra sin vigilancia. Una tela de seda roja cubría la parte superior y un cráneo desnudo y sonriente se encontraba sobre ésta, brillando con un poder sutil, casi desafiando a cualquiera a que lo tomara una vez que hubiera cruzado la puerta. Resoplé y crucé los brazos, casi divertido con la tentación descaradamente obvia.

—*Hakaimono*.

Las cuencas de los ojos vacías destellaron cobrando vida, y llamas purpúreas brillantes estallaron para engullir el cráneo, bañando la habitación en un fulgor oscuro. Una neblina fantasmal emergió de la boca del cráneo y se elevó flotando para solidificarse en la forma espectral del Maestro de los Demonios, quien todavía no parecía complacido mientras me miraba.

—Esa exhibición en la sala principal era completamente innecesaria, Hakaimono —dijo el mago de sangre, cruzando los brazos incorpóreos sobre su pecho—. Si yo fuera un hombre receloso, pensaría que estabas intentando dar un golpe de mando.

—No juegues conmigo, mortal —me burlé—. Tú planeaste toda la escena, sólo para ver qué tan fuerte soy en realidad. Enviar a tus mascotas brujas para atar a un general oni fue una apuesta calculada: sabías que fracasarían, a menos que me hubiera debilitado de manera considerable al estar atrapado en un cuerpo humano. Y si ése hubiera sido el caso, entonces tú mismo habrías llevado a cabo el ritual de atadura y me habrías convertido en tu sirviente como con todos los demás demonios —me encogí de hombros—. Una estratagema tristemente obvio. De la misma manera que este espectáculo de humo y luz que estás desplegando ahora. El cráneo sobre el pedestal no es tuyo. Ningún mago de sangre inteligente dejaría algo tan valioso a la vista. Es un señuelo, en caso de que alguno de tus ambiciosos súbditos tuviera el repentino deseo de traicionarte. Estoy seguro de que el verdadero cráneo está oculto y a salvo, lejos de miradas indiscretas. Quizás está siendo custodiado por tu medio demonio mascota en la esquina de allí. Dile que puede relajarse, no voy a robar los candelabros.

El fantasma del Maestro de los Demonios gruñó.

—Aka —llamó, y la criatura que había estado acechando en el balcón entró en la habitación. Al igual que las gemelas Sasori, parecía casi humano; los únicos indicios de que era algo anormal eran los cuernos, las orejas puntiagudas y la salvaje melena carmesí que caía por su espalda.

Mis instintos se erizaron y sentí una extraña punzada de familiaridad, de reconocimiento. Aka el Rojo, un medio demonio cuya fama subía rápidamente en el escalafón de monstruos y humanos por igual, se encontró con mi mirada con brillantes ojos carmesí que no expresaban emoción alguna. Sus orígenes eran un misterio, pero de acuerdo con el rumor del Clan de la Sombra, hacía diez años, un niño con ardiente cabello rojo había sido descubierto en el centro de un pueblo masacrado, cubierto de sangre, lamiéndola de sus manos. Nadie sabía cómo había sobrevivido solo. Algunos relatos afirmaban que había sido encontrado y criado por brujas de las montañas, otros que era la abominación impía de una mujer y un *oni*. En los últimos años, una figura demoniaca con cabello rojo había comenzado a aparecer en todo Iwagoto, siempre en los lugares donde se habían cometido asesinatos brutales, pero nadie, ni siquiera los Kage, sabían mucho sobre él.

Y ahora, al igual que las gemelas Sasori, había sido atraído aquí, al lado de Genno, tal vez con promesas de sangre y destrucción. Él era, me di cuenta, el elemento más peligroso en el ejército de Genno, y por eso estaba aquí, en las habitaciones personales del Maestro de los Demonios. Un último recurso contra aquéllos tan ilusos para desafiarlo.

Hacía que sintiera un escozor en mis garras por el deseo de partirlo por la mitad, sólo para demostrar quién era el demonio más fuerte del reino. Pero matar a la mascota favorita de Genno no me acercaría a mis objetivos, así que me abstuve.

—Ustedes, los mortales, son tan predecibles —sacudí la cabeza ante la mirada tajante de Genno—. Pero es exactamente lo que yo haría en la misma situación, así que no puedo culparte por intentarlo. Sin embargo... —le dirigí mi sonrisa llena de dientes, con todos los colmillos descubiertos— espero que hayas entendido que reclutar por la fuerza a un general *oni* no es buena idea. No soy un sirviente, ante ningún maestro me inclino y jamás me controlará un mortal. Vine aquí ofreciendo una asociación igualitaria, nada menos. Si no puedes aceptarlo, con gusto me despediré, llevando esta oferta de amistad conmigo, así como muchas de las cabezas de tu ejército.

Aka, el medio demonio, permaneció inmóvil en su esquina, pero pude ver una leve sonrisa en su rostro brutal, como si me encontrara divertido. Lo ignoré, aunque una parte de mí casi esperaba que intentara algo y me diera una excusa para teñir las paredes con sangre. Podía sentir que el medio demonio no caería fácilmente, que una batalla contra él sería en extremo desagradable, lo cual sólo me incitaba más.

—No hay necesidad de ser desagradable, Hakaimono —Genno se desplazó hacia abajo y flotó a escasos centímetros del suelo—. Ciertamente, una asociación mutua nos beneficiaría en gran medida. Pero no soy tonto. Tú no viniste aquí para unirte a mi causa. Al Hakaimono que recuerdo nada le importaba nuestra visión del Imperio. Sólo se deleitaba con la idea de erradicar al Clan de la Sombra. Tomar venganza sobre los Kage siempre ha sido tu deseo, así que ¿por qué estás aquí ahora? Ah… —el fantasma del Maestro de los Demonios asintió lentamente y una sonrisa curvó sus labios transparentes— quieres algo de mí. Algo que sólo el mejor mago de sangre en el Imperio podría conceder. Quieres hacer un trato.

—Quiero algo —admití—, no lo negaré. Pero a cambio estoy ofreciendo algo igual de valioso.

—Intrigante —el espectro flotó hacia atrás unos cuantos pasos y me dedicó una mirada evaluadora. Sus largos dedos de araña se doblaron bajo su barbilla puntiaguda—. ¿Y qué te hace pensar que aceptaré? Sabes lo que se dice sobre hacer tratos con demonios.

—Más o menos lo mismo que de hacer tratos con magos de sangre —me encogí de hombros—. En ambos casos, puedes perder tu alma, pero eso ya no sería un gran problema para ti, ¿cierto?

—Bien dicho —Genno agitó una manga ondulante—. Muy bien, entonces. Siento curiosidad. Digamos que consideraré tu oferta. ¿Qué querría de mí el gran Hakaimono el Destructor, Primer *Oni* de *Jigoku*? —levantó la mano—. Teniendo en cuenta que no soy del todo el mago que alguna vez fui. Sin un cuerpo, mis poderes son... algo limitados.

—Sí —dije—. Estoy muy consciente de ello. Y ésa es la razón por la que creo que te gustará lo que estás a punto de escuchar —tomé a Kamigoroshi por la funda, la saqué de mi *obi* y se la tendí al fantasma—. ¿Sabes qué es esto?

—Por supuesto —respondió Genno—. Todos hemos oído hablar de la espada maldita, la Asesina de Dioses, la espada que atrapó el espíritu de un general *oni*. El nombre Kamigoroshi es una maldición entre *kami* y *yokai* por igual. Que un *oni* la controle ahora es muy preocupante para el Clan de la Sombra —su mirada pálida se clavó en la espada en mi mano y reprimí una sonrisa. Incluso Genno, el Maestro de los Demonios, temía a la espada que podía matar fantasmas y espíritus. Nadie, ni siquiera el Clan de la Sombra, podía decir con certeza qué había sucedido con los pocos *yurei* que Kamigoroshi había destruido en el pasado. La noción de que un alma podría desparecer, de que podría dejar de existir sin ninguna esperanza de trascender o renacer, era tan horrorosa para los mortales que a los asesinos de demonios de los Kage se les había prohibido cortar *yurei* a menos que sus propias vidas estuvieran en peligro.

Yo, por supuesto, no tenía tal preocupación.

—De manera que sí, lo sé —concluyó Genno. Su cabello se onduló detrás de él mientras me miraba. Sentí que permanecía deliberadamente en un sitio, en lugar de retroceder para poner más distancia entre nosotros. No quería darme la impresión de que tenía miedo—. Soy consciente de Kamigoroshi y de lo que es capaz de hacer. Espero que esto no haya sido una amenaza sutil, Hakaimono. ¿Por qué esgrimir la Asesina de Dioses si no planeas usarla?

—Porque... —respondí y estrellé la funda en el pedestal. El golpe resonó en las paredes— quiero destruirla —gruñí—. Quiero que se elimine la maldición, de modo que la próxima vez que una flecha perdida alcance el corazón de este lamentable cuerpo mortal, yo no sea absorbido de regreso a Kamigoroshi por otros cuatro siglos. No quiero volver a perder la cabeza mientras estoy atrapado en esa espada miserable, sin nada por hacer, sólo observando cómo un insignificante mortal usa mi poder para eliminar *yokai*. Quiero liberarme de eso para que, cuando este cuerpo muera, pueda yo por fin renacer del pozo de *Jigoku*, como el resto de mi estirpe.

En lo profundo de mí, se sintió un destello de ira y horror: la reacción de Tatsumi ante el plan para destruir a Kamigoroshi de una vez por todas. Él siempre lo había sabido, por supuesto. Compartir un cuerpo y una mente hacía imposible mantener algo oculto el uno del otro por mucho tiempo. Él conocía mis pensamientos más oscuros, de la misma manera que yo conocía los suyos. Pero negociar con el Maestro de los Demonios, dar fin a la maldición de Kamigoroshi y liberar a mi espíritu de una vez por todas... ésa era la más grande pesadilla de todos los Kage.

—Destruir a Kamigoroshi —Genno no parecía sorprendido—. Terminar la maldición y liberarte. ¿Eso es lo que tú pedirías?

—Sí —mostré mis colmillos—. La espada no puede ser destruida por medios normales. Los humanos, los demonios y los *yokai* lo han intentado. La hoja se ha partido, se ha abollado, se ha roto, se ha arrojado al mar. Ha sido sumergida en el fuego, enterrada en la tierra y dejada en el hielo sobre la cima del pico más alto en Iwagoto. Y, sin embargo, siempre reaparece, entera e ilesa, dentro del santuario sagrado de los Kage. La única forma de destruir la espada es romper la maldición que está ligada a ella, la que une mi espíritu a la espada y mantiene este yugo en el reino mortal.

—¿Y qué te hace pensar que yo soy capaz de semejante hazaña? —preguntó Genno levantando sus palmas abiertas, con las mangas ondeando detrás de él—. ¿O que querría anular una maldición tan poderosa? Tengo la costumbre de atar a los demonios a mi voluntad, no de liberarlos.

—Ésa es justo la razón por la que creo que puedes hacerlo —dije—. Sabes más sobre atar y sellar demonios que nadie en la historia del Imperio. Estudiaste el conocimiento prohibido de maldiciones, sellos y magia oscura, y fuiste el mago de sangre más poderoso que este mundo haya visto. Ésta es el área donde tienes más experiencia —crucé los brazos—. En cuanto a por qué aceptarías ayudarme, todavía no has escuchado qué ofrezco a cambio.

—¿Oh? —el Maestro de los Demonios ladeó la cabeza—. Entonces dime, demonio, ¿tú qué tienes que ofrecer? Si deseas unirte a mi ejército y ayudarnos a destruir el Imperio humano, me temo que no será suficiente. Con mucho gusto te daré la bienvenida a nuestras filas, y ciertamente el gran Hakaimono sería un aliado poderoso pero, como puedes ver, tengo un ejército, uno que está creciendo día a día. La intervención de un solo *oni*, si bien es de gran ayuda, no será crucial ni necesaria.

—Eres un tonto si piensas así —dije con calma, haciendo que frunciera el ceño—. Tu ejército ya me responde: ellos saben quién soy y de qué soy capaz. Y si crees que esa turba no necesita un general fuerte para que los conduzca en la batalla, nada has aprendido en los últimos cuatrocientos años. Los demonios responden a la fuerza, y los yokai caerán en el caos si no son controlados. Si la mayoría de tu ejército descubre la mísera fracción del poder que alguna vez tuviste, ¿cuánto tiempo crees que durará tu control sobre ellos?

"Por suerte para ti —continué, mientras el ceño del mago de sangre se oscurecía—, no tengo interés en derrocar al Imperio o convertirme en Emperador. Sólo quiero una cosa: estar libre de esta espada maldita para poder vengarme del Clan de la Sombra. Y tú vas a ayudarme a lograrlo.

—Otra vez... —Genno se cruzó de brazos—. No veo por qué debería hacerlo.

Le dirigí una amplia sonrisa dentada, dejando al descubierto todos mis colmillos.

—Porque puedo darte lo que necesitas, mortal. La única cosa que se interpone entre tú y el Imperio. El objeto que garantizará tu glorioso retorno —hice una pausa, sólo para atraerlo más antes de cerrar la trampa—. Yo puedo darte el pergamino del Dragón.

Hubo un largo momento de silencio, mientras Genno aparentaba reflexionar sobre mis palabras y no verse aturdido. Pude ver el destello del hambre en los ojos del hechicero, aunque hizo un buen trabajo para mantener la calma.

—¿Tú? —preguntó con escepticismo—. ¿Puedes recuperar el pergamino del Dragón?

—Los trozos, en realidad —corregí—. Dos de ellos. Ya tienes uno, supongo.

Genno no se molestó en responder mi pregunta, pero eso me dijo lo que necesitaba saber: el mago de sangre ya tenía un trozo del pergamino del Dragón en su poder. Lo había adivinado, en realidad. El pergamino de las mil oraciones había sido bien escondido por aquellos que decidieron que tal poder no pertenecía a manos mortales, pero Genno era determinado y astuto y, por lo que había visto en su primera rebelión, absolutamente despiadado. Si había decidido convocar al Heraldo, estaría buscando los trozos perdidos sin descanso. Para ser sincero, me sorprendía un poco que sólo hubiera encontrado una pieza hasta ahora.

—Perdóname, Hakaimono —dijo Genno con voz lenta—. Pero he estado intentando juntar los fragmentos del pergamino del Dragón desde que supe de la llegada del Heraldo. Tengo esbirros por todo Iwagoto buscando los trozos que faltan o cualquier indicio de dónde podrían estar. Hemos rastreado el Imperio de rincón a rincón, y aún no hemos encontrado más que uno. *Tuve* una secuaz en la ciudad capital que juraba que podría conseguir otra de las piezas, pero falló. Y la noche del deseo se acerca rápidamente —Genno se volvió y miró a la luna enfermiza, visible fuera del balcón. Su voz se volvió sombría—. El tiempo se acaba —reflexionó sombríamente—. Si los trozos no se reúnen para cuando las estrellas del Dragón se desvanezcan sobre el Imperio, el Deseo se perderá y el Heraldo no volverá a aparecer por un milenio más. No puedo permitir que eso suceda. Si es necesario sacrificaré todo el Imperio a *Jigoku*, pero seré yo quien convoque al Dragón.

Genno dio media vuelta de regreso y se levantó las mangas para que revolotearan en un viento ilusorio.

—Así que imagina mi sorpresa —continuó—, cuando el general *oni* Hakaimono entra a mi castillo, después de siglos de estar atrapado en Kamigoroshi, y anuncia sin reparo que puede traerme lo que todo el Imperio está buscando. Tendrás que disculparme si me resulta bastante difícil de creer.

—Cree lo que quieras —respondí, sabiendo que ahora estaba pendiente de cada una de mis palabras—, pero sé dónde está el pergamino. Ambos trozos, en realidad. Y si aceptas mis condiciones, incluso iré a buscarlos para ti.

Los ojos del otrora humano brillaron. Quería el pergamino, estaba desesperado por tenerlo. Era, como siempre había sabido, lo único que él no podría dejar pasar. Pero Genno no era estúpido: el Maestro de los Demonios conocía los peligros de negociar con *Jigoku* y se mostraba comprensiblemente escéptico.

—¿Lo harías? —preguntó con los ojos entrecerrados—. ¿Y la idea de convocar al Dragón no te interesa? Los trozos finales de la oración para invocar al Heraldo están a tu alcance, ¿y simplemente los entregarías?

Resoplé.

—El Heraldo no responde a los demonios o a los *yokai*, su trato fue con los humanos. Sólo un alma mortal puede llamar al Gran Kami desde el mar.

—Eso es cierto, pero siempre está la posibilidad de que obligues a alguien a que formule el Deseo por ti —razonó Genno—. Y que lo uses para liberarte de Kamigoroshi. ¿No es ése tu mayor deseo, Hakaimono? ¿No buscarías el pergamino sólo para eso?

—No —dije con firmeza—. No tengo interés en el deseo del Dragón, ningún deseo de invocar al Heraldo del Cambio —curvando un labio, sacudí la cabeza—. Ustedes, los humanos, y su constante búsqueda de poder... No hay un solo mortal en el que pueda confiar, alguien que, en el último momento, no usaría el Deseo para sí mismo. Además...

Hice una mueca y miré a Kamigoroshi, todavía recostada en el pedestal.

—Los demonios y los *kami* no somos precisamente amigables unos con otros. No confiaría en el Heraldo para deshacer lo que provocó hace un milenio. De hecho, si ese bastardo escamoso otorgador de deseos se apareciera ante mí ahora mismo, estoy bastante seguro de que tomaría a Kamigoroshi y la clavaría en su escamado trasero de dragón.

No hubo cambio alguno en la expresión del Maestro de los Demonios.

—Me traerías los trozos del pergamino —repitió—, a cambio de romper la maldición sobre Kamigoroshi y permitir que tu espíritu regrese a *Jigoku*. ¿Ésa es tu oferta?

Asentí.

—Yo mismo no podría haberlo dicho mejor.

Los pálidos labios de Genno se adelgazaron.

—Muy bien —murmuró—. Si eso es lo que se necesita, entonces tienes un trato, Hakaimono. Pero me temo que necesitaré que me traigas el pergamino antes de intentar romper la maldición —levantó los brazos transparentes para que la luz de la luna se filtrara a través de sus mangas—. Como puedes ver, no estoy en posesión de todo mi poder. Después de que el Dragón sea convocado y obtenga un cuerpo nuevo, con gusto honraré tu petición.

—Lo imaginaba —tomé a Kamigoroshi y la metí en mi *obi* de nuevo—. No te preocupes, no soy una traicionera bruja de sangre que necesite enviar esbirros para que hagan el trabajo sucio por ella. Tendrás el pergamino completo antes de la noche del Deseo, te lo aseguro.

—Por curiosidad —musitó Genno mientras daba un paso atrás—, ¿cómo sabes dónde encontrar el pergamino, Hakaimono? Mi secuaz Satomi me informó que sabía dónde estaba un trozo y afirmó que estaba cerca de adquirirlo. Pero ahora parece que ella está muerta, y el rastro se perdió. ¿Cómo es que sabes dónde están ubicados los dos últimos trozos?

Sonreí.

—Jigoku es eterno, Maestro de los Demonios —dije—. Soy más viejo de lo que puedes imaginar, y mi memoria es muy larga. Los Kage han tenido una larga historia con el pergamino del Dragón: el segundo deseo fue pronunciado por Kage Hanako, más conocida hoy como la dama Hanshou, quien deseó la inmortalidad y gobernar al Clan de la Sombra por siempre. Ella consiguió su deseo, aunque no de la manera que esperaba. Como resultado, la vida eterna no es lo mismo que la eterna juventud.

Hubo un leve crujido del alma en mi interior: la curiosidad de Tatsumi agitada ante esta nueva revelación. Me reí hacia mis adentros, burlándome de su ignorancia. Si sólo supiera la verdad, la profundidad de la obsesión de su *daimyo*.

—Pero incluso antes de los Kage —continué, mirando a Genno—, no soy ajeno a este reino. Ya estaba cerca cuando el Imperio era joven, cuando los demonios y los *yokai* superaban en número a los hombres. Recuerdo los lugares que se han perdido en la historia humana. Y gracias a una ingenua niña zorro, sé dónde encontrar los últimos trozos del pergamino.

—El Templo de la Pluma de Acero —dijo Genno inexpresivamente, revelando que él también sabía dónde se encontraba el pergamino. Tal vez gracias a esa mujer Satomi. Pero no sabía dónde estaba ubicado el templo, porque los irascibles guardianes que vivían allí sabían cuán corta y caprichosa era la memoria humana. Ni siquiera habían necesitado su magia para esconderse: lo único que habían tenido que hacer era no interactuar con el mundo mortal durante unos cuantos cientos de años. Los humanos ya habían olvidado que alguna vez habían existido.

Pero *Jigoku* era eterno. *Jigoku* no olvidaba.

Me limité a sonreír, y Genno frunció el ceño.

—Sabes dónde está el templo —dijo en voz baja.

En el fondo podía sentir la ira de Tatsumi, su desesperación, pero sobre todo, su inquietud y preocupación por una simple campesina que, incluso mientras hablábamos, se dirigía al templo. Cuyo camino seguramente se cruzaría con el mío una vez más.

—Sí —dije, saboreando la desesperación de Tatsumi mientras respondía—. Lo sé.

12

A TRAVÉS DE *YUME NO SEKAI*

Yumeko

—¿La dama Hanshou te pidió que hicieras qué? Habíamos regresado al castillo de Hakumei en las horas más oscuras de la noche. Tan rápido como pudimos sin llamar la atención, nos deslizamos por los pasillos hasta las puertas de la habitación de Maestro Jiro. El viejo sacerdote se encontraba sentado contra la pared más alejada cuando entramos, con su pipa de mango largo lanzando zarcillos de humo al aire y un bastón retorcido descansando sobre sus rodillas. Acurrucado a su lado, Ko se veía como una enorme flor de diente de león y apenas movió una oreja cuando Reika *ojou-san* y Chu nos empujaron a través de las puertas.

—Ah —Maestro Jiro respiró, sacando el extremo de la pipa de su boca—. Los encontraste, Reika-chan. Gracias a los *kami*.

La doncella del santuario no respondió de inmediato. Después de cerrar las puertas, buscó en su *haori* y sacó una familiar hoja de papel blanco, un *ofuda*, uno de los talismanes que le permitían trabajar su magia. En éste se leía "silencio" en tinta negra, y Reika *ojou-san* lo presionó con firmeza contra el marco de la puerta entre los paneles *shoji*. Sentí que una onda de energía emanaba desde la pequeña cinta y se extendía sobre las paredes de la habitación, en una barrera que evitaría que oídos curiosos escucharan nuestra conversación. Cuando la magia se asentó, sentí un pinchazo de satisfacción vengativa. *Ja, intenten espiarnos ahora, Kage entrometidos.*

—No gracias a estos tres —gruñó la *miko*, girándose para fulminarnos con la mirada a mí, a Daisuke-san y a Okame-san—. Ni siquiera mencionaré la estupidez de ciertos individuos que decidieron vagar por la capital del Clan de la Sombra por su cuenta. O de cierta *yokai* mentirosa que me dijo que se quedaría en su habitación y luego se fue a corretear por las calles de Ogi Owari sin pensar en ella misma o en *la cosa tan importante* que lleva consigo.

—Eso no es cierto —argumenté, haciéndola fruncir el ceño—. *Estaba* pensando en la cosa tan importante, por eso me disfracé de ti. Nadie supo que dejé el castillo. Estaba perfectamente a salvo. Bueno, hasta que nos encontraron los asesinos.

Ko levantó la cabeza y gruñó. Maestro Jiro parpadeó.

—¿Asesinos? —repitió. Sacó la pipa de su boca, golpeó el extremo en una servilleta cuadrada y la dejó a un lado—. Me temo que vas a tener que empezar desde el principio, Yumeko-chan.

Así lo hice. Comenzando por mi reunión con la dama Hanshou, y su sorprendente petición de salvar a Tatsumi y liberarlo de Hakaimono. Los ojos de Reika *ojou-san* casi saltaron de su rostro cuando escuchó la petición de la *daimyo*, y ya estaba farfullando antes de que yo terminara la frase, lo que llevó a su pregunta:

—¿Salvar al asesino de demonios de Hakaimono? —continuó la doncella del santuario, respondiendo a su propia pregunta—: ¿Cuando su propio *majutsushi* no puede hacerlo? —hizo un gesto feroz—. ¿Y qué le dijiste?

—Le dije que lo intentaría —hablé en voz baja, haciendo gemir a la *miko*—. Esto nada cambia, Reika *ojou-san*. Iríamos a buscar a Tatsumi de cualquier manera.

—¡Después de llevar el pergamino al templo, Yumeko! El pergamino es más importante...

—¡Sé que es importante! —hice hacia atrás mis orejas y la fulminé con la mirada—. Sé que debo llevar el pergamino al templo y evitar la llegada del Dragón. Pero... no puedo olvidarme de Tatsumi —pensar en él hizo que mi estómago se tensara, y respiré rápidamente para recuperar la calma—. Por favor —dije, mirando alrededor de la habitación—, le debemos esto. Tatsumi luchó contra los demonios de la dama Satomi a nuestro lado. Se enfrentó a un *oni* para permitirnos llegar a Maestro Jiro. No podemos abandonarlo, y no podemos esperar. El Clan de la Sombra ya está rastreando a Hakaimono. Tatsumi podría ser asesinado antes de que logremos llegar a él.

—Ni siquiera sabemos dónde está.

—Yo lo sé —dije—. La dama Hanshou me lo dijo. Dijo que se vio a Hakaimono viajando hacia el oeste, hacia un bosque más allá de las montañas.

Reika *ojou-san* resopló.

—¿Podrías ser un poco más específica? —preguntó, y agitó una manga ondulante—. Hay muchos bosques en dirección al oeste.

—Era el gran bosque entre las tierras de los Hino y los Mizu —dije, y vi que los ojos de Maestro Jiro se estrechaban—. ¿Cuál era su nombre? La dama Hanshou me lo dijo, y sonaba muy ominoso. El bosque...

—El Bosque de los Mil Ojos —terminó Maestro Jiro, y Reika *ojou-san* se sobresaltó como si hubiera sido aguijoneada—. El sitio donde el Maestro de los Demonios reunió a su ejército para declarar la guerra al Imperio.

—¿Ese lugar maldito? —la *miko* se puso pálida, y sacudió la cabeza con fuerza—. Absolutamente no. Me niego a dejar que Maestro Jiro ponga un pie cerca de ese bosque. Encontrar a Hakaimono es una cosa. Entrar en el Bosque de los Mil Ojos es como entrar en *Jigoku* mismo.

—No es necesario que vayas —dije—. No pediré a ninguno de ustedes que me sigan. Pero... yo voy por Hakaimono. Ya he tomado una decisión. Lo encontraré y, de alguna manera, recuperaré a Tatsumi.

—¿Cómo? —exigió Reika *ojou-san*—. Sigues diciendo que vas a salvarlo, pero nada sabes sobre exorcismos, rituales de atadura o la naturaleza de los demonios. ¿Cómo piensas derrotar a Hakaimono, Yumeko?

—Voy a salvar a Tatsumi. Incluso... incluso si tengo que poseerlo yo misma.

Hubo algunos segundos de silencio después de esta declaración mientras, uno por uno, mis compañeros se daban cuenta de lo que esto significaba.

—*Kitsune-tsuki* —dijo Reika *ojou-san*, con tono de desaprobación. Esperé a que ella me reprendiera, que me dijera que eso era malo, que insistiera en que debía encontrar otra manera. Pero, por una vez, Reika *ojou-san* permaneció en silencio, pensativa, como dándose cuenta de que esto podría funcionar, incluso si no le agradaba.

—Sé que no es lo ideal —dije, mirando alrededor de la habitación. Maestro Jiro parecía muy serio, la mandíbula de Reika *ojou-san* estaba apretada, e incluso Okame-san parecía incómodo con la charla. A su lado, el rostro de la Daisuke-san era neutro, pero sus ojos lucían oscuros y preocupados—. Preferiría no realizar un *kitsune-tsuki* si tuviera la opción. Pero, si es la única forma de expulsar a Hakaimono, siento que debo intentarlo.

—Pero sólo eres parcialmente *kitsune*, Yumeko-chan —señaló Okame-san—. ¿Estás segura de que podrías hacerlo?

—Yo… creo que sí —balbuceé, ganando las cejas levantadas de Reika *ojou-san* y las miradas preocupadas de todos los demás—. No es algo que haya intentado —admití—, pero me dijeron que era natural para los *kitsune*. Y que, cuando llegara el momento, sabría qué hacer —no mencioné quién me había animado a usar este talento *kitsune*, al misterioso zorro blanco que se había aparecido en un sueño.

—Por lo tanto, nuestro plan, tal como está —continuó Reika *ojou-san* con voz dudosa—, es encontrar a Hakaimono, refrenarlo de alguna manera y entonces tú poseerás al asesino de demonios usando una habilidad que no estás segura de poder ejecutar. Y una vez que estés dentro, vas a… ¿qué? ¿Convencer a Hakaimono para que se vaya? ¿Pedírselo amablemente? ¿O tienes la intención de luchar contra el demonio mientras ambos se encuentran dentro de Kage Tatsumi?

—Si eso es lo que debo hacer… —dije. No me entusiasmaba la idea de luchar contra Hakaimono, pero Reika *ojou-san* tenía razón: él no se iría con sólo pedírselo educadamente—. Si tengo que hacerlo, expulsaré a Hakaimono por mi cuenta.

—¿Y qué crees que esto le ocasionará al alma del asesino de demonios?

—Yo… —vacilé, aplastando mis orejas—. ¿Qué quieres decir?

Sacudió la cabeza, pero había tristeza en el gesto, no exasperación.

—Kage Tatsumi fue completamente poseído por Hakai-mono —dijo—. Un alma, ya sea humana u *oni*, no puede ser destruida, sólo suprimida o expulsada. Si tu *kitsune-tsuki* tiene éxito, habrá tres presencias dentro de él, tres voluntades separadas compitiendo por el control de su mente y cuerpo. Si peleas contra Hakaimono dentro de Kage Tatsumi, el asesino de demonios no saldrá indemne de esta terrible experiencia.

—¿Qué sucederá?

La doncella del santuario levantó ambas manos.

—No tengo idea —dijo—. Una *kitsune* poseyendo a un mortal para conducir a un espíritu *oni* de regreso a una espada es algo que nunca ha ocurrido —hizo una mueca, y traté de no detenerme en lo absurdo que le parecía esa última afirmación—. Sin embargo —continuó—, recuerdo un caso de *tanuki-tsuki* que Maestro Jiro fue llamado a exorcizar. El *tanuki* se había apoderado de una mujer joven y, cuando la llevaron al santuario, estaba muy enferma, ya que había devorado sólo pasteles de *sake* y arroz durante tres días seguidos. Y aun así, seguía llorando de hambre, exigiendo que le lleváramos comida y alcohol. El espíritu *tanuki* fue expulsado pero, lamentablemente, la joven nunca se recuperó y murió pocos días después en su casa.

—¿Por qué me estás diciendo esto? —sentí un bulto frío en mis entrañas y el escalofrío se extendió por todo mi cuerpo. Reika *ojou-san* continuó mirándome con expresión compasiva.

—Lo único que digo es que el alma humana puede ser muy frágil, Yumeko —dijo en voz baja—. Sé que piensas que tu asesino de demonios es fuerte, pero no sabemos lo que Hakaimono le está haciendo, mental y físicamente. Quiero que estés preparada. Incluso si lo salvamos, Kage Tatsumi podría ser… diferente de lo que era antes.

—Oh, ya basta con el pesimismo —Okame-san se incorporó y miró a la doncella con disgusto—. Nos ocuparemos de ese problema cuando lo tengamos enfrente. Pero primero debemos encontrar al bastardo del *oni*, y entonces las cosas se pondrán en verdad interesantes. Así que, ¿dónde fue visto? ¿El Bosque de los Ojos Malvados o algo así?

—El Bosque de los Mil Ojos —corrigió Daisuke-san—. También llamado el Bosque del Millón de Maldiciones. Las historias dicen que cualquier humano que entre en el bosque nunca será visto otra vez.

—Suena divertido —Okame-san sacudió la cabeza—. Entonces, supongo que partiremos pronto.

—Mañana mismo —dije—. La dama Hanshou desea que hagamos esto lo más rápido posible. Naganori-san nos llevará por el Sendero de las Sombras hasta el borde del territorio del Clan del Fuego.

Nadie parecía complacido ante tal sentencia. Maestro Jiro apretó los labios y Reika *ojou-san* arrugó la nariz, pero Okame-san palideció ligeramente y empuñó con fuerza su mano contra su pierna.

—Correcto. Por lo tanto, voy a necesitar estar en verdad muy ebrio —murmuró—. De esa manera, si Yasuo me arrastra fuera del Sendero hacia *Meido*, al menos será tolerable.

—Eso no sucederá, Okame-san —dijo Daisuke-san—. Como dije antes, estaré justo detrás de ti. Y si tu hermano desea reclamarte de nuevo, lo convenceré de lo contrario. Lo juro por mi vida.

La voz del noble era calladamente intensa. Okame-san levantó la vista y, por un momento, algo pasó entre los dos, una onda de emoción o de entendimiento que no pude ubicar. Pero antes de que pudiera pensar demasiado en ello, Maestro Jiro se aclaró la garganta.

—Deberíamos tratar de descansar —anunció el sacerdote—. La noche casi se ha ido, y me temo que no tendremos muchas oportunidades después. Ciertamente, no dormiremos en el Sendero. Pero ¿puedo sugerir que permanezcamos juntos? Después de los eventos de esta noche, siento que nadie debería estar solo en el castillo de Hakumei.

—Por supuesto, Maestro Jiro —Reika *ojou-san* se puso en pie y agitó una mano hacia mí—. Ven, Yumeko. Nosotras nos quedaremos en mi habitación. Chu —agregó, mirando al perro—, tú y Ko se quedarán aquí. Protejan a Maestro Jiro, ¿de acuerdo?

El pequeño *komainu* naranja meneó la cola de una manera muy solemne, luego se giró para acercarse al sacerdote y se unió a Ko, a su lado.

Okame-san miró a Daisuke-san, y sus labios se curvaron en una tímida sonrisa.

—Supongo que eso nos deja juntos, Taiyo-san —dijo—. Si no es una mancha para tu honor compartir habitación con un *ronin*.

—No hay deshonra en esa solicitud, Okame-san —contestó Daisuke-san, levantándose con suavidad—. Doy la bienvenida a tu compañía. Si no te importa compartir una habitación con... ¿cuál era la frase? Un arrogante pavorreal de la corte.

—Eh, estoy seguro de que me las arreglaré de alguna manera.

—Yumeko-san —Daisuke-san asintió con la cabeza hacia mí—, Maestro Jiro, Reika-san. *Oyasuminasai*. Los veré en unas pocas horas.

—Buenas noches —respondí, y observé a los dos hombres salir de la habitación, Okame-san me sonrió al pasar.

Después de seguir a Reika *ojou-san* a su habitación, la observé mientras sacaba un segundo *ofuda* de su manga y lo presionaba contra la puerta, silenciando también aquí nuestra conversación a cualquier oído externo.

—No estás enojada, ¿verdad, Reika *ojou-san*? —me aventuré cuando la *miko* finalmente se sentó en el otro futón en la esquina. Ella me lanzó una mirada oscura, luego suspiró.

—No —murmuró, sacudiendo la cabeza—. Estoy... aterrorizada.

Sorprendida, me senté en el *futón* frente a ella y crucé las piernas.

—¿Por Hakaimono?

—¡Por Hakaimono, por el Bosque de los Mil Ojos, por el pergamino del Dragón, por todo! —hizo un gesto salvaje—. Podrá sorprenderte, Yumeko, pero ésta es la primera vez que me encuentro fuera de las tierras de Taiyo. Antes de que tú y los demás vinieran a mi santuario, mis días eran pacíficos y transcurrían hablando con los *kami*, bailando en festivales, desterrando a los ocasionales *yurei* y *yokai*. Ahora me encuentro sentada en el castillo de Hakumei, rodeada de potenciales asesinos, preparándonos para localizar al *oni* más peligroso que haya existido, con la esperanza de que una *kitsune* que nada sabe sobre el mundo pueda derrotarlo de alguna manera... Siempre que Hakaimono no nos asesine en el instante mismo en que nos vea.

"Así que, sí —terminó, mirándome de nuevo—, estoy aterrorizada. Me temo que sé cómo va a terminar esto, y no es algo bueno para ninguno de nosotros. Y si fallamos, ¿qué pasará con el pergamino del Dragón? Lo mejor que puedo esperar es que el trozo que llevas se pierda, y el Heraldo no sea convocado en esta era.

—¿Por qué te preocupas tanto por el pergamino del Dragón, Reika *ojou-san*? —pregunté, genuinamente interesada—. Nunca fue tu deber protegerlo, pero parece que odias el hecho mismo de su existencia.

Reika *ojou-san* sonrió con amargura.

—He estudiado la historia del pergamino —respondió—. Sé lo que el Deseo puede provocar. Pero, incluso más que eso, conozco el mal que abruma las almas de los hombres. No tienes que ser una doncella del santuario para adivinar qué harán los mortales cuando se les conceda el poder de los dioses. El Dragón no es llamado el Heraldo del Cambio en vano. Preferiría no vivir en un mundo creado por el capricho de un solo hombre.

Su mirada se volvió desafiante.

—Ése es mi interés en el pergamino del Dragón, Yumeko —dijo—. Mi razón para nunca ver que el Heraldo sea convocado. ¿Cuál es la tuya? ¿Por lo menos tienes una? ¿O estás tan ciega por el amor que has olvidado que tu primer deber es proteger el pergamino y evitar la llegada del Dragón?

—Yo… —la miré fijamente, sintiendo como si me hubieran golpeado en el vientre—. Yo no… ¿Qué estás diciendo, Reika *ojou-san*?

Suspiró.

—Ni siquiera lo entiendes, ¿cierto? Está claro como un cielo despejado para el resto de nosotros.

—No amo a Tatsumi —dije, todavía recuperándome de la insinuación—. No puedo. Yo sólo…

Volví a vacilar, mientras las palabras me fallaban. El amor era un concepto extraño, algo en lo que nunca había pensado. Había leído sobre el enamoramiento. La biblioteca en el Templo de los Vientos Silenciosos tenía un libro oculto entre los pergaminos que contaba la historia de un samurái que amaba a una *geisha*. Sin embargo, el guerrero ya tenía una esposa y una familia, de manera que la visitaba por la noche y, en sus encuentros nocturnos, fantaseaban con que algún día él pagaría su deuda y escaparían juntos. Había una gran cantidad de agonía interna por parte del samurái ya que, aunque amaba a la *geisha*, su deber era con su familia y su *daimyo*, y no podía abandonarlos. El relato terminaba de forma trágica: el samurái era llamado a la guerra y moría en la batalla, y la *geisha* se arrojaba al río dominada por la tristeza y el dolor. Las acciones del samurái eran muy elogiadas, tanto por sus compañeros como por el libro mismo, por haber elegido el deber sobre el amor, aunque en ningún momento hacían mención de la mujer que había muerto.

No teñia el amor bajo una buena luz y, de hecho, parecía una advertencia sobre los peligros de las emociones intensas, porque el deber ante el clan, la familia y el *daimyo* debería ser lo primero siempre. Lo había encontrado bastante deprimente, y había sentido pena por la pobre mujer que se había ahogado, pero no entendía cómo podía estar apegada a un hombre de tal manera que había preferido morir antes que vivir sin él.

Ciertamente, eso no era lo que sentía hacia Tatsumi. Estaba preocupada por el asesino de demonios, por supuesto. Cuando imaginaba lo que Hakaimono podría estarle haciendo, me sentía físicamente enferma. Cuando nos conocimos, Tatsumi había sido frío y aterrador: un arma que mataba sin vacilación ni arrepentimiento. Pero en nuestro viaje, había llegado a conocerlo, y había visto destellos del alma humana que mantenía encerrada, ligeros chispazos de humor e incluso de amabilidad. Cuando el peligro estaba amenazando, lo había visto luchar para proteger a los demás, aunque no estaba obligado a hacerlo. Y me había dado cuenta, demasiado tarde, de por qué nunca bajaba la guardia.

Tú lo distraes, Hakaimono me había susurrado esa noche, *lo haces sentir. Lo haces cuestionarse sobre quién es y qué es lo que desea. Y ésa fue la oportunidad que yo necesitaba. Su último pensamiento esta noche, antes de perderse por fin, fue para ti.*

Fue mi culpa que Hakaimono hubiera sido liberado. Que Tatsumi se hubiera perdido frente al *oni*, que estuviera sufriendo. Que hubiera pensado que lo había traicionado. Liberaría a Tatsumi de Hakaimono y conduciría al demonio de regreso a Kamigoroshi. Lo salvaría, incluso si eso me costaba la vida. Pero eso no era amor.

Al menos, no pensaba que lo fuera.

Reika *ojou-san* negó con la cabeza.

—Bueno, no importa —suspiró—. Mañana comenzaremos la búsqueda del Primer *Oni*, tan enloquecido y suicida como eso suene —hizo un gesto hacia el *futón*—. Descansa un poco mientras puedas. Yo no creo dormir mucho esta noche.

Pensé que yo tampoco dormiría. Mi mente estaba llena de pensamientos arremolinados, sobre Tatsumi, Hakaimono y el pergamino del Dragón. Sobre la dama Hanshou, el noble Iesada y el ataque al que acabábamos de sobrevivir. Me quedé tendida en la oscuridad, preguntándome dónde estaría Hakaimono ahora, cómo lo derrotaríamos y cómo poseería a Tatsumi cuando lo lográramos. Y me pregunté si él pensaba en mí como yo pensaba en él.

Lo siguiente que supe fue que estaba soñando.

El zorro blanco me estaba esperando, sentado en un tronco bajo la sombra de un pino, con su magnífica cola enroscada entre sus pies. Las luciérnagas flotaban en derredor y sus luces verdes titilaban en la oscuridad. Los perezosos ojos dorados me observaron mientras caminaba lentamente. Mis patas se hundieron en el musgo y la tierra, sin hacer ruido en el suelo del bosque.

—Hola, pequeña soñadora.

—Hola de nuevo.

—¿Has pensado en mi propuesta?

Asentí.

—Sí. Necesito saber cómo expulsar a Hakaimono. Por favor… —dudé un momento más, y luego continué impulsivamente—, muéstreme cómo salvar a Tatsumi.

El zorro blanco sonrió.

Su espesa cola se curvó y se elevó en el aire detrás de él, balanceándose de un lado a otro como si tuviera mente propia.

—No eres rival para Hakaimono en el mundo físico —canturreó—. El sacerdote y su doncella no serán lo suficientemente poderosos para expulsarlo. Si lo intentan, morirán. La respuesta está en ti.

Su cola, balanceándose como una serpiente, estalló abruptamente en llamas azules que destellaron y bailaron sobre su cabeza, bañando al zorro albino en una luz espectral.

—Una advertencia, pequeña soñadora —continuó, mientras miraba el *kitsune-bi* en el extremo de su cola—. Poseer al asesino de demonios no será suficiente. Si quieres liberar a tu humano, debes estar preparada para luchar contra Hakaimono dentro del asesino de demonios.

Temblé y aparté mi mirada del hipnotizante balanceo de su cola.

—Sí, pero ¿cómo voy a hacer eso? —pregunté con desesperación—. No tengo una espada. No soy una guerrera como Tatsumi. Nada tengo con lo que pueda enfrentar a un demonio.

—En el plano mortal, no —el zorro blanco agitó sus largas orejas—. El mundo físico tiene reglas que deben seguirse. En el plano del alma, sin embargo, es una historia diferente. Al igual que en *Yume no Sekai*, la realidad puede moldearse, transformarse en algo que se adapte a tus necesidades, si sabes cómo hacerlo. Por ejemplo, en el reino mortal, tu fuego fatuo es una distracción en el mejor de los casos, una vaga molestia en el peor. Pero aquí, en el reino de los sueños...

Movió la cola y una lengua de *kitsune-bi* salió volando por el aire para estrellarse contra un árbol a unos metros de distancia. Al instante, el tronco estalló en llamas y ardió en un cegador destello azul y blanco por un momento antes de ser consumido. Las hojas se quemaron, las ramas se ennegrecieron y se marchitaron, y el tronco se convirtió en cenizas que se esparcieron al viento.

Mi mandíbula cayó, y sentí la sonrisa del zorro blanco.

—Puede ser tan mortal como tú desees —dijo con aire de suficiencia—. Lo suficiente para quemar incluso a un general *oni*. Ahora, inténtalo —se volvió y apuntó con su elegante hocico hacia un roble nudoso a varios metros de distancia en la niebla—. Destruye el árbol.

Seguí su mirada, vi el árbol y respiré hondo. Con una ola de mi cola, los *kitsune-bi* destellaron cobrando vida y bañándome en su círculo de luz espectral. Retorcí las orejas y los arrojé al roble.

La lengua de fuego fatuo golpeó el retorcido tronco y explotó en un estallido de luz, lenguas de llamas azules y blancas que se avivaron sólo para disolverse en el aire. Decepcionada, miré al zorro blanco, quien negó con la cabeza.

—Sigues sin creer que el fuego fatuo pueda ser peligroso —dijo con una voz imperturbable—. Debes saber, sin lugar a dudas, que dentro del reino de los sueños y en el plano del alma, tu *kitsune-bi* puede arder. Abrasar. Matar. Elimina cualquier inseguridad de tu mente —sus orejas se movieron, y agitó su cola emplumada hacia el roble—. Inténtalo otra vez.

Con un gruñido, me enfrenté al árbol una vez más, curvando un labio hacia el gigante nudoso. *Esto es por Tatsumi*, me dije, mientras el fuego fatuo cobraba vida una vez más, bailando en la punta de mi cola. *Si quieres salvarlo de Hakaimono, debes hacer esto. ¡Quema!*

Di un gruñido desafiante, y lancé nuevamente la bola de fuego fatuo al árbol. Esta vez, cuando las llamas golpearon el roble, se escuchó un rugido y un infierno azul surgió para engullir el árbol. Ardió como un sol diminuto, cegador e intenso, y el enorme roble se desvaneció en el resplandor, hasta quedar convertido en cenizas en un instante.

Los pelos de mi lomo se erizaron, y oí al zorro blanco reír a mis espaldas.

—Bien —dijo, acercándose con gracia a mi lado—. Dentro de un alma mortal, la emoción es una cosa poderosa. Cuanto más intensa sea la convicción, más brillante se vuelve la magia. Sólo asegúrate de que no arda con tanto brillo que consuma también todo lo que te rodea —me lanzó una mirada solemne con sus ojos dorados—. Pero aprende rápido, pequeño zorro. Y presta atención a esta advertencia. Hakaimono será un rival desafiante. Incluso si dominas tu poder, él será el enemigo más duro que tendrás que enfrentar. Conducirlo de regreso a Kamigoroshi no será tan simple como lanzarle fuego a la cara.

—Pero es un comienzo —susurré—. Me dará oportunidad de pelear.

—Lo hará —asintió el zorro blanco—. Desafortunadamente —continuó con un tono de advertencia—, todavía hay un pequeño problema, y ése es el asesino de demonios. El espíritu humano es algo frágil, y no tomará bien una invasión a su esencia. Si utilizas el *kitsune-tsuki* para poseer a Kage Tatsumi, es muy probable que dañes su alma.

Parpadeé, recordando lo que Reika *ojou-san* había dicho.

—¿Cómo?

—Ya se encuentra bajo mucha presión con Hakaimono —continuó el *kitsune*—. Otra intrusión forzada podría causar que la mente del anfitrión se fragmente... no es poco frecuente con los mortales que han sido poseídos. Si comienzas a utilizar tu *kitsune-bi* y el asesino de demonios queda atrapado en la batalla ante Hakaimono, ¿quién sabe qué hará esto a su alma? Él podría regresar diferente, o enojado... o no regresar.

Tragué la frustración que subía a mi garganta.

—Entonces, ¿cómo se supone que debo ayudarlo? —pregunté—. Si poseer a Tatsumi sólo hará que enloquezca, no soy mejor que Hakaimono.

—Nunca dije que sería fácil —dijo el zorro blanco, todavía con una calma insoportable—. Dije que te daría los medios para expulsar al demonio. Sin embargo, hay una manera de aliviar el impacto de otra presencia entrando violentamente en su alma. Debes dejar que el asesino de demonios sepa que vas a entrar. Si te reconoce como amiga y no como otra enemiga, podría mostrarse más receptivo a tu presencia —el

252

zorro blanco agitó su cola esponjada—. Por supuesto, tendrás que tener cuidado de no dañar su alma mientras luchas contra Hakaimono, pero ése es un problema que tendrás que resolver entonces... si tu *kitsune-tsuki* tiene éxito.

—¿Que Tatsumi sepa que voy a entrar? —miré al zorro blanco—. ¿Cómo? No puedo enviarle un mensaje. Cualquier cosa que él sepa, Hakaimono también la sabrá.

—Eso sería cierto si estuviéramos en el mundo físico —dijo el *kitsune*—. Sin embargo, éste es *Yume no Sekai*, el reino de los sueños. E incluso Hakaimono debe dormir en ocasiones.

"Ven —se levantó antes de que pudiera preguntarle a qué se refería. Su espesa cola ondeó lánguidamente—. Sígueme. Mantente cerca. Y recuerda, nada de lo que ves aquí es real, excepto los *baku*, los devoradores de sueños, que aquí habitan, y las almas de aquellos que duermen.

—¿Adónde vamos?

—Te estoy llevando a otro sueño. Pero debemos darnos prisa, nuestro objetivo tiene un sueño muy ligero. Una vez que despierte, su presencia desaparecerá de *Yume no Sekai*, y no tendrás una segunda oportunidad. Rápido, ahora.

Salté detrás del zorro blanco y, de pronto, cambió el bosque fresco y brumoso que nos rodeaba. En un momento, estábamos trotando por un estrecho y sombreado sendero de animales a través de la maleza enmarañada y, al siguiente, nos encontrábamos al borde de un puente de madera sobre un río, con una redonda luna de plata brillando directamente sobre nuestras cabezas.

—¿Dónde...?

—No te alarmes —el zorro albino me miró, sus ojos brillaban como velas a la luz de la luna—. Recuerda, nada aquí es real. Simplemente hemos dejado tu sueño y entrado en otro.

—¿De quién?

—Apresta tu arma.

La voz calmada y tranquila se deslizó sobre el puente, causando que los pelos en mi nuca se erizaran. Reconocí esa manera de hablar, grave y elegante. Levanté la mirada y vi una figura solitaria en medio del puente, con el torso desnudo y el cabello blanco suelto. La luz de la luna brillaba en la pálida máscara de *oni* que cubría su rostro.

Parpadeé.

—¿Daisuke-san?

Oni no Mikoto, el terror de los puentes, me ignoró. Su mirada estaba centrada en algo detrás de nosotros. A mi espalda, una risa callada flotó sobre la brisa.

—Creo que has cometido un error, Oni-san —dijo otra voz familiar. Di media vuelta para ver a Okame-san parado al borde del puente, enfrentando al príncipe demonio. Le faltaba el arco, pero una cuchilla corta colgaba de su *obi*, y no hizo movimiento para desenvainarla mientras daba un paso al frente. El zorro blanco y yo nos hicimos a un lado, y ninguno de los dos hombres pareció reparar en nosotros—. Pensé que tú sólo desafiabas a guerreros honorables, no a sucios perros *ronin*.

—¿De quién es este sueño? —pregunté en un susurro al zorro blanco, fascinada por lo que estaba sucediendo frente a mí—. ¿Es de Okame-san o de Daisuke-san?

Me lanzó una mirada levemente irritada.

—¿Importa eso? Nada tiene que ver con nosotros, ni con nuestro objetivo. Continuemos.

—Ningún error —replicó el otro y, cuando miré hacia atrás, ya no era Oni no Mikoto con la máscara de demonio y los ojos fríos, sino Daisuke-san. Su largo cabello aún ondulaba y se movía a su alrededor, y la luz de la luna centelleaba a lo largo de la espada en su mano—. Y no veo a un guerrero deshonrado delante de mí. Sólo a un hombre que ha perdido mucho y está luchando para encontrar su camino.

Una sonrisa se dibujó en una comisura de la boca de Okame-san.

—No importa cómo lo pongas, Taiyo-san —dijo, y aunque su expresión era burlona, su voz sonaba triste—. No soy un samurái. Sigo siendo un *ronin*, una criatura sin honor, y nada cambiará eso.

Daisuke-san dio un paso adelante, cerrando la distancia entre ellos.

—Eso es cierto —dijo en voz baja—. He conocido a muchos samuráis. En la corte, en la ciudad capital y en los puentes a lo largo de todo el Imperio, he visto mi cuota de hombres honrados. Su lealtad al Imperio es irrefutable, siguen religiosamente los principios del *Bushido*, su honor no puede ser cuestionado. Como los pétalos de un árbol de *sakura*, son impecables, perfectos, irreprochables. Uno sólo puede componer algunos poemas sobre las flores de cerezo antes de terminar cansado ante su impecabilidad.

Okame-san levantó la mirada, mientras una expresión cautelosa, casi esperanzada, cruzaba su rostro. Daisuke-san sonrió y se acercó. Ahora sólo medio metro separaba a ambos hombres. No podía respirar, no podía moverme ni mirar hacia otra dirección, a pesar de la creciente impaciencia del zorro que estaba a mi lado.

—En los últimos tiempos —murmuró Daisuke-san—, me he sentido fascinado por las violentas tormentas en el mar, por su pasión, imprevisibilidad y peligro. Y por las águilas que sobrevuelan las cimas de las montañas, salvajes y libres —hizo una pausa, con una expresión de dolor en el rostro, antes de continuar—. Esta curiosidad es... algo peligrosa —dijo en voz baja—. Me temo que si intento acercarme al águila, ésta me atacará y saldrá huyendo. Pero parece que no puedo detenerme —cerró el espacio entre ellos y atrapó a Okame-san contra la barandilla, con mirada intensa—. Si me quedan cicatrices, que así sea.

—¿Estás... seguro de esto, pavorreal? —la voz de Okame-san era ronca. Su cuerpo delgado estaba congelado contra la barandilla, como si temiera que cualquier movimiento pudiera romper el sueño—. No me gustaría estropear las plumas de la cola de tu familia, o traer deshonra a tu casa entera.

En respuesta, los largos dedos de Daisuke-san se levantaron y acariciaron el rostro del *ronin*. La respiración de Okame-san se detuvo, y cerró los ojos. Por un momento, el noble permaneció allí, dividido entre inclinarse y alejarse, mientras el sueño mismo parecía contener la respiración.

Percibí un gruñido de impaciencia y tuve la sensación de que era jalada hacia atrás, aunque mi cuerpo no se movía. El puente con ambos hombres se esfumó como un paño que cubre un cuadro, y fue reemplazado por otra escena completamente distinta. Dejé salir un chillido consternado y me volví hacia el zorro blanco.

—¡Hey! ¿Qué pasó? Regresemos, quiero ver cómo termina.

—Ese soñador no es la razón por la que estamos aquí —dijo el zorro blanco con calma, aunque su cola azotaba sus costados con irritación—. La noche se acorta, pequeña zorro, al igual que nuestro tiempo en *Yume no Sekai*. ¿Deseas ver a tu asesino de demonios antes de que despierte, o no?

Aplané mis orejas. *Tatsumi*, pensé con sentimiento de culpa. *Ya voy. No desaparezcas todavía.*

—Lo siento —dije al zorro blanco—. Estoy lista. Lléveme con Tatsumi.

Asintió y dio media vuelta, y nos deslizamos en las sombras siempre cambiantes del mundo de los sueños.

13

PROFECÍA PARA UN FANTASMA

Suki

Suki estaba inquieta. Y no sólo porque era un fantasma.
Seigetsu-sama estaba meditando de nuevo, sentado en su cojín entre los idénticos soportes de antorchas, junto al estanque y bajo los árboles de *sakura*. La misma imagen perfecta, aunque Suki ya no tenía idea de dónde estaban ni qué era real. Todo lo que rodeaba a este hombre misterioso de cabello plateado parecía onírico e irreal. Esta misma mañana, ella había estado montada en un hermoso carruaje que, por lo que podía decir, había volado en el viento. No había habido caballos ni sirvientes que lo llevaran, y ni Taka ni Seigetsu-sama habían parecido preocupados por el hecho de que estuvieran flotando entre las nubes, a decenas de metros de altura, pero Suki estaba tan perturbada que no había podido mantener su fantasmal forma humana y había pasado la mayor parte del viaje como una temblorosa lengua de fuego en la esquina.

Cuando el carruaje por fin tocó tierra, se encontraron en el mismo patio perfectamente dispuesto que habían visitado antes, aunque Suki se había sentido tan aliviada por estar de nuevo en tierra firme que no prestó mucha atención a sus alrededores. Seigetsu-sama se despidió de inmediato para ir a meditar, después de haber dado instrucciones de que nadie lo molestara, y Taka se había alejado para preparar comida, de manera que Suki se había quedado flotando sola.

Observó a Seigetsu-sama durante algunos minutos, pero él estaba muy quieto, como si fuera una hermosa estatua o una pintura que había sido capturada no en el lienzo, sino en el aire mismo. Ni una brizna de viento soplaba sobre su ropa o tiraba de su largo cabello platinado, como si incluso el *kami* del aire obedeciera su deseo de no ser molestado. Sólo sus ojos se movían bajo sus párpados cerrados, como si estuviera soñando o en medio de una pesadilla. Por un instante, Suki se preguntó qué soñaría un hombre como Seigetsu-sama. En el caso de que en realidad fuera un hombre.

—¡Suki-chan!

La voz de Taka atrajo su atención, y se giró para ver al pequeño *yokai* que la saludaba bajo el tronco de un pino torcido. Flotando por encima, vio que Taka había sacado una estera de bambú y había preparado un juego de té completo y varios platos de comida. Tofu frito, frijoles *azuki* rojos y una bandeja de coloridos bollos *mochi* rodeaban la bandeja laqueada, llenando a Suki con una sensación de anhelo. Recordó la dulzura del *mochi* y el simple placer de tomar el té en una noche fría de invierno, sintiendo cómo el calor se filtraba en los dedos. Cosas que nunca volvería a experimentar.

—Ahí estás, Suki-chan —dijo Taka cuando se unió a él debajo del pino—. No sabía si todavía comes, así que hice un poco extra por si acaso. ¿Puedes...? —le dirigió una mirada expectante, pero Suki sonrió tristemente y negó con la cabeza, haciéndolo parpadear—. Oh, eso es muy malo —murmuró—. Perdóname, Suki-chan. Creo que no me gustaría ser un fantasma —levantó sus palillos, seleccionó un *mochi* rosa de la bandeja y lo metió en su boca. Masticó reflexivamente antes de tragar—. Bueno, por favor, disfrútalo de cualquier manera, Suki-chan. Seigetsu-sama se unirá pronto a nosotros. Siempre tiene hambre después de meditar.

Suki miró a Seigetsu-sama y se dio cuenta del débil resplandor que rodeaba al hombre, antes de bajar para sentarse junto a Taka. La molestia la roía, como la sensación de estar perdida en un sueño, la impresión de que el mundo que la rodeaba no era del todo normal. Por supuesto, era una *yurei*, así que tal vez este extraño mundo de pesadilla de los *yokai* y los carruajes voladores era algo que sólo los fantasmas experimentaban.

¿Por qué estoy aquí?, se preguntó Suki en un estallido ondulante de claridad. *¿Estoy haciendo algo mal? ¿Por qué no he trascendido?*

—*Brrrr* —Taka se estremeció de pronto y se frotó los brazos—. Es extraño, el clima se enfrió de pronto —murmuró—. Suki-chan, ¿tú sentiste…?

Ella se volvió hacia él, y Taka se sacudió con brusquedad, luego se puso rígido como un palo de acero. Su enorme ojo se abrió ampliamente y se puso vidrioso, y la pupila se expandió hasta que sólo quedó la oscuridad. Esa mirada aterradora en blanco se fijó en Suki, cuando su boca se abrió y una voz seseante emergió.

—Alma perdida —dijo con voz ronca, y Suki se alejó de él, a punto de perder su forma humana—. Las cadenas del anhelo no se pueden romper, la flauta se quiebra a la sombra de un dios y el mundo se tiñe de rojo sangre. El príncipe de cabello blanco busca una batalla que no puede ganar. Se romperá bajo la espada del demonio, y su perro lo seguirá hasta la muerte.

Aterrada, Suki flotó hacia atrás y sintió que una sombra caía detrás de ella. Temblando, se giró para mirar los divertidos ojos dorados de Seigetsu-sama.

—Y ella llega a la historia por fin —su voz era una caricia, suave pero triunfante al mismo tiempo—. Me preguntaba si eras tú —continuó, mientras Suki flotaba presa del miedo absoluto, confundida—. Si de hecho eras tú esa "alma perdida" que Taka había vislumbrado de cuando en cuando —un rincón de su boca se curvó en sutil diversión—. Descifrar sus visiones es un arte en sí mismo, uno que me ha llevado muchos años perfeccionar, e incluso así, debo trabajar dentro de los límites de la metáfora y la vaguedad. Por lo general, no son tan literales.

Suki tembló. Una parte de ella quería alejarse de este hombre y sus aterradoras y terribles predicciones del futuro. Afirmar que ella era parte de algo mucho más grande, algo que no entendía, la aterrorizaba. Ella era una simple doncella, o el fantasma de una doncella, para el caso. Era demasiado insignificante para jugar un papel en su gran historia, cualquiera que ésta fuera.

Al mismo tiempo, una pequeña nota de curiosidad se elevó en el fondo de su mente, surcando el miedo y la confusión. ¿Podría ella, una simple doncella, ser importante en la muerte como nunca lo fue en vida? ¿Por eso se había demorado?

—No necesitas temer esto, *hitodama* —de manera abrupta, Seigetsu-sama caminó alrededor de ella y se inclinó sobre una rodilla en la manta. Sorprendida, Suki lo observó mientras acomodaba al lánguido y tembloroso Taka boca arriba y colocaba una mano en su frente—. Todas las almas tienen un destino. Algunas son simplemente más brillantes que otras.

Es muy difícil cambiar el destino de alguien, incluso si lo conoce. Duerme, Taka.

Un espasmo atravesó el cuerpo del *yokai*, antes de que se relajara. Su boca se abrió, y un ronquido emergió entre afilados colmillos. Seigetsu observó al dormido *yokai* por un momento, luego se levantó con la fluidez del agua y se volvió hacia Suki de nuevo.

—El destino es una amante caprichosa —dijo—. Piensa en millones de arroyos, entrecruzándose unos con otros, formando una red interminable de ríos. Si bloqueas una corriente, no se detendrá simplemente. Cambiará de rumbo y correrá hacia otra, que también podría desbordarse e irrumpir en otra corriente. A veces, los resultados son irrelevantes. A veces, son catastróficos. Durante muchos años he tendido esos arroyos y los he empujado con cuidado en la dirección que necesitaban seguir. He guiado a las almas que requerían mi ayuda y eliminado aquellas que las obstaculizarían. Y ahora estamos llegando al final de una larga partida de *shogi*, y todas las piezas están finalmente en su lugar —sus ojos dorados parecieron penetrar en ella, brillantes y fascinantes—. Preferiría tener todas las piezas en mi mano, pero me doy cuenta de que no puedo obligarte a permanecer. Así que voy a ofrecer esto en su lugar. Yo sé por qué te demoras, *hitodama*. Por qué no puedes trascender.

Suki se sobresaltó, con los ojos muy abiertos. Pensaba, por supuesto, en la dama Satomi y la muerte que había empezado todo. Seigetsu-sama simplemente sonrió.

—Nada tiene que ver con la venganza —continuó, como si estuviera leyendo los pensamientos de Suki—. O con justicia, o con cualquier emoción con respecto a tu propia muerte. Si ése fuera el caso, habrías desaparecido en cuanto la dama Satomi dejó el mundo. La respuesta a por qué te demoras se puede encontrar en la profecía que Taka enunció esta noche.

Frunciendo el ceño, Suki intentó recordar. A decir verdad, se había quedado tan sorprendida cuando Taka la había mirado con los ojos en blanco que apenas había escuchado las palabras que éste había pronunciado. Algo sobre cadenas y oscuridad, y un dios manchando la tierra con sangre...

La flauta se quiebra a la sombra de un dios.

Todo dentro de ella se quedó muy quieto. Los pensamientos arremolinados cesaron, las titubeantes emociones se calmaron. Un recuerdo llegó hasta ella, tan claro y definido como la sangre contra la nieve: el sonido alto y dulce de una flauta, y el hombre más hermoso, con cabello pálido, girándose para sonreírle.

El príncipe de cabello blanco busca una batalla que no puede ganar.

—Sí —murmuró Seigetsu-sama. Su voz parecía venir desde muy lejos—. Ahora lo entiendes. Tu vínculo con este mundo nada tiene que ver con la venganza, la ira o la justicia. No es la venganza lo que te mantiene aquí, sino el anhelo. El amor —sacudió la cabeza—. La más peligrosa de las emociones humanas.

Suki estaba demasiado aturdida para intentar responder. Pensando en aquella terrible noche, de pronto recordó que, justo antes de que el demonio la destrozara, le había gritado a Daisuke-sama. Sabiendo que él no la salvaría, que él estaba tan por encima de su posición que ella nunca habría cruzado por su mente. Ella lo había llamado por su nombre y su rostro había sido lo último que había imaginado antes de dejar el mundo de los vivos.

—No te envidio, pequeña *hitodama* —Seigetsu-sama dio un paso atrás y la miró con compasión—. La venganza se rectifica fácilmente, pero el amor no correspondido es mucho más difícil. Ahora sabemos por qué tu destino está enredado con el suyo, con el de todos ellos. La medio *kitsune* y el demonio se acercan cada vez más al final, y el destino de millones de almas sigue su estela. Incluyendo al noble Taiyo, que ha jurado proteger a la mitad zorro con su vida, aunque parece que su destino lo alcanzará muy pronto.

Suki levantó la cabeza, y Seigetsu-sama sonrió con gravedad.

—¿No escuchaste lo que fue predicho? *Se romperá bajo la espada del demonio, y su perro lo seguirá hasta la muerte* —su voz se suavizó, insoportablemente amable en su carácter definitivo—. Taiyo no Daisuke[9] está destinado a morir en la batalla, Suki. *Cuándo* sucederá no es seguro, pero su tiempo no está lejos. Tal vez cuando muera, puedas por fin trascender, continuar tu viaje a *Meido* o adonde sea que esté destinada tu alma —subió un hombro delgado y elegante—. O quizá permanezcas en este reino por siempre, un alma inquieta y errante incapaz de encontrar la paz. Como dije antes, la venganza es fácil. Pero uno nunca puede estar seguro con una emoción tan peligrosa e impredecible como el amor.

—*No.*

Seigetsu-sama enarcó una ceja ante el susurro ahogado que salió de la boca de Suki. Ella lo miró fijamente, la angustia era un cuchillo ardiente y retorcido bajo su pecho, y obligó a las palabras a derramarse de sus labios.

---

[9] Al tratarse de un noble, realeza, puede usarse además la partícula "no" que significa "de", para referirse a la pertenencia a una renombrada familia.

—¿Se puede... cambiar...? —susurró. Su voz sonaba entrecortada, rota por la falta de uso, pero se obligó a continuar—. ¿Por favor... Seigetsu-sama... podemos... advertirle... de alguna manera?

Seigetsu-sama le dirigió una larga mirada llana, haciendo que serpientes fantasmales se retorcieran y se enroscaran en la boca de su estómago, antes de que una esquina de sus labios se curvara.

—El destino es una amante caprichosa —dijo de nuevo. Su voz era baja, como si temiera que el destino mismo pudiera estar escuchando—. Tiene una forma de protegerse de aquellos que quedan atrapados en su flujo. Uno debe saber qué tan lejos empujar, cuánto cambiar, para desviar el flujo del destino. Sin embargo, como dije antes, estoy demasiado comprometido en este juego para cometer errores, y preferiría tener todas las piezas a la vista, en lugar de vagando por los vientos —extendió una mano y su sonrisa fue como la promesa del sol—. Zorro, demonio, perro, sacerdotisa, espada. Si uno cae ahora, el juego está perdido. Veamos si podemos cambiar el destino de tu príncipe de cabello blanco.

14

CASTILLO DE PESADILLAS

Asesino de Demonios

Yo estaba perdido.

Los salones del castillo me rodeaban, oscuros y abandonados. Las sombras se congregaban a lo largo de las paredes y los pisos pulidos, arrojadas hacia atrás por la ocasional linterna y la estela de luz de luna a través de las ventanas. Un pesado silencio colgaba en el aire, roto sólo por mis propios pasos, como si yo fuera la única alma viviente en el lugar. ¿Cuánto tiempo había estado vagando por aquí? Se suponía que estaba cazando… algo, pero no lograba recordar qué. Aun así, debía completar mi misión. No podía regresar al Clan de la Sombra sin haber alcanzado mi objetivo, cualquiera que éste fuera.

Al doblar una esquina, miré con desaliento la estatua del demonio al final del salón, con las fauces abiertas en una sonrisa. Me había topado con esta misma estatua muchas veces. No importaba hacia dónde girara o qué dirección siguiera, siempre parecía encontrarme aquí.

Una sensación de cansancio se apoderó de mí. Caminaba en círculos, sin objetivo y sin sentido de dirección. ¿Cuánto tiempo pasaría deambulando por este castillo interminable, vagando sin rumbo por pasillos vacíos como una sombra, sólo para terminar en el mismo lugar donde había comenzado?

Enojado, me sacudí para disolver la desesperanza y la fatiga entumecedora que se habían adentrado hasta mis huesos. No podía rendirme. Yo era el asesino de demonios de los Kage, y éste era mi trabajo. Sin importar los obstáculos y dificultades en mi camino, incluso si resultaban imposibles, se esperaba que completara mi misión. El fracaso nunca era opción.

Mientras retrocedía, listo para volver a recorrer otro pasillo, un susurro se escuchó detrás de mí, el más leve sonido de pasos sobre madera pulida. Giré y mi espada salió de su funda en un instante, lista para atravesar a cualquier monstruo que quisiera tomarme por sorpresa.

Una chica se encontraba al final del pasillo, mirándome con los ojos muy abiertos. Y por un momento, tal vez por primera vez en la vida, mis músculos se congelaron y mi mente quedó en blanco por la conmoción.

¿Yu… Yumeko?

La espada en mi mano tembló y bajé el brazo. Apenas podía creer que ella estuviera allí. Tuve el efímero pensamiento de que esto era un truco, una ilusión evocada por el aparentemente malintencionado castillo para mostrarme lo que con tanta desesperación anhelaba ver. Pero… era *ella*. Yumeko brillaba en la oscuridad del pasillo, vestida con una túnica blanca perfilado en rojo, con su reluciente cabello cayendo alrededor de sus hombros. A pesar de la imposibilidad de todo esto, algo dentro de mí saltó, como si reconociera lo que había estado buscando todo el tiempo.

—Tatsumi —su voz era un susurro, suave, aliviado. Avanzó, y el oscuro pasillo pareció ondularse a su paso, como la superficie de un estanque que hubiera sido perturbado. Como si el castillo fuera simplemente una sombra, un reflejo, y Yumeko fuera la realidad. No podía moverme, sólo podía ver cómo ella se acercaba, y mi propio reflejo en sus ojos oscuros.

—Te encontré.

Una mano se alzó y un escalofrío me recorrió cuando sus dedos acariciaron suavemente mi mejilla. Su mirada buscaba, como si quisiera asegurarse de que yo también era real. Casi en contra de mi voluntad, mis ojos se cerraron y mi cuerpo se relajó, sometiéndose a su tacto.

—*Yokatta* —susurró, expresando su alivio—. Tatsumi, estás bien. Estoy tan feliz. Pensé que Hakaimono podría haberte...

¿Hakaimono?

Un destello de aprehensión me recorrió al escuchar el nombre, un recuerdo fuera de mi alcance. ¿Por qué mencionaba a Hakaimono? ¿Sabía del demonio en la espada? ¿Le... había contado de mi vínculo con Kamigoroshi? Traté de pensar, de recordar lo que había pasado entre nosotros, pero mis pensamientos estaban dispersos, como polillas revoloteando alrededor de una luz, y no podía decidirme por alguno.

—Yumeko —me estiré, tomé su mano, doblé mis dedos alrededor de los de ella. Su piel era suave, su mano ligera y delicada bajo mi palma, y mi estómago se tensó. Por un instante, tuve que recuperar el aliento—. Tienes que irte —le dije en voz baja—. No puedes estar aquí ahora. Hay un... —hice una pausa, todavía incapaz de recordar por qué había venido, lo que se suponía que estaba cazando—. Hay algo peligroso en este castillo —terminé—. Tengo que encontrarlo. No puedo permitir que me sigas.

Sacudió su cabeza.

—No, Tatsumi, escúchame. Esto es un sueño —dejando caer su brazo, tomó mis manos y me miró—. Estás soñando ahora mismo. Nada de esto es real.

¿Un sueño? Fruncí el ceño. No, eso no podía ser cierto. Maestro Ichiro me había enviado aquí a...

Titubeé. No podía recordar por qué estaba aquí. No recordaba una conversación con Maestro Ichiro, ni detalle alguno sobre esta misión. Y cuanto más lo pensaba, más improbable parecía. Yo era el asesino de demonios de los Kage. Yo no olvidaba.

—Esto es un sueño —insistió Yumeko—. Recuerda, Tatsumi. ¿Recuerdas el castillo de la dama Satomi? Los cinco fuimos allí para encontrar a Maestro Jiro. ¿Recuerdas lo que sucedió?

Maestro Jiro. El nombre me era familiar, al igual que Satomi. Cerré los ojos, tratando de aquietar los recuerdos que revoloteaban en mi cabeza.

—La dama Satomi... era una bruja de sangre —dije lentamente—. La conocimos en la fiesta del Emperador y la seguimos a través de un espejo hasta un castillo al otro lado —Yumeko me apretó las manos, haciéndome saber que tenía razón, alentándome a seguir—. Ahí estaba... un *oni* —continué, frunciendo el ceño mientras más piezas de esa noche volvían a mí—, Yaburama. Luché contra él, y entonces...

Y entonces...

Algo colapsó en mi interior. Me temblaron las manos y retrocedí tambaleándome cuando el recuerdo irrumpió y me empapó como una ola helada. El momento en que perdí el control, el aullido de triunfo del demonio cuando se precipitó en mi mente.

—Hakaimono —susurré, sintiendo la mirada de Yumeko en mí—. Todavía estoy...

Paralizado, me apoyé contra la pared, mientras todo regresaba de golpe. Hakaimono estaba libre. Yo había fallado, no había logrado mantenerlo a raya, y ahora él estaba amenazando no sólo al Clan de la Sombra, sino al Imperio entero. Mi sangre se enfrió al recordar sus amenazas contra los Kage, la matanza que ya había causado y la masacre que tendría lugar si no era detenido.

Sentí que Yumeko se acercaba de nuevo, una presencia brillante y sólida contra la pesada oscuridad.

—Tatsumi, escucha —dijo, mientras yo levantaba la mirada y, de nuevo, veía mi reflejo, desolado y angustiado, en sus ojos—. Vendremos por ti —continuó—. No permitiré que Hakaimono gane. Te encontraremos, atraparemos a Hakaimono y lo obligaremos a regresar a Kamigoroshi.

—No —mi voz sonó ahogada en mis oídos. Di un paso adelante y tomé sus antebrazos, haciéndola parpadear—. Yumeko, si te enfrentas sola a Hakaimono, morirás. Todos aquellos que lo desafíen morirán. Él tiene que morir.

—Tatsumi...

—Por favor —la intensidad en mi voz sonaba extraña, como si perteneciera a alguien más—. No hay mucho tiempo —continué—. Lleva este mensaje al Clan de la Sombra, al Emperador y a quien escuche. Hakaimono está libre, y ha formado una alianza con Genno, el Maestro de los Demonios.

—¿Genno? —sus ojos se abrieron ampliamente, indicando que reconocía el nombre. No dudaba que ella hubiera oído hablar de él: el Maestro de los Demonios era el mago de sangre más famoso y temido en la historia de Iwagoto. Incluso Yumeko, con su crianza en reclusión, habría escuchado el nombre de quien había estado cerca de destruir el Imperio—. Pero… Genno está muerto —replicó Yumeko—. Todo eso pasó hace cuatrocientos años, ¿no es así?

—Él ha regresado —dije—. Su alma ha sido convocada desde *Jigoku* al reino mortal. Tiene un ejército de demonios y *yokai* esperando en las ruinas de su antiguo castillo. La única razón por la que no ha atacado aún es porque carece de cuerpo, así que no posee toda su fuerza. Hakaimono tiene la intención de ayudarle… dándole el pergamino del Dragón.

La sangre abandonó su rostro. Se hundió en mi agarre, y sospeché que podría haber caído si no la hubiera estado sujetando.

—Hakaimono —susurró—, ¿va tras el pergamino del Dragón?

Asentí.

—Él sabe dónde está el Templo de la Pluma de Acero —dije, y se puso todavía más pálida—. Se dirige hacia allá ahora. Si no lo detienes, matará a todos y llevará los trozos del pergamino al Maestro de los Demonios. Genno ya tiene un fragmento de la oración. Si adquiere los otros y convoca al Dragón, el Imperio será arrojado al caos. Debes detenerlo.

—¿Cómo…? —Yumeko todavía parecía un poco aturdida. Con cuidado, solté sus brazos, dejando que se sostuviera en pie sola, y esperé hasta que se encontró con mi mirada otra vez.

—Mátame —dije en voz baja—. Es la única manera. Antes de que Hakaimono llegue al pergamino. Termina con mi vida y envía a Hakaimono de regreso a la espada.

Ella se echó hacia atrás, con un gesto de consternación en el rostro.

—No —susurró—. No te mataré. Tatsumi, por favor, no me pidas esto —dio un paso al frente, con mirada suplicante, y mi corazón se contrajo dolorosamente en mi pecho—. Podemos salvarte —insistió—. Sólo danos una oportunidad.

—No puedes exorcizarlo —hice un gesto desesperado, sacudiendo la cabeza—. El Clan de la Sombra lo ha intentado. Nuestros mejores sacerdotes y los más poderosos *majutsushi* lo han intentado en el pasado. Él es demasiado poderoso. Nadie ha tenido éxito... la última vez que lo intentaron, Hakaimono se liberó y mató a todos los presentes. No puedo... ver que te suceda a ti.

Yumeko apretó la mandíbula, con mirada desafiante. Sabía que iba a rehusarse otra vez, creyendo que podría salvarme de Hakaimono, y la desesperación se elevó con la desesperanza. Hakaimono ya había asesinado a varios miembros de mi clan, y yo no había podido hacer nada para detenerlo. Sabía que su plan final era eliminar por completo a los Kage, y yo tendría que atestiguar, impotente, mientras él lo llevaba a cabo. Y si Genno convocaba al Dragón y ascendía al poder, yo sería el responsable de la caída del Imperio. Mi honor había desaparecido, mi alma se había corrompido más allá de toda redención. Pero pensar en la muerte de Yumeko, en que ella enfrentara al sádico Primer *Oni* sólo para ser asesinada por mi propia mano, era demasiado. Él no sólo la mataría. La torturaría, la haría sufrir, porque sabía que eso me afectaría. Y nunca me permitiría olvidarlo.

Dudé, luego me puse de rodillas ante ella y agaché la cabeza, mientras escuchaba su fuerte respiración.

—Por favor —dije en voz baja—, voy a rogar si debo hacerlo. No puedo ser el instrumento que permita que Genno se levante de nuevo. No puedo ser quien provoque la destrucción del Clan de la Sombra. Y... —mi voz titubeó y tuve que hacer una pausa para tragar la opresión en mi garganta antes de poder continuar— no puedo ver que él te mate, Yumeko —susurré—. Hakaimono sabe… lo importante que eres. Hacerte sufrir será un gran placer para él. De todas las atrocidades que ha cometido, si tú murieras por mi mano… —me estremecí—. Preferiría abrir mi vientre antes que vivir con eso.

Yumeko permaneció en silencio. Podía sentir el peso de su mirada en mí, solemne e impotente, tal vez entendiendo la verdad de mis palabras.

—Mi vida nada vale —continué, todavía mirando fijamente el suelo entre nosotros—. Si mi muerte significa poner fin a la amenaza del Primer *Oni* y la segunda venida del Maestro de los Demonios, la ofrezco con mucho gusto. Pero no puedo hacerlo yo mismo —me agaché todavía más y las puntas de los dedos de una mano tocaron el suelo—. Mátame, Yumeko —susurré—. Ponle fin a mi vida y lleva a Hakaimono de regreso a la espada para siempre.

Por un breve instante, sólo hubo silencio. Luego, un suave roce cuando Yumeko se arrodilló frente a mí y, un momento después, su mano fría presionó mi mejilla.

—No dejaré que te tenga —susurró con voz feroz—. Tu vida *sí* vale… para mí —su otra mano tocó mi rostro, haciéndome temblar—. Mírame, Tatsumi. Mírame en verdad y dime lo que ves.

Arrastré mi mirada hacia la de ella y me encontré con un par de brillantes ojos dorados. Sorprendido, retrocedí un poco, y las líneas del cuerpo de Yumeko parecieron desdibujarse por un momento, como si la estuviera viendo a través del agua o de una densa humareda. La bruma se desvaneció, y me encontré mirando a los ojos dorados de un zorro. Sus orejas de punta negra y su cola peluda sobresalían en mi visión periférica.

Kitsune. Yumeko era una *kitsune*. De alguna manera, lo había olvidado. Su postura era rígida, como si estuviera esperando que yo retrocediera, y recordé la noche en que Hakaimono se había hecho cargo. Él se había burlado con gran regocijo de la pequeña zorro, le había dicho que ahora yo podía ver exactamente lo que ella era y que la despreciaba por eso.

No era verdad. Por supuesto, me había sorprendido, estaba atónito ante el hecho de haber estado viajando con una zorro, una *yokai*, desde la noche en que la había salvado de los demonios. Pero incluso eso palideció ante el horror y la rabia que sentía por mi persona por haber permitido que Hakaimono se liberara. La identidad de la chica zorro era mucho menos preocupante que la posesión de mi cuerpo por el *oni*. Y que Yumeko fuera *kitsune*… no era tan sorprendente, a decir verdad. Recordé las veces que ella había hablado con los *kami*, todas las ocasiones en que había podido ver espíritus y *yurei* con tanta facilidad. Muchas cosas pequeñas, que habían parecido insignificantes en su momento, habían caído en su lugar con la revelación. El hecho de que fuera una zorro, una *yokai*, debería haberme enfadado y disgustado, pero Yumeko era… Yumeko. *Kitsune* o humana, seguía siendo *ella*.

Yumeko sonrió, pero su sonrisa era un poco triste, como si supiera que algo entre nosotros se había roto, y nunca podría volver a unirse.

—Te estoy pidiendo que confíes en mí —dijo en voz baja—. No como Yumeko, la chica campesina, sino como una *kitsune* que juró que no permitiría que el demonio ganara. Hakaimono es fuerte, pero la fuerza no gana batallas automáticamente, y hay algunos trucos que él no ha visto. Yo no me doy por vencida. Sólo necesito que me esperes un poco más.

—¿Qué estás planeando? —susurré.

Por un momento, ella pareció preocupada, casi avergonzada. Bajó la mirada y la punta de su cola golpeó a un ritmo agitado contra el suelo.

—Necesito tu permiso, Tatsumi —dijo, para mi confusión—. Todos me han dicho que un exorcismo normal no funcionará en el Primer *Oni*, que él es demasiado fuerte para que algo funcione desde el exterior. Entonces, cuando encontremos a Hakaimono, planeo enfrentarlo... desde dentro.

Sólo me tomó un instante entender lo que me estaba diciendo.

—*Kitsune-tsuki* —murmuré, y ella asintió con la cabeza, haciendo una mueca—. Yumeko —dije suavemente—, Hakaimono no será más fácil de derrotar dentro de mí. En todo caso, su alma será aún más poderosa.

—Lo sé —susurró ella, y sus orejas se aplanaron por el miedo—. Sólo... quiero que sepas que lo voy a intentar, Tatsumi. Que lucharé por ti tanto como pueda. Liberaré tu alma de Hakaimono, de una forma u otra.

Mi pecho se sentía pesado. A nadie en mis diecisiete años de existencia le había importado tanto intentar salvarme. Yo era nada, un arma de los Kage, entrenado para matar y obedecer. Si moría en una misión, la única derrota para el Clan de la Sombra sería que tendrían que encontrar a un nuevo asesino de demonios. Nadie me recordaría. Nadie lloraría mi muerte. Entregar mi vida al servicio del clan era un honor, y el precio del fracaso era la muerte. Así había sido siempre.

Mirar el rostro feroz y decidido de Yumeko, la promesa ardiendo en sus ojos, hizo que mi estómago se revolviera con emociones que ni siquiera podía reconocer. Que esta chica se enfrentara a un general demonio, al *oni* más fuerte de *Jigoku*, para salvar al alma corrupta de un asesino…

—¿Y si no consigues expulsarlo? —pregunté—. ¿Si Hakaimono está más cerca de robar el pergamino y matar a todos los que se interpongan entre él y los trozos faltantes?

Sus ojos se cerraron.

—Si no hay otra manera —susurró. Su voz estaba un poco conmocionada—. Si no puedo detenerlo, entonces… honraré tu petición, Tatsumi. Si debo hacerlo… daré fin a tu vida y la de Hakaimono. El Primer *Oni* no obtendrá el pergamino, lo prometo.

Incliné la cabeza y puse mis manos en puño sobre las rodillas.

—*Arigatou* —murmuré—. Si esto es lo que has decidido, Yumeko, entonces esperaré por ti. Y… me disculpo.

—¿Te disculpas?

—Por lo que vas a tener que enfrentar para alcanzarme.

—No tengo miedo —se acercó más y colocó sus manos sobre las mías. Levanté la mirada y encontré su rostro muy cerca del mío. Sus ojos dorados brillaron cuando se encontraron con los míos—. Si eso significa que te veré de nuevo, lucharé contra una docena de ogros como Hakaimono —parpadeó y, sobre su cabeza, sus orejas se movieron nerviosamente—. Sólo hay uno, ¿cierto?

Mi corazón latía con fuerza, y respiré lentamente para calmarme.

—Hasta donde sé.

—Oh, bien —susurró Yumeko, y se hundió un poco, aliviada—. Porque más de uno sería aterrador, ahora que lo pienso.

Un temblor me atravesó. Inesperadamente, mi mano se levantó y apartó el cabello de su mejilla. Mis dedos se arrastraron por su piel. Yumeko no se movió, sosteniendo mi mirada, y la confianza que vi en esos ojos dorados de zorro hizo que mi aliento se detuviera. Ella me sonrió, sólo la más leve de las sonrisas, en respuesta a mi pregunta no formulada, y lo último de mi indecisión se evaporó. Casi sin pensarlo, me incliné hacia el frente.

Pero tan pronto como me moví, la chica comenzó a titilar, como una vela atrapada en una fuerte brisa. Frunciendo el ceño, retrocedí y vi su figura vacilante, su presencia desapareciendo y reapareciendo en un parpadeo.

—¿Yumeko? ¿Qué está pasando?

Yumeko se veía tan afectada como apologética.

—*Gomen*, Tatsumi —dijo, haciendo una mueca mientras titilaba una vez más—. Te dije que estábamos en el mundo de los sueños, ¿cierto? Lo siento, pero creo que estoy a punto de despertar.

Y entonces, se había ido.

Me arrodillé, solo, en los pasillos de un castillo abandonado, mirando el lugar donde una chica *kitsune* había estado momentos antes. Podía sentir cómo yo mismo comenzaba a disiparme y la realidad alrededor de mí se desvanecía mientras mi consciencia comenzaba a moverse. Ahora, el mundo parecía más oscuro y más frío sin la presencia de una alegre jovencita zorro. Me pregunté si en verdad la volvería a ver, si iría detrás de mí como lo había prometido, pero enseguida me enfadó mi propia debilidad. Lo mejor para todos sería que ella se mantuviera al margen, lejos de mí y del demonio que poseía mi cuerpo. Yumeko era valiente e ingeniosa, tenía muchos trucos de *kitsune* a los que podía recurrir, pero nunca se había enfrentado a un enemigo tan terrible como Hakaimono el Destructor. Preferiría que los Kage nos rastrearan y nos mataran en lugar de ver cómo Hakaimono partía a la chica *kitsune* por la mitad y se reía de mí por haberme atrevido a sentir esperanza.

Alrededor de mí, el castillo se estaba volviendo cada vez menos sustancial, menos real. Sabía que podría abrir los ojos en el momento que quisiera, pero durante varios segundos no me moví, deseando que el sueño perdurara tanto como fuera posible.

Para mí, la pesadilla continuaría en cuanto despertara.

15

TÉ CON EL ENEMIGO

Yumeko

—Hakaimono va tras el pergamino del Dragón.

El silencio siguió a mi anuncio, mientras cuatro pares de ojos me miraban alarmados e incrédulos. Ante mi insistencia, nos habíamos reunido en la habitación de Maestro Jiro, con el *ofuda* de Reika *ojou-san* colocado con firmeza frente a las puertas para evitar que alguien nos pudiera escuchar. Todavía era muy temprano por la mañana, y el castillo seguía sumido en la oscuridad. Okame-san se había congelado con la boca abierta a medio bostezo, Daisuke-san parecía sombrío y las mejillas de Reika *ojou-san* se habían tornado mortalmente pálidas. Maestro Jiro permaneció sentado, inmóvil, en la esquina, flanqueado por Chu y Ko. Vi sus dedos marchitos apretarse alrededor de su bastón.

—¿Estás segura? —Reika *ojou-san* fue la primera en hablar. Su voz correspondía a la expresión de horrorizada incredulidad en su rostro—. ¿Cómo sabes que el Primer *Oni* va tras el pergamino del Dragón?

—Yo… tuve un sueño —ante sus miradas incrédulas, me apresuré a explicar—. Fui a *Yume no Sekai*, y vi… —mi rostro se encendió, recordando los otros incidentes que ocurrieron mientras estaba con el *kitsune* blanco en el reino de los sueños—. Bueno, Tatsumi también estaba allí —continué—. Me dijo que Hakaimono tenía la intención de buscar el pergamino del Dragón, y que debíamos detenerlo antes de que pudiera conseguirlo.

—¿El asesino de demonios se encontró contigo... en un sueño? —preguntó Daisuke-san lentamente. Okame-san estaba sentado a su lado, y de pronto me percaté de que sus rodillas casi se tocaban. Ninguno parecía apreciar esa proximidad, pero tal vez yo estaba viendo demasiado en todo aquello—. ¿Hablaste con Tatsumi-san directamente?

Asentí.

—Sé que suena ridículo, pero en verdad hablé con él.

—Pero... los demonios no tienen uso para el pergamino del Dragón —replicó Reika *ojou-san*—. No pueden invocar al Heraldo ni usar el Deseo. Sólo un alma mortal puede hacerlo. ¿Por qué Hakaimono querría de pronto el pergamino del Dragón?

—No es para él —dije—. Es para Genno, el Maestro de los Demonios.

Okame-san se atragantó con su calabaza de *sake*. Tosiendo, se inclinó al frente, jadeante y sin aliento, mientras los demás mirábamos un poco alarmados.

—Lo siento —dijo sin aliento, sentándose de nuevo. Cuando su mirada somnolienta se encontró con la mía, las lágrimas corrían por sus mejillas—. Muy astuta, Yumeko-chan —dijo—. Casi logras engañarme. Al menos ahora sabemos que era sólo un sueño.

—Lo digo en serio, Okame-san —fruncí el ceño ante el *ronin*, aplanando mis orejas—. El Maestro de los Demonios ha regresado, y envió a Hakaimono en busca del pergamino del Dragón. Se dirige al Templo de la Pluma de Acero mientras hablamos.

—Genno... —Okame-san dejó la calabaza de *sake* y me lanzó una mirada dudosa—. ¿El sujeto del que se habla en los pergaminos de historia? ¿El que organizó un ejército de demonios y de horrorosos muertos vivientes para derrocar al Imperio? ¿Cuyas hazañas fueron tan atroces que inspiraron el festival de la Noche de los *Oni* con un desfile de "monstruos" escapando de la ciudad? ¿Ese Genno?

—Sólo hay un Maestro de los Demonios, *ronin* —espetó Reika *ojou-san*—. A menos que puedas pensar en un mago de sangre diferente con un ejército de muertos vivientes que estuvo cerca de destruir el Imperio, creo que estamos hablando de la misma persona.

—La misma persona en libros, poemas y teatro *kabuki* —Okame-san frunció el ceño ante la doncella del santuario—. Los mitos y las leyendas tienden a hacerse más exagerados entre más tiempo perduran. ¿No había muerto el verdadero Maestro de los Demonios hace más de medio siglo?

—Hace cuatrocientos años —respondió Maestro Jiro, con su pipa sostenida en un gesto reflexivo contra su barbilla, y con Chu y Ko a su lado—. Y desafortunadamente, la leyenda del Maestro de los Demonios palidece en comparación con la realidad. Todas las historias se centran en las hazañas de los héroes que se opusieron a él, en lugar de en el hombre mismo. El Imperio ama las historias de honor y sacrificio, valerosos guerreros que luchan contra lo imposible y triunfan al final, por lo general entregando sus vidas por la causa. Como el relato de la última batalla del general Katsutomo en el Valle de los Espíritus.

—Una historia conmovedora y fascinante —intervino Daisuke-san—. La batalla de Tani Hitokage es una leyenda, una historia excitante y sangrienta para el teatro *kabuki*, que la compañía Danza de Seda representó el verano pasado en la ciudad de Seiryu —dio un ligero suspiro y sonó melancólico por un instante—. Ah, Mizu Subato, su interpretación de la noble muerte de Katsutomo podría conmover hasta a una piedra.

—Sí —dijo Maestro Jiro, pero sonaba menos impresionado—. Como pueden ver, el Imperio ama las historias de héroes trágicos, y los cuentos que rodean al Maestro de los Demonios están llenos de ellas. Sin embargo, la verdad del ascenso y la derrota final de Genno es mucho más sombría. El Imperio estuvo a punto de caer. El Maestro de los Demonios y su ejército marcharon a través de la ciudad capital hasta el Palacio Imperial prácticamente sin oposición, quemando todo a su paso.

—¿Dónde estaban los demás? —pregunté—. El resto de los clanes, quiero decir. Habría pensado que un enorme ejército de demonios atacando la ciudad capital sería motivo de preocupación.

—Estaban luchando entre sí —respondió Reika *ojou-san*—. Nadie puede recordar siquiera cómo comenzó, pero los Hino habían declarado la guerra contra los Mizu, el Clan de la Tierra estaba luchando contra los clanes del Viento y de la Sombra, y el Clan de la Luna estaba en lo suyo, en sus islas, como es habitual, sin involucrarse. Nadie se dio cuenta del peligro que representaba Genno hasta que fue demasiado tarde.

—Sí —añadió Daisuke-san con tono solemne—. El día en que el Maestro de los Demonios marchó sobre la ciudad capital, los Taiyo estaban solos, como un roble ante el tsunami.

—Hace cuatrocientos años —repitió Okame-san—. Y el Imperio estuvo cerca de derrumbarse, pero se recuperó. Los otros clanes sacaron sus cabezas de sus traseros, se unieron y marcharon hacia la ciudad capital para recuperarla. Tal como lo cuentan las historias, Genno fue derrotado y ejecutado, y sus restos yacen enterrados en alguna tumba remota y secreta. Es difícil amenazar al Imperio cuando eres un montón de huesos.

—A menos que —agregó Reika *ojou-san*— alguien esté tratando de reanimarlo usando un objeto antiguo y poderoso que otorga un solo deseo cada mil años.

—*Kami* Misericordioso —Maestro Jiro suspiró—. He oído hablar de cultos, magos de sangre que adoran al Maestro de los Demonios como a un dios caído. Cuyas mentes han sido corrompidas por el poder de *Jigoku* para que ya no sean humanas. Quienes desprecian el Imperio y cada alma honorable que habita en él, y anhelan ver a Genno levantarse otra vez para traer el caos y la oscuridad a esta tierra. Si pusieran sus manos en el pergamino del Dragón, si usaran el Deseo para devolver a Genno a la vida...

—No tienen que hacerlo —dije—. El Maestro de los Demonios ya está aquí.

Todos me miraron de nuevo.

—Hakaimono no está recuperando el pergamino para un culto de magos de sangre —dije—. Él ya hizo un trato con el Maestro de los Demonios, o su espectro, supongo... si él va al Templo de la Pluma de Acero y recupera los trozos del pergamino, Genno romperá la maldición que lo une a Kamigoroshi.

—Jinkei nos preserve —susurró Reika *ojou-san*, palideciendo—. Esto sólo empeora. ¿Hakaimono liberado y el Maestro de los Demonios con vida? La Tierra no sobrevivirá —su mirada se agudizó, fija en mí—. ¿Cómo sabes todo esto? —preguntó, de pronto dudosa otra vez.

—Tatsumi me lo dijo.

—En tu sueño.

—Sí.

—Yumeko… —la doncella del santuario se detuvo un momento, luego suspiró— los sueños son importantes, lo entiendo en verdad —dijo—. Pueden ser visiones, advertencias, presagios del futuro. Pero a veces, pueden ser sólo sueños. Sé que estás desesperada por ayudar a Kage Tatsumi, pero tu visión podría no ser lo que piensas. Las almas que pueden transitar conscientemente a través de *Yume no Sekai* son pocas y distantes entre sí. ¿Estás segura de que esto no es producto de tu preocupación y… tus sentimientos por el asesino de demonios?

—Muy segura —dije, ignorando deliberadamente la última pregunta—. Caminé a través de *Yume no Sekai* y encontré a Tatsumi, quien me dijo que Hakaimono y el Maestro de los Demonios habían llegado a un acuerdo. Tatsumi dijo que Hakaimono se dirigía al Templo de la Pluma de Acero para conseguir el pergamino para el Maestro de los Demonios, y que debíamos detenerlo —*Sin importar el costo, incluso si tenemos que matarlo para detener a Hakaimono*. Mi estómago se contrajo, recordando la mirada en los ojos de Tatsumi, la callada desesperación cuando me suplicó que pusiera fin a su vida. Apreté la mandíbula. *No, no dejaré que eso suceda*, prometí. *No perderé a Tatsumi frente a Hakaimono, y no permitiré que gane el Primer* Oni. *Cueste lo que cueste, lo traeré de vuelta.*

Reika suspiró, claramente insegura, luego miró al viejo sacerdote en la esquina.

—¿Maestro Jiro? ¿Qué debemos hacer?

El sacerdote guardó silencio durante un momento.

—Esto nada cambia —dijo al fin—. En todo caso, confirma la importancia de nuestra misión. Debemos llegar al

Templo de la Pluma de Acero antes que Hakaimono. Debemos derrotar al demonio y encerrarlo en Kamigoroshi o, en su defecto, destruirlo a él y a su anfitrión. Y debemos proteger los trozos del pergamino a toda costa. Bajo ninguna circunstancia podemos permitir que Hakaimono los entregue al Maestro de los Demonios.

—Entonces, debemos llegar al Templo de la Pluma de Acero —dijo Okame-san, frunciendo el ceño—. El que supuestamente está escondido y perdido para la eternidad desde hace cientos de años. Suena fácil. Mmm… ¿dónde estaba, otra vez?

—Al norte de las Montañas Lomodragón —dijo Maestro Jiro, como si estuviera citando el pasaje de un pergamino de historia—. *Busca el lugar donde se reúnen los* kami *de la montaña y mira a los cuervos que indicarán el camino* —hizo una pausa y frunció el ceño ligeramente, antes de sacudir la cabeza—. No es la más clara de las direcciones, debo conceder, pero es la que debemos seguir.

—Va a ser una larga caminata —suspiró Okame-san—. Lomodragón separa a las familias Tsuchi y Mizu, y la parte norte de la cordillera se extiende hasta el territorio del Clan del Viento, que, a su vez, está en el otro extremo del Imperio. A menos que Hakaimono tenga una pierna rota, o esté de este lado de Iwagoto con nosotros, no veo cómo podamos ganarle en esto.

—El Sendero de las Sombras —dije, haciendo que se estremeciera—. Es la forma más rápida, y la dama Hanshou nos ha concedido cruzarlo. Deberíamos encontrar a Naganori-san y hacer que abra el Sendero para nosotros —en medio de todo esto, Daisuke-san había estado inusualmente callado. Ahora, cuando nos preparábamos para salir de la habitación, apretó la mandíbula y se levantó con elegancia de las esteras.

—Perdónenme —dijo, con voz apologética pero firme—, mas temo que no podré ir con ustedes esta vez.

Parpadeé, conmocionada.

—¿Por qué, Daisuke-san?

—Soy un Taiyo —nos miró a todos, solemne y orgulloso—. Mi deber es con el Emperador, mi familia y mi clan. Cualquier cosa que los ponga en peligro también es una afrenta para mí. El Maestro de los Demonios es una seria amenaza para el Imperio. El honor exige que regrese e informe a su alteza sobre esta nueva información que ha surgido.

—Los Kage tienen mensajeros, Taiyo-san —dijo Okame-san de inmediato—. Envía una misiva con uno de ellos. Al parecer, son muy adeptos a viajar por el Imperio en un parpadeo.

Pero Daisuke-san negó con la cabeza.

—Lo lamento, Okame-san, pero no confiaría algo tan importante a un clan que recientemente intentó eliminarnos. Cualquier mensaje o nota que pueda enviar podría ser vista por los ojos equivocados, y no estoy dispuesto a arriesgarme con esto. Además, dentro de las tierras del Sol, el Clan de la Sombra se ha ganado la reputación de ser… indigno de confianza. Lo mejor será que entregue este mensaje en persona. Mi familia me escuchará.

—Nos dejarías —clamó Reika *ojou-san*, mirando con despecho al noble—. Sabiendo lo que está en juego. Sabiendo que debemos alcanzar a Hakaimono antes de que consiga el pergamino.

—Lo lamento —repitió Daisuke-san y seguía sonando contrito, pero firme—. Ya he tomado una decisión. Debo volver a la ciudad imperial para dar aviso al Emperador. Yumeko-san —se inclinó en dirección a mí—, ha sido un honor. Te deseo mucha suerte en tu viaje, y en verdad espero que puedas salvar a Tatsumi-san —se dio media vuelta y se dirigió a la puerta—. *Sayonara*. Esperemos que algún día nuestros caminos se crucen de nuevo.

—Nunca te tomé por un cobarde, Taiyo-san.

La voz de Okame-san sonó burlona, y el frágil silencio que le siguió era algo tan tangible que hizo que los vellos de mi brazo se erizaran. Daisuke-san se había quedado muy quieto, de espaldas a nosotros, pero vi que su mano descansaba sobre la empuñadura de su espada. Reika *ojou-san* intercambió una mirada conmigo, y luego se movió lentamente contra la pared, llevando a Maestro Jiro y los dos *komainu* con ella. Okame-san parecía ajeno a la tensión, parado en el centro de la habitación con los brazos cruzados y una mirada furiosa en el rostro.

—Okame-san —la voz de Daisuke temblaba, pero no podía saber si era por ira o algo más—, debo pedirte que retires la grave injuria que acabas de lanzar.

La mirada del *ronin* se transformó en una sonrisa.

—¿Por qué debería hacerlo?

—Porque el honor exige que te desafíe por tal insulto, o que te decapite aquí mismo. Y no es algo que desee hacer. Así que, por favor… —Daisuke-san seguía sin girarse, pero sus ojos se agitaron antes de cerrarse— retira tu declaración. Discúlpate, para que podamos olvidar esto y seguir adelante.

—¿Cómo? Entonces, ¿no soy digno de un duelo? —Okame-san dio un paso adelante, con una sonrisa desafiante—. No soy el asesino de demonios de los Kage, no sería un gran desafío. ¿O es porque soy un *ronin*? No quieres desperdiciar tus habilidades en algo indigno, ¿no es así?

—¡No quiero tener que matarte, Okame-san! —Daisuke-san finalmente se giró y miró al *ronin*, aunque su expresión mostraba contrariedad—. ¿Cuántas veces debo decirlo antes de que me creas? No me importa que seas un *ronin*, que ya no seas samurái. Eres un guerrero valiente. Te he visto permanecer a nuestro lado para enfrentar monstruos, demonios, asesinos y fantasmas vengativos. Te has convertido en un hermano de armas y te considero un amigo digno. No deseo desafiarte, porque te prefiero vivo, pero... —suspiró, cerrando brevemente los ojos, como si le doliera— no te negaré un duelo. Te daré una muerte honorable, si eso es lo que deseas.

—Una vez desafiaste a Kage-san a un duelo —dijo Okame-san, haciendo que Daisuke-san frunciera el entrecejo, confundido. Reika *ojou-san* también frunció el ceño, sin saber adónde iba el *ronin* con esto—. ¿Lo recuerdas? Ése sería tu más grande duelo, el que pondría a prueba tus habilidades hasta el límite.

—Sí —admitió Daisuke-san lentamente—. Lo recuerdo. Pero, incluso antes de mis propios deseos, mi deber hacia el Imperio es lo primero. En verdad lamento no haber cruzado espadas con Kage Tatsumi.

—Entonces, contéstame esto, noble Taiyo, y responde con sinceridad —Okame-san dio un paso adelante, mirando a Daisuke-san de arriba abajo—. ¿Crees que yo tendría alguna posibilidad contra Kage Tatsumi si lo desafiara en ese puente?

Sorprendido, Daisuke-san frunció el ceño ante el *ronin*, mientras la perplejidad más absoluta marcaba su expresión.

—¿Si... tuvieras que enfrentarte en un duelo con Kage-san? —repitió.

—Sí —Okame-san cruzó los brazos—. Si me interpusiera en el camino de Kage Tatsumi y le exigiera que peleara conmigo en el puente, ¿qué crees que sucedería?

—Okame-san… —Daisuke-san hizo una pausa, como si estuviera ordenando sus pensamientos— tú eres… un guerrero valeroso —explicó—. Y tu habilidad con un arco no tiene igual.

—Oh, ya basta con los rodeos, pavorreal —resopló Okame-san, sacudiendo la cabeza—. Ambos sabemos la respuesta: él acabaría conmigo. Si yo desafiara a Kage Tatsumi en ese puente, ni siquiera tendría tiempo de parpadear antes de que mi cabeza flotara en el río.

Daisuke-san frunció el ceño, pero no lo negó. Caminando hacia delante, Okame-san se acercó al noble Taiyo y se inclinó, con una mirada intensa. Su voz sonó baja cuando gruñó:

—Entonces, ¿qué te hace pensar que podré proteger a Yumeko-chan cuando nos enfrentemos a Hakaimono?

Daisuke-san dio un paso atrás, con los ojos muy abiertos. Okame-san no se movió y continuó mirando al noble con ojos negros y duros.

—Has visto pelear al asesino de demonios —continuó, con voz grave—. Yo no tendría una sola oportunidad. Sin Tatsumi, tú eres nuestra espada, Taiyo-san. Quizás eres el único que puede enfrentar al asesino de demonios de los Kage y no terminar en pedazos desde el primer segundo. Yo puedo pararme a unos cien metros y molestarlo con flechas algún tiempo, pero una vez que cierre la distancia… estoy muerto. Y entonces Yumeko-chan, Reika y el sacerdote tendrán que enfrentarse a Hakaimono… solos.

—No nos menosprecies, *ronin* —intervino Reika *ojou-san*, con voz molesta—. No estamos del todo indefensos. Chu y Ko lucharán hasta la muerte, y Maestro Jiro y yo tenemos la gracia de los *kami* con nosotros. Incluso contra un demonio como Hakaimono, daríamos una pelea memorable.

—Lo sé —dijo Okame-san sin mirarla. Sus ojos aún estaban fijos en Daisuke-san, quien tampoco había desviado la vista—. Sé que todos lucharíamos muy duro, y que todos estamos listos para dar nuestras vidas a fin de detener al asesino de demonios. Pero por lo que he oído hablar de Hakaimono, necesitaremos que todos y cada uno de nosotros trabajemos juntos para contar con alguna esperanza de derrotarlo. Taiyo-san, si te vas ahora... —Okame-san se detuvo, pensando, luego negó con la cabeza— no puedo vernos ganando. No soy el tipo de guerrero que puede oponerse a un *oni* de ese poder. Si regresas a la ciudad capital, Hakaimono nos matará. Y luego llevará los trozos del pergamino al Maestro de los Demonios, quien tendrá la libertad de convocar al Dragón. Y el Imperio caerá.

Daisuke-san estaba en silencio, su rostro no mostraba expresión alguna. Okame-san sostuvo su mirada, implacable.

—Sé que soy un perro *ronin* sin honor —dijo en voz baja—. Sé que he perdido todo concepto de deber, obligación y sacrificio. Se debe advertir al Emperador de que Hakaimono es libre y el Maestro de los Demonios ha regresado, me doy cuenta de eso, pero... ahora mismo, nosotros te necesitamos más, Taiyo-san. Si regresas a la ciudad imperial y no detenemos a Hakaimono, es posible que no tengas un Imperio que proteger por mucho tiempo más. Entonces, te pregunto, como amigo y como hermano de armas, ¿nos ayudarás a salvar a Kage Tatsumi? —una comisura de su boca se contrajo, con el espíritu de una sonrisa burlona en el rostro—. ¿O todavía necesitas que me ponga de rodillas y humildemente te pida perdón por insinuar que eres un cobarde? Por lo general, no ruego, pero me postraré ahora mismo, si eso es lo que se necesita para retenerte.

—Okame-san... —Daisuke-san cerró los ojos.

—Disculpen —un suave golpe se escuchó en la puerta, instantes antes de que la doncella la abriera y nos mirara, arrodillada—. Perdonen la interrupción —dijo, observando con los ojos desorbitados a Daisuke-san y a Okame-san, que seguían frente a frente, a un par de metros de distancia—, pero tengo un mensaje importante de Iesada-sama. Antes de partir, desea que la dama Yumeko y el resto de sus acompañantes se reúnan con él para tomar el té en el ala otoñal del castillo. Si me siguen, los conduciré.

—Danos un momento —dijo Reika *ojou-san* enseguida. La doncella parpadeó, ya fuera por sorpresa o por ofensa, pero cerró la puerta y nos dejó. Arrugué la nariz cuando la *miko* se levantó de inmediato, caminó hacia la puerta y presionó otro *ofuda* contra el marco, silenciando la habitación una vez más.

—¿Por qué el noble Iesada desea vernos? —pregunté—. Ha sido terriblemente grosero, sin mencionar que sus *shinobi* intentaron matarnos en la ciudad. ¿Creen que quiera disculparse? ¿Es ésta una ceremonia de té de "Lamento haber intentado asesinarlos"?

Reika *ojou-san* resopló tan sonoramente que los *komainu* levantaron sus cabezas y estiraron sus orejas hacia ella.

—Lo más seguro es que no —concluyó, poniendo los ojos en blanco.

—Bueno, no tenemos que asistir, ¿cierto? —pregunté—. Podemos escabullirnos de las tierras de los Kage a través del Sendero, y el noble Iesada no se enteraría.

Daisuke-san se giró entonces. Su expresión lucía ligeramente horrorizada cuando me enfrentó.

—Eso sería un enorme insulto, Yumeko-san —dijo—. Iesada-sama es un noble señor de los Kage y su invitación implica un gran honor. Ignorarlo sería imperdonable. El mismo Clan de la Sombra podría ofenderse por semejante falta de cortesía.

—¿Y a ti qué te importa, Taiyo? —preguntó Okame-san con brusquedad—. Pensé que regresarías a las tierras del Sol. No te preocupes por nosotros... estoy seguro de que podremos salir adelante.

Los hombros de Daisuke-san se desplomaron, e inclinó la cabeza con un suspiro.

—Me avergüenzas, Okame-san —la voz del noble era suave—. No conozco a ningún samurái que admita que un oponente es demasiado fuerte para él, pero tú, un *ronin*, has dejado de lado tu propio honor, tu propio orgullo, para hacerme ver la verdad. Tienes toda la razón: advertirle al Emperador nada logrará si el Maestro de los Demonios logra convocar al Dragón. Mi lugar está aquí, con aquellos a quienes he jurado asistir.

"Yumeko-sama —continuó, levantándose para mirarme, con expresión atenta—. También debo implorar su perdón. Si todavía me considera, permítame prestar un nuevo juramento. Prometo protegerla, y al pergamino del Dragón, ser la espada que se interponga ante sus enemigos, siempre y cuando tenga aliento para seguir luchando, o hasta que el Heraldo se haya alejado del mundo una vez más. Permítame acompañarla al Templo de la Pluma de Acero, y enfrentaré a Hakaimono con toda mi resolución. Por mi honor, juro que aquel terrible *oni* no tocará ni uno solo de sus cabellos mientras yo siga respirando. Ése es mi nuevo juramento. Si decide aceptarlo.

Asentí.

—*Arigatou*, Daisuke-san.

—Bien —espetó Reika *ojou-san*—. Entonces, si ya terminamos de hacer votos y de ser honorablemente dramáticos, ¿quizá podamos irnos? Hakaimono no se está alejando del Templo de la Pluma de Acero. Y ahora, debemos decidir si asistiremos a la ceremonia del té del noble Iesada. Aunque debo estar un poco enferma, porque creo que estoy de acuerdo con el plan de Yumeko. ¿Qué importa insultar a los Kage, si eso previene la segunda venida del Maestro de los Demonios?

—Perdóname, Reika-san —dijo Daisuke-san, adentrándose en la habitación—. Pero insultar al noble Iesada no es el único problema que tenemos. A veces, sentarte frente a tu enemigo es la forma más rápida de discernir sus secretos —bajó la voz, a pesar de que el *ofuda* de Reika *ojou-san* todavía se aferraba a la puerta, manteniendo nuestra conversación en secreto—. Una vez que dejemos las tierras de los Kage, debemos llegar al Templo de la Pluma de Acero tan rápido como podamos para advertirles sobre Hakaimono y prepararnos para la llegada del demonio. Si alguno en el Clan de la Sombra intenta detenernos, debemos estar preparados. Un sabio estratega mantiene sus intenciones ocultas, habla en voz baja y obliga a abrirse a su enemigo sin que el otro se dé cuenta siquiera. Creo que deberíamos acudir al llamado del noble Iesada, y tal vez descubramos algo que aún ignoramos.

—Concuerdo —agregó Maestro Jiro, sorprendiéndonos—. Alguien en el Clan de la Sombra desea detenernos. Debemos descubrir todo lo que podamos para no ser sorprendidos. Sin embargo —se puso un puño en la boca y su voz se volvió ronca—, creo que permitiré que los jóvenes asistan a la ceremonia. Por favor, díganle al noble Iesada que no me encuentro bien y envío mis disculpas. Me quedaré aquí con Chu y Ko, para asegurarme de que no se metan en problemas.

Reika *ojou-san* le dirigió a su maestro una mirada recelosa y divertida.

—¿Cómo puede ser un sacerdote y no tener gusto por el té? —preguntó.

Maestro Jiro resopló mientras sacaba una pipa de su túnica.

—Cuando eres viejo, Reika-chan, se te permiten ciertas excentricidades. No tener gusto por el té, ni por nada que tenga que ver con eso, es una de ellas.

Okame-san gimió.

—Uff, odio las ceremonias del té. Son increíblemente aburridas —suspiró—. Ustedes, los parlanchines, pueden encargarse de llevar la conversación. Yo sólo me sentaré e intentaré recordar todos los pasos que debo seguir antes de que pueda beber un sorbo. Parpadeen dos veces si estoy a punto de hacer algo ofensivo. No quisiera sostener mal la taza y deshonrar con mi falta de modales a nuestro perfecto noble, tanto que tuviera que caer sobre su propia espada a causa de la vergüenza.

—Ciertamente, yo no caería sobre mi espada —dijo Daisuke-san, dirigiéndole una mirada irónica al *ronin*—. Eso implicaría que tropecé, caí por la escalera y terminé empalado, como un búfalo de agua sin gracia. Yo me arrodillaría sobre una almohada y realizaría el ritual con honor y precisión, como todos los nobles samuráis.

—Nunca he estado en una ceremonia del té —reflexioné mientras todos nos poníamos en pie para salir de la habitación—. Maestro Jin y Maestro Isao solían tenerlas de cuando en cuando, pero Denga decía que yo tenía prohibido asistir hasta que estuviera seguro de que no robaría todos los dulces o haría que la tetera bailara por la habitación. Sólo hice ese truco de la tetera un par de veces, pero Denga jamás lo olvidó.

Reika *ojou-san* hizo una mueca y nos miró con resignación.

—¿Por qué tengo la sensación de que esto no saldrá bien?

Okame-san tenía razón. La ceremonia del té era increíblemente aburrida. Y larga. Pensé que asistiríamos a la reunión del noble Iesada, beberíamos una taza de té y luego nos disculparíamos cortésmente y nos retiraríamos. Pero la ceremonia comenzó de mañana y continuó hasta entrada la tarde. Fuimos conducidos hasta una sala designada donde nos esperaba Iesada-san, entonces nos arrodillamos sobre almohadones mientras observábamos al maestro de té, que primero trajo los utensilios a la habitación, uno por uno. Hubo entonces un caudal interminable de saludos y reverencias, mientras observábamos cómo eran limpiados los utensilios y esperábamos a que el maestro preparara la bebida: tomó una cucharada del brillante té verde en polvo y añadió cucharadas de agua caliente antes de batirlo para sacarle espuma. Estuve mordisqueando pastelillos dulces de arroz de un plato que había sido puesto frente a nosotros y me esforcé por no inquietarme. Cuando el té finalmente estuvo listo, se usó un solo tazón para servirlo a los invitados: una persona se tomaba su tiempo para admirar el tazón y el té mismo, antes de girar el tazón a la izquierda y tomar un sorbo contemplativo. Luego limpiaba el borde con un paño especial y pasaba el tazón al siguiente invitado, que hacía lo mismo. Era un té terriblemente amargo, así que contuve el aliento cuando lo tragué, con grandes dificultades logré expresar un comentario sobre su delicioso sabor y pasé el tazón a Okame-san a toda prisa. Después, tuvimos que ver al maestro de té limpiar el tazón y los utensilios de nuevo, lentamente y con el mayor cuidado, antes de que todo el proceso pudiera recomenzar.

—Tengo curiosidad —dijo el noble Iesada, mientras esperábamos que se sirviera la siguiente ronda de té—. Todos ustedes viajaron con el asesino de demonios de los Kage por un tiempo. Díganme, ¿cómo es que no los mató a todos?

Me sacudí con brusquedad, lo que causó que Reika *ojousan* me lanzara una mirada aguda por encima de las esteras de *tatami*. Por fortuna, Daisuke-san estaba sentado cerca del noble Iesada y le dirigió una sonrisa serena.

—Un tema interesante, Iesada-sama —dijo con voz cortés—. Yo mismo siento curiosidad por saber por qué alguien de su posición plantearía dicho tema durante tan bella celebración. Por favor, perdone mi ignorancia... En las tierras del Sol, el tema de los demonios se considera no apropiado para una conversación educada.

Busqué otro dulce, un pastel de arroz rosa brillante envuelto en una hoja, y dejé que su sabor disolviera el sabor amargo de mi boca. Okame-san atrapó mi mirada y puso los ojos en blanco, y tuve que reprimir una sonrisa.

—Ah, perdónenme —continuó el noble Iesada, con voz imperturbable—. Olvido que en las tierras del Sol todo es mucho más brillante y seguro que en nuestras humildes tierras de la Sombra. Las personas allí no tienen que temer a la oscuridad, ni a las criaturas que acechan en su interior. A menudo, deseo que nuestros propios samuráis pudieran conocer tanta paz y frivolidad pero, por desgracia, ese peligro es parte de nuestra vida cotidiana. No fue mi intención ofender, por supuesto.

—Por supuesto —respondió Daisuke-san, todavía sonriendo—. Ciertamente, es comprensible que los Kage a veces puedan luchar con los conceptos de etiqueta y buenos modales. Estar tan lejos de las tierras del Sol y la capital imperial debe ser una carga terrible para su clan. La dama Hanshou debería ser felicitada por conseguir tanto con tan poco.

Cambié mi peso sobre la almohada, girando distraídamente la hoja desechada entre mis dedos. A mi lado escuché el suspiro aburrido, apenas audible, de Okame-san. Sin mirarme señaló la tetera de hierro negro que estaba sobre el brasero, luego agitó dos dedos en un extraño movimiento danzante. Por desgracia, Reika *ojou-san* interceptó el gesto y giró levemente su cabeza para clavar en mí una mirada de labios apretados y ojos muy abiertos que advertía con absoluta claridad: *No te atrevas.*

—Taiyo-san es demasiado amable —la voz del noble Iesada tenía un poco de filo ahora, antes de que su fría mirada se moviera hacia mí—. Pero ¿qué tiene que decir nuestra honorable huésped con respecto al asesino de demonios? —susurró—. Entiendo que ella viajó hasta la ciudad capital con él. ¿Hizo algo que te pusiera en peligro? ¿Sabías que tenía un demonio acechando dentro de su espada, a la espera de ser liberado?

Tomé suavemente la hoja entre mis dedos y la escondí en la palma de la mano mientras un aleteo de magia de zorro atravesaba el aire.

—Salvó mi vida —dije al noble Kage—. El camino era muy peligroso, y no habría sobrevivido sin Tatsumi-san.

—¿Así que Tatsumi-san? —el noble Iesada parecía divertido, no se le había escapado que hubiera usado su nombre de pila para referirme a lo que ellos consideraban poco más que una peligrosa arma—. No pensé que el asesino de demonios se hubiera vuelto tan cercano. ¿Quizá crees que tienes una deuda de gratitud con él, entonces? —rio entre dientes y sacudió la cabeza—. No te molestes. El asesino de demonios es nada, sólo un arma. Una herramienta que el Clan de la Sombra usa para matar monstruos peligrosos y *yokai*, porque es tan monstruoso como las criaturas que caza. Carece de sentimientos, emociones o sentido de honor personal. Es apenas humano. También podrías tener una deuda de gratitud con una carreta de bueyes por haberte llevado a la siguiente ciudad.

—Lo siento, Iesada-sama, pero está equivocado.

El noble Iesada levantó ambas cejas, delgadas como un fino trazo de tinta, ya fuera por la sorpresa o por la indignación.

—¿Disculpa? —exclamó.

—Tatsumi no es sólo un arma —dije— y tampoco es un monstruo insensible. Era valiente y honorable, y estaba constantemente preocupado por Hakaimono. Y lo estaba porque no quería lastimarme ni avergonzar al Clan de la Sombra. Ésa no es la mentalidad de una criatura apenas humana.

El noble Iesada me miró fijamente, con ojos brillantes.

—Eres bastante atrevida para ser una mujer, y una campesina —dijo al fin, con una sonrisa tensa—. Considérate afortunada de ser la invitada de honor de Hanshou-sama, porque en mi posición tal audacia no sería tolerada. Te diré una verdad simple sobre los asesinos de demonios de la dama Hanshou. Son monstruos, porque los entrenamos para que lo sean.

Fruncí el ceño.

—¿Qué quiere decir?

—¿Deseas saber cómo se crea un asesino de demonios de los Kage? Cuando éste muere, un chico entre las filas de nuestros elegidos por los *kami* se propone para que se convierta en el siguiente portador de la espada maldita. Entonces es sometido a un entrenamiento intenso para purgar todas las debilidades de su mente y de su cuerpo, y para preparar su alma para la intrusión de Hakaimono. El esfuerzo físico es considerable, algunos dirían que demasiado incluso, sin embargo es nada comparado con lo que su mente debe soportar todos los días. Algunos chicos no sobreviven. Algunos enloquecen, tratando de resistir la presencia constante de Hakaimono. Algunos mueren a causa de los rigores del entrenamiento, desgarrados por los *yokai*, o sucumben a las heridas infligidas por su propio *sensei*. De hecho, creo que sólo uno de cada cuatro sobrevive a los primeros meses. Los demás mueren en agonía, o son eliminados porque no pudieron resistirse a Hakaimono. Los talentosos chicos elegidos por los *kami* que podrían haberse convertido en honorables samuráis, en lugar de eso, malgastan sus vidas para alimentar esa espada maldita y al demonio que la habita. Y aquéllos que logran pasar a través del proceso han sido cambiados de manera irreversible. Ya no son humanos. Son simplemente recipientes para el poder de Hakaimono, una mano que blande a Kamigoroshi en nombre de los Kage.

El noble Iesada se detuvo un momento para tomar una colorida esfera de arroz del plato con sus palillos, admirar el color y la fragancia, y meterla en su boca.

—Entonces —retomó, después de frotar sus labios con una servilleta de seda—, ahora lo entiendes. El demonio Hakaimono es un monstruo que debe ser detenido, y los Kage tienen el deber de derribarlo. El hecho de que el *oni* haya sido liberado y esté causando estragos por todo el Imperio ya ha traído vergüenza y deshonra al Clan de la Sombra. Hanshou-sama lo sabe… sugerir que buscaría ayuda de aquellos que no pertenecen a los Kage es una idea absurda. Porque, si alguno se entrometiera en nuestros asuntos, tendríamos que responder a tal insulto con fuerza —sonrió fríamente—. Pero les ofrezco mis disculpas, estoy hablando de nubes que no se han formado todavía, y de lluvia que aún no golpea la tierra. Estoy seguro de que la dama Hanshou tiene el asunto de Hakaimono bajo control. Volvamos a temas más agradables, ¿de acuerdo?

Todavía me estaba acostumbrando a las expresiones floridas y las frases indirectas y rebuscadas de los nobles de la corte, pero estaba bastante segura de que Kage Iesada nos había amenazado. O, al menos, nos había advertido que no fuéramos detrás de Tatsumi. La ira destelló. Ellos podían decir lo que quisieran, yo *salvaría* a Tatsumi, aun si debía sortear a los *shinobi* del Clan de la Sombra durante todo el camino hasta el Templo de la Pluma de Acero.

—Taiyo-san —continuó el noble Iesada, alcanzando un pastel de arroz con sus palillos—. ¿Ya ha probado el *mochi* de Noriko? Debo insistir en que lo pruebe, tiene la fragancia más delicada…

Sacó un bollo de arroz rosa del plato, y una peluda cabeza marrón asomó, moviendo nerviosamente los bigotes, cuando el dulce fue levantado. El noble Iesada soltó un grito y movió rápidamente su mano hacia atrás, cuando el diminuto roedor saltó del plato, se acercó al noble y desapareció en los pliegues de su *hakama*.

—*¡Nezumi!* —el noble Kage se levantó de un salto y batió los brazos para que sus mangas se movieran como velas en el viento. Con los ojos desorbitados, observamos al noble sacudirse salvajemente, agitando piernas y golpeando su *hakama* con el abanico. El ratón no volvió a aparecer, pero una hoja de una bola de arroz hecha jirones cayó revoloteando al suelo, cerca de los pies del noble Iesada. Nadie pareció notarla.

Finalmente, cuando el ratón no parecía estar más en su *hakama*, Kage Iesada se enderezó y con gran dignidad se volvió para inclinarse ante nosotros.

—Por favor, disculpen mi arrebato —dijo con voz serena e imperturbable—. Me temo que, por razones obvias, tendremos que terminar la ceremonia temprano —su mandíbula se tensó y las fosas nasales aletearon mientras continuaba—. Tengan la seguridad de que encontraremos a quien haya sido responsable de esta atrocidad pero, por ahora, debo despedirme.

Eché un vistazo a mis compañeros. Daisuke-san parecía aturdido y ligeramente divertido, pero, como el noble Iesada, estaba haciendo un trabajo notable al esconder su reacción. Sin embargo, el rostro de Okame-san estaba rojo porque ya no podía contener la risa, y la dura mirada de Reika *ojou-san* estaba fija en mí, con la boca tensa. No la había engañado ni un segundo.

—Por supuesto, Iesada-sama —dijo Daisuke-san con una pequeña reverencia—. Saldremos solos. Gracias por invitarnos. Su hospitalidad es verdaderamente inspiradora.

Okame-san y yo nos las arreglamos para mantener la expresión seria hasta que salimos del salón de té y estuvimos en el corredor. Pero en el instante mismo en que hicimos contacto visual, el *ronin* jadeó y se dobló en dos, con las manos en las rodillas, y yo me apoyé en una pantalla *shoji* y el marco de bambú, mientras nuestras risas hacían eco en el pasillo.

—¿Vi... vi... viste eso? —resopló Okame-san—. Parecía un gallo tratando de bailar *kabuki*.

—¡*Baka*! —Reika *ojou-san* dio un paso adelante y golpeó al *ronin* en la cabeza, luego se giró para mirarme—. Espero que ustedes dos hayan disfrutado eso —dijo—, porque ahora hemos hecho un enemigo terrible de una persona muy poderosa en el Clan de la Sombra. El noble Iesada no perdonará esta vergüenza, incluso si nunca sospecha quién es responsable.

—*Ite* —Okame-san se enderezó, frotándose el cráneo, para enfrentar a la *miko*—. Eso si asumimos que no estaba ya planeando matarnos, de cualquier manera —replicó—. No he sido samurái desde hace tiempo, Reika-chan, pero reconozco cuándo estoy siendo amenazado.

Daisuke-san, viendo toda esta escena con una sonrisa desconcertada en su rostro, negó con la cabeza.

—Tan divertido y perturbador como esto es, me temo que el *ronin* tiene razón, Reika-san. Iesada-sama ya era nuestro enemigo mucho antes de que nos invitara a beber té. Y si continuamos nuestra búsqueda del asesino de demonios, es seguro que nos encontraremos con sus esbirros, quienes intentarán mantenernos lejos de nuestro objetivo.

—Deja que lo intenten —dije, haciendo que todos me miraran—. Hakaimono va tras el pergamino del Dragón —les recordé—, no podemos permitir que nos detengan. Debemos llegar al Templo de la Pluma de Acero antes que él.

—Y espero que, una vez que lo hagamos, el Primer *Oni* no se ría en nuestras caras, antes de despedazarnos y entregarle el pergamino al Maestro de los Demonios —agregó Reika *ojou-san*—. Todavía no estoy segura de cómo vamos a evitar eso, pero parece que nuestro camino se ha decidido —una sombra de incertidumbre cruzó su rostro, y sacudió la cabeza—. En el pasado, Hakaimono y el Maestro de los Demonios ya masacraron ejércitos y destruyeron ciudades enteras. Nosotros somos sólo cinco, siete, si contamos a los dos guardianes del santuario, y nos enfrentamos al Primer *Oni* y el mago de sangre más poderoso que este Imperio haya conocido.

—Sí —agregó Daisuke-san, y se sintió un torrente de energía bajo su férrea resolución—. ¿Un pequeño grupo que enfrenta una situación infranqueable, y que da sus vidas por la gloria del Imperio? Eso es el *Bushido* —levantó la cabeza, con una sonrisa cruzando su rostro mientras miraba por la ventana al cielo de la tarde; su cabello blanco ondeó con la brisa—. Por mi parte, doy la bienvenida a la oportunidad de probar mis habilidades, enfrentar a mis enemigos con honor y morir con una espada en la mano. Pienso en los poemas que se escribirán sobre nuestro noble sacrificio.

Okame-san hizo una mueca.

—Prefiero que escriban poemas sobre nuestra noble victoria.

—Nunca he estado en un poema —musité—. ¿Tiene que ser muy triste? Todos los poemas que he leído parecen ser bastante tristes. Bueno, excepto por un *haiku* sobre un *tanuki* y la hija de un granjero. Nunca lo entendí bien, y Denga se negó a explicármelo.

—¿Señora Yumeko?

Me volví para encontrar a la anciana doncella parada a unos pocos metros de distancia. Otra vez, había aparecido tan silenciosamente como un fantasma.

—Vengo con un mensaje de Kage Masao —nos informó, tan formal como siempre—. Masao-sama y Naganori-san los esperan en la última planta del castillo. El Sendero de las Sombras está listo.

16

EL JARDÍN CONGELADO

Suki

Había días en que Suki extrañaba estar viva. Días en los que, de manera inesperada, un recuerdo se deslizaría hasta su corazón —una brisa fresca de primavera, la dulzura de su comida favorita, la tibieza del sol en su piel— y desearía, sólo por un instante, no ser un fantasma intangible.

Hoy no era uno de esos días.

—Me estoy congelando —se quejó Taka, encorvando sus hombros contra la torrencial nevada. Los pequeños labios del *yokai* se habían vuelto de un sutil tono azul, y sus dientes castañeteaban mientras se arrastraba miserablemente detrás de Seigetsu-sama. El hielo colgaba de sus mangas, y el sombrero de ala ancha sobre su cabeza estaba cubierto de nieve—. ¿Ya estamos ce-cerca, Maestro?

—Sí —contestó Seigetsu-sama sin mirar atrás—. Y la señora de este bosque está escuchando. Si no deseas que tus labios se queden congelados para siempre, te sugiero que permanezcas en silencio.

Taka apretó de inmediato la mandíbula y se encorvó aún más en su capa de paja, haciéndose muy pequeño. Y a pesar de que Suki no podía sentir frío, se estremeció. A su alrededor el bosque sombrío se mantenía congelado, los altos pinos enmarañados caían bajo el peso de la nieve y el hielo. Suki se acercó más a Taka mientras pensaba que éste era un peso opresivo, frío y dominante, como si la nieve fuera un cruel maestro exigiendo silencio y respeto de todo lo que tocaba.

Cuando entraron en un pequeño y pacífico claro, la nieve cesó su caída de manera brusca y el bosque que los rodeaba se quedó inmóvil. Ni el más leve soplo de viento agitaba las ramas, aunque Suki casi podía ver el frío en los carámbanos que colgaban de los árboles y en las nubes ondulantes que salían retorcidas de los labios de Taka. Seigetsu-sama no detuvo su marcha. Se adentró en el terreno llano, y Taka y Suki siguieron su estela. La nieve era bastante profunda en este punto, y crujía bajo los pies de Taka, como si el pequeño *yokai* estuviera caminando sobre ramas o una cama de guijarros.

—¡Ite! —Taka se detuvo de pronto, saltando sobre un pie, como si se hubiera golpeado un dedo—. ¡Auch, auch, corta! ¿Qué es eso?

Seigetsu-sama se detuvo. Parecía ligeramente molesto cuando dio media vuelta.

—Taka —su voz develaba una advertencia.

—¡*Sumimasen*! —susurró Taka, haciendo una mueca de dolor mientras metía una mano en la nieve—. Perdóneme, Maestro. Creo que pisé una rama rota...

Tartamudeó hasta detenerse, pero entonces sus ojos se volvieron enormes, mientras extraía la mitad de un cráneo de la nieve. Con un grito dejó caer la mandíbula sonriente, que cayó de regreso en el suelo con un golpe ahogado y se alejó rodando, sólo para revelar otro cráneo oculto bajo el manto blanco.

Una risa suave y femenina se expandió a lo largo del borde del claro, transportada por el viento, y agitó la nieve flotando en el aire.

—*Bienvenidos a mi jardín* —susurró, mientras Suki miraba a su alrededor salvajemente y Taka se lanzaba detrás del *hakama* de Seigetsu-sama—. *Ya no recibo muchos visitantes. ¿Les importaría quedarse para un hechizo? ¿Tal vez les gustaría plantar algo aquí mismo?*

El viento sopló, lanzó nieve en el aire, azotó el cabello de Seigetsu-sama y tiró de sus mangas. Arrancó la parte superior que cubría todo de blanco y reveló la alfombra de huesos brillantes que había debajo. Calaveras, armaduras y armas podridas, esqueletos humanos y animales, todos a medio enterrar en el suelo helado. Taka se quedó sin aliento, y Suki sintió que perdía su forma y se transformaba en una brillante lengua de fuego. La extraña voz soltó una risita ante sus reacciones. Seigetsu-sama suspiró.

—Ya he visto tu jardín, Yukiko —dijo al aire vacío—. No es ésa la razón por la que estoy aquí.

—*Oh, Seigetsu-sama, usted no es divertido* —la voz casi sonaba como si estuviera haciendo un puchero, y la nieve siguió girando alrededor del claro. Mientras Suki observaba, los dedos de encaje de la nieve arrastrada por el viento rozaron la manga de Seigetsu-sama y después se enroscaron alrededor de Taka y jalaron su sombrero—. *¿Está seguro de que no quiere dejarme un regalo? Todavía no cuento con un cráneo de un solo ojo en mi colección.*

Taka se encogió y gimió, aferrándose al *hakama* de su maestro. Los ojos dorados de Seigetsu-sama se entrecerraron.

—No, y no creas que necesitas más "decoraciones" —dijo con firmeza. Levantó una mano y la agitó a través de los hilos de nieve que lo rodeaban—. He venido a cobrar mi favor, nada más.

Las ráfagas de nieve arrastradas por el viento retrocedieron.

—*Eso fue hace años, Seigetsu-sama* —la voz casi gimió—. *Siglos han transcurrido desde entonces. Casi lo había olvidado.*

—Pero yo no lo he olvidado —el tono de Seigetsu-sama era inflexible—. ¿Vas a cumplir la promesa que me hiciste ese día, Yukiko, o debería ofenderme ante tu engaño?

Un largo y dramático suspiro causó que la nieve se arremolinara frenéticamente alrededor del claro.

—*No, Seigetsu-sama* —dijo la voz, con tono sufrido—. *Honraré mi palabra. Que nadie diga que Yukiko del Norte no cumple sus promesas. ¿Qué es lo que necesita?*

Seigetsu-sama sonrió.

—Hay un *oni,* Hakaimono, que se dirige hacia el Templo de la Pluma de Acero mientras hablamos —respondió—. Necesito que evites que llegue a ese lugar.

17

EL PRECIO DE LA ILUSIÓN

Yumeko

Naganori-san nos esperaba en las entrañas del castillo de Hakumei, parado con los brazos cruzados en el centro de la sala con paredes de piedra. Pero no era el único.

—Yumeko-san —Kage Masao me sonrió justo al cruzar la puerta. La titilante luz de las antorchas fundía su pálido rostro con la sombra. Estaba vestido con un *hakama* azul y una túnica color negro medianoche, con pétalos de color rosa e índigo cayendo sobre la tela como lluvia. Un abanico de seda negra descansaba entre sus dedos mientras asentía en mi dirección—. Y el resto de nuestros invitados de honor —hizo una leve reverencia cuando el grupo entró en la habitación—. Perdónenme, no tuve la oportunidad de presentarme antes. Soy Kage Masao, asesor en jefe de la dama Hanshou. Espero que su estancia en el castillo de Hakumei haya sido placentera.

Okame-san resopló, pero el sonido se convirtió en un gruñido cuando Reika *ojou-san* le dio una patada en el tobillo. Kage Masao se negó cortésmente a notarlo.

—Me encargué de supervisar yo mismo los preparativos finales de su viaje —continuó el cortesano, e hizo un gesto a un mozo, quien salió de la esquina con un puñado de papeles en una mano y un paquete grande y rectangular colgando de la otra. El paquete estaba hecho de bambú tejido, con un par de correas de cuero que permitían llevarlo sobre los hombros—. Aquí están sus documentos de viaje, firmados y sellados por la propia dama Hanshou. Esto les permitirá viajar entre territorios sin ser hostigados. Y he aquí algunos suministros para que puedan llegar a su destino final. Maestro Naganori ha tenido la amabilidad de abrir el Sendero de las Sombras una vez más, así que temo que su tiempo con nosotros haya llegado a su fin —cuando Maestro Jiro tomó los documentos y Okame-san el paquete, sus agudos ojos negros se clavaron en mí—. Recuerda, Yumeko-san, una vez que dejen las tierras de los Kage, estarán fuera del alcance de la influencia de la dama Hanshou. Yo aconsejaría que sean precavidos. Otros podrían intentar detener su viaje, y no podremos ayudarlos si se encuentran rodeados de asesinos.

Asentí.

—Entendemos. Gracias, Masao-san.

El cortesano sonrió y me dedico el más breve asentimiento de cabeza, luego se volvió hacia Kage Naganori, que esperaba en el centro de la habitación.

—¿Naganori-san? ¿Estás preparado?

El *majutsushi* me dirigió una rígida sonrisa de piedra que no llegó a sus ojos.

—Cuando estén listos, Masao-san.

—Naganori-san usará el Sendero de las Sombras para llevarlos a Jujiro, una ciudad de comerciantes que se encuentra en la frontera entre los territorios de los clanes del Fuego y del Agua —continuó el cortesano, volviéndose hacia mí—. Desde allí, si viajan hacia el norte, llegarán al Bosque de los Mil Ojos luego de dos días. No podemos acercarlos más allá —Kage Masao extendió su abanico y me dirigió una mirada por encima de la seda negra—. Quiero advertirte, Yumeko-san: cuando supimos que Hakaimono había ido al bosque, enviamos una unidad de samuráis y *shinobi* para proteger el perímetro, en caso de que el demonio volviera a salir —hizo una pausa, luego continuó con gravedad—. No se ha vuelto a saber nada de esos hombres.

Tragué saliva para aliviar la resequedad en mi garganta.

—¿Qué pasó?

—No lo sabemos —el noble encogió un elegante hombro.

—Al parecer la unidad completa desapareció durante la noche. Incluso los *shinobi* se desvanecieron sin dejar rastro. Como si algo los hubiera rastreado y silenciado a todos.

"Sólo podemos asumir que Hakaimono se cansó de ser cazado —continuó Kage Masao—, y decidió matar a sus perseguidores, tanto para terminar con la amenaza que representaban como para ocultarnos lo que sea que esté haciendo en las sombras. Eso significa que hay algo en el Bosque de los Mil Ojos que él no desea que averigüemos. Desafortunadamente, eso podría ser cualquier cantidad de cosas: un lugar de poder maligno, un grupo de demonios que quedaron de la última guerra —su voz se hizo más suave y enfrió la sangre en mis venas—. Y, por supuesto, están las ruinas del castillo de Genno, en el corazón de todo. Si me arriesgo a adivinar, diría que es probable que Hakaimono se dirija allí. ¿Por qué motivo? Sólo puedo suponer lo peor.

Un bulto frío se asentó en la boca de mi estómago, y pude sentir el peso del pergamino, pesado y terrible, bajo mi túnica. Kage Masao me miró sobre el borde de su abanico. Sus afilados ojos negros me evaluaron, como si supiera que estaba ocultando algo.

Por fortuna, en ese momento Naganori-san dio un paso al frente, irradiando impaciencia.

—Con su venia, Masao-san —dijo con una rígida reverencia, y nos hizo un gesto a todos hacia el arco *torii*—. La noche se desvanece con rapidez, y es peligroso mantener abierto el Sendero de las Sombras.

—Ah, por supuesto. Por favor, discúlpame —Kage Masao sonrió y se alejó, ondeando su abanico—. Les deseo buena fortuna, Yumeko-san —dijo alegremente, cuando el *majutsushi* nos dirigió hacia la puerta—. Recuerda, avísanos en el momento en que hayas completado la misión. Si tienes éxito, habrás hecho lo que los sacerdotes más dotados y el archimago no pudieron lograr. La dama Hanshou estará muy complacida y te habrás ganado el favor de una *daimyo*.

No me importaba mucho el favor de la *daimyo* de los Kage. Me parecía que ella quería a Tatsumi como su propia arma viviente. Pero decirlo me pareció muy grosero, así que sólo sonreí y me incliné ante el cortesano, luego seguí a Naganori-san hasta el arco *torii* en el centro de la estancia.

—He abierto el Sendero para ustedes —nos dijo el *majutsushi*, mientras me estremecía con el aire frío que flotaba en el espacio entre los postes—. No necesitarán que los guíe esta vez, tan sólo deben caminar hasta que lleguen a su destino. Habrá un *majutsushi* esperando para abrir el Sendero al otro lado. Si nada sucede y no se desvían del Sendero para entrar en *Meido*, se encontrarán en el sótano de un comerciante de Jujiro. Los estarán esperando, pero no se demoren y no intenten conversar con los dueños de la casa. Abandonen la propiedad lo más rápido que puedan y busquen la puerta norte para salir de la ciudad. Sus documentos de viaje les permitirán pasar por los guardias con pocos o ningún problema, pero aun así es aconsejable que sean cautelosos. Mantengan la cabeza baja y eviten atraer la atención.

Miró a Okame-san mientras decía aquello, haciendo que el *ronin* sonriera.

—Oh, no se preocupe, Naganori-san —dijo Okame-san—. ¿Una *onmyoji*, un *ronin*, un sacerdote y una doncella del santuario, dos perros y un noble Taiyo caminando juntos? Estamos seguros de encajar a la perfección.

Naganori-san apretó los labios, pero se volvió hacia mí.

—Cuando encuentren la puerta norte en Jujiro —continuó—, lo único que deben hacer es seguir el camino, que termina en el pueblo abandonado de Takemura, cerca del borde del Bosque de los Mil Ojos. Cuando lleguen a una aldea vacía, cubierta de vegetación y tal vez atormentada por *yurei* y demonios, sabrán que están cerca. ¿Alguna pregunta antes de empezar?

Negué con la cabeza, y el *majutsushi* asintió enérgicamente.

—Entonces no hay más que hacer aquí —dijo, e hizo un gesto hacia el arco *torii*. Entre los postes, el aire se oscureció, como una sombra que se arrastrara sobre el suelo. Pude sentir cómo los fríos zarcillos del espacio interior me alcanzaban y arañaban mi piel, y me estremecí—. *Sayonara* —dijo Naganori-san, y se alejó, como si ya nos hubiera despedido—. Buena suerte en el Sendero.

Miré la negrura a través del arco *torii* y respiré hondo. *Espera, Tatsumi. Ya voy.*

Flanqueada por Daisuke-san y Okame-san, y con Reika *ojou-san*, Maestro Jiro y los dos *komainu* a mis espaldas, di un paso al frente, adentrándome en el Sendero de las Sombras. En cuanto estuvimos todos dentro, la luz detrás de nosotros se desvaneció, la abertura entre los reinos se selló y quedamos solos en la tierra de los muertos.

Ya podía sentir sus ojos sobre nosotros y, por un momento me quedé parada temblando, incapaz de hacer algo más.

—Vamos —Maestro Jiro dio un paso adelante, con Chu y Ko a su lado. Los dos *komainu* parecían brillar suavemente en medio de las oscuras sombras del Sendero, como dos esferas de luminosidad en la penumbra—. No repitamos los errores —dijo el viejo sacerdote. Su voz sonaba débil y áspera en la oscuridad—. Nuestra fe en este grupo debe ser más fuerte que el llamado de los muertos. Reika-chan, si tú quisieras...

—*Hai*, Maestro Jiro —la doncella del santuario metió la mano en su manga y sacó un *ofuda*, el *kanji* con la palabra "sendero" estaba escrito con tinta negra en la tira de papel—. Si sienten que se están deslizando —dijo Maestro Jiro, cuando do Reika *ojou-san* se paró al frente—, miren a sus compañeros. No los dejarán caer en la oscuridad.

Levantando la mano, la *miko* soltó el *ofuda*, que voló en espirales en el aire como una anguila a través del agua. Nos rodeó una vez, luego se agitó por el Sendero, arrojando un débil brillo contra las sombras. Reika *ojou-san* sonrió.

—Ha encontrado el Sendero —dijo, observando el destello de la luz que titilaba y danzaba en la oscuridad—. Si en algún momento empiezan a perder el rumbo, busquen la luz.

—Entonces, vamos —dijo el sacerdote—. Antes de que las voces de los muertos comiencen a llamarnos.

Algo susurró mi nombre en la oscuridad, bajo y angustiado. La voz de Tatsumi. Apareció una sombra, familiar y desgarradora, en la esquina de mi visión. Aplané las orejas, cerré los ojos y me alejé, negándome a mirarlo. *No es él*, me recordé, tragando saliva para disolver el nudo que oprimía mi garganta. Tatsumi no estaba muerto. Me esperaba al final del camino, en el Templo de la Pluma de Acero, donde se decidiría el destino del pergamino del Dragón. Volvería a verlo y lo liberaría de Hakaimono. O el Primer *Oni* nos mataría a todos, y el Maestro de los Demonios se levantaría de nuevo sobre la Tierra. Tan simple como eso.

—¿Yumeko-chan? —algo tocó mi brazo. Sobresaltada abrí los ojos para encontrarme con Okame-san, que me miraba con expresión preocupada—. ¿Te encuentras bien?

—*Hai*, Okame-san —asentí—. Sólo estoy... pensando en la misión y en lo que tengo que hacer cuando encontremos a Hakaimono.

Sonrió.

—No te preocupes por eso, Yumeko-chan —dijo alegremente—. Sólo debemos salvar al Imperio del Primer *Oni* y el Maestro de los Demonios. Pan comido, ¿cierto?

Fruncí el ceño.

—No creo que sea fácil, Okame-san. ¿Tú sí?

—No —el *ronin* se encogió de hombros—, de ningún modo. Pero no puedo tomar esto demasiado en serio, considerando que quizá todos moriremos. Sólo piensa en los versos que se escribirán en nuestro honor.

—Ustedes dos —llegó a nosotros la impaciente voz de Reika *ojou-san* desde el frente—. ¿No podrían esperar hasta que nos encontremos fuera del Sendero de las Sombras y hayamos dejado atrás el reino de los muertos para continuar con su cotilleo?

—*Gomen*, Reika-chan —respondió Okame-san. Su voz todavía se escuchaba obstinadamente alegre en la oscuridad—. Yumeko-chan y yo estábamos discutiendo sobre qué tipo de versos se escribirán sobre nuestras trágicas y honorables muertes tras la lucha contra Hakaimono. En lo personal, me encantaría que de mi historia se escriba un *haiku*.

—*Baka* —murmuró Reika *ojou-san*, haciendo un gesto de fastidio mientras se daba media vuelta—. No supongas nuestros destinos antes de que los hayamos forjado. Además, ¿quién escribiría un poema sobre tu sandez?

—*Flecha indomable* —murmuró Daisuke-san mientras comenzábamos a caminar por el Sendero—, *del mal quiso burlarse / sonrisa y sangre.*

—Oooh —dije, clavando mis orejas hacia delante—. Eso fue impresionante, Daisuke-san.

El noble soltó una risita.

—Soy un hombre de muchos talentos, Yumeko-san. Creo que si uno se interesa por algo, debe esforzarse por perfeccionarlo, y a sí mismo.

—Eso —dijo Okame-san, mirando a Daisuke-san con una expresión entre alegre y molesta— fue demasiado rápido, Taiyo. Esperaría que pasaras al menos una semana sufriendo, pensando con dolor las palabras adecuadas para honrar mi muerte —tomó una pose dramática en el Sendero, obligándonos a hacer una pausa—. Mi muerte debe ser conmovedora y trágicamente noble, como el final de todas las obras *kabuki*.

—Okame-san —Daisuke-san dirigió al *ronin* una sonrisa débil, casi triste—. Si pereces en esta misión mientras yo de alguna manera consigo sobrevivir, juro que compondré versos en tu honor que harán llorar incluso a los *kami*. Sin embargo, debes prometerme que harás lo mismo por mí, ya que no tengo la intención de quedarme de brazos cruzados. Cuando llegue el momento, planeo encontrarme con esa muerte gloriosa a tu lado.

Mi estómago se retorció.

—¿Alguna vez alguien ha escrito versos para héroes triunfantes, donde el enemigo es derrotado y nadie más muere?

—pregunté—. ¿Uno en el que, quizás, al final todos regresan a casa con sus amigos, se casan enamorados y viven una vida pacífica hasta el último de sus días?

Daisuke-san rio, un extraño y ligero sonido en las tinieblas y la oscuridad, con las voces de los muertos gimiendo a nuestro alrededor.

—Eso lo convertiría en una pieza muy anticlimática, Yumeko-san —soltó otra risita y levantando una mano reanudó el paso, y entonces seguimos al sacerdote y a la doncella del santuario la oscuridad, detrás de un rayo de luz que se agitaba y bailaba al frente—. En los mejores versos, los héroes siempre dan sus vidas por el honor, el deber, el sacrificio y la gloria del Imperio. Cualquier otra cosa, no sería una gran historia.

El viaje a través de *Meido* y el Sendero de las Sombras no fue tan sombrío y terrible como la primera vez. Sabíamos qué debíamos esperar y estábamos preparados para cerrar nuestros oídos a los llamados de los muertos. Pero no era agradable de cualquier manera. Volví a ver a Denga y Nitoru una vez más, frunciéndome el ceño con oscuros rostros mientras me observaban a través de la niebla que bordeaba el Sendero. Sabía que no eran ellos realmente, pero no pude evitar que mi estómago se retorciera y un nudo se atascara en mi garganta. Mis amigos estaban a mi lado esta vez, y sabía que no nos dejaríamos salir del Sendero. El rostro de Daisuke-san se mantenía sereno e inexpresivo mientras avanzaba, sin mirar a la izquierda o a la derecha. Detrás de él, Okame-san caminaba por el Sendero con los brazos cruzados y los labios torcidos en una sonrisa de suficiencia. De vez en cuando echaba un vistazo a la niebla con desdén, como si estuviera desafiando a los espíritus de los muertos a hacer lo peor. Una vez vi que un espíritu se acercaba a Reika *ojou-san*, gimiendo, pero un dardo naranja se lanzó en la penumbra, cuando Chu se precipitó contra el fantasma con un pequeño pero fiero ladrido, y el *yurei* retrocedió en la niebla.

Al frente de nosotros, la tira del *ofuda* brillaba como un dragón en miniatura mientras se agitaba y revoloteaba, siempre avanzando pero siempre visible, incluso si sólo era un hilo de luz contra la oscuridad. Sin embargo, justo cuando me estaba preguntando cuándo terminaría este mórbido viaje, la tira de papel se apagó y desapareció en la oscuridad.

Me sobresalté.

—Mmm, ¿Reika *ojou-san*? —llamé, al ver que la *miko* me miraba por encima del hombro—. Tu *ofuda*... —señalé al frente— desapareció. ¿Crees que un *yurei* lo haya atrapado?

—No —la doncella del santuario negó con la cabeza, con los hombros hundidos con un alivio visible—. Debe haber encontrado el final del camino. Eso significa que ya estamos casi allí.

Mientras hablaba, la oscuridad desapareció, como si hubiéramos cruzado la boca de una cueva, y parpadeé ante el repentino resplandor de una linterna naranja. Entrecerrando los ojos a través de la bruma, me encontré parada en una pequeña habitación con suelos de madera áspera, paredes sin ventanas y techo alto. Cuando miré por encima de mi hombro, vi que un pequeño arco *torii* se levantaba contra lo que parecía ser una pared sólida. Unos cuantos rizos de niebla que se curvaban alrededor de nuestros pies pronto se disolvieron en las sombras, pero ya no quedaba rastro alguno del camino o de la entrada al reino de los muertos.

Nos encontrábamos en algún tipo de almacén. El resto de la habitación tenía estantes a lo largo de las paredes, llenos de todo tipo de cajones, cajas y sacos llenos de lo que supuse que sería arroz. Había barriles apilados en tres esquinas de la habitación, y rollos de tela recargados contra la cuarta esquina.

Me volví hacia Reika *ojou-san*.

—¿Dónde dijo Naganori-san que terminaríamos?

—En el sótano de un comerciante de Jujiro —contestó la doncella del santuario, mientras también observaba alrededor—. Por el aspecto de las cosas, diría que lo logramos.

—Han llegado.

Nos volvimos hacia la serena voz. Una mujer joven, vestida con largas túnicas de color negro y púrpura, estaba en la base de una escalera. El maquillaje blanco y los labios negros la desvelaban como una *majutsushi* del Clan de la Sombra.

—Por favor, síganme —dijo simplemente, y dio media vuelta—. Los acompañaré.

No mucho después nos detuvimos en la esquina de un camino empedrado, temblando en el sosiego previo al amanecer, mientras la ciudad de Jujiro poco a poco despertaba. Al otro lado de la calle, más allá de una fila de almacenes custodiados por hombres de aspecto rudo, pude ver una red estructurada de muelles de madera y docenas de velas de colores brillantes a la deriva o flotando perezosamente sobre el agua. Una brisa constante soplaba desde el puerto, llevando consigo el olor a pescado y agua de río, aunque tal vez éste provenía de las hileras de pescados que estaban siendo destripados y cortados en porciones en el mercado que se encontraba al otro lado de la calle.

—Nunca había oído hablar de Jujiro —dije, maravillada del panorama y los sonidos del puerto—. ¿Qué tan cerca estamos de las Montañas Lomodragón?

—No estoy muy segura —dijo Reika *ojou-san*—. Nunca había estado en Jujiro.

—Si me lo permiten —dijo Daisuke-san, y se puso al frente para guiarnos cuando comenzamos a caminar por la carretera—. He viajado por esta área varias veces. Déjenme compartir lo que consiga recordar. A la ciudad de Jujiro también se le conoce como la Encrucijada —continuó Daisuke-san, ajeno o indiferente al gesto de fastidio de Okame-san— y es la única ciudad en el Imperio que no está controlada por una familia o clan. Debido a que se levanta en una coyuntura donde dos ríos se encuentran, se ha convertido en un centro importante para el comercio y el crecimiento económico. En el pasado, se pelearon varias guerras para ver quién controlaría Jujiro, pero en algún punto el Emperador decidió que no pertenecería a un solo clan, sino a todos —asintió con la cabeza hacia un almacén en uno de los muchos muelles, donde volaba el estandarte de una familiar luna siendo engullida por un eclipse—. Ésa es la razón por la que los Kage tienen presencia aquí, de la misma manera que el resto de los clanes. Creo que éste es el río del Oro. Si lo siguiéramos hacia el noreste, eventualmente nos conduciría a Kin Heigen Toshi —su voz se volvió sombría al señalar en otra dirección—. Si viajáramos al oeste, dentro de dos días veríamos los límites del Angetsu Mori, hoy conocido como el Bosque de los Mil Ojos. Y tal vez ésa sea la razón por la que la dama Hanshou nos envió aquí. Jujiro es la ciudad principal más cercana a ese bosque maldito.

"Sin embargo —continuó, mientras me estremecía en el aire fresco de la noche—, si ignoramos los deseos de la dama Hanshou y seguimos el río del Oro hacia el noroeste...

—Llegaremos a las Montañas Lomodragón —concluyó Okame-san, y Daisuke-san asintió.

—Entonces, ése es nuestro destino —jadeó Maestro Jiro. Bajaba por el camino apoyándose pesadamente en su bastón, mientras Chu y Ko permanecían cerca de sus talones—. Debemos encontrar la puerta poniente, si tal cosa existe —tosió y llevó un puño a su boca. Sus delgados hombros temblaron, hasta que el ataque pasó. A sus pies, Ko dio un gemido de preocupación.

—Perdóneme, Maestro Jiro —dijo Daisuke-san con el ceño fruncido—. Con el debido respeto, ¿se siente bien? ¿Lo suficiente para emprender una larga caminata por los más duros terrenos montañosos?

—Estoy bien —el viejo sacerdote desestimó la preocupación de Daisuke—. Mis pulmones no están acostumbrados a estas temperaturas que cambian rápidamente, pero me adaptaré.

—¿Está seguro? —preguntó Okame-san, que parecía dudoso, por encima de sus brazos cruzados—. Es viejo y no quiero tener que cargarlo todo el camino hacia la montaña.

—Estaré bien, *ronin* —la voz de Maestro Jiro se escuchó un poco más aguda ahora—. Si puedo caminar la Devota Peregrinación desde Shimizu, en el territorio del Clan del Agua, hasta el Santuario de Heichimon, en las tierras de Hino, puedo soportar una caminata por Lomodragón sin problema —resopló—. Además, ¿cómo atarían ustedes a Hakaimono por su cuenta? Necesitarán un sacerdote de mi... ejem... *experiencia*, si vamos a enfrentar a un poderoso *oni*.

—Eso suponiendo que podamos encontrar el Templo de la Pluma de Acero —murmuró Reika *ojou-san*—. Y que quienes vivan allí, ya sean monjes, sacerdotes o fantasmas hambrientos, nos crean cuando digamos que no somos enemigos y que hemos venido para evitar que el Primer *Oni* irrumpa en el sitio y robe su trozo del pergamino del Dragón. Al *no* pretender exterminarlo —suspiró, sacudiendo la cabeza—, espero que quienes vivan allí sean comprensivos y no decidan matarnos a todos.

Salimos del distrito de los muelles del Clan de la Sombra, nos alejamos del río y los almacenes, y entramos en lo que parecía ser el centro de la ciudad, a juzgar por la encrucijada convergente y el poste indicador que así lo proclamaba. A pesar de ser tan temprano, Jujiro bullía de actividad. Todo tipo de tiendas se alineaban en las calles, sus puertas ya estaban abiertas y los vendedores se ocupaban montando cabinas y puestos de madera. Una mujer joven en un *kimono* de hermosos colores paseaba con una sombrilla balanceada en un hombro. Su rostro estaba teñido de blanco y sus labios y ojos con un toque carmesí, pero, a diferencia del maquillaje de la *majutsushi*, éste la hacía lucir elegante y como una viva muñeca, en lugar de rígida. Su cabello, cubierto con flores y peinetas de marfil, estaba peinado de manera que no dejaba un mechón fuera de lugar. Nos sonrió al pasar, con la mirada fija en Daisuke-san.

A medida que avanzábamos hacia nuestro destino, los primeros rayos del amanecer se asomaron por fin en el horizonte, tocando las cimas de los tejados con una suave luz anaranjada. Respiré hondo, aliviada de estar fuera de la opresiva oscuridad del territorio del Clan de la Sombra. Lejos de los Kage y sus miradas y oídos indiscretos, donde no tenía que preocuparme de que cada uno de mis movimientos, cada palabra, estuvieran siendo observados, registrados y juzgados. Donde mis secretos no estuvieran en constante peligro de ser descubiertos, y mis amigos no se encontraran bajo amenaza o en peligro de terminar asesinados en caso de que alguno de esos secretos saliera a la luz.

No me extraña que siempre fueras tan paranoico, Tatsumi. Cerré los ojos, sonriendo tímidamente, mientras la luz del sol acariciaba mi rostro. Sabía que no habíamos estado mucho tiempo con el Clan de la Sombra, y la única vez en que nos habíamos aventurado a salir del castillo había sido por la noche. Pero dentro de los muros de Hakumei-jo, se sentía como si el sol no existiera y toda la tierra estuviera cubierta por la oscuridad y la sombra eternas. *Si tuviera que vivir con los Kage aunque sólo fuera un mes o dos, perdería la razón.*

Mi estómago aleteó cuando Tatsumi invadió mis pensamientos una vez más. *Tatsumi... espero que te encuentres bien. Ya vamos, por ti y por Hakaimono, por ambos. Espérame un poco más.*

Maestro Jiro comenzó a toser de nuevo, un sonido áspero que hizo que todos nos detuviéramos en medio del camino y lo miráramos con preocupación.

Reika *ojou-san* frunció el ceño.

—Maestro Jiro...

—Yo... estoy bien —insistió el viejo sacerdote, levantando una mano—. No se preocupen por mí. Miren —hizo un gesto por el camino entre los edificios. Por encima de los techos se podían ver las amplias esquinas de una enorme puerta arqueada—. La puerta está justo adelante. No podemos detenernos.

—Maestro Jiro, por favor —Reika *ojou-san* se puso frente a él, su expresión era de desasosiego y obstinada resolución. Los dos *komainu* estaban parados junto a sus tobillos, frente al viejo sacerdote, y parecían hacer eco a sus palabras—. La última vez que apareció su tos y usted se exigió demasiado, después no pudo salir de la cama durante una semana.

—Hakaimono ya podría estar cerca del Templo de la Pluma de Acero —argumentó Maestro Jiro, con voz débil y áspera—. No podemos permitir que el Maestro de los Demonios adquiera un solo trozo del pergamino. No hay tiempo para demorarse —se irguió y sostuvo su bastón con fuerza—. Voy a soportar. No puedo hacer menos, el destino de todos depende de nosotros.

—Eso podría ser cierto —dijo Okame-san, mientras una carreta tirada por caballos rodó frente a nosotros y sus ruedas chirriaron contra la tierra—. Pero eso no significa que debamos matarnos tratando de llegar —dirigió una rápida mirada a la carreta mientras ésta avanzaba por la calle, en dirección a la puerta, y entonces sonrió—. Esperen aquí. Enseguida vuelvo.

—¿Adónde vas, *ronin*? —preguntó la doncella del santuario, pero Okame-san ya estaba corriendo. Vimos cómo alcanzaba la carreta, la detenía y mantenía una conversación rápida con su conductor. El hombre, tal vez un comerciante o un granjero, a juzgar por el número de cajas vacías en su carreta, me miró mientras Okame-san apuntaba un dedo en dirección a nosotros, y sus ojos se abrieron bajo su sombrero de paja cónico.

—Muy bien —anunció el *ronin*, caminando de regreso hasta nosotros con expresión de suficiencia en el rostro—. Todo está resuelto. Roshi ha aceptado llevarnos hasta su ciudad natal, Mada Ike. A partir de ahí, una caminata de medio día nos llevará hasta Lomodragón.

Reika *ojou-san* se cruzó de brazos.

—¿Y qué le dijiste al pobre hombre para que aceptara? —preguntó recelosa.

—Simple. Le dije que Yumeko-chan es una distinguida *onmyoji* que se encuentra en una misión secreta para el Emperador, es por eso que la acompaña un samurai Taiyo, y que era su deber ayudarla de cualquier forma que pudiera. El hombre, por supuesto, estuvo muy feliz de cooperar.

—Así que mentiste.

—¿Es realmente una mentira si el propio Emperador lo cree? —la sonrisa de Okame-san era desafiante de cara al ceño fruncido de Reika *ojou-san*—. Según el Palacio Imperial, Yumeko es una *onmyoji* de gran renombre, que recientemente se desempeñó tan bien para Taiyo no Genjiro que le ofrecieron un puesto en la corte del Emperador. Estoy seguro de que si nuestro sabio Emperador estuviera al tanto de lo que está sucediendo con Hakaimono y el Maestro de los Demonios, querría que cumpliéramos nuestra misión —su sonrisa se volvió aguda—. Ciertamente, tú no mostraste reparos en marchar hacia el palacio con pretensiones poco honestas. Taiyo-san está exento porque él no estaba enterado en ese momento, pero mi querida Reika-chan sí sabía que nuestra buena *onmyoji* era en realidad una astuta *kitsune* disfrazada. Y, según la última vez que lo comprobé, engañar o mentir al Emperador de Iwagoto es castigado con la muerte.

—Eso fue necesario —Reika *ojou-san* no reculó—. Necesitábamos encontrar a la dama Satomi y liberar a Maestro Jiro de su magia de sangre. Pero tú estás usando a un inocente granjero e inmiscuyéndolo en nuestros asuntos. Lo que estamos intentando hacer es peligroso. La vida de este hombre estará en riesgo por el solo hecho de estar cerca de nosotros.

—¿Quieres llegar a Lomodragón rápidamente o no? —preguntó el *ronin*—. Podríamos caminar, por supuesto, y perder el tiempo y la salud de Maestro Jiro mientras marchamos por las llanuras. O podríamos aceptar la generosa oferta de Roshi y ahorrarnos al menos medio día hasta la base de la montaña.

Reika *ojou-san* tomó otra respiración para seguir con la discusión, pero fue interrumpida por la mano levantada de Maestro Jiro.

—Si este hombre en verdad quiere ayudar, Reika-chan, entonces no veo razón para negarme —el viejo sacerdote miró la carreta que nos esperaba con lo que casi podría ser un gesto de alivio—. No debemos traer vergüenza a su hogar al rechazar tal generosidad. Por el bien del Imperio, por supuesto.

La *miko* suspiró, ignorando la sonrisa triunfante del *ronin*.

—Como usted diga, Maestro.

Momentos más tarde, con la excepción de Maestro Jiro, que se había sentado al lado del conductor, todos nos encontrábamos apretados en la parte trasera de la chirriante carreta de madera, metidos entre las pilas de cajas vacías y los barriles, sintiendo cada imperfección en el camino.

—Bueno —murmuró Okame-san, haciendo una mueca de dolor cuando la carreta se hundió en el camino con una sacudida que me hizo apretar los dientes—. No será un *kago*, pero al menos estamos por fin en rumbo y nos movemos más rápido que si fuéramos a pie. Eso es algo —miró al noble, que se encontraba sentado frente a él con la espalda recta y las manos en el regazo, y una leve sonrisa curvó su boca—. No te preocupes, Taiyo-san. Si vemos que algún samurái viene por el camino, me aseguraré de gritar para que puedas esconderte en uno de los barriles. No querría que vieran a un noble Taiyo viajando en una carreta de verduras con un montón de campesinos sucios.

Daisuke-san se limitó a sonreír.

—Déjalos ver —dijo con calma—. Viajo con compañeros interesantes y honorables, y no me avergüenza su compañía.

Si no pueden ver más allá de la apariencia externa, eso es una mancha en su honor, no en el mío —levantó una ceja y miró a Okame-san de una manera casi desafiante—. A menos que simplemente quieras ver cómo me sumerjo en uno de los barriles de *sake*, Okame-san.

El *ronin* sonrió.

—¿Lo harías?

—No —Daisuke-san negó con la cabeza, aunque su propia sonrisa se hizo más amplia—. Al menos... no solo.

A mi lado, Reika *ojou-san* hizo un extraño ruido de náuseas desde el fondo de su garganta. Parpadeé hacia ella, mientras Chu y Ko, sentados en un montón de cajas vacías, asomaron sus cabezas para mirarnos.

—¿Estás bien, Reika *ojou-san*? ¿Necesitas un poco de agua?

—Tal vez un poco de *sake* —murmuró, frotándose los ojos—. Jinkei Misericordioso, espero que no sea así durante todo el trayecto hasta el Templo de la Pluma de Acero. Tú y el asesino de demonios, y ahora estos dos *baka*. Parece que Maestro Jiro y yo somos los únicos que no tenemos la cabeza en las nubes.

Levanté la mirada hacia las formaciones de nubes que rayaban el cielo vacío y fruncí el ceño.

—No entiendo, Reika *ojou-san*.

Hizo un gesto de fastidio, pero no quiso explicar sus palabras.

La carreta siguió avanzando, moviéndose a paso lento pero constante a través de las tierras de los Mizu, el Clan del Agua. Después de que dejamos Jujiro, el camino se aplanó y se convirtió en extensas y onduladas llanuras, con jirones de nubes flotando por encima de ellas. Pasamos por muchos lagos y ríos pequeños. A lo largo de sus márgenes y en las aguas poco profundas, se encontraban parvadas de grullas blancas y negras. En ocasiones, un par de ellas se enfrentaba en una extraña danza entre saltos, con las alas extendidas y los cuellos estirados hacia el cielo, casi como si flotaran en el aire. Daisuke-san parecía compartir mi fascinación, ya que murmuró un poema sobre el agua ondulada, una luna de verano y dos danzantes grullas macho. Sonaba muy bonito, pero debía haber un significado oculto en él que no logré captar, dado que Okame-san se puso extremadamente colorado y se quedó mirando al costado de la carreta durante largo tiempo después de eso.

En algún momento de la tarde, una cresta oscura se elevó contra el horizonte, amenazante y ominosa, haciendo que mis entrañas se retorcieran.

Las Montañas Lomodragón.

El sol se elevó más alto en el cielo, entrando y saliendo de las nubes, y las extensas llanuras continuaron. Nos quedamos dormidos en la parte trasera de la carreta. Reika *ojou-san* se desplomó contra las cajas, Daisuke-san con las manos en el regazo y la cabeza apoyada en el pecho. Okame-san roncaba silenciosamente, haciendo eco de las respiraciones sibilantes y superficiales de Maestro Jiro y la ocasional tos que llegaba desde el frente. Mis ojos se cerraron, y en ese extraño lugar entre la vigilia y los sueños, creí escuchar la voz de Tatsumi.

Un pequeño gruñido cortó el silencio.

Abrí los ojos justo en el momento en que Chu salió de la caja que compartía con Ko y saltó sobre una pila de otras cajas, enfrentando el viento. Levantando mi cabeza entrecerré los ojos a la luz del sol brillante y miré alrededor. Estábamos en un ancho camino de tierra que atravesaba las llanuras abiertas. Un mar ondulante de hierba nos rodeaba en todas las direcciones. El viento susurraba a través de los tallos, y el sol nos golpeaba implacablemente, restregando los rostros y enrojeciendo la piel. Pero, salvo por el zumbido de las cigarras y el hipnótico balanceo de la hierba, nada se movía en el vasto océano verde platinado que nos rodeaba.

Chu volvió a gruñir y los vellos de mis brazos se erizaron. Miré a los demás y vi que los ojos de Daisuke-san se abrían de golpe, con una mirada dura y aterradora. Sus dedos se apretaron alrededor de la empuñadura de la espada que descansaba sobre su regazo.

—Daisuke-san —susurré—, ¿qué…?

Lo escuché entonces: un siseo repentino a nuestro alrededor, como un enjambre de insectos volando en el aire. Levanté la mirada justo a tiempo para ver cómo una lluvia de flechas golpeaba el caballo y el asiento del conductor desde dos direcciones, atrapando a Roshi y a Maestro Jiro en un mortal fuego cruzado. Cuando las flechas los desgarraron, ambos hombres se sacudieron y cayeron de costado sobre la madera.

Por un instante, el mundo pareció detenerse, cristalizándose en un momento extraño e irreal. Entonces el caballo soltó un relincho ahogado y se derrumbó. Negras flechas salpicaban su costado y su cuello. Y Reika *ojou-san* gritó.

A nuestro alrededor, la hierba explotó, mientras varias formas negras se lanzaban al aire. Me quedé inmóvil, pero Daisuke-san giró, ya en pie, con su espada cortando en un violento arco frente a él. Se escuchó un escalofriante chirrido de metal cuando golpeó varias cosas en el aire, y éstas relampaguearon al sol cuando salieron disparadas. Al mismo tiempo, tres brillantes dagas negras alcanzaron la pila de cajas que estaba junto a mí y se incrustaron en la madera con puntas afiladas. Chu saltó justo a tiempo para evitar ser herido, y la sangre se congeló en mis venas.

—¡Emboscada! —gritó Daisuke-san, mientras un par de figuras vestidas de negro con máscaras saltaban hacia la carreta. Su espada destelló, cortando una figura por la mitad mientras intentaba saltar a la parte de atrás de la carreta, y el asesino gorgoteó mientras caía hacia atrás, dejando una salpicadura de sangre a lo largo de la madera. La otra figura saltó al borde de la carreta con la espada levantada, y fue golpeada en el pecho por una flecha antes de caer al suelo. Haciendo una mueca, Okame-san alcanzó otra flecha de su carcaj y se cubrió detrás de un barril de *sake*.

Otra flecha golpeó la caja, casi atinando a mi brazo, e hice una mueca. Podía ver a Okame-san disparando flechas en la hierba, y escuchar los golpes ahogados de los cuerpos contra el suelo con cada proyectil que lanzaba. Por el rabillo del ojo vi a Daisuke-san golpear una flecha al aire, girando con gracia y empalar a un asesino que saltaba en pos de la carreta.

—¡Reika! —jadeé, al ver a la doncella del santuario acurrucada detrás de otra pila de cajas, con el rostro blanco y los ojos fijos—. ¿Dónde están Chu y Ko? ¿Pueden ayudarnos? —un par de *komainu* daría a los asesinos algo en que pensar.

Ella me lanzó una mirada frenética, luego sacudió la cabeza.

—No son bestias, *kitsune* —espetó—. Son guardianes del santuario, destinados a ahuyentar demonios, *yokai* y espíritus malignos. No pueden atacar a humanos ordinarios, sólo a aquéllos corrompidos por la magia de sangre.

Una sombra cayó sobre nosotros. Con el corazón dando tumbos, me giré para ver a un asesino posado en el borde de la carreta, con una hoz *kama* levantada, listo para clavarla en mí.

Gruñí. Reaccionando por instinto, levanté mi mano y liberé un fulgor de *kitsune-bi* en su rostro. Gritó y giró a un lado para evitarlo, pero fue cegado por un momento por la repentina llamarada. Mientras se tambaleaba, Reika *ojou-san* tomó uno de los cuchillos negros que sobresalían de la caja, se levantó, lo apuñaló en el cuello con la oscura arma y lo empujó fuera de la carreta.

Al instante, la *miko* se dejó caer detrás de las cajas para evitar la repentina lluvia de flechas que nos lanzaron. Respirando con dificultad, se quedó mirando el cuchillo ensangrentado en su mano, temblando.

—Oh, *kami* —la oí susurrar, su rostro se había puesto tan pálido como los granos de arroz esparcidos entre las tablas de la carreta—. ¿Qué he hecho?

—Reika —alarmada, me agaché y la agarré por su manga—. ¿Estás bien?

Sus ojos destellaron cuando levantó la mirada hacia mí.

—¡Haz algo! —siseó, haciéndome retroceder—. ¡Eres una *kitsune*! Tienes magia.

—Magia de zorro —repliqué—. Ilusiones y sombras. Nada de que lo que hago es real.

—¡Eso no importa! No a ellos —señaló con fiereza la batalla que se libraba detrás de nosotros—. Ellos no saben que eres una *kitsune*, o que tu magia es sólo una ilusión. Utilízala para tu ventaja… hazles creer que lo que ven es real. Si no haces algo, ¡todos seremos asesinados! ¡No permitas que la vida de Maestro Jiro sea una ofrenda inútil!

Un escalofrío me atravesó. Girándome tomé un par de pequeñas ramas que estaban en el fondo de la carreta, respiré hondo y busqué mi magia.

De acuerdo, Kage. Las flechas seguían volando por el aire y golpeando la carreta, mientras Okame-san y Daisuke-san continuaban defendiéndonos de los atacantes. Un fuego desconocido despertó a la vida, alimentado por la ira y el miedo, y sentí un gruñido en mi garganta. *Son tan buenos en el juego de las sombras y en encubrir la verdad con ilusiones. ¡Veamos ahora qué tan hábiles son para ver a través de ellas!*

Me levanté y arrojé las ramas al aire. Con un destello y un estallido de luz, dos enormes y fieros dragones aparecieron y subieron en espiral hacia el cielo sin nubes. Arrastrando llamas azules y blancas, se enroscaron con rugidos gemelos y se lanzaron hacia los asesinos que acechaban en la hierba.

Los gritos de alarma llenaron el aire. La lluvia de flechas cesó cuando los asesinos cambiaron de objetivo y comenzaron a disparar a las dos enormes bestias que habían aparecido de la nada. Ciertamente, no creían que los dragones fueran ilusiones. Tal vez sabían que algo estaba mal, pero era difícil ignorar a las dos serpientes aullantes que descendían sobre ellos como dioses vengativos.

Una repentina y salvaje alegría inundó mi cuerpo. Arrebatando un puñado de arroz del piso de la carreta, sonreí y permití que mi magia infundiera los granos en mi mano. *¡Asesinos! Deberían haberse quedado en casa, espiando a los visitantes y acechando gente en callejones oscuros. ¡Ahora se enfrentarán al poder de una* kitsune! Arrojé el arroz sobre la carreta y apareció una docena de cabezas flotando, riendo y rechinando los dientes, mientras volaban hacia la hierba. En pie, lancé una mano y la hierba estalló en un círculo de fuego fatuo, ardiendo azul y blanco mientras nos rodeaba.

Los gritos se convirtieron en aullidos. Los asesinos se dispersaron como hormigas, mientras intentaban golpear salvajemente a las cabezas, y disparaban a los dragones que se lanzaban sobre ellos. Por el rabillo del ojo vi a Okame-san en cuclillas detrás de un barril, con el rostro pálido ante las llamaradas de *kitsune-bi*, mientras un dragón volaba por encima de nosotros. Daisuke-san se irguió en el borde de la carreta, sus ojos se endurecieron cuando levantó su espada y cortó una cabeza voladora en el aire, que se desvaneció con un ligero estallido en una pequeña nube de humo. El hecho de que mis propios compañeros creyeran que la locura que estaba teniendo lugar alrededor era real me sorprendió y me pareció muy gracioso, aunque nadie excepto Reika *ojou-san* me había visto usar la magia de zorro antes.

Todavía no han visto nada. Con una sonrisa, tomé otro puñado de arroz y lo lancé al aire. Con pequeños estallidos de humo, aparecieron idénticos asesinos enmascarados y se lanzaron hacia la hierba. Con escalofriantes gritos de batalla, alzaron sus espadas y comenzaron a atacar a sus contrapartes reales, que respondieron con sorpresa y luego con pánico. Parada en lo alto de las cajas, observé el caos: los dragones que se abalanzaban y rugían, las cabezas que chillaban, las llamas rugientes y los hombres enmascarados que se atacaban mutuamente con furia y reían con placer.

—¡Yumeko!

Algo me jaló de la manga y me sacó de mi desenfreno. Parpadeé y bajé la mirada al rostro pálido y sombrío de Reika *ojou-san.*

—Suficiente —susurró con voz temblorosa—. Yumeko, es suficiente. Todos están muertos.

¿Muertos?

Parpadeando, agité mi mano, despidiendo la magia. Las cabezas se convirtieron en pequeñas nubes de humo, las figuras enmascaradas desaparecieron y las llamas azules y blancas se extinguieron. Los dos dragones que circulaban en lo alto se estremecieron en espirales de niebla y se disolvieron en el viento, mientras un par de pequeñas ramas caían en el aire y desaparecían entre la hierba alta.

La carreta bajo mis pies se balanceó, y un repentino mareo hizo que mi cabeza diera vueltas. Lo siguiente que supe fue que me encontraba desplomada contra la esquina, con los rostros borrosos de mis compañeros parados junto a mí.

—Yumeko —la voz de Reika *ojou-san* parecía provenir de muy lejos. Parpadeé, y su expresión preocupada se enfocó—. ¿Te encuentras bien?

—Yo... sí —no me había percatado de cuánta magia había usado mi cuerpo y cuánto había quitado de mí hasta ese momento. Debería tener cuidado en el futuro: desmayarse en medio de una batalla por nuestras vidas quizás había sido una estrategia terrible.

Me puse en pie y me quedé congelada mientras miraba la cruenta escena. Los cuerpos de los asesinos yacían esparcidos a nuestro alrededor en la hierba. Algunos tenían una sola flecha sobresaliendo de su pecho, alojada en su garganta o atravesando su cabeza. Cortesía de Okame-san, sospeché. En el corto tiempo que llevaba de conocerlo, el *ronin* nunca había fallado un tiro. También había unos cuantos hombres sobre la hierba justo debajo de la carreta, sin cabeza o abiertos con un solo tajo. Su recompensa por intentar cruzar espada con Oni no Mikoto.

Pero el resto, dispersos por la hierba con los rostros congelados por el pánico, estaban libres de flechas y demasiado lejos para que Daisuke-san los hubiera abatido. Muchos yacían en pares, con sus espadas desenfundadas y ensangrentadas, y con heridas abiertas que habían teñido de rojo la hierba a su alrededor. Unos pocos habían sido acribillados con esos cuchillos negros que arrojaban, con las cuchillas de hierro negro hundidas profundamente en su carne. Un asesino yacía boca abajo a unos pocos metros, clavado en la tierra por una espada; el arma curva sobresalía en el centro de su espalda.

—¿Qué... pasó? —susurré, girando en un círculo lento, sintiéndome un poco enferma al presenciar semejante carnicería. Esto no podía ser, yo no había atacado a ninguno de ellos—. Mi magia... nada de eso era real. Mis ilusiones no podrían haberlos matado.

Reika *ojou-san* suspiró.

—No —convino—. No era real, pero ellos *creyeron* que lo era. Estaban aterrorizados, y cuando los suyos comenzaron a atacarlos, respondieron de igual manera. Tus ilusiones no los mataron, Yumeko-chan... ellos se derribaron entre sí.

Mordiéndome el labio, miré a los demás. Ahora que la magia de zorro se había desvanecido, casi me sentía aterrorizada por lo que había provocado. Lo que mis habilidades podían hacer en verdad. Esto no había sido una simple broma. No había simplemente molestado a alguien haciendo bailar una tetera, o cambiando mi apariencia para parecerme a alguien más. Personas habían *muerto*. Por supuesto, ellas habían intentado matarnos primero, así que no derramaría lágrimas por ellas. Pero eso no cambiaba aquello por lo que era responsable: el caos sin sentido. La locura, la confusión, la muerte.

—Yumeko-san —la voz de Daisuke-san sonó sombría y su expresión se encontraba atrapada entre el horror y la admiración mientras me observaba—. Los dragones, esos monstruos. ¿Fuiste... tú?

—*Gomen* —susurré, sin saber con quién me estaba disculpando, o por qué—. Yo no...

Un gemido bajo se elevó desde detrás de la carreta, haciendo que nos irguiéramos. Nos apresuramos alrededor del cuerpo desplomado del caballo muerto hacia donde Maestro Jiro yacía, sobre la hierba larga, con Ko a su lado, que no paraba de gimotear. A unos metros de distancia, Roshi, nuestro conductor, también había quedado desmadejado e inmóvil sobre el camino, con los ojos en blanco mientras miraban hacia el cielo. Un trío de flechas sobresalían de su pecho.

—Maestro Jiro —Reika *ojou-san* se arrodilló al lado del sacerdote, con el rostro tenso por el dolor y la rabia. Las flechas habían atravesado su vientre y su hombro, y un hilillo de color carmín se deslizaba por su barbilla. Nada había que pudiéramos hacer por él, y lo sabíamos—. Maldito Iesada —siseó Reika *ojou-san*, mostrando los dientes—. Éstos eran sus *shinobi*, estoy segura. Otro cobarde ataque para evitar que lleguemos con el asesino de demonios. Maldigo a las cortes y sus interminables intrigas hasta las entrañas de *Jigoku* —estaba temblando de furia. Entonces respiró hondo, entre estremecimientos, para contenerse—. Lo siento, Maestro Jiro —susurró—. Ésta no era su batalla. Ojalá no lo hubiéramos arrastrado a este lío.

El sacerdote tosió.

—No te arrepientas, Reika-chan —suspiró—. El arrepentimiento nada resuelve. Ambos conocíamos el riesgo... cuando aceptamos esta misión. Pero ahora debes asegurarte de que Yumeko-chan y el pergamino... lleguen al templo. No puedes permitir que... Hakaimono recupere la plegaria para el Maestro de los Demonios. Genno no puede convocar al

Gran Dragón. Eso significaría la ruina para todo el mundo —su mano marchita sujetó su manga con fuerza decreciente, y ahora también me miraba a mí—. Detengan a Hakaimono —jadeó—. No importa cuál sea el costo. Prométanme que no dejarán que el Maestro de los Demonios prevalezca.

—Maestro Jiro —la voz de Reika *ojou-san* estaba entumecida por la desesperanza, y miró a su agonizante maestro con desesperación—. Por favor. Lo necesitamos. Yo no puedo... no soy lo suficientemente fuerte para atar a Hakaimono sola.

—Lo lamento, Reika-chan —murmuró el sacerdote, con voz apenas audible—. Me temo... que debemos separarnos por ahora. Debes asegurarte de que el trozo del pergamino llegue al templo y de que Hakaimono sea detenido. Nada más importa. Pero ahora escucho el llamado de *Meido*, y debo acudir —sus labios se curvaron en la más frágil de las sonrisas, mientras la luz de sus ojos comenzaba a desvanecerse—. Siempre has sido... tan talentosa —suspiró, mientras todo su cuerpo marchito se relajaba en la hierba—. Estoy... orgulloso.

No hubo más movimiento.

Reika *ojou-san* resopló, en un claro intento por no llorar, mientras apretaba sus puños sobre el pecho sin vida del sacerdote.

—Lo vengaré —susurró, con un brillo de acero en sus ojos oscuros—. Si el noble Iesada *es* responsable de esto, lo enfrentaré y lo haré pagar. Y no permitiré que Hakaimono se acerque al pergamino. Tiene mi palabra.

Detrás de nosotros, Ko echó la cabeza hacia atrás y aulló, sobresaltándonos a todos. El pequeño cuerpo del blanco *komainu* comenzó a brillar, haciéndose cada vez más resplandeciente hasta que, con un cegador destello, explotó en motas de luz y desapareció. Sentado solo en el suelo, Chu levantó su hocico hacia el cielo y también aulló, largo y pesaroso, mientras el sol se cernía sobre las llanuras distantes y las Montañas Lomodragón se alzaban en el horizonte.

18

YUKI ONNA

HAKAIMONO

Tatsumi estaba de nuevo en silencio.

En los dos días que habían transcurrido desde que dejamos el castillo de Genno, no lo había sentido en absoluto. Ningún destello de emoción, indicio de pensamiento o sentimiento. Se había retirado profundamente dentro de sí, excluyéndome por completo, y nada de lo que yo hacía parecía penetrar el muro que había erigido entre nuestras conciencias. Si no estuviera tan absorto en mi viaje al Templo de la Pluma de Acero podría haberme sentido preocupado, o al menos curioso... ¿Por qué este cambio repentino? ¿Qué podría haber sucedido para que quisiera ocultar sus pensamientos de mí por completo? Como estaban las cosas, sin embargo, tenía otros problemas de los que ocuparme.

Como encontrar un templo escondido en algún sitio en las profundidades de las Montañas Lomodragón.

Al menos habían sido dos días de viaje fáciles, recorriendo las extensas llanuras boscosas del Clan del Agua. Había viajado por las noches y evitado los pueblos, las granjas y las aldeas esparcidos por las llanuras, que lucían como si alguien hubiera arrojado un puñado de arroz y lo hubiera dejado caer donde fuera. Había *muchos* pueblos. Salvo por la Familia Imperial, los Mizu eran tal vez el más rico de los Grandes Clanes: sus tierras eran exuberantes y fértiles, y se encontraban protegidas por el océano al oeste y por las Montañas Lomodragón al este. Y el Bosque de los Mil Ojos separaba sus tierras de sus impetuosos vecinos del sur. Los Mizu eran conocidos por su ánimo pacifista, y se jactaban de contar con los mejores sanadores del Imperio. El Clan del Agua rara vez tenía altercados con el resto del Imperio. O en todo caso, tenían menos que los Hino, el Clan del Fuego, que, al parecer, declaraba la guerra a los otros clanes cada par de años.

En la tercera noche, por fin llegué al pie de las Montañas Lomodragón. La cadena montañosa más larga en Iwagoto comenzaba lejos, al sur, en el territorio del Clan de la Tierra, se curvaba sobre las Tierras del Fuego y del Sol, y terminaba cerca de la Bahía Bocadragón, en el territorio del Clan del Agua, básicamente cortando el Imperio por la mitad. Era un tramo duro e interminable de picos nevados y altos acantilados, y ya estaba un poco molesto por tener que cruzarlo por segunda vez. Había un paso que atravesaba Lomodragón, pero estaba más al sur y se mantenía fuertemente custodiado, así que no desperdiciaría otros dos días de viaje para rodear las montañas.

Apoyado contra un pino en la base de las colinas levanté la mirada. Lomodragón se elevaba sobre mí, empinado y oscuro, salvo por los puntos donde la nieve tocaba sus picos más altos. En algún lugar entre esos riscos y acantilados cubiertos de hielo se encontraba el templo que contenía los últimos trozos del pergamino.

Sentí un fogonazo de irritación que bordeaba muy de cerca la ira. Yo era Hakaimono el Destructor, el *oni* más poderoso de *Jigoku*... y había sido enviado a buscar algo como si fuera un perro. El hecho de que Genno hubiera prometido romper la maldición sobre Kamigoroshi no ayudaba. Tal vez cuando hubiera completado esta tarea y Genno hubiera cumplido su parte del trato, le recordaría al Maestro de los Demonios por qué siempre era asunto arriesgado negociar con *Jigoku*. Una cosa era segura: cuando estuviera libre de la espada y hubiera recuperado todo mi poder, el Clan de la Sombra pagaría por los siglos de reclusión y tortura que había soportado desde el día en que Kage Hirotaka había formulado su deseo al Dragón. Hacía mil años. Morirían todos, hombres, mujeres y niños, y no me detendría hasta llegar ante su *daimyo* inmortal, arrancar la cabeza de su cuello marchito y tomar el corazón de su pecho para comérmelo frente a su cadáver.

Detuve mis pensamientos de venganza y volví mi consciencia hacia dentro. *¿Nada, Tatsumi?* Pensé en el vacío interior. *Sé que todavía estás ahí. ¿Ni siquiera un destello de remordimiento ante la completa destrucción de tu clan? ¿Ya te rendiste, así de fácil?* Consideré eso y sonreí. *¿O es otra cosa... otra persona... la que te preocupa?*

Hubo una leve agitación, como una araña arrastrándose todavía más profundo en una grieta para escapar de su depredador. Reí. *Oh, Tatsumi. No puedes ocultarme lo que sientes por esa chica. Pero no te preocupes, he planeado algo especial para ella. Morirá lentamente, gritando en medio de su agonía, y tú estarás obligado a observarlo. Antes de que ella muera, me aseguraré de que sepa que puedes verlo todo y no podrás salvarla. ¿Qué te parece?*

Nada. Ni un destello de emoción del alma en el interior. Había cerrado su mente con firmeza. Pero sabía que había tocado un nervio: su preocupación por esta chica zorro era descaradamente obvia, aunque ni el mismo asesino de demonios entendía lo que estaba sintiendo. Los humanos eran tan absurdamente débiles cuando se trataba de emociones, que una *kitsune*, una *yokai* que lo había engañado desde el inicio, que le había mentido, lo había tomado por tonto y lo había puesto en peligro en incontables ocasiones, de alguna manera se hubiera abierto camino hasta sus afectos era una clara prueba de ello. Él tendría que haberla matado cuando se encontraron por primera vez en el camino al Templo de los Vientos Silenciosos. Debería haberla abatido sin piedad y se habría ahorrado el tormento que vendría después.

Pero ya era demasiado tarde. Yo conocía su secreto. Y cuando llegara el momento y la pequeña zorro estuviera a mi merced, saborearía la ira, el dolor y la impotente desesperación del asesino de demonios.

Comencé a subir por la ladera siguiendo un camino estrecho de animales que serpenteaba en medio de árboles y rocas. El aire se iba haciendo más gélido a medida que avanzaba, hasta que advertí diminutos copos de nieve danzando en el viento.

Parpadeé. *¿Qué demonios…? ¿Qué es esto?* El año ya estaba muy avanzado para que hubiera nieve; incluso cerca de las Montañas Lomodragón, no debería haber nada blanco hasta que pasara la línea de árboles.

Sin embargo, la nieve empeoró y los copos se volvieron grandes y pesados mientras me abría paso hacia las colinas. Pronto, todo —suelo, árboles, rocas, ramas— quedó cubierto por una gruesa capa blanca.

Y la tormenta se intensificó más todavía.

El aguanieve comenzó a caer, golpeando árboles y ramas, y cubrió el fresco manto de nieve con una capa de hielo. Aguijoneaba como pequeñas agujas cuando golpeaba mi piel, empapando mi ropa y cubriendo mis cuernos con hielo.

La visibilidad desapareció, junto con todo sentido de dirección. Era imposible ver adónde iba a través de la nieve, el hielo y las ráfagas de viento.

De acuerdo, esto es ridículo. Estirándome, raspé un centímetro de hielo de mis cuernos y sacudí la cabeza para desprender la nieve. Los carámbanos colgaban de mis colmillos, y mi *hakama* estaba congelado y rígido. Quienquiera que esté detrás de esto, eres tan sutil como un demonio en una casa de té, y estoy empezando a enojarme.

Cubrí mi rostro, tropecé en una curva, y la nieve... cesó. Bajé el brazo y me encontré en las afueras de una aldea abandonada, encapsulada por completo en hielo. Cabañas con techo de paja estaban dispersas a lo largo de todo el pequeño claro, cada una conservada en una capa de cristal. Mientras avanzaba con cautela, con todos los sentidos alerta, pronto descubrí que no estaba abandonada en absoluto.

Una anciana, congelada en el hielo, permanecía inmóvil a unos pasos de la cerca de bambú que rodeaba la aldea. Sostenía un balde, y su rostro estaba vuelto hacia arriba, con los ojos muy abiertos y congelados en un gesto de terror. Un perro congelado yacía de costado a pocos metros de distancia, con las piernas extendidas como si hubiera estado corriendo de regreso al pueblo. Detrás de la anciana, un niño estaba agachado en la nieve, con un brazo estirado hacia el perro. Los carámbanos colgaban de sus frágiles dedos. Curvando un labio, desenvainé a Kamigoroshi y atravesé las puertas para entrar en la aldea helada.

Más humanos y animales cubiertos de hielo me saludaron cuando me aventuré a adentrarme: una madre que cargaba a su bebé, un anciano empujando un carrito, una cabra acurrucada con la nariz metida en un costado, durmiendo para toda la eternidad. Una quietud antinatural colgaba en el aire, interrumpida sólo por mi respiración y el sonido crujiente de los carámbanos en la brisa. La nieve comenzó a caer nuevamente, flotando desde el cielo para asentarse sobre los tejados y los cadáveres congelados. Salvo por el ligero crujido de mis pies, la aldea estaba sumida en un silencio sepulcral.

Me detuve cerca del pozo, en el centro de la aldea. Bajé a Kamigoroshi, miré alrededor del claro envuelto por el hielo y el silencio, respiré hondo y elevé la voz.

—Sé que estás aquí —llamé en la quietud—. Y estoy bastante seguro de que me has estado esperando. Deja de jugar, y terminemos con esto.

Una risita hizo eco alrededor de mí, y resultaba imposible saber de qué dirección provenía. Apreté a Kamigoroshi y esperé, explorando los espacios entre las chozas y el confuso juego de luces sobre la superficie de hielo y nieve.

La risita regresó, detrás de mí esta vez. Giré, pero nada había allí, sólo una nube de copos que se alejaba girando en el viento.

—*Sé quién eres*, susurró una voz de mujer en la brisa—. *¿Por qué no te quedas un rato, Hakaimono, y me haces compañía?*

Sonreí.

—¿Como estos aldeanos? —respondí—. Preferiría no hacerlo, gracias. No te ofendas, pero odio el frío.

Percibí un resoplido desdeñoso.

—*Los mortales son criaturas tan aburridas* —la voz se arrastraba sobre el suelo helado como una brisa, sin quedarse nunca en un solo lugar, aunque todavía no podía ver nada, a excepción de los pequeños remolinos de nieve que saltaban sobre el hielo—. *Una caricia, un solo beso, y su piel se torna azul, mientras sus entrañas se congelan. Me pregunto si un* oni *de Jigoku sería más resistente.*

Percibí un pálido destello por el rabillo de mi ojo, y me di la vuelta.

Una mujer se encontraba al borde del claro donde sólo aire había estado antes, con borrascas de nieve y hielo brillando a su alrededor. Sus ondulantes vestidos eran de un blanco impecable con remolinos de azul hielo, y sus mangas se arrastraban hasta el suelo helado. Su cabello largo, negro azabache, revoloteaba al viento, y sus contornos parecían desvanecerse en la niebla, al igual que el dobladillo de su túnica y sus mangas. Su piel era más blanca que la nieve que caía a nuestro alrededor, y sus labios, del azul pálido en un cadáver congelado.

La *yuki onna* me sonrió sobre el claro helado, sus fríos ojos azules brillaban como la escarcha, y levantó una mano.

—Vamos a descubrirlo, ¿de acuerdo?

Me evadí cuando una ráfaga de aire helado aulló hacia mí, dejando un irregular rastro de lanzas de hielo en su estela. Poniéndome en pie, vi a la mujer de nieve, que había aparecido a pocos metros. Su cabello y sus mangas ondeaban a su alrededor mientras me sonreía. Levanté a Kamigoroshi y me abalancé con un gruñido, apuntando a ese cuello pálido y delgado, cuando los labios de la *yuki onna* se abrieron y sopló hacia mí.

El viento aulló alrededor, rugió en mis oídos y rasgó mi melena y mi ropa. El hielo cubrió mi piel y se extendió rápidamente por mi cuerpo. Mis músculos se pusieron rígidos y se congelaron con un frío que entumió hasta mis huesos. La nieve inundó mi nariz y mi boca, cortó el aire que fluía hacia mis pulmones y mi visión se hizo borrosa.

La *yuki onna* se detuvo y retrocedió, con una sonrisa serena en el rostro. No podía moverme, congelado a medio camino con Kamigoroshi extendida frente a mí. A través de mi visión borrosa, pude ver mis brazos y espada cubiertos por una capa de hielo de varios centímetros de grosor, que colgaba de la piel y del filo de la espada.

La *yuki onna* se echó a reír y su voz sonó ahogada en mis congelados oídos.

—Ahora, Hakaimono, puedes hacerme compañía, después de todo —dijo, flotando alrededor de mí como un escultor admirando su obra de arte—. Creo que podrías ser la mejor de mis estatuas. Resulta muy apropiado que estés aquí, en el centro de la aldea, donde todos puedan verte.

De acuerdo, ahora estaba enojado. No podía respirar, no podía hablar y, como dije antes, despreciaba el frío. La *yuki onna* rio y giró en su lugar, sonriéndome a través de la prisión de hielo, y mi sangre hirvió.

Con un rugido y el sonido de la porcelana rota, la prisión de hielo se hizo añicos y los fragmentos congelados volaron en todas direcciones. La *yuki onna* giró en redondo, con los ojos muy abiertos, mientras yo me sacudía y daba un paso adelante, llevando a Kamigoroshi hacia la luz.

—¿Ese fue tu mejor intento? —me burlé, mostrando mis colmillos y acercándome a ella. La mujer de nieve se echó hacia atrás, con el rostro blanco inexpresivo—. ¿Pensaste que podías detener a un *oni* con frío y hielo? —reí, y el sonido resonó sobre la aldea helada—. El fuego de *Jigoku* fluye por mis venas. No puedes esperar que una bola de nieve congele el interior de un volcán.

—Demonio insolente —el rostro de la *yuki onna* se contorsionó por la rabia, y levantó un brazo. La escarcha se arremolinó alrededor de sus dedos y, con un relámpago de hielo, una lanza *yari* resplandeciente apareció en su mano. Bajando el arma, la apuntó hacia mí—. Soy Yukiko del Norte —anunció, cuando el viento comenzó a azotar su cabello y sus mangas, que ondularon en la niebla—, Reina de las Montañas Colmillohelado. He congelado ejércitos completos en plena marcha. No llegarás más lejos, Hakaimono.

Blandí a Kamigoroshi y me agaché hasta quedar en cuclillas.

—Me encantaría ver cómo me detienes.

La *yuki onna* entrecerró sus brillantes ojos azules... y desapareció en un remolino de nieve. Conté tres latidos del corazón antes de girarme levantando mi espada, mientras la mujer de nieve aparecía detrás de mí con una ráfaga de viento, apuntando su *yari* a mi pecho. El arma helada fue derribada con un chirrido, y dirigí a Kamigoroshi hacia la pálida y pequeña cabeza de mi oponente, con la esperanza de separarla de su cuello. Ella salió disparada hacia atrás, como una marioneta atada a sus cuerdas, luego voló hacia mí de nuevo con una lluvia de golpes cegadoramente rápidos. Caí hacia atrás antes de la embestida, balanceándome con Kamigoroshi y desviando las puntas de lanza mientras la *yuki onna* me perseguía por el patio. Era muy rápida, tenía que admitirlo, y sonreía mientras me conducía de regreso a través de la aldea. Mucho más rápida de lo que un humano podría anhelar ser, y bastante hábil con esa *yari* de hielo. Ésta sería una buena pelea. La estaba disfrutando, aunque algo cosquilleaba en el fondo de mi mente.

Rechacé la estocada de lanza, giré con el movimiento, me moví en círculos dentro del alcance de la mujer nívea y arremetí con Kamigoroshi, apuntando a ese delgado cuello blanco. Los ojos de la *yuki onna* se abrieron ampliamente, pero en el instante previo a que el filo separara su cabeza del cuerpo, se disolvió en un remolino de nieve y niebla. La hoja pasó inofensivamente a través del aire, lanzando copos a su paso, y gruñí, sacudiendo la cabeza.

Bajé el brazo y miré alrededor de la aldea, observando cuidadosamente los remolinos de nieve mientras giraban y bailaban sobre el suelo.

—Yukiko del Norte —llamé, girándome lentamente, sabiendo que la mujer de nieve podía escucharme—, Reina de las Montañas Colmillohelado. Los Kage cuentan historias sobre ti, ¿lo sabías? ¿Sabes por qué nunca se molestaron en enviar a su asesino de demonios detrás de ti? Porque no les importaba que los ejércitos invadieran el territorio de Sora o las guerras entre los Clanes del Cielo y el Viento. Porque el Fantasma del Norte se quedó en el norte. Y mientras no te metas en los asuntos de los Kage, no tienen razón alguna para perseguirte. Aunque seas una *yuki onna* cuyo territorio está repleto de un ejército de huesos y armas, enterrado bajo la nieve.

No hubo respuesta, sólo el viento que aullaba entre las rocas y los picos circundantes. Continué observando los alrededores con cuidado, con todos los sentidos prestos.

—Por lo tanto, mi única pregunta es ¿qué hace el fantasma de las Montañas Colmillohelado aquí, en Lomodragón, tan lejos de casa? Éste no es tu territorio. No tienes derecho a estas montañas, ni razón para asolarlas. A menos que... —hice una pausa, sonriendo, cuando la respuesta obvia salió a la luz— la única razón para que estés aquí, en este lugar exacto, en este momento exacto, es que supieras mi camino —dije—. Estás aquí por mí.

Hubo una explosión de aire helado a mis espaldas. Giré y rechacé la lanza de hielo que se dirigía hacia mi pecho. De inmediato, la *yuki onna* volvió a desaparecer, disolviéndose en remolinos de nieve, y luego volvió a atacarme desde otra dirección. Apenas evité ser ensartado por segunda vez, pero no tuve tiempo de responder antes de que me encontrara defendiéndome de ataques rápidos como un rayo desde todas direcciones. La mujer de nieve se lanzaba, apuñalando mi pecho o mi cara, yo la esquivaba y ella desaparecía en una onda blanca, sólo para repetir el ataque desde otra dirección. Tambaleándome bajo el implacable asalto, corté con fiereza a la mujer de nieve frente a mí, sólo para verla desaparecer una y otra vez. Algo finalmente golpeó la parte trasera de mi hombro, enviando una sacudida de dolor por mi columna.

La irritación estalló. La mujer de nieve apareció frente a mí en un remolino de color blanco, pero esta vez, en lugar de esquivar el *yari* que empujaba contra mi pecho, ignoré el arma y corté a la *yuki onna*. La punta de su lanza helada me golpeó en el pecho, instalándose entre las costillas, pero Kamigoroshi se adentró en el brazo de la mujer de nieve y lo cercenó a la altura del codo. Con un terrible alarido, la *yuki onna* se echó hacia atrás, aferrando el pálido muñón, y desapareció.

Haciendo una mueca, me agaché y saqué un trozo de hielo de mis costillas. La punta afilada estaba cubierta de sangre humeante. Mientras observaba, el arma se derritió entre mis garras y goteó en la nieve.

—Monstruo.

La mujer de nieve apareció una vez más, mirándome con brillantes ojos azules. Su manga vacía se hinchaba y se agitaba en el viento, pero mientras la observaba, la nieve se arremolinó a su alrededor, y un brazo nuevo y pálido emergió de la tormenta de blanco, sosteniendo otra *yari* de hielo que se plegaba mientras tomaba forma. Blandiendo el arma, me dirigió una sonrisa escalofriante.

—No puedes derrotarme, Hakaimono —dijo la *yuki onna*, avanzando de nuevo—. Soy tan amorfa como la nieve que cae, tan eterna como el invierno mismo —giró la *yari* y flotó hacia mí con una expresión sombría y asesina en el rostro. Reconocí esa mirada. Finalmente se había cansado de jugar con su presa y estaba preparada para matar—. Luchar contra mí —continuó la *yuki onna* con una voz tersa y letal— es tan inútil como tratar de abatir una ventisca. No soy de carne ni de sangre, soy el frío que ha cobrado vida. Y estoy en todas partes.

Copos blancos se arremolinaban alrededor de la reina de las nieves, un torbellino azotó el aire. Mientras ella hablaba, se separó, convirtiéndose en dos, cuatro, ocho torbellinos individuales que me rodearon. De manera abrupta, los vientos murieron y quedé rodeado por ocho mujeres níveas idénticas, cada una apuntando su letal *yari* de hielo hacia mí.

—*Es hora de que mueras, Hakaimono* —dijeron las *yuki onna*, ocho voces idénticas que sonaban como una sola—, *como todos los mortales antes que tú. Pensaron que podían sobrevivir a la tormenta, y al frío y al hielo, pero sus cuerpos congelados yacen bajo la nieve, preservados para toda la eternidad* —las mujeres de nieve giraron sus lanzas y el viento que nos rodeaba azotó en un vendaval—. *¡Y ahora, puedes unirte a ellos!*

Atacaron todas a la vez, en cegadores destellos de blanco contra la nieve. Esgrimí a Kamigoroshi, cortando dos figuras en el aire a la vez, y enseguida batí la espada para cortar a otro par. Con gritos desgarradores, se disolvieron en pequeños copos y desaparecieron.

Por desgracia, no pude eliminar a todas.

Un dolor intenso desgarró mi cuerpo cuando cuatro lanzas de hielo se hundieron en mí. Las *yari* quebraron huesos y perforaron la carne profundamente. Sentí cómo las afiladas puntas me perforaban las costillas, el hombro, el muslo y la espalda, ensartándome como un muñeco de paja, y apreté la mandíbula para evitar aullar.

Me desplomé contra las lanzas y escuché la risa aguda de las *yuki onna*.

—¿Ves? —se burlaron, y tres de ellas se desvanecieron en remolinos de polvo blanco.

La *yuki onna* mostró sus dientes en una sonrisa salvaje, mientras la hoja de su *yari* se hundía profundamente en mi hombro.

—No puedes ganar contra el frío mismo, Hakaimono. Tu sangre y tu carne se helarán, y morirás congelado bajo mi lanza, para toda la eternidad.

Levantando la cabeza, me encontré con su mirada y sonreí.

—Creo que estás olvidando algo —dije, haciendo que sus cejas cayeran bruscamente en un ceño fruncido—. El invierno no es eterno. Se desvanece en primavera y muere con el verano, año tras año. Tu frío puede congelar la carne y convertir las cosas en hielo, pero el fuego y el calor lo harán retroceder, y te derretirán en un charco que se evaporará con el viento.

Tomé un respiro, sintiendo que las lanzas de hielo se disolvían, mientras mi sangre brotaba y comenzaba a correr por el suelo, dejando agujeros donde caía. Poniendo mi mano libre en el vientre, sonreí con suficiencia ante la ceñuda *yuki onna*.

—El invierno no es para siempre —dije—. Nada en este reino perdura. Pero *Jigoku... Jigoku*, en cambio, es eterno. Y los fuegos que arden en mi reino derretirían este lugar en un abrir y cerrar de ojos. Las llamas de *Jigoku* corren por mis venas, ¡y son más que suficientemente ardientes para lidiar con tu hielo!

Extendí una mano y un chorro de sangre oscura y humeante golpeó a la *yuki onna* en el rostro. La sangre crepitó ahí donde tocaba, derritiendo la delicada piel pálida, quemando su túnica como fuego cerca de papel. La mujer de nieve gritó, en un aullido agudo y cortante que hizo que los carámbanos se desplomaran en el suelo, a mis pies. Soltó la lanza y llevó ambas manos a su rostro, mientras la nieve se arremolinaba a su alrededor, tratando de curar las marcas de las quemaduras. Levanté a Kamigoroshi cuando el fuego púrpura estalló a lo largo de su hoja y la deslicé a través de la *yuki onna*, dividiéndola en dos. Esta vez, ella no explotó ni desapareció en una nube de nieve. Los bordes donde la había cortado por la mitad se encendieron y llamas índigo la consumieron de abajo arriba mientras gritaba y se retorcía en el fuego, su cabello y sus mangas se sacudieron salvajemente y, al fin, se disolvió en cenizas.

Apretando los dientes, me desplomé y caí de rodillas sobre la nieve cuando la última de las lanzas de hielo se derritió y mi sangre se derramó formando ríos en el suelo. Maldita sea, no tenía tiempo para estas distracciones. Esto no me mataría, pero incluso yo necesitaría descansar un poco tras haber sido atravesado por carámbanos gigantes. La confrontación me había recordado una vez más cuán frágiles eran en realidad los cuerpos mortales. El Fantasma del Norte era una antigua *yuki onna* que había matado a cientos de humanos, congelado ejércitos enteros y dejado la tierra de su territorio cubierta de rígidos cadáveres blancos, pero yo no tendría que haber recurrido al derramamiento de mi sangre para destruir a un enemigo, ni siquiera a uno tan poderoso.

A mi alrededor, la nieve se estaba derritiendo en la tierra con la muerte de la *yuki onna*. Los humanos congelados que se encontraban dispersos por toda la aldea se fueron descubriendo lentamente mientras el hielo se derretía, y sus cuerpos se desplomaron y cayeron al suelo, perdiendo la belleza mórbida de una estatua de hielo prístina y volviendo a lucir como cadáveres ordinarios.

Apreté la mandíbula, me levanté y caminé hacia una de las casas descongeladas, dejando salpicaduras rojas en el aguanieve a mi paso. Tras ser atravesado por varias lanzas, aunque no hubieran sido del todo fatales, definitivamente me tomaría algún tiempo sanar. Lo que tal vez había sido la intención de quienquiera que hubiera enviado a la *yuki onna*. El Fantasma del Norte no había decidido acechar este camino por mero capricho, no cuando su cadena de montañas estaba despejada, atravesando el Imperio en el territorio del Clan del Cielo. Había sido enviada aquí para detenerme. Y eso significaba que alguien sabía que estaba buscando el Templo de la Pluma de Acero, y estaba dispuesto a impedirlo.

Genno.

Negué con la cabeza. No, eso no tenía sentido. El Maestro de los Demonios necesitaba que yo llegara al templo y al pergamino. Intentar detener mi progreso sería contraproducente para sus planes. Aunque no descartaba una traición suya una vez que tuviera el pergamino, no intentaría impedirme que lo consiguiera a menos que fuera muy estúpido.

¿Yumeko?

Con un resoplido descarté también ese pensamiento. La pequeña *kitsune* no era lo suficientemente vieja o poderosa para lidiar con algo como la *yuki onna*. E incluso si lo fuera, su obvia preocupación por Kage Tatsumi evitaría que ella enviara un espíritu tan poderoso para bloquear su camino y posiblemente matarlo. Ella se preocupaba demasiado por el asesino de demonios para hacerle daño.

Sonreí, agachándome para entrar en la choza. El agua goteaba del techo de paja y se acumulaba en un charco en el suelo de tierra, pero una esquina estaba bastante seca, dado que la nieve se había quedado mayormente en el exterior. "Tonta medio zorro", musité, jalando la funda de Kamigoroshi de mi *obi* y acomodándome para sentarme. Tan transparentes, tú y Tatsumi, los dos. Tus sentimientos por el asesino de demonios te matarán, a ti y a todos tus amigos. No esperes que muestre misericordia cuando finalmente nos encontremos.

Apretando la mandíbula, lentamente me apoyé contra la pared y apoyé a Kamigoroshi contra un hombro mientras me acomodaba. La *yuki onna* había sido apostada aquí para mí, eso era seguro. Entonces, si no habían sido Yumeko ni el Maestro de los Demonios los que la habían enviado, eso significaba que había alguien más, *algo* más, tratando de alejarme del pergamino del Dragón. Otro jugador en esta partida.

De acuerdo, entonces. Incliné mi cabeza hacia atrás y cerré mis ojos con una sonrisa. La *yuki onna* me había causado molestias, pero mis heridas comenzaban a sanar poco a poco. Supuse que estaría bien para la siguiente mañana. Las cosas comienzan a ponerse interesantes. Quienquiera que seas, espero que estés listo para enfrentarme cuando llegue al templo. Porque nada me impedirá llegar al pergamino, incluso si tengo que abrirme paso a través de un ejército para obtenerlo.

19

EL SONIDO DE LA FLAUTA

Yumeko

Enterramos a Maestro Jiro en la cima de una pequeña colina en las llanuras onduladas del Clan del Agua. Dejar su cuerpo a merced de cuervos y demás carroñeros era impensable, ya que su fantasma podía quedarse en el lugar de su muerte, incapaz de trascender, si su cuerpo no recibía las debidas atenciones. No contábamos con herramientas para cavar una tumba, así que pasamos la tarde buscando rocas y construimos lentamente un montículo para cubrir al sabio anciano sacerdote. Y, ante la insistencia de Okame-san, construimos también una pequeña tumba para Roshi, nuestro conductor, el hombre que había sido asesinado por haber aceptado ayudarnos. Cuando terminamos, un par de tumbas pedregosas se asentaban en lo alto de la colina, con el bastón de Maestro Jiro encajado, erguido, justo en el centro de la más grande. Y todos nos paramos solemnemente mientras Reika *ojou-san*, con los ojos vidriosos pero decididos, realizó el ritual correspondiente para ayudar a un alma a pasar al otro mundo. Su canto hizo eco en las llanuras y fue llevada por los vientos, una letanía lancinante que resonó en mi cabeza y se entrelazó con mis pensamientos.

Esto es mi culpa.

Apreté un puño bajo mi manga, sintiendo mis manos temblar. *Ellos murieron por mi culpa. ¿Cuántos más habré de ver morir?* Miré a mis amigos, a un *ronin* y un noble de sangre imperial, parados uno al lado del otro. La expresión de Daisuke-san, como era usual, se mantenía tranquila, expresando la mezcla perfecta de sereno arrepentimiento. Okame-san, en pie con los brazos cruzados y la mandíbula apretada, parecía estar a punto de gruñirle a cualquiera que lo tocara... o de estallar en llanto. Reika *ojou-san* cantó, su voz temblaba sólo un poco, su cabello y sus mangas ondeaban en el viento. Chu estaba sentado solemnemente en la hierba, la parte superior de sus orejas era apenas visible. ¿Cuántos más morirán antes de que esto termine? Cuando me enfrente a Hakaimono y Tatsumi, ¿seré lo suficientemente fuerte para hacer lo que debo?

Estiré una mano y toqué el *furoshiki* debajo de mi túnica, sintiendo la fina caja que guardaba el pergamino. El objeto por el que Maestro Jiro y tantos otros habían dado su vida. Maestro Jiro, Maestro Isao y todos los monjes en el Templo de los Vientos Silenciosos. La lista de cadáveres seguía creciendo. Temía que, al final de esta aventura, fuera aún más larga. Y todavía quedaba un largo viaje hacia nuestro destino.

Un paso a la vez, me dije. *Encuentra el Templo de la Pluma de Acero. Enfrenta a Hakaimono, llévalo de regreso a la espada y libera a Tatsumi. Entrega el pergamino a los guardianes, quienes sean, pues aguardan por él. Entonces habrás terminado. Habrás cumplido tu promesa a Maestro Isao. Después de eso...*

Titubeé. ¿Y entonces qué? ¿Qué seguiría para mí después de que hubiera entregado el pergamino? No tenía hogar y ningún sitio adonde volver. Tal vez... ¿quienes estuvieran vi-

viendo en el Templo de la Pluma de Acero me permitirían unirme a su orden? Pero ese pensamiento hizo que mi nariz se arrugara. Había visto tanto. Había estado en la gran capital dorada y en las tierras envueltas por las sombras de los Kage. Había hablado con monstruos, *yokai, yurei* y demonios. Había luchado contra el mal, había visto maravillas y magia, y había actuado nada menos que para el Emperador de Iwagoto. Y sin embargo sabía que todavía había más ahí afuera. Más por ver, por experimentar. Ahora que estaba fuera de las paredes del templo, no quería volver. ¿Cómo podría, cuando finalmente había descubierto lo que había más allá?

No seas ingenua, Yumeko. ¿En verdad crees que habrá terminado una vez que entregues el pergamino al templo? ¿Qué hay de la dama Hanshou y el Maestro de los Demonios? ¿Qué hay de Tatsumi?

Mi estómago se retorció. *Tatsumi.* ¿Qué pasaría con él si lograba liberarlo y atrapar a Hakaimono de nuevo en la espada? Su misión, antes de que el Primer *Oni* se hiciera cargo, había sido recuperar los trozos del pergamino del Dragón. ¿Continuaría con ella, incluso si eso significaba pelear contra los guardias del Templo de la Pluma de Acero y enfrentarse… a nosotros? Sabía que Reika *ojou-san* nunca le permitiría devolver el pergamino a la dama Hanshou, y Daisuke-san protegería a su familia, a su clan y al emperador a toda costa. La única incógnita era Okame-san, pero tenía la sensación de que él tampoco querría que el Clan de la Sombra tuviera en sus manos el Deseo del Dragón. ¿Tatsumi los atacaría a todos para adquirir el pergamino? Y si eso sucedía, si se trataba de elegir entre Tatsumi y proteger el pergamino, ¿qué haría yo? ¿Hacia dónde se inclinarían mis lealtades?

¿Estaría cometiendo un terrible error al intentar salvarlo?

—Yumeko.

La voz de Reika *ojou-san* me sacó de mis oscuras reflexiones. La doncella del santuario estaba parada frente a mí, con aspecto cansado. Las bolsas sobresalían inflamadas bajo sus ojos y su piel estaba pálida y marchita, pero sus ojos estaban secos.

—Ya hemos terminado aquí —dijo en voz baja—. Es hora de continuar.

En silencio, continuamos por el camino a pie, lejos de los cuervos y demás aves carroñeras que ya se estaban reuniendo, y el lugar de la emboscada pronto desapareció detrás de nosotros.

Esa noche, acampamos en el lecho de un arroyo casi seco muy cerca de la carretera. Según Okame-san, quien había hablado con Roshi antes de la desafortunada muerte del conductor, llegaríamos a su aldea al día siguiente por la tarde, y entonces estaríamos a pocos pasos de la base de Lomodragón.

—Deberíamos poder adquirir más suministros en la aldea —dijo, usando una pequeña rama para atizar las llamas del fuego que había encendido. Una pequeña olla negra se sentaba sobre pilotes, burbujeando alegremente: parte del paquete de suministros que Masao-san había enviado para nuestra supervivencia. Contenía apenas suficiente arroz para que cada uno de nosotros comiera una bola de arroz, pero no podíamos ser exigentes—. Necesitaremos arroz, y yo necesitaré un cuarto de *sake* en la barriga antes de emprender el ascenso en Lomodragón —agitó la olla hirviendo con la ramita, luego se recostó y suspiró—. Y también necesitaré encontrar a la esposa y la familia de Roshi, para informarles por qué no regresará a casa.

—¿Hay tiempo para eso? —preguntó Reika *ojou-san*, en un tono no exento de compasión. Pero la boca de Okame-san se adelgazó, y su voz surgió dura cuando respondió.

—Haremos el tiempo.

Sorprendentemente, Reika *ojou-san* no discutió.

Para la tarde siguiente llegamos a la aldea enclavada en las faldas de las Montañas Lomodragón. Era un poblado típico: chozas simples con techos de paja, repartidas en un patrón irregular alrededor de la plaza central y una serie de arrozales escalonados en las colinas cubiertas de hierba. Sin embargo vi varios caballos en pastizales cercados, o atados en varios puntos de la aldea, algo con lo que nunca antes me había encontrado.

También nos estaban mirando. Los aldeanos dejaron lo que estaban haciendo para observarnos mientras cruzábamos frente a sus chozas, y sus miradas eran una mezcla de sorpresa y curiosidad cautelosa. Nadie parecía abiertamente temeroso, aunque imaginé que un grupo como el nuestro, compuesto por una doncella del santuario, un *ronin*, un noble Taiyo y una chica con túnicas de *onmyoji*, no pasaría a menudo por su aldea, si es que alguna vez había pasado. Sonreí y saludé a una niña pequeña que nos miraba desde el otro lado del camino, y fui recompensada con una tímida sonrisa antes de que saliera corriendo.

—Parece que esta aldea prospera —comentó Daisuke-san mientras nos dirigíamos hacia la plaza central, que era una gran área polvorienta con un solo pozo en el centro—. Me pregunto, quizá, si podremos obtener los suministros que necesitaremos para escalar Lomodragón —miró hacia los distantes picos dentados, que se recortaban contra el sol poniente, y frunció el ceño—. Hará bastante frío en las montañas. Algunas mantas o ropa más abrigada no estarían de más.

—Algunos caballos también ayudarían —agregó Okame-san, mirando a las dispersas monturas que trotaban por la aldea—. ¿Me pregunto si podremos convencer a alguien de que se separe de un par?

—Disculpen, viajeros.

Una mujer se encontraba parada junto al camino, observándonos mientras nos acercábamos. Era una mujer joven, con ropa campesina simple pero resistente, con el cabello recogido hacia atrás y un sombrero de ala ancha posado en su cabeza y atado por debajo de su barbilla con una tira de tela. Debajo del ala de su sombrero, sus ojos oscuros parecían esperanzados y aprehensivos.

—Perdonen —dijo, inclinándose en una profunda reverencia cuando nos detuvimos ante ella—. No quisiera entrometerme, pero debo preguntar, ¿por casualidad viene su compañía desde Jujiro? Me pregunto si habrán visto una carreta en su camino hacia aquí.

Cerré los ojos, mientras un aire sombrío descendía sobre nosotros y la culpa roía la boca de mi estómago.

—Se suponía que mi esposo tendría que haber regresado anoche —continuó la mujer—, pero aún no ha llegado y me temo que algo pudiera haberle ocurrido. Por favor, si tienen alguna información, estaré en deuda. Su nombre es Roshi, y conduce una carreta de un solo caballo de aquí a Jujiro y de regreso.

Por un momento sólo hubo silencio, mientras cada uno de nosotros se preguntaba quién daría la funesta noticia, entonces Reika *ojou-san* dio un paso adelante.

—Lo lamento —dijo, y el rostro de la esposa de Roshi se contrajo, adivinando el resto—. Su marido falleció.

La mano de la mujer se acercó a su boca, temblando, antes de que ella tomara una respiración profunda y la bajara de nuevo.

—Yo… lo temía tanto —susurró—. Sabía que tendría que haber hecho el viaje para orar en el santuario de la montaña. Los *kami* fueron misericordiosos cuando mi hija enfermó la temporada pasada. Yo tendría que haber hecho la peregrinación por Lomodragón una vez más. Oh, Roshi —su voz se quebró, y cubrió su rostro con ambas manos.

—Lo siento mucho —dije—. Fue mi culpa. Roshi tuvo la amabilidad de ofrecernos su carreta para traernos hasta su aldea. Pero los *shinobi* nos tendieron una emboscada cuando veníamos en camino.

—¿*Shinobi*? —la mujer dejó caer sus brazos, con el rostro pálido—. Pensé que los *shinobi* eran sólo mitos —susurró—. Historias que los nobles de la corte cuentan a sus hijos. No sabía que eran reales. Oh, Roshi, ¿en qué te involucraste?

Reika *ojou-san* me dirigió una mirada exasperada, como si hubiera dicho algo que no tendría que haber mencionado. No entendí. Si yo fuera la esposa de Roshi, querría saber cómo había muerto mi marido y quién había sido el responsable.

La mujer respiró hondo, intentando serenarse, y luego nos enfrentó de nuevo.

—Si… si fueran tan amables de decirme dónde está su cuerpo —dijo—. Debo ir a buscarlo antes de que los carroñeros lo mancillen.

—Su marido recibió sepulcro —dijo Reika *ojou-san* con suavidad—. Y llevamos a cabo los ritos apropiados. Su alma no debe quedarse en este mundo. Pero si desea verlo, yace enterrado a una caminata de un día al este de aquí. Sólo busca la colina con dos tumbas a un lado del camino.

La mujer le dirigió una sonrisa atribulada.

—Gracias —susurró, mirándonos a la *miko* y a mí—. Gracias por no dejarlo, por honrarle con ritos apropiados para que trascienda. Conozco a mi Roshi. Él no habría ofrecido su carreta a cualquiera —miró mis ropas de *onmyoji*, luego miró a Daisuke-san, reparando en su ropa y su cabello. Incluso si no llevaba puesto el *mon* de su familia, sus nobles modales destacaban—. Sé que deben tener asuntos importantes por atender —dijo, volviéndose hacia mí—. Por favor, disculpe mi atrevimiento, pero ¿están viajando al santuario de los *kami* de la montaña, cerca de la cima de Lomodragón?

Aplané las orejas.

—¿Los *kami* de la montaña?

—Sí —la esposa de Roshi asintió—. Perdónenme, pero pensé que ése era su destino —se volvió y señaló las distantes siluetas contra el cielo—. Cada pocos años, un peregrino pasa por nuestro pueblo para rezar en el santuario de los *kami* de la montaña. Es un viaje arduo, pero se dice que si tu corazón es puro y tus oraciones, lo suficientemente fervientes, los *kami* de la montaña te concederán un poco de su conocimiento secreto. Ésta es la última aldea antes de llegar al sendero que conduce a la cima de Lomodragón. Simplemente, supuse que allí se dirigían.

—¿Dónde está este santuario, si no le importa decírnoslo? —preguntó Daisuke-san.

La esposa de Roshi asintió ante el camino que atravesaba las últimas casas.

—Justo al pasar la aldea, encontrarán un sendero que dobla hacia el este —dijo—. Si lo siguen durante medio día, los conducirá a las Montañas Lomodragón, hasta un pico que domina el valle. El santuario se encuentra en la parte superior.

—Gracias —dije, y me incliné ante ella—. Ha sido muy amable. Ya no la molestaremos más.

—Esperen —la esposa de Roshi me miró, luego a mis compañeros—. Si pretenden viajar por Lomodragón, no deberían salir esta noche —advirtió—. El camino es estrecho y traicionero en la oscuridad. Un resbalón, y cualquiera de ustedes podría caer por la montaña... les ha sucedido incluso a los viajeros de paso más firme. Y Lomodragón es el hogar de toda clase de *yurei* y *yokai*. La mayoría son indiferentes a los humanos, pero ningún espectro es predecible, y unos cuantos son muy peligrosos. Si van a intentar hacer la peregrinación al santuario de los *kami* de la montaña, lo mejor es hacerlo cuando haya luz.

Miré la puesta de sol detrás de los picos de las montañas y asentí.

—Ése es probablemente un sabio consejo. ¿Hay en la aldea algún lugar donde podamos quedarnos, un *ryokan* o una posada de algún tipo?

Negó con la cabeza.

—Somos una aldea pequeña. Incluso con el santuario de los *kami* de montaña, no llegan suficientes viajeros para justificar la edificación de un *ryokan*. El jefe a menudo permite que los peregrinos se queden en su casa por la noche, siempre que paguen una pequeña tarifa o hagan un favor a la aldea, si no tienen una moneda.

—Bueno, eso suena como nosotros —dijo Okame-san, mirando con una sonrisa sardónica a Daisuke-san—. Dejamos Kin Heigen Toshi con tanta prisa que nuestro noble Taiyo no tuvo tiempo de tomar su bolsa de monedas. Ahora es tan pobre como nosotros, los campesinos y el *ronin*.

—Así es —la voz de Daisuke-san sonó irónica—, aunque debo señalar que por lo general no necesito una moneda, y que incluso discutir asuntos de dinero se considera de un gusto extremadamente pedestre. Está dentro de mi derecho, como samurái y parte del linaje imperial, esperar que todas las comodidades se me ofrezcan sin compensación, pues son un servicio al Imperio. La mayoría de mis parientes estarían de acuerdo en que es un privilegio para aquéllos de posiciones inferiores servir a los mejores guerreros del Emperador, y que deberían sentirse honrados de proporcionar todo aquello que un samurái solicite. Hay personas en mi familia que ni siquiera conocen los valores de los diferentes tipos de monedas.

Okame-san resopló, dejando que todos supieran lo que pensaba al respecto, y Daisuke-san sonrió.

—Sin embargo —continuó—, por si acaso no te has dado cuenta, Okame-san, yo a veces albergo... opiniones poco populares entre los de mi clan. Muchos lo han olvidado, pero "samurái" significa *aquel que sirve*. El código *Bushido* establece que la compasión y la humildad son tan importantes como el honor y el valor, y si no puedo mostrar esas virtudes ante aquéllos de menor posición, ¿podría siquiera llamarme samurái?

—¿Oh? —con los brazos todavía cruzados, Okame-san levantó una ceja, con una sonrisa pícara en los labios—. Bueno, si ése es el caso, ¿qué piensas sobre cortar leña o revestir un tejado, pavorreal? Trabajo duro, campesino, que se hace mejor con taparrabos. Querrías que tu ropa fina termine sudada.

—No sería lo primero que haya hecho en taparrabos, Okame-san —dijo Daisuke-san tranquilamente, y mientras me preguntaba por qué el rostro de Reika *ojou-san* se había puesto colorado, el noble se volvió hacia la esposa de Roshi, que todavía nos observaba desde un costado de la carretera—. Esposa del honorable Roshi —comenzó—, por favor, disculpe esta intrusión en su vida. Si nos dirigiera amablemente a la morada del jefe, estaríamos en deuda con usted.

—Invitados de honor —la mujer juntó las manos—. No es un problema. Me han hecho un favor hoy, y conozco a mi Roshi. Si estuviera aquí, insistiría en que se quedaran en nuestra casa esta noche. Es pequeña, pero tenemos un espacio adicional en la parte posterior que puede adaptarse a sus necesidades. Por favor, quédense con nosotros, en honor a su memoria.

Miré a mis compañeros. Reika *ojou-san*, que todavía tenía un curioso tono rosado en el rostro, asintió brevemente y entonces me volví hacia la esposa de Roshi.

—Gracias —dije—. Si en verdad no es un problema, estaríamos agradecidos.

Ella asintió.

—Esta noche cocinaré un festín en honor a mi esposo —anunció con voz temblorosa—. Y mañana, cuando visite el santuario de los *kami* de la montaña, ¿mencionaría su nombre cuando diga sus oraciones? Ése es todo el agradecimiento que necesito.

Asentí solemnemente.

—Por supuesto.

Desperté con el sonido de una flauta.

Bostezando, levanté la cabeza de la almohada y eché un vistazo alrededor. La habitación todavía estaba sumida en la oscuridad, iluminada sólo por los rescoldos en el brasero y la luz de la luna que entraba por la ventana. A unos metros de distancia, Reika *ojou-san* dormía profundamente, y su largo cabello se derramaba sobre su almohada en una brillante cortina negra.

Chu estaba sentado en la puerta abierta, con las orejas triangulares aplacadas. La luz de la luna proyectaba su sombra sobre las tablas del piso.

Volví a recostarme, pero la débil melodía llegó otra vez. Pensaba que la había soñado, una tonada grave y triste que se deslizaba sobre la brisa.

Con cuidado de no molestar a Reika *ojou-san*, me levanté y caminé silenciosamente hacia la puerta. Chu torció una oreja hacia mí, pero no se movió mientras me agachaba a su lado. Por un momento me ericé por estar tan cerca del *komainu*, cuando mi naturaleza *kitsune* reaccionó instintivamente ante el canino. Pero me recordé que Chu no era realmente un *inu*, sino un guardián del santuario, parte del mundo de los espíritus y, honestamente, se parecía más a mí que a cualquier perro normal.

—*Konbanwa*, Chu-san —saludé en un susurro—. ¿Tú también la oyes?

Recibí una mirada un tanto desdeñosa del *komainu*, antes de que se alejara de mí trotando hacia el interior de la habitación. Reclamando un rincón de la manta de Reika *ojou-san*, se acurrucó y apoyó la cabeza sobre sus patas, aunque mantenía la mirada fija en la puerta, siempre vigilante y alerta. Aun así, si Chu no creía que había peligro, tal vez estábamos a salvo y quien estuviera soplando la flauta no representaba una amenaza.

Lo cual hizo que sintiera aún más curiosidad.

—Regresaré enseguida —susurré al guardián, agradecida de que fuera Chu quien estuviera despierto y no su ama. Reika *ojou-san* no aprobaría que saliera sola y a escondidas tan avanzada la noche—. No tardaré, pero si me escuchas gritar, asegúrate de despertar a Reika *ojou-san*, *¿ne?*

El *komainu* bostezó. Sin saber si atendería mis peticiones, pero conociendo que entendía mis palabras muy bien, salí por la puerta hacia la veranda y escapé a la luz de la luna.

Seguí el inquietante sonido de la flauta a través del campo, sintiendo el aire fresco de la noche en mi piel. Las luciérnagas titilaban en la oscuridad, elevándose en enjambres mientras me movía a través de la hierba. Las débiles notas melódicas se alzaban y caían con la brisa y los tallos de hierba crujientes, haciéndose cada vez más definidas a medida que me acercaba a un viejo árbol de cedro en medio del campo.

Hice una pausa al sentirme de pronto como una intrusa. La canción era tan hermosa, que me empujaba hacia delante y tiraba de mis emociones, pero temía que si me acercaba más se detuviera y que quien fuera que estuviera tocando huyera. Mi torpe cuerpo humano no estaba hecho para arrastrarse a través de la hierba sin ser visto.

Mi parte de zorro, sin embargo...

Cerré los ojos y llamé a mi magia. Resplandeció al salir a la superficie un momento antes de que se produjera una silenciosa explosión de humo. Cuando abrí los ojos, me encontraba mucho más cerca del suelo y la parte superior de la hierba me ocultaba por completo. La noche se había vuelto de pronto mucho más clara, las sombras ya no eran tan oscuras, el aire estaba cargado de vida y sonidos. Mis orejas de zorro podían oír todo lo que me rodeaba: el zumbido de los grillos en la hierba, el trino de un pájaro nocturno en los árboles, el zumbido de las alas de las luciérnagas en el aire. Un diluvio de olores llenó mi nariz, misterioso y tentador, y me sorprendió el deseo de dejar todo atrás e ir saltando a través de la hierba alta para perseguir ratones e insectos, para soplar globos de *kitsune-bi* en el aire y bailar bajo la luz de la luna.

Sin embargo, un atisbo de un oscuro estuche lacado de pergamino tendido desnudo sobre la hierba hizo que todos esos deseos se detuvieran de golpe. Parando las orejas, me abalancé con rapidez sobre el estuche y lo sujeté firmemente entre mis mandíbulas. La madera era dura, inflexible, y su cubierta exterior chocaba contra mis dientes. Lo giré en mi boca, tratando de encontrar una posición cómoda, resistiendo el impulso de escupirlo y dejarlo tirado en la tierra.

Bueno, esto no es ideal. Espero que nadie me vea y se pregunte por qué un zorro lleva un estuche de pergamino en el hocico.

Finalmente puse el estuche en la parte delantera de mi boca y lo sostuve como si fuera el hueso de un perro. Ligeramente molesta con mi carga, aplané las orejas y me deslicé por la hierba, hacia el gran cedro en el centro del campo.

La música continuó, cada vez más clara, entre más me acercaba al árbol. Mientras me acomodaba debajo de un arbusto vi un destello de color blanco en las ramas del árbol y me quedé congelada mientras levantaba la mirada. Una figura estaba sentada en la bifurcación del tronco, recostada contra el árbol con un pie plantado para mantener el equilibrio. Sus mangas y su cabello pálido se reflejaban en las aguas debajo. Llevó una delgada pieza de madera oscura hasta sus labios, y las notas dulces e inquietantes llenaron el aire a su alrededor.

¿Daisuke-san?

Bajando la cabeza, me arrastré más cerca, deslizándome a través de la hierba crecida hacia el árbol. Los ojos de Daisuke-san estaban cerrados, su cabello y sus mangas se agitaban suavemente en la brisa mientras las luciérnagas danzaban a su alrededor, como si fueran atraídas por la música.

Escuché otros pasos crujiendo en la hierba detrás de mí, y rápidamente me lancé a un lado justo cuando un par de piernas largas pasaron delante. Me llegó un olor terroso y familiar antes de que una voz áspera y divertida rompiera el hechizo de la flauta.

—Aquí estás. Pensé que podría tratarse de ti —Okame-san caminó bajo el tronco y se detuvo, cruzando los brazos mientras miraba al noble—. Entonces, ¿tuviste un momento de samurái melancólico? —preguntó—. ¿La luz de la luna te habló de tal manera que tuviste que componer una canción para la noche, o tampoco podías dormir?

Daisuke-san bajó su flauta y miró hacia abajo con calma, con una pequeña sonrisa levemente satisfecha en el rostro.

—Debo admitir que me siento bastante melancólico esta noche —dijo—. Y la luz de la luna era muy hermosa, sería fácil perderse en ella. Pero mi verdadero propósito para soplar ya se ha cumplido. Te trajo aquí.

Okame-san levantó una ceja.

—Podrías haberme pedido que me uniera a ti, pavorreal, en lugar de arrastrarme fuera de la cama con una misteriosa música de flauta en mitad de la noche.

—Pero entonces, no habría sabido lo que necesitaba —Daisuke-san levantó su brazo, el instrumento se sujetaba fácilmente entre sus largos dedos largos—. No sería tan atrevido para suponer. La canción formuló las preguntas. Que vinieras es la respuesta que yo estaba esperando.

—Taiyo-san —Okame-san se frotó los ojos—, no he sido un samurái por un tiempo, e incluso entonces, apenas entendía el idioma que usan los nobles. Imagina que estás hablando con un campesino, o con un mono domesticado, quizá. No puedo estar todo el día desentrañando metáforas y significados ocultos.

—Muy bien —Daisuke-san metió su flauta en su *obi* y se dejó caer desde el tronco, para aterrizar con elegancia junto al estanque—. ¿Por qué nunca me llamas Daisuke, Okame-san?

—Porque eres un Taiyo —gruñó Okame-san—. Y yo soy un desagradable perro *ronin*. Incluso yo sé que se trata de una

371

distancia social muy grande. Bien podría estar hablando con el Emperador de Iwagoto. Y no me digas que el rango nada significa para ti, Taiyo. Es bastante fácil decirlo cuando por tus venas corre sangre imperial, pero si yo te hablara tan a la ligera en la corte, tal vez mi cabeza rodaría por semejante afrenta a tu apellido.

—¿Me desprecias entonces, Okame-san? —la voz de Daisuke-san sonaba suave—. ¿Porque soy un Taiyo, la clase noble que odias tanto? ¿Mi linaje me convierte en un villano a tus ojos?

Okame-san resopló.

—¿De qué estás hablando? —sonaba incómodo—. No siento más que respeto por ti, aunque hace un año habría escupido a tu nombre por ser un mono de la corte. Ahí está, ya lo dije. ¿Eso te hace feliz?

Inesperadamente, Daisuke-san sonrió, sus ojos brillaban mientras se enfrentaba a Okame-san.

—*Arigatou* —murmuró—. Me alegro. Tu opinión significa mucho para mí, Okame-san.

El *ronin* sacudió la cabeza.

—No debería ser así —murmuró, mirando hacia las sombras.

—¿Por qué? —Daisuke-san se acercó, con expresión seria—. Te admiro, Okame-san. Esperaba… —hizo una pausa, y luego añadió con voz suave y seria—: Pensé que había dejado claros mis sentimientos por ti.

—Basta —la voz de Okame-san era un susurro. El *ronin* cerró los ojos, apartando la cabeza del noble, a unos metros de distancia—. Ahora sólo estás jugando conmigo. No hay situación, en todo el Imperio de Iwagoto, donde un noble personaje del Clan del Sol con un perro *ronin* sea socialmente aceptable. La deshonra sería tan grande que familias enteras cometerían *seppuku* por la vergüenza, y la mancha se transmitiría a tus hijos, a los hijos de tus hijos y a sus hijos, para siempre. Cada generación conocería la historia de la más grande caída del Taiyo dorado. Ni siquiera yo soy tan profano.

—Si yo no fuera un Taiyo, entonces... —Daisuke-san no se había acercado más, se mantenía quieto junto al tronco, con el largo cabello ondeando en la brisa—. Si pudieras ignorar mi nombre, mi familia y mi línea de sangre sólo por un instante, ¿podrías mirarme de esa manera? ¿Serían estas emociones recíprocas?

—Maldito seas —Okame-san abrió los ojos para mirar al noble, mostrando sus dientes—. ¿Cómo podrían no serlo? —casi gruñó—. Desde el momento en que te vi en ese puente, no he tenido más que pensamientos prohibidos en mi cabeza. Se ha vuelto bastante fastidioso, así que por lo general no pienso mucho en esto —suspiró, clavó los dedos en su cabello y lo peinó hacia atrás—. Quería odiarte —dijo, aunque ahora su voz sonaba cansada—. Habría sido mucho más sencillo si hubiera podido despreciarte como a todos los nobles pomposos y arrogantes que he conocido. Porque no importa lo que yo piense. No importa que estar cerca de ti sea doloroso, que deba fingir que nada siento, que tus comentarios burlones y sagaces no me afectan en absoluto —suspiró de nuevo, y le dirigió a Daisuke-san una mirada de amarga diversión—. No estoy ciego, Taiyo-san. He visto las insinuaciones. Es sólo que... sé cuál es mi lugar. Y no voy a arrastrarte al barro conmigo.

Daisuke-san se quedó en silencio un momento. Entonces, sorprendentemente, una risita silenciosa flotó sobre la hierba, haciendo que Okame-san frunciera el ceño.

—¿Tan divertido soy, noble?

—Perdóname —Daisuke-san levantó la mirada, con una leve sonrisa todavía en su rostro—. Me parece irónico —musitó— que un *ronin*, que dice despreciar a los samuráis y que se burla del Código cada vez que puede, esté tan preocupado por mantener limpio mi honor.

—No hagas muchas conjeturas al respecto —Okame-san arrastró un pie—. Sólo estoy protegiendo mi cabeza. Preferiría que permanezca sobre mi cuello, si es posible. Estar cerca del linaje imperial ha causado que muchos samuráis mueran en el pasado.

Daisuke-san se enderezó y dio dos pasos hacia delante, causando que Okame-san se estremeciera y lo mirara con recelo.

—Mi familia no está aquí, Okame-san —dijo en voz baja. Levantó una manga ondulante hacia las montañas distantes—. La corte imperial está a muchos kilómetros de distancia. Nadie está mirando. Nadie juzgará. Lo que suceda aquí esta noche... el mundo no necesita saberlo.

Debía irme. Lo que estaba sucediendo entre Daisuke-san y Okame-san era sólo asunto suyo. Yo era una intrusa, consciente de algo que no debía ser visto, con los ojos ocultos en la hierba. Pero no pude alejarme. Mi corazón latía con fuerza, y me encontré incapaz de moverme. Me agaché y permanecí inmóvil entre la hierba, mi cola se envolvió alrededor de mis piernas y mis orejas se giraron hacia delante hasta donde pudieron, renuentes a perderse una sola palabra.

—Estás jugando con fuego, noble —espetó Okame-san—. ¿Estás seguro de que quieres esto? Yo no... —titubeó de nuevo, luego suspiró— no quiero despertarme mañana por la mañana y descubrir que has cometido *seppuku* para sobrellevar la vergüenza.

—No —dijo Daisuke-san con una de sus pequeñas y tristes sonrisas—, no tengas miedo de eso, Okame-san. Ya le prometí a Yumeko que la acompañaré hasta Lomodragón y la protegeré de cualquier cosa que intente detenernos. No puedo morir todavía, no cuando mi batalla más grande está por suceder. Y al final de este camino se encuentra el Templo de la Pluma de Acero... y Hakaimono —sus ojos brillaban con expectativa y pasión—. Estoy listo. Será una batalla gloriosa. Y si caigo, será al servicio del Imperio, luchando para detener el ascenso del Maestro de los Demonios. Moriré en pie, espada en mano, enfrentándome a mis enemigos, como un samurái. ¿Qué es una noche, en comparación con la eterna gloria?

—Una noche, ¿eh? —Okame-san negó con la cabeza, con una mirada brillante, ligeramente salvaje, fija en sus ojos—. Ah, al diablo con eso. Cuando lo planteas de esa manera...

Dio tres grandes pasos, tomó el cuello de la túnica de Daisuke-san con ambas manos y lo jaló para acercarlo, entonces sus labios se encontraron.

Mis ojos se agrandaron, y me habría quedado sin aliento si hubiera sido humana. El mismo Daisuke-san respiraba con brusquedad y su cuerpo se había puesto rígido, pero después de un momento se relajó y sus manos se acercaron para tomar los brazos de Okame-san. Durante un momento permanecieron así bajo el gigantesco cedro. La luz de la luna ardía sobre los dos cuerpos engarzados y, por un instante, el mundo pareció detenerse.

Por fin, Okame-san retrocedió, con los ojos todavía brillantes e intensos, y miró al noble Taiyo.

—¿Es esto... lo que querías, Daisuke-san? —lo escuché preguntar. Su voz era ronca y ligeramente tensa.

Daisuke-san sonrió levemente, con ojos febriles mientras devolvía la mirada.

—Definitivamente, es un comienzo.

Los labios de Okame-san se curvaron en una sonrisa, y bajó la cabeza una vez más.

Vete, Yumeko, pensé, cuando la culpa finalmente superó a la curiosidad. *¡Tienes que irte, ahora mismo!*

Con esfuerzo aparté la mirada de las figuras debajo del cedro. Manteniendo el pergamino firmemente sujeto en mis mandíbulas, di media vuelta y me deslicé entre la hierba alta, dejándolos realmente solos.

Me transformé de nuevo en humana cuando llegué ante la puerta, después seguí de puntillas dentro de la casa. Cuando entré a la habitación, Reika *ojou-san* seguía dormida en la esquina, roncando suavemente, pero Chu levantó la cabeza y me miró con desaprobación. Ignoré al *komainu*, me deslicé debajo de las mantas y las jalé por encima de mi cabeza. La noche más allá de la puerta estaba en silencio: no había música inquietante que agitara la brisa, ni los sonidos de una flauta en el viento. Una extraña sensación de añoranza me llenó, retorciéndome el estómago y haciendo que me doliera el corazón. Recordé la fiereza en los ojos de Okame-san mientras besaba a Daisuke-san, y la mirada en el rostro de éste cuando correspondió el beso.

Y me pregunté si Tatsumi alguna vez me miraría de esa manera.

20

GUARDIANES DE PIEDRA

Yumeko

Un pequeño santuario, erosionado y gris, se asentaba dentro de un nicho en la ladera de la montaña. Era fácil pasarlo por alto: al ser del mismo color que las rocas y el cielo moteado, casi se mezclaba con el fondo. El santuario apenas alcanzaba la parte superior de mi cabeza, y estaba lleno de flores muertas, monedas dispersas y botellas de *sake* vacías: ofrendas a los *kami* de la montaña. En algún momento, tal vez la madera habría estado teñida de un tono brillante, quizás el bermellón, el verde azulado y el blanco de sus hermanas. Pero el clima y el tiempo habían restregado las tablas de madera, y ahora parecía sólo otra parte de la montaña, tanto como las rocas y los escasos y escuálidos arbustos que asomaban entre las piedras.

—Bueno —dijo Okame-san, mirando a la diminuta estructura con los brazos cruzados. Parecía sentir frío, con los hombros encorvados contra el viento, pero intentaba no externarlo. Había sido una caminata larga y helada por las Montañas Lomodragón, siguiendo un camino estrecho y sinuoso que era apenas más que un sendero de cabras. Cuanto más subíamos, más frío y más inhóspito era el clima. Las ráfagas de nieve ahora bailaban en el aire, y el cielo sobre nosotros era tan gris como el resto de la montaña—. Encontramos el santuario de los *kami* de la montaña —murmuró el *ronin*—. ¿Ahora qué?

Miré alrededor, esperando ver un templo, o cualquier indicio que pudiera apuntar a un templo. Pero no había mas que picos cubiertos de rocas y nieve hasta donde se alcanzaba a ver.

—¿Reika *ojou-san*? —pregunté, girándome hacia la doncella del santuario—. ¿Qué dijo Maestro Jiro acerca de encontrar el camino al templo?

—Busca el lugar donde se reúnen los *kami* de la montaña —respondió Reika *ojou-san*—, y mira a los cuervos que indicarán el camino.

Levanté la vista hacia el cielo gris moteado.

—No veo cuervos, ni ningún otro pájaro, para el caso. Ni siquiera los halcones vuelan a esta altura.

Suspiró.

—Bueno, lo mejor será que encontremos algo rápido, antes de que caiga la noche y haga demasiado frío.

Examinamos el área en busca de estatuas, signos, dibujos tallados en las rocas, cualquier cosa que pudiera parecerse a un cuervo o cualquier tipo de criatura emplumada. Pero después de un par de horas, nada habíamos encontrado. El santuario seguía siendo la única pieza de la montaña diferente de todo lo que lo rodeaba. Y más allá de los picos distantes, el sol comenzaba a ponerse.

Me estremecí ante el rápido descenso de la temperatura y me acurruqué contra la pared del nicho para escapar del viento helado. *Kami*, pensé, mientras una brisa soplaba una nube de copos de nieve hacia mí, *si quisieran brindarnos una pista en este momento, lo agradeceríamos mucho.*

—Tal vez —reflexionó Daisuke-san, mirando el santuario con el ceño fruncido— estamos viendo esto de la manera equivocada. Hemos estado buscando un cuervo físico, una especie de señal que nos indique el lugar donde se encuentra el Templo de la Pluma de Acero. ¿Y si el cuervo del que hablaba Maestro Jiro era de naturaleza metafórica?

Okame-san frunció el ceño.

—No estoy seguro de entenderte, Daisuke-san.

Vi cómo se formaba un arco en la frente de Reika *ojou-san* ante la declaración de Okame-san, no había pasado desapercibido que el *ronin* llamara al noble por su nombre, algo que no había hecho hasta entonces. Mi rostro se calentó y mi corazón se aceleró. Por fortuna, la atención estaba fija en Daisuke-san, mientras éste reflexionaba sobre la situación que atravesábamos.

—Han escuchado la expresión "distancia a vuelo de pájaro", ¿cierto? —preguntó el noble—. Se refiere a una línea recta entre dos puntos, la ruta más rápida que se puede lograr sin desviarse o cambiar de dirección —hizo un gesto hacia el santuario—. Ya tenemos un punto. ¿Qué pasaría si nuestro pájaro, el "cuervo", se dirigiera directamente al Templo de la Pluma de Acero? ¿Qué dirección tomaría?

Miramos a nuestro alrededor.

—Bueno, él no podría ir hacia el norte —dijo Reika *ojousan*, mirando al nicho donde se encontraba el santuario—. Y tampoco podría ir al sur, no con esa cresta en el camino.

—¿Al este? —sugirió Okame-san—. En lo personal, espero que no sea así, porque eso implica una caída terriblemente larga en la montaña. Pero supongo que no sería un problema si fueras un cuervo.

—Sí, pero mira los picos —dijo Daisuke-san, asintiendo hacia las cimas de las montañas distantes. Se movió directamente frente al santuario, levantó un brazo y cerró un ojo—. Desde aquí, no hay camino directo entre ninguno de ellos. Tendrías que ir sobre o alrededor de ellos. Entonces, eso deja...

Me volví.

—El oeste —dije—. Justo en esa cresta, recto entre esos dos picos donde el sol se está poniendo. Es el único camino que puede tomarse sin encontrarse con nada.

—Así sería si Taiyo-san estuviera en lo correcto —dijo Reika *ojou-san*—. Después de todo, es sólo teoría, me temo sin embargo, que en este punto, tenemos pocas opciones —suspiró y miró a Chu, que respondió con una mirada de solemnidad—. Muy bien. Entonces caminemos por el sendero por donde los cuervos vuelan, y veamos adónde nos lleva.

La puesta de sol y la temperatura bajaron bruscamente a medida que avanzábamos por la montaña, siguiendo el rastro de un cuervo invisible mientras éste volaba metafóricamente encima de nosotros. A medida que la luz se desvanecía, empezaron a caer motas de nieve del cielo nublado, girando a nuestro alrededor y bailando en la brisa. Me acurruqué en el *mino* y el sombrero de paja que me había proporcionado la esposa de Roshi y me encontré anhelando una taza de té caliente para envolver mis dedos.

Por fin, cuando perdimos la luz por completo y todos temblábamos bajo nuestros *mino*, el camino terminó en el fondo de un enorme acantilado. Se elevaba directamente en el aire y su pico cubierto de nieve se encontraba oculto por las nubes. La base estaba oscura, a la sombra de la montaña.

—Bueno —suspiró Okame-san, mirando el obstáculo que teníamos ante nosotros. Su respiración se retorció antes de enrollarse y perderse en el aire, y sus dientes castañeteaban ligeramente mientras hablaba—. Yo diría que este camino ha llegado a su fin. Nunca pensé que vería el día, pero parece que te equivocaste, Daisuke-san. A menos que el cuervo vuele directamente dentro de la ladera de la montaña. *Directamente dentro de la ladera de la montaña. Me pregunto si...*

En un impulso, mientras Reika *ojou-san* y Okame-san discutían sobre el siguiente curso de acción, comencé a caminar hacia el acantilado. El enorme muro de roca se alzaba ante mí, ancestral e inflexible, pero no me detuve. Escuché a Okame-san llamarme, queriendo saber lo que pretendía, pero seguí caminando hasta que me encontré a sólo dos pasos de la ladera de la montaña.

Parpadeé sorprendida. Me había estado preparando, esperando toparme directamente con el muro de piedra, pero ahora que estaba tan cerca podía ver que me encontraba en la boca de una fisura, una estrecha grieta en la ladera de la montaña. Se había ocultado tan bien que, si no me hubiera acercado tanto, nunca habría sabido que estaba allí.

—*Minna* —llamé, dirigiéndome al grupo por encima de mi hombro. Con un movimiento de mano, una lengua de *kitsune-bi* cobró vida e iluminó las paredes y el suelo de un túnel estrecho que serpenteaba en la oscuridad—. Creo que encontré algo.

Los demás se apiñaron detrás de mí, mirando hacia el pasaje.

—Esto no me parece la entrada de un templo antiguo —musitó Okame-san, mientras un ciempiés se escabullía del repentino resplandor del fuego fatuo y desaparecía en una grieta—. Pero supongo que es mejor que estar parado afuera, en el frío —miró receloso hacia el túnel, luego se estremeció

381

cuando una fuerte ráfaga de viento a nuestras espaldas tiró de su coleta y estuvo a punto de arrancarle el sombrero de la cabeza—. *Brrr*. Bien, adentrémonos en la oscuridad.

Entramos en el túnel siguiendo a la lengua de *kitsune-bi* mientras flotaba y se movía frente a nosotros, alejando la oscuridad. El pasaje era estrecho y, en ocasiones, tan bajo que debíamos agacharnos para seguir adelante. Envidié a Chu, que trotaba por el túnel sin preocuparse, y aunque era tentador cambiar a mi forma de zorro, transformarme tan descaradamente frente a otras personas me inquietaba. Sabían que yo era una *kitsune*, sí, pero había una diferencia entre saber que alguien era *yokai* y caminar por un túnel oscuro con esa *yokai* a un lado. Mientras yo fuera Yumeko, mi naturaleza *kitsune* casi podía ser obviada. No sería así si me convertía en zorro.

Después de muchos largos e incómodos minutos en la oscuridad, mientras la única luz provenía de la lengua flotante de fuego fatuo, el túnel se abrió y entramos en una enorme caverna. Las paredes se elevaban en la oscuridad, tan alto que no podía verse el techo de la cueva. Pero el suelo era de piedra trabajada, no de caverna áspera. Envié mi *kitsune-bi* a lo lejos y, a la luz azul fantasmal, pudimos distinguir peldaños derrumbados, paredes rotas y pilares destrozados esparcidos por el suelo, lo que indicaba que esta cámara había sido habitada en algún momento.

—¿Qué es este lugar? —pregunté, mientras nos aventurábamos con cautela en la amplia caverna. Mi voz hizo eco en la inmensidad alrededor, y de pronto me sentí muy pequeña—. ¿Esto es... el Templo de la Pluma de Acero? —detrás de mí, escuché a Okame-san estornudar ante la nube de polvo que levantaron nuestros pasos.

—Si lo es —murmuró el *ronin*—, podríamos tener un problema. Parece que este lugar fue abandonado hace décadas.

—Éste no puede ser el templo —dijo Reika *ojou-san*, mirando a su alrededor con consternación—. Debe haber un error. Maestro Jiro no nos enviaría al Templo de la Pluma de Acero si éste hubiera sido abandonado.

—A menos que también lo ignorara —musitó Okamesan. Su voz flotó entre las columnas, agitando polvo y telarañas acumuladas durante siglos—. Quiero decir, han pasado mil años desde la noche del último Deseo, ¿cierto? Tal vez todos los guardianes hayan muerto o se hayan mudado a otro templo.

—No —dijo Reika *ojou-san* con firmeza, y una media docena de repeticiones hizo eco a nuestro alrededor—. Eso no puede ser cierto —insistió, pero su voz se escuchaba silenciosamente desesperada—. Los guardianes están aquí, *deben* estar aquí. ¿Qué estamos pasando por alto?

Mientras rodeaba una columna, una figura apareció de pronto, alzándose sobre mí en la oscuridad. Dejé escapar un chillido y salté hacia atrás mientras el fuego fatuo bañaba el rostro severo y la mirada fija de un samurái de piedra, cubierto por completo por una armadura y con un magnífico *kabuto* por casco. Llevaba una espada en cada mano. Una de las cornamentas de piedra del casco había sido arrancada, y el tiempo había erosionado los rasgos del samurái, pero aún se mantenía orgulloso y severo en su pedestal, congelado en una postura de prontitud eterna.

—Magnífico —dijo Daisuke-san a mi espalda, haciéndome saltar de nuevo. El noble dio un paso adelante, contemplando la estatua con evidente fascinación—. Creo que se trata de Kaze no Yoshitsune —dijo con voz tranquila y maravillada—. Un *daimyo* de la familia Kaze, y uno de los duelistas más famosos del Clan del Viento. Su habilidad con la espada era única porque luchaba con dos, la *katana* y el *wakizashi*, al mismo tiempo. La familia Kaze siempre ha afirmado que sus técnicas de doble espada descienden de Yoshitsune, y se niegan a enseñar su danza a cualquier otro clan.

—¿Por qué hay una estatua de él aquí? —pregunté, y Daisuke negó con la cabeza.

—No lo sé. Quizá los guardianes del Templo de la Pluma de Acero son parte del Clan del Viento. Aunque… —Daisuke-san tocó su barbilla en un gesto reflexivo, mientras Reika *ojou-san*, Okame-san y Chu rodeaban el pilar— hay una leyenda de Kaze Yoshitsune, una que se cuenta incluso hoy, sobre todo entre las academias de guerra. Se dice que cuando Yoshitsune era joven desapareció del Imperio por un tiempo. Y cuando regresó, ya era un hábil espadachín, inmejorable en los duelos, que poseía el conocimiento oculto de los dioses. Aunque nadie lo sabe con certeza, las leyendas afirman que Yoshitsune viajó a la casa de los *kami* de la montaña y vivió con ellos durante varios años, que el mismo Rey de la Montaña enseñó al príncipe Kaze la habilidad con el sable y el camino del combate con dos armas —una sonrisa cruzó el rostro del noble—. La leyenda de Yoshitsune es algo que todo espadachín conoce —dijo maravillado—. ¿Cuántos de nosotros hemos esperado que los *kami* nos encuentren dignos de obsequiarnos su conocimiento? Kaze Yoshitsune ha sido uno de los pocos que lo fueron.

—Eh —Okame-san dio un paso adelante, con los brazos cruzados mientras miraba la estatua y luego a Daisuke-san. Una expresión agria cruzó sus rasgos, y curvó un labio—. A mí no me parece especial.

Reika *ojou-san* dejó escapar una risita apenas audible.

—Los celos no son una virtud admirable, Okame-san —dijo—. Sobre todo si se trata de una estatua de piedra.

—¿Qué? —exclamó Okame-san mientras una mirada indignada cruzaba su rostro—. ¿De qué estás hablando? —pero la *miko* sólo sonrió y pasó a su lado—. *Oi*, no finjas que no me escuchaste. ¿Qué quisiste decir? ¡Hey!

La *miko* y el *ronin* desaparecieron alrededor de una pared desmoronada, y los demás nos apresuramos a alcanzarlos.

A medida que nos adentrábamos en la cámara, aparecieron más estatuas a la luz titilante del *kitsune-bi*. Había samuráis armados con rostros severos, carentes de sonrisas, cuyos ojos pétreos parecían seguirnos al pasar. Pero también había varias mujeres, monjes, *ronin*, campesinos e incluso algunos niños. A veces les faltaban extremidades, o incluso cabezas. Algunos llevaban sables, levantados sobre sus cabezas o listos para atacar. Una de las estatuas era de un hombre enorme, con el torso desnudo, una sonrisa burlona y un círculo de enormes cuentas de oración alrededor de su cuello. En lugar de una espada, llevaba una lanza con una enorme hoja en forma de media luna sobre sus hombros, los gruesos brazos cubrían el mango.

—Todos éstos son antiguos héroes del Imperio —comentó Daisuke-san en voz baja, después de mirar la estatua del gran hombre durante un largo rato—. No reconozco a algunos, pero de muchos otros... he visto sus imágenes en los pergaminos de historia. He escuchado sus leyendas y leído sobre sus obras. Ése es Tsuchi no Benkei, quien defendió un puente contra un ejército de trescientos guerreros para proteger a su señor. Y por allí está Hino no Misaka, quien levantó un muro de fuego durante siete días para proteger a una aldea del ataque de los *yokai*. Dondequiera que estemos —continuó, mirando a su alrededor—, éste es un lugar sagrado. Un salón conmemorativo. Me pregunto quién hizo estas estatuas, y para qué.

—Ése es un pensamiento fascinante, Daisuke-san —dijo Okame-san—, pero no estamos buscando una galería de héroes. A menos que uno de ellos nos dé las instrucciones para llegar al Templo de la Pluma de Acero, diría que tenemos más problemas en los que pensar.

Mientras decía esto, rodeé la estatua de un joven que empuñaba un bastón, y me detuve.

Al otro lado del piso de la caverna, al parecer tallada en la misma piedra, una amplia escalera ascendía hacia la oscuridad. El camino hacia ella se encontraba flanqueado a ambos lados por samuráis de piedra, erguidos con rígida atención, y más estatuas sobre pedestales bordeaban la escalera. En la parte superior, más allá de un rellano rodeado por todavía más estatuas, pude distinguir una pequeña abertura en la pared de la cueva, una puerta hacia lo desconocido.

—*Minna* —llamé con entusiasmo y escuché mi voz hacer eco en el vasto espacio a nuestro alrededor—, creo que encontré la salida.

Emocionada de que el término del viaje pudiera estar por fin cerca, empecé a cruzar el suelo de piedra polvorienta. Pero cuando me acerqué a la escalera, un temblor recorrió el suelo, haciendo que tropezara y que el vello en mi nuca se erizara. Me quedé inmóvil, mirando los escalones, sintiendo un cúmulo de aire a mi alrededor, un remolino de energía antigua que brotaba con fuerza, como el aire antes de una tormenta eléctrica.

Magia, pensé, mientras la tormenta invisible se desvanecía y, por un instante, la cámara parecía contener el aliento. *Magia muy antigua. Algo va a suceder…*

Otro temblor atravesó el suelo. Con un estruendo y un chirrido de piedra contra piedra, dos de las estatuas que se alineaban en la escalera bajaron de sus pedestales y aterrizaron en los escalones con un golpe. Bajaron la escalera —avanzaban mucho más rápido de lo que unas cuantas toneladas de piedra tendrían que haberlo hecho, y cada paso crujía y raspaba las rocas—, hasta que llegaron a su base.

Tragué saliva con dificultad. Era un par de estatuas que ya habíamos contemplado: el joven guerrero del impresionante *kabuto* y las espadas dobles, y el enorme hombre con la lanza gigante. ¿Cómo los había llamado Daisuke-san? ¿Yoshitsune y Benkei? Por un momento, permanecieron inmóviles frente a la escalera, bloqueando el camino, con su mirada vacía y hueca fija en nosotros. Entonces, los labios pedregosos de Yoshitsune se separaron y surgió una voz ronca, como arena deslizándose sobre un foso de grava.

¿Dices ser dragón? / Demuestra tu deseo / o halla la muerte.

Parpadeé. *¿Acaso... nos había lanzado una advertencia en forma de* haiku?

Por un instante, nadie se movió. Entonces, Daisuke-san dio un paso adelante y desenfundó su espada con heroico brío, haciendo que Okame-san reaccionara.

—*Oi*, Daisuke-san —gruñó el *ronin*—, ¿qué estás haciendo, pavorreal? No vas a luchar contra Roca Uno y Roca Dos, ¿cierto?

—Por supuesto, Okame-san —Daisuke-san echó un vistazo hacia atrás, con esa extraña sonrisa ansiosa en el rostro—. ¿No lo escuchaste? *"demuestra tu deseo"*. Yoshitsune fue uno de los mejores espadachines que jamás haya existido. Si queremos demostrar que deseamos avanzar, debemos derrotarlo en batalla. Además... —su mirada voló hacia mí— prometí

387

acompañar a Yumeko-san al Templo de la Pluma de Acero y protegerla a ella y al pergamino del Dragón de todos aquellos que deseen arrebatárselo. Si no puedo derrotar a estos guardianes aquí y ahora, ¿cómo podría esperar enfrentarme a Hakaimono cuando llegue el momento?

—Eso no es lo que dijeron los espíritus, Daisuke-san —intervino Reika *ojou-san*, dando un paso adelante—. No sólo eres tú quien desea pasar al Templo de la Pluma de Acero. *Todos* debemos demostrar nuestro anhelo si deseamos pasar —metió la mano en la manga y sacó un *ofuda*, sosteniendo el trozo de papel entre dos dedos—. Esta prueba debemos completarla juntos.

Fruncí el ceño. Por alguna razón, esta situación no parecía correcta.

—¿Están seguros de que tenemos que luchar contra ellos? —pregunté.

Okame-san rio.

—Bueno, están bloqueando la única manera de subir la escalera, y el *haiku* no terminaba con un "bebamos el té". No creo que nos dejen pasar si sólo lo pedimos amablemente, Yumeko-chan.

—Correcto —Reika *ojou-san* estuvo de acuerdo, y se volvió para señalarme—. Deberías retroceder, Yumeko —ordenó—. Deja que tus guardianes se encarguen de esto.

Fruncí el ceño a la doncella del santuario.

—No estoy asustada.

—No dije que lo estuvieras —Reika *ojou-san* me lanzó una mirada exasperada—. Pero debes llegar al Templo de la Pluma de Acero, Yumeko. Estamos cerca, queda sólo un desafío más; recuerda, nosotros somos tus escudos. Si caemos no es tan importante, lo principal es que tú entregues el pergamino y adviertas sobre la venida de Hakaimono —sus ojos se estrecharon—. Así que, por una vez, escucha a tus protectores, *kitsune*, y permítenos cumplir nuestro propósito a tu lado. No necesitamos que estrellen tu obstinada cabeza contra los peldaños del templo. Ve —señaló, y sólo cuando me retiré a un lado y me puse detrás de un pilar, se volvió hacia los hombres. El noble esperaba tranquilamente con una mano en la empuñadura de su espada, y Okame-san ya tensaba una flecha en su arco—. ¿Taiyo-san, Okame-san? ¿Estamos listos?

Daisuke-san asintió. Volviéndose a las estatuas, que todavía vigilaban rígidas e inmóviles frente a la escalera, hizo una reverencia.

—Espíritus guardianes —anunció con voz solemne—, no volveremos sobre nuestros pasos. Nos sentiremos honrados de aceptar su desafío.

Las expresiones de las estatuas no cambiaron. Sin previo aviso, el gran hombre balanceó su enorme lanza de piedra frente a él en un arco salvaje, arremetiendo contra todo el grupo. Okame-san gritó y se lanzó hacia atrás mientras esquivaba la hoja por sólo centímetros, y Reika *ojou-san* se apartó del camino. Daisuke-san saltó en el aire, desenvainó su espada en el acto y atacó a la estatua. Pero el Yoshitsune de piedra se paró frente al hombre grande, alzando una de sus espadas, y el acero de Daisuke-san chilló contra una de sus armas de piedra en su lugar. Casi al mismo tiempo, la segunda espada embistió al noble, y Daisuke-san giró a un lado para evitarla. Se volvió para enfrentar al otro espadachín, y tuvo que saltar para evitar que la lanza de piedra gigante lo aplastara contra la tierra. La estatua más pequeña avanzó mientras ambas espadas se movían en una mortal danza rotatoria, y Daisuke-san se replegó. Su espada no cesaba de moverse bloqueando los lances adversarios.

Una flecha rebotó en el casco de la gran estatua, dejando una abolladura blanca en la piedra, pero nada más.

—Mmm, podríamos estar en problemas, Daisuke-san —dijo Okame-san, apuntando desde lo alto de un pedestal vacío. Volvió a disparar, pero el dardo golpeó al gran hombre en el cuello y se perdió volando en la oscuridad—. ¿Alguna idea sobre cómo perforar granito sólido?

—Todavía estoy trabajando en ello —dijo Daisuke-san con voz entrecortada y tono irónico. Esquivó una oleada de golpes, luego se volvió, saltó sobre la cabeza de una estatua y aterrizó en una hilera de columnas rotas que se erguían como colmillos rotos. La estatua del espadachín no dudó en saltar detrás de él, y Daisuke-san se retiró a la siguiente columna destrozada. El ruido de sus armas resonó en lo alto, cuando los dos maestros espadachines continuaron su duelo a un par de metros del suelo.

Con un rugido, la gran estatua balanceó su lanza hacia Okame-san, y el *ronin* se escurrió cuando el arma se estrelló contra el pedestal, que se convirtió en una nube de piedra y polvo. Okame-san golpeó el suelo y se puso en pie, pero una roca del tamaño de un puño golpeó la parte posterior de su cabeza, y lo hizo tambalear y caer sobre sus manos y rodillas. La gran estatua no emitió sonido alguno mientras giraba, levantando su lanza para aplastarlo contra las piedras.

Jadeé y, sin pensarlo, salí de detrás del pilar y lancé una lengua de *kitsune-bi* hacia la estatua que estaba a punto de ejecutar a Okame-san. La flameante lengua se elevó sobre el *ronin*, explotó en el rostro de la estatua y arrojó un destello blanco azulado que desterró la oscuridad como un rayo de luz. La estatua se detuvo y retrocedió tambaleándose, agitando una mano ante sus ojos.

Un aullido atronador resonó en la cámara, como una veta de rojo brillante y oro, un enorme *komainu* saltó sobre una pared rota y aterrizó al lado de Okame-san. Reika *ojou-san* estaba en su lomo, sentada entre sus enormes hombros y su melena dorada, mientras la forma de guardián de Chu rugía ante la estatua que aún se cernía sobre Okame-san. Reika *ojou-san* sostenía un *ofuda* frente a ella, la tira de papel revoloteaba salvajemente, y retiró el brazo cuando la estatua giró, levantando su lanza.

—"Destrozar" —gritó la doncella del santuario, dirigiendo el *ofuda* hacia la estatua viviente, mientras Chu esquivaba el lance que se estrelló contra la tierra. El pequeño trozo de papel golpeó el pecho de la estatua y se quedó allí aferrado por un momento, mientras el *kanji* en su superficie empezaba a brillar.

Con un crujido seco, una parte del pecho de la estatua explotó llenando el aire de polvo y fragmentos de roca, y empujó hacia atrás al gigante un par de metros. No hizo sonido alguno, pero se sacudió mientras se tambaleaba, y azotó salvajemente su lanza. El golpe fue veloz e inesperado, y Chu no pudo reaccionar lo suficientemente rápido. El mango del arma lo golpeó en uno de sus poderosos hombros, levantándolo del suelo y enviándolo junto con Reika *ojou-san* por el aire. Se estrellaron en el suelo, rodaron hasta la base de una estatua y se quedaron allí un momento antes de luchar débilmente por levantarse.

Con el corazón palpitando miré al gigante de piedra. Había un agujero enorme en su pecho, lo suficientemente grande para que cupiera el casco de un samurái, pero el guerrero de piedra todavía estaba en pie. Y aunque era casi imposible captar cualquier tipo de expresión en sus rasgos pétreos, pensé que ahora parecía enojado.

El sonido de la piedra sobre el acero resonó en algún lugar sobre mi cabeza. Daisuke-san y la otra estatua seguían batiéndose en duelo en los pilares que se levantaban del suelo, corrían subiendo entre las columnas rotas y saltaban de pilar a pilar. Una idea revoloteó entonces en mi cabeza como una mariposa.

Me agaché, tomé un guijarro y me alejé de la columna hacia la gran estatua, que estaba llevando su aterradora mirada hacia Reika *ojou-san* y Chu. Cuando dio un paso atronador hacia ellos, respiré hondo y me precipité al descubierto.

—¡Disculpe! —grité, y la estatua giró su mirada pétrea hasta que sus ojos huecos me encontraron ante una columna destrozada. Levanté una mano, con una lengua de *kitsune-bi* encendida en la palma—. No se ha olvidado de mí, ¿cierto? —me burlé, y arrojé el globo de fuego fatuo a la amenazante estatua.

La lengua en llamas golpeó el área gigante en el agujero de su pecho y explotó en un relámpago de luz brillante, pero la estatua no se movió, ni siquiera parpadeó. Levantando su lanza, giró y comenzó a dirigirse hacia mí, sus pesados pasos resonaron sobre el suelo. Aplasté las orejas y me lancé detrás de un trío de pilares cuando los temblores se acercaron. Cerrando los ojos, apreté la piedra en mi mano y sentí que mi poder cobraba vida.

Esperemos que estas cosas no puedan ver a través de la magia.

Salí de detrás de los pilares y lancé una lengua de *kitsune-bi* a la estatua que se acercaba, haciendo que explotara en su cara. Con un rugido furioso, se abalanzó y arrojó su enorme lanza por el aire hacia mi cabeza. Me agaché, y la hoja se estrelló contra el pilar detrás de mí, triturando la piedra y atravesándola en una aterradora demostración de fuerza. Guijarros y polvo se esparcieron por todas partes mientras yo gateaba hacia atrás y la mole de piedra golpeaba otro pilar detrás de mí, tras girar de nuevo su arma gigante. Lo esquivé y logré colocar otro par de columnas entre la estatua y yo, mientras su espada convertía los pilares en escombros.

—¡Yumeko! —escuché a Reika *ojou-san* gritar mientras frenéticamente me agachaba detrás de otra columna. El ruido metálico hizo eco en algún lugar cercano y enseguida se ahogó, cuando la lanza del gigante se desmoronó contra la barrera como si estuviera hecha de sal.

Un gran temblor atravesó el suelo, mientras los pilares, las estatuas y las columnas que se habían estado sosteniendo los unos a los otros se derrumbaron con el rugido de un deslizamiento de tierra. Las columnas de granito se estrellaron contra el suelo, aplastando la gran estatua y todo lo que la rodeaba, incluyendo la ilusión de una *kitsune* que había estado tratando de huir frenética de la lanza. En lo alto, la estatua del espadachín que había estado persiguiendo a Daisuke-san a través de los pilares se detuvo cuando la piedra debajo de él cedió. Ambos espadachines trataron de brincar a tierra firme. Daisuke-san saltó sobre un pilar a punto de caer, corrió a lo largo de su borde mientras éste se desplomaba y se arrojó sobre la enorme cabeza del Profeta de Jade. La estatua viviente intentó seguirlo, pero perdió el equilibrio y se precipitó como un costal de piedras en el suelo. Golpeó las rocas y se partió en varias secciones donde aterrizó, su cabeza rodó varios metros y desapareció detrás de un pedestal en ruinas.

Los murmullos se desvanecieron, y el polvo comenzó a asentarse. Exhalé y emergí de la columna tras la que me había estado guareciendo mientras el guerrero de piedra perseguía a mi doble por la habitación. El maestro de las espadas, Yoshitsune, yacía destrozado contra los pilares, y su enorme amigo no estaba a la vista: había quedado enterrado bajo varias toneladas de granito. Dudé que alguno de ellos se levantara otra vez.

—¡Yumeko!

La frenética voz de Okame-san sonó detrás de mí, un momento antes de que el *ronin* estuviera a la vista, a unos cuantos metros de distancia. Estaba jadeando, mirando furioso la montaña de escombros. Las nubes de polvo todavía se agitaban en el aire. Reika *ojou-san* estaba justo detrás de él, y también observaba el montón de piedra con absoluta consternación.

—No —susurró, y se llevó una mano a la boca—. Gran *Kami*, por favor, no.

Confundida, di un paso adelante.

—Reika *ojou-san*, Okame-san —llamé, y ambos se giraron hacia mí con los ojos muy abiertos—. ¿Están bien? Las estatuas están destruidas —parpadeé ante la repentina furia en el rostro de Reika *ojou-san* y di un paso atrás—. *Ano...* ¿qué pasa?

Mis orejas se aplastaron, porque la doncella del santuario me estaba dirigiendo una mirada dura, casi maniaca. Sus dedos se clavaron en mi piel cuando me tomó por los hombros, con el rostro lívido.

—Estás viva —susurró, dándome una pequeña sacudida—. No eres una ilusión. Gracias a los *kami* —dejó escapar el aliento en una bocanada, luego me miró otra vez furiosa—. Estoy casi decidida a matarte, pequeña zorro.

—*Ite* —me quejé, haciendo una mueca cuando sus delgados y sorprendentemente fuertes dedos pellizcaron mi piel como si fuera un tornillo—. Estoy confundida, Reika *ojou-san*. ¿Estás feliz de que esté viva o no?

Por fortuna, me dejó ir, todavía mirándome con ojos como dagas de ónix.

—Supongo que debería estar agradecida de que haya sido una ilusión la que vi aplastada debajo de toda esa roca y piedra —dijo con brusquedad, casi sonando avergonzada—. Supongo que debería estar agradecida de que nunca escuches cuando te decimos algo. Que tú, de hecho, hagas exactamente lo contrario, porque eres una *kitsune* y el caos fluye a través de tu espíritu con la misma seguridad que el mal a través de un *oni*.

Parpadeé hacia ella.

—Todavía estoy confundida, Reika *ojou-san*.

—Yumeko —suspiró Okame-san, y sentí una mano en mi cabeza, descansando entre mis orejas, cuando se paró detrás de mí—. No nos asustes así. Tenemos que pensar en algún tipo de señal cuando estés a punto de hacer esas cosas de *kitsune*, de manera que no saltemos por un acantilado o nos hundamos bajo un techo derrumbado tratando de salvar una ilusión.

—En efecto —dijo una nueva voz, ligeramente tensa, mientras Daisuke-san caminaba alrededor de la pila de escombros. Se movió con suavidad por el suelo rocoso hacia nosotros, pero sospeché que estaba haciendo todo lo posible por no cojear. Okame-san se puso rígido y dio un paso alrededor de mí, con el ceño fruncido, cuando el noble se unió a nosotros.

—Ésa fue una exhibición impresionante, Yumeko-san —dijo Daisuke-san, aunque su sonrisa palidecía por el dolor—. Tengo razón al suponer que eres responsable de este

395

repentino colapso, ¿cierto? Mi percepción se nubló un poco cuando los pilares comenzaron a caer.

Me estremecí. Todo había sucedido tan rápido. Con la estatua gigante sobre Okame-san y Reika *ojou-san*, tomé la decisión en una fracción de segundo. Sólo ahora entendía que había puesto a Daisuke-san en grave peligro.

—*Gomennasai*, Daisuke-san.

—No —negó con la cabeza—. No hay necesidad de disculpas. Tu forma de proceder fue tal vez la mejor. Aunque admito que habría preferido vencer en este duelo, el acero poco puede contra la piedra sólida —miró su espada con los ojos entrecerrados antes de observar por encima de la pila de escombros—. En cualquier caso, hemos completado el reto. El camino para subir la escalera debe estar despejado.

Caminando entre los pilares caídos y las estatuas rotas, nos dirigimos de vuelta a la escalera. Sin embargo, en cuanto nos acercamos al escalón de abajo, se produjo otro fuerte rechinido de piedra, y cuatro estatuas más bajaron de sus pedestales para estrellarse contra los escalones, bloqueando nuestro camino.

—¿Nani? —Okame-san retrocedió, mirando a los nuevos guardianes que habían dado un paso al frente—. ¿Más? ¿Con cuántas de estas cosas tendremos que lidiar?

—Con tantas como debamos —Daisuke-san se adelantó y, aunque estaba agotado y sangrando, levantó su barbilla y posó una mano en la empuñadura de su espada—. Con la galería completa, si eso implica este desafío.

Okame lanzó una mirada nerviosa a las docenas, tal vez cientos, de estatuas que bordeaban los escalones y se dispersaban por la caverna.

—Hay una gran cantidad de estatuas aquí, pavorreal. Si todas cobran vida y nos atacan, no tendremos oportunidad.

Daisuke-san se limitó a sonreír.

—Un verdadero guerrero anhela una batalla—dijo en voz baja—. Si debe enfrentarse a un ejército completo, al menos sabrá que su muerte será honorable.

—Daisuke-san —dije, con un repentino destello de comprensión—, espera.

Dando un paso al lado del noble, tomé su manga, haciéndolo girar con el ceño fruncido.

—El *haiku*, al inicio —dije—. ¿Cómo decía?

—*¿Dices ser dragón?* —respondió Daisuke-san, sin dejar de vigilar las estatuas—. *Demuestra tu deseo / o halla la muerte.*

—¿Y si no fuera un desafío o una prueba? —reflexioné, mirando a la fila de guardianes—. ¿Y si fuera una advertencia? Intentamos luchar contra ellos y no funcionó. ¿Qué estamos pasando por alto?

¿Dices ser dragón? Demuestra tu deseo.

—¡Yumeko! —gritó Reika *ojou-san*, mientras Daisuke-san desenvainaba su espada en un destello de acero—. ¡Cuidado!

Las estatuas de piedra habían comenzado a descender los pocos escalones que nos separaban, esgrimiendo sus armas listos para atacar.

¡Oh!

—¡Esperen! —grité, y metí una mano en mi túnica, buscando entre las capas de tela para encontrar lo que necesitaba. Dando un paso al frente, aun cuando las estatuas se cernían amenazantes, extraje el pergamino y lo sostuve frente a mí—. ¡Alto!

Las estatuas se congelaron. Levanté la vista y, con un escalofrío, vi que sus enormes espadas de piedra se habían detenido al vuelo, y que todas las puntas estaban dirigidas hacia mí.

—Esto es lo que querían, ¿no es así? —susurré, esforzándome para hablar por encima del fuerte latido de mi pulso—. Ésta era la clave, el *"dragón"* que *"demuestra"* el *"deseo"*. Ustedes sólo necesitaban asegurarse de que tuviéramos el pergamino del Dragón.

Las estatuas no se movieron. Se quedaron agrupadas en los escalones, silenciosas e inmóviles, como si hubieran estado allí durante cientos de años. Extendí la mano y la presioné contra el puño de piedra, con lo que un poco de polvo se desprendió y cayó al suelo.

Con mucho cuidado, todavía sosteniendo el pergamino como una antorcha, di un paso adelante, lista para saltar si alguna de las estatuas se movía. Nada sucedió cuando me introduje entre los brazos de granito y los codos pétreos, y me deslicé a través del grupo hasta que me encontré del otro lado.

—Creo que es seguro ahora —dije, mirando a mis compañeros—. Ahora saben que no somos intrusos. Que tenemos un trozo del pergamino del Dragón.

Reika *ojou-san* dejó escapar su respiración con brusquedad.

—Uno de estos días, tu suerte se va a agotar, *kitsune* —advirtió mientras los demás comenzaban a subir la escalera—. Y entonces, ¿qué vas a hacer?

—No lo sé, Reika *ojou-san*, pero estoy segura de que algo se me ocurrirá.

Dos estatuas gigantescas custodiaban las puertas en lo alto de la escalera, dos figuras gemelas que hacían parecer pequeña a la gran estatua con la lanza. Parecían más antiguos *kami* o *yokai* que hombres mortales. Sus cuerpos y rostros eran humanos, pero grandes alas emplumadas brotaban de sus espaldas y sus ojos eran como los de un pájaro. Me pregunté si éstos serían los guardianes finales, la última defensa contra los intrusos cuando todas las otras estatuas hubieran fallado. Al observar sus rasgos severos y feroces, me alegré de no tener que averiguarlo.

Las grandes puertas de hierro más allá del portal de entrada no estaban atrancadas, pero tuvimos que sumar nuestras fuerzas para conseguir que se movieran. Finalmente cedieron con un gruñido renuente, y una nube de polvo de siglos de antigüedad se elevó desde la abertura. Más allá del umbral había otra escalera de piedra, que esta vez conducía a un rectángulo de cielo azul marino y estrellas.

Subimos con cautela la última escalera. El aire que entraba en el pasaje era increíblemente fresco y vigorizante, a diferencia del polvoriento y rancio que habíamos dejado en la caverna. En lo alto, las estrellas y una brillante luna anaranjada ardían sobre nosotros, y parecían más cercanas de lo que nunca hubieran estado antes.

Llegamos al peldaño superior y salimos del pasaje. Una ráfaga de viento helado golpeó mi rostro, sacudió mi cabello e hizo que me temblaran las mejillas. El aire tenía sabor a escarcha.

—*Sugoi* —susurré, mirando fijamente lo que teníamos frente a nosotros.

Un inmenso pico de montaña se elevaba directamente en el aire, irregular e indomable. La cima, raspando el cielo y rastrillando las nubes, estaba cubierta de nieve. Construido en el costado de los acantilados, como si hubiera sido tallado en la montaña misma, un enorme templo se alzaba contra las estrellas. Los antiguos techos de pagoda barrían el cielo, con las esquinas enrolladas como alas, tan desgastados y erosionados por el viento que parecían más de piedra que de teja.

Las paredes del templo podrían haber sido de cualquier color alguna vez, pero ahora eran del mismo gris uniforme que la cara del acantilado. Por lo que podía ver, no había caminos o escaleras, ni siquiera un traicionero sendero de cabras montesas que serpenteara entre los picos. O había una forma secreta de entrar al templo que no estaba viendo, o tendríamos que aprender a volar.

—Por fin has llegado, portadora del pergamino.

Nos volvimos. Detrás de nosotros se encontraba un par de figuras, colocadas con elegancia sobre dos pilas de piedras que flanqueaban el pasaje del que acabábamos de salir. Eran altos y de aspecto severo, vestidos con túnicas negras, y sus *geta* de madera los hacían verse aún más altos. El de la derecha era más joven, tenía el cabello negro como la medianoche flotando suelto alrededor de sus hombros, enmarcando su rostro. Por alguna razón, me pareció una crin emplumada. El segundo hombre era mayor, tenía ojos agudos y negros, y una nariz muy larga.

Detrás de cada uno, aleteando a ambos lados y brillando de color negro a la luz de la luna, un par de alas gigantes se ondulaban y revoloteaban en el viento.

—Bienvenida, portadora del pergamino —el viejo hombre alado me sonrió y levantó una mano, las uñas de sus dedos estaban afiladas y curvas como las de un pájaro—. Bienvenida al Templo de la Pluma de Acero, hogar de los *tengu*.

21

EL TEMPLO DE LA PLUMA DE ACERO

Yumeko

Yo tenía razón. No había una manera fácil de entrar al templo.

Los dos *tengu* nos dirigieron a la base del acantilado, donde había bajado una gran canasta con cuerdas chirriantes, y ascendimos la montaña de dos en dos. Reika *ojou-san* y yo, con Chu en los brazos de la doncella del santuario, y Okame-san con Daisuke-san después. El *ronin* se veía un poco verde cuando salió tambaleándose de la canasta a tierra firme. Desde allí, seguimos a nuestros guías *tengu* a través de un par de grandes puertas de madera, un patio lleno de estatuas y un jardín de rocas rastrillado con mimo,[10] y subimos los escalones del Templo de la Pluma de Acero. Más allá de las puertas, el *tengu* caminó a paso ligero a través de largos corredores

---

[10] El *karesansui* o jardín de rocas, también conocido como jardín *zen*, es un tipo de jardín seco compuesto por arena y grava (en una capa poco profunda), y rocas. Por lo general se utiliza para la meditación y contemplación en templos budistas. La arena es rastrillada para representar simbólicamente el mar y sus olas, mientras las rocas representan las montañas, morada sagrada de los *kami*.

y pasillos estrechos, y me apresuré a seguirlo, mientras observaba las plumas de sus magníficas alas, que se movían y ondulaban con cada paso.

Tengu. Mi corazón latía más rápido con la palabra. De acuerdo con la leyenda, los *tengu* eran poderosos *yokai* que poseían un gran conocimiento y se mantenían alejados de los asuntos de los mortales. Había historias de hombres que habían buscado la sabiduría de los *tengu*, y que habían tenido que enfrentar grandes peligros y dificultades para encontrarlos y demostrar su valía. La mayoría no tenía éxito, y de los pocos que lo lograban, incluso menos se ganaban el respeto de los *tengu*.

Al menos, eso era lo que decían las historias. Pero, si eso era cierto, si ellos eran tan distantes e indiferentes, ¿por qué eran los protectores de un trozo del pergamino del Dragón? Maestro Isao nunca me dijo cómo se había llegado a separar la Oración, o quién había decidido su destino. No esperaba que el Templo de la Pluma de Acero estuviera custodiado por una ancestral raza de *yokai*, pero pensándolo bien, supuse que los *tengu* tenían tantos motivos como los humanos para impedir el llamado del Heraldo del Cambio. Después de todo, también era su mundo.

Entonces, éstos eran los guardianes del segundo trozo del pergamino del Dragón. La idea de que lo habíamos logrado, de que por fin habíamos encontrado el Templo de la Pluma de Acero, sólo hizo que me sintiera enferma por la preocupación y un poco de arrepentimiento. En otra situación, otra vida, éste sería el final de la búsqueda. Podría entregar mi trozo del pergamino y estaría hecho. Habría cumplido mi promesa a Maestro Isao, los trozos estarían a salvo con sus verdaderos protectores y sería libre.

Pero… éstos no eran tiempos normales. Y la búsqueda estaba lejos de haber terminado. Hakaimono se dirigía a este lugar. Incluso ahora, ¿quién podía saber qué tan cerca se encontraba? Mi estómago se agitó como un nido de serpientes. ¿Estaría lista para enfrentar al Primer *Oni* cuando él llegara con la intención de tomar el pergamino del Dragón? ¿Alguno de nosotros lo estaría?

—Por aquí, por favor —dijo uno de nuestros guías *tengu*, el más joven, con la melena de plumas, que se había presentado como Tsume. Se deslizó por una puerta y me dedicó una sonrisa irónica—. Cuide sus pasos.

Una ráfaga de viento frío nos golpeó cuando se abrió el panel, y mi corazón dio un violento vuelco. Más allá de las puertas no había habitación, ni pasillo, ni siquiera piso. Los paneles se abrían al cielo y a una escarpada e impactante caída por el costado de Lomodragón. La luna brillaba en el marco, y parecía reírse de nosotros. Las cimas de los picos nevados se elevaban en el aire como dientes irregulares.

Podía sentir la diversión que irradiaban los *tengu* a mi lado, sobre todo el más joven. Obligándome a no dar un paso atrás para alejarme del abismo, me volví para mirarlo.

—*Ano*… ¿adónde vamos exactamente? Los zorros no volamos muy bien, aunque somos buenos para aterrizar.

Los *tengu* rieron entre dientes.

—Nuestro *daitengu* está esperando para hablar con la portadora del pergamino en ese pico de allá —explicó el mayor, y clavó un largo dedo a través de la puerta, apuntando hacia la izquierda. Asegurándome de que mis pies permanecieran en tierra firme, eché un vistazo más allá del marco. Una estrecha escalera de piedra abrazaba el muro exterior y terminaba en una saliente, donde se podía ver una figura sentada en la parte superior.

—Oh, esto será divertido —suspiró Okame-san—. Los humanos sí somos buenos para volar. Directo hacia abajo, a altas velocidades. Sin embargo, no somos tan·buenos para los aterrizajes.

El *tengu* mayor frunció el ceño ante el *ronin*.

—Sólo la portadora del pergamino puede seguir a partir de aquí —dijo—. El *daitengu* la llamó a ella sola. El resto tendrá que esperar hasta que hayan terminado.

Los miré, con los ojos muy abiertos. Daisuke-san me dirigió una sonrisa alentadora.

—Éste es un gran honor, Yumeko-san —dijo con voz suave—. Estoy seguro de que estarás bien.

—Sólo evita mirar hacia abajo —agregó Okame-san inútilmente, y dejó escapar un grito cuando Reika *ojou-san* le propinó una patada en el tobillo.

—Sé educada cuando te dirijas al *daitengu*, Yumeko —me dijo ella, con una mirada de advertencia—. Responde a todas sus preguntas. Y hagas lo que hagas, no mires su... —se detuvo, apuntando con un dedo furtivo a su rostro. Fruncí el ceño confundida, pero ya no dio más detalles.

Tragué saliva con dificultad y me volví hacia el estrecho y diminuto sendero. Manteniendo mi cuerpo lo más presionado posible contra la pared, empecé a subir los escalones.

El viento azotaba, tirando de mi ropa y haciendo que mis ojos lagrimearan. Mis mangas se hincharon como velas, buscando atrapar la brisa y tirarme de la ladera de la montaña. Por un instante, me pregunté si alguno de los *tengu* me atraparía, en caso de que cayera, antes de que alcanzara el fondo. ¿Tsume se precipitaría y me rescataría en sus grandes alas negras? De alguna manera, eso no parecía probable. Abrazando las piedras, subí a gatas la escalera hasta que finalmente alcancé la cima.

Con cuidado, me levanté, abrazándome contra el viento, y caminé a lo largo de la cresta hacia el hombre sentado con las piernas cruzadas justo en el borde. Se encontraba de espaldas a mí, y grandes alas de plumas sobresalían de sus hombros, negras como la noche, flotando en el viento. Sintiendo que era lo correcto, me senté, imitando su postura en el suelo y esperé.

—Portadora del pergamino —su voz era un susurro ronco, pero podía escucharlo fácilmente por encima del aullido del viento en mis oídos—. Por fin ha llegado.

Tragué saliva.

—¿Cómo sabía que vendría?

—Converso con los *kami* del viento todas las mañanas y todas las noches, pequeña zorro. Me traen noticias del mundo de abajo. Habíamos escuchado rumores sobre la destrucción del Templo de los Vientos Silenciosos, y sabíamos que el trozo del pergamino estaba en camino.

—Si ya lo sabía, ¿por qué no brindó su ayuda?

—Porque ése no es nuestro papel.

Se giró de modo que quedó frente a mí del otro lado de las piedras, con la luna a sus espaldas. Sus ancestrales ojos negros parecieron penetrar en los míos. Parpadeé. Un anciano con el cabello blanco y salvaje, y una larga barba me miró, con las garras marchitas ahuecadas sobre su regazo. Su piel era de un color carmesí brillante y vivo, el color de la sangre en la nieve. Llevaba túnicas grises ondulantes y calzado *geta*, y un diminuto gorro negro estaba posado sobre su cabeza, atado con un cordón debajo de su barbilla. Una delgada y enorme nariz roja, probablemente de treinta centímetros de longitud, sobresalía de su rostro como el mango de una escoba.

—*Kitsune* —dijo el *daitengu*, y la enorme nariz se agitó en el viento cuando ladeó la cabeza—. Te ruego que me digas qué te resulta tan interesante.

Recordé, demasiado tarde, la advertencia de Reika *ojousan* sobre no mirarlo fijamente y de inmediato bajé la vista.

—*Sumimasen* —me disculpé—. No estaba mirando su... ah... lo siento. Gracias por recibirme.

Suspiró.

—Durante siglos los *tengu* han permanecido aquí, aislados y alejados de los asuntos del mundo mortal —dijo—. Observamos y, en ocasiones, ofrecemos orientación a almas excepcionales, pero no tenemos deseo en enredarnos en las cortas y caóticas vidas de los humanos —sus tupidas cejas bajaron, su voz ronca se volvió taciturna—. Sin embargo, hace mil años, un mortal formuló un deseo al Dragón que lanzó a la Tierra misma en tal desorden que supimos que ya no podíamos permanecer inmóviles. A medida que la guerra de los humanos continuaba y el mundo se empapaba de sangre, se formó por primera vez un consejo secreto de *yokai*, *kami* y humanos. Juntos decidimos que el Pergamino de las Mil Oraciones era demasiado peligroso para que fuera usado de nuevo. El pergamino se dividió en trozos, y cada grupo tomó uno de los fragmentos, prometiendo que lo mantendría oculto para que la sombra del Heraldo no pudiera volver a amenazar al mundo.

Su enorme nariz se inclinó hacia mí.

—Tu templo fue el orden humano que juró mantener a salvo su fragmento —dijo, no acusadoramente—. Otra pieza reside aquí, en la cima de las Montañas Lomodragón, vigilada por los *tengu* que llaman a este lugar su hogar.

—¿Y el tercer trozo? —pregunté.

Su boca se curvó junto con un ceño fruncido.

—La tercera pieza del pergamino fue llevada por los *kodama* del Angetsu Mori y oculta en lo profundo del bosque. Esos *kodama* ya no existen. El Angetsu Mori, o el Bosque de los Mil Ojos, como se le conoce hoy, ha sido corrompido por Genno y la mancha de su magia de sangre, y los *kami* que vivían allí escaparon o fueron también corrompidos. Sólo podemos asumir que la última pieza del pergamino se perdió, o se encuentra ya en manos del Maestro de los Demonios.

Me estremecí al recordar la advertencia de Tatsumi de que Genno ya tenía una pieza del pergamino. El *daitengu* suspiró, y el extremo de su nariz tembló.

—En cualquier caso —continuó—, la portadora está aquí, y lo has hecho notablemente bien para ser alguien tan joven. El viaje no podría haber sido fácil. Los vientos nos transmiten los acontecimientos del mundo mortal, cómo cosas oscuras se están levantando con la llegada del Heraldo. Ha sido de esa manera desde que el Dragón fue convocado por primera vez. Pero sobreviviste, y has protegido el pergamino. Es todo lo que podríamos haber pedido y, por esa razón, te has ganado la gratitud del Templo de la Pluma de Acero.

—*Arigatou gozaimasu* —susurré—. Estoy agradecida, y sé que a Maestro Isao le complacería que nuestro trozo del pergamino haya llegado al templo, donde podrá ser protegido. Pero… —vacilé, sin saber cómo continuar.

—Pero… la lucha aún no ha terminado, ¿cierto? —el *daitengu* terminó la oración en voz baja.

Levanté la vista con sorpresa, y el *yokai* me ofreció una sonrisa sombría.

—Él viene —dijo el viejo *daitengu* con una voz que envió escalofríos por mi columna—. Por el pergamino. Por ti y por tus compañeros. Hemos sentido su andar en el viento, olemos su mancha en las ráfagas de nieve a nuestro alrededor. Podemos sentirlo en la ladera de la montaña, la sombra que acecha los picos, sus pasos cada vez más cerca. Tú sabes muy bien de quién hablo.

Aturdida, asentí.

—Hakaimono.

—Viene por el pergamino —dijo el *daitengu* de nuevo, sonando tristemente divertido—. Pero no lo tomará. No permitiremos que caiga en manos de quien sea que haya enviado a Hakaimono contra nosotros. Incluso si nuestro enemigo es el Primer *Oni*, los guerreros de este templo lucharán y defenderemos los trozos del pergamino hasta la última de nuestras respiraciones moribundas. Pereceremos antes de permitir que ese monstruo tome la Oración del Dragón.

—*Ano...* —tartamudeé, haciendo que me dirigiera una mirada negra y brillante—. En realidad, esperaba que el Templo de la Pluma de Acero nos ayudara con algo... relacionado con Hakaimono.

El *daitengu* levantó una ceja muy tupida.

—¿Que te ayudemos con el Primer *Oni*? —repitió, y su tono se volvió cauteloso—. ¿Qué es lo que quieres hacer, zorro?

Tomé una respiración profunda.

—Salvar al asesino de demonios —dije, y la otra ceja se alzó para unirse a la primera—. Kage Tatsumi ha sido poseído por Hakaimono —continué—. Quiero salvarlo, y aprisionar al demonio nuevamente en Kamigoroshi.

—Imposible —dijo el *daitengu*, con voz tajante—. ¿Sabes lo fuerte que es Hakaimono, *kitsune*? Incluso ahora, sabemos que perderemos muchas almas cuando ese monstruo irrumpa en nuestras puertas. Es más débil en un cuerpo humano, pero si hacemos algo menos que destruirlo, nuestro clan será sacrificado, incluidos los más jóvenes. No hay nadie quien pueda exorcizar a ese demonio. Quizá le harías más daño al alma del mortal, incluso.

—No estamos intentando un exorcismo —dije al antiguo *tengu*—. No en el sentido tradicional. *Yo* voy a poseer a Tatsumi y a forzar al espíritu de Hakaimono a que entre en la espada desde el interior.

—¿*Kitsune-tsuki*? —el *daitengu* parpadeó—. Eso nunca se ha hecho antes —musitó—. Ningún zorro poseería jamás a una persona con el espíritu de un *oni* dentro. En particular, si ese *oni* es un general de *Jigoku*.

—Yo lo haría —dije con firmeza—. Quiero decir... lo haré. Voy a hacerlo. Poseeré a Tatsumi y me enfrentaré a Hakaimono.

Me dirigió una profunda mirada. Podía sentir cómo me estudiaba, considerando mi estatura, y apreté la mandíbula, mirándolo fijamente. Al cabo de un momento, sacudió la cabeza.

—¿Sabes lo peligroso que será? —preguntó—. ¿Enfrentar a Hakaimono el Destructor, con toda su fuerza, dentro de un alma mortal?

—Lo sé —dije, y me estremecí—. Pero tengo que hacerlo. Tengo que intentarlo. Le prometí a Tatsumi que liberaría su alma de Hakaimono, de una u otra manera. Él me está esperando y no romperé mi promesa. Pero para tener una oportunidad, necesitaré su ayuda... la ayuda de todos. Para poseer a Tatsumi, necesitaré una oportunidad, una distracción, de manera que Hakaimono no me extermine en cuanto llegue.

El *daitengu* todavía me miraba con expresión circunspecta. Tragué saliva.

—Sé que estoy pidiendo mucho... —comencé.

—Así es —convino.

—Y sé que tratar de exorcizar a Hakaimono será mucho más peligroso que intentar matarlo...

—Y tendrá como resultado muchas más muertes —agregó el *daitengu*.

—Pero tengo que hacerlo —dije, sintiendo un nudo en la garganta—. Tatsumi me salvó la vida, y juré que lo liberaría de Hakaimono. Usted no lo vio. Él... —recordé a Tatsumi en el mundo de los sueños, la absoluta desolación en sus ojos, y mi garganta se cerró—. Tengo que ayudarlo —concluí—. Prometí que lo haría. Y me enfrentaré a Hakaimono, con o sin su ayuda. Pero si no pueden ayudarme, sólo le pido que no intenten matar a Hakaimono hasta que estén seguros de que no he podido salvar el alma que ha dominado.

El *daitengu* me miró fijamente durante un largo momento más, luego suspiró.

—Niña tonta —dijo con voz ronca, sacudiendo la cabeza—. Vas a morir, y tu terquedad tal vez ocasionará la muerte de todos tus amigos. Pero puedo darme cuenta de que nadie te persuadirá de lo contrario —cerró los ojos un momento y luego asintió—. Si esto es lo que deseas hacer, entonces el Templo de la Pluma de Acero te ayudará. Pero —agregó, levantando una garra marchita— no abandonaremos nuestro deber sagrado de proteger el pergamino. Si parece que Hakaimono está en peligro de conseguir lo que busca, no tendremos más remedio que destruirlo.

—Entiendo —dije, y me incliné ante el antiguo *tengu*—. *Arigatou gozaimasu.*

Se levantó y sus grandes alas resplandecieron detrás de él.

—Tú y tus amigos son bienvenidos en el templo —me dijo—. Pero temo que no tengamos mucho tiempo —miró al cielo, donde se podía ver una masa de nubes sobre los picos distantes, y frunció el ceño—. Se acerca una tormenta. Come, descansa y reza a los *kami*, porque ahora planearemos lo que tendremos que hacer cuando el Primer *Oni* toque a nuestra puerta.

—Gracias —dije de nuevo—. En verdad. Ah, ¿y qué hay de...?

Metí la mano en mi *furoshiki*, saqué el pergamino y se lo ofrecí. El *daitengu* lo miró con solemnidad, como si pudiera escuchar los pensamientos del pergamino, y luego negó con la cabeza.

—Por ahora, aférrate a tu carga, pequeña zorro —dijo—. Lo has traído desde muy lejos, y lo has protegido de muchos males. En todos tus viajes, el asesino de demonios nunca se dio cuenta de que lo que buscaba estaba justo debajo de su nariz, lo que significa que el Primer *Oni* tampoco conoce tu secreto. Mantenlo seguro por un tiempo más. Al menos hasta que termine la pelea con Hakaimono.

Tragué saliva y devolví el pergamino a mi *furoshiki*, escondiéndolo de nuevo entre los pliegues. No sabía qué veía él, si veía algo, pero me sentí inesperadamente aliviada de no tener que renunciar a mi carga todavía. Lo había llevado durante tanto tiempo, lo había mantenido oculto y seguro... que casi parecía una parte de mí ahora.

El *daitengu* me dirigió una mirada escrutadora, sus ojos sombríos a la luz de la luna.

—Hakaimono será el oponente más difícil que hayas enfrentado, pequeña zorro —advirtió—. Si cometemos un solo exabrupto, el más pequeño error de juicio, el Primer *Oni* no mostrará piedad alguna. Derrotarlo tomará cada gramo de valentía, determinación, fuerza y astucia de zorro que podamos reunir. Si alguna vez hubo un momento para demostrar exactamente de lo que tu magia es capaz, ese momento ha llegado.

22

PREGUNTAS *YUREI*

Suki

Seigetsu-sama se encontraba meditando nuevamente. En el interior de madera roja y oscura del carruaje volador, todo estaba en silencio. Taka, agotado de su gélida marcha a través del territorio de la mujer de nieve, se había acurrucado bajo varias mantas en la esquina y estaba muerto para el mundo consciente. Ocasionales resoplidos y ronquidos provenían del bulto acolchado, rompiendo el silencio, pero esto no parecía molestar a Seigetsu-sama, que estaba sentado inmóvil con la espalda contra la pared y las manos sobre su regazo. Faltaba su esfera, se dio cuenta Suki. Eso era extraño, porque estaba segura de que la había visto cuando comenzó a meditar, balanceada sobre sus pulgares como de costumbre. Pero no estaba allí ahora, así que ella debía haberlo imaginado.

Suki vagó sin rumbo alrededor del carruaje, flotando de un lado a otro, preguntándose cuándo llegarían a su destino. Por un momento, envidió a Taka, que roncaba inconsciente en la esquina. Cuando el pequeño *yokai* estaba despierto, su conversación alegre y constante era una buena distracción. En el silencio, ella se abstraía en sus propios pensamientos, que la aterrorizaban y contra los que no podía luchar.

—Debe ser cansado nunca dormir.

Suki levantó la mirada. Los ojos de Seigetsu-sama estaban abiertos ahora, brillando dorados en la oscuridad del carruaje, observándola. Suki agachó la cabeza, creyendo que su deambular sin rumbo lo había perturbado, pero él le ofreció una pequeña sonrisa, indicando que no estaba enojado, y metió las manos en sus mangas. Parecía... cansado, pensó Suki. Sus hombros se hundían un poco, y su rostro elegante y equilibrado lucía ligeramente demacrado. Seigetsu-sama debió darse cuenta de que ella lo estaba observando fijamente, porque una ceja se arqueó en su dirección y levantó la cabeza.

—Debes pensar que todo es muy extraño —dijo—. A veces me olvido de lo nueva que eres en esto. Que hace muy poco tiempo tú eras una simple humana, con una simple vida humana. Y ahora, has sido empujada a este mundo de *yokai* y magia, demonios y profecías. Debe ser abrumador.

Incómoda, Suki levantó sus manos en un gesto de impotencia, pero Seigetsu-sama frunció el ceño.

—No —dijo, haciendo que se pusiera rígida—. Háblame, *hitodama*. Pronuncia tus palabras en voz alta, de lo contrario podrías perder la capacidad de hacer ruido por completo. Tienes preguntas. Formúlalas, y haré todo lo posible para responder.

Suki se encogió, devastada con la idea de tener que hablar, pero enseguida hizo acopio de toda su determinación. *Hablar*, le había pedido Seigetsu-sama. Hacer preguntas. Ella *tenía* preguntas, se dio cuenta. Demasiadas. ¿Por qué había muerto? ¿Qué era ese pergamino que la dama Satomi había anhelado tanto? ¿Quién era el Maestro de los Demonios? ¿Por qué Daisuke-sama viajaba con una *kitsune*, y por qué

Seigetsu-sama parecía tan interesado en esta chica zorro? Y, en todo caso, pensó Suki, ¿por qué *todos* parecían tan interesados en ella? Desde la dama Satomi al Maestro de los Demonios, el terrible Hakaimono, y hasta Seigetsu-sama. Todo el mundo estaba detrás de esta *kitsune*, y el secreto del pergamino que poseía. ¿Por qué?

Tantas preguntas hicieron que le doliera la cabeza. Sentía como si tuviera sólo unas cuantas piezas diminutas de un enorme rompecabezas, que el resto de las piezas se habían dispersado a los vientos, y que sólo Seigetsu-sama sabía cómo era la versión completa.

Seigetsu-sama.

Levantó la mirada y se encontró con los luminosos ojos dorados. Ella supo, de pronto, qué pregunta quería hacer.

—¿Quién… quién es usted?

Seigetsu-sama soltó una risita.

—Soy un simple maestro de *shogi* —respondió—. Uno que ha estado moviendo las piezas alrededor del tablero durante un largo tiempo. Cada jugada ha sido deliberada. Cada pieza ha sido colocada con el mayor cuidado —miró a Taka, todavía dormido en la esquina—. Por supuesto, ayuda cuando uno conoce los siguientes movimientos de sus oponentes antes de que los hagan, pero incluso así, ha sido un juego largo y agotador. Sin embargo, la jugada final está a la vista, si acaso consigo llegar al desenlace sin cometer errores.

—Y… ¿cuál es el desenlace, Seigetsu-sama? —susurró Suki—. ¿Qué pasará… cuando el juego… termine?

Los ojos de Seigetsu brillaron, y una aletargada sonrisa cruzó su rostro. En ese momento, Suki vio un destello de ambición en sus ojos amarillos, un hambre que envió un escalofrío a través de todo su cuerpo.

—No puedo arruinar el desenlace, Suki-chan. Eso arruinaría la sorpresa, para todos —respondió Seigetsu-sama, con voz baja y controlada.

Suki hizo una pausa, reuniendo sus pensamientos y su valor para hacer más preguntas. Era como si se hubiera abierto una presa en su interior y, de pronto, ella quería saberlo todo. Pero antes de que pudiera decir una palabra más, el bulto en la esquina súbitamente tembló y jadeó. Taka se incorporó de golpe, arrojando las mantas, para mirar salvajemente alrededor, con su único ojo enorme, presa del miedo.

—¡*Maestro*!

De inmediato, Seigetsu-sama se levantó y cruzó la habitación para arrodillarse frente al pequeño, agarrando al *yokai* por el hombro mientras se sacudía y jadeaba en respiraciones cortas y aterrorizadas.

—Estoy aquí —dijo con voz profunda y firme al mismo tiempo—. Soy yo. Tranquilízate, Taka.

Taka se estremeció, jadeando y gimiendo, pero obedientemente se fue tranquilizando bajo la estela de su maestro. Suki se elevó y flotó con ansias junto a la pareja, mientras los ojos de Seigetsu-sama se estrechaban.

—¿Una pesadilla? —preguntó en voz baja, y el *yokai* asintió, mordiéndose el labio—. ¿Qué viste?

—Un ejército de demonios —susurró Taka—, marchando hacia las montañas. Atacaban un templo y arrasaban con todo allí. Había tanta sangre. Nadie sobrevivía, ni siquiera la joven Kitsune.

23

EL DESTRUCTOR SE ACERCA

HAKAIMONO

Las puertas del templo se abrieron con un estruendo, y los temblores vibraron desde donde estaba parado y todo el camino hacia la montaña. Recortada contra el marco de las puertas en ruinas, la luz de la luna proyectó una larga sombra con cuernos sobre las piedras, y sonreí.

—Hola, protectores del pergamino del Dragón. Aquí estoy. Espero que estén listos para mí.

Silencio. Un patio vacío, azotado por el viento y perfectamente mantenido, fue mi saludo cuando las puertas rebotaron y se balancearon sobre sus goznes. El estruendo todavía resonaba en el aire. Justo a mi izquierda, un prístino jardín de rocas resplandecía a la luz de la luna. Miles de piedras blancas rastrilladas formaban un mar rocoso alrededor de unas cuantas islas más grandes. A la derecha, estatuas de guerreros humanos dirigían el camino hacia el salón principal, haciéndome torcer un labio por la diversión. Todavía estaba cubierto por el polvo del camino, y mi cuerpo se sentía dolorido y magullado por el último pequeño desafío. Esperaba que el escultor que había creado todas esas estatuas de guardianes estuviera muerto, porque su corazón quizás estallaría por la conmoción cuando encontrara que nada quedaba de sus creaciones salvo grava y polvo.

A mis espaldas, el viento helado aullaba, bajando por el abismo de la ladera de la montaña, una montaña que ahora debía escalar para llegar al templo en la cima del acantilado. Noté un sistema de poleas con una gran canasta cerca de la puerta; obviamente, habían subido la canasta con la esperanza de que eso me detuviera. Lástima por ellos, ésta no era la primera montaña que escalaba. Esperaba que una caverna llena de estatuas vivientes y un ascenso ligeramente retador por la ladera de un acantilado no fueran las únicas defensas que tuvieran estos protectores, o me sentiría decepcionado.

Con Kamigoroshi brillando con su pálida luz púrpura en mi mano, crucé las puertas del Templo de la Pluma de Acero.

Nada pasó. Me había preparado para flechas, trampas, un estallido de magia, cuando se dispararan las defensas del templo. Un viento frío aulló sobre los tejados, pero aparte de una hoja seca que saltó por el patio, no había movimiento ni signo de vida en ninguna parte.

Eso significaba que sabían que yo estaba aquí y que estaba caminando hacia una emboscada.

Suspiré.

—Bueno, ¿no es esto una trampa obvia? Saben que sólo me voy a enfadar hasta que hagan lo que sea que estén planeando —dije, caminando con firmeza por el patio hacia los escalones del templo. Kamigoroshi titilaba y palpitaba en mi mano, proyectando sombras espeluznantes sobre las piedras—. Podrían ahorrarme algo de tiempo y atacarme ahora, o seguir ocultándose y obligarme a cazarlos. El resultado será el mismo en cualquier caso.

No hubo respuesta. El patio permaneció oscuro y callado mientras subía la escalera y salía por las puertas hacia el vestíbulo principal. El piso de esta cámara sombría era de ónix y jade pulidos, con líneas de oro enhebradas a través de las baldosas. Grandes pilares de jade estaban distribuidos a ambos lados de la estancia, e incluso más estatuas de humanos y *tengu* se alineaban en las paredes. Si éste fuera un templo normal, la parte trasera se reservaría para la gigantesca estatua humana del Profeta de Jade, que no era ni *kami*, sino un simple mortal que al parecer había alcanzado la iluminación. Pero, como había adivinado antes, los guardianes del Templo de la Pluma de Acero eran *tengu*, que creían que estaban por encima de la iluminación mortal. En lugar de una enorme estatua verde de una mujer meditando, un gran dragón serpentino había sido tallado en la pared, y su cabeza y su cuerpo enrollado parecían emerger de la piedra. La cabeza rugiente se cernía sobre un altar hecho de madera oscura y oro, donde un estuche largo y lacado descansaba en un pedestal justo en su centro. Pero el estrado que lo sostenía no estaba vacío.

Un solo humano con largo cabello blanco se encontraba parado tranquilamente frente al altar, con una brillante espada de acero sostenida con laxitud a su lado. Su rostro estaba cubierto con una pálida máscara *oni*, en una parodia grotesca de mi especie, con una boca roja y sonriente llena de colmillos y un par de cuernos curvados en la frente.

Sonreí al reconocer al noble en los recuerdos de Tatsumi. Entendí que si él estaba aquí, *ella* también estaría cerca.

—Oni no Mikoto —dije lentamente mientras caminaba hacia delante—. ¿O debería decir Taiyo no Daisuke, del Clan del Sol? ¿Dónde están tus amigos, el arquero *ronin* y esa molesta *miko*? ¿Y la pequeña *kitsune*? —no respondió, y me reí entre

421

dientes—. ¿Sólo tú, entonces? ¿Los tengu aquí creen en verdad que un solo mortal podrá evitar que tome el pergamino del Dragón? ¿O estás tratando de recrear nuestro encuentro en el puente?

—No tocarás el pergamino del Dragón, demonio —la voz del ser humano era fría, imperturbable. Dio un paso al frente para reunirse conmigo y levantó su espada de manera protectora—. Por mi honor, lo protegeré, y a este templo, con mi vida.

Sacudí la cabeza.

—Un guerrero mortal no puede detenerme, y los guardianes de aquí lo saben —con una sonrisa, me adentré en la habitación, levantando a Kamigoroshi y mi voz—. Pero muy bien, seguiré con esta pequeña farsa, aunque sólo sea para hacer que las cosas se muevan. No creo en absoluto que estemos solos, pero sí quieres tu último duelo, mortal, entonces te daré un fin honorable cuando separe la cabeza de tu cuerpo.

Oni no Mikoto dudó un momento, luego bajó con calma de la tarima y se levantó en una postura alta, mientras mantenía su sable paralelo sobre su cabeza, con la punta dirigida hacia mí.

—Dancemos, entonces.

Se abalanzó, una mancha de movimiento a través del suelo de madera, y llegó hasta mí, muy rápido para ser humano. Esquivé el primer golpe, dejando que su espada ondulara sobre mi cabeza, luego arremetí con ligereza, con el objetivo de dividir su magro cuerpo por la mitad de un tajo. Giró con impresionante gracia, evitando el contraataque, y volvió a atacarme.

Danzamos así a través del piso durante algunos minutos, esquivando, parando, evitando la espada del oponente y respondiendo a su vez. Oni no Mikoto era bastante hábil, lo podía admitir. Me había encontrado con varios maestros de la espada en mis largos años en el reino mortal, y este Taiyo sin duda estaba entre los mejores.

Sin embargo, seguía siendo sólo humano. Y yo nunca había aceptado jugar siguiendo las reglas.

El Taiyo me atacó de nuevo, un golpe preciso, bastante brutal, destinado a separar la cabeza de mi cuerpo. Me giré para esquivarlo mientras llevaba a Kamigoroshi a pararlo, y el chillido de metal contra metal corrió por mi brazo. Al mismo tiempo solté una mano de la empuñadura de la espada, la apreté en un puño y golpeé con ella la cabeza del mortal. Lo golpeé en su sien, y lo arrojé contra un pilar con un crujido ahogado. El mortal se derrumbó en la base de la columna, dejando una mancha de sangre en la madera, y luchó débilmente para enderezarse.

Sonriendo, caminé hacia el samurái, deteniéndome a apenas un metro de distancia para ver cómo el mortal se esforzaba por ponerse de rodillas. La sangre cubría el costado de su rostro, manchando su cabello blanco, y un fragmento de hueso puntiagudo asomaba por su manga derecha, indicando un brazo roto.

—Oh, lo lamento, mortal —me burlé, sonriendo mientras él levantaba la cabeza y me miraba—. ¿Eso no estaba permitido? Olvidé mencionar que no juego según tus reglas humanas.

—Demonio —el Taiyo apretó los dientes... y se puso en pie, sosteniendo la espada con su única mano útil. Su miembro dañado colgaba torpemente, pero él levantó la hoja y se preparó, mirándome desafiante—. Al menos, dame el honor de morir en pie.

Sonreí.

—Como desees.

Kamigoroshi relampagueó, un destello de acero en la oscuridad, y la cabeza del humano cayó de sus hombros, golpeando el suelo con un golpe seco y rodando detrás de una columna. El cadáver sin cabeza se balanceó en su lugar por un breve instante, antes de que también colapsara y goteara sangre sobre las tablas de madera.

Bostecé.

—Bueno, eso fue un poco divertido. Predecible, pero divertido. ¿Es ése el único obstáculo que van a oponer, entonces? ¿Un simple mortal y su espada?

No hubo respuesta de las sombras aparentemente vacías que me rodeaban, y suspiré.

—Bien —murmuré, girándome y caminando hacia el altar ahora sin vigilancia—. Si ése es el caso, tomaré el pergamino y me iré ahora. Siéntanse libres de detenerme si...

En cuanto puse un pie en el estrado, hubo una erupción de humo, y las baldosas del suelo bajo mis pies cambiaron. Miré hacia abajo para descubrir un brillante anillo de poder, rodeado de marcas y runas que reconocí al instante.

Un círculo vinculante.

Con múltiples erupciones de humo por toda la habitación, las estatuas desaparecieron, retorciéndose en el aire a medida que las ilusiones se disolvían. Solemnes, con ceños fruncidos, los *tengu* surgieron de la niebla que se disolvía, con expresiones sombrías y decididas mientras me rodeaban fuera del círculo. Múltiples voces se elevaron en el aire cuando comenzaron a cantar las palabras para atar a un demonio y enviarlo de nuevo a *Jigoku*.

A pesar de la trampa, sentí una sonrisa salvaje cruzando mi rostro. *Ella* estaba cerca. No la veía, pero los signos reveladores de la magia de ilusión *kitsune* no podrían ser más obvios. Todas las estatuas y el suelo tenían el hedor de la magia de zorro, aunque tenía que admitir que se estaba volviendo cada más poderosa al controlar tantas ilusiones a la vez.

Tu pequeña niña zorro está aquí, Tatsumi. Espero que disfrutes el espectáculo cuando la encuentre.

—¡Hakaimono!

La *miko* dio un paso adelante, con un *komainu* gruñón a su lado, y me lanzó un *ofuda*. En el otro lado, con el rostro rojo y la nariz como el mango de una escoba, estaba el *daitengu* del templo, con las garras envueltas alrededor de un bastón, sosteniéndolo ante él como un escudo. Comenzó a cantar, al igual que el círculo de *tengu* que me rodeaba, y sus voces se alzaron al unísono para hacer eco entre las columnas. A mis pies, el círculo vinculante se encendió de rojo.

—No eres bienvenido aquí, demonio —dijo la doncella del santuario, mientras la tira de papel en su mano comenzaba a brillar, iluminando las palabras sagradas garabateadas a través de él—. Y nunca tomarás el fragmento del pergamino de este lugar sagrado... incluso si tenemos que sellarte durante mil años, nunca pondrás tus garras malvadas sobre la plegaria del Dragón.

Ella me arrojó el *ofuda*, que voló directamente como una flecha, crepitando con energía espiritual. El canto de los *tengu* se hizo más sonoro, y la tira de papel ardió en color blanco cuando aceleró hacia mí.

Corté el ofuda en el aire, Kamigoroshi rebosó de poder cuando la hoja golpeó el papel y lo trozó en dos. Mientras las tiras caían inofensivamente al suelo, levanté la cabeza y sonreí a la *miko*, mostrando todos mis colmillos.

—Vas a tener que hacerlo mejor, aficionada —gruñí, al ver que el color desaparecía de su rostro—. No soy un *amanjaku* débil que puedas encerrar con tu *ofuda*. Docenas de sacerdotes y magos de sangre antes que tú han intentado atarme, y he decorado los círculos vinculantes con sus entrañas.

Miré a mi alrededor, al anillo de canto *tengu* y levanté mi espada.

—Siempre me he preguntado si el cuervo sabe a pollo. Supongo que es mi noche de suerte.

De manera inesperada, la doncella del santuario me dirigió una sonrisa enigmática.

—No esta noche, Hakaimono —dijo—. No darás un paso más. Tu asalto termina aquí, y nunca pondrás los ojos sobre el pergamino.

Levantó una manga ondulante, como si estuviera dando una señal. Sentí el peligro detrás de mí y giré, justo cuando una flecha salió disparada desde las vigas superiores y me golpeó en el pecho.

Gruñendo, me tambaleé hacia atrás, mientras veía el eje enterrado debajo de mi clavícula, y extendí la mano para arrancarlo. El arquero, quienquiera que fuese, había fallado por poco a mi corazón, y ese error le costaría muy caro.

Pero entonces vi un familiar trozo de papel inserto en el cuerpo de la flecha cobrando vida en cuanto ésta tocó mi piel, y gruñí una maldición.

El *ofuda* estalló en corrientes de luz, elevándose y girando alrededor de mí como un frenético enjambre de anguilas. Con un estallido de luz, se convirtieron en cadenas brillantes que envolvieron mis brazos y piernas, y me anclaron a las piedras. Rugí y mi voz resonó a través de las vigas mientras caía de rodillas, sintiendo que las cadenas se tensaban más y más. El canto de los *tengu* se elevó, llenó el aire de poder, alimentó la magia del círculo y vertió poder en el sello.

Luché por un instante, luego miré a la doncella del santuario y forcé una sonrisa.

—Oh, bien hecho, humana —me burlé—. Me retracto. Pero tu sello sólo durará el tiempo que tú y tus amigos pájaro estén concentrados. Y no podrán mantenerse así por siempre.

Su mirada se endureció.

—No tiene que ser por siempre. Sólo el tiempo suficiente.

Se produjo un movimiento a mi lado, y *ella* salió al descubierto con una onda de rojo y blanco. Sus orejas y su cola eran claramente visibles, y sus ojos brillaban con un sutil tono dorado en las sombras de la sala. Se veía diferente a la aterrorizada mascota que habíamos dejado en el castillo de Satomi. Esta *kitsune* parecía... más dura, más vieja. Era claro que ya no se trataba de la ingenua pequeña medio *yokai* que sonreía a los *yurei* y era inocente a los caminos del mal. Sus ojos dorados mostraban una tristeza que no había estado allí antes.

En lo profundo sentí un revoloteo de emoción cuando la chica zorro se adentró en la luz, una agitación tanto de miedo como de alivio cauteloso del alma en mi interior. Y sonreí, saboreando esos vacilantes sentimientos de esperanza, tanto de Tatsumi como de los ojos de la *kitsune* frente a mí. Aún pensaban que tenían una oportunidad.

—Hakaimono —dijo la niña zorro, deteniéndose justo afuera del círculo vinculante. Parecía tranquila, pero su cola temblaba con un ritmo agitado y nervioso detrás de sus ropas—. Te lo pediré una sola vez. Libera a Tatsumi y regresa a la espada. No queremos tener que matarte.

Encontrándome con la mirada luminosa de la niña, comencé a reír.

—Oh, ingenua pequeña medio zorro —reí entre dientes, y los *tengu* alrededor de mí se tensaron, incluso mientras seguían cantando—. No tienes idea de lo que estás pidiendo. O de lo que estás tratando de hacer —sacudí la cabeza y sonreí a la *kitsune*. Mientras probaba de manera furtiva la fuerza de las cadenas, me encontré con su mirada—. Ya ves, sabía que estabas aquí, en algún lugar. Esta astuta pequeña trampa tenía el hedor de la magia de zorro por todas partes. Deseaba verte una vez más, Yumeko-chan. También el asesino de demonios —solté una risita, incluso mientras el alma dentro de mí se sublevaba, con más fuerza de lo que nunca antes había sentido—. Quería que salieras y jugaras conmigo, pequeña zorro —continué, mientras el asesino de demonios se enfurecía, desesperado y furioso—. No quería que te quedaras escondida en las sombras, observando mientras el resto de tus amigos gritaban y morían. Los zorros no son los únicos que pueden jugar con trucos. Y ahora que por fin has salido de tu escondite, la verdadera diversión puede comenzar.

Palideció y sus orejas de punta negra se aplastaron contra su cráneo. Detrás de ella, la doncella del santuario sacó otro *ofuda*, y el canto de los *tengu* se hizo más intenso, más insistente. Podía sentir las cadenas apretándose alrededor de mí, quemando mientras se clavaban en mi piel, y descubrí mis colmillos.

Mira con atención, Tatsumi. Observa bien el rostro de tu querida kitsune, *porque ésta es la última vez que la verás con vida.*

Con un rugido, me levanté, rompiendo las cadenas que me sujetaban, y la atadura se dispersó al viento.

Al instante, el *komainu* se abalanzó sobre mí con un gruñido, con las mandíbulas abiertas de par en par para arrancarme la cara. Retrocedí, levanté a Kamigoroshi y empalé al perro embistiendo la garganta. Con un aullido, el *komainu* se disolvió en un remolino de niebla carmesí y dorada, y desapareció.

428

Levantando a Kamigoroshi, me lancé a través de la nube roja, haciendo un arco con la espada hacia mis objetivos. La *kitsune* dio un salto atrás con un grito, pero la doncella del santuario dio un paso al frente, levantando su *ofuda*, en un intento absurdo de interceptarme. La hoja de la espada bajó, rebanando la carne, y la *miko* gritó cuando su brazo cayó al suelo, cortado desde el codo, con los dedos ensangrentados todavía sosteniendo la tira de papel.

Una flecha me golpeó en la espalda, haciendo que me tambaleara. Di la vuelta con un gruñido y vi a la figura que estaba parada fuera del anillo y tensaba ya otra flecha en su arco. Se lanzó detrás de un pilar, mientras los *tengu* que habían estado cantando al borde del círculo ahora desenvainaban sus espadas y lanzas, y se lanzaban sobre mí con gritos furiosos.

Rugiendo, me abalancé en el centro de los guerreros *yokai*, con la espada destellando. Se dividieron como costales de arroz, mientras la sangre y las plumas volaban en el aire. Cuando apuñalé a un *tengu* en la garganta, extendí la mano y tomé su lanza mientras él caía, arrancándola de su agarre. Girando, corté a otro guerrero cuervo y, cuando el *yokai* cayó, levanté la lanza y la arrojé a través del espacio que había dejado el cuerpo en su caída. El arma se estrelló contra el molesto arquero *ronin* cuando estaba tensando su arco, lo arrojó hacia atrás y lo dejó clavado en la columna. Quedó boquiabierto, con las manos aferradas a la lanza a través de su parte media, antes de caer sin vida contra la madera.

Dos menos. Sonreí, disfrutando en gran medida ahora. Di la vuelta, giré y corté las últimas filas de *tengu*, rebanándolos en pedazos, hasta que sólo quedó el viejo *daitengu*. No intentó luchar ni protegerse cuando entré, cubierto con la sangre de su clan sacrificado. Tan sólo me miró fijamente, con la barbilla levantada, mientras lo embestía con Kamigoroshi y partía al ancestral *yokai* por la mitad.

Ahora, para el final.

Me enderecé, di media vuelta y caminé de regreso al altar, dando un golpe casual a la doncella del santuario que gemía suavemente, arrodillada en el suelo, cuando pasé a su lado. La hoja atravesó con facilidad el esbelto cuello, y su cabeza cayó y aterrizó con un golpe detrás de ella. Decapitada, la *miko* se desplomó en el suelo. Levanté la mirada para contemplar la masacre, y me encontré con los ojos vidriosos y aterrorizados de la *kitsune*, sentada con la espalda apoyada contra el altar que sostenía el pergamino.

En el interior, Tatsumi se había quedado muy quieto. Tal vez estaba reuniendo su fuerza para un intento final y desesperado de intervenir. O tal vez se había dado cuenta de que nada podía hacer, y se estaba preparando para lo inevitable. La *kitsune* me vio acercarme, temblando, mientras pasaba por encima de los cuerpos de sus antiguos amigos para erguirme frente a ella. Sus ojos eran enormes, vidriosos de horror e incredulidad. Pero seguía mirándome fijamente, como si buscara el alma atrapada en mi interior. Era casi entrañable esa esperanza desesperada de, incluso ahora, alcanzar al asesino de demonios de alguna manera.

Sacudiendo la cabeza, me agaché hasta el nivel de sus ojos y vi mi reflejo en su mirada amarilla de zorro.

—¿En verdad pensaste que esto funcionaría? —pregunté con una sonrisa—. He masacrado ejércitos que se han interpuesto en mi camino, pequeña zorro. He matado sacerdotes y hombres santos que valían templos enteros y que intentaron exorcizarme y sellarme de nuevo en la espada. Una medio *kitsune* y su

430

variopinta colección de inadaptados no han sido un gran desafío —sonriendo, me incliné y bajé la voz—. Te dije que llegaría este día, ¿cierto? —canturreé—. Prometí que mataría a todos los que te importaban, que todos los que estuvieran cerca de ti morirían. Y yo siempre cumplo mis promesas. Ahora, es tu turno, pequeña zorro. Me temo que perdiste este juego. Voy a tomar los trozos del pergamino, el Maestro de los Demonios convocará al Dragón y por fin estaré libre de este patético caparazón mortal. Pero esto fue entretenido, y no estoy completamente descorazonado. Antes de que mueras, te permitiré hablar con el asesino de demonios por última vez, si hay algo que quieras decirle —me senté sobre mis talones, dándole un poco de espacio—. Así que, adelante. Sé que él está escuchando. Sé que todo lo que digas lo atormentará por siempre, y me complacerá recordarle este momento, pero ésta es la última oportunidad para que hables con él, así que no la desperdicies.

La *kitsune* cerró los ojos.

—*Gomennasai*, Tatsumi —susurró—. Perdóname. Lo intenté. Lamento no haber sido lo suficientemente fuerte para liberarte —sus ojos se abrieron, dorados y desafiantes, mirándome—. Pero no importa lo que Hakaimono te diga, esto no es tu culpa. No me arrepiento de haberte conocido, y si nos volviéramos a encontrar en las mismas circunstancias, yo nada cambiaría.

—Muy conmovedor —comenté—. ¿Es todo?

Ella tembló, luego respiró hondo, preparándose.

—Sí.

—Bien —dije, y metí mis garras en su pecho, sintiendo cómo los huesos se rompían y chasqueaban, hasta llegar a su corazón—. Entonces tomaré lo que es mío —dije a los dos atónitos espectadores, y jalé mi brazo hacia atrás.

La sangre brotó de su pecho, formando un arco en el aire, en una corriente caliente. La chica zorro soltó un grito ahogado y cayó de costado, estrellándose contra el suelo del templo con un golpe sordo y un chapoteo carmesí. Se quedó boquiabierta, con los dedos crispados, antes de que su cuerpo se inmovilizara y sus ojos dorados se volvieran vidriosos y ciegos. La sangre bajó los peldaños desde el enorme agujero en el centro de su cuerpo, y cubrió el estrado de rojo.

Desde algún lugar en el interior, hubo un grito silencioso de rabia y horror, de odio, apuñalándome como una flecha. Un breve momento de absoluta y hermosa desesperación antes de que la voluntad del asesino de demonios se derrumbara y él se desplomara en una aturdida resignación.

El silencio cayó sobre el pasillo. Me levanté, aplasté el corazón mortal en mi puño y luego lo arrojé como basura al suelo. Alrededor de mí, los *tengu* y los restos humanos yacían sobre los tablones de madera. Había sangre y plumas esparcidas por todas partes. A mis pies, el cadáver de la pequeña *kitsune* se desangraba en el estrado, con los ojos dorados enceguecidos. Había un vacío en la boca de mi estómago que no era mío, un pantano de desesperación y autodesprecio, mientras el asesino de demonios se enfurecía por su propia impotencia y lloraba a su ingenua y pequeña niña zorro. La primera alma que lo había visto como algo más que un arma. La primera persona que él se había permitido cuidar, fuera de todo. Su angustia era tan hermosa como lo esperaba. El espíritu del asesino de demonios en verdad estaba roto. Yo había ganado.

Y sin embargo, algo no se sentía correcto.

Pasando por encima del cadáver de la niña zorro, caminé hacia el altar y tomé el pergamino del Dragón. El estuche lacado se desprendió fácilmente, sin trampas finales ni sorpresas ocultas, y miré el artículo en mi mano, frunciendo un labio.

Por esta cosa tan pequeña todo este reino pierde la cabeza. Tontos mortales. Nunca están satisfechos y, después de todo este tiempo, aún ignoran que el deseo del Heraldo nunca concede lo que ellos esperan.

Con un resoplido, me aparté del altar, sosteniendo mi premio con una garra. Éste es un trozo del pergamino del Dragón. Ahora, debo encontrar el último. ¿Dónde lo habrán escondido estos viejos cuervos?

Levantando mi cabeza, observé la cámara sembrada de muerte una vez más, frunciendo el ceño mientras observaba la masacre alrededor. Algo todavía me molestaba, una sensación de inquietud que no lograba sacudirme. ¿Qué estaba mal con esta imagen?

Respiré lentamente, y la ausencia me sacudió de pronto: no había olor. No estaba presente el olor a muerte, no flotaba el dulce aroma de la sangre en el aire, no había hedor en las vísceras que se derramaban de los cuerpos. Toqué con la lengua la sangre que manchaba mis garras, no tenía sabor, sólo era capaz de percibir mi propio sudor. Sentí el más ligero estallido de inquietud.

Otra ilusión.

Apreté un puño y sentí que el pergamino del Dragón se arrugaba en mi mano. Como simple papel. Frunciendo el ceño, lo miré.

Ya no era un pergamino.

Abriendo mis garras miré con incredulidad el bulto del ofuda en mi mano, docenas de ellos, descansando en mi palma. Y cada uno de los trozos de papel mostraba las palabras

433

de un ritual de atadura en tinta negra. Cuando me quedé boquiabierto, conmocionado, las palabras ardieron rojas al activar su poder.

—¡*KUSO!*

Dejé caer el bulto como si estuviera en llamas, pero era demasiado tarde. Como un enjambre de polillas, los *ofuda* se elevaron en espiral hasta convertirse en serpentinas de luz que se arremolinaron en pos de mí. Sentí la mordida de las cadenas una vez más, que se sintieron como cientos de lazos envolviéndome, anclándome al suelo.

A mis pies, el cuerpo de la *kitsune* se desvaneció, desapareció en medio de una nube de humo blanco. Con estallidos similares, los cuerpos de los *tengu* y de los humanos sacrificados desaparecieron también. Debajo de mis botas, el suelo de madera estalló en humo, las paredes, los pilares, el altar, el techo, todo se volvió niebla alrededor de mí mientras miraba conmocionado.

¿El templo entero era una ilusión?

Aturdido, observé el enorme círculo vinculante que me rodeaba, sellos sobre sellos, conmigo en el centro. Cuando el humo se disipó, levanté la mirada para encontrar una docena de *tengu* parados alrededor del borde, mientras sus voces se elevaban en un canto unificado.

Encolerizado, furioso por tan elaborada treta, intenté saltar hacia delante, luchando contra los lazos que me sujetaban. Pero este círculo era enorme y sumamente poderoso, jalando fuerza de la tierra y el canto de los *tengu* que lo rodeaban. Cuanto más tiempo hubiera permanecido dentro de sus límites, más débil me habría vuelto. Todo este engaño había sido creado para mantenerme dentro del anillo, para distraerme mientras perdía el tiempo asesinando ilusiones, mientras el verdadero círculo vinculante agotaba mi fuerza y se hacía más poderoso a cada segundo.

Las cadenas alrededor de mí se volvieron todavía más pesadas, se apretaron alrededor de mis extremidades y exprimieron el aliento de mis pulmones. Apreté la mandíbula, me planté con fuerza en mis pies y me preparé, decidido a no arrodillarme, a no ser arrojado al suelo. No me sometería. Los *tengu* podían cantar hasta que sus gargantas se marchitaran y las voces abandonaran sus cuerpos, pero no me derrotarían. Y mataría a cualquiera que se acercara lo suficiente para intentar acabar con mi vida.

Cuando el último suspiro de humo se desvaneció, el anillo se abrió y apareció un rostro familiar en el borde del círculo. Estaba viva. Indemne. Sin un agujero enorme donde debería estar su corazón. Su mirada se encontró con la mía sobre el círculo vinculante, y dio un paso al frente.

Sonreí mientras se acercaba.

—Esto... fue un truco inspirador, niña zorro —dije, reuniendo fuerza para atacar cuando fuera el momento adecuado—. Estoy casi impresionado. No pensé que tuvieras el poder para este tipo de argucias tan elaboradas, pero eres una *kitsune*, después de todo. Así que ahora mismo la pregunta adecuada es... ¿tienes la suficiente sangre fría para matarme?

Su mandíbula se apretó mientras se acercaba, y una sombra de furia y angustia cruzó su rostro. Solté una risita.

—¿Puedes hacerlo? —pregunté en un murmullo—. Lleva tu cuchillo a mi corazón y envíame de regreso a la espada, sabiendo que tu querido asesino de demonios morirá y su alma volará a la vida futura que le espera.

La *kitsune* negó con la cabeza y sus ojos brillaron cuando levantó la mirada.

—No, Hakaimono —susurró, deteniéndose a un paso de distancia—. No mataré a Tatsumi, pero sí te enviaré de vuelta a la espada. Por mi vida, regresarás a Kamigoroshi, incluso si debo destruir mi propia alma en el proceso.

Gruñí y arremetí, luchando contra las cadenas para hundir una garra en la tela holgada de su túnica. Al mismo tiempo, la *kitsune* se lanzó hacia delante, sorprendiéndome, y sostuvo mi rostro con ambas manos. Sus labios se separaron, su boca se abrió ampliamente, mientras una neblina luminosa con una forma vagamente parecida a la de un zorro emergía de entre sus dientes y se detenía ante mí. Con un sobresalto entendí lo que estaba haciendo y traté de alejar su cuerpo, pero la niebla con forma de zorro se lanzó hacia el frente, llenando mi visión, y lo último que recordé fue que estaba cayendo.

24

CAMBIAR EL DESTINO

Suki

Desde el borde del pico cubierto de nieve, Suki observó cómo el enorme ejército avanzaba lentamente por las montañas y se sintió enferma de terror.

—Bueno —Seigetsu-sama musitó con voz sombría. Estaba en pie al borde del acantilado, con los brazos cruzados, observando la masa oscura de demonios, monstruosos *yokai* y otros horrores mientras escalaban los picos de Lomodragón—. Parece que Genno ha decidido no confiar sólo en Hakaimono, después de todo.

A sus pies, Taka se estremeció, mientras su único ojo, enorme y redondo, observaba el ascenso de los demonios.

—Ése es el ejército de mi sueño —susurró—. El que arrasó en el templo.

—Sí —murmuró Seigetsu-sama—. Genno no es tonto. Su ejército está siguiendo el rastro que Hakaimono ha dejado tras de sí. A la velocidad a la que marchan, llegarán al Templo de la Pluma de Acero en pocas horas —no se mostraba angustiado o sorprendido, mientras observaba a los demonios como si se tratara de un juego de *go* particularmente interesante—. Una estrategia sólida. Con todos en el templo distraídos con el Primer *Oni*, nadie esperará que un ejército atraviese las puertas. Serán tomados por sorpresa y quizá caigan tras la primera avanzada.

—No —susurró Suki. Sólo podía distinguir el amplio techo del templo, casi invisible contra un lejano pico montañoso. La chica *kitsune* estaba allí, al igual que Daisuke-sama—. ¿Podemos... podemos advertirles, Seigetsu-sama? —suplicó, mirando al hombre de cabello plateado, que levantó una ceja—. Podríamos... volar allí, y... hacerles saber que el ejército se acerca. Podrían huir... antes de que lleguen los demonios.

Seigetsu-sama negó con la cabeza.

—No puedo —dijo en voz baja, haciendo que el corazón de Suki se hundiera—. Soy... bastante conocido en el templo, Suki-chan. No confiarían en lo que pudiera decirles. Taka es un *yokai*... lo atacarían, y tal vez incluso lo matarían antes de que pudiera decir una advertencia. Los guardianes allí son bastante fanáticos con respecto a lo que protegen —una esquina de su labio se curvó sin humor, antes de que volviera a ponerse solemne—. Me temo que nuestras manos están atadas en este asunto. Es probable que todos en el templo sean asesinados, tal como Taka soñó.

—Yo puedo advertirles, Seigetsu-sama.

Seigetsu-sama parpadeó, mirando a Suki con renovada sorpresa.

—¿Tú, Suki-chan? —preguntó, y ella asintió vigorosamente.

—Ellos... ellos no me conocen —continuó, tartamudeando un poco mientras intentaba expulsar las palabras—. Sólo soy un espíritu errante. Puedo encontrar a Daisuke-sama... decirle que los demonios se acercan. Podrían... escapar antes de que el ejército llegue allí. Tendrían una oportunidad entonces, ¿cierto?

Seigetsu-sama inclinó la cabeza, mirándola con sus intensos ojos dorados.

—Tal vez —casi susurró—. Ciertamente, si recibieran una advertencia podrían estar preparados para el asalto. ¿Pero estás dispuesta a enfrentarte a un ejército de monstruos y al Maestro de los Demonios para salvar a tu noble, Suki-chan? ¿No tienes miedo?

Suki tembló al recordar la noche de su propia muerte, los demonios, el terrible Yaburama y la bruja de sangre que tan cruelmente decidió sacrificarla a los monstruos.

—Sí tengo miedo —admitió—. Pero... quiero salvar a Daisuke-sama. Y a todos los demás. No quiero que los demonios los maten. Por favor... Seigetsu-sama. Yo puedo... advertirles. Permítame intentarlo.

Seigetsu-sama sonrió.

—No puedo detenerte, Suki-chan —dijo en silencio, y levantó una manga ondulante hacia el templo lejano—. Ve, con mi bendición —sus ojos brillaron y la más leve nota de triunfo se introdujo en su voz—. Tal vez haga falta un fantasma para cambiar el rumbo del destino esta noche.

Por alguna razón, eso causó un temblor en el alma de Suki, pero no se detuvo para pensar en eso. Abandonando su imagen humana, se estremeció en una lengua de luminosidad sin forma, proyectando sobre Seigetsu-sama y Taka una luz misteriosa y titilante. Por un momento, se quedó allí, reuniendo su coraje, observando al ejército de demonios y al enjambre de *yokai* contra la nieve. Entonces, con un estallido de determinación, subió en espirales por encima de los acantilados, y se dirigió al templo.

25

EL PLANO DEL ALMA

Yumeko

La noche que llegamos al Templo de la Pluma de Acero, el zorro blanco me estaba esperando en mis sueños una vez más.

—No tienes idea de qué hacer contra Hakaimono, ¿cierto? —preguntó a modo de saludo.

Me había erizado, para hundirme un segundo después.

—No —había admitido—. No en realidad.

Habíamos pasado varias horas con los *tengu* y el *daitengu* tratando de idear un plan para derrotar a Hakaimono sin que ninguno resultara muerto. Los *tengu* eran místicos expertos y tenían cierta cantidad de poder mágico que extraían de la montaña misma, pero no era suficiente para mantener atado a Hakaimono durante cierto periodo de tiempo.

El zorro blanco suspiró.

—Para ser joven e ingenua —dijo, sacudiendo su pálido hocico—, tienes lo que se necesita para derrotar a Hakaimono, pequeña zorro. Simplemente no estás pensando como una *kitsune*. No somos humanos, no embestimos a nuestros enemigos de frente como haría un toro. Luchar contra un zorro es como intentar atrapar un reflejo en un estanque.

Somos sombras sobre sombras, tejemos nuestros propios mundos, nuestras propias realidades. Enredamos a nuestros enemigos tan a fondo, que no tienen idea de qué es real y qué no lo es. Nada de lo que presentamos o revelamos es la verdad —agitó la cola en un gesto reflexivo—. Pero no puedes subestimar a este oponente —advirtió—. Hakaimono no se dejará engañar por simples travesuras. Necesitarás todo tu talento, toda tu magia de zorro y cada gramo de astucia que poseas para derrotarlo.

—No soy tan fuerte —susurré—. Mis ilusiones son cosas simples. No tengo idea de lo que pueda hacer contra Hakaimono.

—¿En verdad crees eso, después de todo lo que has conseguido? ¿Después de engañar a un emperador y de enloquecer de miedo a los asesinos del Clan de la Sombra?

—Se trataba de hombres —estuve de acuerdo con un asentimiento—. No de un *oni*. No del asesino de demonios. Me enfrentaré a Hakaimono *y* a Tatsumi. Ninguno de los dos temerá lo que yo pueda hacer.

—Ya veo —el zorro blanco contrajo su cola con irritación—. Si eso es lo que crees en verdad, entonces te daré la fuerza que necesitas para salir victoriosa.

Su hocico se abrió de par en par, y una lengua brillante de fuego azul y blanco emergió de su garganta y se dirigió flotando hacia mí. A medida que se acercaba, pude ver llamas fantasmales ardiendo alrededor de una pequeña bola blanca del tamaño de un puño humano. Dio vueltas sobre mi cabeza, brillando suavemente desde el interior, luego se deslizó hacia abajo hasta que tocó la punta de mi hocico. Las llamas frías me hicieron cosquillas en la nariz y estornudé. Mientras lo hacía, sentí que algo pequeño y redondo volaba entre mis mandíbulas y bajaba disparado a través de mi garganta, quemando mi lengua por donde había pasado. Tosí y me atraganté. Sentía como si me estuviera ahogando con una semilla de melocotón, pero el objeto extraño ignoró mis nauseabundos intentos de expulsarlo y se acomodó en mi estómago, iluminando mi interior con lo que se sentía como llamas heladas.

Tosí una vez más y levanté la vista. El zorro blanco me estaba dirigiendo una mirada poco divertida.

—Ése es mi *hoshi no tama* —dijo—. Mi esfera estrella. Contiene una pequeña cantidad de mi poder. Con ella, contarás con la destreza mágica de una docena de *kitsune*, tal vez más —sonrió sombríamente cuando lo miré boquiabierta, aturdida y tambaleante. ¿Quién era él, para tener tanto poder?—. Me es muy querida —continuó el zorro blanco— y me gustaría recuperarla una vez que todo haya terminado. Pero por ahora, tendrás la fuerza que necesitas para desafiar a Hakaimono, si puedes dejar de pensar como una humana y empiezas a planear como una zorro.

—¿Quién es usted? —pregunté, mirándolo. La pregunta había sido formulada antes, pero ahora parecía todavía más importante—. ¿Por qué me ayuda?

Sólo sonrió misteriosamente y levantó el estrecho rostro hacia la luna, como si percibiera algo en el viento.

—Hakaimono está cerca —declaró, haciendo que mi estómago se retorciera por el miedo y la ansiedad—. Tal vez contarás con un día antes de su llegada, así que planifica con sabiduría. Recuerda, Hakaimono estará esperando una trampa. Él sabe que no puede simplemente llegar y tomar el pergamino del Dragón sin enfrentar resistencia, que los guardianes *tengu* defenderán los trozos del pergamino con sus vidas. Hakaimono asume que es lo suficientemente fuerte para resistir lo que sea que se enfrente a él, y tiene razón. Es un enemigo demasiado poderoso para ser desafiado de frente. Así que haz lo que mejor hacemos. Danza a su alrededor. Hazlo pensar que ha ganado. Si eres muy inteligente, podrías vencer a Hakaimono en su propio juego. Si no… —el zorro blanco sacudió la cola y comenzó a desaparecer. La luz de la luna brilló a través de su cuerpo mientras se desvanecía— tú y tus amigos morirán, Genno usará el poder del Deseo del Dragón para hundir a Iwagoto en la oscuridad y el alma de Kage Tatsumi se perderá para siempre. Debes recordar todo esto cuando te enfrentes a Hakaimono una última vez.

El silencio palpitó en mis oídos, y abrí los ojos.

Un escalofrío subió por mi espalda. Me encontraba parada en un pequeño bosque, rodeada por árboles ancestrales y sus grandes ramas se retorcían tejidas juntas para sumir el suelo en la sombra. A través de las copas de los árboles, el cielo era una luz carmesí, del inquietante color de la sangre, que se filtraba a través de las hojas para motear el suelo.

Algo crujió detrás de mí. Di media vuelta y vi a un trío de niños arrodillados en el suelo, y un hombre de rostro severo parado junto a ellos con los brazos cruzados. Dos niños y una niña, de no más de seis o siete inviernos, vestidos con idénticos *haori* y *hakama* negros. Sus cabezas estaban inclinadas y mantenían las miradas fijas en el suelo frente a ellos, pero mi corazón se retorció cuando reconocí al pequeño en el extremo, con sus estrechos hombros tensos con determinación.

Tatsumi. Di un paso al frente, lista para llamarlo, pero hice una pausa. Ninguno de los humanos me miraba o parecía percibir mi presencia. Me quedé allí, a la vista de todos, y no se hizo mención alguna de la extraña chica que había aparecido súbitamente.

Esto no es real, me percaté, mirando alrededor de la cañada. *Debe tratarse de un recuerdo. Uno de sus recuerdos.* Mirando a la versión más joven de Tatsumi, sentí que mi estómago se contraía. Incluso a esta edad, seguía teniendo esa misma expresión intensa y solemne, mirando fijamente al suelo, como si intentara ser invisible. Ante el hombre y los niños se encontraba un par de figuras altas y delgadas con los rostros teñidos de blanco y los labios negros. Las miradas gemelas barrieron a cada uno de ellos.

—¿Y éstos son tus mejores alumnos? —preguntó uno de los *majutsushi* al hombre que estaba al lado del grupo. Su voz era tajante y fría, y vi temblar los hombros del otro chico—. ¿Los niños ungidos por los *kami* más prometedores de la escuela?

—Sí —respondió el hombre, asintiendo hacia el trío que se encontraba a sus pies—. Ayame, Makoto y Tatsumi. Cada uno ha demostrado una notable comprensión de la magia de la Sombra. Son los mejores en su clase, han dominado las técnicas básicas de los *shinobi* y adquieren nuevas habilidades casi de inmediato. Cualquiera de ellos serviría espléndidamente a la *daimyo*.

El *majutsushi* lo consideró.

—Y de estos tres —preguntó un mago mirando al trío—, ¿a quién considerarías el más digno para servir a nuestra gran dama? ¿Para soportar el honor, y la carga, de ser el próximo asesino de demonios de los Kage? Si tuvieras que elegir en este momento, ¿a qué chico nos enviarías?

Los ojos del hombre se arrugaron con disgusto, pero respondió sereno.

—Ayame es la más veloz —dijo, con un pequeño tono de orgullo en su dicho. Miré a la chica y vi una leve sonrisa asomarse a su rostro, pero ésta ya había desaparecido en el siguiente parpadeo—. Ella puede aventajar mucho a estos dos, pero también es obstinada. Y tiene mal carácter. Estamos trabajando en eso. Makoto es un estudiante dotado naturalmente, y su magia de la Sombra es la más fuerte de todas, pero carece de la ambición y el impulso para ser en verdad el mejor —el hombre suspiró—. Honestamente, si tuviera que elegir quién será el siguiente asesino de demonios, sería ése —dijo, y señaló al tercer niño, el del final, que no había movido un músculo durante todo el encuentro—. Kage Tatsumi.

—¿Y por qué él? —preguntó el *majutsushi* en un susurro ronco—. ¿Qué lo hace tan especial?

—¿Por qué este chico? —en lugar de responder a la pregunta, el hombre ofreció una sonrisa bastante misteriosa—. El verano pasado —comenzó—, uno de los perros de la aldea tuvo cachorros. La madre era débil y el parto fue demasiado para ella, así que murió. Todos los cachorros murieron también, excepto uno, el más pequeño de la camada. Éste —continuó, asintiendo con la cabeza hacia Tatsumi— me preguntó si podía intentar salvarlo. Le dije que sí, que podía intentarlo. Así que se quedó con ese cachorro durante varias noches y cuidó de él hasta que recuperó la salud. Para sorpresa de todos, el cachorro vivió. Pronto, comenzó a seguirlo por todas partes. Se tendía afuera de la puerta de sus clases, esperándolo. Los otros estudiantes lo llamaron Kagekage, la sombra de la sombra, porque no podías encontrar a uno sin el otro. Después de un tiempo, fueron inseparables —el hombre sonrió sombríamente—. Hasta el día en que puse un cuchillo en la mano de Tatsumi y le ordené que lo matara en nombre de los Kage.

El hombre miró al niño, que todavía no se había movido ni había levantado la cabeza, aunque el conjunto de sus hombros estaba rígido.

—Le ordené que lo hiciera rápidamente y que me trajera una prueba de su muerte. Nada dijo, pero esa misma tarde vino a verme con lágrimas en el rostro y la cabeza de su cachorro en una pequeña caja lacada. Enterramos el cuerpo en los campos al anochecer.

Sentí un nudo en la garganta y contuve las lágrimas, incluso cuando uno de los *majutsushi* dejó escapar un largo siseo de satisfacción.

—Excelente —susurró—, de lo más alentador —presionó dos dedos contra sus labios ennegrecidos, mirando pensativo—. Habrá pruebas, por supuesto. Pruebas para ver cuál de estos candidatos será elegido. Pero creo que podríamos haber encontrado a nuestro próximo asesino de demonios. Dime, chico... —se adelantó para acercarse a Tatsumi, arrojando la pequeña forma bajo su sombra—. ¿Sabes por qué tuviste que hacer aquello? ¿Por qué tuviste que matar a tu perro? Responde.

Por primera vez, un temblor recorrió los hombros de Tatsumi, con sus pequeñas manos hechas puño sobre sus rodillas.

—Maté a Kagekage —respondió el joven Tatsumi, con voz tan suave y tranquila que hizo que mi corazón doliera de compasión— porque el Clan de la Sombra me dijo que lo hiciera. Porque recibí una orden directa. Eso es todo lo que necesito para actuar.

Pude ver los ojos del *majutsushi* brillar, la sonrisa curvando sus labios, mientras se enderezaba.

—Eso será todo —dijo con voz ronca, mientras la pareja retrocedía—. Has hecho tu trabajo de manera admirable, y la dama estará contenta. Estudiantes —continuó, su voz se volvió áspera—, irán con nosotros.

Un lejano rugido resonó por encima de los árboles, haciendo que los vellos en mi nuca se erizaran. Nadie más pareció oírlo. Tatsumi y los otros dos niños se levantaron obedientemente y comenzaron a seguir a los magos para abandonar el claro. Pero pude percibir que algo se movía a través de los árboles. Algo enorme. Las ramas gimieron y se rompieron hasta convertirse en astillas, mientras la forma oscura y enorme arremetía contra mí a través del bosque.

Hakaimono.

Lo supe mientras un escalofrío diferente a cualquiera que hubiera sentido antes escurría por mi espalda. El Primer *Oni* en su forma real, terrible, venía por mí. *Tengo que encontrar a Tatsumi*, pensé, retrocediendo y mirando alrededor del claro. *El verdadero Tatsumi. Su alma tiene que estar por aquí, en algún lugar. Tengo que llegar más profundo. Esto es sólo un recuerdo superficial. Tengo que encontrar el alma de Tatsumi antes de poder enfrentar a Hakaimono.*

La enorme forma en los árboles se volvió hacia mí, con los ojos como brasas brillando a través del negro, y mis entrañas se retorcieron de miedo.

—¡Kitsune! —retumbó una voz profunda y terrible, haciendo temblar el suelo—. ¡Sé que estás aquí, pequeña zorro! Puedo sentirte. ¡Muéstrate, si crees que puedes echarme!

El recuerdo a mi alrededor se onduló, como si una libélula hubiera aterrizado en la superficie de un estanque. Aplanando mis orejas, me volví y me dirigí hacia los árboles, lejos de Hakaimono, y el claro del bosque se desvaneció en la oscuridad.

Salí de la oscuridad a una pequeña habitación y de inmediato tuve que retroceder de un salto para evitar a la figura con túnica que se precipitó sobre el suelo. Cuando mi mirada lo siguió a través de la habitación, mi estómago se torció, y mis manos volaron a mi boca, presa del horror.

Tatsumi yacía en una mesa cerca de la pared trasera, con el rostro vuelto hacia el techo, mirándolo fijamente. No tenía camisa, y la mitad superior de su pecho estaba cubierta de sangre, que salpicaba toda su piel y goteaba hacia el suelo. Dos hombres vestidos con túnicas gris ceniza lo rodearon, limpiaron la sangre y presionaron un paño sobre la piel desgarrada. Percibí que no estaban siendo particularmente delicados cuando uno de ellos vertió un líquido claro de un frasco en una franja de piel ennegrecida a lo largo del brazo de Tatsumi, que ocasionó que burbujeara y humeara. La mandíbula de Tatsumi se tensó, y sus dedos se sostuvieron del borde de la mesa hasta que sus nudillos se pusieron blancos, pero no se quejó, no hizo ruido alguno.

La puerta se abrió con un chasquido, y un hombre entró en la habitación. De baja estatura y fornido, con ojos negros afilados y rasgos extrañamente olvidables, se dirigió hacia un lado de la mesa y miró a la herida del asesino de demonios. Me tomó un momento reconocerlo como el hombre que había conocido en los pasillos del castillo del Clan de la Sombra. El *sensei* de Tatsumi. Después de un instante con el ceño fruncido, el hombre resopló y sacudió la cabeza con disgusto.

—¿Dónde lo encontraron? —murmuró. Sonaba más irritado que aliviado.

—Justo en la puerta —contestó una de las figuras con túnica, sin levantar la vista de su tarea: vendar el devastado brazo del asesino de demonios—. Taro lo vio venir justo antes del amanecer. Tal vez se arrastró de regreso desde el lugar adonde fue enviado antes de colapsar por la pérdida de sangre.

—¿Qué tan graves son sus heridas? ¿Vivirá?

—Es lo más probable. Las lesiones superficiales sanarán rápidamente, pero las quemaduras en el pecho y el brazo son bastante graves y requerirán tiempo. Por fortuna, no parece haber daño en los nervios, pero sufrirá mucho dolor hasta recuperarse por completo.

El hombre volvió a resoplar.

—Sí, bueno, tal vez la próxima vez recuerde no apuñalar a un *nue* con una espada de acero cuando éste se prepare para lanzar un rayo —cruzando sus brazos, miró a Tatsumi de nuevo—. Asesino de demonios —dijo, inclinándose más hacia el rostro de Tatsumi—. ¿Me escuchas, muchacho?

—Yo... lo escucho, *sensei*.

Mi garganta se cerró. Su voz estaba tensa por el dolor, pero intentaba hablar con calma. El hombre se enderezó y lo miró sin asomo de compasión.

—¿Qué salió mal? —preguntó con voz dura—. Te advertí sobre el rayo del *nue*. Esto no debería haber ocurrido, Tatsumi.

—Perdóneme, *sensei* —gruñó Tatsumi—. Había... —hizo una pausa, cerrando los ojos, mientras uno de los hombres con túnica salpicaba ese líquido transparente sobre su pecho, haciendo que burbujas blancas formaran espuma en el lugar donde aterrizaba—. Había dos —continuó Tatsumi después de un momento—. El *nue* tenía un compañero. Cuando maté al primero, el segundo... me tendió una emboscada.

—Dos... —el *sensei* de Tatsumi sonaba receloso, pero sombrío—. Bueno, eso explica la cantidad de desapariciones en el área. Los *nue* tienen muy mal humor y son territoriales, por decir lo menos. Gracias a los *kami* son relativamente escasos. ¿Mataste al segundo?

—Sí... *sensei* —contestó Tatsumi.

—Bueno. Eso significa que no tienes que ir a perseguirlo de nuevo cuando te recuperes —el hombre se enderezó y miró las figuras con túnica—. Manténganme informado sobre su condición. Si empeora o parece que va a morir, debo ser informado de inmediato.

—Sí, señor.

El hombre dio un paso atrás, pero lo vi detenerse, sólo por un instante, para mirar al asesino de demonios en su agonía. Un destello de lo que podría haber sido compasión cruzó por su mirada. Sin una palabra más para el severamente herido Tatsumi, el hombre dio media vuelta y abandonó la habitación. Cuando los sanadores volvieron a trabajar en el asesino de demonios, Tatsumi apretó la quijada y dirigió su vista al techo, mirando de nuevo a la nada.

Me mordí el labio para evitar que mis ojos se tornaran húmedos. Me dolía el corazón, deseaba acercarme a él y tomarle la mano, sólo para hacerle saber que no estaba solo. Que a alguien en su dura y solitaria existencia le importaba. Pero esto era sólo otro recuerdo. Los dos sanadores continuaron su trabajo sin mirarme y, sobre la mesa, Tatsumi permaneció en silencio y agonizante. Esperando a que terminaran.

Más profundo, pensé. *El alma de Tatsumi no está aquí. Tengo que ir más profundo.*

Evitando la espeluznante escena, me alejé, siguiendo al *sensei* de Tatsumi por la puerta, y el mundo se desvaneció a mi alrededor.

Hakaimono me seguía. No siempre podía verlo o escucharlo, pero podía sentirlo: una oscura y aterradora presencia que se cernía cada vez más cerca. Me perseguía a través de las capas de la consciencia de Tatsumi. Por momentos escapaba de un recuerdo, sabiendo que él estaba justo detrás de mis talones y que si esperaba un momento más, se acercaría y me atraparía. No ayudaba ignorar del todo adónde iba. Me había perdido en el laberinto de la mente de Tatsumi, donde cada recuerdo era más oscuro, más sangriento y más deprimente que el anterior. Lo único que sabía era que debía alcanzar su alma, que estaba aquí, en algún sitio, en este paisaje sombrío manchado por la presencia de Hakaimono, y tenía que seguir buscando hasta encontrarla.

Una vez más estaba en un claro del bosque. El cielo se veía rojo y negro a través de los árboles. Un viejo pozo de piedra se asentaba en el centro del claro, delineado por la luz carmesí de la luna y el cielo. Arrojaba una sombra larga y amenazadora sobre la hierba e hizo que mi piel se erizara con sólo mirarlo.

Un estremecimiento atravesó el claro, y Tatsumi se materializó fuera de los árboles como una sombra ante la luna llena. En una mano, Kamigoroshi estaba desenvainada y brillaba con un sutil tono púrpura contra la misteriosa luz carmesí.

El asesino de demonios caminó con seguridad por el claro hasta que estuvo a un par de metros del pozo. En lo alto, la luna plena emergió de detrás de una nube, lanzando rayos enfermizos sobre la figura solitaria que permanecía inmóvil en la hierba.

Una pálida mano se levantó de la oscuridad del pozo y se sujetó del borde de las piedras. Otra la siguió, mientras algo andrajoso salía del agujero: una mujer con un vestido mortuorio blanco que goteaba. El cabello largo le cubría el rostro. Sus manos eran garras retorcidas, las uñas curvadas brillaban a la luz y su piel era de un pálido gris azulado. Cuando retrocedí horrorizada, la *yurei* giró su cabeza hacia Tatsumi, quien se mantuvo firme mientras el espectro se arrastraba por el borde del pozo y se tambaleaba hacia él.

—¿Soy... bonita? —preguntó en un murmullo. Su voz convirtió mi sangre en hielo. Ambos brazos alcanzaron a Tatsumi, mientras el agua que goteaba de su piel plomiza desaparecía en la hierba—. ¿Soy... hermosa? —levantó la cabeza, y vi las rayas de color carmesí corriendo por su túnica desde una hendidura en su garganta, y los ojos blancos muertos que miraban a través de la cortina de cabello—. ¿Me querrás?

—No, Mizu Tadako —la voz de Tatsumi me sorprendió. Tranquilo y casi gentil—. Los huesos de una docena de sacerdotes y hombres santos se encuentran en el fondo de tu pozo. El tiempo para el exorcismo ha pasado —levantó su espada, y el frío brillo púrpura de Kamigoroshi se derramó sobre su rostro, que parecía solemne y determinado a la luz titilante—. Dondequiera que Kamigoroshi te envíe, deseo que tu espíritu encuentre paz.

El rostro del espectro se contorsionó con rabia, y ella se abalanzó hacia Tatsumi con un grito aterrador.

—Te encontré, pequeña zorro.

Mi sangre se enfrió por una razón diferente, y mi estómago se hizo un nudo por el miedo, mientras *su* presencia se materializaba detrás de mí. Sin pensarlo, salté hacia delante, sintiendo que algo atrapaba los extremos de mi cabello mientras salía disparada. Con el corazón palpitante corrí hacia el centro del claro, donde Tatsumi y la mujer fantasma giraban uno alrededor del otro, mientras los furiosos chillidos de la *yurei* resonaban sobre los árboles. Sin mirar atrás salté al borde del pozo, y antes de perder los nervios me dejé caer en la oscuridad que dominaba, y escuché el gruñido de frustración de Hakaimono siguiéndome en la oscuridad.

Golpeé el suelo con fuerza, pero logré rodar al caer hasta un doloroso alto en la base de una pared. Haciendo una mueca, me puse en pie y miré alrededor, preguntándome dónde había terminado esta vez.

Me estremecí. Un enorme castillo se alzaba ante mí, recortado de negro contra el inquietante cielo rojo. Un relámpago destelló entre las nubes, sus hilos antinaturales brillaron de un tono púrpura muy oscuro, y en el resplandor de la luz, reconocí el lugar: Hakumei-jo, el castillo del Clan de la Sombra, enclavado frente a mí como una gran bestia paciente. Pero de alguna manera se veía más oscuro y más retorcido que su contraparte en el mundo real. Enredaderas gruesas y rojas se deslizaban sobre sus paredes y se enroscaban en las esquinas, pulsando como si estuvieran vivas. Pequeñas y malformadas alimañas se arrastraban a lo largo de los techos escalonados, y me miraban con ojos como brasas ardientes. La oscuridad aquí parecía un ser vivo. Las sombras se movían y se arrastraban a lo largo del suelo y las paredes, proyectadas sin lógica, pero estirándose hacia mí de cualquier forma.

Y de pronto, lo supe.

Él está aquí. El alma de Tatsumi... está en algún lugar dentro del castillo.

En algún lugar en lo alto, casi apagado por el gemido del viento a través del patio, se escuchó un rugido ahogado que hizo que mi alma se contrajera. Hakaimono todavía me estaba siguiendo.

Subí corriendo la escalinata hacia el castillo, asegurándome de no pisar las enredaderas rojas y gruesas que palpitaban con enojo mientras me acercaba, y abrí las pesadas puertas de madera. Éstas gimieron, giraron con renuencia, y me deslicé a través de la abertura hacia la negrura que se extendía más allá.

En el interior, los salones y corredores estaban sumidos en la oscuridad, las paredes y los pisos pulidos cubiertos con más enredaderas carmesí que se deslizaban desde las ventanas y empujaban a través de las grietas en la madera. El castillo mismo parecía respirar, las paredes se expandían y contraían, aunque no podía decir si todo aquello era sólo parte de mi imaginación.

Tatsumi, pensé, mirando alrededor con consternación. *¿Dónde estás?*

Desde algún lugar abajo, en lo más profundo, obtuve una respuesta. El latido más leve de un corazón, apenas perceptible, vibrando a través del castillo. Respiré hondo y me lancé hacia delante, y las sombras se cerraron a mi alrededor.

26

BATALLA POR EL TEMPLO DE LA PLUMA DE ACERO

Suki

A penas consiguió hacerlo a tiempo. *Daisuke-sama*, pensó Suki, volando sobre las paredes del templo. Detrás, alarmantemente cerca, podía escuchar el jadeo de los demonios, el rasguño de garras y zarpas contra las rocas. Los sonidos la aterrorizaron, pero se forzó a adoptar su imagen humana y dirigió una mirada salvaje a su alrededor. *¿Dónde está?*

Lo vio entonces, en el centro del patio de piedra. Su cabello blanco y su brillante *haori* destacaban contra la oscuridad. Las figuras lo rodeaban, criaturas con túnicas, con garras y grandes alas negras creciendo de sus hombros. *Más monstruos*, pensó Suki, frenética por el miedo. Las criaturas parecidas a pájaros formaban un gran círculo, con dos dedos extendidos ante cada uno de ellos, mientras cantaban palabras que hacían que el aire temblara como ondas de calor.

Suki miró hacia abajo y descubrió lo que el anillo de monstruos pájaro había rodeado, y se habría quedado sin aliento si hubiera tenido respiración.

Un demonio terrible yacía en el centro del círculo, un *oni* con una piel tan negra como la tinta y una salvaje melena blanca enmarcando su rostro. Tenía los ojos cerrados, aunque sus párpados se movían y sus dedos con garras se contraían, como si estuviera atrapado en medio de una pesadilla. Cadenas brillantes, que parecían haber emergido de las piedras, se envolvían alrededor de las extremidades y el pecho del *oni*, lo sujetaban al suelo y palpitaban como si estuvieran vivas.

Junto al demonio, recostada de espaldas con las manos cruzadas sobre el vientre en la pose típica de la muerte, estaba la *kitsune*. La misma *kitsune* que Suki había guiado a través del castillo de la dama Satomi la noche que ella había ido a rescatar al sacerdote. La piel de la chica zorro estaba tan pálida como el pergamino, con el rostro laxo y el cuerpo flácido. Una doncella del santuario, con los labios presionados en una línea firme se encontraba arrodillada a su lado, con una esbelta mano en la frente de la *kitsune*. *Muerta*, pensó Suki con terror y una repentina y sorprendente aflicción. *La niña zorro está muerta. El demonio debe haberla matado.*

Pero a medida que se acercaba, la doncella del santuario dejó escapar un suspiro que casi sonaba como si estuviera luchando contra un sollozo.

—Resiste, Yumeko —Suki escuchó el murmullo de la *miko*—. Si alguien puede traer de vuelta a Kage-san, ésa eres tú. Eres condenadamente testaruda para permitir que Hakaimono prevalezca.

Suki estaba casi al borde del círculo ahora. Podía ver el rostro de Daisuke-sama, sombrío y solemne mientras miraba a las dos figuras en el suelo, como si esperara que algo sucediera. Todos, desde los humanos hasta los monstruos pájaros y el pequeño perro naranja que estaba sentado al lado de la *miko*, parecían estar concentrados en los dos cuerpos que yacían en el centro del anillo. Pero a medida que se acercaba, con su luz cayendo sobre los hombros encorvados de las figuras que rodeaban a la pareja, Taiyo no Daisuke levantó la cabeza y la vio.

—¿Su-Suki-san?

Suki se congeló al escuchar tal nombre en sus labios. Todos la miraron y de pronto se encontró rodeada por una docena de miradas atónitas y sobresaltadas.

Daisuke-sama parpadeó, sacudió ligeramente la cabeza como si quisiera aclararla y luego la miró de nuevo, con los ojos muy abiertos.

—Eres... eres tú, ¿no es así? —tomó un respiro—. De la misma manera que fuiste tú esa noche en el castillo de la dama Satomi. Pensé... que había escuchado tu voz. Fuiste tú, después de todo —frunció el ceño, mientras los ojos pequeños y brillantes de los monstruos cuervo parecían penetrarla desde todas direcciones—. ¿Por qué has venido, Suki-san? —preguntó con una voz ligeramente triste—. ¿Deseas venganza? ¿Estás aquí para atormentarme por mi fracaso?

¡No! Suki negó con la cabeza violentamente. *Nunca, Daisuke-sama*, quería decir. *Nunca haría nada que te hiciera sentirte infeliz.* Pero las palabras se atascaron en su garganta, negándose a abandonar sus labios, y sólo pudo negar con la cabeza en silencio.

—Hitodama —la doncella del santuario se levantó, con ojos duros, y se alejó de los cuerpos inmóviles del demonio y la *kitsune*—. Ya nos has ayudado antes, así que sólo puedo asumir que has venido por la misma intención. Sin embargo, nuestro tiempo es limitado, y ahora estamos en medio de un procedimiento muy peligroso. No podemos perder mucho tiempo o distraer la atención, así que sé breve. ¿Por qué estás aquí?

—*Demonios.*

La voz de Suki aún era un susurro, pero se elevó en el aire, haciendo que todos se enderezaran en el acto.

—El ejército de Genno... está a sus puertas —continuó Suki en el horroroso silencio que siguió—. Han... seguido a Hakaimono... hasta este lugar. ¡Tienen la intención de matar a todos! —su mirada se encontró con la de Daisuke-sama, suplicante—. ¡Debes huir... antes de que lleguen!

Tan pronto como las palabras salieron de su boca, un aullido retumbante hizo eco en dirección de las puertas, haciendo que todos giraran. Suki pudo escucharlos de pronto, docenas de garras, botas y pies, raspando la piedra, subiendo los escalones, y la desesperación oprimió su garganta. Ya era muy tarde. Ella había llegado demasiado tarde. El ejército estaba en el santuario.

—Ya están aquí —uno de los monstruos pájaro dio un paso al frente. A diferencia de los demás, su piel era de un rojo brillante y una enorme nariz carmesí apuñalaba el aire frente a él—. Han venido por el trozo de pergamino. ¡Debo protegerlo a toda costa! —giró hacia los otros monstruos pájaro, entrecerró los ojos y mostró los dientes mientras apuntaba hacia el templo—. No les permitan entrar en la sala sagrada. ¡Cueste lo que cueste, no podemos permitir que los trozos del pergamino caigan en poder del Maestro de los Demonios!

Un grito resonó sobre las piedras. Suki levantó la mirada y sintió que el terror la engullía en una ola inmovilizadora. Las criaturas se estaban dispersando por el patio, una horda de demonios, *yokai* y otros seres salidos directamente de las más tenebrosas pesadillas. Diminutas criaturas con orejas rotas y un puñado de dientes puntiagudos se arremolinaban sobre las rocas, cacareando y agitando unas rudimentarias armas.

Un ciempiés del tamaño de un caballo se escabulló sobre la pared, y su caparazón negro segmentado brilló a la luz de la luna. Una enorme criatura abultada, con ocho extremidades giratorias y el rostro pálido de una mujer, se arrastró trepando para posarse en una torre, sonriendo mientras observaba el caos que estaba teniendo lugar abajo.

Suki tembló, observando el avance de los demonios, esperando el momento en que el pequeño grupo a su alrededor se dispersara. Pero en lugar de escapar, los monstruos pájaro alados levantaron sus armas y se lanzaron al frente con desafiantes gritos de batalla. Se encontraron con el ejército en el centro del patio, y se inauguró el pandemonio.

Una risa familiar sacó a Suki de su aturdimiento. Sorprendida, levantó la vista para ver a Daisuke-sama desenvainar su arma, con una sonrisa feroz y desafiante en el rostro cuando dio un paso hacia la horda que se acercaba.

—¡Okame-san! —dijo, levantando su espada frente a él—. Nuestra gloriosa caída está cerca. Vayamos a su encuentro con honor.

El otro hombre maldijo y envió una flecha al caos.

—¿Qué hay de Yumeko? —jadeó, atravesando con una segunda flecha la garganta de una bípeda rata gigante que corría hacia ellos—. No podemos dejarla desprotegida, será despedazada. ¿Reika-chan?

Con un aullido, el diminuto perro a los pies de la *miko* se alzó hasta convertirse en una enorme criatura roja con una melena dorada y gigantescas patas. La doncella del santuario sacó un *ofuda* de sus mangas y lo blandió frente a ella.

—Todavía no sabemos qué está sucediendo dentro de Kage-san —espetó, lanzando el trozo de papel a la furiosa batalla, donde explotó en un estallido de fuego—. Ella no despertará a menos que su espíritu regrese a su cuerpo... to-davía debe estar buscando el alma del asesino de demonios, o enfrentando a Hakaimono. Tal vez aún ignoren lo que está pasando aquí.

El arquero gritó y se agachó cuando una lanza se precipitó hacia él, luego insertó una de sus flechas en el demonio que la había arrojado.

—Bueno, si no nos retiramos, ¡ella no tendrá un cuerpo al que volver! —gruñó él—. Estamos demasiado expuestos aquí... necesitamos retroceder.

Más monstruos invadieron el patio. El guardián de la *miko* rugió mientras se alzaba y aplastaba un ciempiés gigante bajo sus patas. La doncella del santuario hizo una mueca y retro-cedió un paso, con aspecto desesperado, entonces su mirada se dirigió a Suki.

—Tú... —tomó aliento, pero en ese momento un aullido agitado sacudió el aire, y una enorme cabeza voladora, con los dientes al descubierto y arrastrando llamas anaranjadas tras de sí, cayó frente a ellos como una pesada roca.

27

ENCONTRAR LO PERDIDO

Yumeko

Las sombras me estaban acechando. No estaba segura de cuánto tiempo había estado aquí, en los rincones más oscuros del alma de Tatsumi. Sombras oscuras y amorfas perseguían mis pasos, se arrastraban detrás de mí por los estrechos pasillos. No sabía qué eran… sus negras figuras se asemejaban a hombres, samurái o *shinobi* que me seguían a través de los salones del castillo, sombras que cobraban vida. Quizá formaban parte de la influencia de Hakaimono, tal vez eran los temores y remordimientos de Tatsumi, piezas de sí mismo que había perdido. Sólo sabía que no quería encontrarme con ellas.

Las sombras no eran las únicas cosas que me acosaban. En algún lugar del castillo estrangulado por las enredaderas, la oscura presencia de Hakaimono acechaba los pasillos. Podía sentir su fría diversión a través de las paredes mismas, buscándome pacientemente, sabiendo que nuestros caminos terminarían por cruzarse. No podría esconderme de él para siempre. Una o dos veces supe que estaba cerca, tal vez a un pasillo de distancia, sólo unas cuantas delgadas paredes de papel nos separaban. Podía sentir sus pasos a través del suelo, haciendo que el aire se estremeciera. Con pasos torpes seguí adelante, irremediablemente perdida, tras un débil latido que me llamaba como un faro.

Más profundo.

Por fin, después de unos minutos o toda una vida de búsqueda, los pasillos llegaron a su fin, y supe que no podía dar marcha atrás. Frente a mí, una escalera de madera conducía a la oscuridad total. Parada en el borde, cerré los ojos y escuché, sintiendo un débil pulso de vida en algún lugar muy por debajo.

Llamando una pequeña lengua de fuego fatuo a mi mano, descendí a la oscuridad.

Parecía que me estaba aventurando en las profundidades de la tierra misma. O, quizás, en las partes más oscuras del alma. Cuando por fin terminaron los escalones, entré en una gran cámara. Los pisos y las paredes eran de piedra labrada, y pesadas vigas de madera sostenían el techo. Las antorchas con llamas de un púrpura enfermizo titilaban en sus soportes a lo largo de las paredes y los pilares, proyectando espeluznantes sombras sobre las hileras de celdas que bordeaban la habitación. Gruesas barras de hierro oxidadas y de aspecto antiguo se hundían en lo profundo de la piedra, sin puertas ni cerraduras visibles.

Un gemido silencioso surgió de una de las celdas, y mi corazón se estrujó.

¿Tatsumi? ¿Estás aquí?

Todavía sosteniendo la lengua de *kitsune-bi*, me acerqué al primer conjunto de barras y me asomé a su interior.

Jadeé. Un niño estaba sentado en la esquina trasera de la celda, con las rodillas apoyadas contra su pecho y los brazos envueltos alrededor de sus piernas. Extendí mis manos a través de los barrotes y el fuego fatuo se extendió sobre el rostro de un niño con brillantes ojos violetas. Cabello oscuro caía sobre su rostro.

—¿Tatsumi? —llamé, y el chico levantó la cabeza. Su mirada llorosa, con los ojos muy abiertos, se encontró con la mía, aunque parecía mirar fijamente a través de mí.

—No puedo hacerlo, *sensei* —susurró el pequeño Tatsumi—. Estoy asustado. Esa voz… siempre está en mi cabeza, susurrando todo el tiempo. No puedo silenciarla. Maestro Ichiro, por favor, permítame ir a casa.

¿Maestro Ichiro? ¿El sensei de Tatsumi? Pensé en el hombre con los ojos fríos e impasibles, lo imaginé parado inmóvil sobre este chico, con expresión pétrea mientras Tatsumi suplicaba y lloraba, y apreté la mandíbula. *Maestro Ichiro se preocupaba por ti, Tatsumi. Él simplemente no podía mostrarlo.*

—Deténgala —susurró el pequeño Tatsumi, acurrucándose sobre sí—. Por favor, haga que se vaya. Estoy asustado. Ya no puedo continuar.

Y, ante mi mirada sorprendida, él parpadeó y se desvaneció, y me encontré frente a una celda vacía.

No es Tatsumi, pensé aturdida, alejándome de las barras. *No es el verdadero, como sea.* Quizás era un recuerdo que había guardado, una emoción que había reprimido. Recordé algo que Hakaimono me había dicho, parecía que hacía mucho tiempo, cuando recién se había apoderado del asesino de demonios.

Tú lo distraes, lo haces sentir. Lo haces cuestionarse sobre quién es y qué es lo que desea. Y ésa fue la oportunidad que yo necesitaba.

Y luego el golpe final, terrible.

Su último pensamiento esta noche, antes de perderse por fin, fue para ti.

Me estremecí. Ahora entendía por qué Tatsumi había sido tan frío, por qué no hablaba y se mantenía apartado, al margen de todos. Por qué suprimía todo el dolor, el miedo, la ira y el dolor. No era porque fuera un asesino sin alma, sino para mantener a raya al *oni* en su mente. Si Hakaimono decía la verdad, y yo había sido la responsable de la liberación del demonio de la espada, tendría que ser también yo quien lo expulsara y de nueva cuenta lo encerrara para que no pudiera volver a torturarnos.

Pero primero, antes de enfrentar a Hakaimono, encontraría a Tatsumi y le diría cuánto lo lamentaba, y que nunca había querido que esto sucediera. Si yo fallaba, y el Primer *Oni* prevalecía, entonces al menos Tatsumi sabría que había cumplido mi promesa. Sabría que a alguien le importaba lo suficiente para intentar salvarlo, y no porque fuera un arma o un peón en un juego interminable. Sino porque yo había visto al joven debajo de la máscara de hielo del asesino de demonios, y era a él a quien intentaba rescatar.

Entonces tuve un súbito y preocupante pensamiento. Incluso si triunfaba, si lograba encerrar de nueva cuenta a Hakaimono en Kamigoroshi, yo nunca conocería la verdad. No con un gran *oni* frustrado y enfurecido, listo para tomar el control de su corazón y su alma al mínimo momento de debilidad. Sin duda, Tatsumi tendría que estar doblemente vigilante contra la influencia del demonio en su mente, lo que significaba que nunca podría bajar la guardia, ante Hakaimono… o conmigo.

Sacudí la cabeza, enojada con mis pensamientos egoístas. Mis sentimientos por Tatsumi, cualesquiera que fueran, no eran importantes ahora. Mientras él terminara libre de Hakaimono, yo lo arriesgaría todo para ver al demonio sellado de nuevo en la espada una vez más.

Un temblor recorrió el suelo bajo mis pies, una onda de negra cólera que parecía emanar de las paredes mismas. Las sombras alrededor de mí se alargaron, como codiciosas garras estirándose, buscándome. Hakaimono estaba cerca. Necesitaba seguir adelante.

Vi destellos de movimiento dentro de las otras celdas mientras continuaba a través de las mazmorras, relampagueos por el rabillo del ojo al pasar. A veces me llegaban voces, fragmentos de palabras o insinuaciones de una conversación que no lograba descifrar. Seguí avanzando, sintiéndome culpable mientras corría por los miedos prohibidos y los recuerdos más oscuros de Tatsumi. Las emociones que mantenía alejadas incluso de sí.

Después de un momento, sin embargo, las celdas sucesivas se sumieron en el silencio, ahora vacías, y comenzó a hacer cada vez más frío. Mi aliento se retorció en el aire cuando el hielo comenzó a formarse en las paredes, cubriendo las barras y colgando del techo en picos resplandecientes. Temblando, seguí adelante, con una lengua de *kitsune-bi* como mi única luz en medio de la oscuridad total. Sus llamas azules y blancas danzaban y brillaban contra el hielo mientras yo continuaba.

Y luego, de manera abrupta, llegué a un callejón sin salida: una sólida pared de hielo al final del pasillo. Di la vuelta y eché un vistazo por el pasillo, preguntándome si habría un pasaje lateral. ¿Había pasado por alto una puerta que conducía a otra parte de este laberinto congelado? No. Sabía que no habría ignorado algo semejante, de la misma manera que sabía que el alma de Tatsumi estaba aquí, en algún lugar.

Extendí la mano y la posé con cautela sobre la barrera helada. Sentí un frío ardiente en palmas y dedos, como si hubiera tocado un témpano de hielo.

Y lo sentí. Un pulso. Un destello de emoción.

Mi corazón saltó. Tatsumi estaba ahí. Más allá de esta última barrera, justo fuera de mi alcance. Pero, ¿cómo llegaría a él? Si tuviera los medios rompería la pared de hielo poco a poco hasta abrirla, pero nuestro tiempo se estaba acabando. Pronto Hakaimono estaría aquí. Tenía que llegar con Tatsumi ahora.

Aquí, en el reino de los sueños, tu fuego será tan mortal como necesites que sea.

Di unos pasos hacia atrás y levanté ambos brazos, con los dedos extendidos hacia el obstáculo que bloqueaba mi camino. Llamé a mi fuego fatuo y sentí cómo éste se extendía por mi cuerpo, subía por mis brazos y cobraba vida en mis manos. Las llamas azules y blancas iluminaron la oscuridad como una antorcha. Con un aullido mental, reuní mi magia y, con un fuerte empujón, envié una columna de *kitsune-bi* hacia el muro de hielo. Donde las llamas fantasmales golpearon, la pared dejó escapar un siseo desgarrador, como si lo hubiera sentido, y el vapor surgió como el aliento de un dragón, se enrolló alrededor de mí y mordió mi cabello y mi ropa. Pero no estaba derritiéndose lo suficientemente rápido.

Más brillante, pensé, vertiendo más magia en las llamas. *Más brillante, más caliente. Corta esta barrera como haría una espada a través del papel. Estoy tan cerca de alcanzar a Tatsumi, ¡y esto no me detendrá!*

De pronto, increíblemente, el hielo mismo se encendió, ardiendo como una hoja de pergamino atada a una llama. El *kitsune-bi* rugió mientras devoraba toda la pared, y el vapor se elevó hasta que fue imposible ver a través de las nubes blancas que se habían arremolinado. Entrecerré los ojos y me giré, levantando un brazo para proteger mi rostro, hasta que el vapor se dispersó y el fuego fatuo cesó, hundiendo el pasillo en la oscuridad otra vez.

Por un instante, fue como si algo me hubiera tragado. Abrí la palma de mi mano en el acto y una pequeña llama de fuego fatuo cobró vida una vez más, iluminando un enorme agujero donde había estado la pared de hielo... y algo colgando del techo en la cámara más allá.

Tatsumi. Sin pensarlo entré por el hueco en el interior de una habitación tan oscura y vacía como el fondo de un pozo insondable. El suelo bajo mis pies brillaba como un océano de agujas, y mis sandalias se plegaron contra el suelo congelado mientras me apresuraba hacia delante, enviando ecos frágiles y ondulantes a través de la oscuridad.

—¿Tatsumi?

Mi voz sonó insignificante en la creciente oscuridad, y mis palabras fueron ahogadas por las sombras y el vacío. Un ominoso resplandor ardió contra la oscuridad, proveniente de una maraña de brillantes cadenas rojas que colgaban del techo negro, una telaraña malvada que convergía en el centro de la habitación. Una figura colgaba de las cadenas, inmóvil, con la cabeza baja y los ojos cerrados. No había grilletes alrededor de sus extremidades; los brillantes eslabones se clavaban directamente en su cuerpo y debajo de su piel.

—¡Tatsumi!

Corriendo bajo la telaraña miré hacia arriba a la figura inmóvil, y mi corazón se retorció dolorosamente en mi pecho. Tatsumi no se movió ni abrió los ojos. Colgaba sin voluntad de las cadenas, y su cuerpo titilaba con una pálida luz.

Tragué saliva y llegué hasta él. Sentí entonces la energía maligna que pulsaba en las cadenas, como si intentara succionar toda la vida de su presa.

—Tatsumi —llamé una vez más, pero mi voz sonó entrecortada—. Estoy aquí. Vine, como lo prometí. ¿Puedes escucharme?

Por unos cuantos segundos no hubo respuesta. Entonces, una tenue línea arrugó la frente de Tatsumi. Sus párpados se abrieron vacilantes, y percibí un leve destello violeta en sus ojos cuando me miró.

—Yumeko —su voz era apenas un suspiro, un murmullo de incredulidad y esperanza—. ¿Estás aquí? Pero, pensé... —lentamente, como si le doliera, sacudió su cabeza—. Vi cómo Hakaimono te mataba.

—Ilusiones —dije con voz suave, un tanto temblorosa por el alivio—. Sombras, astucia y magia de zorro, Tatsumi. Nada de lo que Hakaimono vio era real.

—¿*Tú* eres real? —susurró Tatsumi—. ¿O esto... es otro sueño? Ya no puedo estar seguro —un gesto de angustia cruzó su rostro, y cerró los ojos—. No —murmuró—. No me atrevo a esperar... Ella simplemente se habrá ido cuando levante la mirada una vez más.

Mi visión se volvió borrosa, y parpadeé rápidamente para aclararla.

—No soy un sueño —dije, dando otro paso—. No voy a desaparecer esta vez, Tatsumi. Mírame —esos ojos penetrantes se fijaron en mí otra vez, y traté de no temblar bajo su mirada intensa—. Te prometí que vendría —susurré—. No voy a permitir que Hakaimono prevalezca. Primero tendrá que matarme.

El *kitsune-bi* ardió en mis palmas. Miré las cadenas malvadas, que titilaban y se enroscaban alrededor de Tatsumi, como si supieran que había venido a destruirlas. Dudé un momento más, observando su ominoso pulso, luego levanté la mano y envolví mis dedos alrededor de los eslabones palpitantes.

El dolor quemó mi mano. Jadeé, pero apreté la mandíbula y me aferré, mientras el fuego azul y blanco ardía y chisporroteaba contra el furioso resplandor de las cadenas. Éstas sisearon, enviando hilos de rayos rojos y negros que formaron arcos en los eslabones, haciendo que todo palpitara. Por encima de mi cabeza, Tatsumi gritó, apretó los puños y arqueó la cabeza hacia atrás, lo que hizo que mi corazón se contrajera. Debajo de mis dedos podía sentir la cadena retorciéndose por el dolor, como si estuviera viva. Mi palma estaba en llamas, y mis ojos se habían llenado de lágrimas. Anhelaba desesperadamente soltarlas. De pronto sentí que si permanecía demasiado tiempo ahí, también me quedaría atrapada, enredada en la voluntad de Hakaimono, sin ninguna esperanza de liberarme, a mí o al alma que había venido a salvar.

Con un gruñido aplasté mis orejas y visualicé el fuego fatuo en mis manos, imaginé un infierno candente que podría derretir el acero y quemar todo el mal del mundo. *No lo tendrán*, gruñí a la telaraña de cadenas, a Hakaimono mismo, dondequiera que estuviera. *Lucharé hasta la muerte si tengo que hacerlo. ¡Déjenlo ir!*

El *kitsune-bi* surgió con un rugido, más fuerte de lo que jamás lo había sentido, y comenzó a consumir los eslabones brillantes en mi mano. Bajo mis dedos, la cadena se sacudió salvajemente… y luego se disolvió, cuando el fuego fatuo la consumió, hasta convertirse en humo negro que se enroscó en el aire. El *kitsune-bi* corrió por los eslabones, envolviendo la telaraña completa mientras, por un instante, el fuego fatuo fue casi demasiado brillante para mirarlo.

Con un grito que sonó casi humano, la maraña de cadenas se desvaneció en la llamarada de *kitsune-bi* y se convirtió en oscuras briznas que se enroscaron en el vacío. Sin algo más que consumir, el fuego fatuo se elevó una última vez y se apagó, dejando la habitación en la oscuridad.

Tatsumi, liberado por fin de las cadenas que oprimían su alma, cayó al suelo.

Por un momento permaneció arrodillado, con la cabeza inclinada, los hombros pesados y la respiración jadeante e irregular. Con el corazón latiendo salvajemente en mi pecho, me dejé caer frente a él y lo miré a la cara. Sus ojos estaban cerrados y su piel ceniza, pero la sutil luz que había estado emanando desde su interior se fortalecía.

—¿Tatsumi? —muy suavemente, toqué su hombro—. ¿Estás bien?

Tatsumi respiró profundamente y se enderezó con dificultad, mientras observaba sus manos, como si todavía esperara ver las cadenas perforar su piel.

—Se han ido —jadeó, y apretó ambos puños—. Soy libre. Nunca pensé… —los brillantes ojos violeta por fin se levantaron y se encontraron con los míos, en ellos pude ver cómo lentamente todo el dolor, la desesperación y la desesperanza comenzaban a desaparecer—. Yumeko —susurró.

Todavía parecía inseguro de que fuera real. Con cuidado levantó una mano, las puntas de sus dedos rozaron mi mejilla, y su palma áspera y callosa se apoyó en mi piel.

—Estás aquí —suspiró Tatsumi, y ante esa mirada abierta y conmovedora, todo lo que yo pudiera decir parecía inadecuado.

Me lancé hacia delante y lo abracé con fuerza, presionando mi cara contra su cuello.

Podía sentir su conmoción. Por un momento se puso rígido, congelado ante tan repentina muestra de cariño. Muy gradualmente, sus músculos y sus hombros se relajaron y sus brazos se acercaron para envolverme. Cauteloso al principio, como si no estuviera seguro de qué hacer. Pero entonces dejó escapar un suspiro, y pareció liberar todo el miedo, la incertidumbre, el horror y la duda de la pesadilla pasada. Me acercó contra su pecho, aferrándose a mí como al filo de un acantilado, como si yo fuera su cordura y temiera perderme de nuevo.

—*Arigatou* —murmuró en mi oído, y su voz se hundió en un profundo sentimiento. Cerré los ojos y saboreé la sensación de su cuerpo en mis brazos, el latido de su corazón contra el mío—. Yumeko... gracias. No olvidaré esto.

Una risa profunda, grave y ominosa hizo vibrar el aire a nuestro alrededor.

—Bueno —la fría y divertida voz del Primer *Oni*, resonó en la oscuridad e hizo temblar el suelo—. Pudo ser más interesante.... Enhorabuena, pequeña zorro, encontraste a mi prisionero, pero no hay adonde correr. Ahora, el asesino de demonios podrá observar cómo hago tu alma añicos y la disperso a los cuatro vientos.

Sentí a Tatsumi estremecerse cuando nos separamos, y sus manos se apretaron en puños. Mis entrañas se retorcieron por el miedo, pero me levanté y miré al espacio vacío, sintiendo la terrible presencia del *oni* a nuestro alrededor.

No se puede matar un alma, había dicho el zorro blanco. *Un alma no puede ser destruida de manera permanente, pero puede ser debilitada, corrompida, herida. Y, a veces, se puede romper. Si quieres llevar a Hakaimono de regreso a la espada, debes debilitar al Primer* Oni *lo suficiente para que Kage Tatsumi lo obligue a salir de su cuerpo por fuerza de voluntad. Pero ten cuidado, las almas son frágiles. Si Hakaimono es demasiado poderoso, si consigue doblegar tu espíritu, éste regresará a tu cuerpo, y a partir de ese momento, ya no serás la misma.*

—Ya no estoy huyendo —dije, mi voz resonó a través del lugar—. Por mi vida, no me iré de este lugar hasta que Tatsumi sea verdaderamente libre y ¡tú regreses a tu prisión en la espada, para siempre!

Tatsumi se movió a mi lado. Ahora estaba brillando intensamente, el halo a su alrededor consumía la oscuridad, y la mirada en sus ojos hizo que mi piel se erizara.

—Ven entonces, Hakaimono —dijo, con voz dura y determinada—. No hay espacio aquí para los dos, y ya has dominado mi cuerpo demasiado tiempo —levantó una mano, y la luz entre sus dedos se intensificó hasta estallar en la forma de una espada—. No te permitiré cometer más atrocidades en mi nombre. Muéstrate, a menos que tengas miedo de enfrentarte al verdadero señor del cuerpo que has usurpado.

Hakaimono soltó otra risita que se convirtió en una carcajada profunda y terrible que resonó en el hielo a nuestros pies e hizo que se agrietara.

—Muy bien, asesino de demonios —gruñó, mientras yo me acercaba a Tatsumi, oteando en la oscuridad para percibir a nuestro enemigo—. Si tan ansioso estás de verme destrozar a tu chica zorro y volver a someterte, estaré encantado de cumplir tu deseo. Esta vez, tu espíritu estará tan quebrantado que ni siquiera sabrás quién eres cuando termine contigo. ¿Están listos para mí, pequeños mortales? Aquí voy.

Sentí su presencia antes de verlo. Desde el vacío superior algo cayó hacia nosotros como una roca, enorme y oscura, con ojos como brasas encendidas en la noche. Golpeó el suelo como la *tetsubo* de un dios que alcanza la tierra, y la onda del choque que se irradió desde el cráter hizo estallar el hielo en millones de fragmentos que se arremolinaron a nuestro alrededor como una ventisca de cristales. Cuando los temblores cesaron bajé el brazo y levanté la mirada... muy arriba... hasta encontrar el rostro de un demonio.

El Primer *Oni*, el gran general de *Jigoku*, se cernía sobre nosotros, con su boca dividida en una sonrisa brillante que enfrió la sangre en mis venas. Era enorme, mucho más que Yaburama, el *oni* que había destruido el Templo de los Vientos Silenciosos y masacrado a todos en su interior. Su piel era tan negra como la tinta, con brillantes runas rojas subiendo por sus brazos, palabras y símbolos malditos que no reconocí. Cuando traté de leerlos, me quemaron los ojos, haciendo que desviara la mirada. Cuernos de ámbar, que crepitaban como si estuvieran en llamas, brotaban de su frente, hombros y espalda, y una salvaje melena blanca enmarcaba su rostro terrible. Una mano con puntas de garras sostenía no una *tetsubo*, sino una espada curva con una hoja que brillaba como obsidiana, tan oscura y de aspecto tan ruin como su dueño.

Por un instante, Hakaimono permaneció allí, sonriente, permitiendo que lo miráramos horrorizados. Observé el rostro del más temible *oni* de *Jigoku* y me sentí como un diminuto saltamontes que había decidido, en su insensatez, enfrentar a un gato.

La antigua y ardiente mirada de Hakaimono se encontró con la mía, y el Primer *Oni* rio.

—Te ves sorprendida, pequeña zorro —dijo con tono burlón—. ¿No era esto lo que esperabas? ¿Creías que mi verdadera forma se parecía al asesino de demonios pero con cuernos y los dientes afilados? —sonrió y, a mi lado, Tatsumi dio un paso adelante, colocándose entre Hakaimono y yo, sin alejar su mirada del monstruo que se elevaba sobre nosotros. Hakaimono lo miró y rio de nuevo—. Él siempre lo supo, podía sentirme como una mancha en su alma, una sombra que lo cubría todo. Él sabía que si esa sombra emergía, sería consumido.

Inclinó la cabeza y nos miró de una manera casi condescendiente.

—Pero ustedes, los mortales, son pequeños e insignificantes, ¿cierto? Podría hacer esto más justo, supongo. Pisotearlos como insectos parece bastante excesivo, algo que haría un bruto como Yaburama. Nunca entendió que el momento de la muerte, cuando ves el alma escapando en los ojos de tu oponente, en el instante en que entienden que todo ha terminado... ésa es la cosa más hermosa del mundo —el entusiasmo en su rostro hizo que mi piel se erizara—. Siempre quise luchar contigo, asesino de demonios —continuó el *oni*—. No me decepciones.

Levantó los brazos y desapareció tras una nube de humo que parecía surgir de su piel. El gran incendio ardió por sólo un instante, haciendo que me estremeciera y me alejara. Tan repentinamente como aparecieron, sin embargo, las llamas se desvanecieron y miré a la figura que las había provocado.

Un Hakaimono de talla humana sonrió ante mi aturdida expresión. Ahora era mucho más pequeño, pero su tamaño no era lo único que había cambiado. Era más delgado, no tan voluminoso y gigantesco, pero los músculos que se agitaban bajo su piel de tinta eran como cuerdas trenzadas de acero. Su cabeza todavía estaba coronada por brillantes cuernos en brasas, y su melena colgaba hasta el centro de su espalda. Parecía... casi humano ahora, un guerrero absolutamente letal, con la espada de obsidiana sostenida con laxitud a su lado. Lo más extraño era que esta forma resultaba todavía más aterradora que el enorme *oni* que se había mostrado a nosotros hacía unos segundos.

—Listo —dijo Hakaimono, con voz tranquila y mordaz. Levantó su espada y nos sonrió detrás de la hoja—. Ahora veremos quién es en verdad digno de controlar este cuerpo. Porque nunca volveré voluntariamente a esa espada maldita. Tendrás que obligar a mi alma quebrantada a regresar a esa tortura sin fin. Así que, El asesino de demonios... —volvió esa sonrisa sin gracia a Tatsumi—. ¿Eres lo suficientemente fuerte para derrotarme?

—Tal vez no, solo —Tatsumi respondió con una voz también serena—. Pero no estoy solo ahora. No tengo que hacer esto por mi cuenta —su mirada se movió hacia mí, y algo en esa mirada hizo que mi corazón latiera con gran brío. Con una tenue sonrisa, Tatsumi se volvió otra vez hacia Hakaimono—. La pregunta es: ¿eres tú lo suficientemente fuerte para enfrentarnos a los dos?

Hakaimono sonrió con superioridad.

—Ya veremos —dijo, y se hundió en una postura baja, con los ojos brillantes y la terrible hoja negra sostenida a sus espaldas—. El ganador tomará este cuerpo, el perdedor caerá en el olvido. Que comience el juego.

28

KITSUNE-BI Y FUEGO DE DEMONIO

Tatsumi

No perdería esta pelea.

Solo, no tendría siquiera una oportunidad. Lo sabía. Había vivido con Hakaimono el tiempo suficiente para saber que él era más fuerte que yo. Incluso aquí, en el reino del espíritu, la voluntad y el poder de Hakaimono sobrepasarían rápidamente a los míos. Si yo me enfrentara al demonio solo, caería y él dominaría.

Pero no estaba solo. *Ella* estaba aquí. Y su sola presencia me hacía más fuerte, me daba una razón para luchar, para vencer. Podía verla a mi lado, la determinación que delineaba cada una de sus partes, sus ojos dorados que brillaban con resolución. Sus orejas de zorro se erguían altas y orgullosas, su cola de punta blanca estaba erizada detrás de ella, recordándome lo que era, pero en lugar de parecerme repugnante, me llenaba de esperanza. Yumeko no era una guerrera o un samurái. No podía apelar a magia sagrada o al poder de los *kami*, pero era una *kitsune* que había burlado a todo lo que se había opuesto a ella. Y había hecho lo imposible: había engañado a Hakaimono, poseído a un general de *Jigoku* y liberado el alma que éste había mantenido cautiva. Juntos, teníamos una oportunidad.

Sin embargo, no sería sencillo, de ninguna manera.

Por un momento Hakaimono se quedó inmóvil, y su espada y su piel se mezclaron con el vacío a nuestro alrededor. Sus cuernos y sus ojos brillaban rojos en la oscuridad, y pude sentir la energía reuniéndose a su alrededor, la atracción de un poder terrible. Levantando mi acero, forcé mis músculos a relajarse, preparándome para responder cuando Hakaimono diera inicio a la batalla.

Temí ser casi demasiado lento. Un segundo, el *oni* estaba congelado contra el escenario y al siguiente ya se encontraba frente a mí, con esa hoja de obsidiana apuntando directamente hacia mi rostro. Salté hacia atrás por instinto, levanté mi espada y sentí el chirrido de las dos cuchillas al enfrentarse vibrando por mi espina dorsal. Hakaimono no me dio tiempo de recuperarme. Presionó hacia delante con rápidos golpes cegadores que me hicieron retroceder mientras los esquivaba desesperadamente. El sonido metálico y el chirrido de las espadas resonaban a nuestro alrededor; las chispas volaban entre las hojas y destellaban a través de la salvaje sonrisa del demonio.

Con un brillante destello de luz, algo salió disparado hacia la espalda de Hakaimono, y el *oni* giró, agachando la cabeza mientras una lengua de llamas azules y blancas destellaba entre sus cuernos, haciendo que algunos mechones de su cabello se encendieran. Dando vueltas hacia atrás, bloqueó mi estocada hacia su corazón y respondió con un golpe brutal a mi cabeza que me obligó a retroceder unos pasos. Pero entonces otra lengua de fuego fatuo atravesó la oscuridad, y Hakaimono no pudo esquivarla por completo. Mientras se giraba, el *kitsune-bi* golpeó el brazo que sostenía su espada y explotó en un destello de luz brillante.

Escuchar un gruñido de dolor me sorprendió. El fuego fatuo no era más que luz e ilusión, no era peligroso a menos que hicieras algo estúpido y permitieras que te atrajera hacia lo desconocido. Pero cuando Hakaimono bajó el brazo, vi las espirales de humo emergiendo de su piel, y sus labios contraídos en una mueca de dolor. De alguna manera, el *kitsune-bi* de Yumeko se había vuelto mortal, lo suficiente para quemar a un general de *Jigoku*.

—Bien. Eso fue una sorpresa —la voz de Hakaimono era suave, peligrosa, cuando dirigió toda su atención a Yumeko. Su brazo ya se estaba recuperando, la carne quemada sanó en cuestión de unos cuantos parpadeos—. Has estado aprendiendo algunos trucos, pequeña zorro. Veo que voy a tener que tomarte un poco más en serio, después de todo.

Yumeko, desafiante, con las orejas hacia atrás y las manos brillando bajo el fuego fatuo, se encontró con la terrible sonrisa del *oni*, pero no retrocedió.

—Vamos, Hakaimono —lo desafió y, de pronto, su cuerpo se dividió, convirtiéndose en dos, seis, diez, doce jóvenes que nos rodearon en un círculo. Las cejas de Hakaimono se arquearon, y el anillo de las *kitsune* sonrió—. Atrápame si puedes.

Me abalancé sobre el *oni* con un gruñido, empuñando mi espada hacia su cuello, esperando atraparlo con la guardia baja. Con un rugido casi irritado bloqueó mi espada y me sorprendió, arremetiendo con un largo brazo. Sus afiladas garras alcanzaron mis ojos. Retrocedí, pero no lo suficientemente rápido, de manera que unas negras garras curvas rastrillaron cuatro hendiduras profundas a través de mi mejilla.

El dolor aulló en mi rostro, y la fuerza del golpe me hizo caer. No vi sangre escurrir mientras rodaba para ponerme en pie, pero podía sentir la palpitante agonía en mi piel, jirones de mi alma que habían sido arrancados de tajo. Pasé una manga por mi rostro y levanté la mirada justo cuando el círculo de múltiples Yumeko soltó un grito de furia y arrojó una docena de lenguas de fuego al *oni* que se ubicaba entre nosotros. Hakaimono se encogió de hombros y se cubrió el rostro cuando todas convergieron en su centro, y las llamas de *kitsune-bi* se estrellaron contra él con el rugido de un infierno. El Primer *Oni* desapareció entre las llamaradas y, por un momento, el gran incendio azul y blanco titiló como un fénix enfurecido en el centro del vacío.

Respiré y bajé el brazo, mientras el ejército de *kitsune* desaparecía con estallidos de humo blanco hasta que sólo quedó una. Cuando las flamas del *kitsune-bi* empezaron a titilar y morir, ella se volvió y me dirigió una sonrisa triunfante. La luz fantasmal del fuego fatuo danzaba en sus ojos.

Una risa grave cortó el silencio, haciendo que nos congeláramos en nuestro lugar, y Hakaimono surgió de entre las llamas. El *kitsune-bi* se aferraba a él, con su resplandor blanquiazul alrededor de hombros y brazos. Definitivamente estaba herido: cintas de humo carmín se elevaban de su piel, fragmentos de su espíritu que se enredaban en la oscuridad. Pero estaba lejos de ser derrotado y la sonrisa en su rostro, iluminada por un azul inquietante entre el chasquido del fuego fatuo, era escalofriante.

—¿Eso es todo lo que tienes? —preguntó a Yumeko, cuyas orejas se aplanaron al ver que el Primer *Oni* surgía del infierno, al parecer ileso—. Concedido, te daré crédito: eso duele. Pero estás olvidando algo, zorro —levantó los brazos mientras el *kitsune-bi* bailaba de arriba abajo en su cuerpo—. Las llamas de *Jigoku* fluyen a través de todo oni. Nuestras almas están impregnadas de su poder. No puedes vencer a un demonio con fuego, ni siquiera con el odiosamente brillante fuego fatuo, de la misma manera que tampoco podrías ahogar a un kappa. Pero felicidades, dejaré de subestimarte.

Blandió su espada y la levantó frente a él, y los *kitsune-bi* que bailaban sobre sus hombros ardieron en un repentino tono negro y carmesí. Hakaimono respiró hondo mientras las llamas infernales estallaban desde su piel, tragando el fuego fatuo y proyectando en el *oni* un brillo rojizo. Se deslizaron a lo largo de su espada negra para convertir el arma en una marca ardiente, y el calor que irradiaba el demonio se hizo presente. Bajando la cabeza, nos dirigió una sonrisa por encima de la espada.

—También tengo algunos trucos bajo la manga —dijo Hakaimono, mientras Yumeko retrocedía hacia mí y el *kitsune-bi* volvía a la vida en sus manos—. Veremos qué fuego arde con más intensidad. Apuesto a que será el mío.

En un gesto grave levanté mi espada y Yumeko se acercó aún más hacia mí. Sus rasgos bailaban con el fuego fatuo, mientras la forma ardiente del Primer *Oni* se acercaba a nosotros. El fuego del Infierno se disparó a lo largo de sus hombros, lamiendo sus cuernos, y sus ojos adquirieron un rojo terrible en medio de las demoniacas llamas.

Estaba a sólo un par de metros de distancia, lo suficientemente cerca para sentir el monstruoso calor que irradiaba su piel, cuando el espacio en lo alto estalló con luz.

Una esfera brillante apareció sobre nuestras cabezas, flotando en la oscuridad como una luna diminuta y proyectando sobre todos una luminosa nebulosidad. Mientras la observábamos, curiosos e hipnotizados, se acercó más, arrastrando una larga cola detrás de ella, y en un resplandor de luz, se transformó. Una joven con una túnica sencilla flotó delante de nosotros, con su largo cabello flotando detrás como si no obedeciera las leyes del mundo. Era translúcida, pálida como el papel de arroz, y brillaba con suavidad contra el telón oscuro.

Parpadeé conmocionado. *Hitodama*, un alma humana errante que no había podido trascender después de que su cuerpo muriera. ¿Qué estaba haciendo aquí? Nunca había visto a esta chica antes.

Hakaimono resopló, levantando una mano con disgusto.

—¿Otra? —exclamó—. Se está llenando el lugar —curvando un labio, me miró—. Tu alma se ha vuelto muy popular en estos días, asesino de demonios. Tal vez deberías empezar a cobrar la estadía.

—Te conozco —susurró Yumeko, y la *yurei* volvió su mirada hacia la chica—. Nos guiaste a través del castillo de la dama Satomi cuando buscábamos a Maestro Jiro —el fantasma flotante inclinó la cabeza, mirando al suelo, y Yumeko dio un paso hacia ella—. ¿Eres... Suki?

Hakaimono soltó una risita taciturna.

—No importa quién sea —dijo el demonio—. Pero me estoy cansando de las interrupciones. Si estás aquí para poseer a éste asesino —apuntó su espada hacia mí—, toma tu lugar en la fila. De lo contrario, sal antes de que te convierta en pequeñas tiras fantasmales y las arroje al viento.

La *hitodama* levantó la cabeza. Sus ojos eran enormes ahora, mientras nos observaba a todos, entonces su mirada se demoró en Yumeko.

—Ge... Genno —susurró, haciendo que tanto Yumeko como Hakaimono se sacudieran. Su voz sonaba temblorosa, fragmentada, pero el nombre era muy claro—. Reika *ojou-san*...

me envió aquí... para advertirte. El Maestro de los Demonios... su ejército ha invadido el templo.

—¿Invadido? —preguntó Hakaimono, justo cuando Yumeko preguntaba:

—¿Qué quieres decir?

—El ejército de Genno —continuó la *hitodama*, retorciendo sus manos fantasmales—, ha derribado los muros del templo. Mientras ustedes estaban luchando... ellos invadieron el Templo de la Pluma de Acero. Están matando a todos en este momento.

Yumeko se quedó sin aliento mientras volvía una furiosa mirada hacia Hakaimono.

—¿Trajiste al Maestro de los Demonios hasta aquí?

—No —gruñó Hakaimono—. Eso no fue lo que acordamos, y lo sabes. El trato fue que yo recuperaría el pergamino. No se suponía que enviara a su maldito ejército. Si sus monstruos están aquí, parece que decidió encargarse del asunto a su manera.

—Están matando a todos —repitió la *hitodama*. Sus pálidos ojos se abrieron aún más, como si observara algo que nosotros no podíamos ver—. Ellos están... ¡oh! ¡Oh, no!

Su boca se abrió con miedo y consternación, justo antes de que la forma de la niña se estremeciera y se convirtiera otra vez en una brillante lengua de fuego. Elevándose en el aire, voló como un pájaro asustado en la oscuridad y desapareció en la oscuridad.

—*Kuso* —maldijo Hakaimono—. ¿Qué está haciendo ese bastardo? Si me ha traicionado, lo destrozaré, a él y a todo su ejército —curvando sus labios, me miró—. Parece que tendremos que suspender este pequeño duelo por ahora, asesino de demonios —dijo—. Sé que compartir este cuerpo no es lo que ninguno de los dos anhela, pero si es pisoteado por un *bakemono* descerebrado mientras luchamos aquí dentro, ambos moriremos.

En algo estábamos de acuerdo.

—Por ahora —asentí, aunque me molestaba pronunciar las palabras. El Primer *Oni* tenía razón; si el Maestro de los Demonios había invadido el templo no podíamos permanecer aquí, luchando entre nosotros, mientras mi cuerpo estaba en peligro.

Le dirigí una mirada a Yumeko.

—Deberías volver —dije—. No te preocupes por mí, estaré bien. Tu cuerpo se encuentra indefenso.

Ella se veía macilenta mirando entre Hakaimono y yo, pero entendía la verdad en mis palabras.

—Tatsumi, yo...

Hakaimono gruñó.

—¡Estamos perdiendo el tiempo! No voy a pararme aquí a llorar mientras se libra una batalla ante nosotros. Quédate aquí si quieres. Yo iré a ver qué está pasando —su forma se estremeció, se convirtió en una lengua carmesí brillante y se elevó en la oscuridad como lo había hecho la *hitodama*. De regreso a la consciencia para tomar el control del cuerpo. *Mi* cuerpo. Apreté los puños y miré a Yumeko, quien asintió.

—Ve, Tatsumi —susurró, y fui, elevándome a través de las capas de pensamiento y la memoria, de vuelta al mundo de vigilia.

Abrí los ojos... y miré fijamente la cara del Maestro de los Demonios.

Genno se cernía sobre mí, la luz de la luna brillaba a través de sus ropas translúcidas y proyectaba sobre él un resplandor enfermizo. Aka el Rojo permanecía en silencio a sus espaldas, con los cuernos y los ojos carmín brillando en la oscuridad. Noté un abultado saco de seda roja atado a la cintura del medio demonio, que colgaba debajo de su *obi*, y me pregunté si dentro estaría el cráneo del Maestro de los Demonios, el ancla que sostenía a Genno en el reino mortal. Alrededor de mí, gritos y aullidos de batalla se elevaron en el aire, y el sonido de las armas hizo eco en las piedras del templo. Capté frenéticas ráfagas de movimiento por el rabillo de mi ojo, y olí el olor metálico de la sangre en el viento. Pero Genno se cernía sobre mí, tranquilo y sereno en medio del caos que nos rodeaba. Y sus delgados labios se curvaron en una sonrisa complacida.

—Ah, ahí estás, Hakaimono —dijo, mirándome—. Parece que te has metido en una situación difícil.

Intenté ponerme en pie y descubrí que no podía moverme. Seguía recostado de espaldas en el centro del círculo vinculante, aunque no podía ver sacerdote o *tengu* alguno al pie del hechizo. Con esfuerzo, me las arreglé para levantar la cabeza y vi unos eslabones rojos y brillantes que rodeaban mis extremidades y se cruzaban sobre mi pecho, manteniéndome clavado a las piedras. También supe que estaba solo en el círculo vinculante. El cuerpo de Yumeko, que estaría indefenso y vulnerable sin su alma, no estaba a la vista. Esperaba que ella estuviera a salvo.

—Genno —me escuché decir, aunque no era yo quien había hablado. La presencia furiosa de Hakaimono se apoderó de mi cuerpo y miró al mago de sangre a través de mis ojos—. ¿Qué estás haciendo? Te dije que obtendría los trozos del pergamino.

—Mmm. A mí me parece que has fallado —el Maestro de los Demonios levantó un dedo fantasmal y lo golpeó contra su barbilla—. Pero me mostraste dónde exactamente encontrar el Templo de la Pluma de Acero, por lo que me encuentro agradecido. Y los guardianes aquí estaban tan preocupados por tu llegada que no vieron venir a mi ejército hasta que fue demasiado tarde. Fuiste la distracción perfecta, Hakaimono. Mi ejército nunca habría alcanzado la cima de la montaña si los *tengu* hubieran estado al tanto. ¿En verdad pensaste que haría un trato con el Primer *Oni*? —su boca sin sangre se curvó—. No haré que mis subordinados me cuestionen, ni soportaré competencia alguna. Yo soy el Maestro de los Demonios. No hago tratos con aquéllos que deberían servirme.

—Maldito bastardo —Hakaimono soltó una risita grave y peligrosa—. Así que me traicionaste antes de que yo pudiera hacerlo. No puedo decir que te equiviocaste, pero ahora puedes estar seguro de que te destrozaré por esto, a ti y a todo tu pequeño ejército.

—No lo creo —Genno levantó un brazo, haciendo que mi sangre se enfriara. Kamigoroshi estaba sostenida por una mano pálida, y su hoja arrojaba una luz violeta pulsante. Hakaimono se tensó, y a mi lado otra presencia me rozó, furiosa e indignada, mientras miraba a través de mis ojos al Maestro de los Demonios.

¡Yumeko!, pensé. *¡Sal de aquí! Vuelve a tu propio cuerpo antes de que sea demasiado tarde.* Pero nada podía decir sin alertar al Maestro de los Demonios.

—Eres una carga, Hakaimono —la voz de Genno sonaba reflexiva mientras levantaba la espada, y observó el arma con una leve sonrisa—. Un cabo suelto. Sería un tonto si me asociara con el Primer *Oni*. Sería todavía más tonto si lo liberara. Creo que es hora de que regreses a la espada, y también liberaré generosamente a la pobre alma atrapada de este cuerpo. No necesito que el asesino de demonios de los Kage toque a la puerta cuando estoy a punto de derrocar el Imperio.

—Maestro.

Unas pisadas se arrastraron detrás de Genno, y las gemelas Sasori aparecieron con idénticas sonrisas. Ambas estaban cubiertas de sangre y sus trenzas de cola de escorpión se mecían rítmicamente a sus espaldas. Las cadenas de púas envueltas alrededor de sus pechos y hombros dejaron salpicaduras de color carmesí contra las piedras mientras avanzaban. Genno hizo una pausa, le entregó la espada a Aka, y volvió toda su atención a las gemelas escorpión.

—¿Y bien?

La *yokai* de la izquierda sonrió y levantó un brazo. Apretados entre sus dedos estaban los cabellos de la cabeza cortada de un anciano *tengu*, su prominente nariz roja señalaba como un dedo acusador mientras giraba perezosamente. Desde mi interior, Yumeko lanzó un grito silencioso de horror cuando la *yokai* rio.

—Misión cumplida, Maestro —dijo ella—. El viejo cuervo nos causó muchos problemas, pero... lo encontramos.

La otra gemela dio un paso adelante, se dejó caer de rodillas y levantó un estuche largo y lacado entre sus manos para entregarlo al Maestro de los Demonios.

—Excelente —una lenta y triunfante sonrisa se extendió por el rostro de Genno cuando se acercó y rozó con sus fantasmales dedos el pergamino. Enroscando su mano alrededor de la caja, la levantó frente a él y sus ojos pálidos destellaron con un brillo delirante—. Sólo queda uno —murmuró—. Un trozo más y el Imperio será mío. Aka.

El demonio mestizo dio un paso al frente y aceptó el trozo de pergamino del Maestro de los Demonios con una reverencia antes de hacerlo desaparecer entre su túnica. Genno dio un asentimiento satisfecho.

—Encuentren el otro —dijo a las hermanas, quienes de inmediato se inclinaron y comenzaron a retroceder—. Está aquí, en alguna parte. Destrocen este templo y maten a todos hasta que lo encuentren.

Reuniendo fuerza me levanté, luchando contra las ataduras que me sujetaban. Quemaron mi piel, ardientes y agonizantes, pero Hakaimono sumó su fuerza a la mía, y una gran cantidad de poder me llenó. Con gritos acallados, varias de las cadenas se rompieron, formando rizos de niebla antes de desvanecerse en el viento, y Genno miró hacia atrás, levantando una ceja.

—Hakaimono —sacudió la cabeza—. En verdad honras las leyendas que sobre tu fuerza se han escrito. Es una verdadera lástima. Podrías haber sido un poderoso elemento en mi nuevo reino —luché con mis rodillas, apretando mis dientes contra las quemaduras de las cadenas mientras intentaba reunir la fuerza que necesitaba para romperlas por completo. Genno observó tranquilamente mis esfuerzos—. Aun así, nunca podría confiar en ti, pues no tengo interés en los demonios que no se someten a mi voluntad. Si no eres mi súbdito, entonces serás mi enemigo.

—Eres un tonto, Genno —gruñó Hakaimono, mientras luchábamos contra las cadenas que nos frenaban. *Ya casi lo logramos. Sólo distráelo unos segundos más*—. No me quieres como enemigo.

—Me arriesgaré —Genno asintió con satisfacción y se dio media vuelta—. Quizás en otros cuatro siglos te permita salir y jugar un poco de nuevo. Aunque para ese momento, el mundo será muy diferente al que conoces ahora. Aka, ¿harías los honores?

—Encantado —el medio demonio dio un paso al frente, sonriendo. Sus ojos rojos brillaron cargados de expectativas mientras me miraba, y sacudió la cabeza—. Es una lástima que no me hayas reconocido antes, Hakaimono —dijo, y sentí una oleada de conmoción y furia hacia el demonio que compartía mi cuerpo—. Después de todos los buenos momentos que compartimos, casi me dolió que ni siquiera hayas saludado cuando por fin nos volvimos a encontrar.

—Rasetsu —gruñó Hakaimono, mientras experimentaba la misma sensación de conmoción que yo. Rasetsu era el nombre de otro de los cuatro grandes generales *oni* de *Jigoku*, los demonios más poderosos que existían. Rasetsu, Yaburama, Akumu y su líder, el más famoso y temido de todos: Hakaimono—. ¿Por qué estás a merced de Genno? —preguntó—. ¿Y cómo es que quedaste atrapado en el cuerpo de un triste mortal?

—¿Y eres tú quien lo pregunta? Eso resulta bastante irónico —el medio demonio sonaba divertido e inclinó la cabeza en un gesto burlón e inquisitivo, antes de volver a ponerse lúgubre—. El mundo ha cambiado, Hakaimono. Has estado lejos de *Jigoku* durante bastante tiempo y O-Hakumon ha hecho planes sin ti. Tal vez la próxima vez no te dejarás atrapar por una espada maldita y podrás ser parte de todo esto en lugar de interponerte en nuestro camino.

Me tensé, sintiendo que las cadenas se estiraban hasta su punto de ruptura, a sólo un instante de que se reventaran.

—¿O-Hakumon? —gruñó Hakaimono en tanto—. ¿Qué está planeando el gobernante de *Jigoku* sin mí?

Rasetsu sonrió.

—Pregúntale tú mismo —dijo, y lanzó a Kamigoroshi hacia mi pecho. Sentí la punta perforarme hasta surgir por mi espalda y escuché a alguien, tal vez Yumeko, gritar de horror. Aturdido, bajé la vista para mirarme: la espada brillaba en toda su longitud a la mitad de mi tronco. Y en ese momento, el medio demonio la arrancó, haciendo que un chorro de color carmesí siseara en el aire y salpicara contra la piedra.

Cuando me derrumbé escuché la voz de Genno, aburrida y desinteresada, quien ya se alejaba de espaldas, de cara al baño de sangre que había ocasionado.

—*Sayonara*, Hakaimono. Has vivido más de lo necesario, ya no te necesito. Que tu próximo milenio cautivo en la espada sea pacífico.

Fue entonces que por fin la oscuridad me llenó.

29

UNIÓN DE ALMAS

Yumeko

¡Tatsumi!

Sentí que la espada perforaba el cuerpo de Tatsumi, sentí su terrible rasgadura y el filo de la hoja deslizándose a través de la carne, sentí que se abría camino entre músculos y tendones, y tuve que recurrir a toda mi voluntad para no desear huir de este cuerpo para intentar salvarme. Cada instinto me gritaba que corriera, que abandonara al anfitrión moribundo y volviera a mí. No podía percibir el dolor, pero podía sentir la reacción del cuerpo ante él, el alarido de los nervios, el agarrotamiento de los músculos, y todo aquello era casi demasiado insoportable. Cuando el cuerpo de Tatsumi se desplomó sobre las piedras, giré y me encontré nuevamente en el vacío. Un *oni* aturdido y un alma humana aparecieron entonces en la oscuridad.

Tatsumi hizo una mueca y cayó de rodillas. Parpadeó una vez y se volvió fantasmal, a medida que el brillo sutil a su alrededor se tornaba cada vez más resplandeciente contra la oscuridad.

—¡No! —apresurándome, me lancé frente a él y me aferré a sus brazos—. Tatsumi, no —supliqué, mientras su triste y extrañamente serena mirada se posaba en la mía—. No puedes morir. No desaparezcas ahora. Quédate conmigo.

—No puedo —levantó las manos, miró sus dedos transparentes, y cerró los ojos—. Puedo sentir… algo que tira de mí —susurró—. *Meido*, o tal vez *Jigoku*, está llamando. Lo siento, Yumeko —una mano se acercó a mi rostro, sus ojos eran suaves cuando se encontraron con los míos—. *Arigatou* —suspiró—. Por un breve momento, mi mundo fue más brillante… porque te conocí.

Las lágrimas me cegaron, pero con un gruñido que sacudió el vacío a nuestro alrededor, Hakaimono avanzó a zancadas, con los ojos ardiendo de furia, y entonces parpadeé en conmocionada desesperación.

—¡Maldita sea, mortal! —gruñó, cerniéndose sobre nosotros—. No te atrevas a rendirte. Me niego a pasar un minuto más en Kamigoroshi. Permaneceré en este cuerpo y en este reino, incluso si tengo que mantener a tu frágil y patética alma aquí por la fuerza.

—No puedes detenerla, Hakaimono —dijo Tatsumi en voz baja. Inesperadamente, la más leve de las sonrisas cruzó su rostro—. Este cuerpo ya casi se ha marchitado, y no podrás quedarte en él una vez que el alma lo abandone. Al menos moriré sabiendo que regresarás a Kamigoroshi, y esperemos que esta vez sea para siempre.

—¿Y qué pasará con el Imperio cuando Genno triunfe? —preguntó Hakaimono—. ¿Qué le pasará a tu clan? ¿Y a tu preciosa pequeña zorro? —sacudió la cabeza y se acercó, con los dientes afilados, los ojos ardientes y furiosos cuando se inclinó hacia mí—. Escúchame, asesino de demonios. No pretenderé preocuparme por lo que tú atesoras, pero en este momento, nuestra supervivencia depende de ambos. Planeo rastrear a Genno y arrancarle su traidora cabeza, pero no puedo hacer eso atrapado en una espada —se detuvo un momento, como si luchara consigo, luego gruñó una maldición y extendió una garra—. Mi alma es fuerte. Fúndete conmigo, y podremos sobrevivir a esto.

Miré a Hakaimono conmocionada. ¿Qué quería decir? ¿Podrían unirse un alma mortal y un demonio? ¿Se salvaría Tatsumi si lo intentaban?

—Ser uno con un demonio —la voz de Tatsumi era llana, y una sonrisa sin humor se torció en una esquina de su boca—. Me queda muy poco honor —dijo—, pero al menos mi alma estará limpia cuando llegue a *Meido*, o incluso a *Jigoku*. A diferencia de ti, Hakaimono, nunca he temido a la muerte.

—Hakaimono —miré al demonio, todavía parado con su garra extendida, hasta que se encontró con mi mirada—. ¿Puedes salvarlo?

—No —gruñó el Primer *Oni*—. Nos estaría salvando. No puedo poseer un cadáver. Una vez que su alma trascienda, seré forzado a regresar a la espada, y este cuerpo no será más que un caparazón vacío —señaló enojado a Tatsumi—. Su cuerpo está muriendo y una vez que expire el último aliento, el alma del asesino de demonios será llevada a *Meido*, o *Jigoku*, o adonde sea que esté destinada. Pero si se funde conmigo, si nuestras almas se unen, es posible que pueda curar el daño causado a la carne... lo suficiente para salvar su insignificante vida.

—Pero ¿qué pasará con Tatsumi si sus almas se unen?

—No tengo idea —admitió Hakaimono—. Pero estoy seguro de lo que sucederá si no lo hacemos. Ambos perdemos. Genno convoca al Dragón y el Imperio será para los demonios y la magia de sangre. Millones morirán. ¿Es eso lo que quieres, asesino de demonios? —miró a Tatsumi—. Tu pequeña niña zorro vino hasta aquí para salvarte, y ahora verá a Genno asesinar a sus amigos y arrasar con todo lo que a ella le importa, antes de morir también. Porque te rendiste. ¿Puedes cargar con eso por el resto de la eternidad?

—Yo… —la torturada y angustiada mirada de Tatsumi parpadeó en dirección a mí—. Yumeko —susurró—, si hago lo que Hakaimono sugiere, yo… no sé qué pasará. No sé si seré yo mismo otra vez. Si llegara a lastimarte… —sus palabras vacilaron y sus ojos parpadearon, como si ese pensamiento fuera demasiado doloroso para continuar—. No, soy el asesino de demonios de los Kage —murmuró—. He caído ante Hakaimono, y ya no soy digno de blandir a Kamigoroshi. Incluso si sobrevivo, el clan ordenará mi muerte. A la máxima misericordia que aspiraré será que se me permita acabar con mi propia vida con honor —su mirada se encontró con la mía de nuevo, la resignación se había asentado sobre sus rasgos—. Pero hasta entonces, hasta que vengan por mí, mi vida es tuya. ¿Qué deseas que haga, Yumeko?

El brillo que bañaba a Tatsumi se volvió más resplandeciente, casi cegador. Su cuerpo titiló, se volvió transparente, y las espirales de luz comenzaron a desplazarse hacia arriba, fundiéndose en el negro. Hakaimono gruñó una maldición.

—Estamos cortos de tiempo, asesino de demonios —gruñó el *oni*, y extendió su garra una vez más—. ¿Te rendirás o seguirás luchando? ¡Decide ahora!

—Tatsumi —enmarqué su rostro entre mis manos, y aunque ya no podía sentirlo más, sus ojos acortaron la distancia entre nosotros, brillantes y tiernos, mientras yo susurraba la última palabra—, quédate.

Tatsumi inclinó su cabeza y, por un instante, mi corazón se hundió. Pero sus ojos destellaron una vez más, duros y

493

determinados, mientras se volvía hacia Hakaimono y sostenía la garra extendida.

La luz que rodeaba a Tatsumi se expandió hacia el exterior, y tanto el demonio como Tatsumi se desvanecieron en su resplandor. Protegiéndome los ojos, los entrecerré, intentando ver lo que estaba sucediendo, aterrorizada de pronto ante la idea de que, cuando la luz se desvaneciera, Tatsumi se hubiera marchado y Hakaimono fuera la única alma.

El brillo se apagó hasta casi desaparecer, y respiré agitadamente. Mi corazón pareció detenerse en mi pecho. Un cuerpo se arrodilló donde Tatsumi había estado un momento antes, con los hombros encorvados y la cabeza inclinada, respirando con dificultad. Del tamaño de un humano. Del aspecto de un humano... o casi. Los tatuajes viles de Hakaimono se arrastraban por sus brazos y hombros, y un par de brillantes cuernos de brasas se curvaban en su frente, pero ésa era la única señal del demonio. Sin piel oscura como la tinta, sin melena blanca o garras o colmillos. Lucía casi como Tatsumi.

Entonces aquel hombre levantó la cabeza y una sacudida me atravesó como un rayo. Los estaba mirando a los dos, dos entidades de alguna manera se habían fundido en una sola. Sus almas se superponían, se enredaban entre sí, pero seguían siendo individuos separados. Podía ver tanto a Hakaimono como a Tatsumi, que me miraban, y lo irreal de todo eso hacía que mi cabeza doliera.

La figura ante mí se desplomó, inclinándose, y mi preocupación se agudizó.

—Tatsumi —susurré, dejándome caer a su lado—. ¿Estás bien?

Dio un doloroso asentimiento.

494

—Casi no lo logramos —murmuró, y no podía decir si era la voz de Tatsumi la que me hablaba, o la de Hakaimono. O la de ambos. Levantando la cabeza, me miró a los ojos y sacudió la cabeza—. Ve, Yumeko —dijo—. El Maestro de los Demonios todavía está ahí afuera, con su ejército. Encuentra a tus amigos, averigua si alguno de ellos sigue vivo. Tienes que evitar que Genno obtenga la última pieza del pergamino.

—¿Qué pasará contigo?

—Tengo que... recuperarme un poco —levantando una mano, apretó un puño, antes de dejarlo caer—. Este cuerpo todavía es débil, tomó todo lo que tenía para mantenerlo vivo. No creo que pueda moverme todavía —se estiró una vez más y me agarró del hombro, haciéndome saltar—. Ve —ordenó de nuevo—. Detén a Genno. No te preocupes por mí. No voy... a desaparecer. No esta vez.

Me mordí el labio, paralizada por la elección, sintiendo que tiraban de mí en varias direcciones a la vez. La preocupación por mis amigos y por todos los que estaban en el templo atormentaba mi estómago. Esperaba desesperadamente que Reika *ojou-san*, Daisuke-san y Okame-san se encontraran bien. Para hallarlos, tendría que regresar a mi cuerpo antes de que un demonio hambriento o *yokai* lo destrozara. Podría ser demasiado tarde ya, pero estaba renuente a abandonar el alma que había venido a salvar, dejándola con el demonio que había jurado expulsar.

—¿Lo prometes?

—Yumeko —su mirada se encontró con la mía y, por un momento, sólo Kage Tatsumi se arrodilló ante mí y nadie más. Inclinándose hacia delante, tocó su frente con la mía, y cerró los ojos—. Mi vida es tuya ahora —susurró—. Después de que llegaste tan lejos para salvarme, no iré a ningún lado, lo prometo.

Mi vista se llenó de lágrimas. Tomando la parte posterior de su cabeza, cerré los ojos con fuerza y lo sostuve un momento, sintiendo su brillo rodearnos, pulsando ligeramente contra la oscuridad.

De pronto, se retiró, liberándose de mi agarre.

—Vamos —ordenó con aspereza, sonaba incómodo ahora—. Me uniré a tí sí puedo. Detén a Genno... eso es lo único que importa —vacilé un momento más, y su voz se convirtió en un gruñido gutural—. ¡Muévete!

Haciendo mis orejas hacia atrás, volví a mi forma de espíritu zorro y escapé, sintiendo que Tatsumi y Hakaimono me miraban. Saltando del vacío, volé directo hacia lo alto, pasé por el caparazón exterior de Tatsumi y regresé al mundo.

Estaba inquietantemente vacío. El patio donde habíamos organizado la emboscada se encontraba abandonado, aunque los signos de la batalla se veían por todas partes. Los cuerpos estaban dispersos, sangrantes e inmóviles sobre las piedras, demonios, *yokai* y *tengu* por igual. Un guerrero *tengu* alado yacía desplomado con su lanza atravesada sobre el pecho de un *oni* menor, que a su vez había recibido un golpe fatal. Horrorizada miré la carnicería alrededor. Los cuerpos de una doncella del santuario, un noble y un *ronin* no se encontraban entre los cadáveres hasta donde podía verse. Un grupo de *amanjaku* yacía en el suelo, con familiares flechas de plumas negras sobresaliendo de sus pechos y en el medio de sus ojos, indicándome que mis compañeros habían participado en la batalla. ¿Dónde estaban ahora? ¿Y dónde estaba el Maestro de los Demonios?

Cuando miré por encima del hombro, mi corazón se enfrió. Tatsumi yacía sobre su espalda en el centro del círculo vinculante. La parte frontal de su camisa y las piedras a su alrededor estaban cubiertas de sangre. Kamigoroshi descansaba al lado de una mano inerte, la hoja muerta y sin filo, y sus ojos estaban cerrados. Parecía total y completamente muerto, y apenas me contuve de sumergirme otra vez en su alma para ver si todavía estaba allí.

Mi cuerpo, me di cuenta, también se había ido. Descansaba junto a Hakaimono cuando mi espíritu lo dejó para poseer a Tatsumi, pero ahora el círculo vinculante estaba vacío, a excepción del demonio inmóvil.

Bueno, eso va a ser un problema. ¿Adónde se fue mi cuerpo?

Un estallido en la sala principal del templo me hizo sacudirme, justo a tiempo para ver una nube de fuego explotar a través de la pared, que esparció madera y piedras por todas partes. Salió humo por las puertas principales, se alzó hacia el cielo, y lenguas anaranjadas surgieron a través de los agujeros en la pared y el techo.

Y de pronto, estaba allí de nuevo. En el Templo de los Vientos Silenciosos, rodeada de llamas y sangre, observando cómo un ejército de demonios masacraba a todos mis seres queridos.

Aplanando mis orejas corrí por el patio hacia la sala principal. No fue sino hasta la mitad del camino que entendí que en realidad estaba *volando* sobre las piedras en forma de espíritu. La emoción de ese descubrimiento se vio ensombrecida por el rugido del fuego, los sonidos de la batalla a través de las puertas abiertas y las siluetas sombreadas que se lanzaban de un lado a otro dentro. Me deslicé por los escalones del templo y entré en el vestíbulo principal, entonces me detuve y miré alrededor con horror.

Más cuerpos esparcidos por el suelo, entre las llamas y charcos de sangre, guerreros *tengu*, *yokai* y demonios por igual.

La antigua y espaciosa sala había sido destruida: los enormes pilares se habían convertido en astillas y las estatuas de héroes humanos, caídas de sus pedestales, se encontraban rotas en el suelo. El fuego ardía y llenaba el aire con humo negro. Figuras nebulosas se lanzaban a través de la niebla, y espadas y dientes brillaban a la luz infernal. Un *tengu* descendió entre dos pilares, aterrizó detrás de una serpiente gigante y arrojó su lanza para atravesar la espalda del *yokai*. La enorme serpiente siseó al momento de morir, y el *tengu* extendió sus alas para continuar su vuelo, pero una horda de demonios *amanjaku* se arremolinó sobre el pilar y se arrojó sobre el guerrero antes de que pudiera escapar. Mordiendo y apuñalando, lo lanzaron al suelo, y su sangre cubrió el piso de madera.

No, pensé, viendo a los demonios mancillar el Templo de los Vientos Silenciosos una vez más, arrastrando al monje Satoshi al suelo. Vi a Maestro Isao levantándose para enfrentar al *oni* asesino mientras el templo ardía a su alrededor. *Esto no puede estar pasando de nuevo.* Volando hasta posarme en un pilar roto, busqué frenéticamente a mis amigos entre el caos. *Por favor, estén bien todos. Por favor. No podría soportar si alguno de ustedes m...*

Mi corazón se desplomó. Contra la pared más alejada, debajo del mural del gran dragón, Reika *ojou-san* estaba parada junto a Chu, con un *ofuda* en su mano y su *haori*, otrora blanco, alguna vez inmaculado, manchado de rojo. El *komainu* se agachaba a su lado, gruñendo y mostrando enormes dientes ante cualquier cosa que se acercara demasiado, pero no estaba dispuesto a dejar a su ama sin vigilancia. El suelo a su alrededor estaba lleno de cadáveres, algunas cabezas o miembros sueltos, algunos quemados y varios atravesados por flechas.

Entre la destrucción, Okame-san y Daisuke-san luchaban lado a lado junto a un puñado de *tengu*, quizá los últimos supervivientes de esta brutal masacre. El arco de Okame-san, ahora tirado en una esquina junto al carcaj vacío, había sido sustituido por una lanza en las manos del *ronin*.

Detrás de todos, medio escondido y en apariencia olvidado a causa del caos, un cuerpo familiar estaba desplomado contra la pared, en un rincón sombrío. Su barbilla descansaba sobre su pecho, y sus orejas de zorro y cola eran visibles entre el humo y las luces titilantes.

El alivio y el terror se dispararon a través de mí. Saltando de la columna, me zambullí en mi cuerpo y me conecté de nuevo conmigo. Hubo un momento de mareo cuando me hundí en mi consciencia y, enseguida, una sensación de integridad me envolvió desde el interior, el cascarón mortal que daba la bienvenida a su alma perdida.

Con un jadeo, abrí los ojos. El rugido de las llamas me saludó, al igual que el olor a sangre y el hedor acre del humo. Luché para levantarme, pero estuve a punto de caer otra vez cuando un repentino mareo me sorprendió. Apoyé una mano en la pared, apreté la mandíbula y di un tambaleante paso hacia delante.

Reika *ojou-san* se giró entonces, y sus ojos se agrandaron cuando me vio en pie.

—Yumeko —gritó, apresurándose hacia mí—. Estás bien. Gracias a los *kami*. Temíamos que te hubieras ido.

—Reika, ¿qué...? —apreté los dientes mientras el suelo se balanceaba bajo mis pies. Las llamas bailaban a nuestro alrededor, el calor respiraba contra mi rostro y mi piel desnuda. La doncella del santuario se estiró y puso una mano debajo de mi brazo, para sostenerme—. ¿Qué pasó?

—El ejército de Genno atacó poco después de que poseyeras a Hakaimono —respondió la *miko*—. El *oni* debe haberlos conducido directamente al templo. Los contuvimos lo mejor que pudimos, pero eran demasiados. Nos obligaron a retirarnos y refugiarnos en este lugar —miró hacia donde Okame-san y Daisuke-san luchaban, con rostros sombríos pero firmes—. No podíamos dejar tu cuerpo indefenso al lado de Hakaimono, pero... ¿encontraste el alma de Kage-san? ¿Pudiste encerrar a Hakaimono de nuevo en la espada?

Me estremecí.

—No exactamente.

Reika cerró los ojos y se apoyó en Chu cuando el *komainu* se apretó contra ella.

—Entonces, me temo que todo está perdido.

Quise responder, pero de pronto un silencio cayó sobre el pasillo. Los sonidos de la batalla se desvanecieron mientras los demonios y *yokai* retrocedían unos cuantos pasos. Respirando con dificultad, Daisuke-san, Okame-san y el último de los *tengu* permanecieron juntos, con las armas levantadas, mientras algo flotaba entre el humo para colocarse sobre nosotros. Un hombre, un *yurei*, con una túnica blanca ondulante, con el largo cabello negro flotando a sus espaldas.

Un escalofrío me recorrió, y sentí que mi cola se erizaba como un gato aterrorizado. A diferencia de los otros *yurei* que había encontrado, este hombre irradiaba ruindad. Podía sentir la mancha que emanaba de él en oleadas, asfixiante y enfermiza. Sus ojos, tajantes y despiadados, nos miraron, y una esquina de su boca se curvó en una cruel sonrisa. Un trío de figuras lo seguían, y cada una de ellas causó un nuevo escalofrío en mi columna. Unas gemelas *yokai*, con trenzas de cola de escorpión y sonrisas idénticas, parecían peligrosas, pero fue la tercera figura la que hizo que los vellos en mi nuca se erizaran: un guerrero alto y delgado, vestido de negro, con el cabello carmesí atado detrás. Habría sido aterrador incluso sin los cuernos y los colmillos que lo marcaban como un demonio. La empuñadura de una espada asomaba sobre su hombro, y sus fríos ojos rojos nos observaron sin un atisbo de misericordia.

El color desapareció del rostro de Reika *ojou-san* y, por un instante, pareció que estaba a punto de desmayarse. Sus ojos estaban muy abiertos y llenos de horror mientras miraba al fantasma. Un escalofrío la recorrió al dar un paso atrás.

—Genno —el susurro parecía haber sido arrastrado desde la parte más oscura de su alma. La doncella del santuario golpeó la pared y se hundió en el suelo, con la expresión en blanco.

Chu gimió y empujó su tosca cabeza contra el costado de la *miko*, pero ella no pareció percibirlo. Con el corazón desbocado en mi pecho, miré al fantasmal Maestro de los Demonios que flotaba sobre nosotros como un espectro.

—Bueno —Genno inclinó la cabeza mientras nos observaba, todavía sonriendo—, esto parece ser lo que queda de ustedes. Supongo que ninguno me dirá dónde está la última pieza del pergamino —levantó ambas manos en un movimiento casi generoso—. Su *daitengu* ya nos ha regalado un fragmento. Haré que su muerte sea rápida y honorable si me ahorran el tiempo.

Mis entrañas se agitaron. Podía sentir el peso del pergamino debajo de mi túnica, pesado y agonizante. Los demonios y los *yokai* que nos rodeaban se acercaron, la sed de sangre brillaba en sus ojos, en sus espadas, en sus dientes descubiertos. Okame-san, Daisuke-san y los últimos *tengu* permanecieron inmóviles, aunque vi a los guerreros ponerse rígidos. Un instante de silencio, y luego Tsume, el joven *tengu* con la melena de crin emplumada, dio un paso al frente.

—No —susurré, mientras otro recuerdo flotaba frente a mi vista, superponiendo la escena que se desarrollaba ante mí. Denga, orgulloso y desafiante, frente a Yaburama, proclamando que nunca se inclinaría ante el mal, justo antes de que los *oni* lo aplastaran y los *amanjaku* entraran en la sala. El principio del fin. Y nada había podido hacer para salvarlos.

—Maestro de los Demonios —Tsume blandió su acero mientras Genno lo miraba divertido—. ¡Abominación profana! —escupió—. Tu nombre es una maldición, una plaga en la Tierra. Nunca nos inclinaremos ante ti. Nunca abandonaremos el pergamino. ¡Moriré antes de permitir que poseas el poder del Dragón!

Extendió las alas y se lanzó por el aire hacia el Maestro de los Demonios, con la espada en alto.

Genno se limitó a sonreír.

Antes de que Tsume pudiera alcanzar su objetivo, dos cadenas puntiagudas se dispararon desde el par de mujeres *yokai* en el suelo. Rápidas como un rayo, se envolvieron alrededor del *tengu* como serpientes, rodearon su cuerpo y enredaron sus alas. El guerrero titubeó en el aire, luchando furiosamente contra las cadenas, pero sus alas fueron ya incapaces de sostenerlo. Comenzó a caer en picada, pero aun antes de que se estrellara contra el suelo, las gemelas *yokai* tensaron sus armas, y el cuerpo de Tsume explotó en una nube de plumas y sangre. Golpeó el suelo hecho jirones, con la cabeza mirando hacia atrás, mientras la multitud de demonios y *yokai* aullaban de excitación.

Mis manos contuvieron el grito en mi boca, y evitaron que el contenido de mi estómago subiera por mi garganta. Estaba sucediendo otra vez, justo igual que antes.

—Si ése es su deseo —dijo Genno, y las hermanas *yokai* dieron un paso adelante, sonriendo—. Entonces ciertamente les concederemos una muerte honorable, y dolorosa.

Las cadenas mortales volvieron a dispararse, esta vez hacia Daisuke-san y Okame-san. Con un grito de terror, una se envolvió alrededor del *ronin* y sujetó los brazos a sus costados mientras cortaba su piel. Okame-san dejó escapar una sobresaltada maldición y su lanza se liberó de su agarre, mientras la chica escorpión tiraba de la cadena tensa y lo ponía de rodillas. La otra, que se dirigía hacia Daisuke-san, fue evitada por la espada del noble. Al instante, la chica *yokai* tiró de la cadena hacia atrás y se la arrojó de nuevo, y una vez más, la espada de Daisuke-san relampagueó. Pero esta vez la trayectoria del arma giró y lo atacó por detrás. Daisuke-san logró sujetar la cadena con su mano libre antes de que pudiera enrollarse alrededor de su cuello, pero el brazo que sostenía su espada, ya atado a su costado, quedó impotente. Sonriendo, los hombros de la *yokai* se tensaron mientras se preparaban para tirar hacia atrás y destrozar a su víctima.

—¡Alto!

El fuego fatuo explotó, surgiendo en un resplandor azul y blanco y envolviendo todo mi cuerpo. La mayor parte del ejército se encogió, retrocediendo ante el brillo, y las gemelas escorpión se paralizaron, con los ojos muy abiertos mientras reparaban en mí. Las ignoré. Mi mirada buscaba al Maestro de los Demonios mientras levantaba el último trozo del Pergamino de las Mil Oraciones sobre mi cabeza con un brazo, en el otro una antorcha encendida refulgía expectante.

Los ojos de Genno se agrandaron y levantó una mano, impidiendo que su ejército *yokai* se arrojara hacia el frente.

Ellos obedecieron, aunque podía percibir la sed de sangre que irradiaba la multitud y sabía que sólo la voluntad de Genno evitaría que avanzaran y me devoraran. Me temblaban las manos. Podía sentir el antiguo pergamino en mis dedos, frágil y seco, pero forcé mi voz a mantenerse firme.

—Esto es lo que querías, ¿no es así? —pregunté, sosteniendo las llamas de la antorcha a sólo unos centímetros de la parte inferior del pergamino—. Repliega a tus demonios, o quemaré este fragmento aquí mismo.

Echando un vistazo a Okame-san y Daisuke-san, entrecerré los ojos y miré fijamente al Maestro de los Demonios nuevamente.

—Déjalos ir y... y podremos negociar.

—¡Yumeko! —Reika *ojou-san* se puso en pie, mientras los *tengu* restantes se giraban, con los ojos abiertos por la sorpresa—. ¡No hables con él! ¡No negocies con el Maestro de los Demonios! No renunciaremos al pergamino, bajo ninguna circunstancia...

—Yumeko-san —agregó Daisuke-san, con voz suave pero tensa—, escucha a Reika-san. No negocies con Genno por culpa nuestra. Moriremos con honor, protegiendo el pergamino.

El Maestro de los Demonios rio. Su voz profunda y cruel hizo temblar las vigas de hierro, elevándose sobre el aullido y el chasquido de las flamas.

—No puede destruirse el Pergamino de las Mil Oraciones, *kitsune* —me dijo, pero su ejército no se acercó más—. Es un texto sagrado de los propios *kami*. ¿Por qué crees que ha sido ocultado y no destruido por tus superiores fanáticos, amantes de la paz? Porque los artefactos sagrados y ancestrales siempre encuentran la forma de volver a las manos de los hombres. Quemada, enterrada, arrojada al mar, la oración simplemente volverá a aparecer en el mundo.

Mi corazón se desplomó, pero mantuve la voz firme.

—Eso podría ser cierto —dije—, pero no aquí. Y no ahora. Si lo destruyo, tendrás que comenzar de nuevo su búsqueda y el tiempo es cada vez más escaso. Es posible que no encuentres esta pieza del pergamino antes de la noche elegida para convocar al Dragón —Genno enmudeció, y supe que había dado en el clavo. Respiré hondo y jugué mi última carta—. Ésta es mi oferta. Te entregaré el pergamino si juras por tu honor que ordenarás a tu ejército marcharse de aquí. No más muerte. No más derramamiento de sangre. Nos dejarás en paz, y nadie más será asesinado. ¿Qué significan algunas vidas humanas y *tengu* si tienes la última pieza del pergamino en tu poder?

Por un momento, Genno no respondió, y ambos frentes de la contienda contuvieron el aliento. Los demonios, prestos para atacar y hacernos pedazos; los *tengu* y los humanos listos para morir. Daisuke-san y Okame-san estaban congelados, con sus rostros tensos y sus cuerpos rígidos contra las cadenas letales, sabiendo que una sola palabra del Maestro de los Demonios significaría una muerte muy sangrienta.

Finalmente, Genno sonrió.

—De acuerdo —dijo con calma—. Tenemos un trato, zorro. Entrégame el pergamino y yo retiraré a mi ejército y partiré. Mis lugartenientes no te asesinarán, al menos, no hoy. Tienes mi palabra.

Lancé una mirada a las gemelas *yokai*, todavía aferradas a sus cautivos, y fruncí el ceño.

—Primero permite que Okame-san y Daisuke-san sean liberados —dije—. Entonces te entregaré el pergamino. No antes.

Las dos *yokai* fruncieron el ceño, pero Genno simplemente levantó una mano. De inmediato, las gemelas relajaron la tensión en las cadenas de púas y las dejaron caer al suelo. Con otro gesto del Maestro de los Demonios, el tercer esbirro, el terrible *oni* de cabello carmesí, dio un paso al frente y me tendió una garra. El significado era muy claro.

Respiré hondo y di un paso adelante, tratando de ignorar las furiosas miradas de los *tengu* supervivientes, las plumas en sus alas temblaban, como si estuvieran luchando contra la urgencia de avanzar para apuñalarme en el corazón. Cualquier cosa sería poco con tal de evitar que renunciara al pergamino. Entendía su consternación: estaban dispuestos a morir para protegerlo, para evitar que cayera en manos del mal. Al igual que Maestro Isao, y todos en el Templo de los Vientos Silenciosos. Pero no podía ver eso de nuevo, sobre todo ahora. Daisuke-san, Reika *ojou-san*, Okame-san... habíamos llegado tan lejos. No los dejaría morir. Esta vez haría algo para impedirlo.

—Sin trucos, *kitsune* —la voz de Genno resonó en lo alto, una advertencia sutil—. Sin ilusiones, sin magia de zorro. Yo sabré si lo que obtengo es real. Intenta engañarme, y sus muertes no serán misericordiosas.

El demonio apareció ante mí, su fría y roja mirada hizo que mi piel se erizara. Con el corazón golpeando en mi pecho, puse el pergamino en su mano extendida y observé sus garras enroscarse sobre la madera. Di un paso atrás mientras una sensación enfermiza de traición roía mis entrañas. De pronto, pude sentir un centenar de miradas decepcionadas perforando mi alma. Pero no me arrepentiría de mi decisión.

Lo siento, Maestro Isao. Lo lamento, todos. Sé que no cumplí con mi deber. Pero ¿qué importa si detengo la venida del Dragón cuando todos los que me importan se han ido?

Con el pergamino en la mano, el medio demonio se volvió hacia Genno y, con una sonrisa débil y de autodesprecio, se dejó caer sobre una rodilla y sostuvo el estuche ante el Maestro de los Demonios. Genno descendió lentamente, flotando a sólo un metro del suelo, y pasó sus dedos fantasmales a lo largo de la madera. Sus ojos brillaron, y una sonrisa triunfal se extendió por su rostro mientras asentía.

—Al fin. El poder del Deseo del Dragón es mío —con una risa suave, se relajó. La alegría en sus ojos era en verdad aterradora—. Nada me detendrá ahora. Aka, prepara el barco. Partiremos hacia las tierras de Tsuki de inmediato.

Sin decir una palabra, el medio demonio se levantó, metió el pergamino en su *obi* y siguió a su maestro fuera del salón. Las dos *yokai* se giraron y los siguieron de inmediato, mientras sus trenzas de escorpión gemelas se balanceaban en tándem detrás de ellas. El ejército, sin embargo, permaneció inmóvil.

En la puerta del templo, Genno dio media vuelta y su mirada se encontró con la mía sobre el suelo cubierto de escombros. Sus tres lugartenientes siguieron caminando y desaparecieron más allá del marco, pero el Maestro de los Demonios hizo un gesto casual, como si estuviera lanzando un hueso de ciruela a la maleza.

—Terminen con ellos —ordenó, antes de desaparecer.

Mi corazón se convirtió en hielo, mientras el ejército de demonios y *yokai* soltaba un rugido ensordecedor alimentado por su sed de sangre.

El tiempo pareció ralentizarse. Observé aturdida al ejército de demonios, mientras el cúmulo de acero, colmillos y garras se cerraba hacia nosotros. Desde mi visión periférica fui consciente de que Daisuke-san, Okame-san y el último *tengu* en pie levantaban sus armas, listos para el enfrentamiento final. Escuché el desafiante aullido de Chu, y vi a Reika *ojousan* alcanzar sus mangas en busca de un *ofuda*, mientras gritaba algo, a mí... o a los demonios. Entonces, una sombra cayó sobre mí y levanté la mirada para encontrar el rostro distorsionado de un *oni* azul, con los ojos refulgentes, que apuntaba su enorme *tetsubo* hacia mi cabeza.

El tiempo volvió a ponerse en movimiento y retrocedí, preparándome para morir, incluso cuando el fuego fatuo acudió a mis dedos. Sabiendo que no sería suficiente.

La sangre salpicó mi rostro, caliente y repugnante, haciéndome temblar. *Me golpearon. Estoy muriendo.* Pero no había dolor ni indicación de que hubiera recibido un golpe fatal, y después de esperar un momento para ver si caía muerta, abrí los ojos.

El *oni* azul todavía estaba delante de mí... pero sólo su mitad inferior. Mientras observaba, aturdida, las gruesas piernas velludas se contrajeron, y el demonio eviscerado se desplomó en el suelo, golpeando contra su mitad superior, con el brutal rostro congelado en una expresión conmocionada.

Kage Tatsumi se volvió hacia mí, con los ojos enrojecidos por la luz del infierno. Los cuernos se curvaban en su frente, y los tatuajes brillantes subían por sus brazos y se enrollaban alrededor de su pecho. Una mano sostenía a Kamigoroshi, cuya hoja se encendió y estalló en un fuego púrpura. Tatsumi me dirigió una sonrisa aterradora y luego se volvió lentamente hacia el ejército frente a él. Los demonios y los *yokai* quedaron paralizados a pocos metros de distancia, mirando al recién llegado con ojos enormes de reconocimiento y terror.

—Yumeko —salté ante el sonido de su voz, que no era la de Hakaimono ni la de Tatsumi, sino un eco de ambas—. ¿Estás herida?

Negué con la cabeza.

—Bien. Espera aquí, enseguida estaré de regreso.

Hakaimono rugió y el sonido hizo temblar los pilares que nos rodeaban. Entonces, se lanzó contra el ejército.

Lo que pasó después resultaría difícil de describir. Hakaimono —¿o Tatsumi?— se movió a través de las oleadas de enemigos como una guadaña salvaje e imparable. Kamigoroshi respondió, cortando miembros, cabezas y cuerpos, destrozando demonios y *yokai*. Los *amanjaku* se lanzaron contra él, arañando y mordiendo, y explotaron en pequeñas nubes de sangre antes de convertirse en niebla. Una *hari onago* retrocedió desesperadamente, cortando frenetica con las docenas de púas de las puntas de su cabello, pero el asesino de demonios ignoró los ganchos que raspaban su carne y se abalanzó hacia el frente, para cortar su cabeza con un golpe del acero. Un *oni* menor aulló mientras le lanzaba un mazo de hierro; Tatsumi —¿o Hakaimono?— levantó su brazo y recibió el golpe sin una mueca, antes de cortar las piernas del demonio a la altura de sus rodillas. Gritando, el *oni* se derrumbó en un charco de su propia sangre, y Hakaimono ni siquiera miró hacia abajo mientras cortaba con Kamigoroshi a través de su espalda.

En el espacio de unos pocos parpadeos que parecieron una eternidad, todo había terminado. Los últimos enemigos, un trío de *nezumi yokai*, intentaron escapar del furioso Primer *Oni* mientras éste atravesaba al último demonio. Con un gruñido, Tatsumi se lanzó tras ellas y cortó a dos justo cuando alcanzaban la salida. La tercera logró escabullirse a través del marco, pero una flecha surcó el aire, apenas esquivando a Hakaimono, y perforó a la *nezumi* en la espalda. Cayó hacia delante con un chillido, rodó por los escalones y desapareció. A unos pocos metros de distancia, Okame-san bajó su arco con una sonrisa sombría, con un costado de su rostro cubierto de sangre, antes de tambalearse sobre sus pies y desplomarse.

—Lo siento, pavorreal —escuché susurrar al *ronin* mientras Daisuke-san tomaba su mano y la apretaba contra su pecho—. No... logré tener una muerte gloriosa digna de ti —levantó la otra mano y atrapó un mechón de cabello blanco plateado entre los dedos ensangrentados—. Parece que, después de todo, no podrás escribir ese poema.

—Okame-san —la voz de Daisuke-san era tensa, y sacudía la cabeza de una manera casi triste—. Ese día llegará suficientemente pronto —susurró, sosteniendo la mirada del *ronin*—. Llegará el momento en que enfrentaremos esa muerte gloriosa, y espero estar a tu lado cuando suceda. Pero ahora mismo hemos luchado esta batalla, y aún vivimos. Eso tendrá que ser motivo suficiente para celebrar.

Mi estómago se tensó. Al darme la vuelta observé las terribles consecuencias de la pelea con el ejército de Genno, y apreté la mandíbula para evitar devolver mi magro desayuno. El interior del templo era ahora un campo de batalla cubierto de sangre, ahogado con cenizas y humo, y sembrado de violencia. Innumerables *tengu* y *yokai* yacían dispersos sobre los tablones de madera, con espirales de niebla de demonio rojas y negras a la deriva, alrededor de ellos. Ahí donde miraba, no veía más que muerte, sangre y fracaso. Habíamos fallado. *Yo* había fallado. Había entregado el pergamino, y Genno pronto convocaría al Heraldo del Cambio. Yo había perdido esta batalla.

Pero no lo has perdido todo.

—Yumeko.

Reika *ojou-san* se abrió camino entre la carnicería con Chu a su espalda; sus enormes patas crujieron contra la madera. La doncella del santuario estaba lívida, ya fuera por el horror de

510

la batalla o por la indignación de la derrota, o por ambas cosas. Sus ojos brillaron con furia cuando se encontraron con los míos.

—¿Cómo pudiste? —susurró, mientras Daisuke-san levantaba a Okame-san y comenzaban a cojear en dirección a nosotras—. Entregaste el pergamino a Genno. Ahora todo Iwagoto se perderá cuando el Maestro de los Demonios convoque al Gran Dragón.

—Lo detendremos —dije, encontrándome con su rabia de frente.

Miré a mis amigos, ensangrentados y agotados, pero todavía vivos. Okame-san se apoyaba contra Daisuke-san, con un brazo sobre su cuello, y el brazo del noble se envolvía alrededor de su cintura. A pocos metros de distancia, algunos *tengu* estaban cruzando el pasillo, evaluando a sus heridos y llorando a sus muertos, y ni siquiera me miraron.

—Detendremos a Genno —repetí—. Buscaremos a su ejército y utilizaremos todo lo que esté a nuestro alcance para recuperar el pergamino. Todavía tenemos un poco de tiempo. El Dragón no ha sido convocado aún.

—¿Y qué hay de mí? —preguntó una suave voz a mi espalda.

Mi corazón dio un salto. Me giré para enfrentar a Tatsumi, o tal vez a Hakaimono, parado a una corta distancia. Su espada estaba enfundada y el carmesí ardiente en sus ojos se había desvanecido, al igual que las garras, los colmillos y los tatuajes que poblaban sus brazos y hombros. Se parecía a Tatsumi de nuevo, salvo por los cuernos, pequeños pero notables, que se curvaban en su frente. Recordándonos que, incluso ahora, no era enteramente humano.

—Eso depende —sorprendentemente, fue Daisuke-san quien respondió. La mano del noble descansaba firme sobre la empuñadura de su espada—. ¿Quién eres? Has destruido al ejército de Genno, pero no estoy seguro de tu motivación. ¿Es Hakaimono con quien hablamos, o es Kage-san?

Tatsumi se detuvo, luego negó con la cabeza.

—No lo sé, exactamente —respondió, y su voz parecía resignada—. Ambos. Y... ninguno. Fragmentos de uno y de otro, tal vez. No estoy seguro.

—Eso no resulta particularmente tranquilizador —murmuró Okame-san—. No te ofendas si en verdad eres tú, Kage-san, ¿pero cómo podemos estar seguros de que no estamos tratando con un demonio que nos arrancará la cabeza en el momento en que bajemos la guardia?

—No pueden estarlo —la sombría mirada de Tatsumi se encontró con la mía—. No deberían estarlo. No se puede confiar en la palabra de un ser de *Jigoku*. Pero tal vez esto sea suficiente...

Y ante todos ellos, se arrodilló frente a mí, con la cabeza inclinada.

—Yumeko —murmuró—, si en verdad crees que es tan grave la amenaza, mátame ahora. U ordena que lo haga yo mismo. Obedeceré mientras tenga control de este cuerpo. Mi espada te pertenece, al igual que mi vida, hasta que los Kage decidan lo contrario. O hasta que esta mente no sea más la mía —vi cómo lo sacudían los temblores más débiles, como si tuviera que luchar para conseguir pronunciar la última parte—. Hasta entonces, haz con ella lo que tu voluntad dicte.

—Tatsumi... —disolví el nudo en mi garganta y sacudí la cabeza—. Levántate —dije, y él obedeció al instante, con la mirada fija en el suelo entre nosotros.

Deseaba poder tocarlo, incluso por un breve momento, pero ahora era diferente. No sabía cuánto quedaba de Tatsumi, del verdadero Tatsumi, en ese cuerpo. Y por mucho que me asustara pensar en que Hakaimono seguía acechando en el alma de Tatsumi, lo cierto era que necesitábamos su fuerza si queríamos aunque fuera sólo una oportunidad para detener al Maestro de los Demonios.

—No puedes morir todavía —le dije con firmeza—. Necesitamos tu ayuda para encontrar a Genno y recuperar el pergamino. No podemos permitir que llame al Heraldo.

Tatsumi asintió con gravedad, y percibí una chispa carmín de furia en sus ojos mientras levantaba la cabeza.

—Tengo algo que resolver con Genno —dijo con voz letal y tranquila, y no había duda de quién estaba hablando ahora—. No me preocupa el pergamino ni el Dragón, pero el Maestro de los Demonios morirá suplicando clemencia, puedo prometerte eso.

—Si podemos encontrarlo —dijo Reika *ojou-san*, con ojos duros mientras observaba a Tatsumi, como si temiera que de pronto saltara hacia ella, con los colmillos al descubierto—. Es probable que se dirija al lugar para convocar al Dragón, dondequiera que esté. Sólo hay un lugar desde el que se puede llamar al Heraldo, y los pergaminos de historia no son del todo claros al respecto, o esa información se ha oscurecido de manera deliberada. Pero debemos encontrarlo pronto. Me temo que no queda mucho tiempo.

—Sé dónde está ese lugar —dijo Tatsumi, o tal vez Hakaimono—. Dos de las tres veces que el Dragón ha sido llamado, el Clan de la Sombra se ha beneficiado. Es uno de los secretos que los Kage ocultan con mayor celo —dio la vuelta y miró por la puerta del pasillo, con voz grave, pero triunfante—.

Sé adónde se dirige Genno. El lugar donde apareció por primera vez el Heraldo se encuentra junto a los acantilados de Ryugake, en la isla de Ushima.

—En el territorio del Clan de la Luna —añadió Daisuke-san.

Okame-san hizo una mueca:

—Parece que vamos a necesitar un bote.

EPÍLOGO

El sol del amanecer se elevó sobre el horizonte, alejando a las estrellas y tiñendo de rosa las nubes. Inmóvil sobre el acantilado nevado de la montaña, Seigetsu levantó su rostro hacia los primeros rayos del sol y cerró los ojos.

—Ella lo hizo —murmuró Taka a sus pies. Sonaba aliviado pero infeliz, como si todavía estuviera incómodo con el engaño que Seigetsu le había pedido efectuar—. Los salvó.

—Sí —convino Seigetsu—. Exactamente como lo predijiste. La niña zorro poseería a Hakaimono, el ejército de Genno atacaría el templo y el alma perdida les advertiría a todos ellos sobre la destrucción que estaba por venir. Ella sólo necesitaba un pequeño empujón para encontrar su valor.

—¿Que hacemos ahora?

—Genno tiene ahora todos los trozos de la plegaria del Dragón —Seigetsu hizo un gesto de satisfacción y dio un paso atrás desde el borde. Por costumbre, estuvo a punto de meter su mano en la manga en busca de la esfera, antes de recordar que ya no estaba allí—. Se dirigirá a la isla de Ushima cuanto antes para presidir la Invocación. La chica *kitsune* y su demonio lo seguirán, por supuesto. El tablero está listo. La última jugada está a punto de ocurrir.

Por sólo un instante, quizá por primera vez en siglos, Seigetsu se permitió sentir un pequeño destello de emoción. Años de planificación, observación y espera daban fruto por fin. Era casi la hora.

—Ven, Taka —en un torbellino de túnicas y cabello plateado, Seigetsu se dirigió hacia el carruaje en la nieve, a pocos metros de distancia. Taka trepó obedientemente detrás de su amo, saltando para evitar los montones de nieve.

—¿Adónde vamos ahora, Maestro? ¿A la Isla de Ushima?

—Así es —Seigetsu sacudió el polvo blanco de su túnica y entró en el transporte—. Hay un último artículo, una pieza más que adquirir, antes de la maniobra final —observó a Taka revolverse dentro del carruaje, sacudiéndose con furia la nieve de sus pantalones, y sonrió. Qué apropiado encontraba que el juego llegara a su conclusión en el lugar donde todo había comenzado. La chica *kitsune* no tenía idea de la tormenta a la que se dirigía ni de lo que encontraría cuando llegara allí, pero sería interesante, por decir lo menos.

—Prepárate, Taka. Viajaremos a la isla de los *kami*, al lugar de nacimiento de la profecía, para encontrar la esquirla capaz de trastornar a un dios.

GLOSARIO

A

aka: "rojo".

amanjaku, amanojaku: significa literalmente "espíritu del mal celestial", son criaturas demoniacas del folklore japonés.

ano...: es una muletilla, equivale a "eh...", "este...".

arigatou, arigatou gozaimasu: "gracias".

ashigaru: literalmente "pies ligeros". Soldados rasos, campesinos, a menudo sin armas, armadura o calzado hasta que eran contratados por algún clan y conseguían armarse sirviéndose de saqueos.

azuki: *Vigna angularis*, conocido como frijol rojo o soja roja.

B

baka, bakamono: "tonto", "idiota", "estúpido".

bakemono: son un tipo particular de *yokai* que puede cambiar su forma; entre los más tradicionales estaban los *kitsune* (zorros) y los *tanuki* (mapaches): se supone que ésa era su forma original, pero se podían presentar con apariencia humana.

baku: espíritus devoradores de sueños, especialmente de pesadillas. Se dice que se formaron con los restos de la creación divina y por eso suelen tener un aspecto qui-mérico muy diverso (de hecho, los japoneses usan ahora esa palabra también para llamar al tapir, debido justo a su extraña forma). Los espíritus malvados y los _yokai_ les temen y suelen evitarlos por completo.

bushi: guerrero, samurái.

bushido: "el camino del guerrero", código de honor que guía la vida de un samurái.

C

-chan: sufijo diminutivo que suele emplearse para referirse a chicas adolescentes o a niños pequeños, pero también para expresar cariño o una cercanía especial.

D

daimyo: antiguo señor feudal japonés.

daitengu: "gran _tengu_". Son los más antiguos y sabios de los _tengu_, se presentan por lo general como monjes ascetas, con rostros colorados y narices muy largas (entre más larga sea la nariz, más poderoso será el _daitengu_). No suelen recurrir a su apariencia aviar, a diferencia de los _tengu_.

-dono: sufijo honorífico, más formal que _-san_ y de un rango similar a _-sama_, que se utiliza para una persona de una posición superior, a quien se admira, se sirve o se quiere honrar. Antiguamente, lo utilizaban sobre todo los hombres para referirse a mujeres nobles o de una posición muy superior a la propia.

F

furoshiki: tela japonesa para envolver y transportar objetos.

fusuma: paneles deslizables japoneses usados para redefinir espacios en las habitaciones.

futón: estilo de cama tradicional japonesa.

G

gashadokuro: enormes _yokai_ que toman la forma de esqueletos gigantes. Suelen rondar campos con energía negativa y se dice que se formaron con los huesos de miles de soldados caídos en batalla. Su nombre proviene del sonido que producen los huesos —_gacha, gacha_— al chocar entre sí.

geisha: joven mujer instruida en las artes del entretenimiento: la danza, la música, la ceremonia del té; se contrata para animar ciertas reuniones masculinas.

geta: zuecos de madera.

go: juego táctico de tablero de origen chino.

gomen, gomennasai: "perdón", "disculpe".

H

hai: "sí", "de acuerdo".

haiku: composición poética de origen japonés que consta, tradicionalmente, de tres versos de cinco, siete y cinco sílabas respectivamente. [DLE]

Hakaimono: el nombre del demonio significa literalmente "obra del destructor".

hakama: un tipo de pantalón largo con pliegues utilizado para proteger las piernas, pero que también llegó a convertirse en símbolo de estatus, por el que eran reconocidos los samuráis.

hakumei: el nombre del castillo del Clan de la Sombra significa "crepúsculo" o "anochecer".

haori: prenda estilo *kimono* que cae a la altura de la cadera o de los muslos.

harakiri: forma de suicidio ritual, practicado en el Japón por razones de honor o por orden superior, consistente en abrirse el vientre. [DLE]

hari onago: *yokai* que toma la forma de una hermosa mujer de largos cabellos. Cada punta de cabello está dotada con púas parecidas a ganchos, con las que gusta atrapar a hombres jóvenes y atractivos. Se dice que el relato de las *hari onago* se usa para advertir a los varones sobre los peligros de cortejar a chicas desconocidas durante las noches.

Heichimon: deidad de la fuerza y el coraje.

hitodama: alma errante de un recién fallecido en forma de lengua de fuego.

hoshi no tama: "esfera de estrella". Se dice que esta perla representa el alma de un *kitsune*.

I

inu: "perro".

ite: "duele", "ay", "auch". Se emplea para comunicar dolor.

J

Jigoku: Infierno, el inframundo dentro de la religión budista.

Jinkei: "misericordia", "caridad". Dios de la misericordia.

jorogumo: es un tipo de *yokai*, una araña con la apariencia de una bella mujer que atrae a los humanos, especialmente a los jóvenes, para devorarlos.

jubokko: árboles *yokai* que, corrompidos por tierras asoladas por la maldad y la masacre, se han vuelto carnívoros y buscan alimentarse de sangre humana.

K

kabuki: género de teatro tradicional japonés en el cual los actores se presentan con los rostros maquillados.

kabuto: casco tradicional de la armadura samurái. De amplios alerones en los costados, y grandes astas como cuernos al frente, su figura expresa señorío y poder. El nombre evoca, por su forma, a los escarabajos, insectos muy apreciados en la cultura nipona, pues se les atribuye gran fortaleza física.

kage: "sombra".

kage no michi: "Sendero de las Sombras".

kago: una especie de litera utilizada para transportar personas.

kama: arma utilizada en las artes marciales, una especie de hoz con mango largo.

kami: "dios". Deidad o espíritu sagrado de la religión sintoísta.

kanji: ideogramas (sinogramas) procedentes del chino utilizados en la escritura del japonés.

kappa: tipo de _yokai_ acuático que habita ríos y corrientes. Torpe en tierra, es una criatura con una hendidura en forma de cuenco sobre su cabeza llena de agua que, si alguna vez se derrama, hace que pierda su fuerza, quede inmóvil, e incluso muera.

karesansui: jardín de rocas, también conocido como "jardín _zen_", es un tipo de jardín seco compuesto por arena y grava (en una capa poco profunda), y rocas. Por lo general se utiliza para la meditación y contemplación en templos budistas. La arena es rastrillada para representar simbólicamente el mar y sus olas, mientras las rocas representan las montañas, morada sagrada de los _kami_.

katana: sable tradicional curvo japonés, de un solo filo y con al menos 60 cm de longitud. Arma predilecta de un samurái.

kawa, gawa: "río".

kimono: túnica de mangas anchas y largas, abierta por delante y que se ciñe, cruzándola, mediante un cinturón o faja *(obi)*.

kirin: ser mitológico con cuerpo y osamentas de ciervo, piel escamada como la de un dragón y cola de buey. Posee una larga crin llameante y es considerado una deidad por toda Asia Oriental. Verlo se considera un buen presagio, y la señal del advenimiento de un buen líder o un gran sabio.

kitsune: "zorro".

kitsune-bi: fuego fatuo. Literalmente significa "fuego de zorro", y su posesión y manipulación es una de las habilidades mágicas que se les atribuyen a estos seres.

kitsune-tsuki: "posesión de zorro". En el folklore japonés se considera que algunos *kitsune* —entre otros *yokai* traviesos— son capaces de poseer a los seres humanos y hacer que actúen de maneras extrañas.

kodama: espíritus de los árboles.

komainu: poderosos perros míticos que actúan como guardianes de los santuarios sintoístas.

konbanwa: "buenas noches".

-kun: sufijo honorífico utilizado generalmente en hombres, hace referencia a una persona de menor edad o posición. También lo utilizan los jóvenes entre sí como una expresión de cercanía y afecto.

kunai: cuchillos arrojadizos *shinobi*.

kuso: "mierda", "maldición", "diablos". Expresión soez de enojo, frustración o molestia.

kyūbi, kyūbi no kitsune: "nueve colas", "zorro de nueve colas". Poderoso zorro de gran longevidad, cuyo poder rivaliza incluso con el de los grandes dioses del panteón asiático.

M

majutsushi: "mago", "hechicero".

Meido: término del budismo japonés para el inframundo, el otro mundo, el reino de la muerte. Es la primera parada de un alma, si la persona no fue suficientemente buena o mala para viajar directo a *Tengoku* (el Cielo) o *Jigoku* (el Infierno). El alma permanece aquí antes de trascender al Cielo, renacer o ser arrojada al Infierno.

miko: doncella consagrada a un santuario sintoísta.

minna: expresión para referir a "todos" dentro de un contexto dado.

mino: impermeable hecho de paja tejida.

mochi: bollo de pasta de arroz glutinoso, generalmente dulce. Según una interesante estadística, la consistencia de este rico postre es la causante de numerosas muertes por asfixia entre adultos mayores en la nación nipona.

mon: "emblema".

mori: "bosque".

N

¿nande?, ¿nani?: "¿qué?", "¿por qué?".

ne: una de las múltiples partículas que en japonés se usan para terminar una frase. Pronunciada como pregunta, y con el objetivo de suavizar el tono de una expresión, comunica asentimiento o confirmación de una información que se pretende común entre los hablantes, y puede adaptarse al español como "¿cierto?", "¿verdad?".

neko: "gato".

nezumi: "ratón".

Ningenkai: el "mundo de los humanos".

ninja: guerrero japonés especialmente dedicado a las artes de la infiltración, el espionaje, el sabotaje y el combate. A diferencia de un guerrero _samurái_, un _shinobi_ o _ninja_ no se rige por el código de honor _bushido_ y se sirve de formas no ortodoxas para obtener su objetivo, por lo que es especialmente temido por sus adversarios.

nogitsune: literalmente "zorro salvaje". Un _nogitsune_ era un _kitsune_ malvado.

nue: de forma quimérica —cara de mono, cuerpo de _tanuki_, miembros de tigre y cola de serpiente—, los _nue_ son _yokai_ a los que se les atribuye el control de los relámpagos. Son también los espectros _yokai_ de los que se tiene más antiguo registro escrito en la historia de Japón (712 d. C.).

nurikabe: _yokai_ que toma la forma de muro viviente. Bloquea los caminos y las puertas, lo que hace imposible atravesarlos o rodearlos. Hay quienes dicen que en realidad se trata de una transformación de los traviesos _tanuki_, y que el muro que erigen no es más que una forma cambiada de sus enormes escrotos, alargados para impedir el paso y al mismo tiempo mofarse de los paseantes.

O

obi: faja o cinturón del _kimono_.

ofuda: amuleto protector.

oi: "hey". Se emplea para llamar la atención.

ojou, ojou-san: joven mujer, "dama", "señorita", estilo formal.

okuri inu: _yokai_ en forma de un amenazante perro —o lobo— negro que sigue a los viajeros solitarios en caminos poco transitados durante las noches. Se dice que si el viajante llega a tropezar y caer, el *okuri inu* saltará sobre su presa hasta destrozarla.

oni: un tipo de *yokai*, o demonio, por lo general con apariencia de ogro.

Oni no Mikoto: "Príncipe de los Demonios".

onii-san: "hermano mayor". Una expresión que entre personas que no son familia denota cercanía y respeto, incluso admiración y subordinación. También se utiliza para referirse al líder de un determinado grupo. Naturalmente, puede emplearse con ironía.

onmyodo: disciplina esotérica japonesa con bases en la teoría de los cinco elementos y del yin y el yang.

onmyoji: practicante de *onmyodo*, se especializa en magia y adivinación, y solía trabajar en la corte para protegerla de los fantasmas y adivinar su futuro, entre otras tareas.

oyasuminasai: "buenas noches". Frase para antes de dormir.

R

ronin: samurái errante, sin señor a quien servir.

ryokan: "posada".

S

sagari: *yokai* con apariencia de cabeza de caballo. Se dice que surge de los restos de un corcel que, al haber muerto, fue abandonado. Suele vérsele colgado de las ramas de los árboles para asustar a los transeúntes distraídos. También se cuenta que aquél que escucha sus lamentos puede sufrir terribles fiebres.

sake: bebida alcohólica hecha a partir de arroz.

sakura: árbol del cerezo.

-sama: sufijo honorífico, más formal que *-san*, que se utiliza para personas de una posición muy superior (como un monarca o un gran maestro) o alguien a quien se admira mucho.

samurái: guerrero jurado a las órdenes de un noble, o gran señor.

-san: es el sufijo honorífico más común, expresa cortesía y respeto, y se utiliza tanto en hombres como en mujeres.

sayonara: "adiós".

sensei: "maestro".

seppuku: nombre formal de lo que solemos conocer como "*harakiri*", el suicidio ritual generalmente asociado con los samuráis.

shinobi: término formal con el que se nombra a un guerrero ninja.

shogi: juego táctico de tablero, también conocido como "ajedrez japonés".

shoji: tradicional puerta corrediza con marco de madera y papel de arroz.

sora: "cielo".

sugoi: "sorprendente", "asombroso", "genial".

sumimasen: "perdone". Manera formal de disculparse.

T

Taiyo: "Sol".

tanuki: "mapache". En el folklore japonés son retratados como animales extraños y hasta supernaturales.

tatami: esteras tradicionalmente hechas de paja que se utilizaban para recubrir el piso de las habitaciones y eran consideradas una unidad de medida de estos espacios.

Tengoku: Cielo, el paraíso dentro de la religión budista.

tengu: *yokai* representados con características aviares y humanas. De acuerdo con muy diversos relatos, a veces se les considera torpes y fáciles de engañar, a veces orgullosos y muy astutos; virtuosos y protectores, o completamente depravados, violentos y viciosos.

tetsubo: antigua arma japonesa parecida a una gran maza, usualmente hecha de madera y repleta con puntas de metal. A los *oni* se les representa tradicionalmente con una maza *tetsubo* en las manos.

tofu: ingrediente muy común en la cocina japonesa, es una especie de queso realizado a partir de la fermentación de la leche de soya.

torii: arco tradicional japonés ubicado en la entrada de los santuarios sintoístas que marca la frontera entre lo profano y lo sagrado, el paso del mundo de los mortales al mundo de los *kami*.

toshi: "ciudad".

tsuchigumo: un agresivo *yokai* en forma de araña gigante, que en ocasiones también es representado con aspecto humano. De acuerdo con los relatos antiguos, vivían en cuevas bajo la tierra, se escondían en las montañas y devoraban personas.

Tsuki: "Luna".

W

wakizashi: sable tradicional más corto que una *katana*, de entre 30 y 60 cm de longitud.

Y

yari: lanza de hoja recta.

yojimbo: "escolta", "guardaespaldas".

yokai: los demonios y seres sobrenaturales se agrupan bajo este término.

yokatta: "qué bueno", "qué alivio", "me alegro".

yuki onna: "mujer nívea", "mujer de nieve".

Yume no Sekai: "Reino de los Sueños".

yurei: "espíritu caído". Nombre genérico para los fantasmas.

Z

zen: escuela budista que tiende a alcanzar la iluminación espiritual mediante la meditación que no se somete al conocimiento intelectual y a sus conceptos. [DLE]

Esta obra se imprimió y encuadernó
en el mes de septiembre de 2019, en los talleres
de Impregráfica Digital, S.A. de C.V.
Av. Coyoacán 100-D, Col. Del Valle Norte,
C.P. 03103, Benito Juárez,Ciudad de México.